Frank Ewald

Spreu und Weizen

Erzählung

Druck & Vertrieb: Libri – BoD, Norderstedt
Umschlaggestaltung: 3DeSIGN GmbH, Berlin
Umschlagfoto: Frank Ewald
Made in Germany
ISBN 3-8311-0147-7

meinem Vater

An allem Anfang steht der Traum.

Aus der Ferne hallte ein Name durch die Finsternis. Jemand rief nach mir. Alles was ich sah, war Dunkelheit.

Mit ausgestreckten Armen drehte ich mich im Kreise. Die Knie zitterten. Es gab kein vorn und hinten. Kein oben und unten. Plötzlich sackte ich zusammen und fiel ins Nichts. Das Nichts fühlte sich weich an. Aber es blieb immer noch dunkel und rief meinen Namen. Ich wurde ergriffen von Angst, die mich auf Händen und Füßen über die weiche Masse meinem Rufer entgegenführte. Pausenlos spannten sich Fäden über mein Gesicht, die mich aufhalten wollten. Doch ich war ein Angstgetriebener! Spannte alle Fäden bis zum Zerreißen, auf daß sie mich mit etwas Ekelhaftem bespuckten, das schon über den ganzen Körper strömte und übers Gesicht. Die Tropfen auf den Lippen schmeckten süß und ich strebte noch schneller meinem Ziele zu, um schließlich erschöpft in der weichen Masse zu versinken. Und da kam es mir vor, als sei ich gar nicht von der Stelle gekommen.

Trotzdem! Kurz vor dem Ertrinken wühlte ich mit letzter Kraft. Tränen brannten in den Augen und ich schrie nach meiner Mutter. Die erschien sofort. Ich war glücklich! Endlich ein Bild in der ewigen Dunkelheit. Sie faßte entschlossen eines meiner Beine und zog. Ich aber schrie und brüllte noch entsetzlicher als je zuvor. Denn die Mutter zog mich tiefer und tiefer. Verzweifelt schien sie mir etwas sagen zu wollen. Ich verstand nicht. Als ich bis über den Hals versank, rief ich den Vater. Die Mutter verschwand und der Vater kam. Ich war glücklich! Eifrig schnappte er das andere Bein und zog. Mit einem Ruck tauchte ich unter, und der erste Schluck des Todes schwappte in meinen Mund. Voller Panik riß ich mich los – wühlend, spuckend, heulend.

Immer noch war Finsternis. Immer noch hörte ich meinen Namen. Und ich schwamm, hatte den Kopf oben, die Luft zum Atmen, und irgendwo in der Ferne sah ich ein Licht!

Nun also zog ich meine Bahn. Die Eltern hinter mir lassend, ließ ich mich vom fernen Licht durch das Reich der Finsternis leiten. Der Weg wand sich weit und beschwerlich dahin. Nur langsam rückte ich näher meinem Lichte zu. Es wurde größer, schöner und leuchtete hell. Das Leuchten tauchte seinen Schein in die Dunkelheit ein. Plötzlich sah ich sie! Alle standen sie im Lichte des Seins. Standen Spalier, um auf mich herabzusehen. Meine Lehrer, der Direktor, mein Trainer, die Polizisten aus dem Nachbarhaus und die Kinderärztin meiner Schule. Alle riefen sie mir zu, feuerten mich an und fuchtelten mit den Armen. Ich verstand sie ebenso wenig wie meine Eltern. Getrieben von innerer Hektik schwamm ich schneller und schneller. Die Figuren an meinen Seiten verloren ihre menschliche Gestalt.

Bald waren sie völlig verschwommen, und aus ihren Augen schlugen Blitze auf mich ein. Das Licht vor mir wurde so groß und so hell, daß es mich blendete. Ich machte kehrt, um zurück in die Dunkelheit zu flüchten. Aber da war keine Finsternis mehr, es gab kein Dunkel, und ich stand mitten im Licht. Wo ich auch hinsah, überall strahlte nur noch Licht um mich herum. Mir wurde heiß und der Schweiß rann übers Gesicht. Die Luft brannte so feurig, daß ich mich weigerte, sie einzuatmen. Meine Hände umklammerten den Hals. Und ich staunte, wie meine Unterarme Feuer fingen. Ich schrie ...

Ein Zucken peitschte meinen Körper und ich saß im Bett. Ich hatte das Gefühl, als verhallte der Schrei wirklich zwischen den Wänden des Zimmers. Das Nachthemd klebte schweißnaß an Brust und Rücken. Ich hechelte heißen Atem. Meine Arme fühlten sich taub an und auf ihrer Haut quälte mich ein Kribbeln. Der Schein der Straßenlaterne fiel durchs Fenster. Draußen herrschte Stille. Im Zimmer stand alles an seinem Platz. ‚Nur ein Traum', ging es mir durch den Kopf, und ich atmete tief.

Ich zog das Nachthemd aus und legte mich wieder schlafen. Taubheit und Kribbeln verschwanden. Die Beethoven-Büste thronte auf dem Bücherschrank, in mattes Laternenlicht eingehüllt. Seltsame Schatten zeichneten sich im Bildnis des Meisters ab. Er wirkte so verbittert, traurig, und doch schien er über alles erhaben. Die Wärme des Bettes hüllte mich ein und ich spürte, wie sie nach und nach meinen Körper durchzog. Das war schön. Ich sah den Weg am Bahndamm deutlich vor Augen ...

* * *

Mein Freund Rudi hatte die kleine Katze schon seit Tagen am Bahndamm beobachtet und meinte, daß es Zeit wäre, sich ihrer anzunehmen. Aber ich hielt das für überflüssig, denn schließlich würde sie auch ohne uns klarkommen und sei der Mühe nicht wert. Rudi hielt inne und sah mich an. Dann grinste er überlegen, hob einen Stein vom Boden auf und warf ihn in Richtung des Kätzchens.

Das Kätzchen raste los. Doch zur einen Seite versperrte ihm der Bach vom Bahndamm her die Flucht und zur anderen stand groß und stark ein Zaun. Also rannten die beiden um die Wette den Weg hinunter. Und ich freute mich, als ich sah, wie die Katze dem Rudi davonlief, um dann in einem Loch des Zaunes zu verschwinden. Ich atmete auf und hatte dabei das Gefühl, noch einmal davon gekommen zu sein. Schließlich wußte ich, daß Rudi das Kätzchen nicht aus Spaß quälen würde, sondern einzig und allein, um mir weh zu tun. Zu dumm nur, daß er alles geplant hatte und weder mir noch dem Kätzchen eine Chance bot, sich der Qual zu entziehen. Denn hinter dem Loch war ein Netz gespannt. Jetzt strahlte Rudi und seine Augen quollen über in freudiger Erwartung. Er nahm das Netz mit dem Kätzchen, das um sein Leben strampelte und dabei fauchte, als könne es augenblicklich zum Kampf ansetzen. Aber Rudi lachte darüber. Wieder sah er mich an und wartete auf meine Entscheidung. Dabei wußte er nur zu gut, daß ich am liebsten weggelaufen wäre, und es doch nicht tun würde, weil das die einzige Chance war, die dem Kätzchen blieb.

Ich kann nicht sagen, warum Rudi so viel Vergnügen an dieser Tierquälerei hatte, weiß eben nur, daß es ihm nicht um die Tiere ging. Denn niemals hätte er es gewagt, gegen mich einen Stein zu werfen, oder gar gegen seine Eltern oder einen Lehrer. Nein, jedes Mal, wenn er sich unterlegen fühlte, mußten Tiere herhalten. Er schlug auf Hühner ein, verbrannte Frösche bei lebendigem Leibe und riß Spinnen die Beine aus. Das alles aber nur, wenn ich dabei war. Und er steigerte die Grausamkeiten so lange, bis ich endlich zu heulen anfing, weil ich es vor Mitleid nicht mehr aushalten konnte. Erst dann hörte er auf oder gab den Tieren den Gnadenstoß. Zum Glück kam es aber nicht oft vor, daß Rudi den anderen unterlegen war. Jedenfalls schien es mir so. Denn für mich war er ein Held. Schließlich hatte er erkannt, daß es außer der Schule viel wichtigere Dinge im Leben zu entdecken galt, als sie je in den Lehrbüchern hätten stehen können.

Rudi bog vom Weg am Bahndamm auf die Wiesen ab, die sich hinunter bis in unser Städtchen zogen. Ich folgte ihm und bot ihm an, daß er sich von mir etwas wünschen könne, wenn er dafür das Kätzchen laufen lassen würde. Aber auch das hatte Rudi erwartet und begann so laut vor sich her zu pfeifen, daß er mich nicht mehr hören konnte. Als wir am ‚Großen Moritz' ankamen, einen auf der Wiese liegenden Findling, um dessen Fuß der Bach einen Bogen zog, und den wir einst den ‚Großen Moritz' getauft hatten, weil er für immer unsere geheime Insel der Freundschaft sein sollte, blieb ich stehen. Auch Rudi stoppte und sah mich an. Sein Pfeifen verstummte. „Wenn du nicht sofort die Katze freiläßt, ist es aus mit uns und ich suche mir einen anderen Freund", brüllte ich ihn an. „Ist es doch sowieso, Max, und deine neuen Freunde sind die Bücher, du Streber. Möchte nur mal wissen, wer dir plötzlich diesen Blödsinn in den Kopf gesetzt hat!" Rudi streckte seinen Arm aus und hielt mir das Netz mit dem Kätzchen direkt vors Gesicht. „Sieh, Max! Das ist das wahre Leben und nicht deine Bücher. Und ich dachte immer, daß du das begriffen hast, du Idiot." Rudi machte kehrt und rannte weiter. Im Garten seiner Eltern angekommen, verschwand er im Geräteschuppen und versprach mir, das Kätzchen freizulassen, wenn ich hinter uns die Tür verschließen würde. Tatsächlich. Rudi ließ die Katze frei. „Und, was sollte das nun?" wollte ich von ihm wissen. „Was das sollte? Es sollte dir zeigen, daß du hinrennen kannst, wo du willst. Es wird immer jemanden geben, der dich wieder einfängt und dahin zurückbringt, wo du hergekommen bist." „Du bist ja völlig irre", zischte ich ihn an und hämmerte meine Hand gegen die Stirn. „Von wegen irre," schrie er zurück, „sag noch einmal, daß ich irre bin, und du kriegst was auf die Schnauze! ... Hast du das verstanden, du Streber?" Rudi kratzte wieder einen Stein aus dem Boden und warf ihn mit solcher Wucht in Richtung der Katze, daß sie aufkreischte und der Stein über die Ecken der Bretterwände donnerte. Wie besessen begann Rudi den Boden nach Steinen zu durchwühlen und feuerte sie auf das Kätzchen ab. Mir wurde elend, denn es schien, als gäbe es keine Möglichkeit zur Flucht, und ein Treffer von Rudi wäre nur eine Frage der Zeit gewesen. „Bist du jetzt vollkommen durchgeknallt?" brüllte ich und hatte inzwischen Angst, daß mich auch ein Stein treffen könnte. Und gerade wollte ich zur Schuppentür rennen, als das Kätzchen in der Mitte des Raumes stehenblieb, um Rudi ein leichtes Ziel zu bieten und seinem Leiden ein Ende zu setzen. Er erkannte die Gelegenheit und zielte mit einem Stein auf das Tier. Doch kurz bevor er warf, sprang die Katze ihn an und biß Rudi in die Hand. Er jaulte auf. Jetzt erkannte das Kätzchen die Gelegenheit und verschwand hinter ihm in einem Spalt der Bretterwand auf Nimmerwiedersehen.

Auf dem Nachhauseweg ließ es mich nicht los, ob mein Freund Rudi nun wirklich übergeschnappt sei oder ob er mir weismachen wollte, daß unsere Freundschaft an ein paar Büchern zerbrechen könnte. Vielleicht war er auch einfach nur wütend, weil ich keine Lust mehr hatte, das Spiel des Unterlegenden zu spielen, das er Freundschaft nannte? Eines jedenfalls stand fest: Ich war derjenige, der mit dem Ende der achten Klasse von der Schule fliegen sollte und nicht Rudi. Und sicher, mit unseren Streichen hatten wir das Schulleben auf den Kopf gestellt, ganz abgesehen von der Achtung, die wir bei den Mitschülern genossen. Aber an der Tatsache, daß Rudi die guten Noten bekam und ich die schlechten, änderte das nichts. Es war also genau wie mit dem Kätzchen, das in der Mitte des Schuppens stehengeblieben war, um Rudi ein leichtes Ziel zu bieten. Und daß der rettende Spalt in der Bretterwand für mich Schule hieß, war ja wohl nicht meine Schuld.

Außerdem fand ich Gefallen an der Welt, in welcher ich nun gelandet war. Denn niemals hätte ich mir träumen lassen, wie aufregend es sei, wenn man eines Morgens mit anderer Haut aufwachte. Keiner um mich herum wußte, was er mit mir anfangen sollte. Selbst die eigenen Eltern nicht. Und vielleicht gerade die Eltern nicht. Denn die waren als Ärzte rund um die Uhr mit ihren Patienten in der Klinik beschäftigt. Da blieb also wenig Zeit für die Kinder, was ich als unendliche Freizügigkeit empfand und wofür mich alle anderen Schüler meiner Klasse beneideten. Außerdem galt ich bei Eltern und Lehrern ohnehin als verloren. Sie waren sich einig, daß eine Häutung für mich nicht mehr möglich und der Abschluß zum Hilfsarbeiter das einzig Richtige sei. So gesehen war es gut, daß gerade Rudi den Stein des Anstoßes geliefert hatte, um mir die Eierschalen hinter den Ohren abzuschlagen. Mag ja sein, daß ich faul war, aber doch nicht doof. Bei aller Freundschaft dem Rudi gegenüber, aber vielleicht hätte ich es noch soweit kommen lassen sollen, daß andere bestimmten, in welcher Haut ich leben wollte und in welcher nicht.

Wie gesagt, die Häutung vollzog sich völlig problemlos, ja sogar unsichtbar. Anders konnte ich mir nicht erklären, warum mich zum Anfang keiner ernst nahm und meine ersten guten Noten immer mit dem Zufallsprädikat abgetan wurden. Nur mein Sturkopf, der mich in die Lage versetzt hatte, mich in die Sache zu verbeißen, um jeden Zweifler mit noch härterem Zupacken zu bestrafen, führte dazu, daß ich einer Rakete gleich auf zu den Sternen schoß. Binnen eines Jahres katapultierte ich mich so vom Schlußlicht zur Nummer eins meiner Klasse. Und das blieb nicht ohne Folgen. Die Geschichte vom Hilfsarbeiter jedenfalls schien es nie gegeben zu haben. Sie wurde einfach durch eine andere ersetzt, in der ich nun zum Abitur vorbereitet werden sollte. Daran strickten sie alle mit, die Lehrer, die Eltern und sogar der Direktor. Schließlich gab es so etwas nicht jeden Tag, und ich kann gar nicht mehr sagen, wo überall nach den Ursachen dafür gegraben wurde. Allerdings hatten diese Gründe allesamt nur recht wenig mit mir zu tun. Und der Rudi war auf jeden Fall mit von der Partie, weil der so einen schlechten Einfluß auf mich gehabt hätte. Nicht zu vergessen die Schule, was einmal mehr deutlich hatte werden lassen, wie erfolgreich die Pädagogik im Sozialismus war. Was allerdings der Sozialismus mit der ganzen Sache zu tun haben sollte, konnte ich nun wirklich nicht verstehen.

Für mich war die Suche nach den Ursachen ohnehin egal, denn ich hatte genug mit der Wirklichkeit zu tun. Eine Wirklichkeit, in der die Achtung meiner Mitschüler plötzlich verlorenging und die mich jetzt einen Streber nannten. Zwar versuchte ich immer wieder einen Spagat, um das Neue mit dem Alten zu verbinden, doch kam es dadurch nur zu Rissen in meiner Haut, und die bestanden aus Zeit. Ja, aus Zeit, denn ohne Zeit hätte die Geschichte keinen Sinn erfüllt, was bedeuten würde, daß wir alle erst mit der achten Klasse in die Schule kommen bräuchten. Für mich hieß das, all das nachzuholen, was sich in den Jahren zuvor abgespielt hatte, und das möglichst unbemerkt. Also ein absolutes Unding, was einen Spagat, zwischen was auch immer, nicht mehr zuließ. Natürlich wußte ich auch, daß Rudi nicht übergeschnappt war, sondern daß er recht hatte und ich wirklich den Büchern gehörte. Ich wußte, daß ich unsere Freundschaft geopfert hatte, auch wenn ich es nicht wahrhaben wollte, weil ich meinte, es irgendwie und irgendwann wieder geradebiegen zu können.

Aber ich befand mich schon längst auf einem anderen Weg, einem Weg, der neu und fremd für mich war und den ich selbst eingeschlagen hatte. Je mehr mir das klar wurde, desto größer wurde meine Furcht davor, weil ich nicht wußte, wohin der Weg mich führen würde. Vielleicht würden mir dort keine neuen Freunde begegnen und ich müßte allein bleiben, so, wie Rudi es gesagt hatte, daß meine einzigen Freunde die Bücher seien. Am liebsten wäre ich bei diesem Gedanken umgekehrt, hätte einfach alles stehen- und liegenlassen, bloß um wieder auf meine alte Bahn zurückzukommen. Aber auch das war eine Täuschung, die fernab der Wirklichkeit lag. Denn inzwischen besuchte unser Schuldirektor schon meinen Vater zu Hause, und sie berieten darüber, wie es noch möglich sei, für mich einen Abiturplatz zu besorgen. Was sich als echtes Problem erwies, waren doch alle Plätze schon besetzt und kein Mensch hatte mit dem Spätzünder Max Steinert gerechnet, ganz egal, wie berauschend die Erfolgsgeschichte auch sein mochte. Zu allem Übel schob man mir auch noch die Rolle des Spielverderbers zu, weil ich endlich damit rausrücken sollte, was ich einmal werden wolle. Doch konnte ich dazu beim besten Willen nichts sagen. Wie denn auch? Hatte ich mich doch seit Monaten nur mit dem Aufholen der Vergangenheit beschäftigt. Mein Vater jedenfalls schien der Verzweiflung nahe. Der Direktor dramatisierte meinen Wankelmut bis zur Besinnungslosigkeit, und die Mutter versuchte mit den schönsten Zukunftsvisionen mir eine Entscheidung zu entlocken. Ich machte zu alledem nur ein betretenes Gesicht und hob ab und zu die Schultern. Viel zu sehr hing ich im Hier und Jetzt fest, als daß ich ihnen hätte folgen können. Schließlich glaubten einige Lehrer, plötzlich ein Genie in mir entdeckt zu haben und wollten mich zum vergleichenden Ausscheid ihrer Fachbereiche durch die einzelnen Schulen unseres Städtchens schicken. Selbst im Sport galt ich auf einmal als Sportler und in Kunsterziehung als Künstler. Irgendwas begann sich um mich herum aufzubauen, von dem ich nicht wußte, was es war. Es kam mir so vor, als machten alle dabei mit, nur ich nicht. Das Rad, das ich angestoßen hatte, begann sich schneller zu drehen. Schneller und noch schneller. Und ich bemerkte, wie mir die Zügel aus den Händen glitten. Es war mir, als würden die Dinge beginnen, sich von mir weg zu bewegen, ja daß zunehmend ich es war, der sich als ein Objekt um ein Zentrum drehte, dessen Wesen noch im Dunkeln lag.

Das Dunkel riß mich mit einem Schlag in die Tiefe, und ich erwachte im Bett. Mutter und Vater verwandten all ihr medizinisches Können darauf, mich wieder auf die Beine zu kriegen. Auch der Direktor war anwesend. Und meine kleine Schwester Carla. Sie meinte, daß sich alle anderen Jungen meiner Klasse mit den Mädchen beschäftigen würden, nur ich nicht. Und das hätte ich nun davon. Mutter verriet mir zunächst die schlechte Nachricht. Demnach dürfe ich nicht an den Schulausscheiden teilnehmen. Die Anstrengung sei einfach zu groß für mich. Dann folgte die gute: Der Direktor erklärte mit stolzer Brust, daß es ihm doch noch gelungen sei, einen Abiturplatz für mich zu bekommen. Zwar nicht auf der Erweiterten Oberschule, aber auf einer Landwirtschaftsschule, die Landwirte mit Abitur ausbilde. Ich überlegte, ob sie vielleicht etwas verwechselt hätten, getraute mich jedoch nicht, danach zu fragen, denn daß ich einmal Bauer werden würde, hätte ich nie gedacht.

Das war schon ein häßliches Gefühl, zu wissen, daß sich alle um einen bemüht hatten, und trotzdem vom Ergebnis enttäuscht zu sein. So meldete ich meine Zweifel nur zögerlich an. Schließlich konnten sie mich doch nicht wirklich auf eine Landwirtschaftsschule schicken wollen. Unter Bauern stellte ich mir große und starke Männer vor. Was also sollte ich da verloren haben? Ich mit meinen 50 kg Gewicht bei 165 cm Größe. Bei diesem Gedanken lief mir eine Gänsehaut über den Rücken und ich fühlte mich restlos überfordert. Allerdings kamen meine Bedenken nicht zum Tragen, und ich mußte mir anhören, wie entsetzlich altmodisch ich denn wäre. Die Landwirtschaft von heute hätte nur noch etwas mit Technik und Knöpfen zu tun, so daß sie eine Mädchensache sei. Außerdem würden auch dort die Entscheidungen im Kopf getroffen und nicht mit den Muskeln. Naja, und daß ich das Wissen hätte, würden allein meine guten Noten in den naturwissenschaftlichen Fächern beweisen. Dennoch, irgend etwas konnte da nicht stimmen. Nie zuvor hatte ich meine Eltern von der Landwirtschaft schwärmen hören. Und jetzt? Jetzt schien es auf einmal so, als gäbe es keinen größeren Wunsch für sie, als daß ihr Sohn ein Bauer würde? Die einzige, die meinen Unmut bemerkte, war meine Mutter. Und sie wäre nicht meine Mutter, wenn sie nicht in der Lage gewesen wäre, in jeder Sache das Positive zu sehen. Das Positive war für sie das Abitur, und die Ausbildung zum Landwirt könne nicht schaden. Wer würde später schon danach fragen, daß Beruf und Studium nichts miteinander zu tun hätten. Im Gegenteil. Ein Student, der auch etwas von praktischen Dingen verstehe, hätte es überall leichter.

Warum ich letztlich doch mit allem einverstanden war, weiß ich nicht zu sagen. Vielleicht einfach deshalb, weil ich keine andere Wahl hatte. Und wenn es heißt, daß man am Start den Sieger erkennt, so konnte ich ja froh sein, wenn ich das Ziel überhaupt erreichen würde. Meinetwegen auch als Furchendackel, wie Rudi das nannte. Rudi übrigens war auch in dieser Sache ganz der alte und nicht so vom Wandel verändert wie meine Eltern oder die Lehrer. Er hielt mich für einen Untertan, der nur nach der Pfeife der Obrigkeit tanzen würde. Über meine jetzige Ausweglosigkeit bräuchte ich mich also nicht zu wundern. Allerdings, wenn ich schon meinte, unbedingt studieren zu müssen, so hätte er von mir wenigstens etwas richtiges erwartet, und nicht Ackerbau und Viehzucht. Genau damit hatte er meinen wunden Punkt getroffen. Denn wie sollte ich etwas verteidigen, zu dem ich selbst nicht stehen konnte.

Es war also nur verständlich, daß ich um dieses Thema einen großen Bogen machte und nicht etwa anfing, Gänse und Hühner zu halten. Nein, ich zog mich immer öfter auf die Wiesen zum ‚Großen Moritz' zurück. Jedoch saß ich nun allein dort, denn Rudi kam nicht mehr mit. Das Wasser des Baches umspülte den Stein wie eh und je, das Plätschern drang wie aus der Ferne in meine Ohren und der Glückspfennig, den Rudi und ich dort einmal hineingeworfen hatten, glitzerte im Sonnenlicht. Die Blätter der Weiden spendeten mir Schatten, ich blinzelte zur Sonne und dachte darüber nach, wem der Pfennig nun Glück gebracht hätte, mir oder Rudi. Meine Prüfungen waren inzwischen alle mit ‚Sehr gut' abgeschlossen, auf dem Abschlußzeugnis der 10. Klasse standen nur Einsen und als Schulbester hatte ich einen Orden vom Bildungsminister der DDR bekommen. Meine neue Haut schien mir ein Wunder beschert zu haben. Oder doch nicht? Die Freundschaft meiner Kindheit jedenfalls war ihr zum Opfer gefallen. Was also konnte das für ein Glück sein?

Auf dem Abschlußball meinte Rudi dann zu mir, daß er sein Netz schon längst in den Müll geworfen hätte und daß es albern wäre, damit Katzen zu fangen. Schließlich liefen die ja sowieso, wohin sie wollen. Da sei es schon besser, wenn sie freiwillig kämen. Zur Zeit jedenfalls würde er gerade an seinem Moped basteln und später käme dann das Auto. Und damit liefen ihm zwar keine Katzen nach, aber die Mädchen. Jawohl, Mädchen, falls ich davon schon mal etwas gehört hätte. Außerdem sei er gerade an einigen Dingen dran und so könne es nur noch eine Frage von Wochen sein, bis ihm das große Geld zu Füßen läge. Rudi trug einen Nadelstreifenanzug, in einem Arm hielt er das schönste Mädchen unserer Klasse, im anderen eine Flasche Schampus und zwischen seinen Zahnreihen rollte eine rauchende Zigarre hin und her. Schließlich stellte er die Flasche beiseite und legte seinen Arm um mich. „Weißt du, Max, ich sag dir was", nuschelte er. „Das schaffst du nie, niemals, hörste, – niemals! Du bist doch total abgehoben, oder glaubste wirklich, daß die dich da oben reinlassen? Nein, mein Lieber, die wollen unter sich sein, und bevor die dich reinlassen, machen die dich fertig. Fix und fertig. Und dann wirst du abstürzen wie ein Vogel mit gebrochenen Flügeln. Unser Städtchen heißt seit 750 Jahren Salzwedel und ist wunderschön in die Wiesen der Altmark gebettet. Aber hast du jemals gehört, daß von hier etwas Großes ausgegangen ist?" Rudi machte sich frei, nahm die Zigarre aus dem Mund und ging in die Knie vor Lachen. Ich kam mir vor wie in einem Film, und der Rudi spielte seine Rolle perfekt. „Was weiß denn ich, ob von hier etwas Großes ausgegangen ist oder nicht. Meinetwegen kannst du ja hier bleiben, dich mit deiner Zigarre auf die Wiesen legen und warten, bis dich der Tod holt. Ich jedenfalls werde weiterziehen.“ Rudi verging das Lachen und sein Blick wurde ernst. „Hör zu, du Angeber! Mag sein, daß es dir hier nicht mehr gut genug ist, aber ich habe dir schon einmal erklärt, daß du hinrennen kannst, wo du willst. Es wird immer jemanden geben, der dich wieder einfängt und dahin zurückbringt, wo du hergekommen bist.“

* * *

Der Wagen meines Vaters quälte sich die Anhöhe zum Schloß hinauf. Ich staunte nicht schlecht. Das Wohnheim der Landwirtschaftsschule war ein richtiges Schloß, das inmitten des Harzes lag. Am Eingangsportal wurden wir vom einem Mann mit Vollbart empfangen, der sich als Herr Gutharth und Leiter des Heimes vorstellte. Er führte uns in die Eingangshalle, die in ihrer Größe gewaltig und zugleich behaglich wirkte. Alles um uns herum war aus dunklem Holz. Wir stiegen über eine Treppe zur Balustrade hinauf. Von hier aus gingen die einzelnen Zimmer ab, in denen die Schüler wohnten. Als Herr Gutharth die Tür zu meinem Zimmer öffnete, wurde ich von der Sonne geblendet, die durch ein dreigeteiltes Fenster fiel, das eine ganze Seitenfläche einnahm. Auch dieses Zimmer war riesig, die Decke wurde von Stuck verziert, und alles kam mir so höfisch vor. Ganz im Gegensatz zur Einrichtung, die rein gar nicht in dieses Ambiente passen wollte. Die Metalldoppelstockbetten erinnerten eher an die Armee als an ein Schloß. Und der Tisch mit seinen Stühlen stammte garantiert aus dem Schulinventar. Ebenso die Einheitsschränke, nicht zu vergessen die Neonröhre, die der Deckenstuck nun wirklich nicht verdient hatte. Lediglich der kleine, runde Tisch unter dem Fenster mit seinen drei Sesseln drumherum schien aus der Zeit zu sein, in die das Zimmer eigentlich gehörte.

Es herrschte geschäftige Ruhe im Raum, obwohl schon einige Leute in Grüppchen vor den geöffneten Schränken standen. Herr Gutharth ging von Gruppe zu Gruppe und stellte uns Neuankömmlinge vor. Mir fuhr sofort ein Schrecken durch die Glieder, der mich an Vaters Arm greifen ließ. Vater sah mich an, sagte aber nichts. Meine Zimmerkameraden jedenfalls paßten in diesen Raum. Alle drei waren sie stattliche Hünen mit blonden Haaren, blauen Augen und roten Bäckchen, und sie überragten ihre Eltern um einiges. Kein Wunder also, daß ich mich wie ein Winzling fühlte und am liebsten gleich wieder weggelaufen wäre. Doch nein, meinen Vater konnte das alles nicht beeindrucken, und so stellte er sich selbstbewußt vor einen Schrank und begann, meine Sachen einzuräumen. Naja, immerhin schienen auch die anderen voll und ganz mit sich beschäftigt zu sein, was mich etwas beruhigte. Jede Familie kroch auf engsten Raum zusammen, selbst die kleinsten Schritte wurden gemeinsam gegangen. Nur ab und zu wagte der eine oder andere einen mutigen, aber kurzen Blick zum Nachbarn. Die Mütter kramten in den Koffern ihrer Söhne und richteten mit geübten Griffen die Schränke her. Die Väter hatten die Hände auf den Rücken verschränkt und holten sie nur hervor, um mit Gesten ihre guten Ratschläge zu unterstreichen, die sie ununterbrochen auf ihre Söhne abfeuerten. Herr Gutharth war bemüht, wenigstens einen Hauch von Zusammengehörigkeit zu erzeugen, wirkte aber ziemlich einsam mit seinen lieben Worten, wie er so allein in der Mitte des Raumes stand.

Ich brachte Vater zurück zum Wagen und kochte vor Wut. „Na klar, alles reine Mädchensache", fauchte ich ihn an. „Na, na, mein Großer. Wer wird sich denn gleich in die Hosen machen?" Vater blieb stehen und grinste. „Die werden dir schon nichts tun, nur weil sie etwas größer sind als du." „Etwas größer?" platzte es aus mir heraus und ich stampfte dabei mit den Füßen auf den Boden. „Ich habe doch von Anfang an gesagt, daß diese Landwirtschaftsgeschichte Blödsinn ist." Vater grinste nicht mehr. „Und ich habe von Anfang an gesagt, daß man in der 1. Klasse mit dem Lernen beginnen muß und nicht erst, wenn alles zu spät ist. Also sei froh, und sieh zu, wie du damit klarkommst." Dann stieg Vater in den Wagen und schlug die Tür hinter sich zu. Er ließ den Motor aufheulen und raste mit quietschenden Reifen los, stoppte dann, stieß wieder zurück und ließ die Scheibe runter. „Hör mal, Max, stell dich nicht so an! Was sind schon drei Jahre? Und wenn du dich anstrengst und alles vorbei ist, besorge ich dir einen Medizinplatz. Na, überleg's dir mal!" Vater gab Gas und der Wagen verschwand in einer Wolke aus Staub.

Ich ging über den Parkplatz und kletterte einen Hügel hinauf. Die Luft war schwer vom Duft der Fichten. Verwundert blieb ich stehen und drehte den Kopf zur Seite, um besser horchen zu können. Es war merkwürdig still. Ich ging weiter. Nach einer Kurve wurde es hell. Vor mir lag eine Wiese. Überall standen Baumstümpfe herum. Ich tastete mich durchs Gras bis ans Wiesenende. Ein Abhang tat sich vor mir auf, ich wich zurück und ließ mich auf einen Baumstumpf nieder. Es war eine herrliche Aussicht. Die Sonne stand majestätisch am strahlend blauen Himmel. Ich hob die Hand an die Stirn. So weit die Augen sehen konnten, waren Berge. Das dunkle Grün ihrer Gipfel wirkte fast wie schwarz vor dem Himmelsblau. An den Hängen lagen goldgelbe Felder und saftiggrüne Wiesen, in den Tälern leuchteten die roten Dächer der Häuser wie Punkte.

Schließlich lief ich zum Schloß zurück. Es war zwar klein, aber eben ein richtiges Schloß. Seine Mauern wirkten etwas blaßgelb und das Schieferdach schimmerte grünlich. Natürlich hatte es auch ein Türmchen mit einem Wetterhahn auf der Spitze. Neben dem Eingangsportal befanden sich Bogenfenster und viele Säulen. Und hinter dem Schloß gab es einen Schloßpark mit Wasserspielen. Doch schien der Park völlig verwahrlost, und die Wasserspiele hatten kein Wasser. Vom Park führte eine Terrasse zum Wintergarten. Ich öffnete die Tür und ging hinein. An Decke und Wänden hing Tropfstein, die Vorderfront bildete eine Fläche aus Glas.

Zurück auf meinem Zimmer setzte ich mich aufs Bett. Auch die Eltern meiner Mitbewohner waren inzwischen abgereist, und einer der Jungen kam zu mir herüber, setzte sich und bot mir einen Apfel an. Er hieß Friedhelm Kreft, war ein großer, kräftiger Kerl mit kurzen, blonden Haaren und stahlblauen Augen in einem kantigen Gesicht. Trotzdem wirkte er schüchtern, seine Stimme war unsicher und der Kopf leuchtete rot. Friedhelm kam aus dem Havelland. Seine Eltern waren in ihrem Dorf angesehene Bauern. Sie besaßen einen Hof mit Schweinen, Kühen, Enten, Hühnern und sogar Pferden. Das mit den Pferden fand ich klasse, und Friedhelm sollte mir noch mehr darüber erzählen. Eigentlich ging es ja nur um ein Pferd, eine Stute, die sie ‚Konjunktur' nannten, aber die war schwanger; also doch zwei. Friedhelm fing zu lachen an, als ich bemerkte, daß sie doch wenigstens noch einen Hengst haben müßten, wenn ihre ‚Konjunktur' schwanger sei. Ich konnte ja nicht wissen, daß die Stuten zum Dekken gebracht wurden, wie Friedhelm das bezeichnete. Und daß ein Pferd nicht schwanger, sondern trächtig sei, wußte ich auch nicht. Nun begann ich selbst zu lachen, um mein Peinlichsein zu vertuschen. Die beiden anderen Jungen nahmen sich daraufhin Stühle und setzten sich zu uns. Sofort bekam ich einen fachmännischen Vortrag über das Decken von Pferden und anderen Stalltieren zu hören.

Der Redner hieß Gerhard Läster. Im Gegensatz zu Friedhelm war er perfekt im Reden und unterstrich das mit entsprechender Gestik. Außerdem beherrschte er Plattdeutsch, und ich verstand überhaupt nichts mehr. Gerhard war ebenfalls groß und schlank. Aber er wirkte nicht ganz so stark wie Friedhelm. Seine Augen leuchteten blau und die Haare kräuselten sich zu blonden Locken. In seinen roten Wangen gruben sich Grübchen, wenn er lachte. Zusammen mit Peter Smeilt kam er aus der Börde. Wie die beiden anderen war auch Peter groß und kräftig. Jedoch in all seinen Formen etwas runder. Selbst der kurze Schnitt seiner blonden Haare bildete einen Kreis und paßte hervorragend zum runden Gesicht mit den blauen Augen. Peter war ruhig. Nur wenige Sätze verließen seinen Mund, der jedoch ständig lächelte. Nachdem Gerhard seinen Vortrag über das Liebesleben der Tiere beendet hatte, schwenkte das Thema auf Landtechnik um. Und ich stand wieder im Abseits. Denn mein diesbezügliches Wissen beschränkte sich auf die Kenntnis vom Aussehen eines Traktors und eines Mähdreschers. Zur Führerscheinprüfung mußte ich einen Traktor mit Anhänger fahren, das war aber auch alles. Die drei hingegen schienen in ihrem Element zu sein. Ganze Dieselmotoren wurden gedanklich auseinandergebaut und wieder zusammengesetzt.

Jeder verriet seine ganz speziellen Tricks, vom Gangeinlegen bis zum Radmontieren. Ich saß nur da und sagte kein Wort. Doch hörte ich aufmerksam zu. Traktoren und Mähdrescher gab es demnach in großer Vielfalt. Was eine Strohpresse war, konnte ich mir auch noch erklären. Von Drillmaschinen, Häckslern, Schwadmähern, Rübenvollerntemaschinen, Kartoffelkombines und Wendepflügen hatte ich jedoch noch nie etwas gehört. Woher auch – solche Dinge gab es in der Stadt nicht, und Verwandte auf dem Lande hatte ich keine. Als Gerhard meine ängstliche Miene bemerkt hatte, wollte er wissen, warum ich überhaupt auf die Landwirtschaftsschule gekommen war. Ich gestand ihm, daß es mir eigentlich nur ums Abitur ginge und wurde dafür mit einem verächtlichen Blick gestraft. Friedhelms Kopf leuchtete rot auf, und ich bemerkte, daß ich etwas Falsches gesagt hatte. „Und du glaubst, daß du damit durchkommst?“ zischte Friedhelm mich an. „Die Lehrer sind auf solche Lügner vorbereitet, und sie werden dich rausschmeißen, das kannste wissen.“ Ich verstand nicht, was er von mir wollte und sein Kopf erschien plötzlich purpurn. Gerhard faßte Friedhelm verständnisvoll auf die Schulter, wandte sich mir wieder zu und kurvte nicht länger um den heißen Brei herum. „Du bist also so ein Arschloch, das unser Landleben eines Tages in den Abgrund stoßen wird!“ „Ich? Wie kommst du denn auf so'n Schwachsinn?“ „Wie ich darauf komme? Schließlich ist die Landwirtschaft am Ende. Oder sagen wir spätestens in zwei, drei Jahren, meinetwegen 1985 oder so, dann gibt es in unserer schönen, realen, sozialistischen DDR nichts mehr zu fressen – ganz real. Und da kommst du daher und trittst das bißchen Zukunft auch noch in den Arsch. Haste sauber hingekriegt, Max, sauber. Von den jungen Leuten geht ohnehin keiner mehr aufs Land zurück, wenn die erst die Stadt kennengelernt haben. Außer vielleicht ein paar verrückte Künstler, die ihre Ruhe brauchen. Aber die Betriebe in den Dörfern bleiben auf der Strecke, weil sie mit weniger Leuten rund um die Uhr arbeiten müssen, um den Plan zu erfüllen. Dazu kommt der Haufen maroder Technik, die mit allen möglichen Behelfnissen versucht wird, in Gang zu halten, denn Ersatzteile gibt es keine. Wenn die einzelnen Bauern nicht noch privat auf ihren Höfen schuften würden, hättest du schon längst Kohldampf, mein lieber Max Steinert.“ Mir schoß das Blut unter die Stirn. „Was kann ich denn dafür?“ stammelte ich unsicher. „Ich will doch nur das Abi. Das schadet niemandem.“ „Aber nicht auf unsere Kosten, kapier' das endlich!“ schrie Friedhelm. „Natürlich schadet es“, besänftigte Gerhard erneut, „es schadet, weil an der Stelle jedes Heuchlers ein echter Bauer sitzen könnte.“ „Was meinst du mit Heuchler? Du weißt doch gar nicht, ob ich nicht bleibe, wenn's mir gefällt. Das weiß ich ja nicht mal selber.“ Die drei sahen mich an und es wurde still. „Na egal, Jungs“, rief Gerhard, „gehen wir am Abend in die Kneipe?“

Die erste Kneipe, die wir fanden, hieß ‚Zum weißen Adler' und war eine total vollgequalmte Bude. Es wurde eine große Runde, denn die Jungs vom Nachbarzimmer saßen auch mit am Tisch. Das Hasseröder Bier schmeckte gut und überhaupt, es war das beste Bier in der Harzgegend, wie man mir erzählte.

Ich selbst konnte nicht feststellen, ob es da wirklich einen Unterschied zu den Nordbieren gab. Es fehlte mir einfach an Erfahrung. Ein Bier nach dem anderen wurde bestellt, und ich bekam große Mühe mitzuhalten. Die Jungs aus meinem Zimmer unterhielten sich über landwirtschaftliche Probleme und mir blieb kaum die Möglichkeit, überhaupt einmal etwas zu sagen. So ergab es sich, daß ich mit Hermann Lipp ins Gespräch kam. Hermann saß vor seinem Bier, rauchte filterlose Zigaretten und sagte kein Wort. Doch der erste Eindruck täuschte. Der große, schwarze Lockenkopf, dessen Lippen zwangsläufig an Mick Jagger erinnerten, redete ganz gern. Ich ahnte auch schon nach den ersten paar Worten, die wir miteinander sprachen, woher das Schweigen rührte. Die von Friedhelm am Nachmittag geäußerte Befürchtung fand hier ihr zweites Opfer. Hermann glich eher einem Künstlertyp als einem Landjungen. Seine Haut war weiß und zart. Und er schien sehr belesen, sprach tolle Dinge, ohne je den Mut zu finden, mir dabei in die Augen zu sehen. Hermann kam aus der nahegelegenen Stadt und seine Eltern waren Ärzte. ‚Was für ein toller Zufall', blitzte es mir durch den Kopf. Auf meine Frage, warum er denn auf die Landwirtschaftsschule ginge, erhielt ich jedoch keine Antwort. Entweder Hermann wußte es selber nicht oder er fand nicht den Mut zuzugeben, daß auch er nur das Abitur wollte. Ich bekam es nicht heraus. Eines stand aber fest: Hermann dachte gar nicht daran, sich irgendwelche Schuldkomplexe einreden zu lassen.

Die Runde wurde immer lauter, und wir konnten uns nicht länger allein unterhalten. Zudem wurde mir so komisch vor Augen, und ich bekam Schwierigkeiten, das Bier runterzuschlucken. Trotzdem begriff ich, warum plötzlich solch ein Gelächter ausbrach. Es ging um Frauen. Alle waren sich darin einig, daß die Kellnerin tolle Dinger hätte und vor allem einen knackigen Arsch. Gerhard rief zu mir herüber: „He, Maxi! Sag doch mal, meen Kleener! Wieviel Weiber haste schon gebumst?“ Ich lallte: „So richtig eher noch keine.“ Friedhelm prustete mit grinsender Grimasse in sein halbvolles Bierglas und machte dabei sein ganzes Hemd naß. „Mann, Maxi, dat is aber nich dolle“, schlapperte er dann mit glasigem Blick über den Bierglasrand. Gerhard klopfte mir auf die Schultern und versicherte: „Laß man jut sein, Kleener, das kriegen wir schon hin! Alles kein Problem, unter Zimmerkameraden nur eine Frage der Zeit.“

Ich bekam Probleme beim Ausziehen meiner Sachen, und den Schlafanzug versuchte ich besser gar nicht erst anzuziehen. Es kam mir vor wie eine Ewigkeit. Als ich endlich unter die Bettdecke kriechen konnte, drehte sich alles um mich herum. Ich mußte mich hinsetzen. Nach einer Weile legte ich mich wieder hin. Doch schien es mir, als drehte sich jetzt alles noch viel schneller. Plötzlich wurde mir schlecht. Wie ein Wilder sprang ich auf und war mit einem Satz am geöffneten Fenster. Es ging so schnell, daß ich nur noch das Aufplatschen des Bieres auf der Blumenrabatte wahrnahm. In heftigen Stößen ergoß sich das viele Bier, das ich doch mit so viel Willen in mich hineingepreßt hatte, zwischen die Rosen. Ich wich ängstlich vom Fenster zurück.

Ich rechnete mit einem Rummaulen oder dem Gelächter der anderen. Aber es blieb still. Keiner sagte ein Wort. Nur ein Schnarchen kam aus dem Dunkeln zu mir herüber. Ich kroch wieder ins Bett. Es drehte nicht mehr so stark, und ich schlief über den Ekel des säuerlichen Geschmackes in meinem Munde ein.

Erschrocken fuhr ich aus dem Bett hoch, weil mich plötzlich das Licht der Neonlampe blendete. Mein Kopf brummte. Herr Gutharth stand in der Tür und hatte die Hand noch am Lichtschalter. Seine Zähne strahlten. „Ich wünsche den Herrschaften einen guten Morgen“, sagte er mit viel zu lauter Stimme. Kurz bevor die Tür hinter ihm ins Schloß fiel, murmelte er noch: „Herrgott, hier stinkt es wie in einer Kneipe.“ Sofort stieg mir wieder dieser ekelhafte, säuerliche Geschmack in den Mund. Wir standen auf und griffen unsere Waschtaschen. Keiner sagte etwas. Unsere Augen waren klein, und die Köpfe bewegten wir auffallend vorsichtig.

Ein Schulbus brachte die neuen Schüler vom Schloß zur Schule. Sie lag einige Kilometer außerhalb des Ortes inmitten goldgelber Getreidefelder. Im Hintergrund erstreckten sich die Bergketten des Harzes. Der Bus hielt. Am Schuleingang wurden wir vom Direktor empfangen, der uns schließlich in die Aula führte. Als alles ruhig war, begann der Direktor mit seinen Ausführungen. Ich hatte mich neben Hermann Lipp gesetzt und beide sahen wir uns gelangweilt in die roten Augen. Der Direktor stellte sich als Oberstudienrat Mogel vor. Er war unvorstellbar fett, so daß seine Figur aufgelöst erschien und er einem Riesenei ähnelte. Sein Gesicht war kreisrund und als unterer Appendix wabbelte ein Dreifachkinn. Seine Augen glichen zwei schmalen Sehschlitzen. Ganze zehn Minuten brauchte er, um auf die wichtige Bedeutung dieses Tages hinzuweisen. Dann holte er tatsächlich zu der Moralpredigt aus, die Hermann und ich schon am Vorabend in der Kneipe befürchtet hatten. Eigentlich erzählte er nur das in sozialistisch erweiterter Form, was auch Gerhard schon gesagt hatte. Abschließend meinte Mogel, daß er von unserem Jahrgang 100% Berufstreue erwarte, beim letzten waren es doch tatsächlich nur 96% der Abiturienten. „Ach, wie schrecklich", kam es Hermann leise über die Lippen. Selbst mich hob die Nachricht nicht sonderlich an, da ich immer noch glaubte, den Direktor doppelt zu sehen. Schließlich beendete der Oberstudienrat Mogel seine Ausführungen, indem er nochmals die Bedeutsamkeit dieses Tages unterstrich.

Die erste Abiturstunde meines Lebens war ein Treffer ins Schwarze. Mathematik. Eines der Fächer, die ich auf den Tod nicht leiden konnte. Zum Glück war der Mathelehrer in Ordnung. Er erzählte von Gott und der Welt und erwähnte die Mathematik nur zehn Minuten vor Stundenschluß. Welch ein Glück! Außerdem war er nicht nur der Mathe/Physik-Lehrer, sondern auch noch unser Klassenleiter. Er hieß Herr Traum. So wie sein Name verriet, hatte er auch wirklich einen Traum – und das waren die hübschen Mädchen. Er konnte ihn sich leisten, denn er war recht jung und sah gut aus.

Auch die letzte Schulstunde dieses Tages wurde für mich noch einmal zur Qual. Die Russischlehrerin stellte sich nur kurz vor und ab dann ging es in Russisch weiter. Sie brauchte wohl keine fünf Minuten, um herauszukriegen, welch ein russischer Tiefflieger ihr gegenüber saß. Doch da sie etwas sehr Mütterliches an sich hatte, glaubte ich zu fühlen, daß sie mir eine Bruchlandung ersparen würde.

Nach dem Mittagessen fuhr der Schulbus uns Schüler wieder zum Schloß. Mir ging es nun wieder besser und ich genoß die wärmenden Sonnenstrahlen. Die Felder am Straßenrand leuchteten golden. In der hügligen Landschaft wirkten sie wie kurzgeschorene Köpfe, auf denen in immer gleichen Abständen dicke Kämme aus Stroh lagen. Mein Blick fiel auf ein Mädchen, schräg vor mir. Sie hatte kurzes braunes Haar und strahlend braune Augen. Sie gefiel mir. Irgendwie konnte ich meine Augen nicht mehr bewegen und es war mir, als blieben sie an ihr haften. Sie merkte es nicht. Der Bus hielt vor dem Portal des Schlosses. In dichtem Gedränge rannten alle die Treppe hoch. Ich konnte nur noch sehen, wie das Mädchen durch eine Tür unweit meiner verschwand. Ich ging ins Zimmer, warf die Tasche in die Ecke und legte mich auf mein Bett. Auch die anderen legten sich auf ihre Betten. Gerhard mußte ständig über die seltsamen Geschichten von Herrn Traum kichern, bis es dann völlig still wurde. Ich dachte an das Mädchen und schlief ein.

Als ich wach wurde, erschien mir das Bild eines dunkelhäutigen Zigeuners, der am Lagerfeuer saß und Gitarre spielte. Aber es war gar kein Traum.

Es war wirklich Gitarrenmusik aus dem Nachbarzimmer zu hören. Ich stand auf und ging nach nebenan. Das war das Zimmer, auf dem auch Hermann Lipp wohnte. Leider war Hermann nicht da, denn er war nach der Schule nach Hause gefahren. Das konnte er ja nach Belieben tun, weil seine Heimatstadt nur wenige Kilometer von der Schule entfernt lag. Auf einem Stuhl am Fenster saß ein bärtiger, junger Mann. Ich hatte ihn schon am Vormittag in der Schule gesehen. Er hörte zu spielen auf. „Ist was?" fragte er mit leiser Stimme. Ich hob die Schultern. „Warum warst du gestern nicht mit in der Kneipe?" Der Bärtige legte die Gitarre aufs Bett und sagte: „Ich bin Wieland Heilig, und das Saufen kotzt mich an." Ich nickte. Wieland, ein großer, schlaksiger Junge, wirkte unsportlich wie ein Kachelofen. Aber er bekam schon einen richtigen Vollbart, was ich unheimlich fand. Er trug eine Nickelbrille auf der Nase, hatte kurze, schwarze Haare und tiefbraune Augen. Ich lobte ihn, weil er so schön Gitarre spielen konnte und wollte wissen, ob es lange dauerte, so etwas zu lernen. Wieland lächelte. Es war ein liebes Lächeln. „Eine ganze Weile dauert es schon", belehrte er mich. Wieland bog die Finger meiner Hand und preßte sie auf die Gitarrensaiten. Der erste Anschlag klang grauenvoll. Ich brauchte noch eine ganze Zeit, bis ich wenigstens die Grundgriffe so einigermaßen greifen konnte. Plötzlich brach ich ab und jammerte: „Meine Finger brennen wie Feuer." Wieland lächelte wieder. „Das ist ganz normal. Ich werde dir die ersten Grundgriffe auf ein Blatt Papier malen, dann kannst du ja auch mal allein üben."

Ich war erstaunt darüber, daß es mir besser gelang, mit meinen Klassenkameraden mitzuhalten, als ich es für möglich gehalten hätte. Sicherlich, meine Schwächen in Mathematik und Russisch beruhten nicht auf Einbildung. Doch gab es gerade im Russischunterricht mehrere Schüler – vor allem Jungen – , die damit überhaupt nicht klarkamen. Und ich erkannte, daß auch ich Stärken besaß. Die lagen in der deutschen Literatur, Geschichte, Chemie und Biologie. Am liebsten war mir jedoch die deutsche Literatur. Leider empfand das die Deutschlehrerin nicht so. Es verging wohl kaum eine Deutschstunde, in der wir uns nicht in den Haaren lagen. Ganz zur Freude meiner Mitschüler natürlich, die diese Zeit nutzten, um genüßlich auszuruhen. Eigentlich drehte sich der Streit immer um ein und denselben Punkt. Die gute Frau Werner war eine liebe, ältere Dame, die sich stets bereit zeigte, die Meinung eines anderen zu akzeptieren. Das Grundproblem bestand nur darin, daß sie eine Kommunistin war. Daran hatte ich auch nichts auszusetzen. Ich fand die kommunistischen Ideale ganz gut. Doch blieb ich der Meinung, daß sie zu utopisch seien, da sie mit den heutigen Menschen einfach nicht zu machen waren. Außerdem könne es nicht sein, daß Frau Werner ihren kommunistischen Faden durch die gesamte deutsche Literatur zog. Von Goethe bis Grass. Somit kam es, daß ich ständig in strikter Opposition zu ihr stand. Äußerlich hatte das alles einen eher freundschaftlichen Anstrich. Wie hart es aber wirklich zur Sache ging, erlebte ich stets bei ihrer Bewertung meiner Deutschaufsätze. Es war schon seltsam. Ausgerechnet in meinem Lieblingsfach erhielt ich die schlechtesten Noten. In Physik hingegen, die doch sehr dicht an der Mathematik liegt, hatte ich eine gute ‚Zwei', was ich nur schwer begreifen konnte.

Die Jungs auf meinem Zimmer nahmen sich kaum Zeit, um sich auf die Schule vorzubereiten. Und sie lästerten, wenn ich es wagte, einmal mehr zu tun als sie selbst. Nur in Mathe und Russisch ließ ich mich von ihnen nicht abhalten. Schon gar nicht, wenn es darum ging, eine neue Kritik für die kommende Deutschstunde vorzubereiten. Meine verstärkten Aktivitäten für Mathe und Russisch wurden seltsamerweise von den anderen nicht beunkt. Wahrscheinlich weil sie wußten, wie nötig ich es hatte. Für die Mathematikvorbereitungen gab es schließlich Wieland Heilig. Er war ein blankes Mathegenie. Ich konnte nur mit dem Kopf schütteln, wenn Wieland einen Sachverhalt in die Unendlichkeit schickte, ihn dreimal um die Erde kreisen ließ und genau die richtige Lösung wieder in seinem Rechner landete. Für mich einfach unvorstellbar. Und ich verstand es auch wirklich nie. Also half dann nur noch eines. Ich ließ mir von Wieland ganz genau erklären, wann ich welchen Knopf drücken mußte und lernte das vor einer Mathearbeit auswendig. Das klappte soweit ganz gut. Kam es jedoch dazu, daß Herr Traum einmal eine Aufgabe anders stellte, als ich sie gelernt hatte, rutschte sofort der Riemen von der Rolle. Da es aber mathematisch fast unmöglich war, daß Herr Traum alle Aufgaben anders stellen würde, konnte ich mir einer ‚Drei' immer sicher sein.

Zwischen den Jungen der einzelnen Zimmer des Wohnheimes, auf die die Schüler zweier Abiturklassen aufgeteilt waren, bildeten sich enge Gemeinschaften heraus. Es gab wohl kaum einen, der es geschafft hätte, sein Ding ganz allein durchzuziehen, ohne dabei in die Mißgunst der Zimmerkameraden zu geraten. Ich hatte das schnell begriffen. Auch in meinem Zimmer lief alles streng nach den Gesetzen der Gemeinschaft ab. Am frühen Nachmittag brachte der Schulbus die Schüler wieder zurück zum Schloß. Je nach Umfang der anfallenden Hausaufgaben wurde sich entweder noch kurz aufs Bett gelegt oder gleich damit begonnen, die Aufgaben abzuarbeiten. Aber nie wäre jemand auf die Idee gekommen, die ganzen Hausaufgaben allein zu machen. Jeder machte das, was er am besten konnte. Anschließend wurde im Ringtausch das noch Fehlende ergänzt. Das war äußerst ökonomisch und setzte sich daher allgemein durch. Leider gab es einen bitteren Nachgeschmack bei der Sache. Denn im Grunde genommen wußte keiner so recht Bescheid, was eigentlich los war, es sei denn, es betraf gerade seine Spezialstrecke. Somit hatten die meisten Schüler vor Klassenarbeiten ganz schön zu büffeln. Nur einige wenige, wie Wieland Heilig zum Beispiel, machten grundsätzlich alle Aufgaben selbst, behielten immer den Durchblick und waren daher die Besten. Die bittere Pille, die sie schlucken mußten, war, das ständige Lästern der Masse ertragen zu müssen. Eigentlich rang mir das, was Wieland tat, große Achtung ab, doch hatte ich noch größere Angst vor dem Urteil meiner Mitschüler. Bei denen wäre ich mit offener Sympathie für Wieland in tiefe Ungnade gefallen. Also versuchte ich mich da rauszuhalten, denn schließlich brachte mir Wieland mit sehr viel Mühe und Geduld das Gitarrenspiel bei. Immer nach den Hausaufgaben spielte ich Tischtennis oder übte auf der Gitarre. Eigentlich war auf meinem Zimmer Fußball angesagt, aber da mußte ich mit aller Gewalt protestieren. Fußball und ich, das ging nun überhaupt nicht zusammen. Also spielte ich mit den Jungen aus dem

Nachbarzimmer lieber Tischtennis. Was das Gitarrenspiel betraf, so war ich über mich enttäuscht, weil es nicht voranging. Ich konnte es zwar durch ständiges Üben der Griffe und Noten rein mechanisch erlernen, doch das reichte nicht. Wieland benutzte die Gitarre, um etwas von seinem Empfinden auszudrücken, sie galt irgendwie als ein Mittel. Ein Mittel, um die Gefühlswelt erkennen zu lassen, die er in Worte zu kleiden nicht fähig war. Und das hörte jeder, ob er wollte oder nicht. Genauso, wie es jeder bei mir hörte. Für mich blieb die Gitarre immer ein mechanischer Gegenstand, auf dem man Musik erzeugen konnte, so, wie es die Vorschrift verlangte. Sicherlich, ich liebte die Musik, vor allem klassische. Da gab es keine Frage. Doch blieb sie für mich das Medium, um Emotionen zu erspüren und nicht das Medium, um Emotionen zu vermitteln. Trotzdem, das gemeinsame Üben brachen wir nicht ab, denn es machte Spaß. Ich bekam das Gefühl, daß ich etwas Kreatives für mich tat, und das war gut so, selbst mit dem Wissen, nicht annähernd Wielands Qualität erreichen zu können.

Die Abende hingegen wiesen nicht einmal einen Hauch von Kreativität auf. Jeder auch nur denkbare Anlaß wurde genutzt, um in eine der vier Kneipen des kleinen Ortes zu gehen. Wer gut saufen konnte, der galt etwas. Den Sinn konnte ich nicht erkennen. Alles was mir auffiel, war, daß der Robusteste wohl die Stellung eines Anführers genoß. Er bestimmte dann so ziemlich alles, was gemeinsam unternommen wurde. Gerhard, Peter und Friedhelm lieferten sich im Führergerangel oft erbitterte Schlachten, die aber Gerhard aufgrund seiner guten Redekünste meist für sich entschied. Ich fiel von vornherein aus der Konkurrenz. Ich war zwar niedlich und konnte mit meinen lustigen Geschichten eine tolle Stimmung in die Runde bringen, doch half das letztlich gar nichts. Auf fachlichem Gebiet bezüglich der Landwirtschaft galt ich als Embryo, und zum Saufen fehlte mir die nötige Körpermasse. Es dauerte nämlich nicht lange, bis das viele Biertrinken zu unökonomisch für Drehkopf und Brieftasche wurde. Daher kürzten wir die Bestellung, und die Kellnerin bekam sie zudem leichter aufs Tablett. Eine Flasche Korn mit Ausgießer und vier Gläser war die teure Variante, eine Flasche Primasprit und Fruchtsaft die billige. Das häusliche Experiment mit dem Primasprit wurde jedoch nach zwei verheerenden Versuchen wieder eingestellt. Er war zwar schön billig, aber die Auswirkungen selbst für den stärksten aller Bauern zu heftig. Fortan gab es mit mir sowieso nur noch Ärger. Ich konnte einfach nichts ab. Entweder vier Mann schleppten mich an vier Ecken von der Kneipe zum Schloß, oder ich konnte noch allein unter enormem Zeitaufwand zum Schloß taumeln, um dort angekommen ständig aus dem Zimmerfenster zu kotzen. In den ersten Schulstunden des Folgetages sah ich öfter gleich zwei Tafeln an der Wand, und ich hatte arge Schwierigkeiten auseinanderzuhalten, welches denn nun die echte sei. Selbst die Lehrer, die in dieser Hinsicht schon einiges von den Ex-Abiturienten gewohnt waren, beschwerten sich, daß der Kneipengeruch im Klassenraum während der ersten Unterrichtsstunde den Rahmen alles Erträglichen übersteige. Aber sie waren wohl die letzten, die diesem fragwürdigen Unternehmen hätten ein Ende setzen können. So ging es gnadenlos weiter. Um wenigstens etwas männlichen Eindruck zu schinden, begann ich mit dem

Rauchen. Das fanden die anderen drei total blöd. Es stinke, sei ungesund und teuer. Hermann und ich hingegen meinten, daß es ein Stück Kultur symbolisiere, von der die anderen ja sowieso nichts verstünden.

Verstanden hatte es jedoch mein Vater, als ich zum ersten Mal wieder nach Hause kam. Er schrie mich an, ob ich ihm mal erklären könne, was wir da unten im Harz getrieben hätten? Vom Lernen jedenfalls würde man kaum so blaß und grau im Gesicht. Natürlich verteidigte ich mein etwas heruntergekommenes Aussehen mit maximalem Lernstreß, dem ich ununterbrochen unterworfen sei. Aber der Vater glaubte das nicht. Die Finger meiner rechten Hand waren sichtlich gelb und die Brieftasche total leer. „Hast du vielleicht auch eine Idee, wie das weitergehen soll?“ wollte Vater von mir wissen. „Du glaubst doch nicht allen Ernstes, daß ich als Arzt das Saufen und Rauchen meines eigenen Sohnes finanziere, oder?“ „Was soll das heißen? Schließlich bin ich erwachsen und kann mit meinem Lehrgeld machen, was ich will.“ „Ach – so ist das! Der Herr Grünschnabel ist erwachsen. Na toll. Wenn dich nachts die Weisheit überrannt hat, ist dir ja klar, daß es nicht ums Geld geht. Und da du so'n richtiger, erwachsener Kerl bist, nehme ich dich morgen mit in die Klinik und zeige dir einige Lungenkrebspatienten beim Verrecken.“ Ich zog die Stirn in Falten und schüttelte den Kopf. „Was soll der Quatsch? Ich hab' keinen Bock auf deine Klinik und deine Patienten.“ „Zügel ja deinen Ton, Freundchen!“ zischte Mutter dazwischen. „In solchen Fällen gibt es nur ein Mittel und das ist absolute Härte“, keifte sie drauflos. „Max bekommt von uns keinen Pfennig Unterstützung mehr. Dann wird sich ja herausstellen, wie lange er das durchhält.“ Zum Glück schwächte sich diese harte Drohung im Verlaufe des Wochenendes etwas ab, und ich bekam wenigstens das Fahrkartengeld von meinen Eltern. Aber das reichte natürlich nicht aus, um gut leben zu können. Ich richtete mich daher auf drastische Sparmaßnahmen ein.

Als ich am Sonntagnachmittag die Reisetasche packte, kam Vater in mein Zimmer. Er steckte mir zwanzig Mark in die Hosentasche und meinte: „Aber kein Wort zu Mutter, verstanden!“ Vater öffnete die Tür und zögerte einen Augenblick. Er drehte sich um und sah mich an. Wieder hatte er diesen hilflosen Blick, wie damals, als ich von der Schule fliegen sollte. Ich haßte diesen Blick des Vaters. Ich konnte es einfach nicht ertragen, meinen Vater hilflos zu sehen. „Paß auf, Max! Ich gebe dir jeden Sonntag zehn Mark, wenn du das Rauchen sein läßt. Einverstanden?“ Ich wich dem Blick des Vaters aus und nickte kurz.

An der Landwirtschaftsschule fand ein ständiger Wechsel zwischen drei Wochen Abiturvorbereitung und zwei Wochen Praxisausbildung statt. Nachdem die ersten Abiturwochen gelaufen waren, saß ich nun im neuen, blauen Schlosseranzug zwischen auseinandergebauten Traktoren, Mähdreschern, Häckslern und Schwadmähern, einem riesigen Dieselmotormodell, einer aufgesägten Strohpresse und einer Drillmaschine. An den Wänden hingen Karten mit technischen Zeichnungen, verschiedenen Arten von Eggen und Tafeln für Kfz-Elektrik. Die Luft roch nach Motorenöl und Diesel. Das laute Summen der Neonlampen nervte. Alles sah zwar beeindruckend aus, doch hatte ich Schwierigkeiten, es mit mir in Verbindung zu bringen. Friedhelm,

Peter und Gerhard hingegen schwelgten in ihrem Element. Sie schnatterten wie eine Schar Gänse. Hermann und ich sagten nichts. Unsere einzige Befriedigung lag darin, daß auch die Mädchen eher betreten in die Halle glotzten. Und zum Glück gab es davon genügend, denn die Klasse bestand zur Hälfte aus Mädchen. Es wurde ruhig. Vorn an der Tafel tauchte ein Mann in den mittleren Jahren auf. Der Haarring um seine leuchtende Glatze schimmerte goldig. Sein schlanker Körper wurde von einem frischgebügelten Kittel verhüllt. Und überhaupt! Er machte einen sehr gepflegten, pedantisch-sauberen Eindruck. Die Stimme klang irgendwie seltsam. So ganz besonders weich.

Er stellte sich als Lehrmeister Werner Seidig vor und sei für unsere Klasse verantwortlich. Herrn Seidig war offenbar klar, daß nicht alle Schüler schon solch ein technisches Wissen mitbrachten wie die Jungen aus meinem Zimmer. Er fing daher bei all seinen Erläuterungen ganz im Urschleim an, was mir etwas Genugtuung verschaffte. Ich folgte dem Unterricht aufmerksam und notierte mir jede Kleinigkeit. Nach und nach verstand ich die Funktion dieser technischen Gebilde. Ich studierte genau, welche Aufgaben die ganzen Hebel und Knöpfe hatten, um bald mitreden zu können. Mit Erleichterung stellte ich fest, daß meine Angst vor den Ungetümen immer mehr wich. Ich erfuhr auch schnell, was es denn so Merkwürdiges mit Herrn Seidig auf sich hatte. Herr Seidig war schwul, und die ganze Schule nannte ihn Kalle. Natürlich aber niemals in der Nähe von Herrn Seidig selbst. Mir war das ziemlich egal, ich hatte nichts gegen Schwule. Außerdem wirkte Kalle so etwas von schwul, sein Reden und Lachen derart rührend, daß es wohl keinen in der Klasse gab, der ihm echt etwas Böses wollte. Nur die Mädchen reagierten öfter sauer auf ihn, weil sie der festen Überzeugung waren, ihre im Vergleich zu den Jungen schlechteren Noten seien auf Herrn Seidigs Homosexualität und nicht etwa auf mangelndes technisches Begreifen ihrerseits zurückzuführen. Auch fand ich die Streiche, die Gerhard Läster mit Kalle führte, ekelhaft. Er stiftete dazu an, die in der Halle stehenden Topfpflanzen mit Diesel zu gießen, was denen gar nicht bekam. Außerdem spuckte Gerhard in den Kerzenstecker von Kalles Motorrad. Als am Nachmittag der Schulbus die Schüler zum Schloß brachte, stand der arme Kalle am Straßenrand. Er trug einen Sturzhelm, der einer Eierschale glich. Mit rotem Kopf, unter ständigem Würgen und recht betretenen Blicken zwischen Kerzenstecker und vorüberfahrendem Bus schmierte Kalle den Stecker mit einem schneeweißen, frischgeplätteten Taschentuch trocken.

Ich genoß es aus vollen Zügen, bei den allabendlichen Kneipengängen nun endlich mitreden zu können. Zudem registrierte ich ein gewisses Lob Gerhard Lästers, was Friedhelm und Peter noch bestätigten. Sicherlich, von der praktischen Seite verstand ich nichts, aber was das Theoretische anbelangte, konnte ich gut mithalten. So vergingen auch die ersten zwei Praxiswochen wie im Fluge, und ich empfand überhaupt keine Lust mehr, mich wieder auf die Schulbank zu setzen und mit Frau Werner über Goethe im sozialistischen Anflug zu streiten. Doch nach den ersten Schultagen legte sich dieser Unmut. Zumal die Schule den Vorteil hatte, daß sie mit dem Mittagessen endete. Die Praxistage hingegen waren immer volle Arbeitstage.

Außerdem verlief der Abiturunterricht leichter, als ich es mir vorgestellt hatte. Ich hielt mich leistungsmäßig im Mittelfeld und war damit ganz zufrieden. Im Vergleich zum letzten Jahr sank mein Lernaufwand auf ein Minimum. Und den sozialistischen Überzieher nahm ich nicht weiter für voll. Im Gegenteil, oft machte es mir sogar Spaß, auf der geforderten roten Linie herumzutänzeln, um den Faden hier und da etwas in Schwingung zu bringen.

Was das Heimleben betraf, so lockerten sich die in den Anfangswochen herausgebildeten Abgrenzungen zwischen den einzelnen Zimmergemeinschaften. An den Nachmittagen wurden Mannschaften aufgestellt und Fußball oder Volleyball gespielt. Dabei erhielt der Fußball zunächst den absoluten Vorrang, was sich aber erstaunlich schnell änderte. Denn es kam immer häufiger zu Protesten der Mädchen, die sich durch das ständige Fußballspielen der Jungen an die Wand gedrängt fühlten. Sie plädierten daher für Volleyball, da in diesen Mannschaften Jungen und Mädchen zusammen spielen konnten. Somit dauerte es nicht lange und ein Fußballspiel war eher eine Seltenheit. Das ganze zu Anfang so eng abgesteckte Heimleben begann sich zu wandeln. Nachdem die Grenzen zwischen den Jungenzimmern gefallen waren, stieg das Interesse an den Mädchenzimmern schier unersättlich. Selbst die schon üblich gewordenen Kneipengänge wurden seltener und der Umfang der Runden immer kleiner. Es begannen üble Geschichten über den Biergläsern zu kreisen, von den Weichlingen, die aus der Stammtischrunde in den Schoß des Weibes gefallen waren. Dabei hielt sich die Runde um Gerhard Läster besonders hartnäckig und blieb auch zahlenmäßig weitaus die stärkste. Um so mehr verwunderte gerade sein plötzliches Fernbleiben, mit der Begründung, daß es ihm nicht gut ginge und er allein im Zimmer zurückbleiben wollte. Das konnte so recht keiner verstehen, machte Gerhard doch einen ausgesprochen gesunden Eindruck.

Spät am Abend polterten Friedhelm, Peter und ich die Holztreppe zu unserem Zimmer hoch. Mit Getöse schleuderten wir die Tür auf und erstarrten im gleichen Moment zu Steinsäulen mit trunkenen Glubschaugen und feuchten Hängemäulern. Wir stierten durch Kerzenlicht auf Gerhards Bett. Auf seinem Nachttisch standen eine Flasche Pfefferminzlikör – bester Marke – und zwei Gläschen. Die Luft füllten die Klänge einer Panflöte, an denen eine schwere Süße klebte. Gerhard starrte mit benommenen Augen zur Tür. Auf seiner Brust vergrub sich das Gesicht der schönen Kamie Brauning. Es war vollkommen umhüllt von ihren roten Haaren. Aus der aufgerissenen Bluse ragten kreisrunde, feste Brüste – gekrönt von schokoladenbraunen Spitzen. Niemand sagte ein Wort. Zwischen den Flötentönen herrschte eine unheimliche Stille. Ich schloß die Tür, schlich an mein Bett, zog mich aus und warf die Decke über den Kopf. Die Decke war kalt und klamm. Die Luft, die ich sog, heiß und süß. Das plötzliche Knacken des Kassettenrekorders jagte ein Zucken durch meinen Körper. Nun war es still. Erdrückend still. Ich schlug die Augen auf. Das Kerzenlicht warf Kamies Schatten an die Wand, mit all ihren Rundungen. Ich fühlte, wie mir das Blut in den Kopf stieg. Es war das schönste Bild, das ich je auf meiner Wand sah. Ich stierte die Wand an und horchte in die Stille. Friedhelm schien das alles egal zu sein. Schon nach wenigen Minuten ging sein Schnarchen durch den Raum.

Schließlich beugte sich Kamie zur Kerze. Deutlich konnte ich den Schatten ihrer Haare und das Wiegen ihrer Brüste mit den Spitzen erkennen. Ein zartes Hauchen – dann war es dunkel. Friedhelm drehte sich auf die Seite. Sein Schnarchen verstummte. Gerhards Bett knackte kurz. Wieder herrschte Stille im Raum. Mir fielen die Augen zu, aber das Schattenbildnis der schönen Kamie blieb noch immer im Kopf. Ich wagte es nicht, mich auf die Seite zu legen. Es war wie ein Krampf. Nach und nach wurde Kamies Bildnis verschwommener.

Ich mußte in einen leichten Schlaf gefallen sein. Irgendwann schreckte ich auf. Wieviel Zeit war vergangen? Minuten oder gar Stunden? Kamie und Gerhard flüsterten. Doch verstand ich sie nicht, trotz größter Anstrengung. Aus dem Tonfall konnte ich nur entnehmen, daß Gerhard um irgend etwas bat, ja beinahe flehte oder bettelte. Aber Kamie schien anderer Meinung zu sein. Zu mir drangen nur Wortfetzen herüber: „Nein!...bitte nicht!...laß doch!“ Dann war wieder Ruhe. Nach einer Weile begann das Bett der beiden leise zu quietschen. Ein Quietschen, das stetig heftiger und rhythmischer wurde. Erst glaubte ich, daß Kamie weinte, doch plötzlich schrie sie auf und aus dem leisen Wimmern wurde ein lautes, heißes Stöhnen. Ich fühlte, wie mein Körper zu zittern anfing, warf mich auf die Seite und drückte die Bettdecke fest über den Kopf. Das schwere Stöhnen Kamies und das nervende Quietschen der Bettfedern drangen aber trotzdem in jede Zelle meines Körpers vor. Ich spürte eine drückende Hitze auf meinem Leib. Zwischen den Beinen tat sich etwas Hartes auf, das elend zu kribbeln und zu jucken begann. Die Unruhe breitete sich im Körper aus, und ich warf mich heftig auf die andere Seite. Meine Hände legten sich um das wilde Aufbegehren. Ich drückte und rieb es immer kraftvoller zwischen den Fäusten. Es erschien mir wieder Kamies Bildnis – ich sah ihre weiße Haut im Kerzenschein und die runden, weichen Brüste. Plötzlich kamen mir gequälte Laute über die Lippen. Die Angst, daß man mich hören könnte, ließ mich verzweifelt ins Kopfkissen beißen. Die Ohren waren überflutet von Kamies lautem Stöhnen, dem sich inzwischen auch Gerhard in tieferer Tonlage angeschlossen hatte. Das Quietschen des Bettes wich aus den Ohren. Doch ich spürte, daß auch mein Bett zu hören war, was mir beängstigend egal wurde, denn ich glaubte, ich wäre nicht mehr bei Sinnen, als plötzlich ein krampfartiges Aufbäumen meinen Atem stockte und sich in Zuckungen durch den Körper ausbreitete. Ich atmete schwer. Meine Haut war am ganzen Körper mit Schweißperlen überzogen. Die Muskeln begannen sich zu lösen. Ich holte tief Luft und hechelte sie wie Dampf über die trockenen Lippen ab. Erst jetzt fühlte ich etwas Feuchtes zwischen den Beinen. Die Hose und das Bettlaken waren warm. Ich schreckte hoch. Friedliche Stille schoß mir in den Kopf. Von Kamie und Gerhard war nichts mehr zu hören.

Ich versuchte mich zu erinnern, wie lange das schon so war, aber es gelang mir nicht. Schließlich drehte ich mich an die äußerste Kante meines Bettes. Denn das feuchte Laken wurde kühl. Das Bildnis der schönen Kamie jedoch blieb in meinem Kopf, es war ruhig und still und friedlich.

Als ich am Morgen aufstand und in den Waschraum ging, war Kamie nicht mehr im Zimmer. Beim Frühstück und im Schulbus erwähnte niemand die Ereignisse der letzten Nacht. So blieb es auch weiterhin. Auch mein schlechtes Gewissen blieb, daß jemand etwas von mir gehört haben könnte. Außerdem hatte ich die Befürchtung, daß Kamie jetzt öfter über Nacht bei Gerhard schlief und ich das alles noch einmal durchmachen müßte. Und ich reagierte mit Erleichterung, als ich sicher war, daß es nicht passierte. Obwohl doch immer eine unterschwellige Restangst in mir verblieb. Das Verhältnis zwischen Kamie und Gerhard war zu meinem Erstaunen unverändert, so, als hätte es die Nacht überhaupt nicht gegeben. Wenn sie sich zufällig trafen, redeten sie ein paar Worte miteinander und das war alles. Ich jedoch brauchte eine ganze Weile, bis ich erkannt hatte, daß das ungute Gefühl, das Kamie Brauning in mein Leben brachte, nur ein leichter Kratzer an meiner Oberfläche war. Die Tiefgründigkeit und unendliche Weite des Problems sah ich nur allmählich – wie durch einen sich auflösenden Nebel, der den Wolkenfetzen am Himmel gleicht – mal mehr und mal weniger. Und es fuhr mir ein Schrecken durch die Glieder, verbunden mit der Demut des Versagers dachte ich an die Vorstellung, daß sich zum Machtgerangel im Heimleben außer Kneipengängen, Technikbegeisterung und sportlicher Kraftmeierei nun auch noch die Schlacht um das weibliche Geschlecht dazugesellen sollte.

Max Steinert war ein Jüngling. Und Gerhard Läster hatte seiner Führerrolle im Zimmer entsprechend gezeigt, wo es künftig langgehen würde, wenn einer neben ihm bestehen wollte. Da tat sich in mir ein Ekel auf. Das alles fand ich einfach zuwider. Noch nie hatte ich es gewagt, gegen Gerhard Läster meine Stimme zu erheben. Doch damit sollte es von nun an vorbei sein.

Die Nacht mit Kamie war erst ein paar Wochen her, als ich eines Tages vom Frühstück auf mein Zimmer zurückkehrte. Gerhard schien an diesem Morgen wieder unerträglich zu sein. Gewöhnlich redete er dann kaum, und wir anderen vermieden es, ihn anzusprechen. Diesmal lud er seine Unlustgefühle bei mir ab. Das war für mich nichts Neues, denn es kam ab und an vor. Ich stritt nicht mit ihm, sondern ließ ihn reden. Zu allem Unglück hatte ich über Nacht einen dicken, roten Pickel auf der Nase bekommen. Gerhard wollte sich vor Lachen bald wegschmeißen, so urkomisch fand er das. Friedhelm und Peter jodelte er entgegen: „Seht nur! Unser kleines Mäuschen hat ‘nen Pickel auf der Nase. Aber mach’ dir nichts draus, Kleiner, das ist typisch bei solchen, die nicht wissen, wie die Weiber von innen aussehen. Und außerdem kriegst du ihn ja sowieso noch nicht hoch, und wenn doch, weißt du nicht, wo du damit hin sollst.“ „Halt endlich deine dumme Fresse!“ zischte ich ihn an. „Und außerdem habe ich es nicht nötig, mich von einem belasten zu lassen, der sich so nuttig benimmt wie ein Gerhard Läster.“ Gerhard kam wütend auf mich zu. Er stieß seine Fäuste heftig gegen meine Brust. Ich krachte auf mein Bett, sprang aber gleich wieder auf, um Gerhard einen ebenso kräftigen Stoß zu versetzen. Gerhard jedoch machte nur einen kleinen Ruck nach hinten. Dann holte er aus und schmetterte mir seine Faust ins Gesicht. Ich hob ab und landete rücklings in der Sitzgruppe unterm Fenster. Den Tisch und zwei Sessel riß ich mit um. Sofort schwang sich Gerhard auf mich und würgte meinen Hals so lange, bis er spürte, daß ich aufgab. Friedhelm und Peter sahen zu. Sie sagten kein Wort. Erhaben griffen die drei ihre Taschen und verließen das Zimmer. Ich grub mich unterdessen zwischen Tisch und Sesseln hervor. Unterkiefer und Unterlippe schmerzten. Im Spiegel betrachtete ich den eingerissenen Mundwinkel. Er blutete leicht. Den Hals überzogen rote Striemen. Ich wechselte mein Oberhemd gegen einen Rollkragenpulli und beeilte mich, Tisch und Sessel wieder aufzustellen. Ich schnappte die Schultasche und rannte zum Bus. Im Heim war es still. Der Busfahrer hatte schon die Türen geschlossen und wollte gerade abfahren, als er mich im letzten Moment erblickte. Ich wußte zuerst nicht, wie ich mich den anderen gegenüber verhalten sollte, setzte mich dann aber doch entschlossen auf meinen gewohnten Platz neben Friedhelm. Auch in den Unterrichtsstunden und in den Pausen auf dem Schulhof hielt ein ungutes Gefühl in mir an. Es war eine quälende Synthese aus Haß und Unterlegenheit. Ich war voller innerer Anspannung und ständig bemüht, an Gerhard vorbeizusehen. Ich achtete darauf, daß es immer einen gebührlichen Abstand zwischen ihm und mir gab. Gerhard hatte dieses Unmutsgefühl offenbar nicht. Für ihn war die Angelegenheit genauso schnell erledigt wie die Nacht mit der schönen Kamie. Ich spürte, mit welch einer Unbeschwertheit auch die anderen über die Auseinandersetzung hinweggingen. Und eigentlich ödete mich das Theaterspielen an. Denn ich wollte mich nicht selbst ins Abseits drängeln, wo der eigene Stolz zur Sturheit wird, so daß ich schon auf der Rückfahrt mit dem Schulbus die Sache als vergessen erscheinen ließ.

Ich legte meinen Kopf gegen die Scheibe und spürte, wie die Vibrationen durch meinen Kopf zogen und schließlich die Lippen zum Zittern brachten. Mein Atem warf trübe Ringe aufs kalte Glas. Die Felder an den Berghängen hatten ihr goldgelbes Gewand verloren. Sie lagen jetzt glänzend in einem schweren Dunkelbraun. Ganze Schwärme von Krähen stürzten sich auf die modrigen Ackerbrocken. Die Laubbäume waren inzwischen tiefgelb bis rot. Sie bildeten mal große, mal kleine Leuchtpunkte in den grünen Fichtenkämmen. In den Zimmern des Heimes war es schon kühl, wenn wir am Nachmittag von der Schule zurückkehrten. Als erstes wurden die Öfen angeheizt. Es dauerte nicht lange, bis sie ordentlich bullerten und sich die Wärme in den Zimmern ausbreitete.

Ich ärgerte mich zwar manchmal über die Mühen der Kohleheizung, fand es aber letztlich doch romantisch. Oft legte ich mich nach der Schule für eine Weile aufs Bett und lauschte dem Knacken und Bullern des Ofens. So stieß dann auch Herrn Gutharths stolze Ankündigung, daß nach dem Jahreswechsel die bereits installierte Warmwasserzentralheizung in Betrieb ginge, bei mir nur auf geteilte Freude.

Den Ferien zum Jahreswechsel hingegen gehörte meine ganze Freude. Denn endlich konnte ich wieder für längere Zeit zu Hause sein. Ich hatte mir schon viel vorgenommen und wollte unbedingt etwas mit meinen alten Freunden unternehmen. Und mich drängte die Sehnsucht, wieder am Bahndamm entlangzulaufen, zu den Wiesen, Weiden und natürlich zum ‚Großen Moritz'. Das einzig Unangenehme, das ich über Weihnachten ertragen mußte, galt jedoch den Eltern. Ich wußte nämlich aus den vielen, endlosen Wochenendstreitereien mit meinen Eltern ganz genau, daß ich das gewünschte

Moped oder Motorrad nicht bekommen würde. Selbst mein Angebot, all meine Ersparnisse dort zu investieren, stieß bei der Mutter auf Protest. Den Vater hätte ich vielleicht noch überreden können, denn er zeigte doch irgendwie Verständnis für mein Problem. Aber die Mutter faßte sich kurz und entschlossen, mit der für sie typischen Strenge: „Was denkst du dir überhaupt dabei, Max? Ist dir nicht klar, wieviel Motorradraser dein Vater im OP wieder zusammenflicken muß; vorausgesetzt, daß es überhaupt noch geht? Wie würde der Vater sich wohl fühlen, wenn dort auf dem Tisch sein eigener Sohn liegt? Und außerdem: Für den Straßenverkehr bist du doch viel zu nervös, das weißt du doch selber." Mich regten diese Begründungen immer so sehr auf, daß ich wirklich nervös wurde und mir bei der Widerrede die Lippen bebten. Meine Stimme wurde dann leise, so daß sie eher einem Zischen ähnelte. „In der Lehre fahre ich Traktoren und andere Großmaschinen. Den LKW-Führerschein habe ich auch. Noch nie hat sich ein Fahrlehrer darüber beklagt, daß ich für den Straßenverkehr zu nervös wäre. Aber du, die du mich noch nie im Leben fahren gesehen hast, du weißt das natürlich besser." Mutter bekam wieder ihren entrüsteten Blick, den sie immer bekam, wenn sie mir das Wort verbieten wollte. Doch bevor sie Luft geholt hatte, fuhr ich fort: „Sicherlich gibt es das Risiko, mit dem Motorrad zu stürzen, aber das ist doch kein Grund, nun ganz darauf zu verzichten – jedenfalls für mich nicht. Außerdem ist das gar nicht mein Problem! Das Motorrad ist eine Prestigefrage. Alle Jungen in der Klasse haben eins. Nur der Max Steinert nicht. Denn auf dem Lande ist man darauf angewiesen, der Beweglichkeit halber: Mutter, verstehst du denn wirklich nicht, wie wichtig das blöde Motorrad für mich ist? Ich bin der Kleinste, komme nicht vom Lande, weiß nicht, wie man ein Schwein schlachtet, habe keine Äcker gepflügt, verstehe nichts von Mädchen, mache beim Biertrinken schlapp, kann kein Fußball spielen und habe nicht einmal ein Motorrad." Aber Mutter lächelte nur unter ständigem Kopfschütteln über meine Argumentation und verlangte, nichts mehr von diesem Quatsch hören zu müssen.

Und wieder einmal fand ich bei Hermann Lipp Unterstützung. Auch sein Vater war Arzt. Doch ein Motorrad stellte bei ihm kein Thema dar, denn Hermann selbst verzichtete darauf. Ihn juckten keine Prestigeangelegenheiten. Wenn ich ihn ab und zu in seiner nahegelegenen Heimatstadt besuchte und wir zusammen in Hermanns kleiner, gemütlicher Stammkneipe ‚Anny Hecht' saßen, bei gutem Bier und den filterlosen ‚Karo', dann philosophierten wir oft bis spät in die Nacht hinein. Und selbst das überhebliche Lächeln, das Hermann immer aufzusetzen pflegte, wenn ich über meine Minderwertigkeiten zwischen Fußballspielen, Weiberröcken und Schweinshaxen klagte, konnte meinen Hochgenuß nicht trüben. Denn ich fühlte mich verstanden und geborgen bei ihm. Ich spürte irgendwie ein besonderes Band, gespannt von Brust zu Brust, das aus der gemeinsamen Begeisterung für Literatur, Musik und Kunst gesponnen wurde. So dauerte es auch nicht lange, bis selbst ich über dieses ganze Machtgerangel im Heim herzhaft zu lachen anfing. Hermann forderte mich auf, endlich von diesen Albernheiten wegzukommen und mich mit wesentlichen Dingen zu beschäftigen. Er war gerade dabei, das Werk von Franz Kafka durchzuarbeiten. Natürlich verbunden mit all dem, was andere Schriftsteller zu Kafkas Werk anmerkten. Vor allem aber die Anmerkungen Max Brods. Hermann erklärte mir, wie überaus kompliziert und spannend es sei, in der DDR ein vollständiges Werk eines Schriftstellers zu bekommen. Er flüsterte mir zu: „Weißt du, Maxi! Alle Bücher werden genauestens zensiert und diejenigen, die dem Staat nicht genehm sind, erscheinen einfach nicht.“ Hermann schwoll die Brust. Er hob den Zeigefinger und zog seine Lippen breit. Er zischte lächelnd: „Ja, ja, in meinem Bücherregal steht das vollständige Werk von Franz Kafka. Da fehlt nix.“ Ich nahm einen kräftigen Zug aus dem Bierglas, wischte aufgeregt mit dem Hemdsärmel über meinen Mund und fragte: „Na und? Wie hast'n das angestellt?“ „Ach, denkt sich schwerer, als es in Wirklichkeit ist. Ich habe eine Tante in Westdeutschland, die mir dort alles fehlende Material besorgte und dann bei ihren hiesigen Besuchen mit über die Grenze schleuste. Klappte alles wunderbar, ohne jegliche Panne.“ „Soll aber auch schon verdammt schiefgelaufen sein“, bemerkte ich kurz. „Ja, soll wohl“, lächelte Hermann und erhob sein Bierglas. „Oha, Hermann! Wenn das die olle Werner wüßte, daß du dich so viel mit Kafka beschäftigst. Haste denn vergessen, wie sie dir neulich ans Zeug wollte, weil du Kafka zitiert hast. ‚Mein lieber Herr Lipp, Sie sollten nicht vergessen, welch negativ literarisches Beispiel der Kafka gibt. Eine Literatur, so meine ich, mit der sich eine werdende sozialistische Persönlichkeit besser nicht befassen sollte, denn ihre Auswirkungen sind depressiv und zersetzend. In diesem Zusammenhang möchte ich gleich auf ein positives Beispiel verweisen, nämlich auf Anna Seghers. Vielleicht sollten sie die Seghers lesen, Herr Lipp, um unsere Welt etwas besser zu verstehen. Übrigens meint Anna Seghers über die Kafka-Literatur: Kafkas Erzählungen sind schlimme Märchen für Erwachsene. Darüber sollten sie einmal nachdenken, Herr Lipp!'

Und das ganze Theater nur, weil du ihre heilige, sozialistische Realliteratur als ein Zwischending aus der ‚Direktive des 9. Parteitages der SED' und einem Krimi der Serie ‚Polizeiruf 110' bezeichnet hast. Hätt'ste vielleicht auch nicht machen sollen, Hermann! Du weißt doch, wie sie ist. Das Ding hat sowieso noch Folgen für dich.“ „Ach, nun komm! Mach dir nicht gleich wieder in die Hosen. Die Werner kann mich mal sonstwo“, blubberte Hermann verärgert in sein Bierglas.

Sicherlich, Hermann hatte recht. Ich ängstigte mich tatsächlich, weil ich ja wußte, daß mit dem sozialistischen Märchen keine Späßchen zu machen waren. Und doch war das alles aufregend. Ich war voll von kribbelnder Spannung. Irgendwie trug das Ganze etwas Geheimnisvolles in sich und roch so nach Ferne und Freiheit. Vielleicht war es gerade diese Tatsache, diese Opposition, die die Sache für mich so interessant machte. Denn so weit hatte ich Frau Werner bereits erkannt, wenn sie so gegen Kafka zu Felde zog, konnte es sich nur um gute Literatur handeln. Um Literatur nämlich, die nicht in Frau Werners sozialistisches Weltbild paßte. Allerdings mußte ich auch vor Hermann eingestehen, daß ich von Kafka noch nie zuvor etwas gehört hatte. Hermann setzte nicht sein erhabenes Lächeln auf, das ich eigentlich erwartet hatte. Im Gegenteil. Er meinte verständnisvoll: „Laß nur, Max! Es gibt in diesem Lande sehr viele Leute, die sehr viel dafür tun, daß man von bestimmter Literatur nichts hört und sieht. Die Bildungseinrichtungen gehören auf jeden Fall dazu, einschließlich Frau Werner.“

Leider blieben die schönen Gespräche, die ich gelegentlich mit Hermann Lipp führte, für mich vorerst nur graue Theorie. Denn es schien mir unmöglich, sie in mein praktisches Leben einzubeziehen. Und so ließ dann auch der schwache Schein der Kerzen niemanden erkennen, was für eine enttäuschte Miene zum Weihnachtsfest in meinem Gesicht klebte. Der Weihnachtsbaum mit den echten Kerzen war wunderschön von der Mutter zurechtgemacht, wie in jedem Jahr. Durch das Wohnzimmer klangen die wohlbekannten Weihnachtslieder von der Platte und luden zum Mitsingen ein. Die Luft roch nach Lebkuchen. Eigentlich war mir ja klar, daß ich kein Motorrad bekommen würde, und doch hegte ich in all den Wochen zuvor ganz tief in mir drinnen einen Funken Hoffnung, daß mein Wunsch vielleicht in Erfüllung gehen würde. Ich hatte mir fest vorgenommen, bei Eintritt der Gewißheit, daß ich einer Illusion erlegen war, meine Enttäuschung darüber nicht nach außen zu tragen. Und nun wollte es mir nicht gelingen. Als ich aber mein erstes Kafka-Buch unter dem Weihnachtsbaum erblickte, mußte ich sofort an Hermann denken und ein Lächeln huschte über mein Gesicht. Ich hatte mir nämlich vom Vater ein Kafka-Buch gewünscht, wohlweislich, daß der Vater die dafür nötigen Beziehungen haben müßte. Trotzdem bekam ich erst wieder meinen inneren Frieden, als sich in mir die Zuversicht regte, daß es mir bei guter Überzeugungsarbeit bestimmt gelingen würde, die Motorradgeschichte auf das nächste Weihnachtsfest zu verschieben.

Weihnachten selbst fand ich mit zunehmendem Alter immer belastender. Von den Geschenken und der freien Zeit einmal abgesehen, war es doch eher langweilig. Es galt, Unmengen viel und lange zu essen. Die Discotheken waren geschlossen, und die Freunde saßen brav bei Kaffee und Kuchen mit den Eltern, Oma und Opa, Tante und Onkel. Auch bei Steinerts ging das nicht anders zu. Ich beeilte mich, meinen heißen Kaffee in mich hineinzuschlürfen und bestand darauf, spazieren gehen zu müssen. Die Mutter nörgelte über meinen Eigensinn und ließ mich gehen. Ich schlenderte dann meinen Weg am Bahndamm entlang und stöberte im Schnee. Der Wind war eisig kalt. Die Weiden standen kahl vor dem grauen und trüben Himmel. Ich verließ den Weg und stapfte über die Wiese zum ‚Großen Moritz’. Der Schnee unter meinen Füßen knarrte. Trotz der Kälte verspürte ich plötzlich den Wunsch, mich auf den ‚Großen Moritz’ zu setzen. Ich fegte mit den Handschuhen den Schnee vom Stein und kletterte hinauf. Lange horchte ich in die Stille. Irgendwie hatte ich das Gefühl, als käme das Plätschern des Baches lauter zu mir herüber als sonst. Verwundert sah ich zum Bach hinunter, aber es hatte sich nichts verändert, bis auf kleine Eisschollen an den Ufern. Und überhaupt, auch das Bild der Ferne war wie ich es schon immer kannte. Nun also kroch die melancholische Ruhe in meinen Körper, ein In-sich-hinein-Ruhen, wie ich es jedesmal an diesem Orte spürte, umgeben von eisiger Einsamkeit. Die Kälte verschwand aus meiner Wahrnehmung. Und erst das laute Zischen des achtlos weggeschnipsten Zigarettenstummels ließ mich wieder aufschrecken, mit dem Zucken der Erkenntnis, doch eine Veränderung bemerkt zu haben, nicht in der Ferne des Bildes als vielmehr in der

Tiefe meiner selbst. Aus dieser Tiefe stieg eine unheimliche Wärme auf und legte sich würgend um meinen Hals. Ich wollte aufschreien und weglaufen, ganz weit weg. Doch langsam kroch ich vom Stein und stapfte heimwärts unter schweren Atemschritten, mit dem bitteren Geschmack des Tabaks auf meinen Lippen.

Die ersten Wochen des neuen Jahres verliefen stressiger, als es mir lieb war. Ich hatte im Sportunterricht die Übungen zum ‚Stärksten Lehrling' als Bester bestritten. Der Sportlehrer wollte nun, daß ich am Schulausscheid teilnähme. Das war für mich nicht sonderlich aufregend, denn schon während meiner Schulzeit war ich im Turnverein und somit sportliche Wettkämpfe gewohnt. Damals mußte ich für meine Schule zum Ausscheid ‚Stärkster Schüler', wo man mich auf den vorderen Plätzen wiederfand. Daher sah ich die ganze Sache als gewöhnlich an und ging ihr mit entsprechender Gelassenheit entgegen. Nur der Sportlehrer sah es etwas verbissener. Er wollte, daß ich in regelmäßigen Abständen den Mittagsschulbus fahren ließ und statt dessen in die Turnhalle ginge, um zu trainieren. Ich willigte ein, da am Nachmittag noch ein zweiter Schulbus zum Schloß fuhr, um die Praxisschüler zurückzubringen. Doch bereits nach der ersten Woche überkam mich die Unlust und ich war es leid, auf was ich mich da eingelassen hatte. So allein in der Turnhalle rumhängen und zwei Stunden Kraftübungen bis zur Erschöpfung zu machen, das gefiel mir nicht.

Im Gegenteil: Typen, die stundenlang Bodybuilding betrieben, um sich mit künstlichen Muskeln zu präsentieren, waren mir zuwider. Für mein erfolgreiches Abschneiden bei den einzelnen Wettkämpfen konnte ich selbst recht wenig. Es war mir von der Wiege her bestimmt, klein und leicht zu sein. Und so hatte ich keine Probleme, meinen Körper zwischen Barrenholmen, Reckstangen oder Sprungmatten zu wirbeln, während es für die Kraftvollen, aber Schweren zur echten Tortur wurde.

Am Tag des Schulausscheids hatte ich dann auch eher ein leichtes Gefühl. Jeglicher Leistungsdruck fehlte. Ich erinnerte mich an meine Turnwettkämpfe und die früheren Schulausscheide der Oberschule. Und es wurde mir klar, wie zerreißend dieses Gefühl des Erfolgsdruckes ist. Jetzt jedoch erschien mir das alles egal. Denn ich war einer der Neuen und galt daher von vornherein als Außenseiter. Der Wettkampf verlief ruhig und locker. Meine Klasse mußte als erste den Durchlauf absolvieren. Ich machte meine Übungen an den einzelnen Stationen so gut ich konnte und ging anschließend mit den anderen auf den Volleyballplatz. Erst beim Mittagessen breitete sich ein Spannungsgefühl in mir aus. Nach dem Essen mußten alle Klassen der Schule in der Sporthalle zur Siegerehrung antreten. „Den zweiten Platz belegte Max Steinert aus der Klasse 11-II", dröhnte es aus der Lautsprecheranlage. Ich tappelte mit kleinen Schritten und klopfendem Herzen nach vorne und stieg auf das weiße Treppchen mit der großen, schwarzen Zwei. Die Schüler der zwei elften Klassen, die einen starken Zusammenhalt hatten, da sie gesondert von den anderen Schülerheimen draußen im Schlößchen wohnten, begannen plötzlich wie die Wilden zu pfeifen und zu schreien. Ich konnte den dicken Oberstudienrat Mogel gar nicht verstehen, als er mir unter ständigem Grinsen – was ihn vollends zum

Chinesen entstellte – die silberne Medaille um den Hals hängte, eine Urkunde überreichte und meine Hand umschloß, daß ich meinte, sie sei in eine Saftpresse geraten. Sogleich war auch der Sportlehrer zur Stelle. „Herzlichen Glückwunsch, Max!" strahlte er vor Freude mit geschwollener Brust. „Hier überreiche ich Ihnen die Sportkleidung unserer Schulmannschaft. Und möchte Ihnen damit gleichzeitig zur Aufnahme in die Mannschaft gratulieren. Schon in ein paar Wochen findet die Meisterschaft des Landkreises statt, und da hoffe ich, daß Sie, Herr Steinert, unsere Schule mit den bestmöglichen Ergebnissen vertreten werden." Ich bedankte mich und ging schnellen Schrittes zu meiner grölenden Klasse zurück.

Am Abend wurde im Wintergarten des Schlosses ein Sportlerball veranstaltet. Ich wurde gefeiert wie ein Held und war sichtlich verlegen darüber, weil ich nicht wußte, wie ich mit diesen Lobgesängen umgehen sollte. Zum Glück blieb es nur beim dionysischen Beginn, der sich schnell in Gesprächen, Saufliedern und Tänzen verlor. Das wesentliche Ereignis dieses Tages war jedoch, daß Helena Febanz an meinem Tisch saß. Eben jene Helena, die im Schulbus meinen Blick täglich gefangenhielt, ob ich wollte oder nicht. Ich spürte zwar genau, daß sie das schon lange bemerkt hatte, doch wagte ich mich nicht in ihre Nähe.

Auch Helena gratulierte mir. Kurz hielt ich ihre Hand. Sie lächelte mir zu. Mit bewundernden Augen sah ich in ihr Gesicht. Helena war schön. Einfach schön. Unter den schmalen Lippen blitzten die Zähne. Am Hals wand sich ein goldenes Kettchen. Und wieder spürte ich dieses Kleben meiner Augen. Erschrocken riß ich mich los und kramte die Zigaretten und das Bierglas beiseite, krampfte all meine Gedanken zusammen und suchte verzweifelt nach Worten, die ich ihr sagen konnte. Doch es kam mir nichts in den Sinn, ich war so leer und die Stimme stockte. Helena nahm mein Bierglas und stellte es wieder zwischen meine Hände, die artig auf dem Tisch gefaltet lagen. Sie griff nach ihrem Weinglas, nickte mir entgegen und trank einen Schluck. „Sag mal, Maxi, wie bist du überhaupt hier gelandet?" „Wie meinst du das, gelandet?" „Naja, um ehrlich zu sein, ich denke nicht, daß du einmal ein Landwirt wirst. Zudem du auch noch nie auf dem Land gelebt hast." „Nein, nein, Helena, ich finde es gut hier. Es gefällt mir. Wirklich." Gerade wollte ich ihr meine mühsam eingestrebten Bauernweisheiten entgegenstammeln, als sie mich bestätigend unterbrach. „Ja, ich weiß, ich habe schon gehört, daß du dich in den Praxiswochen ganz gut machst." Ich staunte. Schließlich war Helena gar nicht in meiner Klasse. Sie erzählte munter weiter über all die Dinge, die sie über mich erfahren hatte. Ich konnte das nicht fassen, denn ich wußte nichts von ihr. Plötzlich schüttelte sie unter herzhaftem Lachen ihre kurzen Haare und kam auf meine Streitereien mit Frau Werner zu sprechen. Ich zog meine Stirn in Falten und schüttelte den Kopf. „Oh, Maxi, damit bist du inzwischen schulbekannt. Weißt du denn wirklich nicht, wie höllisch sich Frau Werner über dich in den anderen Klassen aufregt?" „Mann. Immer wieder diese Ziege. Langsam hab' ich die Faxen dicke", brummte ich leise. „Ach, Max, nun laß nicht gleich den Kopf hängen. Die Sache ist doch immer ganz lustig." Helena wurde still und das Lächeln wich aus ihrem Gesicht. Ich sah sie an. Helena nahm meine Hände.

Mir wurde warm. Das Herz klopfte im Hals. Mit besorgter Stimme flüsterte sie mir zu: „Nur eben aufpassen mußt du, Max! Die Werner ist nicht ganz ungefährlich.“ „Wie meinst du das?“ „Du weißt genau, was ich meine. Sie ist ...“ Jemand klatschte mir auf die Schultern und riß mich nach hinten weg. „Hallo, Maxi, ich wußte gar nicht, daß du so'n starker Kerl bist.“ Schon wurde ich geknutscht, ohne recht zu wissen, was eigentlich los war. Ich machte mich frei und erkannte im Halbdunkeln das Gesicht von Martina Junge. Sie setzte sich sogleich neben mich und plapperte drauflos. Martina war ein schlankes, großgewachsenes Mädchen mit kurzen, blonden Haaren. Ihr Haarschnitt glich dem Helenas vollkommen, was mich nicht weiter verwunderte, wohnten Helena und Martina doch auf einem Zimmer. Sie war schon wieder am Gratulieren und redete ununterbrochen auf mich ein, wie begeistert sie von der ganzen Sache sei, als ich verzweifelt versuchte, mich wieder Helena zuzuwenden. Aber es war nichts zu machen. Martina versicherte mir gerade, daß sie mich bei all meinen Übungen angefeuert hatte. „Ach, Martina, es herrschte vollkommene Stille in der Halle“, entgegnete ich ihr. „Mensch, Max, ja ... ich meine doch, verstehst du nicht, innerlich meine ich doch!“ „Ja, ja, ich versteh' schon“, nickte ich dankend und streckte ihr mein Bierglas entgegen. Ich fand Martinas plötzliches Erscheinen und ihr ständiges Gerede unerträglich. Alle Versuche, wieder mit Helena ins Gespräch zu kommen, scheiterten. Martina ließ mir keine Lücke zur Flucht. Aus dem Dunkeln tauchte ein braungebrannter Junge hinter Helena auf. Genau so etwas hatte ich befürchtet. Er beugte sich zwischen Helena und Martina und reichte mir die Hand. Er wirkte etwas älter als die anderen Jungen im Heim, denn über der Stirn lichtete sich schon sein Haar. Ich kannte ihn nicht weiter, wußte eigentlich nur, daß man ihn Azon rief. Helena und Martina gingen mit ihm in dieselbe Klasse. Azon hatte ein sympathisches Äußeres. Er klopfte mir auf die Schulter und meinte kurz: „Das war eine tolle Sache heute, Max! Alle Achtung!“ Azon beugte sich an Helenas Ohr und bat sie zum Tanz. Beide verschwanden im Dunkel der Tanzfläche, und nur selten gelang es mir, ein kurzes Aufblinken des goldenen Kettchens zu erhaschen, das Helena um ihren Hals trug. Martina jedoch war das alles entsetzlich egal. Immer noch schnatterte sie vor lauter Begeisterung auf mich ein. Ich versicherte ihr, daß ich gar nicht solch ein Supersportler und das Ergebnis eher ein Zufall sei, und beeilte mich, schnell noch eine Flasche Bier zu öffnen. Und allmählich wich das Donnern aus Martinas Reden und legte sich etwas friedlicher in mein Ohr. Ihre ständigen Huldigungen lösten ein Schmunzeln in mir aus und ich mußte immer häufiger zusammen mit ihr lachen. Auch hatte ich das Klebrige aus den Augen verloren, und die Tanzfläche wurde mir völlig gleich. Schließlich geriet ich in einen schönen Lachrausch. Dann sprang ich auf, schnappte Martinas Hand und rannte mit ihr auf die Tanzfläche. Beide hotteten wir wie die Wilden ab, eingetaucht in das kurze Zucken des bald roten, bald gelben, bald blauen, bald grünen Scheines. Und wir drehten uns schneller und schneller und noch schneller. Nun standen wir allein in der Mitte und die Masse im Reigen um uns herum – klatschend, zuckend, singend, johlend. Plötzlich Ruhe. Dunkle, süße Ruhe. Langsam grub sich das Stöhnen einer einsamen Bluesgitarre durch die

Schwere. Ich legte meinen Kopf an Martinas Hals und schlang die Arme um ihre Taille. Ihre feuchte Haut bebte in gleichmäßigem Rhythmus unter meinem Ohr. Ich streichelte über Martinas Bluse. Die weiche Haut darunter gab meinen Bewegungen nach. Martina hatte sich ganz eng an mich geschmiegt. Mir war heiß. Unsere Körper gehorchten willig den Tönen der Gitarre in der Dunkelheit. Ich wurde ruhiger und genoß die Wärme ihres Halses. Die Lider fielen mir schwer über die Augen. Martina richtete ihren Kopf von meiner Schulter auf.

Ich spürte, daß sie mir in die Augen sah, obwohl in der Dunkelheit nichts zu erkennen war, doch glaubte ich ihren Atem auf meinen Lippen zu fühlen. Vorsichtig tastete ich den Mund nach vorn, blieb kurz an ihren Lippen haften und nahm sogleich wieder den Kopf zurück. Dabei hafteten ihre Lippen noch für einen Moment an den meinen, bevor sie sich mit einem zarten Riß verloren. Martina legte ihre Hände um meinen Hals und ließ die Finger durch mein Nackenhaar kreisen. Sie zog meinen Kopf an sich und suchte wieder meine Lippen. Nun jedoch wühlten unsere Zungen durch die Münder. Ich küßte die Haut ihres Halses bis zur Rundung der Schulter und wieder hinauf zur Hitze ihres Ohrläppchens. Martina zauste mir weiter mit ihren Fingern durchs Haar und ihr Körper wand sich mit steigendem Druck an meinem. Wir stiegen ab von den Takten der Bluesgitarre. Doch auch im Stand behielt Martina das Wogen bei. Ich spürte, wie sich mein harter Mann seitlich zwischen die aneinandergepreßten Schenkel schob. Verlegen hielt ich inne, denn es war mir klar, daß auch sie es bemerkt hatte. Dann ein Zucken. Die Scheinwerfer warfen ihre grellen Blitze und aus den Lautsprechern donnerte ein Schlagzeug zum rockigen Takt. Erschrocken riß ich mich aus der Umklammerung. Fuhr mit ordnenden Händen durch mein Haar und sagte: „Ich habe keine Lust mehr zum Tanzen." Ich lief zurück zum Tisch, griff die Bierflasche und nahm einen langen, kräftigen Zug. Sichtlich nervös fingerte ich eine Zigarette aus der Schachtel und wollte sie anstecken, als Martina sie mir einfach von den Lippen nahm und in den Aschenbecher legte. Ich sah sie verdutzt an. Sogleich setzte sie sich auf meinen Schoß, legte meinen Kopf in ihre Hände und begann wieder, mit ihrer Zunge meinen Mund zu ertasten. Mein Kopf drehte sich nach allen Seiten. Doch Martina folgte ihm fordernd. Schließlich preßte ich die Hände gegen ihre Schultern, bis sie zögernd die Lippen freigab. „Eh, Martina!" rief ich verärgert. „Was soll das Schauspiel vor all den anderen?" Martina reagierte darauf nicht sauer, was ich eigentlich befürchtet hatte. Nein. Sie lächelte nur, stand auf, nahm meine Hand und meinte: „Na gut. Dann machen wir eben einen kleinen Spaziergang!" Ich versuchte, ihr ziemlich unauffällig zu folgen, aber Gerhard und Friedhelm bekamen es trotzdem mit und deuteten mir noch irgendwelche Zeichen an.

Der Spaziergang dauerte nicht lange. Kaum hatte ich die Tür des Wintergartens geschlossen, da zog sie mich schon schnellen Schrittes durch die Empfangshalle, stieg vor mir die Holztreppe empor, und wir verschwanden in ihrem Zimmer. Im Zimmer war es ruhig und dunkel. Martina legte einen Finger auf meinen Mund und flüsterte: „Du mußt jetzt ganz leise sein, Maxi!" Ein rauschendes Lächeln verzog mir die Lippen, weil ich zu viel

Bier getrunken hatte. Martina führte mich zu ihrem Bett. Leise setzte ich mich. Sofort saugten wieder ihre Lippen an der Haut meines Halses. Nun jedoch konnte ich es besser genießen, denn ich fühlte uns allein in der schützenden Dunkelheit. Siegessicher tasteten meine Finger an der Knopfleiste ihrer Bluse entlang und ich spürte, wie mein Herz voller Spannung schlug. Die Hände fuhren behutsam über ihre Brüste, hinauf zu den Schultern und ließen ihre Bluse über meine Unterarme abgleiten. Ich sah nichts, konnte aber alles genau erfühlen. Irgendwie war mir so, als sei plötzlich der Rausch gewichen. Ich legte meinen Kopf zwischen die Brüste und streichelte mit der Zunge die weiche, warme Haut. Martina kreiste wieder mit ihren Fingern in meinen Haaren. Und ich glaubte, ein leises Stöhnen zu hören. Ihre flinken Finger fuhren in meine Hose, öffneten sie und zogen das Hemd heraus. Voller innerer Hektik beeilte ich mich, die Hosen von den Beinen zu reißen. Ich zwang mich zur Ruhe und küßte sie unter leichtem Druck, bis wir auf das Bett sanken. Ich fühlte mich wie gefangen zwischen ihren Beinen. So schön war es, als die rhythmischen Wogen mich glauben ließen, daß die Welt zu beben begann. Martina streichelte mir über den Rücken, die Schultern, die Arme. Ununterbrochen wimmerte sie über die Stärke meiner Muskeln. Das störte mich, doch traute ich mich nicht, etwas zu sagen. Statt dessen küßte ich ihren Mund. Allmählich peitschten die Wellen immer heftiger durch unsere Leiber. Mit zittrigen Händen ertastete ich meinen Slip, um ihn von mir zu reißen. Das Bett quietschte laut auf. Mir schoß sofort das Bild der schönen Kamie in den Kopf. Ich hielt inne. Schluckte und atmete schwer. Dann bewegte ich mich etwas ruhiger. Doch das ekelhafte Quietschen der Bettfedern ließ nicht nach. Ich fuhr mit der Hand unter Martinas Höschen und zog die Finger durch die Härchen auf und ab. Ein Finger verschwand dabei in der hitzigen Feuchte. Martina stöhnte laut auf. Die Bewegungen wurden wieder stärker. Und das Bett jammerte unter schrillem Getöse. Dann wieder das Schattenbildnis der schönen Kamie an meiner Wand im flackernden Kerzenschein. Plötzlich ein Schmerz. Ich lag still. Mein Kopf brannte. Wie ein Stich schoß mir der Gedanke ins Hirn: ‚Auf diesem Zimmer schläft Helena Febanz. Vielleicht im Bett über mir oder dort im Einzelbett am Fenster.' Ich versuchte, mich zu erinnern, ob Helena noch auf der Feier war, als ich mit Martina ging. Aber ich wußte es nicht. Ich hatte sie aus den Augen verloren. „Sag mal, was ist mit dir?" wunderte sich Martina. „Nichts. Gar nichts. Es geht eben einfach nicht." „Du hast wohl 'nen Knall, Max! Los komm! Reiß dich zusammen! Es geht schon, glaub mir." „Ach laß mich doch!" meinte ich kurz und stand auf. „Hau bloß ab, du blöder Kerl!" fauchte Martina und warf sich auf die Seite. Ich schnappte Hemd und Hose, rannte durchs Zimmer und schlug die Tür viel zu laut ins Schloß. Zum Glück war niemand auf dem Flur. Ich hielt mir die Sachen vor und lief auf mein Zimmer. Das Zimmer war leer. Die anderen feierten noch unten im Wintergarten. Licht brauchte ich nicht. Feuerte nur die Sachen auf einen der Sessel und warf mich ins Bett. In meinem Kopf brannte es immer noch. ‚Hoffentlich ist Helena noch unten und tanzt', dachte ich. ‚Ob ich gehe, um nachzusehen? Eigentlich ist ja nichts gewesen. Und Helena feiert bestimmt noch.'

Gleich mit dem Aufstehen am Morgen wollten Gerhard und die anderen genauestens wissen, was so alles in der Nacht vor sich ging. Ich war übler Laune und antwortete nicht. Friedhelm und Peter zogen daraufhin nur ein dummes Gesicht. Auch Gerhard hielt seinen Mund, was ich nicht von ihm erwartet hätte.

Um Helena und Martina machte ich in den nächsten Wochen erst einmal einen Bogen. Irgendwie wurde mir immer elend, wenn ich an das Geschehene zurückdachte. Ich benötigte all meine Kraft, um es ins Vergessen zu drängen. Was sich als äußerst kompliziert erwies. Zum Glück machten mir die beiden Mädchen die Sache leicht, indem sie mir keine peinlichen Fragen stellten. Was Helena betraf, so war ich mir nicht einmal sicher, ob sie von den Dingen überhaupt etwas wußte. Und falls doch, konnte sie es perfekt überspielen, denn ich bemerkte nichts. Martina hingegen wollte mir fortan nicht mehr in die Augen sehen. Aber sie blieb fair und machte um das Geschehene einen genauso großen Bogen wie ich. Selbst meine so wissensdurstigen Zimmerkameraden zogen weiter auf ihrem groben Weg der Manneswerdung, ohne sich je wieder nach meinem kleinen Ausrutscher umzudrehen.

Die Wintermonate vergingen schnell. Alle Lehrpläne waren nur noch auf die theoretische Ausbildung konzentriert, und ich stapfte im Gleichschritt auf mittleren Pfaden durch mein Abitur. Die Landwirtschaft lag in ihrer Winterruhe, so wie die Kultur in ihrem Sommerloch. Manchmal glitt sie mir sogar vollends ins Vergessen. Was mich nur wenig störte. Ich wollte mich ernsthaft dem Gitarrenspiel und der Kafka-Literatur widmen. Das brauchte Zeit. Noch immer hatte ich die Hoffnung, daß ich mich endlich von der sturen Notenpaukerei befreien und irgendwann auf die Gefühlsebene begeben würde. Doch davon war ich wohl noch weit entfernt, wenn ich die verzerrten Gesichter meiner Zuhörer betrachten mußte. Auch mein durch Hermann gewecktes Literaturinteresse bekam einen Dämpfer, als ich mich durch mein erstes Kafka-Buch gebissen hatte. Eigentlich verstand ich nichts. Ich hätte gerne intensiver mit Hermann darüber gesprochen, aber es gab nur selten Gelegenheiten dazu. Hermann fand keine Zeit mehr für mich. Vielleicht war er auch gar nicht schuld daran. Jedenfalls gehörten seine Augen nur noch einer langhaarigen Blondine aus meiner Klasse. Er schien total verliebt zu sein. Selbst in den Schulhofpausen hielten sie sich derart umschlungen und saugten sich aneinander fest, daß ich hätte glauben wollen, sie seien eine einzige Masse. Fortan schlief Hermann auch nicht mehr im Wohnheim, was er zuvor wenigstens ab und an getan hatte. Meine Besuche bei ihm zu Hause waren damit auch erledigt. Also blieben mir nur die Unterrichtsstunden, da ich mit ihm die Schulbank teilte. Allerdings gab es ewigen Streß mit den Lehrern. Und überhaupt! Die Liebe wirkte bei Hermann wie eine Kulturbremse, da er ständig müde war und auf der Bank schlief oder aus dem Fenster träumte.

Ich beschloß daher, meine Literaturstudien vorerst einzustellen und zu warten, bis sich die Sache bei Hermann wieder beruhigte. Das schien auch eine gute Fügung zu sein. Hatte sich doch das Verhältnis zu meinen Zimmerkameraden mit Spannung bis zum Bersten aufgeladen. Eigentlich galt für mich der Vorsatz, mich nicht mehr Gerhards Führerrolle in den Weg zu stellen. Ich mußte mich damit abfinden, der Unterlegene zu sein. Es reichte ihm aber nicht, daß ich mich aus seinen Unternehmungen raushielt. Er verlangte einen Einheitsbrei aller Zimmerbewohner. Und so ging es überhaupt nicht an, daß ich ständig mein eigenes Süppchen kochte. Der seit der Nacht mit der schönen Kamie ausgebrochene kalte Krieg zwischen Gerhard und mir dauerte weiter an. Ich hielt mich aufgrund dessen nach der Schule meist im Nachbarzimmer auf, in dem Wieland und eigentlich auch Hermann wohnten. Wir machten zusammen die Hausaufgaben, spielten Gitarre oder Tischtennis. Oft kam ich erst sehr spät auf mein Zimmer zurück und beteiligte mich nicht mehr an den Kneipengängen. Wenn Gerhard des Nachts betrunken aus der Kneipe zurückkehrte, weckte er mich stets ziemlich unsanft, damit ich wenigstens etwas von der Sauferei hätte, wie er das entschuldigte. Ich drohte ihm damit, daß ich bei Herrn Gutharth meine Verlegung aufs Nachbarzimmer beantragen würde, was aber die Spannung zwischen uns nur noch weiter verschärfte. So schürte Gerhard immer öfter kleine Sticheleien, um mir meine Eigenbröteleien auszutreiben.

Als ich eines Nachmittags – nachdem sich Wieland Heilig vergebens bemüht hatte, mir die geraden Linien der Mathematik in meine verworrenen Hirnkurven zu fädeln – auf mein Zimmer zurückkam, stand eine Kanne Fleischbrühe auf der Ofenplatte. Es war ein kalter Tag. Gerhard hatte die Kanne aus der Heimküche geklaut. Alle drei saßen sie auf ihren Betten und pusteten in die heißen Tassen, die sie mit der Breite ihrer Handflächen umschlungen hielten. Ich hatte nicht damit gerechnet und war daher freudig überrascht, als Gerhard mir etwas Brühe anbot. Ich nahm eine Tasse aus dem Schrank und schenkte ein. Nach meinen ersten Schlucken brach Gerhard in schallendes Gelächter aus. Friedhelm bekam seinen feuerroten Kopf. Und Peter grinste, wie üblich. Ich hielt verwundert inne. „Was ist mit euch?“ fragte ich in den Raum. Gerhard konnte vor Lachen nicht antworten. Nur Peter zischelte über seine breitgezogenen Lippen: „Na, Mäuschen, schmeckt's denn?“ „Ja, doch. Wieso nicht?“ Nun schien Gerhard vollkommen aus dem Häuschen zu sein. Sein Lachen glich eher einem Brüllen. Zwei Tränen liefen aus seinen Augen und schlängelten sich über die verzerrten Wangen. Dann unterdrückte er sein Lachen und zwang sich zur Ruhe: „Na, weil ich habe doch...weil ich doch...hi-hi hihihi...na ich meine, daß ich zuvor tief hochgeholt und in die Kanne gespuckt und dann natürlich kräftig umgerührt habe. Schmeckst du es denn wirklich nicht, mein Kleener?“ Gerhard verlor wieder die Beherrschung und grölte und heulte zugleich. „Nein, Gerhard, die Brühe schmeckt ganz normal“, antwortete ich ruhig, trat etwas näher an die Betten heran und zwang die letzten Schlucke herunter.

Auf dem Weg zum Ofen stellte ich die leere Tasse neben die Kanne. Mit erzwungener Ruhe legte ich mich aufs Bett und kuschelte mich in die Tagesdecke ein. Dabei spürte ich, wie die Blicke der anderen jede meiner Bewegungen verfolgten. Immer mit der unterschwelligen Hoffnung, daß ich vielleicht doch noch die Fassung verlieren würde und mich jeden Moment übergeben müßte. Und sie hatten verdammt recht damit. Mir war wirklich elend und ich fühlte ständig dieses Würgen im Hals. Ich kauerte mich zusammen und warf die Decke über den Kopf. Schließlich versuchte ich, an

Helena Febanz zu denken. Daran zu denken, wie sie noch am Mittag im Schulbus zu mir herüber gelächelt hatte. Bestimmt hatte sie gelächelt. Obwohl ich mir nicht ganz sicher war, weil es wohl eher aus ihren Augen kam. Ein schöner Gedanke, über dem ich den ganzen Unsinn mit der Fleischbrühe vergaß.

Ich hatte es mir inzwischen zur Angewohnheit gemacht, wenigstens einmal in der Woche zu Fuß von der Schule hinauf zum Schlößchen zu wandern. Vor allem im Winter und am liebsten allein. Nur so konnte ich es genießen, wenn ich dick eingemummt die Wärme meines Selbst durch die Kälte der Harzweiten trug und dabei jedes Krachen von Eis und Schnee unter meinen Schritten in die Ferne verfolgte. Manchmal war das Wetter klar und mein Blick blieb gefangen in der Weite. Vor dem blauen Himmel lagen die fernen Hügelketten des Harzes. Ihre dunklen Fichtenkämme trugen weiße Spitzen und zu ihren Füßen erstreckten sich die glatten Felder, ganz eingehüllt ins weiße Gewand. Manchmal, da es trübe war und dichter Nebel die Weite verhing, ging mein Blick in die Tiefe meines Selbst. Und das tat gut. Ich brauchte das. Ein Heimleben, das mich 24 Stunden am Tag in Menschen tauchte, ließ mir nur selten einen Freiraum, in dem ich zu mir selbst kommen konnte. Aber die Zeit floß schnell dahin, und ich konnte mich nicht in Grübeleien verfangen. Der Schnee war inzwischen müde geworden. Er lag zwar noch in großen Flecken, doch an den Rändern verfloß beständig seine Kraft.

Warum ich zur Weiblichkeit so ein entspanntes Verhältnis hatte, lag wohl daran, daß ich immer als Freund und nicht als Mann zu den Frauen ging. Ich bemühte mich stets, den festgelegten Richtlinien des Geschlechterumganges auszuweichen. Die Frau – ein Halbgott, den ich umschwärmen mußte mit Selbstgefälligkeit und Größenwahn, um ihn letztlich mittels Kniefall zurück in mein irdisches Bett zu holen und ihn durch den Kinderbann bis zum Tode an meinen Herd gefesselt zu halten. Nein, dieser widernatürliche Blödsinn hatte nichts mit mir zu tun, da ich in einer Frau eher den Partner und Freund sehen wollte, mit dem ich reden konnte und der einfach da war, wenn ich ihn brauchte. Und keine gebärende Maschine für Kindererziehung und Haushalt. Eine Einstellung, mit der ich erstaunlicherweise gut ankam; obwohl sie doch gegen die heilig gehaltene Norm verstieß. Im übrigen gehörte das Erzählen zu einer meiner Leidenschaften. Und das schien ein Glück zu sein. Denn verstand ich mit meinen 16 Jahren auch noch nicht viel von Frauen, so hatte ich doch schon erkannt, daß sie dem Zuhören von Geschichten mit Wonne frönten.

Es verwunderte mich nicht weiter, daß ich zur Frauentagsfeier der einzige männliche Gast war. Diese Feiern erschienen mir fragwürdig, sie waren wohl weniger eine Geste der lieben Frauen willen, als sie vielmehr der Huldigung einer Sache zu dienen hatten. Doch wie so vieles waren sie sicherheitshalber staatlich angeordnet. Ob das wirklich gefiel, weiß ich nicht, aber alle machten mit. So hielten die Damen in der Kühle des achten Märzmorgens ihre obligatorischen Blümchen, während Oberstudienrat Mogel in seiner Rede über die Bedeutung der Bedeutung unserer Weiblichkeit schwelgte. Am Nachmittag saßen die Mädchen in bunten Röckchen zusammen und titschten trockenen Kuchen in den spendierten Kaffee. Ich fühlte mich ziemlich verlassen in der Weite des blumigen Saales und fand das alles äußerst verklemmt. Außer den Herren Gutharth und Mogel war auch wirklich nichts Männliches zugegen. Ich fragte mich, was das für eine Ehre sein konnte, hier sitzen zu dürfen. Zum Glück war der Kaffee nur lauwarm und es dauerte nicht lange, bis Musik aus den Lautsprechern dröhnte und die Grazien in buntem Dederon zur Bar stöckelten. Da tauchte ich natürlich sofort mit ein, was ich aber besser hätte lassen sollen. Ich stand an der Bar, umgeben von allen Mädchen meiner Klasse. Und sicherlich, bezahlen brauchte ich keinen Pfennig. Auch mein Schnapsglas wurde aufmerksam nachgefüllt. Zu Beginn schien mir das ganz lustig, erfuhr ich doch, daß die Männer so unwichtig nicht waren, und sei es nur, daß die Tanzfläche ziemlich verlassen wirkte. Allerdings war es unmöglich, jeden ausgegebenen Schnaps zu trinken und so dauerte es nicht lange, bis mein typisches Rauschlächeln die Lippen verzog. Die Damen amüsierte das sehr, und alles begann, sich um mich herum zu drehen. Ich erklärte, daß ich dringend etwas frische Luft benötigte und wankte nach draußen. Bis zur großen Eiche am Saaleingang stolperte ich noch ..., dann mußte ich umgefallen sein.

Die Sonne blinzelte mir direkt ins Gesicht. Ich schreckte kurz hoch und fiel gleich wieder zurück auf das Kissen. Mein Kopf dröhnte und ich hatte einen fürchterlichen Durst. Der Wecker zeigte auf drei Uhr. Ich hörte ihn deutlich ticken. ‚Nachts um drei Uhr ist es dunkel', dachte ich. Drei Uhr am Tage konnte es nicht sein. Also war es sicherlich wieder einer von Gerhards Scherzen. Ich nahm die Decke zurück und bemerkte, daß ich meinen Schlafanzug richtig angezogen haben mußte und daß selbst meine Sachen ordentlich auf dem Sessel lagen. Jedoch verspürte ich eine zunehmende Kühle auf meinen Beinen und auch die Bettdecke war feucht, woraus ich schloß, daß ich eingepinkelt hatte. Mir fiel auf, daß sich auf meinem Kopfkissen Damenbinden befanden. ‚Auch das mußte wieder solch ein Quatsch vom Gerhard sein', dachte ich. Nachdem die Decke und der Schlafanzug zum Trocknen aufs Fensterbrett gelegt waren, beschloß ich, erst einmal die Wasserleitung leer zu trinken und eine Dusche zu nehmen. Als ich die Zimmertür öffnete, herrschte auf den Fluren schon rege Betriebsamkeit.

Sofort knallte die Tür wieder ins Schloß. Ich kramte alle Uhren zusammen, die sich im Zimmer auftreiben ließen. Alle Zeiger zeigten drei Uhr an. Mir jagte das schlechte Gewissen durch die Adern und ich spürte deutlich Röte im Gesicht. Ich kombinierte, daß ich den ganzen Schultag verschlafen haben mußte. ‚Das wird verdammten Ärger geben', schoß es mir durch den Kopf. Zunächst einmal zog ich mir die Sachen an. Mir war klar, daß niemals ich es gewesen sein konnte, der sie so ordentlich auf den Sessel gepackt hatte. ‚Doch nicht in meinem Zustand', flüsterte ich vor mich hin. Auf Peters Bett lag das Netz mit den Fußbällen. Die anderen waren Fußball spielen, wie so oft nach der Schule. Sicherlich blieb mir noch etwas Zeit bis zu ihrer Rückkehr. Ich schnappte meine Waschtasche und stürmte die große Holztreppe zur Empfangshalle hinunter. In den Sesseln vorm Kamin saßen einige Jungen aus der anderen Klasse und rauchten. Sie lächelten mir entgegen, sagten aber nichts. Im Waschraum angekommen, machte ich mich erst einmal über den Wasserhahn her. Noch immer hatte ich einen faden Geschmack im Mund. Als ich nach dem Duschen wieder die Treppe hinaufstieg, kam mir Herr Gutharth entgegen. Seine weißen Zähne strahlten. „Ah – wen haben wir denn da, unser Mäuschen. Na, haben der Herr nun ausgeschlafen?“ Ich blickte nach unten und gab keine Antwort. „Naja, Max, es waren vielleicht etwas zu viele Frauen, mit denen du gestern auf der Frauentagsfeier geflirtet hast. Oder?“ „Ja, etwas“, flüsterte ich. „Na dann. Das nächste Mal gib besser acht, als Gast in solcher Übermacht. Verstanden! Sei im übrigen froh, daß sich die Mädchen bis zum Schluß um dich gekümmert haben. Sonst würden wir dich womöglich heut’ noch suchen.“ Ich nickte und ging weiter auf mein Zimmer. Als ich die Tür öffnete, schall mir schon das Gejohle entgegen. Selbst Peter hatte mal etwas zu sagen: „Mann, Maxi, was war denn das? Sich von den Weibern so besoffen machen zu lassen. Da hast du dich klasse blamiert. Und wie du ausgesehen hast. Vollkommen weg. Die haben dich vom Saal zum Schloß getragen, waren mit dir pinkeln, haben dich ausgezogen und ins Bett gepackt. Aber du hast von alledem nichts mitbekommen. Jetzt hast du die Babystory auch noch weitergeführt, indem du wie ein Säugling eingelullert hast.“ Schon lachten sie wieder drauflos. „Eh, was soll die Scheiße“, schrie ich ihnen entgegen. „Wo ist meine Bettdecke?“ „Du weißt doch – der Wind – Maxi“, sprach Gerhard gelassen. Und wieder stürmte ich die Treppe zur Empfangshalle hinunter. ‚Nein, auch das noch’, platzte es aus mir heraus. Unter unserem Fenster tauchte gerade der dicke Oberstudienrat Mogel auf. „Sagen Sie, Herr Steinert! Ist das Ihre Bettdecke, die dort so schön von den kahlen Rosenstöcken aufgespießt im Winde weht?“ „Ja, Herr Mogel, das ist meine. Ich hatte sie zum Lüften aufs Fensterbrett gelegt. Und dann der Wind. Da ist sie wohl runtergefallen.“ „So, so, runtergefallen oder runtergefallen worden, Herr Steinert.“ „Na runtergefallen, bestimmt.“ Ich zerrte meine Bettdecke von den Rosen und rannte wieder zurück. Nun war mir klar, alle wußten, was passiert war. Die Schüler, die Heimleitung und bestimmt auch die Lehrer.

Der Gedanke ließ mich nicht los. Wieder auf meinem Zimmer, wollte ich von den Jungs wissen, ob es meines Fehlens wegen Ärger in der Schule gegeben hätte. „Nun krieg’ dich wieder ein!“ entgegnete mir Gerhard in seiner forschen Art. „Unsereins bekäme sicherlich Ärger. Aber Besoffenen und kleinen Kindern passiert eh nix. Herr Traum fand das Ganze eher lustig und war sich sicher, daß es nicht wieder vorkommt.“ „Da haste mal wieder Glück gehabt!“ warf Peter ein. „Wieso ‚wieder’?“ „Na denk doch mal an die Praxisausbildung! Hat von dir schon je ein Lehrmeister Arbeit verlangt, wo du ordentlich ran mußtest? Die 50-kg-Kornsäcke haben bisher nur wir schleppen müssen. Oder?“ Ich antwortete ihm nicht darauf, weil ich nicht begriff, was Peter von mir wollte. „Und wie war das mit den Mädchen?“ lenkte ich das Thema um. „Wer hat mich hier aufs Zimmer gebracht.“ „Nein, nein, mein Lieber. Getragen haben sie dich“, kicherte Gerhard. „Na, eigentlich die meisten aus unserer Klasse. Helena war aber nicht dabei, die ist ja zum Glück in der Parallelklasse.“ „Wieso kommst du darauf?“ „Ach komm, Mäuschen! Denkst du denn, wir sind völlig bescheuert? Daß du in die bis über beide Ohren verknallt bist, sieht selbst ein Blinder.“ Mir wurde wieder so warm im Gesicht, und ich konnte Gerhard nicht mehr ansehen. „Ist schon gut, mein Kleener", sagte er mit weicher Stimme. „Bloß, weißt du, Mäuschen, sie ist 'ne Nummer zu fein für dich. Außerdem etwas größer als du. Es wird besser für dich sein, wenn du sie vergißt. Da kommst du eh nicht ran." „Meinste", flüsterte ich. „Mann, Max. Hör endlich auf zu träumen!" lachte Gerhard laut auf. Friedhelm und Peter schlossen sich an. „Laßt ihn doch träumen, wenn's ihm hilft!" zischelte Peter zwischen seinen breitgezogenen Lippen hervor.

Es folgte eine grauenhafte Nacht. Ich konnte einfach keinen Schlaf finden. Noch nie hatte ich mich bisher in Helenas Nähe gewagt. Wenn wir überhaupt einmal miteinander sprachen, so war es immer ihrerseits zustande gekommen. Und doch muß da etwas gewesen sein, das mich verraten hatte. Denn Gerhard erwischte voll meine wunde Stelle. Aber es konnte nicht sein, daß er recht behielt, mit dem was er sagte. Sicherlich verstand Gerhard viel mehr von Frauen als ich. Aber warum sollte Helena zu fein für mich sein. Mit der Größe, ja das konnte stimmen. Ein paar Zentimeter vielleicht. Und sie einfach vergessen. Wie sollte ich das können, da ich sie doch jeden Tag sah. Und nicht nur das. Ich hatte sie ja auch vor Augen, wenn sie gar nicht wirklich da war. Selbst zu Hause in meinem kleinen Städtchen. Eigentlich schien sie immer irgendwie da zu sein, egal wann und wo. Ich konnte überhaupt nichts dafür und war auch nicht in der Lage, es zu verdrängen. Diese Gedanken quälten mich Stunde um Stunde. Mein Bett war schon vollkommen zerwühlt, weil ich mich ständig von einer Seite auf die andere wälzte. Erst als ich beschloß, selbst zu Helena zu gehen, um herauszufinden, was sie an sich hatte, das mich so um den Schlaf brachte, da verflog meine Qual mit einem Mal und ließ mich in das Märchenland der Träume entschwinden – wo ich auch endlich in den Schlaf fand.

Schon als ich am nächsten Morgen ängstlich im Schulbus saß und mich auf das kommende Donnerwetter meines Klassenlehrers vorbereitete, fiel mir auf, daß die meisten Schüler die Angelegenheit als erledigt betrachteten. Hier und da das leise Schmunzeln eines Mädchens. Sonst nichts. Mein Klassenlehrer, Herr Traum, verschwendete nicht einmal ein Lächeln oder gar eine Bemerkung. Er registrierte nüchtern meine Anwesenheit und wirkte damit befriedigt.

Ich sah aus dem Klassenzimmerfenster hinüber zu den Hügelketten des Harzes. Die ersten Sonnenstrahlen blinkten über die Gipfel. ‚Sollte Gerhard schon wieder recht behalten, wenn er meinte, daß mir sowieso nichts passiert', dachte ich. ‚Oder liegt es einfach daran, daß ich mir zu viele Gedanken mache. Wie damals um die Auseinandersetzung wegen der schönen Kamie oder dem peinlichen Ausrutscher mit Martina Junge. Eigentlich ist es ja auch egal. Immer kann Gerhard nicht recht haben. Und bei Helena irrt er sich bestimmt.'

"Was ist denn bloß los mit dir, Max?" fuhr mich Herr Traum plötzlich mit fester Stimme an. „Komm langsam wieder zurück in die Klasse und versuch' dich an der Physik festzuhalten und nicht an deinen Träumen!" Ich bekam einen roten Kopf und starrte auf mein Physikbuch.

Während der Pause herrschte ein aufgeregtes Treiben in der Klasse. Herr Traum hatte zum Unterrichtsschluß die Tabellen mit der Auflistung für die einzelnen Praxisbetriebe verteilt. Ich war für einen landwirtschaftlichen Betrieb in einem Dorf nahe meines Heimatstädtchens eingeteilt worden. Was mich nicht wunderte, da mein Vater das schon im Vorfeld geklärt hatte. Vielmehr überkam mich das mulmige Gefühl des Ungewissen statt einer Aufregung. All mein theoretisch eingepauktes Wissen galt es nun vor echten Bauern zu beweisen. Wozu ich jedoch keinerlei Lust verspürte. Und nur der Gedanke, daß ich in den kommenden Wochen Zeit haben würde, um darüber nachzudenken, ob es wirklich möglich sei, Helena einfach zu vergessen, hielt mich bei zufriedener Laune.

Zum Glück ziehen sich die Landstraßen eben durch das Altmärkische Land, so daß ich die neun Kilometer bis zu meinem Dorf mit dem Fahrrad in einer dreiviertel Stunde schaffte. Und trotzdem trampelte ich in die Pedalen, so schnell es nur ging. Ein kalter Morgenwind blies mir dabei ins Gesicht. Wenigstens konnte ich hier sehen, wohin ich fuhr, ohne daß der Blick ständig von irgendwelchen Bergen versperrt war. Eine schier unendliche Weite lag vor mir. Über den Wiesen schwebten Nebelschleier, aus denen hier und da kleine Bauminseln herausragten. Noch war die Sonne nicht zu sehen, ihre Strahlen aber färbten die Wolken schon rot. ‚Was für ein Bild!', dachte ich, ‚rote Wolken auf blauem Grund mit grünen Wiesen zu Füßen, von weißem Schleier eingehüllt'. Dann erblickte ich schwarzweiße Kühe auf den Wiesen und ein Schwall Mistgeruch stieg mir in die Nase. Nach der nächsten Kurve erhob sich ein Kirchturm über das Ende der Straße. Ich spürte ein leichtes Ziehen in den Oberschenkeln und einen stetig steigenden Druck im Magen, je mehr ich dem Turm nahte, der immer größer in den blauen Himmel ragte.

Endlich erreichte ich mein Ziel und las auf dem Straßenschild ‚Schulzenhorst'. Orientierungsprobleme waren nicht möglich. Es gab die Hauptstraße, die zur Stadt führte und das Dorf zweiteilte. Jeder Teil besaß noch zwei kleine Nebenstraßen. Morgens um sieben strömten alle Leute in die Genossenschaft. Ich stieg vom Rad und schloß mich dem Reigen an. Auf der Straße tuckerten die Traktoren vorbei. Die Menschen schienen stumm. Sie stierten vor sich hin, schlurften in Gummistiefeln müde über den Weg und hatten die Hände in ihren blauen Arbeitsanzügen vergraben. Eine Frau mit Kopftuch entdeckte mich. Sie glotzte. Ich sah zu Boden. Plötzlich warf sie den Kopf auf die andere Seite und flüsterte etwas. Alle glotzten. Schließlich gelangten wir zu den Gebäuden der Genossenschaft. Hier teilte sich der Strom. Die einen gingen zu den Viehställen, die anderen zum Technikhof. Automatisch schloß ich mich den Technikern an. Die Viehställe waren schon hell erleuchtet. Kleine Traktoren kurvten zwischen den Ställen, ein Bagger stapelte Mist. Die Luft roch nach Kühen, geschnittenem Grünfutter und frischer Milch. Der Technikhof hingegen lag noch in tiefem Schlaf. Ich stellte mein Fahrrad in den Ständer und folgte den anderen in eine Werkhalle. Sofort legte sich der schwere Dieselgeruch in meine Nase. Der kam mir bekannt vor. Genauso roch es auch in Kalles Klassenzimmer, in dem er uns die Motoren erklärte. Auch hier standen auseinandergebaute Traktoren. Bloß waren sie alle viel schmutziger als die in Kalles Maschinenlabor. Die Arbeiter stellten sich in einem Kreis zusammen. In der Mitte stand ein schlanker Mann in Reiterhosen, glänzenden Lederstiefeln, Wolljackett und Jägerhut. Er schien der

Chef zu sein. Mit sicherer Stimme verteilte er die einzelnen Arbeitsaufträge. „Und Sie? Wer sind Sie?“ „Ich heiße Max Steinert und wurde ihnen als Praktikant zugeteilt.“ „Ja, ja, das dachte ich mir. Na dann – herzlich willkommen in Schulzenhorst. Zunächst stelle ich Ihnen den Werkstattmeister vor. Er wird Ihnen dann alles weitere erklären. Nach der Mittagspause kommen Sie bitte in mein Büro, um die Formalitäten zu klären. Ich bin übrigens der Herr Niemeyer und Vorsitzender der Genossenschaft Schulzenhorst im Bereich Pflanzenproduktion. Daß es noch den Bereich Tierproduktion gibt, dürften Sie ja schon mitbekommen haben.“ „Ja, das habe ich.“ „Sagen Sie, Herr Steinert, wie sind Sie denn hergekommen? Mit dem Bus oder mit einem Motorrad?“ „Nein, mit dem Fahrrad“, erwiderte ich etwas verunsichert. „Mit dem Fahrrad? Wollen Sie jeden Tag, morgens und abends, mit dem Rad fahren?“ „Ja, das dachte ich.“ „Naja, soll ja wohl gesund sein.“ Herr Niemeyer drehte sich um und ging auf ein Büro zu. Ich folgte ihm mit einigem Abstand. Hinter dem Schreibtisch saß ein kleiner Mann um die Vierzig. „So, das ist der Herr Becker. Er wird Ihnen weiterhelfen.“ Ich nickte beiden zu. „Na gut, ich hoffe, daß Sie sich bei uns wohl fühlen werden.“ Dann verschwand Herr Niemeyer wieder in der Halle. „Du bist also der Max?“ Ich nickte wieder. „Ich heiße Dieter. Es ist bei uns so üblich, daß wir uns mit den Vornamen anreden. Für dich ist es auch besser, wenn du es gleich annimmst!“

Ich lächelte. „Weißt du, Max, wie ein Landjunge siehst du nun wirklich nicht aus. Dazu das Söhnchen eines bekannten Arztes aus der Stadt. Sie werden's dir eben nicht gerade leicht machen, denke ich. Aber, nimm's nicht so schwer, jeder Neue wird kräftig verarscht. Und wenn's zu finster wird, bin ich ja auch noch da. Gut so?“ Dieter kam auf mich zu und streckte mir seine Hand entgegen. Ich lächelte wieder und schüttelte ihm die Hand. Dieters weiße Zähne strahlten zwischen seinem roten Vollbart hindurch. Er hatte ein väterliches Lächeln. Sein Haar war kräftig rot, auf der Nase trug er eine Nickelbrille. „Nun Max, zunächst gehst du in den Heizungsraum und wirst uns erst einmal richtig Feuer unterm Hintern machen. Da ist ja nichts dabei. Nach dem Frühstück sehen wir weiter!“ Dieter zeigte mir die Heizungsanlage. Eine einfache Warmwasserheizung mit Heizkessel und Kohlebeheizung. Ich war froh, so günstig weggekommen zu sein. Und der Meister, Dieter Becker, war ein guter Mensch, das bemerkte ich sofort.

Nach dem Heizen gab mir Dieter eine Liste. „So, das alles ist bis zur Frühstückspause zu besorgen. Der Laden ist gleich um die Ecke.“ Schon von weitem konnte ich erkennen, daß der Verkaufsladen ziemlich voll war. Eine Menge älterer Frauen, die ihren Hausvorrat auffüllten, und dabei die Chance nutzten, den vergangenen Tag im Dorf bis in die kleinste Nuance zu zerlegen. Sie standen in Grüppchen zwischen den Regalen und vor der Kasse. Und sie schienen unentwegt zu schnattern, denn sie schleuderten die Arme durch die Luft und schüttelten oder nickten die Köpfe. Als ich die Tür öffnete, war jedoch eine Totenstille im Raum. Ich spürte die Blicke an mir haften. ‚Mein Gott‘, dachte ich, ‚hier kann man ja wirklich alles haben. Vom Schinken bis zur Klobürste.‘ Ich konzentrierte mich auf die Regale und meinen Zettel. Dabei kurvte ich zwischen den Damen hindurch, ohne sie weiter zu beachten. Schnell hatte ich die paar Flaschen Milch, Brötchen und Bockwürste zusammen. ‚Kann sich ja nur um Stunden handeln', ging es mir durch den Kopf, als ich zur Kasse hinüberschielte. „Nee, nee, junger Mann, kommen Sie doch mal vor! Sie brauchen sich hier nicht anzustellen! Bei uns dauert das immer 'n bißchen länger", kreischte eine dicke Frau mit Kittelschürze und Kopftuch von vorn. Als ich vor der Kassiererin stand, meinte sie: „Ach, Sie sind wohl neu hier? Arbeiten Sie in der Genossenschaft? Tier oder Pflanze?" „Ich bin Praktikant auf dem Technikhof", antwortete ich kurz. „Beim Becker, was?" „Ja. Beim Meister Becker." „So, so", fuhr sie fort und schüttelte den Kopf, „davon hab' ich ja gar nicht gewußt. Und wie heißen Sie? Und wo kommen Sie her?" „Entschuldigen Sie bitte, es ist gleich neun, die anderen warten auf ihr Essen." „Ja, ja, lauf schon, Junge! Wir seh'n uns bestimmt bald wieder." Kaum hatte ich die Ladentür ins Schloß gelegt, sah ich sie wieder. Eine Menge älterer, schnatternder Weiber, die die Arme durch die Luft schleuderten und die Köpfe schüttelten oder nickten. Ich rannte los, die Uhr zeigte kurz vor neun. Was hätte ich schon sagen können, warum ich zu spät komme. Etwa, daß der Laden überfüllt gewesen sei, bei vielleicht 150 Einwohner, die Schulzenhorst hatte?

Zur Frühstückspause versammelten sich die Arbeiter wieder in der Halle. Pünktlich um neun Uhr gingen sie in das kleine Büro vom Meister Becker. Dort standen Bänke und Stühle um einen Holztisch drumherum. Ein jeder schien seinen festen Stammplatz zu haben. In einer Blechkanne brodelte Wasser. Es wurde Kaffee und Tee gebrüht. Ich war froh, als ich einen freien Stuhl in der Nähe vom Schreibtisch des Meisters erblickte. Ich setzte mich und kramte meine Brote aus der Jackentasche. Nachdem mich Dieter den anderen vorgestellt hatte, feuerten sie ein riesiges Bombardement auf mich ab. Ich mußte Narben, schiefe Knochen, Beulen und Huckel betrachten. Alles Zeugnisse von Eingriffen, die mein Vater irgendwann bei ihnen einmal vorgenommen hatte. Es war eklig und langweilte mich total. Auch wußte ich nicht, wie ich mich ihnen gegenüber nun verhalten sollte. Also tat ich interessiert, nickte ergriffen und lächelte, wenn ich es für nötig hielt.

Im Gegensatz zu meiner Befürchtung, daß ich gleich zu Anfang schwierigste Aufgaben erledigen müßte, tat sich fachlicherseits gar nichts. Nach der Pause gingen alle wieder an die Arbeit, und ich blieb allein im Büro zurück. Ich lief in die Halle und suchte den Meister. Dieter stand auf einem Hocker. Er beugte sich über einen auseinandergebauten Traktorenmotor und fingerte mit einem Schraubenschlüssel herum. „Und ich?" unterbrach ich ihn. „Was soll ich machen?" „Ach, du Max. Komm erst einmal her! Du hast doch schöne kleine Hände. Hier nimm!" Dieter gab mir den Schraubenschlüssel. „Versuch du dazwischen zu kommen und dreh' die olle Schraube los!" – – „Ist ja super!" lachte Dieter. „Siehst du, Max, kleine Finger haben auch ihren Vorteil." Dieter nahm einen Lappen und rieb sich die ölverschmierten Hände sauber. Seine weißen Zähne strahlten wieder zwischen den roten Bartzotteln hindurch. Er schob die Daumen in Höhe der Schultern hinter die Hosenträger und dehnte die Träger nach vorn. Nun faltete er die Stirn und sagte: „Ja, Max, was sollst du machen? Ich meine, was sagen denn die hohen Herren deiner Schule, was du machen sollst?" „Naja, ich soll Traktoren fahren und natürlich auch andere Maschinen. Und im Sommer, da soll ich Mähdrescher fahren.“ „So, sollst du das. Bist du schon einmal mit einem Traktor gefahren?“ „Ja, zur Fahrschule und auf Übungsfahrten in den Praxiswochen meiner Schule.“ Dieter lachte wieder laut auf. „So. Und du meinst, daß du damit einen Traktor fahren kannst.“ „Nein, sicherlich nicht“, gestand ich etwas verunsichert, „aber ich will es lernen.“ „Ja, ja, das willst du, und ich glaube es dir gern. Bloß ist das hier so eine Sache, Max. Wir sind kein Ausbildungsbetrieb wie deine Schule. Wir arbeiten alle nach Plan und auf Leistung. Wer soll sich da die Zeit nehmen und dir das alles beibringen. Aber laß nicht gleich den Kopf hängen! Ich kann ja mal mit dem Chef reden. Jetzt nimmst du erst einmal den Eimer mit Waschbenzin und einen Pinsel.“ Dieter führte mich zu den Einzelteilen des Motors, den er gerade reparierte. „So, und nun kannst du loslegen. Und, daß mir heute abend ja alles schön blank ist!“ Ich nickte. Vor mir lag eine große, schwarze, fettige Masse. Ich nahm mir den Eimer Waschbenzin und versuchte, aus der schwarzen Masse die glänzenden Einzelteile zu machen, die ich aus Kalles Maschinenlabor kannte.

Nachdem ich am Nachmittag aus dem ‚Weißen Haus' zurückgekehrt war, war meine Verwirrung komplett. Als das ‚Weiße Haus' bezeichnete man das Verwaltungsgebäude der Genossenschaft. Ein weißgetünchter Neubau, der im Grünen lag und in dem sich die Führungsmannschaft befand. Das Gespräch mit Herrn Niemeyer und dem Parteisekretär hatte nichts mit der Wirklichkeit zu tun, wie ich sie noch am Vormittag erlebt hatte. Der Parteisekretär erklärte mir die unbedingte Notwendigkeit der Parteimitgliedschaft und ich mußte ihm versprechen, daß ich ernsthaft darüber nachdenken würde. Danach berichtete Herr Niemeyer stolz von den Erfolgen seiner Genossenschaft. Probleme würde es mit Sicherheit nicht geben, denn binnen kürzester Zeit hätten mir die Genossen alles gezeigt, was ich von der praktischen Seite wissen müßte. Schließlich sollte ich immer daran denken, daß ich nach dem Studium selbst einmal eine leitende Funktion übernehmen würde. Und deshalb sei auch die Partei eine Notwendigkeit. Je eher, desto besser. Dann durfte ich gehen. Die Tatsache, daß ich so ganz nebenbei eine Berufsausbildung absolvieren sollte und dazu auch eine Menge praktischer Prüfungen nötig waren, interessierte die beiden nicht.

Auf dem Technikhof angekommen, wunderte ich mich, daß noch immer viele Arbeitsmaschinen vor der Werkstatt geparkt waren. „Wo sind die Leute?“ fragte ich Dieter. „Ja, Kleiner. Heute ist Montag, das heißt, heute nachmittag ist Märchenstunde.“ „Märchenstunde? Was ist das?“ „Bei euch auf der Schule nennt man das Parteiversammlung. Wir nennen es hier Märchenstunde. Natürlich aber nur unter uns.“ „Ja, ja“, begann ich zu kichern, „wie ein Märchen kam mir mein Gespräch mit dem Boß und dem Parteinik eben auch vor.“ „Ach, der Parteisekretär war gleich dabei?“ Ich nickte. „Daran wirst du dich gewöhnen müssen, der hängt sich überall rein. Wenn er wenigstens noch Ahnung von der Landwirtschaft hätte, würde es vielleicht gehen. Aber der kennt ja nur seine Parteischule und den Plan. Wetter, Bauernregeln und die Erfahrung der Alten sind bei dem nur Fremdwörter. Allerdings darf ich dir das gar nicht erzählen, Kleiner.“ „Doch, doch, erzähl nur! Es interessiert mich!“ „Willst du denn in die Partei gehen?“ „Ich habe ihnen gesagt, daß ich es mir überlegen werde. Und beim nächsten Mal werde ich ihnen erzählen, daß ich mich dazu noch nicht reif fühle. So mache ich es auch an unserer Schule und bisher klappt es ganz gut." Dieter strahlte. „Ja, bisher. Aber die lassen nicht locker. Das kannste glauben." „Na und wenn schon. Ich bin ja noch keine achtzehn." „Sicher, aber du kannst Kandidat werden, oder wie die das nennen. Irgendwann mußt du da sowieso rein, wenn du wirklich einmal studieren willst." „Ja, ich weiß schon", sagte ich nachdenklich. „Wenn es bloß etwas mehr mit der Wirklichkeit zu tun hätte. Doch die lügen ja alle. Und das Schlimme daran ist, daß sie es auch noch selber wissen." „Mensch, Maxe, mir kannste das ja sagen, aber sei lieber etwas vorsichtiger mit deinen Äußerungen!" „Wieso?" zischte ich ihn empört an, „Wenn denen niemand die Wahrheit sagt, wird sich nie etwas ändern!"

„Bist du wirklich so doof oder willste hier den Helden mimen?" fragte Dieter mit ernster Stimme. „Es bekam noch niemandem, der denen die Meinung gesagt hat. Natürlich, du bist jung und glaubst noch an die Möglichkeit der Veränderung." „Und du, Dieter? Du bist ja auch nicht in der Partei!" „Ja, mein Lieber, das stimmt. Und ich will dir was sagen, das bringt Nachteile mit sich. Ich bin nur Werkstattmeister geworden, weil damals die Parteisache noch nicht so streng war. Ich werde es auch niemals zu etwas Höherem bringen. Sicher ist auch, daß du heute ohne die Mitläuferschaft gar nichts mehr bestellen kannst." „Aber ich will nicht mitlügen", stotterte ich voller Zorn. „Ach, Max, die werden dich auch noch kleinkriegen. Ganz bestimmt." Dieter fuhr wieder mit den Daumen unter die Hosenträger und dehnte sie weit nach vorn. „Geh jetzt wieder an deine Arbeit, ja!" „Die sitzen in der Märchenstunde und wir müssen arbeiten." „Ja, Max, so fängt es an! Und dann geht's immer so weiter."

Ich setzte mich auf den Hocker und schmierte wieder in der schwarzen Masse. ‚Der Parteifritze kann mich mal sonstwo', flüsterte ich vor mich hin. ‚Und die leitende Funktion können sie sich gleich in den Arsch stecken. Die Chefs sind doch nichts weiter als Marionetten des Staates.' Mich brachte dieses Gerede von der Notwendigkeit der Partei immer mächtig in Rage. Irgendwie sträubte sich etwas in mir, wenn ich daran dachte, in einer Herde Schafe zu blöken, bloß weil es alle so tun, damit sie schön zu fressen bekommen. Trotzdem empfand ich, daß Meister Becker irgendwie recht hatte mit dem, was er sagte. Wer nicht nur an sich denken durfte, weil er vielleicht eine Familie versorgen mußte, dem konnte das Eintauchen in die graue Masse sogar etwas Schutz bieten. ‚Und dennoch! Was ist das für ein Leben? Ein Leben, wo man sich am Überflüssigen betrinken muß, damit man vorm Notwendigen davontaumelt', beschimpfte ich den vor mir liegenden Dreck.

Die Dämmerung lag schon über der Stadt, als ich müde meinen Pedalen die letzten Tritte gab. Ich verschwand im Bad und verbrachte eine Menge Zeit damit, den Gestank des Diesels und die Schwärze der Schmiere von meinen Händen zu schrubben. Immer wieder ließ ich die Bürste über Hände und Nägel kratzen, bis ich letztlich verzweifelt aufgab; die gerötete Haut brannte wie Feuer. Das Ergebnis stand jedoch in keinem Verhältnis zum Aufwand. Noch immer waren die Zeichnungen der Haut schwarze Linien und die Fingernägel erinnerten an Aussatz. Als ich endlich zu Tisch saß, spürte ich, wie die Blicke des Vaters meine Hände musterten. „Tut's sehr weh?“ fragte er mit sanfter Stimme. Ich nickte. „Ja, mein Junge, das ist Arbeit! Alle müssen sie leisten, damit sie im Leben vorankommen und deine Hände werden sich daran gewöhnen. Was mußten sie denn heute machen?“ „Sie mußten den ganzen Tag in einer schwarzen Masse aus Schmiere, Dreck und Maschinenteilen wühlen, was sie sicherlich noch eine ganze Weile weiter tun werden.“ „Bestimmt“, lächelte der Vater, „oder dachtest du, daß man dich gleich an eine teure Maschine läßt?“ „Nein, dachte ich nicht, aber ich wollte, daß man mir wenigstens eine zeigt und erklärt!“

„Das kommt noch früh genug, Max! Vorher mußt du aber im Dreck gewühlt haben, das ist überall das Gleiche. Nach meinem Medizinstudium dachte ich auch, daß ich fortan gleich ein großer Mediziner sei. Und in Wahrheit, Max? Ich kam in mein erstes Krankenhaus und durfte den Patienten zunächst den Hintern wischen, das war alles.“ Ich fing an zu lachen. „Da brauchst du gar nicht dumm grinsen, mein Lieber. Es dauerte Jahre, bevor ich Stück für Stück das wurde, was ich jetzt bin. Und denke ja nicht, daß das bei dir viel anders läuft!“ „Etwas anders läuft es schon. Du brauchtest dir ja nicht die Dinge vorhalten zu lassen, die dein Vater einmal anrichtete.“ „Was?“ „Naja, ich bin dort eben nicht der neue Lehrling, sondern ich bin das Söhnchen vom Doktor aus der Stadt. Heute mußte ich mir sämtliche Narben und die schiefen Knochen der Bauern betrachten, die du irgendwann einmal behandelt hast.“ „Eben, Max“, unterbrach mich Mutter, „deshalb erwarte ich von dir, daß du dich dementsprechend benimmst. Was bedeutet, daß du dich durch falsches Benehmen nicht nur selbst ins schlechte Licht rückst, sondern uns gleich mit.“ „Aber was kann ich denn dafür, daß ihr Ärzte seid?“ „Diskutiere nicht, Max! Mach' das, was wir dir sagen und dann ist es gut“, antwortete sie in ernstem Ton. „Und, was sagt ihr?“ „Werd' nur nicht frech, Freundchen!“ Unter lautem Getöse stellte sie die gerade erhobene Teetasse wieder auf den Unterteller zurück. „Du machst das, was man dir sagt, ohne Widerrede. Verstanden? Vor allem jammere nicht rum, weil du dir mal die Hände schmutzig gemacht hast. Ist das klar?“ Ich nickte und ging ruhig vom Tisch, obwohl mein Blut bebte, daß ich hätte laut aufschreien müssen.

Doch in solchen Situationen hielt ich es für besser, wenn ich schnell aus ihrer Reichweite kam. Sie hatte die Eigenart, sich mächtig in eine Sache hineinsteigern zu können. Vater und ich kamen dann eh nicht mehr zu Wort. Schließlich hätte sich Vater über die weibliche Strenge geärgert und ich mit Sicherheit noch eine von ihren sinnlosen Strafen abgefaßt.

Also zog ich mich auf mein Zimmer zurück. Ich ließ das Licht aus und ging zum Fenster. Es lag schon Dunkelheit über dem Städtchen. Die Linde am Straßenrand gegenüber wiegte sich sacht im Winde und erste Blätter zauberten kleine grünliche Lichtspiele im Schein der Straßenlaterne auf meine Fensterscheibe. Hinter der Straße erstreckte sich die Weite der Wiesen. Ganz genau spürte ich meinen Bahndamm in der Dunkelheit liegen, den ich bei Tage am Horizont erblicken konnte. Mein Leib und die Beine wurden mir warm, da ich sie fest gegen den Heizkörper preßte. Meine Hände glitten über die heißen Metallrippen. Aber es kam nicht mehr das gewohnte feine Streicheln an mein Ohr, als vielmehr ein stockendes Kratzen, das von sprödem Leder herzurühren schien. Die Schwere der Müdigkeit zog durch die Arme bis in die Zehenspitzen hinab. Ich gähnte gegen das kalte Fensterglas: ,Was für ein sinnloser Tag! Morgens dunkel, abends dunkel und dazwischen eine stinkende Masse maschinellen Unrats. Was bleibt, ist die Trägheit in den Knochen und die Unlust im Kopf. Was für ein sinnloser Tag!'

Das Glas vor meinen Augen war trübe. Ein Schleier aus Wassertröpfchen ließ die Linde im glitzernden Gewand erscheinen, das sie jedoch nur für Sekunden kleidete, um rasch wieder den Konturen der Wirklichkeit Platz zu machen. Ich hauchte erneut den Dunst aufs Glas, und noch einen, und noch einen; doch sie verschwanden alle wieder, ohne daß es die Mühe wert war, sie aus den Lungen zu pressen, damit der funkelnde Schein die Realität tröge. Die warme Schwere hatte jetzt meine Lider erreicht. Ich spürte, wie sich der Schlaf in meinen Augen ausbreitete und sie schließen wollte. ,Ich kann doch jetzt noch nicht ins Bett gehen!' ging es mir durch den Kopf. Und so stand ich am Fenster, Minute für Minute, mit tiefem Verlangen nach Schlaf und dem Wunsch nach Erleben. Die beiden schienen sich wie im Gefecht gegenüber zu stehen, und meine Augen waren die Objekte der Begierde. Je nachdem, wer gerade gepunktet hatte, fielen meine Augen zu, oder stierten trübe auf die Linde. Schließlich trug der Schlaf den großen Sieg davon und das abends um halb neun. Mit lebloser Miene gab ich mich geschlagen und wankte brav zum Bett. Selbst auf Licht hatte ich nun keine Lust mehr, so daß ich mir die Sachen im Dunkeln vom Körper fingerte. Ich kroch unter die Bettdecke, wühlte den Kopf ins Kissen und starrte an die Decke. Der dreigeteilte grünliche Lichtschein der Straßenlaterne fiel durchs Fenster, ging durch den Raum und warf ein Lichtmuster auf die Zimmertür. Fuhr ein Auto vorbei, wanderte ein gelber Lichtschein von der einen Wand über die Decke zur anderen und verschwand wieder. Im Bücherschrank mit den Glastüren konnte ich den Schatten der Beethoven-Büste erkennen, die den Schrank majestätisch krönte und pathetisch zu mir herunter blickte. ,Armer Beethoven, an deiner Männlichkeit hat nie jemand zu zweifeln gewagt, auch ohne das Schmieren in der stinkenden Masse! Und Helena? Vielleicht bin ich für diese Welt zu weich, einfach zu weich...', jammerte ich dem Maestro meinen Weltschmerz entgegen und schlief ein.

Bereits nach den ersten Arbeitstagen in der Genossenschaft mußte ich feststellen, daß ich mir wieder viel zu viel Sorgen gemacht hatte. Denn ich begriff schnell, daß mir die Tour vom aufstrebenden Landwirtschaftsvollprofi in ganz Schulzenhorst eh keiner glaubte. Jedermann im Ort rief mich liebevoll ,Doktor', und so war und blieb ich das Söhnchen vom Doktor aus der Stadt, da konnte ich machen, was ich wollte, geändert hätte es mit Sicherheit nichts. Ich beschloß, die ganze Sache einfach nicht so ernst zu nehmen, genauso, wie man mich selbst auch eher als eine willkommene Unterhaltung ansah und nicht als einen ernsthaften Kollegen. So saß ich im Pausenraum und unterhielt die Bauern mit meinen Geschichten, die immer ein Gemisch aus Wirklichkeit und Phantasie waren. Die Arbeiter begeisterte das, und ich genoß eine Narrenfreiheit, die mich davor schützte, noch einmal den ganzen Tag mit bloßen Händen im stinkenden Dreck zu wühlen.

Zudem versorgten mich die Bäuerinnen mit gutem Essen, damit das kleine Jungchen aus der Stadt mal was Richtiges auf die Rippen bekommt, was ich mir natürlich sehr gefallen ließ und Mutter zu Hause in echte Verlegenheit stürzte. Auch behielt Meister Becker vollkommen recht, wenn er meinte, daß sich niemand die Zeit nehmen würde, um mir den Umgang mit den verschiedenen Maschinen und Geräten beizubringen. Ein jeder hatte seine auf Leistung gerichtete Arbeitsaufgabe für den Tag. Da blieb einfach keine Zeit für die Lehrausbildung. Außerdem gab es in der Genossenschaft weder Lehrmaschinen noch Ausbilder. Wie mir der Meister erklärte, war der ganze Betrieb überhaupt nicht auf eine Lehrlingsausbildung eingestellt und daß doch eine stattfand, war mit großer Sicherheit eine Papierfestlegung, die im ‚Weißen Haus' der Genossenschaft vom Parteisekretär beschlossen worden war. Also half ich mir selbst so gut es ging. Ich bot mich den Traktoristen als Beifahrer an. Das war von der Sache her sinnlos, weil vollkommen überflüssig, aber die Fahrer willigten wegen der damit verbundenen Unterhaltung gerne ein. Und so fuhr ich mit auf die Äcker hinaus, zum Pflügen, Drillen und Düngen. Ich verstand mich im Unterhalten, legte Hand an, wenn ich mich gebraucht fühlte. Dabei tat ich immer sehr interessiert, so daß man mir mit Stolz erzählte, was dieses und jenes Teil bedeutete. Und wenn es sehr gut kam, durfte ich sogar selbst ein paar Runden drehen. Auf diese Weise bekam ich auch ohne Lehrmaschinen und Ausbilder mit, wie die Sache langging. Zudem brach unter den einzelnen Bauern auch eine Art Konkurrenz aus, weil jeder seine kleinen Tricks hatte, von denen er meinte, daß sie ihn als etwas Besonderes auswiesen. Eigentlich fehlte nur noch der schulbürokratische Teil. Denn wenigstens auf dem Papier brauchte ich ja einen Ausbilder. Auf meiner Schule mußte ich schließlich Noten und Beurteilungen vorweisen. Ich erklärte daher kurzerhand den Meister Becker zu meinem Lehrausbilder. Was ihm überhaupt nicht paßte, weil ihm die Bürokratie an sich zuwider war. So schrieb ich meine Beurteilung selbst und hielt die Benotung im Mittelfeld. Der Meister brauchte nur noch zu unterschreiben, was er auch mit einem strahlenden Lächeln tat. Meine in den letzten Tagen aufgekommene Unpünktlichkeit erwähnte ich in der Beurteilung natürlich nicht. Und ich war froh, daß der Meister auch darüber mit einem Lächeln hinwegsah. Die tagtägliche Radfahrt vom Städtchen nach Schulzenhorst und zurück hatte es auf Dauer ganz schön in sich. Es ereignete sich immer öfter, daß ich beim Radfahren trödelte und zu spät zur Arbeit kam. Vielleicht war es die fehlende Strenge – mein Zuspätkommen wurde sehr großzügig übergangen – die dafür sorgte, daß ich die Zügel etwas schleifen ließ. Also verflogen meine ersten Praxiswochen in der Genossenschaft Schulzenhorst ohne Probleme. Von einigen anfänglichen Sticheleien wegen meiner Herkunft und Größe abgesehen, konnte ich mich erstaunlich gut einleben, und das mit neuen Erfahrungen im Kopf und guten Noten in der Tasche.

Noch wichtiger als Wissen und Zensuren war für mich die Tatsache, daß ich meinen inneren Frieden wiederfand. An den ersten Abenden nach der Arbeit glaubte ich wirklich schon, daß ich für die Landarbeit zu schwächlich war. Zum Glück stellte sich die Erschöpfung aber nur als eine vorübergehende Erscheinung dar. Was nicht heißen soll, daß ich nach der Arbeit nicht geschafft war, doch lernte ich, besser damit umzugehen. Das frühe Schlafengehen machte ich einfach zur Direktive und fand mich damit ab.

So bestieg ich frohgestimmt wieder den Zug in Richtung Harz. Ich freute mich darauf, den Zimmerkameraden von meinen Erlebnissen berichten zu können. Und daß ich zunächst eher Zuschauer als Akteur war, brauchte ich ja nicht zu erwähnen. Ich wußte nämlich, daß mich Schulzenhorst im Stellungskampf unter den Schülern des Schlosses ein großes Stück vorwärts gebracht hatte. Doch je mehr sich das flache Land in immer größer werdende Hügelketten verwandelte, desto geringer wurde meine Lust auf ein Wiedersehen. Meine stolzen Träumereien wichen zunehmend dem Ungewissen der Wirklichkeit. Es war mir, als legte sich ein unsichtbarer Ring um meine Brust, der sie fest zu umklammern schien und mir so den langen Atem nahm. Und als der Zug in die letzte Kurve fuhr, sprengte die Beklemmung meine Brust und jagte durch den Magen bis hinunter in die Knie. Ich sah das schöne Bild vor meinem inneren Auge, das mich sogleich bis zur Ohnmacht erstarren ließ: Helena Febanz! Schulzenhorst war klein und Helena weit weg. Ich verbannte sie sicher in meine nächtlichen Träume. Jetzt stieg sie wieder in die Realität empor und schien sich von mir zu entfernen, je näher ich ihr kam. Denn nichts hatte ich getan! Gar nichts! All meine Vorsätze, die ich mit nach Schulzenhorst genommen hatte. Nicht einer war erfüllt worden. Auch gab es keinen Plan, mit dem ich herausbekommen konnte, was sie für mich empfand; oder ob ich es nicht schaffen könnte, sie ganz aus meinem Leben zu streichen, indem ich mich damit abfand, daß ich nicht auf ihrer Welle schwamm. Es war genau diese Zerrissenheit, die mich so sehr schaudern ließ. ‚Wer macht mich eigentlich glauben, daß Helena und ich nicht auf der gleichen Welle sind', dröhnte es in meinem Kopf. ‚Woher nehmen Gerhard, Friedhelm und Peter ihre Gewißheit, daß Helena von mir nichts wissen will? Warum werfen sie mir vor, ich sei blind. Ist es ihre eigene Eifersucht oder der blanke Neid? Keiner von den dreien hat mit Helena je ein Wort gewechselt.' So spürte ich wieder, daß mir nichts anderes übrig bleiben würde, als Helena selbst danach zu fragen. Aber bei dem bloßen Gedanken daran wurde mir übel. ‚Was wird mit mir passieren, wenn sie wirklich aus meinen sicheren Träumen entflieht?' dröhnte es erneut im Kopf. ‚Wenn Gerhard recht behält, und Helena mir das ins Gesicht sagt? Ich werde es mit Sicherheit nicht überleben. Oder ich muß plötzlich heulen, vielleicht sogar vor ihr, oder im Zimmer vor den anderen.' Ich starrte ängstlich durch das Abteilfenster und bemerkte erst jetzt, daß der Zug bereits im Bahnhof stand.

Ich sprang auf und zog eilig meine Reisetasche von der Gepäckablage. Draußen vor dem Bahnhofsgebäude lag der Sammelplatz, von wo uns der Schulbus abholte und zum Schloß fuhr. Als ich mit meiner Tasche angehievt kam, waren schon viele Schüler versammelt. Anders als sonst herrschte an diesem Abend ein besonders lebhaftes, ja fast euphorisches Treiben auf dem Platz. Immerhin hatte man sich zwei Wochen nicht gesehen, und da gab es eine Menge Neuigkeiten zu berichten. Schon auf weite Entfernung kam mir ein Stimmenwirrwarr entgegen. Dazu flogen Hände und Beine durch die Luft. Dann wieder schallendes Gelächter, bei dem sich die Körper zusammenkrümmten. Schließlich machten Flaschen die Runde und es wurden

Zigaretten verteilt. Auch ich wurde überaus freundlich empfangen. Ich schüttelte Hände, von denen ich gar nicht wußte, zu wem sie gehörten. Dumpfes Klopfen ging auf die Schultern nieder. Vor meinen Augen blitzten Zähne aus dem Dunkel und schon nahm ich einen kräftigen Zug aus einer Weinflasche. Man ließ mich gar nicht zu Wort kommen, bis der Schulbus eintraf. Die Einstiegstür kam vor mir zum Halt. Ich stürmte als erster in den Bus und sicherte mir einen Fensterplatz. „Hallo Maxi!“ rief eine weiche Stimme. „Ist der Platz neben dir noch frei, oder hältst du ihn für jemanden besetzt?“ „Nein, nein, setz dich nur!“ Helena schob ihre Tasche unter den vorderen Sitz und zog ihre Jacke aus. Ich konnte nicht so schnell schalten und lächelte verklemmt. „Na, nun erzähl doch mal! Wie war's? Hast du große Äcker gepflügt, oder haben sie dich den ganzen Tag nur die Werkhallen ausfegen lassen?“ „Naja, weißt du, anfangs war es schon so. Also, ich meine, daß ich erst mal putzen mußte. Aber dann, dann ging's besser. Zunächst durfte ich mit aufs Feld fahren, als Beifahrer, und es wurde mir alles erklärt. Na und zum Schluß habe ich selbst ein paar Runden gedreht.“ „Und, was heißt das? Ich meine, von was redest du? Vom Pflügen?“ „Ja, aber nicht nur vom Pflügen. Ich war auch draußen zum Düngen und Drillen.“ „Hört sich toll an!“ meinte Helena. „Weißt du, Max, ich habe da nämlich schon dolle Sachen gehört, selbst von den Jungen.“ „Was meinst du?“ fragte ich interessiert und zog meine Jacke aus. „Na, ein ganzer Teil hat wirklich nur mit dem Besen gewirbelt und durfte als Höhepunkt vielleicht mal einen Traktor zum Tanken fahren. Bei den Jungen war es nicht ganz so schlimm, aber einige Mädchen durften zwei Wochen lang nur die Küchenfee spielen.“ „Ach so!“ Ich sah Helena erschrocken an. „Und so etwas nennt sich nun Ausbildungsbetrieb!“ „Das kommt, weil die das machen müssen und gar nicht wollen“, antwortete Helena nachdenklich. Mir kamen sofort die Worte von Meister Becker in den Sinn. „Ja, ich glaube auch. Jedenfalls hat das mein Meister gesagt. Er meinte, daß die Betriebe einen Lehrling ausbilden müssen, egal ob sie dazu in der Lage sind oder nicht. Parteibeschluß und damit basta!“ Helena nickte. Ich spürte, wie mir langsam warm wurde und sah verlegen aus dem Fenster in die Dunkelheit der Nacht.

„Du hattest sogar einen eigenen Meister?“ fragte Helena verwundert. „Naja, was heißt einen eigenen Meister. Es ist der Werkstattmeister der Genossenschaft Schulzenhorst. Ich hab' ihn einfach zu meinem Meister erklärt, weil ja keine Lehrmeister dort sind, und weil er ganz in Ordnung ist, so als Mensch, mein' ich.“ „Du hast was?“ staunte sie und sah mich mit großen Augen an. „Du hast ihn einfach zu deinem Lehrmeister erklärt?“ Ich nickte. „Und was hat er dazu gesagt?“ „Na, ich denke, daß er erst nicht wollte. Aber dann hat es ihn doch gefreut. Schließlich haben es auch alle anderen akzeptiert, selbst der Vorsitzende und der Parteinik.“ Helena lachte laut auf und warf ihren Kopf zurück. „Mann, Maxi, das ist ja ein dolles Ding! Das hätte ich dir gar nicht zugetraut.“ Ich grinste verlegen. „Wieso denn nicht. Ist doch eigentlich nichts weiter dabei.“ „Naja, etwas kühn finde ich es schon, als frischer Lehrling gleich so die Initiative zu ergreifen.“ „Findest du?“ Helena lächelte und streichelte mir das Haar. „Wie war es denn bei dir?“ fragte ich neugierig. „Ich hatte auch Glück. Zwar konnte ich mir nicht einfach einen

Meister aussuchen, aber mein Betrieb hat mich einer Brigade zugeteilt, die mir alles so nach und nach beibringen soll. Es sind sieben Traktoristen und ein Meister. Alle sind recht jung, und ich bin gut mit ihnen ausgekommen. Naja, jedenfalls haben sie mir viel gezeigt und mich auch auf die Felder mitgenommen ..." „Wir sind schon da!" unterbrach ich sie. Der Bus quälte sich gerade die steile Anhöhe zum Vorplatz des Schlosses hinauf. „Weißt du, Maxi, die Mädchen wollen jetzt auf meinem Zimmer noch ein bißchen unser Wiedersehen feiern. Du kommst doch auch, oder?" – „Ich?"

Helena schob sich in den schmalen Gang des Busses. Ich folgte ihr und stemmte die Reisetasche vor meinen Bauch. Dabei spürte ich, wie das Ende der Tasche ihren Rücken berührte. Ein seltsames Kribbeln durchfloß meinen Körper. Auch nach dem Aussteigen war ich bemüht, ihr weiter mit dieser Tuchfühlung zu folgen. Bis ich plötzlich einen heftigen Schlag auf die Schulter bekam. „He, Max! Wo bleibst du denn. Wir dachten schon, du wärst gar nicht mitgekommen." „Ach, Friedhelm, du bist's. Klopp mir doch nicht gleich die Schulter ab!" „Sei kein Weichling, Max! Jetzt ist erst mal Umtrunk. Du hast doch sicher 'ne Menge Neuigkeiten, oder?" „Ja, ja. Eine ganze Menge. Doch ich muß vorher noch schnell zu Helena aufs Zimmer. Sie will mir was zeigen." „Ach, zu Helena." Friedhelm blieb stehen, und ich konnte erkennen, wie ihm das typische Rot ins Gesicht stieg. Er mühte sich ein Lächeln auf die Lippen und meinte: „Na dann bis gleich, Maxi. Ich stell schon mal ein Gläschen für dich bereit." Ich nickte kurz und drängelte mich wieder nach vorn. Auf der großen Holztreppe holte ich Helena ein. „Da bist du ja wieder, Max. Willst du nicht erst die Tasche auf dein Zimmer bringen?" „Nein, laß mal! Wenn ich erst auf mein Zimmer gehe, komme ich da nicht wieder weg. Du weißt ja, wie das ist." Helena grinste und nahm einen Henkel meiner Tasche.

„Ja, ja, ich weiß schon, die Jungen deines Zimmers hängen zusammen wie Pech und Schwefel. Fehlt nur noch, daß du die Erlaubnis einholen mußt, ob du mitkommen darfst oder nicht." Ich sagte nichts dazu und folgte ihr aufs Zimmer. Die Tür stand offen. Schon vom Flur aus konnte ich Martina sehen, wie sie vor ihrem Schrank stand. Plötzlich jagte ein Schreck durch meinen Körper, der mich vor der Tür verweigern ließ wie ein Roß vorm Graben. Aber es war zu spät zur Umkehr. „Na sieh mal einer an, unser Mäuschen. Hast wohl heute Ausgang bekommen, wie?" rief Martina mir entgegen. „Wieso?" fragte ich in den Raum, ohne den Mut zu finden, ihr in die Augen zu sehen. „Naja, seit dem Sportlerball warst du spurlos verschwunden. Du hängst bei deinen Jungs, wie ein Baby bei der Mami. Wenn ihr wenigstens was Vernünftiges anstellen würdet. Doch außer in der Kneipe seid ihr nirgends zu finden." Das hatte gesessen. Und ich spürte, wie mir die Schamröte ins Gesicht stieg. „Bei uns in der Klasse läuft es eben etwas anders als bei euch. Die Zimmergemeinschaften bleiben mehr unter sich." „Ja, vor allem deine, Max. Ihr werdet euch noch kaputt saufen!" „Laß gut sein, Martina!" warf Helena ein. „Max kann doch wohl am wenigsten dafür." „Sicher, aber er bräuchte nicht mitmachen", antwortete Martina in sorgevollem Ton. „Weißt du, so leicht ist das nicht." Ich setzte mich an den Tisch und suchte nach Worten der Erklärung. „Schließlich kann ich im Zimmer nicht machen, was ich will.“ „Und wieso nicht?“ wollte Martina wissen. „Wer hat denn zu bestimmen, was du machen sollst.“ „Na, wir alle bestimmen es.“ Martina lachte laut auf. Und auch Helena begann zu feixen. Dann holte sie eine Flasche Obstwein aus ihrer Tasche und stellte ihn auf den Tisch. „Der ist aus meinem Dorf. Schmeckt schön süß und dreht mächtig. Bei uns wird er deshalb ‚Bretterknaller' genannt. Du solltest also aufpassen, Mäuschen!“ Ich grinste und sah in ihre schönen, großen Augen. Helena lächelte zurück, blickte verlegen auf den Tisch, nahm die Flasche und schenkte mir ein Glas ein. Martina schaltete unterdessen das Zimmerlicht aus und stellte zwei Kerzen neben die Flasche. Sie machte die Nachttischlampe an und legte eine Kassette mit Beethovens fünftem Klavierkonzert in den Rekorder. Meine Augen blieben an ihrem Bett haften. Ich erkannte es wieder. Und sah mich sofort mit Martina dort liegen. Jetzt strömte erneut dieses Gefühl aus Scham und Schuld durch den Körper und legte sich um meinen Hals, so daß ich bei jedem Schlucken einen Schmerz verspürte. Ich räusperte und meinte heiser: „Mann, ist ja richtig gemütlich bei euch, so mit Beethoven und Kerzen, mein' ich.“ „Nanu, ist unser Kleiner etwa erkältet?“ fragte Martina zynisch. „Nein, nein, es ist nichts. Nur ein Frosch im Hals.“ „Na dann trink doch einen Schluck Wein! Du hast ihn ja noch gar nicht probiert“, flüsterte mir Helena zu. „Ja doch, schmeckt wirklich gut. Sehr süß, aber gut“, meinte ich verlegen und spürte, wie mir die Hände zitterten.

„Gut, aber bleiben wir beim Thema, Max!“ begann Martina erneut. „Es glaubt wohl im ganzen Schloß niemand, daß du oder die anderen deines Zimmers irgend etwas zu sagen haben. Bei euch bestimmt doch nur einer von A bis Z, und das ist Gerhard Läster. „Nein, Martina, ganz so ist es nun auch wieder nicht.“ „Ach komm, Max. Du weißt genau, daß es so ist und nicht anders.“ „Sicherlich, Gerhard hat schon das Sagen. Doch es ist nur, weil er ja wirklich sehr gut reden kann. Außerdem ist er äußerst intelligent und hat die meisten Erfahrungen.“ „Wieso – die meisten Erfahrungen?“ staunte Helena. „Soweit ich weiß, hat Gerhard von Landwirtschaftsdingen gar nicht so die Ahnung.“ „Ja das vielleicht nicht, aber von Frauen.“ Jetzt kicherten sie beide zusammen. „Oh Mensch, Max! Ein geiler Bock ist das und nichts weiter. Oder hast du vergessen, was er mit der Kamie Brauning gemacht hat?“ platzte es plötzlich mit ernster Stimme aus Martina heraus. „Woher weißt du das?“ „Das weiß das ganze Schloß! Und ich will dir sagen, was das ist, Max! Ihr seid feige und weiter nix. Gerhard wird scheißbrutal, wenn er angetrunken ist und will sich dann mit jedermann prügeln. Und genau davor habt ihr Angst. Bei dir kann ich's ja noch verstehen, aber Friedhelm und Peter sind ihm doch weiß Gott überlegen. Mann, der Friedhelm, der könnte ihn binnen einer Minute in sämtliche Einzelteile zerlegen.“ „Ach, Martina, was soll denn das? Das ist doch nicht unser Problem“, unterbrach Helena wieder besänftigend. Ich nahm mein Glas und schüttete den Wein in einem Zuge runter. „Laß sie nur reden, Helena! So unrecht hat sie ja gar nicht. Ich jedenfalls werde Gerhard nicht ändern können. Mich nimmt er sowieso nicht für voll.“ „Dann geh doch zum Herrn Gutharth und bitte ihn, daß du auf ein anderes Zimmer kommst!“ „Ja, das dachte ich auch schon. Bloß dann wird die Stimmung noch schlechter zwischen uns.“ „Na klar, rennt ihm immer schön treu hinterher, um des lieben Friedens willen, ihr habt ihm ja die Treue geschworen, eurem blonden Führer mit den blauen Augen und den roten Bäckchen", zischte mich Martina ärgerlich an. „Ich habe überhaupt niemandem irgend etwas geschworen." „Ach ja, warum machst du es dann trotzdem?" „Aber ich habe gehört, daß ihr in den Sommerferien zusammen wegfahren wollt", meinte Helena überlegen. „Was ihr so alles hört! Ja, es stimmt. Wir fahren gemeinsam an die Müritz. Wird bestimmt ganz toll." „Das kann ich mir vorstellen", funkte Martina wieder dazwischen, „morgens voll, mittags voller und abends am vollsten." Langsam wurde ich ruhiger und das ungute Gefühl war aus meinem Hals gespült. Ich nahm die Weinflasche und kippte mein Glas voll. Fingerte mir eine Zigarette aus der Schachtel und beugte mich zur Kerze. Blies die blauen Ringe über die Kerze in das Dunkel des Raumes und lehnte mich in den Sessel zurück. Helenas Lächeln wich für einen kurzen Moment von ihren Lippen. „Mit dieser Raucherei hast du dir ja einen schönen Unsinn angewöhnt." „Ach, Quatsch!" grinste ich. „Wenn ich will, kann ich jederzeit damit aufhören." „Kannst du eben nicht. Du wirst für immer an diesen Zigaretten kleben bleiben, das fühle ich."

Mir verging das Grinsen und ich sah verwundert zu ihr hinüber. Helenas Stimme klang hilflos, ja fast traurig. „Warum traust du mir nicht zu, daß ich den Willen besitze, damit aufzuhören, wenn ich möchte", stellte ich sie zur Rede. Helena sah mir fest in die Augen und sagte eine Weile nichts. „Weil du eben so bist. Du handelst nur nach deinem Gefühl und kannst gar nicht berechnend sein. Aber da du bereit warst, das Nikotin in diese Gefühlswelt aufzunehmen, wirst du dich nie wieder davon lösen können, Max. Vielleicht kannst du es wenigstens auf ein Minimum reduzieren. Es ist dann nicht ganz so schädlich für dich." Ich wußte nicht, was ich ihr nun sagen sollte, fühlte nur, daß sich meine Stirn in Falten zog. Zum einen wurde mir warm ums Herz, weil ich genoß, wie Helena sich meinetwegen sorgte. Zum anderen rang in mir die Wut über die bloßgestellte Abhängigkeit mit dem Stolz meines Hochmutes, der jeden kleinen Anschein von Schwäche zu vertuschen suchte. Sofort schmeckte ich den Teer auf den Lippen, und der Rauch brannte mir in den Augen. Ich mühte mich, die Stimme ruhig zu halten und sagte etwas kleinlaut: „Ich werde es schon irgendwie schaffen, Helena, bestimmt." Sie antwortete nicht. Ein lautes Knacken ging durch den Raum. Der Rekorder schaltete sich ab. Im Raum lag eine merkwürdige Stille. Ich sah zu Martina, zu Helena. Keine sagte etwas. Und trotzdem hatte ich das Gefühl, als erwarteten sie von mir, daß ich etwas sagen sollte. Eine Art Geständnis oder Entscheidung vielleicht. Bloß für wen oder was sollte ich mich entscheiden? Ich kam mir plötzlich hilflos vor und mir war nach Weglaufen. Als ich merkte, daß mir wieder die Hände zitterten, begann ich, eine Geschichte aus Schulzenhorst zum Besten zu geben.

Ich erzählte ihnen vom Werkstattmeister Dieter Becker. Diesem urgemütlichen Bauern mit seinem dicken Bauch, der Nickelbrille auf der Nase und dem roten Zottelbart, durch den die weißen Zähne blitzten. Wie er immer seine beiden Daumen hinter die Hosenträger steckte und die Träger weit nach vorne dehnte, um sich über irgend etwas halb totzulachen oder um mir die tollsten Bauernweisheiten zu verraten. Wobei er immer so geheimnisvoll tat, daß ich es vor Spannung kaum noch aushielt und ich mich in meine Kinderzeit zurückversetzt fühlte, in der die Großmutter allabendlich aus dem Märchenbuch vorgelesen hatte. Und ich erzählte ihnen, daß es in Schulzenhorst auch wirklich eine Märchenstunde gab, nämlich immer dann, wenn die Parteiversammlung stattfand. Meister Becker setzte sich dann eine alte Leninmütze auf den Kopf und krabbelte auf die Werkbank. „Genossen!" schrie er in den Raum. Schnell eilten dann die in der Halle befindlichen Bauern zusammen. Der Meister vergrub wieder die Daumen hinter den Hosenträgern, machte einen Katzbuckel und verzog sein Gesicht zu einer Grimasse. „Genossen!" begann er wieder zu schreien: „Es war einmal ein Plan. Und wenn es Scheiße vom Himmel regnen sollte, dieser Plan ist Richtschnur. Also ist er auch richtig. Denn es ist der Plan unserer Partei, und die hat immer recht." Ein lautes Raunen ging da durch die Reihen der Bauern, einige fingen zu klatschen an. „Es ist daher auch nicht schlimm, daß die, welche den Plan machen, gar keine Ahnung von dem haben, was sie da eigentlich machen. Denn es ist ja die Partei der Arbeiter und Bauern. Ist euch das klar, Genossen?" Und wieder ging ein Kichern durch den Raum. „Es geht nämlich alles, wenn der starke Arm der Partei es nur will. Was brauchen wir da die Bauernweisheit unserer Ahnen? Das Korn wird geerntet, wenn der Plan es vorsieht und nicht, wenn es reif ist. Wann es reif ist, bestimmt doch nicht das Wetter, sondern die Partei. Es ist unsere Partei, die Partei der Arbeiter und Bauern, und nicht die des Wetters. Und das muß begriffen werden, Genossen. Das heißt also, wenn sich das Wetter gegen unsere Partei stellt, so ist es der Feind unserer Partei und damit auch unser Feind. Ist doch eigentlich ganz einfach, oder?" Ein schallendes Gelächter ging durch die Halle. Und auch Meister Becker selbst hatte Mühe, sich das Lachen zu verkneifen. Doch er fuhr in kämpferischem Ton fort: „Und unsere Aufgabe ist es, die Landmaschinen in Gang zu halten. Es gibt keine Ersatzteile, möget ihr einwenden. Aber Genossen, da müssen wir uns eben einen Kopf machen, wir, die Bauern, und nicht die Partei. Denn im Plan steht ja nicht geschrieben, daß die Maschinen kaputt gehen sollen. Ganz einfach, oder? Also machen wir aus zwei kaputten Traktoren einen ganzen. Und bald gehen wir wieder mit den Pferden zu Felde! Aber der Plan, Genossen, der stimmt!" Meister Becker war am Ende seines Humors. Still und müde, wie ein alter Mann, nahm er seine Mütze vom Kopf und stieg wacklig von der Werkbank. Die Bauern wandten sich ab und gingen mit steifer Miene an ihre Arbeit zurück, ohne ein Lächeln auf den Lippen und die Köpfe schüttelnd.

Erst jetzt bemerkte ich, wie Helena und Martina gebannt auf ihren Sesseln saßen und mir mit großen Augen zuhörten. „Ganz schön mutig, dein Meister", staunte Helena. „Das schon, aber du mußt bedenken, daß in der Halle nur die Parteilosen waren. Die ganzen echten Genossen saßen ja in der Märchenstunde, also in der Parteiversammlung, meine ich. Wenn die dabei waren, blieb er stumm wie ein Fisch. Denn er hat Familie." „Ist schon klar", nickte Helena verständnisvoll.

„Aber, wenn wir beide allein waren, hat er mir doch eine Menge interessante Dinge erzählt. Ich meine, wie es denn so langgeht in einer sozialistischen Produktionsgenossenschaft. Und mir war, als öffnete er mir die Augen, weil er mich zwang, viele Dinge von einem anderen Ort der Betrachtung aus zu sehen. Ich erkannte, wie groß die Kluft zwischen Idee und Wirklichkeit ist. Auf einmal erschien alles ganz anders, als wir es hier bei uns in der Schule beigebracht kriegen. Zum Beispiel die Theorie von der Ausbildung im Praxisbetrieb. Auch so ein schöner Parteibeschluß, aber in Wirklichkeit alles Lüge. Das habt ihr ja selbst mitbekommen. Keine Spur von Absprache zur Lehrausbildung zwischen Genossenschaft und Schule. Ja, vielleicht unter den Parteifritzen auf dem Papier. Aber die Wirklichkeit? Du kommst in einen Betrieb und keiner weiß, was er mit dir anfangen soll. Wie denn auch, wenn jeder seine Planaufgaben zu erfüllen hat. Gäbe es nicht immer wieder ein paar gutmütige Idioten, die mitleidig bereit sind, die Fahne hochzuhalten, dann müßten die Bonzen ihren Sozialismus ganz schnell in den Teich kotzen."

„Oh, Maxi, du wirst dir noch Ärger an den Hals reden, wenn du immer so etwas sagst." „Wieso denn, Helena? So denken doch die meisten." „Ja, sie denken so, aber sie sagen es nicht. Und es wäre für dich besser, du würdest auch nicht soviel schwätzen." „Du hältst mich also für einen Schwätzer? Das hast du mir im Zusammenhang mit der roten Werner schon mal gesagt", brauste ich auf. „Du redest einfach zu viel", entgegnete Helena ruhig. Ich warf mich wuchtig gegen meine Sessellehne und blieb stumm. Helena betrachtete mich mit gutmütigen Blicken. Martina lächelte. „Ja, vielleicht hast du recht, Helena. Ich schwätze und dein Wein dreht mächtig." Da lachten sie beide. „Das haben wir dir ja gleich gesagt", feixte Martina. „Aber eine Flasche haben wir noch. Willst du?" „Ja, ja doch. Immer her damit!" Helena fand offensichtlich Gefallen an dem berauschten Lächeln, das sich nun allmählich in meinem Gesicht breitmachte. Ich schüttelte freudig den Kopf und sah, wie Helena mein Glas mit Wein füllte und sein leuchtendes Rot im Kerzenlicht zu funkeln begann. ‚Komisch', dachte ich, ‚was ist da bloß in mir, das die Frauen zu erblicken scheinen, wenn ich dem Rausch erlegen bin.' Ich betrachtete Helena im Kerzenschein und konnte meine Augen nicht abwenden. Es war merkwürdig. Je mehr Willen ich aufbrachte, meine Blicke von ihr zu reißen, desto stärker schienen sie haftenzubleiben. Ich weidete mich an all ihren schön gezeichneten Formen. Sog das Zarte ihrer Haut aus dem Duft heraus, der mir schwach entgegenströmte. Wieder wandte Helena ihren Blick von mir ab und sah in das Dunkel des Zimmers, gleich so, als ob ich gar nicht da wäre. Und wieder war diese erdrückende Stille im Raum. Aber ich hatte keine Kraft mehr, mir irgendwelche Geschichten auszudenken. Es war einfach so, daß jedes gesprochene Wort zu viel gewesen wäre. Ich spürte plötzlich, daß es Situationen gab, die keine Worte der Welt erklären konnten. Versuchte man es doch, so hätten sie eine Möglichkeit zerstört. Ja, eine Möglichkeit. Nun mußte ich lächeln. ‚Vielleicht war das Helenas Botschaft, die sie mir mitteilen wollte, als sie da meinte, daß ich ein Schwätzer sei.' Es drängte mich, mein Bein auszustrecken. Vorsichtig ertastete ich Helenas Schuhe. Erschrocken wichen sie ein Stück zurück. Blieben dann aber doch fest am Boden kleben, um sich das leichte Streicheln meiner Wade gefallen zu lassen. Ein warmes Kribbeln kam zu mir herüber und ich suchte ihren Blick. Helena starrte noch immer in die Dunkelheit. Verunsichert zog ich mein Bein zurück. Jetzt drehte sie ihren Kopf zur Seite und sah mich strafend an. Das verunsicherte mich noch mehr. Schnell sah ich zu Martina, die sich gemütlich in den Sessel gekauert hatte.

Ich tastete blind nach meinem Weinglas, konnte es aber nicht finden. Als ich mich zum Tisch drehte, sah ich, wie Helena das Glas Stück für Stück wegrückte. „Eh, Helena, was soll das?“ kam es mir forsch über die Lippen. Aber sie lächelte nur und gab das Glas nicht frei. Inzwischen lag ich bäuchlings auf der Tischplatte und fingerte am Ende der Tischdecke herum. Helena und Martina kicherten, und ich kam mir ziemlich albern vor. Ich sprang auf und rannte um den Tisch. Als ich Helena im Rücken stand, schnappte ich ihre Hände, obwohl ich sah, wie sie das Glas an Martina weiterreichte. Ich hielt ihre Hände fest umschlungen und spürte ihren Puls unter der Haut. Helena warf ihren Kopf zurück. Mich verlangte, sie zu küssen, ich traute mich aber nicht. Mit einem Satz riß ich mich los und war bei Martina. Die hatte sich unterdessen auf ihren Sessel gestellt und hielt das Glas hoch in die Luft. Ich reckte und streckte mich nach allen Regeln der Kunst. So langgezogen mußte ich wohl ziemlich komisch wirken. Denn die beiden Mädchen brachen in ein schallendes Gelächter aus, daß der süße klebrige Wein aus dem Glas schwappte. „Eh, Leute, was soll der Unsinn?“ brach es lachend, aber mit verzweifelter Stimme aus mir hervor. „Was denn, Mäuschen? Du kannst dich ruhig ein bißchen bewegen, wenn du was trinken willst“, feixte Martina zu mir herunter, sprang vom Sessel und rannte um den Tisch. Ich rannte zornig hinterher. Doch kurz bevor ich sie faßte, übergab sie wieder Helena das Glas, die damit im Dunkel des Zimmers verschwand. „Helena? Wo bist du?“ rief ich in die Dunkelheit. „Na hier“, kam es leise zu mir herüber. Ich spürte genau, wo sie war. Und doch zögerte ich, ihr in das Dunkel zu folgen. Mein Herz pochte, und ich rief ihr mit wütendem Ton zu: „Helena, laß dieses dumme Spiel! Was soll denn der Quatsch?“ Helena aber blieb ruhig. Ich drehte den Kopf zur Seite und lauschte in die Dunkelheit. Martina saß auf der Tischkante und grinste dumm. Plötzlich schoß ich zielgerichtet los und umklammerte Helena schon nach wenigen Schritten. Sie legte ihren Rücken auf meine Brust und blieb ganz ruhig, irgendwie so, als hätte sie es erwartet. Mein Herz jagte jetzt noch schneller im Halse. Wieder spürte ich das Verlangen, sie zu küssen. Wieder konnte ich es nicht. Helena stand ruhig. Als nichts geschah, drehte sie sich um und setzte mir das Weinglas an die Lippen. „Hier! Trink erst mal einen Schluck! Du bist ja ganz außer Atem, Maxi. Und wie dein Herz schlägt“, flüsterte sie. Dann ließ sie mich los und tauchte bei Martina im Kerzenschein auf. Sie sprachen miteinander. Ich konnte es nicht verstehen. Helena rieb ihre Handgelenke, die ich eben noch umklammert gehalten hatte. Sie pustete über die Haut des Pulses und küßte sie flüchtig. Ich nahm einen kräftigen Schluck Wein und ging wieder zu den Mädchen. „Es ist schon nach Mitternacht. Ich geh jetzt schlafen“, gähnte mir Martina zu und streckte die Arme in die Luft. „Ja, es wird Zeit. Der Wein war wirklich gut, Helena.“ Ich sah ihr kurz in die Augen und ging zur Tür.

Helena folgte mir bis auf den Flur. Mein Herz begann erneut zu rasen.

Ich blickte auf den Boden und hörte sie flüstern: „Schlaf schön, Maxi!" Ich nickte und trat mit weichen Knien auf sie zu. Als ich ihr ganz nah war, so daß ich glaubte, ihren Atem auf meiner Haut zu spüren, überwand ich all meine Scheu und bat: „Du, Helena? Nur noch ein Gutenachtküßchen, ja." Sie strahlte. Die Wangen zeichneten Grübchen und ihre Zähne blitzten. „Ach, Mensch, Mäuschen!" stöhnte sie mit einem langen Ausatmen. Legte einen Finger auf meine Lippen und verschwand in ihrem Zimmer. Ich lauschte ihr nach, doch konnte ich ihren Schritt nicht hören, so daß nur das metallene Summen des Türschlosses in meinen Ohren verhallte. Und wieder ging mein Blick zu Boden, meine Stirn legte sich in Falten und mein Atem wurde schwer. ‚Was hatte das nun wieder zu bedeuten?' zuckte es schmerzend durch meinen Kopf. So recht wußte ich nicht, ob ich mich über diesen Abend freuen sollte oder nicht. Irgendwie fühlte ich mich genauso verunsichert wie vorher. ‚Ob sie mich mag?' flüsterte ich vor mich hin und ging schweren Schrittes meinem Zimmer entgegen. Doch sofort kamen mir wieder Zweifel. Nicht einmal einen kleinen Gutenachtkuß hatte sie mir gewähren wollen.

Erst jetzt, vor meiner Zimmertür, fiel mir wieder ein, daß ich Friedhelm versprochen hatte, nur kurz bei den Mädchen vorbeizuschauen. Und nun lag schon tiefe Nacht über dem Schloß. Leise öffnete ich die Tür. Im Zimmer war es dunkel und ruhig. Ein Schwall aus Fuselgerüchen stieg mir in die Nase. ‚Ein Glück', dachte ich, ‚wenigstens heute keine nervenden Vorwürfe mehr.' Ich legte meine Sachen auf den Nachtschrank und kroch ins Bett. Friedhelms Schnarchen drang zu mir herüber. Ich erinnerte mich an Helenas Lächeln und schlief ein.

„Mann, Maxi, nun wach endlich auf!" donnerte es mir in die Ohren. Ich erschrak. Gerhards verschwommenes Bild tauchte vor meinen blinzelnden Augen auf und brüllte mich an: „Du schläfst ja wie ein Stein. Wo hast du nur die ganze Nacht gesteckt?" Ich schreckte aus dem Bett hoch. Die Jungen kamen bereits vom Waschraum. Friedhelm rief grinsend in den Raum: „Na, wo hat der wohl gesteckt. Hab' ich euch ja gleich gesagt, daß wir den Max so schnell nicht wiedersehen." „Und, erzähl Max! Hat's wenigstens geklappt?" wollte Gerhard wissen. „Wenn du deine Kameraden den ganzen Abend sitzen läßt, muß es doch wenigstens geklappt haben." Ich warf Gerhard einen bösen Blick zu. Er lachte lauthals. Ich schnappte meine Waschtasche und lief zur Tür. „Das habe ich doch gewußt, Max. Bei Helena landest du sowieso nie. Du machst dich nur lächerlich, Kleiner", feixte Gerhard hinter mir her.

Im Schulbus beobachtete ich unentwegt Helena und Martina, die beide schräg vor mir saßen. Sie nahmen keinerlei Notiz von mir. Friedhelm, der neben mir saß, verfolgte mein Tun beständig, um dann dumm zu Gerhard und Peter hinüberzugrinsen.

‚Das ist Martinas Rache', dachte ich. Sofort kam mir die Nacht nach dem Sportlerball in Erinnerung. Da wußte ich am Morgen auch nicht mehr, daß es Martina überhaupt gab. Aber was hatte das mit Helena zu tun? Friedhelm klopfte mir auf die Schulter und meinte tröstend: „Laß mal, Maxi, da müssen wir alle durch! Die Frauen sind halt so. Nimm's nicht so schwer, mein Kleiner!"

Ich war froh, als ich wieder auf meiner Schulbank saß und aus dem Fenster sehen konnte, wie die Sonne über den Hügelketten des Harzes aufging. Die Wochen in der Genossenschaft Schulzenhorst waren interessant gewesen, und ich hatte viel Neues kennengelernt. Aber alles in allem waren es sehr anstrengende Tage gewesen. Hier auf der Schulbank umgab mich eine Geborgenheit, die sich aus dem Wissen herleitete, daß mir bei etwas Fleiß nie eine Gefahr drohen konnte. Wohingegen die gestellten Aufgaben in der Praxis immer ein gewisses Risiko mit sich brachten. Nicht zuletzt hatte ich von den Schultagen mehr, da sie weniger streßten und somit die Abende lang werden konnten. Was mir eigentlich gefiel, weil ich am Abend immer aktiver war als am Tage. Das jedoch schien mir eine von vielen beunkte Eigenschaft zu sein. Vor allem von meinen Eltern, die meinten, daß die nachtaktiven Leute die typischen Faulenzer und Lebemenschen seien. Auch das war eine Eigenschaft, die ich mit Hermann Lipp teilen konnte. Hermann träumte weiterhin mit funkelnden Augen durch die Gegend. Woraus ich sofort entnahm, daß er immer noch unsterblich in seine Blondine verliebt war. Es gelang mir einfach nicht, mit ihm in ein längeres Gespräch zu kommen. Ich wurde ärgerlich darüber, daß dieser Liebesrausch bei ihm eine Ewigkeit anhielt. Denn ich sah unsere gemeinsamen Literaturabende in immer größere Entfernung schwinden und gab mich langsam mit dem Gedanken zufrieden, mich künftig allein damit befassen zu müssen.

An den ersten Schultagen nach Schulzenhorst hatte ich noch eine interessante Veränderung feststellen können. Die Schüler insgesamt waren nicht mehr so naiv wie zuvor. Vor den Praxiswochen in den Betrieben stand jede Theorie der Lehrer wie ein Gesetz. Jetzt schien es irgendwie anders. Vor allem im Fach Betriebswirtschaft. Die Lehrer mußten ihre Theorien verteidigen. Was jedoch selten etwas nützte, da sie ganz einfach von praktischen Erlebnissen der Schüler widerlegt wurden. Da sozialistische Theorien aber in gar keinem Falle falsch sein durften, halfen oft nur noch Dogmen aus dem Streit, die meist darin gipfelten, daß die Lehrer unter Androhung von Strafe den Schülern das Wort entzogen. Aber alle Konflikte dauerten in ihrer Härte nicht lange an. Schüler bangten um ihre guten Noten, Lehrer fürchteten um ihren Ruf. Die Streitgespräche pendelten sich auf ein bestimmtes Niveau ein, dessen Einhaltung von jeder Seite genau beachtet wurde. Der Lehrer erlaubte ein gewisses Maß an Kritik, da er einräumte, daß lösbare Widersprüche in sehr kleinem Umfang auch im Sozialismus auftreten könnten und der Schüler genoß ein winziges Gefühl von Meinungsfreiheit.

Beide Seiten jedoch, Lehrer wie Schüler, wußten, daß alles nur eine einzige Lüge war, an der jede Seite ein bißchen mitstrickte, weil die Möglichkeit einer Veränderung im Verbotenen und somit in der scheinbaren Unendlichkeit lag. Was die Lehrer in Wahrheit darüber dachten, konnte ich nicht erfahren. Daß wir Schüler aus dieser Sache einen schlechten Witz machten, schien klar. Aber selbst dabei galt es vorsichtig zu sein. Denn die Gefahr lauerte nicht an der Oberfläche und lag offen zutage, wie man es bei den Sozialisten hätte vermuten können. Nein, die wirklich von der Sache Überzeugten, wie Wieland Heilig zum Beispiel, waren gänzlich ungefährlich. Sie wiesen eher christliche Züge auf, ähnlich einem alten gutmütigen

Pfarrer, der ständig bemüht war, den Glauben an Gott in den Menschenkindern fortzupflanzen. Niemals hätte Wieland einen Schüler wegen dessen antisozialistischer Haltung bei der Schulleitung angeschwärzt. Nein, das war eines echten Sozialisten nicht würdig. Ganz anders, viel gefährlicher erwies sich die weitverbreitete unsichtbare Falschheit der Scheinsozialisten. Es bedurfte schon einer Menge Menschenkenntnis, um nicht auf dem Schleim der Verlogenheit auszurutschen. Doch welcher Schüler konnte solch einen Schatz sein eigen nennen, mit seinen knapp achtzehn Jahren. Und so blieb es, hinter die alltägliche Maske der Mitschüler zu schauen. Wieviel mögen wirklich dabei gewesen sein, die abends im Schloß heimlich das Westfernsehen einschalteten, sich im grölenden Rausch des Westradios vollaufen ließen, die übelsten Parteiwitze über die Flure johlten, um am nächsten Morgen zum Rektor zu laufen und alle diejenigen zu melden, die dabei mitgemacht hatten. In diesem Zusammenhang galt ich wirklich als höchst gefährdet, da sollte Helena vollkommen recht behalten. Ich, der ich ein Schwätzer war und nie die Klappe halten konnte. Auch konnte ich nicht sagen, ich hätte von alledem nichts gewußt. Gleich in der ersten Deutschstunde bekamen wir unsere Aufsätze zurück, die Frau Werner während unserer Abwesenheit korrigiert hatte. Als Themen standen uns einige Bücher aus der Welt des real existierenden Sozialismus zur Auswahl. Frau Werner lenkte uns jedoch soweit, daß wir kapierten, welche der Bücher sie als literarisch wertvoll ansah und welche nicht. Ich habe mich in meinem kindlichen Stolz trotz dieses Wissens an jenes Buch gehalten, welches mir am besten gefiel. Leider stand es nicht auf der von Frau Werner empfohlenen Liste. Trotzdem glaubte ich, einen guten Aufsatz geschrieben zu haben, bekam aber die schlechteste Note der Klasse. Statt endlich den Mund zu halten und mich schweigend dem selbst herausgeforderten Urteil zu beugen, war ich dann auch noch beleidigt. Das waren jene Momente, in denen ich an Helena dachte. Worin lag eigentlich die Schwierigkeit? Einfach nur den Mund zu halten und das zu machen, was einem gesagt wurde. Meine Deutschnoten gingen rapide in den Keller, und so beschloß ich, meine Meinung zwar nicht zu ändern, aber sie wenigstens nicht mehr zu äußern. Fortan verbrachte ich meine Deutschstunden mit Tagträumen.

Nun müßte man meinen, daß endlich Frieden zwischen mir und Frau Werner herrschte, wo ich mich doch offensichtlich geschlagen gegeben hatte. Bloß diesem Frieden schien sie nicht zu trauen. Denn plötzlich kam es mir vor, als wäre ich ihr wichtig, als würde sie mich, ihren Gegenpol und Widersacher, brauchen. Ihre Verachtung sprühte mir aus jeder Pore ihres Seins entgegen, so, als wollte sie mir sagen: ‚Zum Teufel mit Ihnen, Steinert! Wie kann man sich seinem Feinde nur so schnell ergeben! In Ihnen brennt nicht das Feuer des Patrioten, sondern die stinkende Fäulnis der Mittelmäßigkeit!' Sie wagte es nicht auszusprechen, ging aber immerhin soweit, daß sie mich mit ihren zynischen Bemerkungen direkt ansprach, aus meinen Tagträumen riß und in Streitgespräche verwickelte. Diese wollte sie gern bis zu meiner völligen Vernichtung ausfechten, um schließlich auf der Woge des Gewinners in das Reich ihrer Ideale zu entschweben. Es war für sie wie eine Sucht, wie eine innige Liebe zu dem, was sie in der Tiefe ihres Herzens haßte. Doch ich verspürte keine Lust, dieses Spiel zu spielen, bei dem schon von vornherein feststand, daß ich immer der Verlierer sein würde. Außerdem war ich nicht auf dem Schlachtfeld politischer Ideale, sondern in einer Abiturklasse, in der es galt, meine Reifeprüfung abzulegen und nicht den Deutschabschluß als Kriegstribut zu opfern. Frau Werner verlor allmählich die Freude an mir, so wie das Katertier von der Maus abläßt, wenn diese steif und erloschen vor ihm liegt. Ihre Tatze warf mich zu Boden und vergaß das Mäuschen, auf daß ich nicht mit einer einzigen Note die Gelegenheit bekam, mich über diesen irdischen Horizont zu erheben.

Diese gezielten Schüsse vor den Bug reichten nicht aus, meinen jugendlichen Sturm und Drang zu brechen. Zu groß war mein Glaube an Gerechtigkeit, zu groß das Verlangen nach Veränderung. Immer wieder erwischte ich mich, wie ich durch mein weltverbesserndes Gefasel kritische Situationen heraufbeschwor. Der Staatsbürgerkundelehrer meiner Schule, Herr Tollrant, war einer von den erwähnten Lehrern, die ein gewisses Maß an Kritik duldeten und Schwierigkeiten im sozialistischen System einräumten. Ich stand deshalb bei ihm sehr hoch im Kurs und bekam durchweg nur gute Noten in seinem Fach. Bis ich eines Tages den Fehler machte und diese berauschende Opposition an die Öffentlichkeit trug.

Es war an einem lauen Frühlingsabend in einer Kaserne der Grenztruppen. Wir Abiturienten mußten einer Pflichteinladung der Offiziere folgen, die die Aufgabe hatten, uns von der Notwendigkeit eines militärischen Berufes zu überzeugen, weil in Bälde unsere Musterung für den Wehrdienst ins Haus stand. Oberstudienrat Mogel, Herr Traum und Herr Tollrant waren ebenfalls anwesend. Es wurde eine schmutzige Werbetrommel gerührt, die mich an das Einführungsgespräch des Parteisekretärs in der Genossenschaft Schulzenhorst erinnerte. Bloß waren die Offiziere in ihrer Argumentation noch um einiges flacher und blöder.

Unglücklicherweise gab es während der Veranstaltung Bier zu trinken, und ich nutzte die Möglichkeit in vollen Zügen, um mich diesem Schwachsinn, so gut es ging, zu entziehen. Bis dann plötzlich doch meine Meinung zur Sache aus mir herausbrach. Durch das Bier enthemmt, zischte ich den Herren Offizieren entgegen, wie unmenschlich ich es fände, für Berufe zu werben, deren Inhalt einzig und allein darin bestehe, das gezielte Abtöten von Menschen zu erlernen. Mit einem Male herrschte Totenstille im Saal. Oberstudienrat Mogel stierte erschrocken aus seinen Schlitzaugen. Der leitende Offizier, dessen Dienstgrad mir nicht bekannt war, wetterte mit hochrotem Kopf auf mich ein. Immerhin ginge es hier nicht um Menschen, sondern um den Klassenfeind, mußte ich mir anhören, und daß dieser Feind nur wenige Kilometer weiter hinter der Grenze auf uns lauerte. Aber ich ließ nicht locker und lehnte auch diese Theorie als unsinnig ab. Immerhin wohnten hinter der Grenze auch Deutsche und schließlich waren wir mal ein Land. Außerdem könnte ich nie im Leben auf mögliche Bekannte schießen, bloß weil sie in einem anderen politischen System lebten, schleuderte ich zwischen die Uniformiertheit der ergrauten Betonköpfe. Der Staatsbürgerkundelehrer und Herr Traum sahen betreten zu Boden, der Offizier schrie und die Schüler schwiegen. Also wendete ich mich ganz konkret an meine

Mitschüler. Erst als ich das Thema Reisefreiheit ansprach, regten sich erste Widersprüche gegen die Offiziere aus den Reihen der Schüler. Sofort bezeichnete mich die Offiziersloge als Staatsfeind und ich wurde als Rädelsführer bloßgestellt. Zudem sei ich vollkommen betrunken, so daß sich die Offiziersleitung gezwungen sähe, die Veranstaltung abzubrechen. Der Schulbus brachte uns zurück auf das Schloß. Unterwegs ging ein unglaubliches Stimmenwirrwarr auf mich nieder, wobei ich mich fragen lassen mußte, ob ich jetzt vollkommen übergeschnappt sei und von der Schule fliegen wolle. Aber es gab auch ein paar andere, die mir auf die Schulter klopften und meinten, daß es schon recht sei, den Bonzen ab und zu die Meinung zu sagen. Auch alle meine Zimmerkameraden hatte ich gegen mich. Gerhard schrie mich an, Friedhelm schüttelte seinen roten Kopf und Peter grinste.

Am nächsten Morgen wurde ich zum Schuldirektor bestellt. Oberstudienrat Mogel, Herr Traum, Frau Werner und Herr Tollrant saßen über mich zu Gericht. Erstaunlicherweise lief alles in ruhiger Atmosphäre ab. Niemand von ihnen schrie mich an, wie ich es eigentlich erwartet hatte. Mogel meinte nur, daß ich den glimpflichen Ausgang einzig und allein meinem Klassenleiter Herrn Traum zu verdanken hätte, der ein sehr gutes Leumundszeugnis für mich abgelegt hätte. Die Einigung lief darauf hinaus, daß ich betrunken gewesen sei und daß ich mich zu entschuldigen habe. Frau Werner und Herr Tollrant gaben ihrer tiefen Enttäuschung über mein Verhalten Ausdruck und zeigten sich verärgert über so viel Unvernunft. Mit dem Hinweis, daß ich mir nun selbst jeglichen schulischen Aufstieg verbaut hätte, durfte ich das Direktorenzimmer verlassen.

Die folgenden Unterrichtsstunden bei Frau Werner und Herrn Tollrant wurden zur Qual. War mir die Sache in Deutsch bei der Werner egal, so bereitete mir das Verhältnis zu Herrn Tollrant um so mehr Sorgen, denn ich wollte unser gemeinsames Schwimmen auf der gleichen Welle auf gar keinen Fall beendet wissen. Obwohl ich immer mehr erkennen mußte, daß ich ihm bereits untergegangen schien. Herr Tollrant war mir wegen dieses Vorfalles echt böse. Eine Eigenschaft, die ich bei ihm bisher nicht gekannt hatte. Ich reagierte darauf mit falschem Stolz und Beleidigtsein. Da ich wieder einmal nicht bereit war, den Fehler einzugestehen und im Innersten erwartete, daß sich Herr Tollrant meiner oppositionellen Haltung gegenüber den Offizieren anschloß. Im nachhinein erkannte ich zwar, daß er das in seiner Stellung um keinen Preis hätte tun können, dennoch war ich ihm böse. Ich verbrachte die folgenden Staatsbürgerkundestunden mit meinen Tagträumen, genauso wie ich es von den Deutschstunden her gewohnt war. Aber anders als Frau Werner giftete Herr Tollrant nicht darüber. Er brach eines Tages einfach den Unterricht ab und stellte mich vor der ganzen Klasse zur Rede. Seine Stimme wirkte hart und sein Gesicht trug ernste Züge: „Was denken Sie, Herr Steinert, was ich mit Ihnen machen soll? Erst bringen Sie sich, Ihre Mitschüler und uns Lehrer in die peinlichste Lage, die man sich unter unseren politischen Verhältnissen nur vorstellen kann, und dann ist der Herr auch noch beleidigt. Eigentlich sollten Sie Klassenprügel beziehen!" „Es hätte ja nicht dazu kommen müssen, wenn Sie und die Schüler sich mit auf meine Seite gestellt hätten!" polterte ich bockig zurück. „So, das meinen Sie.

Und wo hätte das wohl geendet? Mann, Steinert, machen Sie sich nicht unglücklich! Sie sind viel zu intelligent, als daß Sie nicht wüßten, daß Sie Mist gebaut haben, indem Sie das Maß um ein Vielfaches überschritten haben. Also legen Sie ihren Stolz ab und folgen Sie gefälligst dem Unterricht! Genug der Rede!" Sofort stellte er mir eine Frage zum Unterrichtsthema. Ich zögerte eine Weile mit der Antwort, weil ich nicht wußte, wie ich mich verhalten sollte. Schließlich brach ich doch das Eis und gab die Antwort, die er hören wollte. Damit schien die akute Gefahr erst einmal gebannt und unser Verhältnis pegelte sich in den Folgestunden auf das altvertraute Maß ein. Eine unterschwellige Enttäuschung mir gegenüber, die sich als eine seltsame Ernsthaftigkeit in seinem Gesicht niederschlug, blieb jedoch.

Die Deutschstunden steckten weiter im Packeis, woraus auch meine Gleichgültigkeit Frau Werner gegenüber resultierte. Es gab da nichts zu kitten. Frau Werner schien das genauso zu sehen, so daß sie erstaunlicherweise den Vorfall mit nicht einem Wort im Unterricht erwähnte, was ich mit einer gewissen Genugtuung genoß.

Ganz anders hingegen stellte sich das neue Verhältnis zu meinem Klassenleiter Herrn Traum dar. Jenem Mann also, der die Courage besessen hatte, mich vor der Schulleitung zu verteidigen. Jedenfalls nahm ich an, daß sich ein neues Verhältnis entwickeln würde. Lag bei Frau Werner eine offene Feindschaft vor und bei Herrn Tollrant zumindest ein Groll, so war es gänzlich ohne Feindbild schwierig, mit den Gefühlen reinen Tisch zu machen. Zumal Herr Traum mir dazu nicht den geringsten Anlaß gab. Er schien die Sache mit dem Verlassen des Direktorenzimmers einfach vergessen zu haben. Genauso, wie er damals mein ganztägiges Fehlen nach der Frauentagsfeier nicht bemerkt haben wollte. Ich glaubte das alles nicht, saß beklemmt auf meiner Schulbank und rang mit mir, ob ich nicht in einer Pause zu ihm gehen sollte, um mich bei ihm für seine Hilfe zu bedanken. Doch wurde mir bei diesem Gedanken so bang ums Herz, daß ich befürchtete, mich vor ihm lächerlich zu machen. ‚Erst den großen Oppositionellen mimen und dann die Hosen voll haben!' ging es mir wieder und wieder durch den Kopf. Auch überlegte ich mir, daß ich durch einen konstruktiven Beitrag in Mathematik bei ihm mit Sicherheit eine Freude auslösen könnte. Das Problem war nur: In der Mathematik hatte ich mein Lebtag noch nichts Konstruktives zustande gebracht. Ich war zu blöd, eine Zahl von einem Buchstaben zu unterscheiden, wie in aller Welt hätte ich ihm da eine mathematische Freude bereiten können. Ganz anders lief es in Physik. Es war einfach herrlich, Herrn Traum zuzuhören, wenn er von seiner Schokoladenpipeline träumte, die einmal alle Völker von Kleinasien über Europa bis Amerika miteinander verbinden würde. Oder wenn er mich in Gedanken mit auf eine Reise durchs Universum nahm und wir auf Einsteins Spuren den Lichtquanten folgten. Oder wie er immer wieder darüber nachsann, daß es wohl einem Scheuerleistenniveau gleichkäme, wenn wir Otto-Normalverbraucher nicht in der Lage seien, uns vorzustellen, wie der Energieerhaltungssatz funktioniere, wo wir doch tagtäglich das Glas-Bier-Geschäft betreten, um kleine Verstärker zu verbrennen und sie anschließend in die Rinne pinkelten, auf daß sie zuletzt wieder vom Himmel aufs Gras fielen, welches das Milchmädchen aus der Euterkuh drücke, damit wir hier als Creme de la Creme auf den Schulbänken säßen und uns gegenseitig die Sahne um die Ohren schleuderten. Ja, das war meine Welt, in der ich zu leben vermochte, in der ich auftaute und zum wahren Traumphysiker avancierte. Aber wehe dem, daß er sich wieder der rechnerischen Methodik erinnerte, dann stürzte ich sofort ab in den Sumpf des Unwissenden und verstummte. Also beließ ich alles so, wie es war, ohne den Mut zum Dank, ohne das Wissen, wieviel Ärger Herr Traum wohl meinetwegen gehabt hatte. Es schien überhaupt schwierig, etwas über ihn zu erfahren. Ich wußte nur, daß er eine der Ausnahmen war, die nicht den Sozialisten, sondern den Liberalen angehörten, daß er das Fotografieren liebte und von den hübschen Mädchen träumte.

War anfangs noch die frische Kraft des Aufruhrs in meinen Knochen, die ich mit viel Begeisterung in der Genossenschaft Schulzenhorst beim Meister Becker aufgesogen hatte, so wandelte sie sich nun mehr und mehr in Schlaffheit. Ich fühlte mich müde und bekam ständig Kopfschmerzen. Die Ereignisse der letzten Tage machten mich mürbe. Ich nahm nach dem Mittagessen nicht den Schulbus, sondern schlenderte den holprigen Feldweg hinauf zum Schloß. Irgendwie spürte ich ein tiefes Verlangen nach einer Stunde völligen Alleinseins, die mir die Wanderung bot. Die letzten Maientage waren angebrochen und die Sonne wärmte schon das Land zur Mittagszeit. Die Luft roch nach frischem Grün und war voll vom Gesang der Vögel. Oft blieb ich stehen oder ruhte auf einem Stein. Ließ den lauen Wind über die Haut streicheln und sah in die strahlendblaue Ferne zu den Bergen hinüber. Es dauerte eine Zeit, viele Wanderungen hindurch, bis ich langsam erkannte, daß ich mich zum Märtyrer gemacht hatte. Niemandem brachte mein Aufbegehren Nutzen. Keinem Schüler, keinem Lehrer, kein Verhältnis konnte ich ändern. Alles was blieb, war ein Haufen Ärger, den ich mir an den Hals geredet hatte. Ja, vielleicht ein Schulterklopfen der stillen Gleichdenkenden. Doch die blieben weiter stumm. Selbst mein Freund Hermann fand keine aufbauenden Worte für mich. „Opposition heißt doch nicht, daß du ins offene Messer laufen sollst, du Märtyrer!“ blieb die einzige Bemerkung von ihm. Und auch Helena spendete keinen Trost. Sie schüttelte nur den Kopf und schwieg. So bemühte ich mich, sie nicht zu sehen, da ich mich vor ihr fürchtete. Schließlich war sie es, die die Ereignisse vorausgesagt hatte. Gerhard und die anderen Jungs des Zimmers entledigten sich dieser Sache auf ihre Art, indem sie mir kurzerhand mitteilten, daß unser Zimmer ein unpolitisches sei und sollte sich dergleichen noch mal wiederholen, kriegte ich was auf die Schnauze und flöge raus. Somit blieb mir wirklich nur mein Wanderweg mit seiner Natur drumherum und das Alleinsein, um wieder mit mir selbst ins Lot zu kommen. An den Vormittagen in der Schule wurde ich ruhiger und unterließ die Gratwanderungen auf der roten Linie. An den Nachmittagen wanderte ich viel über Feld und Flur. Und an den Abenden ging ich zeitig zu Bett. So lastete die Zeit der Läuterung eine ganze Weile auf meinen Schultern, bis sie allmählich den Mantel des Vergessens über mich breitete und ich wieder in der Menge untertauchen konnte.

Inzwischen brannte die Sonne heiß durch die riesigen Scheiben des Maschinenlabors, in dem uns Herr Seidig auf den kommenden Ernteeinsatz in den Praxisbetrieben vorbereitete. Wir schwitzten mächtig in unseren ölverschmierten Schlosseranzügen. Bloß Lehrmeister Kalle strahlte im frischgeplätteten Kittel. Seine Glatze leuchtete rosa, der gepflegte Haarkranz glitzerte.

Drei Mähdrescher standen halb auseinandergebaut in der Halle. Sie machten einen gigantischen Eindruck auf mich, und ich bekam ein flaues Gefühl im Magen, je länger ich sie betrachtete. Es schien mir unmöglich, solch ein Vieh zu fahren, geschweige denn auch noch Korn auf Leistung damit zu ernten. Zunächst mußten wir auf die Schulbänke am anderen Ende der Halle. Kalle zeigte und erklärte an Tafeln und auf Wandkarten, wie man die Maschinen bedient. Es herrschte eine ungewohnte Stille in der Klasse. Das einzige Geräusch war das Summen der Neonlampen. Ich schien wohl nicht der einzige zu sein, der von diesen Mähdreschern überwältigt war. Wir malten, zeichneten und schrieben ganz still und brav all das in unsere Hefter, was Kalle an der Tafel erklärte. Nach dem Mittagessen fand die Ungeduld ihr Ende, und wir wurden auf die Drescher losgelassen. Einige Mutige, wie Gerhard und Friedhelm, erstürmten sie gleich und saßen binnen weniger Sekunden hoch oben auf den Dächern. Ich ging die Sache etwas vorsichtiger an und piekte mit einer Schuhspitze an den gewaltigen Vorderreifen, der schon allein doppelt so groß war wie ich selbst. Als ich aber nach einer Weile feststellte, daß von unten aus nicht viel zu machen war, überwand ich meine Scheu und krabbelte über eine Eisenleiter in den Führerstand hinauf. Wenigstens dort stimmten die Relationen. Lenkrad, Knöpfe und Hebel waren gewöhnlich groß, was mir wieder etwas Sicherheit gab. Doch die verflog sofort, als ich aus dem Fenster auf den Boden sah. Ich saß in wenigstens zwei Metern Höhe. Ein riesiges Schneidwerk bildete die Vorderfront. Es breitete sich über fünf Meter aus, und meine Augen waren nicht in der Lage, beide Enden gleichzeitig unter Kontrolle zu halten. Plötzlich schoß mir wieder das flaue Gefühl in den Magen. Es schien mir absolut unmöglich, solch einen Koloß zu fahren, ohne überall anzuecken. Dazu kam die Tatsache, daß die Mähdrescher Hinterachslenkung hatten. Aber nach hinten konnte man vom kleinen Führerhaus gar nicht blicken, was also bedeutete, daß man blind lenken mußte und nur nach Gefühl fahren konnte. Zum Abschluß warf Kalle den Sechs-Zylinder-Dieselmotor an. Er ließ ihn mit Vollgas laufen. Alle Bedienungen eines Mähdreschers müßten im Vollgas durchgeführt werden, da sonst die Kraft nicht ausreiche. Ein Sechs-Zylinder-Diesel im ständigen Vollgas! Es lag ein Donnern in meinen Ohren, daß ich glaubte, ich würde taub. Sprechen ging überhaupt nicht, weil ich das Gefühl bekam, ich hätte meine Stimme verloren. Mein ganzer Körper zitterte und bebte, aber nicht von innen her, nein von außen. Ich konnte nichts dagegen tun. Schließlich schaltete Kalle das Schneidwerk und das Dreschwerk ein. Jetzt gesellte sich zu dem unvorstellbaren Lärm noch das Quietschen und Rasseln von Ketten, Rädern und Riemen. Als er den Mähdrescher abschaltete, kehrte eine Ruhe in die Halle, wie ich sie noch nie vorher erlebt hatte. Nicht einmal das Summen der Neonlampen konnte ich hören. Ich sah meine Mitschüler an. Ausnahmslos alle glotzten verschreckt.

Noch am Abend in meinem Zimmer saß ich zusammengekauert auf dem

Bett und vibrierte am ganzen Körper. „Was ist los, Mäuschen?“ fragte Peter mit freudiger Stimme. „War wohl das erste Mal, daß du einen Mähdrescher in Aktion erlebt hast?“ Ich nickte. „Ganz schön laut, oder?“ „Ja, etwas“, murmelte ich leise. „Ach, laß man! Daran wirst du dich gewöhnen. Das Donnern verschwindet von ganz allein aus deinen Ohren.“ „Das packe ich nie!“ fuhr ich ihn heftig an. „Was packst du nie?“ „Na so'n Ding zu fahren und dann auch noch damit zu ernten.“ Peter lachte: „Unsinn, Kleiner! Das haben schon ganz andere gepackt. Du mußt nur immer daran denken, daß beim Fahren alles umgekehrt ist als beim LKW oder Traktor. Das kommt durch die Hinterachslenkung, verstehste? Wenn du mit dem Traktor rechts von der Straße abbiegst, fährst du einfach weit auf die linke Straßenseite rüber und schlägst das Lenkrad ein, oder?“ Ich nickte. „Na siehste! Und beim Mähdrescher fährst du weiter rechts, soweit es irgend geht und dann lenkst du ein, denn du mußt immer daran denken, daß der nach hinten ausschlägt! Würdest du wie gewohnt auf die linke Straßenseite ausholen und der Drescher schlägt nach hinten aus, rasierst du die ganze linke Häuserseite weg, samt Fußgängern, Aschtonnen und Bäumen oder was da noch so rumstehen mag. Wenn du das begriffen hast, ist das Mähdrescherfahren ein Kinderspiel. Das kannste mir glauben, Max.“ Jetzt konnte ich schon etwas lächeln, denn das, was Peter sagte, klang überzeugend und schien mir durchaus machbar. „Klingt eigentlich ganz einfach“, zog ich mein Resümee. „Mensch, Maxi, glaub's mir doch, das ist auch ganz einfach. Nur immer hübsch daran denken, was ich dir gesagt habe!“

Ich war Peter überaus dankbar für diese Worte, ich spürte förmlich, wie mir die Angst aus den Gliedern wich. Auch das Donnern schien mit einem Male aus den Ohren verschwunden. Und das abendliche Bier beim Kartenspielen schmeckte wieder. Als ich im Bett lag, wunderte ich mich eine Weile darüber, wie doch die Worte eines anderen Menschen helfen konnten und schlief die Nacht durch ohne Angst vor den nächsten Lehrgangstagen.

Um so glücklicher war ich, als ich erfuhr, daß die ersten Fahrten auf dem Übungsgelände grundsätzlich zu zweit erfolgten und Peter die Möglichkeit nutzte, Kalle zu fragen, ob der Max nicht mit ihm zusammen fahren könne. Kalle hatte nichts dagegen und ich stieg beinah hochmütig über die Eisenleiter zu Peter ins Führerhaus hinauf. Unter seiner Anleitung erschien mir das Mähdrescherfahren wirklich wie ein Kinderspiel. Eigentlich machte der Drescher alles von alleine, wenn man zuvor die richtigen Knöpfe und Hebel bedient hatte. Selbst die Lenkerei! Das riesige Gewicht eines Mähdreschers hätte der stärkste Mann der Welt nicht von Hand lenken können. Deshalb besaß der Drescher eine vollhydraulische Lenkung, was bedeutete, daß ich mit dem Lenkrad nur noch Ventile öffnete oder schloß. Den Rest erledigten Ölpumpen. Nur galt es zu wissen, nach welcher Seite das Lenkrad bewegt werden mußte.

Die Ausbildungstage rasten förmlich an mir vorbei. Niemand fürchtete sich mehr vor den Ungetümen. Im Gegenteil. Je mehr wir uns mit ihnen vertraut machten, je mehr wir lernten, wie sie aufgebaut und zu bedienen sind, desto mehr verloren wir jeglichen Respekt vor ihnen. Mähdrescher sind im Grunde genommen ganz lustige Dinger. Fuhren wir zum Lehrgangsanfang noch im Schrittempo, mit ordentlich Schweiß auf der Stirn und immer darauf bedacht, ja nichts kaputtzumachen oder irgendwo anzuecken, so ging es zum Lehrgangsende schon wesentlich anders zu. Da wurde um die Wette gejagt, was die Kisten nur hergaben. Oft wirbelten sie dabei so viel Staub auf, daß man die Drescher gar nicht mehr erkennen konnte, geschweige denn, daß der zurückliegende Fahrer noch einen Durchblick hatte. Noch viel lustiger als die Wettfahrten, war das sogenannte ‚Abnicken' oder ‚Guten-Tag-Sagen'. Die Mähdrescher mit ihren vorn angebauten Schneidwerken waren nämlich total kopflastig. Beschleunigte man nun den Drescher auf Höchstgeschwindigkeit und machte eine Vollbremsung, neigte sich das Schneidwerk auf den Boden, der Drescherhintern ragte hoch in die Luft und man selbst übte den freien Fall im Führerhaus. War das Trägheitsmoment überwunden, knallte das Hinterteil wieder zu Boden. Die leichten Bleche, Siebe und Rädchen gaben bei dieser Erschütterung eine herrliche Musik von sich. Das machte einen Riesenspaß! Leider sah das unser Lehrmeister ganz anders. Er stand mit rotem Kopf am Rand des Übungsgeländes und schrie sinnlos gegen den Lärm an. Keiner verstand ihn oder wollte es zumindest nicht. In den Pausen nahm er uns Übeltäter zusammen und sagte mit der weichen Stimme eines Männerliebenden: „Oh Mann, Jungens! Das könnt ihr doch nicht machen. Das ist alles sehr teure Technik. Mensch, Leute, was soll das?! Ach Jungens, was macht ihr denn mit mir, Jungens." Dabei hatten wir Mühe, ernst zu bleiben. Denn wir spürten deutlich, daß Kalle keinem Jungen wirklich böse sein konnte. Im Widerspruch dazu wußten wir aber auch, daß er mächtigen Ärger bekommen würde, wenn an der Technik irgend etwas kaputt ginge. Zudem ist es mir nie aufgefallen, daß je ein Mädchen mit ihrem Mähdrescher ‚abnickte' oder ‚Guten Tag' sagte. Es blieb rätselhaft, ob sie es nicht taten, weil sie die Scheu vor der Technik nicht verloren hatten, oder weil sie vielleicht ahnten, daß bei einem weiblichen Fahrer Kalle sich auf sie stürzen würde wie ein Hund auf die Katze, nur um sie in den zensurenmäßigen Abgrund zu stoßen.

Schließlich blieb es egal. Der Lehrgang endete ohne beschädigte Technik und wir alle als gute Mähdrescherfahrer. Ganz gleich ob Junge oder Mädchen. Und jetzt fand ich es lächerlich, daß ich mich vor diesen Maschinen noch wenige Wochen zuvor geängstigt hatte.

Bevor wir zum Ernteeinsatz in die Praxisbetriebe kommen sollten, lagen noch drei Wochen Ferien vor uns. Mein Zimmer einigte sich darauf, daß wir zusammen an die Mecklenburgische Seenplatte zum Zelten fahren wollten. Dabei gab es für mich eigentlich nichts zu leisten, außer daß ich pünktlich mit meinem Rucksack am Zug erscheinen mußte. Gerhard war ein ausgesprochenes Organisationstalent. Alle Dinge, die es irgendwie zu erledigen galt, wurden von ihm abgewickelt. Und so konnte ich mir einen reibungsloseren Ablauf gar nicht vorstellen. Jeder von uns hatte seine von Gerhard festgelegte Aufgabe erhalten. Friedhelm und Peter kamen aus gutbetuchten Landfamilien, und ihre Eltern brachten sie mit dem Auto an die Müritz. In den Wagen stapelte sich alles Nötige bis unter die Dächer. Zelte, Luftmatratzen, Campingkocher, Tische und Stühle: Bis hin zu den Lebensmitteln war an alles gedacht. Gerhard und ich reisten mit dem Zug an. Während die anderen die Zelte aufbauten, kümmerten wir uns um die deutsche Bürokratie bei der Zeltplatzleitung. Ich staunte nicht schlecht über die Luxuszelte und fragte mich, ob es möglich sein würde, die Büchsen, Gläser und Würste bester Hausschlachtekost in der kurzen Zeit in uns hinein zu futtern. Das einzige, woran die Eltern nicht gedacht hatten, waren Bier und Schnaps. Also griffen Gerhard und ich mit dem Gefühl des Dazusteuernmüssens nach den Taschen und rannten los. Gleich am ersten Abend saßen wir vor unseren Zelten im Schein der untergehenden Sonne, blickten in die Weite der Müritz und aßen drauflos. Aber schon nach kurzer Zeit quollen mir schier die Augen aus dem Kopf. Mag sein, daß man auf dem Dorf in anderer Gangart aß, ich aber bekam das Gefühl, als dächten die Eltern, man ließe uns auf dem Schloß verhungern. Zum Glück schien das selbst Gerhard zu viel und da er die Führerrolle innehatte, wurde die Fresserei nach zwei Stunden eingestellt und wir machten eine Wanderung am Ufer der Müritz entlang. Unterwegs erzählte uns Gerhard, was er im Urlaub für Pläne verwirklichen wollte. Diese hatten natürlich nichts mit Essen zu tun, sondern drehten sich einzig und allein um Frauen. Eigentlich hatte ich nichts anderes erwartet. Die Tatsache jedoch, daß jeder einzelne von uns fester Bestandteil seiner Planung war, ließ mir die zart geräucherte Putenbrust ziemlich sauer im Magen aufstoßen. Sofort legte Gerhard fest, wie der morgige Tag ablaufen würde. Wohl nicht ganz unzufällig schlenderten wir während seiner Ausführungen zum Bootsverleih. Gerhard blieb vor einem knallroten Ruderboot stehen und meinte: „Na Maxi, was siehst du?“ „Ein Ruderboot“, antwortete ich nachdenklich. Gerhard lächelte überheblich. „Natürlich, ein Ruderboot. Was denn sonst. Aber das ist nicht irgendein Boot, das ist unsere Angriffswaffe. Und Friedhelm, du, was siehst du auf dem See draußen?“ Friedhelm wurde wie immer rot und sagte gelangweilt: „Na Typen, die mit diesen Booten auf dem See rudern.“ „Guuut, Friedhelm“, entgegnete Gerhard, „bloß, daß es nicht irgendwelche Typen sind, sondern bestimmt auch Frauen. Und die sind unsere Opfer. Alles klar?“

Friedhelm grinste verlegen und meinte: „Komm Gerhard, laß das Versteckspielen und sag endlich, was los ist!“ „Na, ich hab' da einen Plan. Morgen leihen wir uns dieses Ruderboot aus. Unser niedliches Mäuschen setzen wir vorn an die Spitze. Als Lockvögelchen, sozusagen. Unsere beiden starken Männer – Friedhelm und Peter – werden rudern. Das gefällt allen Mädchen! Und ich, ich werde hinten sitzen und die ganze Aktion leiten.“ „So, wirst du das?“ fragte Peter mißtrauisch. „Ja, das werde ich. Sobald wir ein Ruderboot mit Mädchen entdecken, die uns gefallen, rudern wir zu ihnen. Ihr braucht auch nichts zu sagen. Laßt mich nur machen! Ich werde sie für den Abend zu unseren Zelten bestellen und dann geht's rund. Alles klar?“ „Und du meinst wirklich, das funktioniert so einfach?“ fragte ich leise. „Oh, Maxi, halt doch wenigstens einmal deine Klappe!“ fuhr mich Gerhard böse an. Die beiden anderen sagten nichts.

Die Nacht lag bereits über dem Lager, als wir vom See zu den Zelten zurückkehrten. Überall flackerten gelbliche und grünliche Lichter in der Dunkelheit, die die Zelte auf dem Platz etwas erhellten. Hier und da knisterten Lagerfeuer in Sandkuhlen und zeichneten die undeutlichen Gestalten aus dem Dunkel, die sich um sie zusammengekauert hatten. Vor anderen Zelten glimmte Holzkohle unter den Rosten. Die Luft war voll vom scharfen Duft nach Gegrilltem, vom leisen Säuseln des Windes und vom Summen der Mücken. Wir stellten einen Tisch mit Kerzen vors Zelt. Aus Friedhelms Kassettenrekorder hämmerte der Rock. Ich war mit dem Bierausteilen beschäftigt, und Gerhard ließ die erste Flasche kreisen. Trotzdem wollte keine rechte Stimmung aufkommen. Eigentlich war es nur Gerhard, der euphorisch redete und alle nur denkbaren Fallbeispiele der Frauenanmache durchging. Erst nach einigen Bieren brachen Friedhelm und Peter endlich ihr Schweigen und störten Gerhard in seinem Schwelgen mit dem Einwurf, daß sie nicht in den Urlaub gefahren seien, um auf Frauenjagd zu gehen, sondern um sich zu erholen. Schließlich seien das alles sowieso nur Hirngespinste, und so einfach ginge es nun doch nicht. Da hätte der Max schon vollkommen recht. Gerhard, über diesen Ungehorsam der Widerrede sehr verärgert und von der Feigheit seiner Kameraden enttäuscht, fing an zu schreien und bezeichnete uns allesamt als Memmen. Wutentbrannt verzog er sich in sein Zelt und legte sich schlafen. Wir Schwächlinge saßen noch eine Weile draußen und einigten uns darauf, daß Gerhards Plan großer Quatsch sei und sowieso nicht funktioniere. Dabei tranken wir noch ein Bier des Mutes wegen und wußten im Innern ganz genau, daß doch jeder mitmachen würde. Schließlich krochen auch wir im mutigen Rausch in unsere Schlafsäcke.

Die Sonne brannte schon auf die Zeltwände, als wir endlich um die Mittagszeit unsere Döskopfe ausgeschlafen hatten. Ich schwitzte und wühlte mich aus dem Schlafsack. Es war unerträglich heiß.

Gerhard statt dessen lag mit seinem Strohhut vor dem Zelt, ließ sich die Sonne auf den Körper brennen und trällerte ein Lied. Er hatte am Morgen schon ein Bad im See genommen und ausgiebig gefrühstückt. Gleich nachdem wir mit unseren roten Augen aus den Zelten gekrochen waren, bezeichnete er uns wieder als Schwächlinge, die sich erst vollaufen lassen müßten, um etwas auf die Reihe zu bekommen. Keiner sonst sprach ein Wort. Und als wir gegessen hatten, verschloß Gerhard die Zelte und schlenderte los. Friedhelm und Peter folgten ihm schweigend mit einigem Abstand, und auch ich ging mit noch größerem Abstand hinter ihnen her. Dann lief alles genau nach Plan. Ich nahm mit mulmigem Gefühl in der Bootsspitze Platz. Die beiden Starken ruderten, Gerhard saß hinten, strahlend wie ein Honigkuchenpferd. Es dauerte nur ein paar Ruderschläge, bis er die ersten Mädchen ausfindig gemacht hatte. Friedhelm und Peter ruderten betont gelangweilt, ich planschte desinteressiert im Wasser, keiner sagte ein Wort. Schließlich kamen wir einem Boot mit zwei jungen Mädchen näher. „Hallo ihr zwei Hübschen!" schrie Gerhard ihnen entgegen und schwenkte seinen Strohhut durch die Luft. „Was macht ihr beiden denn so allein auf dem Wasser?" Wir ‚Schwächlinge' sahen uns plötzlich an und verdrehten die Augen. Die Mädchen nahmen die Ruder aus dem Wasser. Eine legte die Hand über die Brauen und sagte: „Na wir rudern, was denn sonst." Gerhard gab den Befehl, unsere Ruder ins Boot zu legen und streckte seinen Arm zum anderen Boot hinüber. „Ganz schön anstrengend das Rudern für zwei Mädchen, was?" „Ach, naja, es geht so. Seid ihr neu hier? Ich habe euch noch nie gesehen." „Ja, ja, wir sind gestern abend erst angekommen. Und, was läuft hier so?" „Für uns eigentlich nicht viel. Mittwochs und samstags ist Disco, das ist alles." „Na wo nichts läuft, da müssen wir eben selbst was losmachen. Ich schlage vor, wir treffen uns heute abend vor unserem Zelt und feiern. Oder was meint ihr, Jungs. Habt ihr nicht auch Lust?" Gerhard sah uns mit fragendem und gleichzeitig drohendem Blick an. „Ja, ja, klar doch", stammelte Friedhelm und wurde rot. „Na toll", freute sich Gerhard und strahlte. „Und ihr Mädchen? Wollt ihr nicht auch kommen?" „Doch schon, gern. Warum eigentlich nicht? Bloß müssen wir erst unsere Eltern fragen." „Ach, was sollen die schon dagegen haben? Muß ja keine große Feier werden bis spät in die Nacht", beschwichtigte Gerhard. „Wir werden nur zusammensitzen, plaudern und Musik hören. „Ja, ich denke auch, daß unsere Eltern kaum etwas dagegen haben", sagte das Mädchen. „Und wer ist sie?" wollte Gerhard wissen und zeigte auf die kleinere von beiden. „Das ist meine kleine Schwester. Sie ist sehr still und redet nicht viel. Aber von euch vieren kann ja auch nur einer sprechen." „Jawohl", lachte Gerhard laut auf. „Das ist vielleicht 'ne schüchterne Truppe, die ich da auf meinem Zimmer habe, das kannste aber wissen." Ich planschte weiter im Wasser. „Ach, ihr wohnt zusammen im Internat?" fragte das Mädchen. „Ja doch", lachte Gerhard, „wir sind Lehrlinge, das heißt, einige wollen es erst noch werden."

Nun lachten beide Mädchen, und ich spürte, wie sie zu mir herüber schielten. „Und was lernt ihr?" „Landwirtschaft mit Abitur", antwortete Gerhard mit stolzer Brust. „Oh, mit Abitur. Ich will auch das Abi machen, aber ich bin erst in der Zehnten. Meine Schwester ist in der Neunten." „Na schön", meinte Gerhard, „aber wollen wir besser nicht von der Schule quatschen! Wie heißt ihr?" „Ich bin die Maria und meine Schwester heißt Kati. Und ihr?" „Ich heiße Gerhard. Die beiden Starken an den Rudern sind Friedhelm und Peter. Und unser kleines Mäuschen da vorne heißt Max. Nun denn, unsere Zelte stehen gleich am Rande des Platzes neben dem Bootsverleih. Sagen wir heute abend 19 Uhr?" „Ja, das ist gut." Gerhard stieß sich kräftig vom anderen Boot ab und gab Friedhelm und Peter einen Wink. Jetzt schien die Langeweile bei ihnen verflogen und sie ruderten wie besessen drauflos. Gerhard strahlte. Er nahm seinen Strohhut vom Kopf und verbeugte sich tief. „Na seht ihr, ihr Schwächlinge, wo war da nun das Problem?" Friedhelm und Peter atmeten erleichtert auf. „Na und", warf ich ein, „wie soll das weitergehen?" „Oh Mäuschen, bist du endlich still! Du fliegst sonst noch ins Wasser. Laßt mich bloß in Ruhe machen. Ich komm' schon zu dem, was ich will."

Nachdem das Boot wieder festgemacht war, liefen wir eilig zu unseren Zelten zurück. „So, Jungs", rief Gerhard, „jetzt beginnt Teil zwei meines Planes." Wir anderen sahen uns wieder in die Augen. „Nun gilt es, Ordnung zu schaffen!" belehrte er uns. „Das imponiert Mädchen immer!" „Wir sind nicht blöde, du Macho", zischelte Peter verärgert. „Ach Peter, jetzt bloß nicht streiten", besänftigte ihn Gerhard. Binnen kurzem erstrahlten die Zelte in neuem Glanz. Friedhelm und ich kümmerten uns um den Abwasch. Peter fegte, klopfte und bürstete durch die Zelte. Gerhard richtete den Partytisch her. Er gab sich erstaunlich viel Mühe und schuf vor den Zelten ein richtig gemütliches Plätzchen. Irgendwo kramte er eine Tischdecke hervor. Auch standen Kerzen auf dem Tisch. Und selbst der Schnaps sollte nicht wie gewöhnlich aus der Flasche getrunken werden, sondern aus kleinen Gläschen. Dann rannte er zum Kiosk, um einen süßen Likör zu kaufen, den von uns keiner trinken würde. Zurück kam er mit Likör, weißem Wein und einem Strauß Feldblümchen. Schnell verwandelte er ein Bierglas in eine Vase. Schließlich suchte er nach Kassetten mit der passenden Musik, wie er das nannte, lief dann mit dem Waschzeug zu den Duschanlagen. Und noch bevor die Uhr auf halb sieben ging, saß er in seinen besten Sachen am Tisch. Den Strohhut hatte er lässig zurück ins Genick geschoben. Seine roten Bäckchen glühten feurig. Um ihn herum verjagte eine Wolke aus klebrig süßem Duft jede Mücke. Im Gesicht knisterte förmlich die freudige Erwartung. Wir anderen sagten besser nichts dazu, waren uns im Stillen aber einig darüber, daß wir die Sache für etwas übertrieben hielten.

Bei uns belief sich der Aufwand an Herrichtung nur auf ein Bruchteil von dem, was Gerhard sich angetan hatte. Ich wühlte eine saubere Jeans und ein T-Shirt aus dem Rucksack. Sprühte mir etwas Deo unter die Achseln und kämmte mein Haar. Das mußte reichen. Schließlich erschien ich nicht als Hauptakteur in diesem Theaterspiel. Friedhelm, Peter und ich beschlossen, die verbleibende Zeit nicht mit herzzerreißendem Warten zu verbringen und sinnlos auf dem Stuhl hin und herzurutschen; wir spielten eine Runde Skat. Da flippte unser Macho dann völlig aus, denn Skatspielen paßte gar nicht in seinen Plan. Die Mädchen würden sofort wieder davonlaufen, wenn sie uns hier beim Kartenspielen sitzen sähen. Mädchen wollten, daß man auf sie wartet und daß man es kaum noch ohne sie aushielte. Uns war das nun wirklich zu viel und wir lehnten sein Rumgebrülle als Quatsch ab. Da keine Einigung zustande kam, zogen wir uns vom Tisch zurück und spielten verärgert im Zelt auf einer Luftmatratze. Gerhard forderte, daß wir uns kurz vor 19 Uhr wieder zurück an den Tisch setzen müßten, um dann Maria und Kati zu erwarten.

Schon von weitem sah ich die beiden Mädchen über den Zeltplatz kommen, sie trugen weiße Blusen und helle Röcke. Irgendwie erschienen sie verändert, und ich wurde mir immer sicherer, je näher sie kamen. Als sie sich setzten, bemerkte ich, daß ihre langen schwarzen Haare sich in unendlich vielen Locken kräuselten. Das taten sie am Nachmittag auf dem Boot noch nicht. Auch fiel mir auf, daß sie ihre Lippen mit einem kräftigen Kirschrot bemalt hatten und daß die Lider leicht bläulich schimmerten. Es gefiel mir und ich sah erst jetzt, wie hübsch die beiden waren, die sich zudem sehr ähnelten. Gerhards schwerer Duft war mit einem Male wie weggeblasen und wurde von einem leichten und lieblichen ersetzt. Das stimmte mich nun friedlicher und ich nahm sicherheitshalber einen kräftigen Schluck Bier. Obwohl uns Gerhard zuvor eindringlich ermahnt hatte, heute einmal mit dem Biertrinken maßzuhalten, denn andernfalls könnte es die Mädchen verschrecken. Brav stellte ich also das Bierglas auf den Tisch zurück und faltete meine Hände in den Schoß. Gerhard erzählte drauflos. Wir anderen kamen überhaupt nicht zu Wort. Doch störte mich das kaum, weil ich bei fremden Mädchen sowieso nicht gewußt hätte, was ich sagen sollte. Vielmehr ärgerte ich mich, was Gerhard ihnen für Märchen erzählte. Ich dachte mir im Stillen, ob sie wohl wirklich so naiv waren und das alles glaubten. Gerhard fühlte sich sichtlich wohl in seiner Rolle als Held. Und auch den Mädchen schien es zu gefallen, ob sie nun die Geschichten glaubten oder nicht. Jedenfalls warfen sie oft ihre schönen Locken durch die Luft und lachten. Irgendwie war ich überwältigt von dem Geschick, mit welchem Gerhard die ganze Mädchensache von Anfang an im Griff hatte. Und in mir erwachte leiser Neid.

Mich überkam ein Gefühl der Schwäche und des Unterlegenseins, weil ich es so nie fertigbrächte. Die kleine Kati trank Wein und die ältere Maria vom süßen Likör. Ihnen gefielen die Blümchen auf dem Tisch. Sie suchten die schönsten heraus, rochen an ihnen und steckten sie sich zwischen die schwarzen Locken. Die untergehende Sonne, der Schein der Kerzen und die zarten Klänge der Musik tauchten das Ganze in ein paradiesisches Licht. Und alles hatte Gerhard vorher gewußt, alles hatte er so geplant, alles lief auch in Wirklichkeit so ab. Nachdem Gerhards erster Redeschwall zu Ende war, löste sich auch bei Friedhelm und Peter langsam das Schweigen, und sie stammelten verlegen hier und da einen Satz hervor. Ich hielt es immer noch für besser, die Sache lieber schweigend aus der Ferne zu betrachten, lehnte mich tief in den Campingstuhl zurück und nippte genüßlich an meinem Bier. Ich beobachtete die zwei ganz genau. Hielt mich mit meinen Blicken aber zunehmend bei Maria auf, weil ich sie für die hübschere von beiden hielt. Ich war fasziniert von ihren langen, schwarzen Locken, von ihren roten Lippen und von ihren blauen Augen mit dem bläulichen Schimmer der Lider. Auch ihre kleine, feste Gestalt, an der jede Rundung stimmte, reizte mich. Nur eben die Sprache mochte so gar nicht zu ihr passen. Maria und Kati kamen aus dem tiefsten Sachsen. Aber eigentlich konnte mir das egal sein, und ich belächelte immer häufiger ihre seltsame Wortwahl. Manche Wörter kannte ich gar nicht und fand sie sehr lustig. Maria bemerkte, daß ich sie beobachtete. Wenn mich plötzlich ihr Blick traf, glotzte ich schnell und unschuldig in mein Bierglas. Ihr gefiel diese Spielerei. Vielleicht sogar zu sehr, denn Gerhard redete sich nun schon Fransen an den Mund, ohne daß Maria darauf zu reagieren schien. Doch war Gerhard viel zu erfahren, als daß er nicht mitbekam, wie die Spannung wich. Kurz entschlossen änderte er seine Taktik und erfaßte mich als neues Objekt. Plötzlich drehte sich alle Schwätzerei nur noch um mich. Und dabei konnten auch Friedhelm und Peter gut mithalten. Sie breiteten all meine Geschichten, die ich mir bisher an der Schule geleistet hatte, vor Maria aus. Natürlich nicht ohne die entsprechenden Übertreibungen. Ihr gefiel das und sie hätte davon gar nicht genug kriegen können. Doch plötzlich haute Gerhard mit seiner Faust auf den Tisch, daß das Bier aus den Gläsern zu schwappen drohte. Alle sahen ihn erschrocken an und wurden still. Dann sprach er mit lachender Stimme: „So, Kinder, für heut' ist's genug! Es ist dunkel und die Zeit ist ran. Friedhelm, Peter und ich gehen jetzt zum Nachtangeln. Maxi und Maria können ja noch ein bißchen sitzen bleiben. Und die kleine Kati muß wohl langsam ins Bett." Friedhelm und Peter begrüßten diese Idee sehr und sprangen sofort zu den Angelsachen. Ich sah Gerhard verstört an und meinte: „Was um Himmels willen ist Nachtangeln? Davon habt ihr noch nie etwas erzählt. Und warum soll ich nicht mitkommen?"

„Oh Mäuschen, du weißt ja nicht einmal, was Tagangeln ist, wie willst du dann Nachtangeln kennen? Außerdem hast du kein Angelzeug", antwortete Gerhard mit ernster Stimme. Ich schüttelte den Kopf „Nein, Angelzeug habe ich keins." „Naja, siehst du! Außerdem kannst du Maria nicht allein lassen", warf Peter ein. Ausgerechnet Peter, wo von ihm tagelang kein Wort zu hören war. „Eh, Maxi, laß die Nachtangeln gehen, oder wie das heißt, wir machen es uns hier schön gemütlich! Oder?" Maria legte ihre Hand auf meine Schulter. Ich sah sie an, konnte aber nichts sagen. Ich wollte wieder nach Gerhard und den anderen sehen, doch die waren schon samt Angelzeug im Dunkel verschwunden. Maria schickte ihre kleine Schwester zu den Eltern zurück. Kati wehrte sich dagegen und wollte noch bei uns bleiben. Erst als Maria die Kleine mit drohender Stimme anschrie, stand Kati zögerlich auf und verschwand bockigen Schrittes. Mir schoß das Blut in den Kopf, ich wußte nicht, was ich mit Maria allein anfangen sollte. „Du willst wohl nicht mit mir allein sein?" fragte mich Maria direkt und mit traurigem Unterton. „Ich – nein, nein, wie kommst du denn darauf? Natürlich bin ich gern mit dir allein. Ich war nur ein bißchen sauer auf die anderen, weil sie mir nichts vom Nachtangeln erzählt haben. Und eigentlich erzählen wir uns immer alles, weißt du." Marias rote Lippen lächelten mich an. „Ja, ich weiß", hauchte sie zärtlich und streichelte mit ihren Fingern über meinen Mund. „Möchtest du noch einen Likör?" fragte ich sie mit heiserer Stimme und mußte kräftig schlucken. „Nein", flüsterte sie und küßte flüchtig meinen Mund. Streckte dann ihre Arme weit von sich und meinte: „Mäuschen, zeig mir bitte, wo du schläfst, ich möchte mich hinlegen, es war wohl ein Likörchen zu viel!" „Du – möchtest dich hinlegen?" Ich spürte, daß ich rot wurde und stammelte: „Naja klar, laß uns ins Zelt gehen, hier draußen kommen jetzt sowieso die Mücken."

Ich führte sie in meine Schlafkabine, die ich eigentlich mit dem schnarchenden Friedhelm teilte. Maria streckte sich auf meiner Luftmatratze aus, um sich sogleich wieder zusammenzuziehen und unter der Wolldecke zu verschwinden. Sie sah wunderschön aus, als sie so dalag. Ihr kleiner heller Kopf mit dem kirschroten Mund lag weich gebettet in ihren schwarzen Locken. „Du mußt das Zelt noch zumachen, Maxi, sonst kommen die Mücken rein! Ach, und besser noch, daß du auch gleich das Gaslicht löschst, wegen der Mücken, meine ich." „Aber, Maria, dann ist es doch völlig dunkel." „Ja, na und? Hast du Angst im Dunkeln?" „Ach, Quatsch", gab ich mich mutig, „ich meinte ja nur..." Dann hielt ich den Mund und tastete mich wieder zurück zur Schlafkabine. Vorsichtig schloß ich die Zeltbahn und legte mich artig, doch jagenden Herzens neben Maria. „Du Maxi", flüsterte sie leise. „Ja, was ist?" flüsterte ich zurück. „Du gefällst mir von all denen am besten. Gefalle ich dir auch ein bißchen?" Mein Herz schien sich jetzt überschlagen zu wollen und nachdem ich kräftig geschluckt hatte, antwortete ich leise: „Ja, Maria, du gefällst mir – sehr sogar!"

Sie richtete sich etwas auf und beugte sich über mich. Ihre Lippen schmeckten süß, die Haare verhüllten mein Gesicht. „Sag Maxi, hast du es schon mal gemacht?" „Was denn gemacht?" fragte ich mit unschuldiger Stimme. Maria lächelte und ihr heißer Atem wehte mir übers Gesicht. Schon küßte sie drauflos, ohne das Lachen zu verlieren. Ein Lachen, mit dem Klang des Hochmuts und der Überlegenheit, untermalt vom leisen Zittern der Lust. Ihre wildgewordenen Hände zerrten mir die Sachen vom Leibe, und sie ließen auch keine Zeit gelten, in der ich schüchtern Knopf um Knopf ihrer Bluse zu öffnen suchte, als daß sie es besser selbst mit der ihnen gewohnten Eile vollzogen. Nun kam die weiche Masse ihres Leibes, um mich zu verschlingen, mit einer Heftigkeit des Verlangens, daß ich mich willenlos unter ihren Schoß vergraben ließ. Ich hielt mich gehorsam wie ein Kind – still und all ihren Weisungen folgend. „Mehr rechts, noch weiter rechts, kräftig, aber nicht so schnell!" jammerte Maria. Kein Gefühl schien mir mehr im Leibe zu sein, kein rasendes Herz und kein Schwitzen meiner Haut, nur ein heißes Brennen überall und doch spürte ich nicht wo. Dann das zitternde Flehen in meinen Ohren: „Du wirst schön aufpassen, mein Kleiner, ja, schön aufpassen wirst du, dein Mariechen nimmt noch nichts dagegen. Schön aufpassen wird mein Kleiner." Ich nickte und preßte ein langes „Jaaaa" zwischen meine Lippen. Aber noch bevor es verhallte, lag ich still. Ich spürte die Hitze meines Körpers und die Schwere meines Atems. Auch Maria lag ruhig auf mir ausgestreckt. Noch immer zog das leise Stöhnen ihres Mundes über mein Gesicht. Ein Weilchen später verstummte es ganz. Stille füllte den Raum. Völlige Stille. Draußen säuselte der Wind ums Zelt. Vom See kam das sanfte Rauschen der Wellen herüber. Plötzlich zuckte Maria hoch. Ein lauter Schlag und ich spürte ein schmerzliches Brennen im Gesicht. „Ich hab' dir doch gesagt, du sollst aufpassen, du Idiot!" schrie Maria. Sofort sprang sie auf, schnappte die Decke und rieb sie sich zwischen den Beinen. „Mensch, Max, ich will doch nicht schwanger werden!" Ich sagte kein Wort. Das Blut jagte mir durch die Adern und ich fühlte mich schuldig. „Ich wollte das nicht", zitterte es über meine Lippen. „Naja, du wirst es lernen", sagte sie gutmütig und suchte ihre Sachen zusammen. „Und sei nicht so verdammt schnell! Da kann doch kein Mensch mithalten." Ich wußte nicht, was sie wollte, antwortete aber sicherheitshalber mit einem kräftigen „Ja". „Nun zieh dich an, Max, es ist spät, und ich müßte längst zu Haus sein!"

Ich lief mit Maria über den Zeltplatz. Der fahle Schein des Mondes ließ uns den Weg erkennen. Vom See kam ein frischer Wind herüber und kroch unter die Kleider. „Sehen wir uns morgen?" fragte Maria. „Ja, natürlich", antwortete ich kurz. Der Wohnwagen ihrer Eltern stand still und dunkel. „Also, morgen nach dem Mittagessen, Max." Maria küßte flüchtig meinen Mund, drückte fest meine Hände und verschwand in der Tür.

Ich schlenderte langsam über den Platz. Mein Kopf dröhnte und ich atmete tief die frische, kühle Seeluft. Es war alles so furchtbar schnell gegangen, und ich verstand nichts. Als ich wieder ans Zelt kam, waren die anderen vom Nachtangeln zurück, lagen auf den Luftmatratzen und schliefen. Es wunderte mich, daß sie gerade in den fünf Minuten zurückgekommen waren, in denen ich Maria zum Wohnwagen gebracht hatte. Ich kroch in meine Schlafkabine. Noch immer lag Marias Geruch in der Luft. Doch neben mir schnarchte Friedhelm. Und mir schien es, als sei alles nur ein wunderschöner Traum gewesen, der sogleich einen unheimlichen Schauer in mir ausbreitete.

Als mich die gnadenlose Sonnenhitze aus meinem Schlaf weckte, war ich allein im Zelt und hörte Gerhard draußen seine neuen Pläne verkünden. Verschlafen und mit knurrendem Magen setzte ich mich zu ihnen an den Frühstückstisch. Gerhard griente und drohte vor Erwartung zu platzen. Peter grinste wie gewöhnlich und Friedhelms Kopf leuchtete rot. „Was glotzt ihr mich so blöde an? Habt wohl gleich 'nen ganzen Eimer Aale gefangen, was?" fragte ich hämisch. „Nein, nichts haben wir gefangen", meinte Friedhelm, „sie wollten einfach nicht beißen." „Das tut mir leid." „Aber, Maxi, das braucht dir doch nicht leid zu tun", freute sich Gerhard und versuchte seine Neugier im Zaum zu halten. „War wohl gestern eine anstrengende Nacht für dich, Max? Du hast ja heute morgen noch geschlafen wie ein Toter", prustete er nun doch heraus und war kurz davor, die Kontrolle über sich zu verlieren. „Quatsch, was sollte Anstrengendes gewesen sein?" fragte ich gleichgültig. Nun konnte er sich nicht mehr halten und lachte lauthals los. Auch Friedhelm und Peter feixten. Im ersten Moment begriff ich nicht, was los war und mußte auch lachen. Dann aber sagte Gerhard, vom ständigen Kichern unterbrochen und sich die Lachtränen aus den Augen wischend: „Oh Mäuschen, nach deinem Theater wäre ich auch halb tot gewesen. Wenigstens das Zielen hätte ich dir zugetraut. Aber du weißt ja nicht einmal, wo rechts und links ist. Dann rammelst du los, schneller als ein Kaninchenbock, um zum Schluß noch eine Ohrfeige einzufangen. Peinlich, peinlich, mein Kleiner." Alle drei setzten sie wieder zu einer kräftigen Lachparade an. Diesmal jedoch konnte ich nicht mehr mitlachen, und ich merkte, daß ich rot wurde. „Hach, hach, hach...", stotterte ich getroffen. „Das war also euer Nachtangeln. Hinterm Zelt stehen und spannen." „Paß mal auf, du kleiner Karnickelbock", schrie Gerhard jetzt plötzlich böse, „sei froh, daß wir dir so schnell das Feld geräumt haben und dich beinah noch zu deinem Vergnügen zwingen mußten, wenn du dich so schüchtern hast." „Trotzdem, Gerhard, hinterm Zelt stehen und zuhören, ist nicht gerade die feine Art", hielt ich dagegen. „Alles hat seinen Preis, Max! Und nun spiel hier nicht den Beleidigten! Oder willst du uns den Urlaub versauen? Naja, und was die Schwängerei betrifft, so kannst du beruhigt sein. Bei einem Mal passiert noch nichts. Aber öfter sollte es in deinem Interesse besser nicht vorkommen."

Zum Glück blieb mir nicht die Zeit, mich noch groß über dieses Vorkommnis aufzuregen. Denn ich sah meine Jungs höchstens an den Abenden kurz vorm Schlafengehen, wenn überhaupt. Maria und ich verbrachten unseren eigenen Urlaub, und selbst Gerhard schien sich in diesem Falle nicht daran zu stören, daß ich aus dem so streng festgelegten Gemeinschaftsprogramm ausbrach. Und das war gut so. Endlich konnte ich einmal selbst entscheiden, was ich machen wollte oder nicht, ohne dabei das Gefühl zu haben, wieder bloß einer sinnlosen Gemeinnützigkeit hinterherzutrotten, nur um des lieben Friedens willen. Maria und ich hatten eine schöne Zeit miteinander. Wir spielten das Spiel der Liebe, mit all ihren Neckereien, dem Faulenzen am Strand, dem Tauchen im Wasser, der Schmuserei im Kinosaal, den Rhythmen der Disco und den Kuscheleinheiten im Schein der untergehenden Sonne. So zogen die Tage wie seichte Wellen an uns vorüber, um sich alsbald in den Nächten zu verlieren, ohne daß sie uns die Zeit gaben, ihnen nachzuspüren. Es war ein kurzer Rausch. Heiß und wild. Verspielt und kindlich schön. Und selbst der Tag der Trennung streifte uns nur wie ein kühler Hauch. Die Eltern kamen und verstauten die Zelte in ihre Wagen. Wir anderen liefen zum Bahnhof. Maria und ich weit hinten an, fest umschlungen. Dann stand Maria ganz allein auf dem Bahnsteig, und ich hing bis zum Bauch aus dem Fenster des Zuges. Sie schwenkte die Arme. Über das Gesicht rannen Tränen ihrem Munde zu. Ewige Treue hatten wir uns zuvor geschworen, und ich, daß wir uns immer schreiben würden. Jeden Tag einen Brief. Ganz bestimmt. Und dann, als sie nicht mehr zu sehen war, waren auch meine Augen feucht. Der kühle Fahrtwind riß heiße Tränen vom Gesicht und traurig sah ich in die verschwommene Ferne. Kraftlos schob ich das Fenster zu, um einen verächtlichen Blick auf Gerhard, Friedhelm und Peter zu werfen. Die saßen fröhlich im Abteil und spielten Skat. Ich schüttelte den Kopf und setzte mich in ein anderes Abteil. Ich sah hinaus, sah die weiten Wiesen und die vorbeirauschenden Bäume. Mir fielen die Augen zu. In Gedanken vergrub ich mein Gesicht in Marias schwarze Locken und glaubte, ihren Geruch in der Nase zu spüren, woraufhin ich vergeblich nach ihrem kirschroten Mund suchte.

Schon am nächsten Morgen wurde ich grob aus meinem Liebesrausch gerissen. Auf der Landstraße nach Schulzenhorst strampelte ich wieder in die Pedalen meines Rades. Die Reifen rollten schwer unter dem Gewicht meiner Reisetasche. Und überhaupt, alles schien mir an diesem Morgen schwer zu sein.

Meister Becker hatte mir im Ort ein Zimmer bei einem alten Mütterchen besorgt. Bei ihr konnte ich so lange wohnen, wie die Ernte andauern würde. Ganz unruhig vor Erwartung, was da auf mich zukommen sollte, trommelten meine Finger auf dem Lenker herum, während ich die letzte Kurve zum Dorf nahm.

Ich öffnete die Tür eines Lattenzaunes und schob das Rad über einen verunkrauteten Vorgartenweg. Vergeblich suchte ich an der Haustür nach einem Klingelknopf, bis ich schließlich sacht gegen die Türscheibe klopfte.

Nichts passierte. Gedanklich verfolgte ich den Weg zurück und war mir sicher, daß ich vor genau dem Haus stand, das der Meister mir beschrieben hatte. Ich hämmerte lauter gegen die Scheibe. Nach einer Weile öffnete sich die Tür unter lautem Quietschen. Eine kleine Oma äugte durch den Türspalt. „Sind Sie der Herr Steinert?“ fragte sie. „Ja, der bin ich.“ Das Mütterchen bat mich herein. Ich trat in eine kühle Küche mit Steinfußboden und winzigen Fenstern, in der es muffig roch. „Ich bin Frau Pietsch und ich bin schon 85 Jahre alt und da höre ich schwer, wissen Sie.“ „Ja, ja“, entgegnete ich ihr laut. Oma Pietsch schrapte einen Holzstuhl über den Fußboden und bat mich, Platz zu nehmen. Sofort begann sie zu erzählen, wie oft sie schon bei meinem Vater in Behandlung war und daß er überhaupt ein guter Arzt sei. Es folgte ihre ganze Familiengeschichte, und ich tat, als würde ich interessiert zuhören. In Wirklichkeit aber musterte ich die Küche und fand es entsetzlich, wie alt alles war. Nicht einmal fließendes Wasser gab es, und der Herd mußte mit Holz beheizt werden. Die Einrichtung stammte wohl noch aus der Vorkriegszeit, und das Wasser in den Eimern und Trögen spiegelte algenbraun. Ich war schockiert. Ich, das feine Arztsöhnchen, der doch aus so sterilen Verhältnissen kam. Behutsam unterbrach ich Oma Pietsch, die gerade über die Untreue der eigenen Kinder wetterte, und fragte, wo denn die Toilette sei, und sie antwortete selbstverständlich, daß es dafür auf dem Hof einen Schuppen gäbe, aber wenn es schnell gehen müßte, befände sich gleich daneben der Misthaufen. Ich nickte und wurde bleich. Sie führte mich ein paar Stufen hoch in die gute Stube. Auch die war dunkel und roch seltsam. Uralte klobige Sessel, ein mächtiges Sofa und ein runder Tisch versperrten den Weg. Die vergilbte Tapete war mit alten Gemälden und Fotos bedeckt. In einer Ecke knackte eine Standuhr, in der anderen stand ein Schwarzweißfernseher. Oma Pietsch versank in einem der Sessel und redete gerade über die Ereignisse des letzten Weltkrieges.

Ein Sonnenstrahl fiel auf ihr Gesicht. Es war von tiefen Falten durchzogen, so daß ich ihre Augen kaum noch erkennen konnte. Ihr geöffneter Mund bildete ein dunkles Loch, in dem man keine Zähne sah. Das mußte auch der Grund dafür sein, daß ich sie so schwer verstand. Mir fielen ihre offenbar langen grauen Haare auf, die sie in kräftigen Kränzen auf ihren Kopf zusammengewickelt hatte. Ich staunte darüber, weil ich keine Oma mit so langen Haaren kannte. Dann ihre Hände. Es waren vernarbte, völlig abgearbeitete Hände. Jetzt tat sie mir leid. Dieses hilflose Mütterchen, so klein und häßlich im Sessel verschwindend und mit Unverständnis über die neue Zeit klagend. Ein Bild, das niemand mehr sehen wollte, das die Menschen verdrängten und dabei hofften, daß es doch bald verschwinden möge.

Langsam begann ich, die mir zugedachte Rolle zu ahnen. Sie benötigte keinen einzigen Pfennig meines Geldes, nein, sie brauchte jemanden für das Leid des Alters. Unbehagen legte sich mir auf den Magen. Ich fühlte, daß ich dieser Aufgabe nicht gewachsen sein würde.

„Frau Pietsch", unterbrach ich sie erneut, „ich werde den ganzen Tag arbeiten und nur zum Schlafen herkommen." „Ja, das weiß ich schon. Aber, was meinen Sie, der Tag ist doch lang?" fragte sie mit hoffender Stimme. „Na, Meister Becker hat gesagt, daß wir morgens um acht auf dem Technikhof sein müssen, um die Mähdrescher fertig zu machen. Sobald der Tau aus den Feldern ist, geht das Dreschen los. Und das zieht sich solange hin, bis der Abendtau fällt oder ein Regen die Arbeit unterbricht." Oma Pietsch sah traurig auf ihre Hände, die sie artig in den Schoß gefaltet hatte. „Naja", begann sie leise, „ich gehe immer schon um neun Uhr zu Bett. Jetzt zeige ich Ihnen erst einmal Ihre Kammer." Sie ging mit gekrümmtem Rücken, auf schlurfenden Filzpantoffeln in die Küche. Dann stieg sie eine Holztreppe hinauf, wobei sie jede Stufe mit beiden Füßen betrat und sich mit den Händen am Geländer festklammerte. Sie führte mich in eine kleine lichte Kammer unter dem Dach. Es standen nur ein Bett und ein Kleiderschrank darin. „Hier werden Sie schlafen, Herr Steinert." Ich nickte und stellte meine Reisetasche neben das Bett.

Ich verließ das Haus und eilte zum Technikhof. Wieder war es ein Gang ins Unbekannte, und wieder quälte mich die Erwartungsangst. Vor allem die Gedanken, daß es diesmal bestimmt keine gemütliche Zweisamkeit mit Meister Becker in seiner Werkstatt geben würde, in der wir über unseren sozialistischen Weltschmerz klagen konnten. Nein, diesmal sollte ich einer Mähdrescherbrigade zugeteilt werden, die sämtliche Erntearbeiten auf den Feldern, auch der umliegenden Genossenschaften ausführen würde. Näheres darüber wußte ich jedoch nicht. Alles, was ich gehört hatte, war, daß sich diese Brigade aus Mitgliedern der einzelnen Genossenschaften zusammensetzte. Aus Schulzenhorst sollten es zwei Arbeiter sein, die ich schon gut kannte, sowie Meister Becker als Techniker. Daß der Meister dazugehörte, beruhigte mich.

Sollte unsere Brigade das Korn schneller ernten als die anderen Brigaden im Lande, so käme es dazu, daß sozialistische Erntehilfe geleistet werden müßte. Was hieße, daß ich mit den Mähdreschern noch im ganzen Land rumkurven würde. Mir traten bei diesem Gedanken die Schweißperlen auf die Stirn und ich hoffte, daß es in diesem Jahr bloß nicht so hektisch ablaufen möge.

„Max, da bist du ja endlich“, rief mir Meister Becker schon von weitem zu. „Du bist fast eine Stunde zu spät!“ „Ja, ich weiß“, antwortete ich ruhig und ganz ohne Reue. „Oma Pietsch mußte mir erst ihre ganze Lebensgeschichte erzählen, und da konnte ich nicht einfach weglaufen.“ Beckers weiße Zähne strahlten zwischen den roten Bartzotteln hervor. Er steckte seine Daumen hinter die Hosenträger und dehnte sie nach vorn. „Das wirst du aber künftig tun müssen, Max, die Oma Pietsch wird dir noch viele Geschichten erzählen, wenn du sie dir alle anhören willst, werden wir mit der Ernte in diesem Jahr nicht fertig.“ „Aber, einer muß sie sich doch anhören, Dieter!“ meinte ich enttäuscht. „Hör mal, Max, du bist hier nicht zur Altenpflege angereist, es wartet harte Arbeit auf dich!“

Dieter ging mit mir zu den Mähdreschern. „Na Junge, schon die Hosen voll?“ „Ein bißchen schon“, gab ich zu, „aber ich habe das Fahren auf der Schule gelernt.“ „Ja, das Fahren“, lachte der Meister, „die Drescherei ist etwas ganz anderes. Doch das wirst du schon mitbekommen. Die Leute in der Brigade sind soweit in Ordnung. Nur der Brigadeleiter ist ein wenig grob. Ich meine, er schnauzt jeden gleich an. Das ist so seine Art, er meint es nicht böse. Auch dich wird er erst mal rundmachen. Da mußten wir alle durch. Und weißt du, Max, eigentlich kann ich ihn sogar verstehen. Er steht zwischen den Fronten und kriegt von beiden Seiten Feuer. Die Parteiniks machen ihm Druck, weil ihnen die Planerfüllung im Nacken sitzt, und die Bauern machen ihm Druck, weil sie das Getreide nur dann ernten wollen, wenn es auch wirklich reif ist. Du wirst ja merken, wenn der Brigadier in ein solches Spannungsfeld gerät. Dann ist es besser, du machst einen großen Bogen um ihn und arbeitest fleißig.“

Zehn Mähdrescher standen nun vor mir. Sämtliche Klappen und Türen waren geöffnet. Die Arbeiter kreisten um die Drescher und hämmerten, schraubten, putzten. „Nach so einem Erntetag sind die Maschinen immer völlig fertig“, begann Becker zu erklären. „Viele kleine Teile gehen zu Bruch oder werden verbogen. Die Kugel- und Gleitlager müssen neu gefettet werden. Das Öl im Luftfilter steht vor Dreck. Der Tank schreit nach Diesel. Kurz gesagt, die ersten zwei Stunden des Tages werden die stressigsten sein.“ Plötzlich wurden wir vom lauten Knattern eines heranfahrenden

Motorrades unterbrochen. Das Motorrad bremste scharf neben uns und verstummte. „Wer ist denn der kleene Bubi?" muffelte eine unfreundliche Stimme den Meister an. „Das ist unser neuer Lehrling, Max Steinert", antwortete Becker mit festem Ton. „Ach, du Scheiße!" kam es barsch zu mir herüber. „Wir stehen hier in Leistung und sind nicht im Zirkus. Hast du schon auf so'ner Kiste gesessen, Jungchen?" Ich nickte ängstlich. Der Mann grinste hämisch unter seinem gelben Sturzhelm hervor und zischelte dem Meister zu, ohne mich zu beachten: „Ich lach mich tot, wenn unser Kleener das erste Mal in die Hosen geschissen hat." Dieter Becker feixte. Dann warf der Mann das Motorrad an und verschwand so plötzlich, wie er gekommen war. „Er mag dich, Max", meinte der Meister. „Na toll", antwortete ich beleidigt. „Wer war denn dieser Blubbersack?" „Vorsicht, Maxi, der Blubbersack ist dein Brigadier, und er kann dir das Leben zur Hölle machen." Ich zuckte zusammen. „Das ist unser Chef?" – – „Ich hab dir doch gesagt, daß er etwas komisch ist." „Etwas komisch ist gut gesagt, der nimmt mich doch gar nicht für voll!" „Der meckert bei jedem so rum. Du darfst die Dinge im Leben nicht alle so ernst nehmen."

Dieter klopfte mir freundschaftlich auf die Schulter und führte mich zu einem Traktor mit angebautem Dreischarpflug. „Traktor kannst du doch fahren, was Max? Ein Mähdrescherkomplex besteht nämlich nicht nur aus den Dreschern, sondern es gehören noch der Pflug, der Wasserwagen, die Werkstatt und der Mannschaftswagen dazu. Und du wirst dich als erstes des Pfluges bemächtigen!" „Ja aber, wozu soll der gut sein?" „Na, grenzen die Felder an Bahndämme und Straßen, so muß jeweils dazwischen eine Pflugfurche gezogen werden, wegen des Funkenfluges, verstehste! So, und nun spring' rein in die Kiste, es geht los!" Ich ließ den Motor an und tuckerte als letzter hinter der langen Fahrzeugkolonne her. Es machte einen gewaltigen Eindruck auf mich, daß wir wie die Könige der Straße behandelt wurden. Denn sie kam mir so vertraut vor, diese Angst vor der Macht, die ich von vielen Menschen her kannte. Jedes Auto verzog sich nach links oder rechts in die letzte Nische des Straßengrabens, aus Furcht, sich einen Kratzer zu holen. Die Leute auf den Gehsteigen flüchteten auf die Stufen der Hauseingänge. Hunde und Katzen ergriffen die Flucht in das Innere der Höfe. Schließlich gelangten wir an ein großes Gerstenfeld. Die goldgelben Gerstenähren mit ihren langen Grannen wiegten sich leicht im Winde und erschienen mir wie Wellen auf einem See. Das Feld war von solchen Ausmaßen, daß ich sein anderes Ende gar nicht mehr erblicken konnte. Als Dieter Becker mir auftrug, eine Pflugfurche entlang des Bahndammes zu ziehen, meinte ich, daß wir bestimmt bis in die Nacht hinein an diesem Feld zu tun hätten. Becker grinste nur und sagte: „Kurz nach dem Mittag sind wir hier wieder runter, und wehe nicht." Plötzlich kam der Brigadeleiter auf seinem Motorrad scheinbar aus dem Nichts angebraust. Er hieß Walter Neudecker, wie mir der Meister gesagt hatte. Von Neudecker selbst hätte ich seinen Namen wohl nie erfahren. Er stellte sein Motorrad ab und ersetzte den gelben Sturzhelm durch eine Ledermütze, die er sich weit in den Nacken schob. Breitbeinig stand er da und stemmte die Fäuste in die Hüften. Dann preßte er einen lauten Pfiff zwischen den Lippen hervor und winkte mich zu sich. Ich rannte.

„So, sie nennen dich also ‚Doktor'." Ich blickte verlegen zu Boden. „Dann hör zu, Dok! Als erstes wirst du die Verluste ermitteln. Du nimmst diese Plasteschale und schmeißt sie jedem Drescher unter den Arsch, also da, wo das Stroh hinten rausfällt. Du schiebst alle Körner, die du darauf findest auf eine Seite und rennst vor zum Fahrer, um sie ihm zu zeigen. Er kann daran erkennen, wie er die Siebe einstellen muß. Klar?" Ich nickte. „Na dann mach' dich in die Spur!"

Die Luft roch inzwischen nach frisch geschnittenem Getreide. Die zerschlagenen Grannen flogen durch die Gegend und juckten in der Nase und auf der Haut. Mit dem Eifer eines Neulings warf ich die Schale unter das Stroh der Drescher, um sofort nach dem Zählen zum Fahrer zu laufen. Aber schon nach kurzer Zeit ging mir die Puste aus und Schweißperlen liefen mir über die Stirn. Die Sonne brannte gnadenlos vom Himmel. Die Grannenspitzen blieben am Schweiß haften und das Jucken wurde schier unerträglich. Schließlich quälte ich mich atemlos zum nunmehr achten Mähdrescher. Ich erstaunte, denn er wurde von einer Frau in mittleren Jahren gefahren, die sich mir als Inge Dähnrich vorstellte. Sie bat mich, neben ihr Platz zu nehmen und bot mir eine Flasche Limonade an. Inge schüttelte den Kopf und strahlte. „Wie siehst du denn aus?" fragte sie lachend. „Der Tag wird lang; wenn du dir gleich einen Wolf läufst, wirst du den Abend nicht mehr erleben." „Na der Brigadier meinte, ich muß die Verluste prüfen." „Ach, der Neudecker, der will dich nur ein bißchen scheuchen. Mit der Verlustmessung kannst du dir doch Zeit lassen, Junge. Und außerdem, als du nicht hier warst, hat kein Mensch irgendwelche Verluste gemessen. Das machen wir nur zum Anfang, wenn wir die Getreideart wechseln. So, genug geredet. Jetzt tauschen wir erst einmal die Plätze!" Mein Herz fing mächtig zu poltern an, und ich setzte mich unsicher hinter das Lenkrad. Ruhig erklärte mir Inge Schritt für Schritt, was ich nun machen sollte. Zunächst erschien es mir entsetzlich schwierig, denn ich mußte auf so viele Dinge gleichzeitig achten. Dazu der Staub, die Hitze in der Fahrerkabine und das lästige Jucken auf der Haut. Nicht einmal kratzen konnte ich mich, da ich krampfhaft versuchte, mit dem Lenkrad den Drescher in der Bahn zu halten. Was sich als äußerst kompliziert erwies. Denn schon ein kleiner Ruck am Lenkrad und zwei Meter des Schneidwerkes fuhren aus dem Korn. Also schnellstens wieder einen Ruck zur anderen Seite, aber bloß nicht zu viel, sonst ging das Schneidwerk zu weit ins Korn und es blieb Getreide auf dem Feld zurück. Ich geriet in eine derartige Rührerei, daß es mir unmöglich war, auch noch auf die ganzen anderen Dinge zu achten. Also sprang Inge ein und sorgte dafür, daß das Schneidwerk die richtige Höhe über dem Boden behielt oder daß die Fahrtgeschwindigkeit mit der Fülle des Schneidwerkes übereinstimmte. Als wir endlich das andere Ende des Feldes erreicht hatten, war ich total fertig, und der Schweiß lief mir in breiten Bächen übers Gesicht. Inge hielt ihre Hände vor den Mund und konnte sich das Lachen nicht verkneifen. Sie wendete den Mähdrescher, damit ich mein Meisterwerk betrachten konnte. Ziemlich betreten sah ich die Strohlinie entlang, die der Drescher hinterlassen hatte. „Oh, nein, Max! Wenn die Jungs mit den Strohpressen kommen, um deine Strohlinie aufzunehmen, dann werden die ja seekrank."

Inge konnte sich vor Lachen kaum halten und war ständig damit beschäftigt, sich die Lachtränen aus den Augen zu wischen. Ich fand das Ganze überhaupt nicht komisch und hätte eher heulen können, weil ich das Gefühl hatte, ich würde das nie packen. Vielmehr hörte ich den Neudecker schon unken, daß das Doktorsöhnchen zu blöde sei, um geradeaus zu fahren. Doch blieb mir jetzt zum Grübeln nicht die Zeit. Denn kaum hatte sich Inge erholt, meinte sie: „Aber Max, die nächste Runde möchte ich etwas gerader sehen, oder willst du, daß der Neudecker einen Wutanfall kriegt. Das ist eigentlich immer ganz lustig. Er schmeißt seine Ledermütze auf den Boden und trampelt völlig außer sich auf ihr herum. Aber trotzdem, es ist besser für uns, wenn wir auf das Schauspiel verzichten.“ Inge fuhr den Drescher wieder an den Getreiderand und setzte das Schneidwerk ganz präzise ein. „So, und jetzt fahr wieder los. Aber laß ja die Hände vom Lenkrad!“

Mein ganzer Körper zitterte. Aber ich nahm mich zusammen und befolgte genau das, was mir Inge sagte. Und tatsächlich, jetzt lief es besser, denn der Drescher fuhr von ganz allein in seiner Spur, ohne daß man ständig an ihm rumlenken mußte. Endlich schien mir dadurch auch etwas Zeit gewonnen, um mich anderen Einstellungsdingen zuwenden zu können. Inge schien mit mir zufriedener und auch mein Gefühl der Ängstlichkeit wich immer mehr einem unterschwelligem Stolz. Kurz vor Feldende sprang Neudecker wie ein wilder Indianer auf die Drescherleiter und stürmte zu uns ins Fahrerhaus. „Mensch, Inge“, schrie er aufgebracht, „hast du dem zu saufen gegeben, oder was? Ihr könnt doch hier nicht solche Schlängeleien auf dem Acker fabrizieren. Die Strohpresser hacken mir den Kopf ab.“ „Ach, Walter“, meinte Inge besänftigend, „der Junge hat das doch noch nie gemacht.“ „Das ist kein Grund“, schrie er wieder. „Und du Komiker, du verschwindest jetzt und schnappst dir wieder deine Verlustschale.“ Inge stoppte den Drescher, und ich stieg tief beleidigt aus dem Führerhaus. Der Brigadier kam mir nach und sagte nun etwas ruhiger: „Eh – Dok, so geht's nicht. Und das nächste Mal wird geradeaus gefahren, kapiert. Und jetzt geh zum Meister und mach Mittag!“

Also latschte ich bockig zum Meister an den Werkstattwagen. Schon von weitem konnte ich erkennen, wie Dieters Zähne zwischen dem roten Bart funkelten. Je näher ich kam, desto mehr mußte er lachen, so sehr, daß er sich dabei mit den Händen auf die Oberschenkel schlug. „Heh, nun komm doch mal her, Maxi!“ feixte er. „Komm her und sieh dir an, was du da gebaut hast! Sieh, da liegt eine gerade Linie neben der anderen. Und mittendrin plötzlich eine Wellenlinie, als wäre der Mähdrescher vollkommen besoffen gewesen.“ „Ja, ja, ich weiß schon“, knurrte ich, „Inge und der Neudecker haben's mir schon gezeigt.“ Er klopfte mir auf die Schulter und nahm meinen Kopf an seine Brust. „Ach, Doktorchen, laß dich nur nicht so aufziehen! Die haben alle mal so angefangen.“ Ich nickte als Zeichen der Einsicht, war aber in meinem Inneren zutiefst enttäuscht.

Das Mittagessen wurde extra aus Schulzenhorst angefahren, egal wie weit entfernt die Drescher arbeiteten. Aber das schien mir unwichtig. Wesentlich für mich war, daß es sich um echte Hausmannskost handelte. Eine Frau aus dem Dorf kochte für die Arbeiter, und das schon seit vielen

Jahren, wie ich erfuhr. Ein wirklicher Luxus, war ich doch schon seit Jahr und Tag an das Großküchenessen der Schulen gewöhnt.

Mein kulinarischer Genuß sollte nicht von langer Dauer sein. Schon nach kurzer Zeit rollte Inge mit ihrem brausenden Ungetüm an, und ich zog wieder schwitzend meine Übungsrunden. Eigentlich hatte ich geglaubt, daß es damit zunächst vorbei sei, weil der Brigadeleiter so ungestüm auf meinen ersten Andrusch reagiert hatte. Doch das war weit gefehlt. Schon am Nachmittag erkannte ich den Sinn des Eifers, mit dem mich Inge so schnell wie möglich in die Mähdrescherwelt eingeweiht hatte.

Ich sollte nämlich zügig zur wandernden Pause ausreifen. Eine Pause auf zwei Beinen, sozusagen. Zehn Drescher, zehn Fahrer und vierzehn Stunden Mähdrusch. Ein absolutes Unding, wie ich schnell erkannte. Die Zahl an Ersatzfahrern war gering. Es sollte auch schon Tage gegeben haben, wo der Komplex überhaupt keine dabei hatte, und im Höchstfall waren es wohl drei. Für die Fahrer hieß das, je schneller und sicherer ich ausgebildet würde, desto größer war die Chance der Leute auf eine längere Pause. Und eben diese Hoffnung konnte und wollte ihnen auch Neudecker nicht vermiesen, egal welche anfänglichen Schwierigkeiten es machen würde.

So erklärte und zeigte Inge unermüdlich, in ruhigem Ton und mit sicheren Händen. Immer wieder und wieder. Runde um Runde. Die Sonne sank tiefer und stand groß und rot am Himmel. Der Schweiß auf der Haut trocknete. Immer länger wurden die Schatten der Ähren und das erste Dunkel mischte sich unter die goldgelbe Weite. Die Scheinwerfer der Mähdrescher kämpften sich durch die Wolken aus juckendem Gerstenstaub. Als es schließlich ganz Nacht wurde, verlor der Staub an Kraft. Schwer und träge zog er flach über das Feld dahin. Eine kühle Feuchte streichelte meine Haut.

Mit deutscher Genauigkeit wurden die Mähdrescher in Reih und Glied am Feldrand ausgerichtet und verschlossen. Der Brigadier stand an sein Motorrad gelehnt und lächelte zufrieden. Hektik und Streß schienen ihn mit einem Male verlassen zu haben. Nach und nach kamen die Fahrer und ließen sich erschöpft neben ihn in den Sand fallen. Neudecker hatte einen Kasten Bier herbeigeschafft und verteilte die Flaschen. Er bedankte sich bei seinen Leuten und berichtete stolz, wie gut unser Komplex im sozialistischen Wettbewerb im Rennen liege. Selbst für mich hielt er lobende Worte parat, und ich versuchte mich zu freuen, als auch die anderen ihm zustimmten. Allerdings hatte ich mit meiner grenzenlosen Müdigkeit zu kämpfen. Das Bier wollte mir nicht schmecken. Ich nippelte nur an der Flasche herum und ließ die anderen reden. Als Dieter mit dem Mannschaftswagen ankam, verkroch ich mich als erster in eine Ecke des Wagens, und noch bevor er auf die Landstraße nach Schulzenhorst einbog, war ich eingeschlafen. Dieter fuhr mich bis vor die Haustür. „Eh, Maxi, genug geschlafen", weckte er mich. „Du bist mir ja vielleicht ein Erntekapitän. Mach, daß du ins Haus kommst und dann ins Bett!"

Da stand ich nun in der alten, muffigen Küche von Oma Pietsch und starrte die Uhr an. Die letzte Stunde des Tages war bereits angebrochen. Ich sah an mir herunter und schüttelte fassungslos den Kopf. Selten zuvor hatte ich derart vor Dreck gestrotzt. Von den Haarwurzeln bis zu den Zehen überzog eine dicke schwarze Schicht schweißgetrockneten Staubes meine Haut. Ich ging zur Schüssel mit dem algenbraunen Brunnenwasser, die Oma Pietsch für mich bereitgestellt hatte. Immer wieder fielen mir die Augen zu, als ich mir die Turnhose auszog, erschrak ich.

Um die Lenden war ein weißer Ring zu erkennen und ich ahnte die Mühe, die ich brauchen würde, um meinen ganzen Körper wieder in diesen Zustand zu versetzen. Welch ein Glück, daß Oma Pietsch nur dunkle Handtücher bereitgelegt hatte! Das Wasser färbte sich milchigweiß und am Schüsselrand bildete sich ein schwarzer Schaumrand. Ich aß ein Stück Entenbrust und kippte die Seifenbrühe draußen auf den Mist; pinkelte dann doch hinterher, obwohl ich mir noch am Morgen geschworen hatte, das nie zu tun.

Pünktlich um acht Uhr hastete ich wieder zum Technikhof. Die Fahrer hatten die Mähdrescher bereits vom Feld geholt. Diese standen jetzt mit geöffneten Klappen da und wurden von allen Seiten liebevoll umsorgt. War ich auch nicht für einen bestimmten Drescher verantwortlich, so machte man sich mein Kleinsein zunutze, indem ich ohne weitere Probleme in so manch unzugänglichen Winkel vordringen konnte. Die Fürsorge Inge Dähnrichs beschränkte sich nicht nur auf ihre Maschine. Sie glaubte, auch mich einbeziehen zu müssen, da sie mich täglich zum Frühstück einlud. Ich genoß ihre Mütterlichkeit und spürte, daß ich außer dem Meister einen zweiten Menschen gefunden hatte, zu dem ich Vertrauen fassen konnte.

Es dauerte keine Woche, bis Inge mich soweit eingearbeitet hatte, daß der Brigadier es wagte, mich allein mit den Dreschern arbeiten zu lassen. Und jetzt, wo es galt, jedem Fahrer eine Pause zu ermöglichen, flossen die Tage so schnell dahin, daß ich kaum wußte, welchen wir gerade durchschwitzten. Vielleicht lag es daran, daß mir in der Hitze der Fahrerkabinen langsam das Hirn verdampfte, oder einfach daran, daß mir vor Müdigkeit beim Fahren manchmal die Augen zufielen.

Während einer Mittagspause jedenfalls wechselten wir gerade auf ein anderes Feld und fuhren durch ein Dorf, in dem ich negativ auffiel, weil ich vergessen hatte, das Schneidwerk hoch genug zu heben und es dadurch alle Mülltonnen, die links und rechts an der Straße standen, umwarf.

Oben in meinem donnernden Kasten hatte ich von alldem nichts bemerkt, wunderte mich nur, daß ich im Rückspiegel Dorfbewohner sah, die wutentbrannt ihren Müll von der Straße sammelten. Obendrein nutzte ich die Chance, um in den Dorfkrug des Örtchens einzukehren, damit ich meinen Vater anrufen konnte. Der Wirt kam meiner Bitte nach, während alle Gäste über diesen Idioten von Mähdrescherfahrer schimpften, der den Müll auf der Straße verteilt hätte. Und da ich mir keiner Schuld bewußt war, pflichtete ich ihrer Empörung noch bei.

Vater erzählte, daß Maria mehrmals Briefe geschickt und auch angerufen hätte. Ich wußte keine Antwort, hatte Maria völlig vergessen. Ich erzählte nur, daß es mir gut ginge, die Arbeit anstrengend sei und ich mich bald wieder melden würde. Und bereits als ich den Hörer eingehängt hatte und zurück durch die schimpfende Masse stürmte, war Maria aus meinen Gedanken verschwunden.

Kleine ‚Vorfälle' galten unter den Fahrern als normal. Es gab einfach keinen Abend, an dem es nicht irgend etwas zu berichten gab. Auch meine Liste der ‚Vorkommnisse' wuchs mit jedem Tag. Oft war es so, daß man die kleinen Schwächen seiner Kollegen zu gern offenlegte. Die Fahrer versuchten stets, mich den letzten Streifen Korn vom Feld mähen zu lassen. Das entwickelte sich für die anderen zu einem wahren Volksvergnügen. Im letzten Streifen Getreide suchte sämtliches Kleingetier Zuflucht, weil es das Davonlaufen auf das freie Feld fürchtete. Da konnte man hupen, schreien oder sonst welches Theater machen, die kleinen Häschen und Kaninchen blieben ängstlich mit ihren angezogenen Ohren sitzen und zitterten am ganzem Leibe, ohne sich von der Stelle zu rühren. Nun blieb es jedem Fahrer selbst überlassen, was in solchem Falle zu tun sei. Entweder man sah die Angsthasen nicht oder wollte sie nicht sehen, oder man behauptete einfach, es seien keine dagewesen. Komisch nur, daß ich die Tierchen sah und sich die Leute vor Lachen auf die Bäuche schlugen, weil ich alle zwei Meter den Drescher anhalten mußte, herunterkrabbelte, vors Schneidwerk lief, um das Viehzeug zwei Meter weiter zu scheuchen. Dann mußte ich zurück und die ganze Prozedur wiederholte sich von neuem. Bei einem Feld von vielleicht einhundert Metern Länge ein ganzes Stück Arbeit. Aber niemals hätte ich es übers Herz bringen können, ein Tier mutwillig totzudreschen. Daß kleine Tiere, wie Hasen, Füchse usw., ab und an vom Schneidwerk erfaßt wurden, war normal und ließ sich auch mit dem besten Willen nicht verhindern. Meistens sah ich es gar nicht, sondern bemerkte nur, daß der Motor schwer lief und der Auspuff eine schwarze Fahne zeigte. Ich blickte dann in den Kornbunker hinter mir und sah nach einer Weile, wie blutrotes Korn in den Bunker gescheffelt wurde. Nur bei einem Wildschwein hätte der Drescher sich verschluckt.

Es blieb allerdings fraglich, ob es je vorgekommen war, denn die Wildschweinerlebnisse waren nur als Geschichten bekannt, deren Wahrheitsgehalt ich eher anzweifelte. Mir wollte einfach nicht in den Kopf, daß ein so großes und schnelles Tier sich von einem Schneidwerk erfassen lassen sollte. Trotzdem hielten sich die Gerüchte hartnäckig. Manchmal versanken die Fahrer während der Pausen so sehr in das Geschichtenerzählen, daß ich mir vorkam wie im Wilden Westen, wenn sie mir weismachen wollten, sie hätten in früheren Jahren einmal Wildschweine regelrecht gejagt. Sie umkreisten die Tiere mit den Dreschern so lange, bis schließlich ein mutiger Fahrer mit seiner Maschine drauflos jagte, um ein Schwein vom Fahrerstand aus mit dem Brecheisen, das er wie einen Speer auf das Tier abwarf, zu erlegen. Ich lächelte nur darüber und dachte im Stillen, daß die Bauern wohl denken mußten, wir Jungen aus der Stadt seien vollkommen verblödet. Was nicht heißen soll, daß es keine Wildschweine in den Feldern gab.

Als wieder einmal die Faulheit über alle Warnungen der Bauern gesiegt hatte und ich durch das Getreide den Dreschern entgegeneilte, um einen Fahrer abzulösen, schlugen die Roggenähren über meinem Kopf zusammen, und ich konnte keinen Meter weit gucken. Die Verlockung war einfach zu groß. Denn durchs kurze Stück des hohen Roggens zu laufen, schien mir nicht so mühsam, als den elend langen Weg über das freie Feld zu wählen.

Die Drescherfahrer mußten mich von ihren hohen Kabinen her entdeckt haben und stimmten ein mächtiges Hupkonzert an, weil sie sich sicher über meine Ankunft freuten. Ich war gerührt und lief ihnen noch schneller durch den sperrigen Roggen entgegen. Plötzlich wurde es mitten im hohen Getreide taghell und die Sonne blitzte in mein Gesicht. Ich stand am Rand eines breitgetrampelten Kreises, in dessen Mitte sich drei Wildschweine tummelten und erschreckt aufsprangen, als sie mich sahen. Ich erstarrte zur Steinsäule und bekam so mächtiges Herzklopfen, daß ich förmlich spürte, wie mir das Blut durch den Kopf hämmerte. Ich wollte wegrennen. Doch durch Roggen kann man nicht rennen. Ich stand still. Die Schweine standen still. Die Drescher standen still. Mit jämmerlichen Blicken sah ich zwischen Schweinen und Dreschern hin und her. Plötzlich grunzte das größte der drei ärgerlich, als wollte es meinen: „Warum mußt du uns denn stören?“ Dann trottete es langsam mit wedelndem Schwänzchen in die mir entgegengesetzte Richtung los und verschwand im Roggen. Die beiden anderen schnüffelten, grunzten und folgten gelangweilt, auch mit wedelnden Schwänzen. Ich schluckte nur und machte auf der Stelle kehrt, rannte wie von Sinnen drauflos, um im gleichen Moment entsetzlich auf die Fresse zu fliegen. Ich spürte den heftigen Aufprall meines Kopfes, und alles um mich herum wackelte. Sogleich zog ein mächtiger Schmerz durch meine Zunge und ich konnte Blut schmecken. Trotzdem war ich sofort wieder auf den Beinen und wühlte mit zitternden Knien durch den Roggen.

Außerdem mußte ich erfahren, daß Wildschweine nicht die einzige Gefahr darstellten, die im Roggen lauerte. Denn die von ihnen aufgewühlten Löcher konnten selbst einen Mähdrescher zur Strecke bringen. Versackte eines der großen Antriebsräder in diesen Schweinekuhlen, so geriet der Drescher in Schieflage und bohrte einen Teil des Schneidwerkes mit seiner ganzen Kraft in den Boden. Wenn dann die Traktoren herbeieilten, um den Mähdrescher aus seiner mißlichen Lage zu befreien, mußte meist solange an ihm herumgezerrt werden, daß schließlich vom Schneidwerk nicht mehr viel übrig blieb. Das bedeutete für Meister Becker Hochkonjunktur, und oft hatte er gar keine andere Wahl, als eine zusätzliche Nachtschicht einzulegen.

So vergingen Tag um Tag, Woche um Woche. Solange die Sonne schien, wurde gedroschen, ohne Gnade, von Tau zu Tau. Die Wochenenden schienen abgeschafft. Den Kindern mit ihren Fahrrädern auf der Landstraße träumte ich nicht mehr nach, wenn sie zum Baden fuhren. Die Pannen häuften sich um mich und die anderen Fahrer. Die Müdigkeit ließ alle Sinne allmählich zerbröckeln. Uhren verloren ihren Wert. Die Zeit war die Sonne.

In meinem Kopf gab es nur noch ein Wort, um das sich alles drehte: Regen. Selbst in den kurzen Nächten bei Oma Pietsch träumte ich vom Regen. Regen bedeutete Pause. Regen bedeutete Schlaf und Erholung. Regen bedeutete, wieder denken und fühlen können. Mein Blick folgte jeder kleinen Wolke am Himmel. Folgte ihr in der Hoffnung, daß sie größer und größer werde, daß ihr weißes Gewand ergraue und dann endlich Regen über das Land brächte. Aber nur selten zeigte sich ein Wölkchen am Himmel, um sich alsbald wieder völlig aufzulösen. Schließlich verließ mich die Hoffnung, und ich fand mich damit ab, daß es wohl in diesem Sommer keinen

Regen geben würde – dumpf und schwitzend weiter meine Runden über die goldenen Felder ziehend.

Eines Nachmittags befahl Neudecker, daß sich alle am Feldrand zu versammeln hätten, und das, obwohl wir mitten in der Arbeit waren. Froh stellte ich das Dreschwerk ab und jagte dem Feldrand entgegen. Denn ich war mir sicher, daß der Brigadeleiter nun endlich bereit war, uns einen halben Tag Pause zu gönnen. Er ließ uns Fahrer zusammenkommen und ordnete an, daß wir uns etwas zurecht machen sollten, was Kleidung und Haare anbetraf. Ich wunderte mich über diesen Unsinn, wo Neudecker doch immer darauf achtete, daß ja keine Minute Arbeitszeit verloren ginge. Aber bevor ich mich erkundigen konnte, was plötzlich los sei, sah ich schon zwei schwarze Limousinen den Feldweg entlangbrausen. Hinter ihnen fuhr in einigem Abstand ein Kleinbus der Parteizeitung. Aus den Wagen stiegen vier ältere Herren in Anzügen. Einer von ihnen hielt eine rote Fahne in der Hand, auf der etwas in goldenen Lettern geschrieben stand. Ein anderer baute sich vor uns auf, zog einen Zettel aus dem Jackett und begann eine Rede. Unsere Brigade war Sieger im ‚Sozialistischen Wettbewerb' geworden. Außerdem wehte der Wind mir mindestens hundert Mal Wortfetzen zu, was wir doch alle für prima sozialistische Helden seien und wie sehr uns Sozialismus und Frieden in der Welt bräuchten. Ich aber hatte im Moment keine Antenne dafür, weil ich auf der Haut spürte, daß ein frischer Wind aufkam. Ich blinzelte gen Himmel und jubelte innerlich. Am Horizont begannen sich Wolken aufzutürmen. Ich dachte daran, was Meister Becker mir erklärt hatte, wenn plötzlich Regen aufkommen sollte. Die Technik reagiere empfindlich gegenüber dem Wasser und einige Sicherungsmaßnahmen müßten eingehalten werden. In dem Moment kam eine der Zeitungstanten ausgerechnet zu mir, weil ich doch der Jüngste in der Runde sei, wie sie meinte. Auch müsse ich besonders stolz sein, als so junger Mensch eine derartige Auszeichnung zu bekommen. Und überhaupt sei es wohl das erste Mal für mich. Sie wollte wissen, wie ich mich fühle und so. Ich ließ einige sinnlose Sätze der Erklärung ab, von denen ich schon im selben Augenblick nicht mehr wußte, was sie eigentlich bedeuteten. Schließlich brachte mich der Fotograf vor einem Mähdrescher in Positur.

Einzelne warme Regentropfen platschten auf meine Haut. Ich sah ihnen nach, wie sie mir die Arme entlangliefen und dabei helle Streifen auf dem Dreck zurückließen. Parteileute und Zeitungsfritzen verschwanden so schnell, wie sie gekommen waren. Und schon platzte ein kräftiger Regen vom Himmel. Plötzlich machte eine seltsame Freude die Runde. Alle Gesichter strahlten und selbst Neudecker warf vor Freude die Ledermütze in den Sand und trampelte auf ihr herum. Der Meister streckte die Handflächen dem Regen entgegen und ließ sie sich mit Wasser füllen. Er schüttete es über sein staubiges Gesicht, ohne zuvor die Brille abzunehmen. Schließlich hörte ich Neudecker grölen, daß wir die Fahrzeuge in Sicherheit bringen sollten. Alle schienen wie besessen und arbeiteten im Höchsttempo. Ich raste mit meinem Drescher an der nun dunkelroten Parteifahne vorbei, die alleingelassen und tropfend im Regen stand. Wir brachten die Maschinen zum Technikhof zurück, und ich rannte gleich zu den Kuhställen hinüber, ohne mich zu verabschieden. Völlig aus der Puste gekommen, wollte ich den dortigen Meister fragen, ob ich nicht die Duschen benutzen könnte, aber ich kam gar nicht dazu, da er schon die Tür zum Duschraum geöffnet hielt. Schließlich stand ich erstarrt unter der Dusche und ließ das Wasser über die Haut laufen. Mir schien es, als könnten Weihnachten und Neujahr zusammen nicht halb so schön sein. Und ich bekam auch Oma Pietsch wieder mal zu Gesicht, bei der ich schon seit Wochen wohnte, ohne sie zu sehen. Sie wußte, daß ich bei Regen zurückkommen würde und hatte den Tisch reichlich gedeckt. Ich aß und nickte fröhlich zu ihren Geschichten. Sogar Bier stand dabei, und ich trank und wurde müde, ohne meine Fröhlichkeit zu verlieren. Dann ging ich in meine Kammer und kroch ins Bett. Draußen peitschte Regen der gegen die Scheiben. Es war mitten am Tage, und ich schlief ein.

Tags darauf weckte mich Oma Pietsch zum Mittagessen. Bis dahin hatte ich in einem Zuge durchgeschlafen. Sofort suchten meine noch trüben Augen das Fenster, und ich ließ mich erleichtert ins Bett zurückfallen, als ich feststellte, daß das Wetter ebenso trübe war. Im Treppenhaus roch es nach gebratenem Hühnchen und ich stürmte in die Küche. Doch fand ich dort nichts vor, da Oma Pietsch bereits in der guten Stube den Tisch hergerichtet hatte, mit einer weißen Decke und einer Vase mit Gartenblumen. Mir fiel auf, daß Oma Pietsch gar nicht ihre übliche Kittelschürze trug, sondern sich mit Rock und Bluse feingemacht hatte. Diese feierliche Stimmung überraschte mich, und ich wurde etwas verlegen. Das Essen servierte sie auf geschwungenem Porzellan, das Besteck blinkte silbern. Mit stolzer Brust präsentierte sie strahlend die Hühnchen. Nur waren sie etwas klein, und deshalb lagen gleich zwei auf dem Silberbrett.

Auf meine naive Frage, ob da etwas nicht stimmen könne, reagierte sie nur mit gerührtem Gelächter und erklärte, daß es sich um zwei Täubchen handele, denen sie eben erst den Kopf umgedreht hätte. Also ganz frisch! Ich nickte und bemühte mich, begeistert dreinzuschauen. Mir war mulmig, als ich daran dachte, daß es sich vielleicht um die Tauben handelte, die oben vor der Kammer mich allabendlich in den Schlaf gegurrt hatten. Nahezu zärtlich und mit traurigen Blicken löste ich eine Keule. Auf dem Weg zum Mund zögerte ich, um dann doch vorsichtig meine Zähne in das Fleisch zu bohren. Oma Pietsch amüsierte sich köstlich und sagte schließlich: „Hör mal, mein Junge, wer essen will, der muß auch töten können! Und nun hab dich nicht so und iß dich schön satt!“ Ich sah sie an und sagte nichts, aß und zwang mich, möglichst nicht zu denken. Als kleines Dankeschön erklärte ich mich bereit, am Nachmittag den Vorgarten des Häuschens herzurichten. Es machte zwar nicht viel Sinn, aber ich bemühte mich, in den verwahrlosten Garten wenigstens einen gewissen Grund zu bringen.

Des Abends schlenderte ich gemütlich durch Schulzenhorst. Viel passierte nicht in diesem Dorf. Es lag eine göttliche Ruhe in den Straßen, die nur hin und wieder durch das Gebell der Hunde oder das Brüllen einer Kuh gestört wurde. Die Luft roch mal nach frisch geschnittenem Grün, mal nach dem Mist der Viecher. Schließlich kehrte ich in den Dorfkrug ein, in der Hoffnung, dort wenigstens ein bekanntes Gesicht zu treffen. Und tatsächlich!

Hierher hatte sich also das abendliche Dorfleben zurückgezogen. Ich hielt noch die Tür in den Händen, da wurde ich schon von stürmischem Gelächter empfangen. Sofort stand ein Bier für mich auf dem Tresen bereit, von dem ich nicht einmal wußte, wer es nun eigentlich bestellt hatte. Ich gesellte mich zu den Bauern, die ich vom Technikhof her kannte. Mir wurde sofort klar, welches Spiel es war, das sie mit mir vorhatten. Ich sollte einem Härtetest im Trinken unterzogen werden. Der Weinbrand und das Bier kamen schneller in meine Gläser, als ich sie austrinken konnte. Der Abend wurde auch dementsprechend kurz, schon nach einer guten Stunde taumelte ich wieder aus dem Krug: völlig abgefüllt und ohne einen einzigen Pfennig bezahlt zu haben. Das ganze Dorf schien sich um mich zu drehen, und ich brauchte auf meiner Wanderung die ganze Breite der Straße und beider Gehsteige. Auch fiel es mir äußerst schwer, die Orientierung zu behalten, so daß ich zeitweise nicht wußte, wo denn nun das Häuschen des Mütterchens in diesem kleinen Schulzenhorst zu finden war. Irgendwann fiel ich aber doch durch die mir bekannte Tür in die kühle Küche und war heilfroh, als mein Döskopf feststellte, daß Oma Pietsch bereits schlief.

Am Morgen konnte ich Oma Pietsch nicht verheimlichen, was für eine Nacht hinter mir lag. Sie reagierte gereizt, ja fast schon böse und machte mir Vorwürfe, weil ich so dumm gewesen war und mich von den standfesten Bauern zum Trinken hatte überreden lassen. Artig lutschte ich am sauren Hering und verzog mich dann zur Arbeit in den Vorgarten, um ein Zeichen der Versöhnung zu setzen. Der Himmel über Schulzenhorst war mit Wolken verhangen, und ich spürte Langeweile aufkommen. Ich konnte nicht glauben, daß das alles war, was das Leben auf dem Dorf zu bieten hatte. Arbeiten, trinken, arbeiten. Schließlich warf ich mißgelaunt das Gartengerät in den Schuppen und wanderte durch das Dorf. Ich kam am Technikhof vorbei und sah die Mähdrescher verlassen im schwarzen Schlamm stehen, umgeben von großen Pfützen. Das blankgeriebene Metall der Schneidwerke blitzte nicht mehr im Licht, sondern wurde vom trüben Rost eingemattet. Plötzlich wallte das Heimweh vom Magen her in meine Kehle. Ich wollte weg hier, bloß weg und endlich wieder heim. Ich sah ganz deutlich Helena vor mir. Sie lächelte, lächelte lieb und verständig. Wie lange hatte ich Helena nun schon nicht mehr gesehen? Meine Augen wurden feucht. Ich blickte verschwommen in den grauen Horizont. Entschlossen lief ich zum Häuschen zurück, um Helena einen Brief zu schreiben. Aber schon auf halbem Wege wurde ihr Bild immer undeutlicher, und mit jedem weiteren Schritt verschwand es mehr. Nachdem ich Oma Pietsch um Briefpapier gebeten hatte und am Schreibtisch saß, war Helenas Bild völlig entschwunden. Ein anderes Mädchen hatte sie einfach verdrängt und stand jetzt weich gezeichnet in meinen Sinnen. Ein Mädchen mit schwarzen Locken und kirschrotem Mund. Maria! Plötzlich zuckte ich zusammen und ließ den Füller zu Boden fallen. Oma Pietsch wandte erschrocken ihren Blick vom Fernseher und sah mich aus ihren trüben Augen an. Wütend schlug ich die Mappe mit dem Briefpapier zu und rannte nach draußen. Ich kauerte mich auf die Bank im Vorgarten und paffte nervös an einer Zigarette.

Am Abend hielt ich es nicht mehr aus, mit Oma Pietsch vor dem Fernseher zu sitzen, so nahm ich die Jacke vom Haken und ging in den Dorfkrug. Diesmal begrüßte mich kein Gelächter, sondern eher ein allgemeines Staunen. Es saßen die gleichen Gäste an den gleichen Tischen, und sie hatten mir wohl nicht zugetraut, daß ich so schnell wieder den Weg in die Kneipe nehmen würde. So sehr ich an diesem Abend auch eingeladen und gebettelt wurde, ich blieb felsenfest am Tresen stehen und ließ mich an keinem der Tische nieder. Ungeduldig wanderten meine Blicke durch den Raum, bis ich an einem Tisch zwei Mädchen entdeckte. Um dem Druck der Einladerei auszuweichen, überwand ich meine Scheu und setzte mich einfach zu ihnen. Sie schienen nicht befremdet, im Gegenteil, sie waren sehr freundlich und seltsam vertraut.

Eher war ich derjenige, der ins Staunen geriet, als ich feststellte, wie gut mich die beiden kannten, obwohl ich sie noch nie gesehen hatte. Aber nach einer Weile war mir klar, warum: In solch einem Nest kennt jeder jeden, und ich war nur deshalb unwissend, weil ich nicht am Dorfklatsch teilnahm. Die eine sprengte jedoch selbst die entferntesten Grenzen des Möglichen, da sie mich zu kennen schien, als sei ich ihr eigener Bruder. Sie war ein kleines Mädchen mit langen blonden Haaren und blauen Augen. In ihrem zierlichen Gesicht blühten Sommersprossen auf braungebrannter Haut. Als sie mir ihren Namen verriet, ahnte ich, woher ihr Wissen stammte. Sie hieß Lisa Becker und war die Tochter meines Meisters.

Wir kamen schnell ins Plaudern, und ich genoß es, endlich mal wieder über die ganz normalen Dinge des Lebens zu reden, ohne fachmännisches Gezänk über das Innenleben eines Mähdreschers. Ich bestellte eine Flasche Rotwein und ließ eine Kerze bringen. So saßen wir drei und neckten, alberten und lachten bis spät in die Nacht hinein. Schließlich gehörte uns die ganze Kneipe allein. Die Stühle an den anderen Tischen waren bereits hochgestellt und die Wirtin drängte, daß wir allmählich zum Schluß kommen sollten.

Ich fühlte mich gut, weil ich nun doch etwas Schönes am Dorfleben entdecken konnte und es nicht nur auf Arbeit und Trinken beschränkt blieb. Gutgelaunt bat ich Lisa, sie nach Haus bringen zu dürfen und freute mich, als sie einwilligte. Wir liefen mitten auf der Straße entlang. Das Dorf schlief fest. Kein Auto, kein Mensch, kein Tier. Nur Stille, der schwere Duft geschnittenen Grüns und das Leuchten der Sterne. Unsere Schritte verhallten zwischen den Wänden der Häuser, und selbst ein leises Kichern wuchs zum mächtigen Schall heran. So blieben wir stumm, und Lisa streifte ihre Stöckelschuhe von den Füßen. Mutig legte ich einen Arm um ihre Schultern und drückte sie fest an mich. Sie gab nach, als hätte sie es erwartet und legte ihren Kopf an meine Brust. Ich spürte das Flattern ihres Kleides an meinen Beinen, und eine wohlige Geborgenheit stieg in mir auf, die plötzlich all mein Heimweh des Tages an den lauen Nachtwind abzugeben schien. Vor ihrem Haus blieben wir stehen. Sie gab mir einen flüchtigen Kuß auf den Mund und versprach im Davoneilen, daß der morgige Tag nur uns beiden gehören würde.

Freudig wie ein kleiner Junge, der vom Spielen heimkehrt, schlenderte ich meinem Häuschen entgegen. Doch als ich mich endlich ins Bett geschlichen hatte, fand ich noch lange keinen Schlaf. Immer wieder wälzte ich mich in die Decke und betete, daß auch morgen noch ein Tag mit schlechtem Wetter sei.

Ein Zucken riß mich aus dem Schlaf, als es doch tatsächlich ein Sonnenstrahl war, der auf meine Augen traf. Verärgert sprang ich aus dem Bett und rannte zum Fenster. Der Himmel leuchtete blau und die Sonne strahlte. Nur einige weiße Wölkchen konnte ich in der Ferne erkennen.

Und gerade, als ich traurig auf einen Stuhl zusammensacken wollte, sah ich Regentropfen, die noch an den Blättern der Bäume hingen, und prall gefüllte Pfützen. Es mußte noch vor kurzem geregnet haben. Ich atmete tief auf und spürte meine Müdigkeit. Dann fiel ich wieder in mein Bett und schlief sofort ein.

Ich war noch beim Frühstück, als es kurz gegen die Tür klopfte und Lisa in die Küche trat. Sie winkte Oma Pietsch freundlich zu und sagte zu mir: „Komm Maxi, beeil dich! Wir müssen die Pferde von der Weide holen." „Die Pferde?" wunderte ich mich. „Ja, die Pferde. Kannst du eigentlich reiten? Oder kennst du Pferde nur aus dem Bilderbuch?" „Nein, nein. Natürlich kenne ich Pferde, aber reiten kann ich deshalb nicht gleich." „Na, dann wird's Zeit, daß du's lernst." Oma Pietsch schüttelte den Kopf und lachte. „Aber Lisa! Daß du ihn mir ja wieder heil zurückbringst!" Jetzt lachten sie beide, und ich wußte nicht, was ich davon halten sollte. Lisa schnappte meine Jacke vom Haken und rannte los. Ich nahm noch einen Bissen und stürmte ihr nach. „Eh, was ist mit dir? So warte doch!" rief ich ihr nach und latschte erst einmal in eine Pfütze. Doch bevor ich mich über die nassen Schuhe ärgern konnte, war Lisa schon auf einem Trampelpfad verschwunden, an dem das Gras kniehoch stand. Ehe ich sie einholte, war nicht nur mein Schuhwerk durchweicht, sondern auch die feine Hose, die ich extra für diesen Tag angezogen hatte. Lisa blieb endlich stehen und sah an mir herunter. Dann krümmte sie sich vor Lachen und warf schwungvoll ihr langes Haar über die Schultern. Ich stand da, pustete aus vollen Lungen und konnte nichts sagen. „Oh, Maxi. Mein lieber, kleiner Maxi. So läuft man nicht durch die Natur! Wir machen hier keinen Einkaufsbummel in einer Geschäftspromenade." Ich kam mir plötzlich ziemlich blöde vor in meiner feinen, nassen Hose und schlenderte stumm weiter. Lisa trug ein blaues Sommerkleidchen und ihre nackten Füße wurden von Ledersandalen geschützt. „Ja, ja, du hast recht", meinte ich. „Siehst du da hinten die beiden Pferde am Zaun, das schwarze und das braune? Das sind unsere beiden." Lisa strahlte und fuchtelte aufgeregt mit ihren Armen durch die Luft. „Das schwarze ist die Stute. Sie heißt Eide. Und das braune ist ein Wallach. Er heißt Asbach." Ich nickte. Die Pferde erkannten Lisa und trabten ihr entgegen. Als sie schließlich vor uns standen, waren es doch zwei erstaunliche Hünen. Trotz des Weidezaunes wich ich respektvoll einige Schritte zurück. Die Stute streckte neugierig ihren Kopf zu mir herunter, so daß ich das Schnaufen ihrer Nüstern auf dem Hemd spürte. Ich mußte schlucken und starrte in die riesigen Augen. Mir wurde seltsam in den Beinen und ich wich noch weiter zurück. Doch ihr Interesse schien ungebrochen und die Stute streckte den Hals so lang sie nur konnte hinter mir her. „Sie mag dich, Maxi! Siehst du?" freute sich Lisa.

„So, so. Dacht' ich mir schon," sagte ich von der anderen Wegseite her, dicht an den Weidenzaun gepreßt. Doch die Stute Eide kuschelte immer noch ihren schwarzen Kopf über meine Brust. Eigentlich war sie ja schön anzusehen. Vor allem die feingezeichnete Blesse, die sich von den Augen bis hinunter zu den Nüstern zog. Und trotzdem. Mein Herz klopfte wild. „Eh, sag mal," wunderte Lisa sich, „du hast doch nicht etwa Angst vor Pferden?" „Nein, nein, Lisa", stieß ich laut aus, „es ist nur; na ich finde, sie sind doch ganz schön groß, so aus der Nähe gesehen, meine ich." „Ach Gottchen, Max. Du wirst dich dran gewöhnen. So groß, wie sie sind, so lieb sind sie auch." Lisa, die ganz mit dem Wallach Asbach beschäftigt war, kroch flink unter dem Zaun hindurch und steckte ihren kleinen Menschenkopf zwischen die zwei großen Pferdehäupter. „Du darfst ihnen nur nicht zeigen, daß du die Hosen voll hast! Sonst tanzen sie dir auf der Nase herum." Ich nickte artig. Jetzt schien auch Asbachs Interesse an mir geweckt und beide Pferdemäuler zuppelten am Hemd herum. „Geh vor zum Tor und öffne es!" befahl Lisa. Ich gehorchte und schon wanderten wir den Weg durch das hohe Gras zurück. Die Pferde folgten uns, ohne daß Lisa sie mit irgend etwas im Zaume hielt. „Hast du keine Angst, daß sie dir weglaufen?" fragte ich. „Ach, Quatsch. Warum sollten sie weglaufen? Die sind doch froh, daß wir endlich da sind."

Im Stall roch es nach Heu und Stroh. Ich schleppte die Wassereimer und Lisa scheffelte Hafer in die Tröge. Das Schnaufen der Pferde hallte gewaltig zwischen den Holzwänden. Das Zermalmen der Haferkörner in den Mäulern klang lustig. „Grins' nicht so dumm! Hilf mir lieber beim Striegeln!" Lisa schob mir einen Lederriemen über den Handrücken, an dem ein Bürstenstriegel befestigt war. „Welches möchtest du? Die Eide oder den Asbach. Nimm besser Eide, die mag dich", meinte Lisa. Vorsichtig begann ich, über das schwarze Fell zu bürsten. Die Stute stand still und knirschte weiter im Hafer herum. Schließlich schickte mich Lisa mit einer Gabel ins Heu. Es machte Spaß, das leichte Heu in großen Haufen vor mir her zu tragen. Ich genoß dabei den feinen Regen aus duftenden Grashalmen, der auf mich hinunter rieselte. „Wie ein kleiner Junge", lachte mir Lisa entgegen. „Komm, Max! Laß uns auf den Heuboden krabbeln, da kann man klasse toben!" Lisa rannte zur Leiter und eilte die Sprossen hoch. Ich lief ihr nach, hielt die Leiter fest und verfolgte sie mit meinen Blicken. Was für ein Anblick! Dann setzte ich ihr nach und stand bald bis über die Knie im Heu. Auf dem Boden war es schummrig, und nur vereinzelt blinzelten Sonnenstrahlen durch die Ritzen der Dachlatten. Ich konnte Lisa nicht sehen und rief ins Halbdunkel: „Lisa? Lisa, wo bist du?" Doch sie gab keine Antwort. Tastend wühlte ich mich durch das Heu. Lisa mußte sich irgendwo eingegraben haben. Bloß wo?

Nach einer Weile gab ich die Suche auf und ließ mich nieder. Völlige Stille herrschte zwischen dem Gebälk. Aus dem Stall kam das Schnaufen der Pferde zu mir herüber. Und mein Gehör war jetzt so sensibel, daß ich selbst das leise Knistern und Knacken der getrockneten Grashalme hörte. Ich streckte mich lang ins Heu aus und ließ einen Sonnenstrahl auf meiner Nasenspitze spielen. Da begann es plötzlich in einiger Ferne zu rascheln. Ich blieb ruhig liegen, gleich so, als hätte ich nichts bemerkt. Lisa krabbelte langsam zu mir. „Oller Spielverderber!“ hauchte sie mir ins Ohr. Ich drehte mich auf die Seite und erblickte Lisa, vollkommen mit Heu behangen. Diesmal war ich es, der in ein schallendes Gelächter ausbrach. Wütend warf sie mich auf den Rücken zurück und erstickte mein Lachen mit ihren Lippen. Ihr langes Haar verhüllte mein Gesicht und meine Hände vergruben sich in der festen braungebrannten Haut. Lisas Bewegungen waren wenig zärtlich, aber fest und entschlossen, ja beinahe verlangend. Mit einem Ruck hatte sie das Kleidchen von ihrem Körper gestreift und kam mit der Hitze ihres Leibes zu mir zurück. Nervös und gierig zottelte ich an meinen nassen Hosen herum. Und selbst als wir zu zweit an den Sachen zerrten, machte es wenig Sinn. Lisa ließ sich erschöpft ins Heu zurückfallen und lachte so sehr, daß ihr ganzer Körper zu zittern begann. „Oh nein, Max! Das darf's doch alles nicht geben.“ Verärgert und ungeduldig zeigte ich ihr, daß ich sehr wohl Herr der Lage war. Dann tauchte ich in die Wärme der Geborgenheit ein, um mich schnell in ihren Rhythmus zu finden, da das Heu zwar berauschend duftete, aber fürchterlich auf der Haut zu kratzen begann.

Als ich spät am Abend heimkehrte, saß Oma Pietsch noch vor dem Fernseher. Ich war erstaunt darüber, da sie gewöhnlich um diese Zeit schon längst in ihrem Bett lag. Doch dieses Mal schien sie auf mich gewartet zu haben. Etwas zynisch bemerkte sie, daß die Pferdeversorgung ziemlich lange gedauert hätte. Zunächst begriff ich nicht, was sie eigentlich von mir wollte. Erst als sie ärgerlich auf ihren Hühnerhof zu sprechen kam, auf dem es eine Unverfrorenheit wäre, wenn ein fremder Hahn die Hühner trete, glaubte ich zu spüren, daß das einsame Mütterchen doch tatsächlich eine Form von Eifersucht unter ihrer hohen Stirn trug. Sie fühlte sich enttäuscht und verlassen, konnte es einfach nicht fassen, daß meine wenige Freizeit nicht ihr, sondern einem jungen Mädchen galt. Eine seltsame Verwirrung aus Mitleid und Betroffensein breitete sich in mir aus. Ich war gerührt vor Scham, daß ich dem Mütterchen soviel bedeutete und erschrocken über die Hoffnungslosigkeit, die ich empfand. Mitleidig versicherte ich Oma Pietsch, daß es mit Lisa nichts Ernstes auf sich hätte und versprach ihr, mich wieder mehr um sie zu kümmern. Sie blieb stumm, und ich ging zu Bett.

Am kommenden Morgen schien sich das schlechte Wetter endgültig verzogen zu haben. Eigentlich wollte ich mit Lisa in den Pferdestall gehen, um reiten zu lernen. Doch ich trottete instinktiv und pflichtbewußt zum Technikhof, da ich versprochen hatte, mich bei schönem Wetter wieder dort einzufinden. Während des ganzen Weges pochte mein Herz, und ich betete Schritt um Schritt, daß es bitte noch zu naß sei, um die Ernte fortzusetzen. Wenigstens noch heute. Doch bei genauer Betrachtung der mittlerweile ausgetrockneten Pfützen gestand ich mir die Sinnlosigkeit des heimlichen Bettelns ein. Und tatsächlich. Ich fand die Mähdrescher mit weit von sich gestreckten Klappen in Reih und Glied in der strahlenden Sonne stehen, und kleine Männchen liefen liebevoll mit den Ölkännchen um sie herum. Meister Beckers Zähne funkelten besonders freundlich zwischen den roten Bartzotteln hervor, und er empfing mich in seiner üblichen Haltung: mit den Daumen hinter den Hosenträgern und diese dann weit nach vorn gedehnt.

„Na, Doktor Max, haben wir uns gut erholt?“ unkte er mir zu und verdrehte die Augen zu einem schelmischen Blick. „Was hast du denn so angestellt in der freien Zeit?“ hakte er noch mal nach, weil ich ihm nur zunickte. Ich wußte ja nicht, ob Lisa ihrem Vater etwas von uns erzählt hatte und so meinte ich nur flüchtig: „Na, die meiste Zeit habe ich geschlafen. Und ja, ja einmal da war ich unten im Dorfkrug.“ „So, so“, lachte Dieter, „geschlafen und gesoffen haste. Das ist gut so, dann kannst du jetzt ordentlich ranklotzen.“

Ich ratterte mit dem Mähdrescher zu den Feldern, und nach der tagelangen Abstinenz drang wieder entsetzlicher Krach in meine Ohren. Frust stieg in mir auf, als wir auch noch an der Weide vorbeifuhren, von der ich gestern gemeinsam mit Lisa die Pferde geholt hatte. Brigadier Neudecker bot gleich am Anfang wieder seine übliche Schau, als er am Rande des Roggenfeldes stand und seine Mütze vom Kopf riß, um sie vor sich in den Sand zu werfen. Ich schüttelte den Kopf, als ich mit ansehen mußte, daß er einem kleinen bockigen Jungen gleich seine arme Mütze mit den Füßen malträtierte. Und das nur, weil der Roggen noch etwas zu naß war, um ihn abdreschen zu können. Ich hörte ihn von weitem fluchen, daß er dadurch irgendwelchen Ärger mit der Partei bekäme. Verstehen konnte ich diesen Unsinn jedoch nicht. Warum sollte der Neudecker Ärger mit der Partei bekommen, bloß weil der Roggen noch zu naß war? Was konnte denn der Neudecker dafür? Also ließ ich ihn fluchen, stellte meinen Mähdrescher ab und legte mich auf das Maschinendach, um mich zu sonnen. Es herrschte eine seltsame Stille. Der Wind säuselte sacht, die Vögel sangen, die Sonne strahlte und der Neudecker schimpfte in der Ferne. So war es schon weit über die Mittagsstunde, als wieder eine der schwarzen Limousinen den Feldweg entlanggebraust kam. Diesmal verteilten die Parteibonzen jedoch keinen Orden, sondern machten dem Brigadier Neudecker tatsächlich den befürchteten Einlauf, wie es denn sein könne, daß seine Drescher den halben Tag über in der Sonne stünden. Neudecker war gut vorbereitet und zeigte ihnen Körnerproben, die bewiesen, daß das Getreide zum Ernten noch zu naß sei. Die Körner würden am Stroh haften bleiben und wieder aufs Feld fallen und nicht in den Kornbunker.

Diese Mühe hätte sich der Brigadier jedoch sparen können. Die Genossen erbaten gar keine Erklärung für das Vorgehen, ja es schien mir sogar so, als wären ihnen die Beweise lästig. Plötzlich färbte sich der Kopf des obersten Parteiniks dunkelrot, und er schrie den Neudecker aus vollen Lungen an. Es gab ein derartiges Geschrei, daß mir regelrecht das Blut in den Adern gefror. Ein kalter Schauer lief mir trotz der Hitze über den Rücken, und ich spürte, daß Gefahr in der Luft lag. Stillschweigend kroch ich vom Dach meines Mähdreschers und verzog mich mit einem Schraubenschlüssel bewaffnet in das Dreschwerk, um intensive Reparaturarbeit vorzutäuschen. Der Parteifritze grölte unterdessen auf unseren Brigadier ein, daß die Partei an oberster Stelle beschlossen habe, die Ernte fortzusetzen, und daß dieses auch für uns gelte. Dann drohte er ihm Disziplinarmaßnahmen an, wenn er durch sein Verhalten weiter die Planerfüllung gefährde. Immer wieder versuchte Neudecker durch sachliche Erklärungen in ruhigem Ton, die Lage zu entspannen. Doch bestand der Parteiboß auf seiner Macht und geriet mit jeder Erklärung, die er sich anhören mußte, immer mehr aus der Fassung. Schließlich bewegte er sich schnaufend auf uns Mähdrescherfahrer zu, um uns direkt den Andrusch zu befehlen. Jetzt wurde mir erst richtig bange. Hilfesuchend sah ich zu Inge, dem Meister und den anderen Fahrern hinüber. Aber alle starrten nur unentschlossen zu Boden. Neudecker zerrte sich die Mütze vom Kopf und sagte: „Macht schon, Jungs! Ihr habt gehört, was die Partei gesagt hat. Also, fangt jetzt an, sonst kriegt ihr auch noch Ärger." Sofort heulten alle Drescher auf und verbreiteten ihren Lärm und Staub. Das Parteiauto verschwand, so schnell es konnte, um sich keine Staubschicht einzufangen. Aufgeregt rannte der Neudecker von einem Mähdrescher zum anderen, um ihnen die Verlustschalen unter den Strohauswurf zu werfen. Schließlich hockte er am Feldrand und scheffelte Hände voll blanken Roggens von den Schalen, bis er endlich aufgab und breitbeinig am Feldrand stehen blieb. Die Arme in die Hüften gestützt, ohne Mütze und mit versteinertem Blick. Ein Hüne von Mensch. Ein leidenschaftlicher Bauer bis in die letzte Faser seines Seins stand wehrlos am Feldrand und Tränen rannen über sein Gesicht. Er weinte und sah mit verschwommenen Augen zu, wie seine Mähdrescher Tonne um Tonne wertvollen Getreides einfach wieder zurück auf den Acker schütteten, weil die Partei es so befahl.

Blieb der Brigadier auch immer ein rauher Bursche, mit menschlichen Eigenheiten, die ich nicht gerade den besten zurechnen konnte, so durfte doch derartiges nicht passieren. Selbst dann nicht, wenn sich die Partei anmaßte, den Status eines Königs einnehmen zu wollen. Das spürte ich in diesem Augenblick ganz tief in mir. Und Neudecker, der mich so oft mit Spott und Argwohn behandelt hatte, tat mir in der Seele leid. Ein stummes, tiefes Mitleid, von dem ich sicher sein konnte, daß es jeder in der Brigade mit mir empfand. Schließlich setzte ein Mähdrescher nach dem anderen aus. Allesamt angeblich mit Reparaturschäden und jeder an einer anderen entlegenen Stelle des Feldes.

Auch ich schnappte mir einen Schraubenzieher und ließ den Keilriemen von einem Antriebsrad springen. Dann reparierte ich solange daran herum, bis die Sonne genug Kraft und Zeit gehabt hatte, um die letzte Nässe vom Roggen zu nehmen. Plötzlich schienen alle Drescher wieder in Ordnung zu sein. Welch ein Zufall! Und auch ich zog schnell den Keilriemen auf, um endlich meine Runden fortzusetzen.

Wir arbeiteten bis tief in die Nacht hinein. Keiner der Fahrer machte eine Pause, und das Abendessen blieb unangerührt in den Kisten liegen. Der Boden indessen blieb noch immer weich und feucht. So kam der Tau früh, viel zu früh. Und trotzdem gelang es uns, noch einige Tonnen Getreide an diesem Abend zu ernten. Neudecker hatte zum Abschluß einen Kasten Bier mit seinem Motorrad herbeigekarrt. Dankesagen war nicht seine Art, und wir alle wußten, daß so etwas über seine Kräfte ging. Er verteilte wortlos das Bier. Wir tranken es aus und schwiegen.

Mitten in der Nacht stand ich nun vor dem Waschtrog und dachte an Lisa. Und wirklich, ich war mir sicher, ein leichtes Kratzen am Glas der Küchentür zu hören. „Lisa, du?" wunderte ich mich mit flüsternder Stimme.

„Es ist gleich Mitternacht." „Ja, das weiß ich selber", antwortete sie selbstbewußt und ließ sich auf einem Küchenstuhl nieder. „Du mußt aber ganz leise sein", begann ich wieder und legte ihr einen Finger auf die Lippen, „die Oma Pietsch hat mir gestern eine Szene gemacht. Ich glaube, sie ist ein bißchen eifersüchtig auf dich. Eigentlich sogar ganz schön dolle." „Oma Pietsch? Eh, du spinnst ja!" zischelte mir Lisa zu. „Nein, Lisa, leider spinne ich nicht. Es ist besser, wenn du still bist, denn ich spüre, daß es Ärger geben wird, wenn dich Oma Pietsch hier findet." „Was hast du ihr denn über uns erzählt?" „Nichts. Das ist es ja gerade. Ich habe ihr gesagt, daß zwischen uns nichts läuft. Aber sie hat es mir nicht geglaubt." Lisa schüttelte nachdenklich den Kopf. „Kann man mal sehen, Maxi, du hast sogar bei alten Omis Chancen." „Nein, das ist es nicht. Es ist wohl eher die Angst vor der Einsamkeit eines sterbenden Menschen."

Ich schätzte mich glücklich, als ich endlich in der weichen Geborgenheit Lisas lag. Aber die Liebe fiel mir schwer. Eine bleierne Müdigkeit erdrückte all meine Lust. So schlief ich gleich ein, und als in der Früh der Wecker die Nacht aus meinen Gliedern riß, war Lisa fortgeschlichen, ohne daß ich etwas mitbekommen hatte.

Jegliches Zeitgefühl wich wieder aus meinem Leben. Alles, was mir blieb, war die Sonne. Runde um Runde verdampfte meine Kraft auf den Feldern. Und in den wenigen Stunden, in denen die Sonne mir Ruhe ließ, lag ich kraftlos in Lisas Armen. Ich träumte vom Reiten, dem Stall und den Pferden. Manchmal klapperte ich auch wirklich mit meinem Mähdrescher an der Weide vorbei, wo die Eide und der Asbach standen und auf Lisa warteten. So zog der Sommer an mir vorbei. Tag um Tag. Alles, was passierte, nannte sich Arbeit. Alles, was sie nährte, hieß Schlaf und die Hoffnung auf Regen. Und für die Erinnerung blieben nur die kleinen Ereignisse, die die Routine durchbrachen.

So, wie die Sonne gegen Abend ihre heizende Kraft verlor und die Schatten sich länger und länger über die Felder zogen, ging es auch mir. Immer wieder schlich sich die Müdigkeit unter die Lider. Ich begann zu träumen während der Fahrt. Und schon war es passiert. Ich übersah eine Bodenwelle und das Schneidwerk bohrte sich in den Sand. Also hieß es aussteigen, vor das Schneidwerk krabbeln und mit einem Handbesen den Sand von den Messern fegen. Selbstverständlich galt es dabei, den Drescher auszustellen, damit er den Fahrer nicht versehentlich mit durchdrosch. Aber die viele Rumstellerei! Wer machte das schon. Außerdem erkannte man in der Bewegung viel besser, wo sich Sand zwischen die Messer gesetzt hatte. Also kuppelte ich nur das Fahrwerk aus und zog die Handbremse an. Das Dreschwerk ließ ich im Standgas weiterlaufen. Ich kroch vors Schneidwerk und fegte die Messer sauber. Über mir drehten sich majestätisch die Zinken der Einzugshaspel. Meine Theorie stimmte. In der Bewegung ging alles besser, und ich kam zügig voran. Und dann doch! Einer dieser blöden Haspelzinken hatte doch tatsächlich den Kragen meiner Arbeitsjacke ergriffen. Bohrte sich durch den Stoff und kratzte mir dabei eine brennende Schmarre in die Nackenhaut, die sofort das Blut freigab, das nun in zwei Rinnsalen um meinen Hals lief und vom Kehlkopf auf die schwingenden Schneidmesser tropfte. Mich ergriff Panik, und ich stützte mich mit aller Kraft gegen das Blech, auf dem sonst das Getreide dem Einzugsband zugeführt wurde. Dieses Band bestand aus einer Kette mit Stahlstiften, die gierig ein paar Zentimeter vor meinem Kopf auf das Blech donnerten, um mich in Bälde zu Brei zu schlagen und dann an das Dreschwerk zu übergeben. So, wie eine Riesenspinne oder ein Riesenkrebs, die versuchten, ihr Opfer in ihre Mundwerkzeuge zu zerren. Mein ganzer Körper zitterte und war trotzdem steinhart, weil sich selbst der kleinste Muskel sträubte, auch nur einen einzigen Millimeter nachzugeben. Dann endlich. Das typische Geräusch, wenn ein Stück Stoff zerreißt, hallte in meinen Ohren. Der Haspelzinken gab sich mit dem Kragen meiner Arbeitsjacke zufrieden und übergab ihn dem Einzugsband, dessen Stahlstifte ihn binnen weniger Sekunden zermalmten und ins Innere des Dreschers verschwinden ließen. Ich wollte sofort zum Führerhaus rennen, um das Dreschwerk abzustellen. Doch plötzlich verließ jegliche Kraft die Muskeln, und ich zitterte so sehr, daß ich es nicht schaffte, die Leiter in den Führerstand hinaufzusteigen. Ich fiel in den Sand und fing fürchterlich zu weinen an. Jetzt erst bemerkte ich wieder den Schmerz am Hals und das Blut.

Einige Minuten war ich völlig außer mir und glaubte, jeden Moment die Besinnung zu verlieren. Dann riß ich mich doch zusammen und zitterte die Leiter zur Führerkabine hinauf. Ich kramte das Verbandskästchen vor und trocknete den Hals mit einer Binde ab.

‚Das darf um keinen Preis irgendwer erfahren', schoß es mir fortwährend durch den Kopf. Der Brigadier nicht, der Meister nicht, die Fahrer nicht, einfach keiner. Denn mir war sonnenklar, wenn von diesem Vorfall jemand erführe, würde ich sofort aus der Brigade geschmissen. Und damit wäre mein Abitur in Frage gestellt.

Zwar bebte ich noch immer am ganzen Körper, aber trotzdem ließ ich die Maschine wieder an und arbeitete rein mechanisch und im Schrittempo weiter. Nach einigen Runden hatte ich mich beruhigt. Zum Glück war es schon spät. Die Dunkelheit konnte meine Rettung sein. Denn niemand bemerkte meinen fehlenden Kragen und die Wunde am Hals. Selbst als ich später in Lisas Armen lag, getraute ich mich nicht, ihr etwas von der Geschichte zu erzählen. Und die Schramme am Nacken konnte ja sonstwoher stammen.

Von diesem Ereignis kräftig wachgerüttelt, drehte ich in den folgenden Tagen meine Runden mit äußerster Disziplin und hielt mich dabei an sämtliche Vorschriften. Ganz egal, wie müde, faul oder bequem ich mich gerade fühlte. Der Brigadier Neudecker scheute sich stets davor, uns Fahrern zu sagen, wie weit die Ernte eigentlich fortgeschritten war. Vielleicht weil er befürchtete, daß zum bewußten Ende hin die Arbeitsmoral sinken könnte. So hielt sich über viele Tage das Gerücht, daß bald alles vorbei sein würde. Ein weiterer Regen jedoch brachte mit Sicherheit kein Ende. Der Spätsommer strahlte in voller Pracht, ohne ein kleines Wölkchen, das die Schönheit hätte trüben können. So blieb ich dumpf und keine Erwartung schwelte mehr unter den müden Lidern.

Wieder stand die Sonne im Zenit, wieder brannte sie heiß, wieder stapfte ich an einen Feldrand, wieder streckte ich mich in den Schatten eines Baumes nieder, um ein Schnitzel in den hungrigen Magen zu würgen. Wieder kam der Neudecker plötzlich aus dem Nichts, wieder machte er seine zynischen Bemerkungen, um dann ganz nebenbei mitzuteilen, daß alles wieder und wieder sein Ende gefunden hätte, indem er meinte: „Na, kleiner Doktor, wohl ganz schön geschafft heute, was?" Ich nickte und zwang mir ein Lächeln ins Gesicht. „Aber laß gut sein, Maxi. Du hast dich prima gehalten! Nun mach' deinen Mähdrescher sauber und fahr ihn zum Technikhof zurück. Und dann sieh zu, daß du auf deine Schulbank kommst. Es sind keine Felder mehr da, die du abernten kannst." Neudecker gab mir einen Klaps auf die Schulter, schwang sich aufs Motorrad und verschwand.

Wie sehr hatte ich diesen Moment herbeigesehnt. Und jetzt, als es soweit war, sah ich mit müden, aber traurigen Augen zu meinem Mähdrescher auf, wie er so groß und mächtig auf dem weiten Feld stand. Wie oft hatte ich den Krach gehaßt, den Staub verflucht und die Ungelenkigkeit beschimpft. Trotzdem wollte keine Begeisterung in mir aufkommen, als jetzt alles vorbei sein sollte. So ging ich mit beinah zärtlichen Händen ans Werk, um meinem Ungetüm die letzten Körner aus den Ritzen zu fegen und die letzten Strohhalme vom Lack zu pusten.

Schließlich tuckerte ich genüßlich über die Straßen dem Technikhof in Schulzenhorst entgegen. In der Ferne sah ich einen braunen und einen schwarzen Punkt auf der grünen Weide vor dem blauen Himmel stehen. Nun war es zu spät. Und Lisa konnte den Traum, mit mir zusammen über die Wiesen zu reiten, nicht mehr wahr werden lassen.

Meister Becker stand vor dem Drescher und rief zu mir hinauf: „Was ist los, Doktor?" Seine weißen Zähne strahlten. „Du kannst dich wohl nicht trennen von diesen Kisten, vor denen du so die Hosen voll hattest? Nun komm schon runter!" Dieter legte mir seinen Arm um die Schultern. „Was passiert jetzt mit ihnen?" fragte ich. „Hab' keine Angst, mein Kleiner! Wir werden sie ordentlich einmotten und verpacken, um sie dann in den Winterschlaf zu schicken. Und im nächsten Jahr, wenn du irgendwann an uns denken solltest, kannst du ja vorbeikommen und wieder ein paar Runden drehen." Ich preßte ein trotziges Lachen zwischen meine Lippen. „Hör' bitte auf mit diesen Späßen! Im nächsten Sommer muß ich für Frieden und Sozialismus mit Stahlhelm auf dem Kopf, Gewehr über der Schulter und Stiefeln an den Füßen über die Sturmbahn hasten." „Ja gewiß, Junge, aber auch das geht vorbei." Dieter beugte sich nach vorn und stieß einen langen Lacher aus. „Weißt du, Maxi? Weil du gerade vom Sozialismus gesprochen hast. Bei allen in der Genossenschaft hast du gute Karten bekommen, selbst bei Walter Neudecker. Aber unser Parteinik, der mag dich nicht. Du hast ihn und seine Parteisache nicht ernstgenommen, und das kann er überhaupt nicht leiden." Jetzt mußte auch ich grinsen. „In ein paar Wochen ist Erntefest. Du wirst doch kommen, oder?" Ich schüttelte den Kopf. „Das wird nicht gehen. Oder glaubst du, ich darf wegen eines Erntefestes einfach die Schule verlassen und nach Schulzenhorst reisen?" Dieters strahlende Zähne verschwanden unterm Zottelbart und sein Blick wurde traurig. „Aber man wird dich doch wiedersehen? Du gehörst nicht zu diesen Studierten, die nicht wissen, wo sie einmal hergekommen sind, nicht wahr?" „Nein, bestimmt nicht! Zu denen gehöre ich nicht." „Na dann geh' nur, Junge!" Der Meister drückte mich fest an sich, machte sich frei und verschwand in seiner Werkstatt.

Ich folgte ihm unentschlossen ein paar Schritte, machte jedoch kurz vor der Werkstatt halt. Schließlich kehrte ich um und ging zurück zu den Mähdreschern. Inge lag unter ihrem Drescher und hantierte mit einer Fettpresse. Sie mußte mich kommen gesehen haben und kroch eilig hervor. „Hallo, Inge", platzte ich etwas unsicher heraus. „Na, Maxi, willst uns wohl verlassen?" Ich nickte. „Du siehst ja, ich kann dir nicht die Hand geben." Inge streckte mir ihre bis über die Handgelenke mit Maschinenfett beschmierten Hände entgegen. Sie lächelte mich an und schirmte mit einer Hand ihre Augen. Eine lange braune Locke quoll unter dem Kopftuch hervor und wehte ihr übers Gesicht. Sie schwieg. In meinen Ohren säuselte der Spätsommerwind. Als ich spürte, daß ich rot wurde, trat ich auf sie zu, steckte die Locke unter das Kopftuch, küßte flüchtig ihre Wange und lief davon.

Noch einmal schlenderte ich zum Kuhstall hinüber und stellte mich unter die Dusche. Minutenlang stand ich regungslos da und ließ mir das Wasser über den Körper laufen. Das Abschiednehmen war nicht meine Sache, und mir wurde mulmig bei dem Gedanken, daß es nun galt, Oma Pietsch wieder in die Einsamkeit zu entlassen und Lisa zu erklären, daß ich ohne sie weiterziehen würde.

Ich baute im Vorgarten unterm Kirschbaum die Gartenmöbel auf, und später saß ich in seinem Schatten mit Oma Pietsch bei Kaffee und Kuchen. Wieder erzählte sie mir eine ihrer Lebensgeschichten. Still lehnte ich im Gartenstuhl, trank meinen Kaffee, hörte ihr zu, lächelte und nickte hin und wieder.

Nach dem Abendessen ging ich in den Dorfkrug hinunter. Lisa wartete schon. Sie saß am selben Tisch, im selben Kleid wie am Tage unseres Kennenlernens. Doch es wurde nur ein kurzer, bitterer Abend. Ich trank ein Bier und Lisa bestellte ich einen Schoppen Rotwein. Schließlich erzählte ich ihr, daß ich fortgehen würde und nicht wiederkäme. Lisa sagte nichts. Ihr Lächeln schwand. Ich erklärte, daß es so besser sei. Meine Abiturprüfungen, die Armeezeit, dann das Studium und zudem die weite Entfernung. Aber Lisa sagte nichts. Zwei glitzernde Bächlein quollen aus ihren Augen hervor, verschmierten die Augenschwärze, rannen über die Wangen zu den Mundwinkeln, um in kleinen Perlen vom Kinn abzutropfen. Sie stand auf und ging hinaus. Ihr Wein blieb unberührt. Ich nahm einen kräftigen Schluck Bier und faltete die Stirn. Letztlich sprang ich doch auf und rannte ihr nach. Als Lisa mich sah, lief sie fort. Eine Weile folgte ich unentschlossen, gab dann auf und ging zu Oma Pietsch zurück. Von Schwermut erfüllt ließ ich mich aufs Bett sinken. Doch der Schlaf wollte mich nicht zu sich nehmen, und ich stierte mit leblosen Augen durchs Fenster in die sternklare Nacht. Eine Nachtigall sang in der Ferne und wurde stumm.

Als am Morgen die ersten Sonnenstrahlen auf meinem Gesicht spielten, erwachte ich mit schmerzendem Kopf. Es war noch sehr früh, aber ich konnte nicht wieder einschlafen. Schließlich stand ich auf und machte das Bett. Ein seltsames Gefühl des Davonlaufenmüssens zerrte an meinen Gliedern und verjagte die Müdigkeit. Eilig kramte ich meine paar Habseligkeiten aus dem Schrank und warf sie in den Rucksack. Oma Pietsch hantierte schon in der Küche herum. Im ganzen Hause roch es nach frischgebrühtem Kaffee. Aber das Mütterchen schwieg. Heute morgen gab es keine Geschichten aus ihrem Leben zu hören. Mit den gewohnten Griffen richtete sie das Essen an und stellte mir eine Tasse warme Milch zwischen die Hände. Doch nicht einmal der Blick in ihre Augen blieb mir gestattet und so schwieg ich auch.

Oma Pietsch kam mit vors Haus und hielt das Rad, während ich mich damit beschäftigte, den Rucksack auf den Gepäckträger zu klemmen. „Hier mein Junge, nimm das!“ unterbrach sie plötzlich das Schweigen. „Du wirst es brauchen können. Aber fahr’ vorsichtig! Es sind auch frische Eier drin.“ Das Mütterchen reichte einen Beutel herüber, aus dem mir der Duft von geräucherter Wurst in die Nase stieg. Ich lächelte sie an und nickte dankend. „Daß du mir auch immer schön ißt, Junge, wo du doch so schmal bist!“ „Ja, ja, Frau Pietsch, ich esse schon. Keine Sorge! Und bald, bald komme ich Sie mal besuchen, ja.“ Jetzt drückte sie meine Hand. „Ach, Junge, laß gut sein! Eh du mich besuchen kommst, bin ich schon lange tot.“ „Warum sagen Sie ...“ Oma Pietsch ließ mich nicht weiter reden und legte mir einfach ihre Hand auf meinen Mund. Als ich verstummt war, nahm sie die Hand weg und zeichnete mit ihr ein Kreuz vor meine Brust. „So, und nun geh’ in Frieden, Junge!“ Mit schweren Schritten schlürfte das Mütterchen zur Haustür zurück, stellte sich breitbeinig in den Rahmen und stützte die Arme in die Hüften, um mit trauriger Miene zu mir herüber zu sehen. Langsam schob ich mein Rad durch den Vorgarten, legte die morsche Gartentür ins Schloß und radelte davon. Oma Pietsch blieb regungslos in der Haustür stehen, bis ich sie nicht mehr sah.

So schnell ich nur konnte, fuhr ich an Lisas Haus vorbei. Mein Rad sprang förmlich über das holprige Straßenpflaster, so daß ich glaubte, mir müßten sämtliche Plomben aus den Zähnen fallen. Noch nie hatte ich Schulzenhorst so elend groß wahrgenommen. Und selbst als ich schon auf der glatten Landstraße war und das Ortsschild längst hinter mir lag, wurde ich mit jedem Feld und jeder Weide, die rechts und links an mir vorüberzogen, an Schulzenhorst erinnert. Natürlich durften in diesem Reigen auch nicht Lisas Pferde fehlen, die wie in Erwartung am Weidenzaun zur Straße standen und treuherzig und gelassen zusahen, wie ich aus vollen Pedalen an ihnen vorbeiraste. Es dauerte eine ganze Weile, bis der Schmerz in den Schenkeln mich zur Ruhe zwang und ich mich keuchend vom Rad fallen ließ, um unter einem Straßenbaum auszuruhen. Nur zögernd blickte ich zurück. Doch Schulzenhorst lag weit und kein Blick in die Ferne kratzte noch an meiner Erinnerung.

Ich blinzelte zum Himmel hinauf. Die ersten Laubblätter des Baumes standen gelb vor der blauen Weite. Der Wind blies seine wohlige Milde durch mein Haar, doch roch sein Atem schon nach Herbst und die Kälte bezog lauernd ihre Positionen in all den Nischen, wo das Lied des Sommers nicht mehr zu hören war. Ich preßte den Rücken gegen die Rinde, bis ich den Schmerz auf der Haut spürte. Plötzlich schien es mir klar. All dieses geschah wirklich. Und der Sommer hatte auch in diesem Jahr sein Lied gespielt, doch war ich nicht dabei. Ich hatte mich in eine dieser Nischen verzogen und ließ den Sommer vorüberziehen, gleich so, als sei ich taub gewesen vom Donner der Ernte. Erst jetzt merkte ich, daß das Unwetter sich legte. Die Natur lockte mich mit ihrem Duft aus dem Versteck, um meinen Körper behutsam in den Schoß aus Gras zu betten. Die Ohren waren wieder frei und bereit zum Hören. Neben mir plätscherte ein Bach die Straße entlang. Aus der Ferne kamen die Schreie der Schwalben zu mir herüber. Und irgendwo in der Nähe zirpten die Grillen auf den Grashalmen. Im Baum über mir hing ein vergessener Apfel. Er war schon zu gelb und zu weich. Eine Wespe brummte um ihn herum, um dann durch ein Loch in sein Inneres zu verschwinden.

Eine angenehme Schwere legte sich auf meinen Körper. Ich spürte wohlige Wärme überall auf meiner Haut und sog den Frieden der Natur mit jedem Atemzug in mich hinein. Ich schloß die Augen und freute mich über die kleinen orangen und roten Ringe, die vor den Augen zu tanzen begannen. Alle Geräusche um mich herum entfernten sich und wurden immer leiser, bis mich schließlich völlige Stille umgab.

Plötzlich schlug mein Kopf gegen den Baumstamm. Ein Traktor mit einem Milchanhänger ließ die Bremsen quietschen und hüllte mich in seinen Schatten ein. Der Fahrer sprang vom Traktor und rannte auf mich zu. „Mensch Junge, ist dir was?“ rief er mit besorgter Stimme. „Nein, nein, es geht mir prima“, antwortete ich ihm gutgelaunt. Sofort verzog sich sein besorgtes Gesicht in ein böses. „Eh, sag mal! Dir geht's wohl zu gut, was?“ schrie er mich an. „Du kannst doch hier nicht mitten am Tage im Straßenrand rumliegen und schlafen. Wenn das jeder machen würde! Wo kämen wir denn da hin? Mach, daß du auf dein Rad kommst und verschwinde, Freundchen! Oder soll ich erst die Polizei holen? Na los, du Penner! Bist du noch nicht weg?“ Erschrocken hob ich mein Rad aus dem Gras und schob es auf die Straße zurück. Ich verspürte dabei große Lust, mich mit dem Mann anzulegen, sah aber doch ein, daß er eine Nummer zu groß für mich war und radelte los. Erst als er mich mit seinem Traktor überholte, rief ich ihm lauthals nach: „Du Idiot, was willst Du von mir? Alter Spießer!“ Dabei war ich mir natürlich sicher, daß er mich in der Fahrerkabine nicht hören konnte.

Endlich sah ich die Kirchtürme meines Heimatstädtchens vorm Horizont stehen. Die Luft roch mit einem Male so vertraut und gab mir wieder frische Kraft, um in die Pedalen zu treten.

Mit beiden Händen schob ich unsere schwere Haustür auf. Der Flur empfing mich mit angenehmer Kühle, die mir sogleich einen Schauer von Behaglichkeit über den Rücken jagte. Es roch nach Bohnerwachs und poliertem Holz. Ich verschloß die Tür und war umgeben von heimatlichem Frieden.

Mich verwunderte, daß der Sommermantel des Vaters an der Garderobe hing, und ich schlich ins Wohnzimmer. Sofort beizte der strenge Krankenhausgeruch die Nase und ich wußte, daß Vater Nachtdienst gehabt hatte. Das

Zimmer lag ruhig. Gleichmäßig zerhackte die Standuhr die Zeit mit ihrem vertrauten Klang. Durch die Fenster fiel das Sonnenlicht in breitem Schein auf den Sessel, in dem der Vater saß und schlief. Die Brille hatte er noch auf der Nase. Sein Kopf war leicht nach hinten gebeugt und der Mund halb offen. Seine Haut wirkte leblos und blaß. Unter den Augen stand die Dunkelheit. Leise ging ich zum Sessel und war traurig und wütend zugleich. Wieder einmal hatte es Vater nicht bis ins Bett geschafft. Ich nahm eine Wolldecke vom Sofa und hüllte ihn ein. Er stank nach Medizin und Antiseptika. Ich nahm ihm die Brille vom Gesicht. Auf ihren Gläsern waren Spritzer vertrockneten Blutes irgendeines Menschen. Von wem mochte es diesmal stammen? Von einem geplatzten Blinddarm? Von einer vierstündigen Intensivoperation an einem klinisch Toten? Oder einer verzweifelten Flickschusterei zum menschenähnlichen Gebilde hin, das die Feuerwehr aus einem Autowrack geschweißt hatte?

Erschöpft ließ ich mich auf das Sofa sinken. Mir wühlte die Vorstellung im Kopf, daß mein Vater sich freiwillig in einen Käfig warf, wo ein jeder Mensch an ihm saugen und sich laben konnte, währenddessen sich der Vater in ein Nichts aufzulösen begann.

Was für ein Schwachsinn! Mir schossen die ganzen schönen Arztgeschichten durch den Kopf. Ärzte in ihren blütenweißen Kitteln. Die Retter allen Lebens. Mit Pülverchen und guten Worten. Ohne Blut und Verzweiflung. Ganz auf die Schnelle, so von fünf vor zwölf bis Mittag in einem idyllischen Waldschlößchen. Der Arzt und das Paradies. Schnelle Autos, massig Geld und knackige Krankenschwestern, die sich willig flachlegen ließen. Was für ein Schwachsinn!

Plötzlich ein lautes Schnalzen im Raum. Ich schreckte hoch. Der Vater hatte seinen Kopf zu weit nach hinten geneigt und zuckte zusammen. Suchend und schlafend wühlte sein Kopf nach Halt, fand aber keinen. Irgend etwas schien er zu nuscheln. Doch konnte ich es nicht verstehen. Ich stützte mich zu seinem Sessel hinüber und schob ihm ein Sofakissen zwischen Kopf und Lehne. Er beruhigte sich. Ich legte mich zurück und schloß die Augen. Mit dem festen Vorsatz, daß ich niemals Medizin studieren würde, nickte ich ein.

Als ich erwachte, stand die Sonne bereits tief und rot. Vater saß auf der Kante des Sofas. Er betrachtete er mein Gesicht. „Na, Max! Die Ernte hat dir ganz schön zu schaffen gemacht! Nicht wahr?“ „Vielleicht“, nuschelte ich ihm schlaftrunken zu, „doch bis ins Bett habe ich es immer geschafft.“ Sein Blick wirkte erschrocken. „Ach, weißt du“, begann er, „das ist mit der Arbeit oft so. Meistens ist mehr davon da, als es einem lieb ist. Und die Krankheiten halten sich an keinen Zeitplan. Früher oder später wirst du dich daran gewöhnen müssen, glaub mir!“ „Ja, ja. Ich glaube schon. Doch das ist es nicht.“ Ich setzte mich auf und stützte die Arme nach hinten ab. „Ihr müßtet nur ein paar mehr Ärzte in eurem Krankenhaus einstellen.“ „Ja – und sagst du mir auch, woher wir die nehmen sollen? Nur wenige junge Ärzte gehen in die Chirurgie, und zudem müßten sie sich noch in unser kleines Städtchen verlaufen. Zur Zeit ist das jedenfalls nicht der Fall, und wir warten weiter.“

Nach dem Abendessen schlenderten wir beide hinaus in den Garten.

Vater zimmerte am Gartenhäuschen, um etwas Abstand von seiner Arbeit zu bekommen. Ich half ihm dabei. Mußte mir jedoch stets anhören, daß meine Hilfe zwar ordentlich und präzise sei, aber zu lange dauere, weil ich zuviel Zeit verträumen würde. Während der Handwerkerei erzählte ich ihm von all den Erlebnissen in Schulzenhorst. Vater schien nur wenig beeindruckt. Fast alles wußte er schon. Selbst die Geschichte um Lisa, die ich ihm natürlich zu verheimlichen versucht hatte. Zudem vergaß er nicht, mich darauf aufmerksam zu machen, daß ich ein ganz schöner Trunkenbold sei und daß das schon stadtbekannt sei. Ich reagierte heftig. Denn schließlich handelte es sich hier um das Landleben und das könne er doch nicht mit einer wohlbürgerlichen Kleinstadt vergleichen. Vater lächelte nur unter seiner verstaubten Brille hervor: „Und du glaubst wirklich, daß du nach drei, vier Schnäpsen ein besserer Mann bist als zuvor?“ „Aber Vater, begreifst du denn nicht?“ flehte ich immer erregter. „Ohne Schnaps werde ich da gar nicht erst als Mann anerkannt. Verstehste?“ „So’n Quatsch!“ stieß er heraus und lachte laut auf. „Ich erkenne dich als Mann an! Auch ohne Schnaps. Nur dein Verhalten finde ich blöde. Meinetwegen laß dich ruhig immer vollaufen, wenn’s dir hilft. Aber wobei hilft es eigentlich? Und erzähle mir bitte nicht, daß irgend jemand dich gezwungen hätte. Du hast immer die Möglichkeit der Wahl. Immer. Du trinkst den Schnaps aus deiner Hand, die gleiche Hand, die dich auch die Zigaretten anzünden läßt. Und was hat das mit Männlichkeit zu tun, wenn du das Dunkel wählst, obwohl du mitten im Licht stehst? Was sollen da all diejenigen sagen, die wirklich im Schatten eingeklemmt in ihrem Rollstuhl sitzen? Die würden sich freuen über ein bißchen mehr Gesundheit, die du verplemperst, weil du wohl meinst, zuviel davon zu haben oder weil du es nicht wissen willst, da du es dir ja offenbar leisten kannst, sie einem verrückten Männlichkeitsideal zu opfern.“

Ich antwortete ihm lieber nicht, da ich ihm rhetorisch unterlegen war. Und trotzdem überkam mich in diesen Situationen niemals die Wut des Unterlegenen als vielmehr Trost und Hoffnung, was dazu führte, daß sich meine Erregung legte und ich schweigend weiter Nagel um Nagel in das Holz schlug mit dem guten Gefühl, daß der Vater und ich am selben Haus zimmerten. Auch wenn ich eines Tages ganz andere Zimmer beziehen würde als er, so lagen sie doch unter einem Dach.

Nach einigen Tagen der Ruhe im elterlichen Heim brachte Vater mich wieder zum Bahnhof. Er steckte mir ein Scheinchen in die Hosentasche und ließ mich ohne große Worte meines Weges ziehen.

Zu meiner Überraschung kam es nicht zu der erwarteten Wiedersehensfreude im Wohnheim, wie ich sie mir auf der Zugfahrt ausgemalt hatte. Meinem Wunsch nämlich, den ich unserem Heimleiter vor längst vergessener Zeit einmal angetragen hatte, mich auf ein anderes Zimmer zu verlegen, weil ich mit Gerhard immer wieder in Streit geriet, war Herr Gutharth nun nachgekommen. Und es hieß noch am selben Abend, meine Sachen aus dem alten Zimmer zu holen und mich im Zimmer von Wieland Heilig einzuquartieren. Mir selbst gefiel das sehr, galt es doch als Garant für etwas mehr Ruhe und weniger Kneipenabende. Gerhard, Friedhelm und Peter sahen das natürlich ganz anders. Alle drei waren bitterböse und sprachen kein einziges

Wort mit mir. Fast schien es so, als konnten sie es anfänglich gar nicht glauben. Erst als ich bereits mein Bett abzog, unterbrach Gerhard das Schweigen und warf mir vor: „Eh Max, dir ist wohl die Ernte nicht bekommen? Bist du jetzt völlig übergeschnappt?“ „Nein – wieso?“ antwortete ich ruhig. „Es ist besser so, glaub mir. Wir haben uns sowieso nur in den Haaren gelegen.“ „Was heißt ‚in den Haaren gelegen'? Mann, Mäuschen, überleg' doch mal! Das gibt einen Skandal im ganzen Wohnheim, wenn du uns so einfach verläßt. Du zerstörst damit unsere Einheit, für die wir hier bekannt sind. Auch wenn wir dich etwas gehänselt haben, weil du eben unser Kleiner bist, so kannst du uns doch das nicht antun. Also Max, hol deine Sachen wieder zurück und wir vergessen das Ganze. Also los! Mach schon!“ Ich legte die Decke aufs Bett zurück und schaute Gerhard nachdenklich an. „Was heißt denn hier Einheit? Eine Einheit, wo ich immer nur auf der letzten Treppe stehe und den Dummen mimen muß. Nein danke.“ Gerhard wurde plötzlich knallrot. Er riß die Zimmertür auf, zerrte an meiner Jacke und ich flog mit einem Satz auf den Flur hinaus. „Dann verpiß' dich bloß, du Idiot!“ schrie er aus vollem Halse hinterher und warf mir die Decke über. Mit lautem Knall flog die Tür ins Schloß, und es umgab mich die Stille, so daß ich hören konnte, wie der Putz im Türrahmen herunterrieselte. Wieland kam aus seinem Zimmer gestürzt und half mir wieder auf die Beine.

„Mach dir nichts draus, Maxi! Die werden sich schon beruhigen. Du hast ihre heilige Unverletzbarkeit verletzt. Vielleicht dauert es ein Weilchen, bis sie sich daran gewöhnt haben.“ Wieland kramte ein Schachspiel heraus, stellte zwei Kerzen auf den Tisch und legte eine Kassette mit Klaviermusik von Chopin in den Rekorder. Wir saßen im Schein der Kerzen und spielten Schach. Dabei plauderten wir von unseren Ernteerlebnissen und tranken süßen Obstwein. Die Musik legte sich zärtlich in die Ohren und zwang keinen von uns, die Stimme zu erheben. Selbst den fernen Amselgesang ließ sie noch durchs Fenster herein. Eine friedliche Stimmung machte sich da in mir breit. Ich war froh, daß das Konkurrenzgehabe im Wohnheim nun für mich ein Ende haben sollte.

Mitten in dieser Idylle ein lauter Knall. Wir zuckten zusammen. Die Zimmertür flog auf und das flackernde Neonlicht blendete die Augen. Gerhard, Friedhelm und Peter kamen hereingepoltert. Fuselgeruch füllte die Luft und ließ es im Zimmer wie in einer Kneipe stinken. Gerhard lallte irgend etwas von Verrat und Rache. Er war stark betrunken. Aus den Augenwinkeln erkannte ich, wie sich Friedhelm und Peter zu beiden Seiten neben mir aufstellten. Friedhelm wirkte bleich und Peter grinste nicht, was mich sofort stutzig machte. Doch bevor ich mich zu Gerhard umdrehen konnte, der mir im Rücken stand, riß dieser schon mein Hemd vom Rücken und begann, mit einem nassen Handtuch auf mich einzuschlagen. Vorn hatte er einen Knoten eingebunden, der unaufhörlich in schweren Schlägen auf meine Schultern und den Rücken niederging. Ich zitterte am ganzen Körper und wollte aufspringen, um mich Gerhard entgegenzuwerfen. Doch standen da immer noch Friedhelm und Peter wie zwei Steinsäulen neben mir und schienen nur darauf zu warten, daß ich mich an der Aktion beteiligte. Wieland sprang von seinem Stuhl auf und schrie, daß sie mit dem Unsinn aufhören sollten. Doch kamen Friedhelm und Peter nur einen drohenden Schritt auf ihn zu und Gerhard befahl lallend: „Setz dich hin, du Held! Oder du bist der Nächste! Das hier ist zimmerintern und geht dich einen Scheißdreck an. Klar?“ Wieland setzte sich verschüchtert auf seinen Stuhl zurück. Ich blieb versteinert sitzen, biß die Zähne zusammen und dachte gar nicht mehr daran, mich zu wehren. Gerhard verlor dadurch endgültig die Fassung und drosch wie von Sinnen auf mich ein. Ich spürte, daß meine Haut auf den Schultern aufzureißen begann. Gerhard schlug so kräftig, wie er nur konnte und stieß mit jedem Schlag einen Schrei aus. Mir liefen Tränen über die Wangen, aber ich sagte kein Wort. Plötzlich packten Friedhelm und Peter den Gerhard hart an den Schultern und schafften ihn raus. Gerhard schlug weiter im besessenen Krampf das Handtuch durch die Luft. Dann ging das Licht aus und die Tür fiel ins Schloß.

Erst jetzt spürte ich meine gequollenen und verheulten Augen. Ängstlich starrte ich auf den Boden, fand einfach nicht den Mut, Wieland anzusehen. Die Kehle brannte und jedes Schlucken schmerzte. Wieland nahm einen Lappen aus dem Schrank und verließ das Zimmer. Chopins Musik füllte den Raum. Vogelgesang kam durchs Fenster.

Die Tür ging und ich zuckte zusammen. Doch es war nur Wieland. Vorsichtig tupfte er den kalten Lappen über meine Schultern. „Sieht ganz schön übel aus. Und wie das blutet! Du mußt sofort zu Gutharth laufen und ihm das sagen!“ „Nein, nichts sagen!“ mahnte ich in ernstem Ton. „Es hat keinen Sinn, glaub mir! Alles würde nur noch schlimmer werden. Und morgen, morgen hat der Gerhard das sowieso vergessen. Das ist immer so, wenn er wieder nüchtern ist.“ „Aber Maxi! Du kannst dir das nicht gefallen lassen.“ „Doch! Manchmal ist es besser, wenn man sich die Dinge gefallen läßt, die man nicht ändern kann. Und den Läster ändere ich nicht. Egal, was ich mache.“

Mit langsamen Bewegungen krabbelte ich in mein neues Bett und legte mich vorsichtig auf die Seite. Der Rücken brannte wie Feuer. Wieland flüsterte die Geschichte vom ‚Alten Mann und dem Meer' in die Stille der Nacht und schlief dabei ein. Ich lag regungslos und stierte auf das leere Bett, das Hermann Lipp gehörte. Ich freute mich, daß er nicht da war. Es wäre mir peinlich gewesen, wenn er etwas von der Geschichte mitbekommen hätte. Denn es wußten sowieso schon zu viele, in welch einem Unterwürfigkeitsverhältnis ich zu Gerhard Läster stand, aus dem ich mich nun endlich befreit zu haben glaubte. Meine Beziehung zu Hermann sollte auf keinen Fall unter dieser häßlichen Trübung leiden. Das tat sie auch nicht, solange er weichgebettet in den Armen seiner Blondine lag, weitab von all den Rangeleien im Wohnheim. Bei diesem Gedanken kam mir sofort Lisa in den Sinn. Und ich träumte mich in das nächtliche Schulzenhorst zurück, als auch ich sicher in warmen Armen gelegen hatte. Doch Schulzenhorst war Erinnerung und Lisa nur noch Traum.

Ich wurde unruhig und warf mich wütend auf die andere Seite. Ein mächtiges Brennen ließ mich zusammenzucken. Ich stöhnte auf. ‚Der Rücken', schoß es mir durch den Kopf. Ich hatte den Rücken vergessen. Ich erinnerte mich an Maria. An das Brennen in meinem Gesicht, nachdem sie mir die Ohrfeige gegeben hatte, weil ich nicht aufgepaßt hatte. Ich sah Marias Gesicht mit dem kirschroten Mund zwischen den schwarzen Locken auf meinem Kopfkissen liegen. Aber auch das nur ein Traum, der mich quälte. Wieder wühlte ich durchs Bett. Der Rücken schmerzte. Der Schmerz war Reue. Die Reue war Erlösung. Und nun endlich erschien mir das altvertraute Bild. Helenas Lächeln schlich weich und sanft herbei. Ich fühlte die Schläfrigkeit, meine Augen fielen zu. Ihr Bild wurde größer und größer, sie schien näher zu kommen, streckte ihre Hand nach mir aus. Doch dann wurde alles undeutlich und verschwommen. So als löste sich Helena in Luft auf und ich konnte ihr nicht folgen, denn alle Knochen waren mir schwer wie Blei und rissen mich hinab in die Dunkelheit.

Gleich am nächsten Morgen, noch während ich die Sachen für die Schule zusammenkramte, kam Gerhard ins Zimmer gestürzt, um sich bei mir zu entschuldigen. Mit gesenktem Blick und leiser, flehender Stimme führte er Hunderte Gründe an, weshalb er etwas zu tief ins Glas gucken mußte und dabei die Nerven verloren hätte. Ich blieb stumm und sah ihn nicht an. Wieland hingegen schüttelte fassungslos den Kopf und mußte sich erst einmal hinsetzen, um mit den Händen seinen offenstehenden Mund festzuhalten. Mit monotoner Stimme flüsterte er in den Raum: „Das kann doch nicht wahr sein. Erst wird der Maxi blutig gedroschen, dann wird sich entschuldigt und alles ist wieder in Ordnung. Was seid ihr eigentlich für ein beschissenes Zimmer.“ Ich zog nur fragend die Schultern hoch. Gerhard spulte unentwegt den gleichen Text ab und bemerkte gar nicht, worüber sich Wieland wunderte. Schließlich zog Gerhard wieder ab, ohne daß ich ein Wort mit ihm gewechselt hatte. Wieland hockte noch immer ganz benommen am Tisch. „Was ist mit dir?“ fragte ich. „Ich hab' dir doch gestern schon gesagt, daß das so kommt.“ „Na und“, schrie er mich an, „findest du das normal?“ „Nein, finde ich nicht“, schrie ich zurück, „was meinst du denn, warum ich hier bin?“

In der Schule wurde ich fortan von meinen mich sonst stets umkreisenden Hünen geschnitten. Aber auch ich hielt mich vorerst auf Distanz und zeigte ihnen gegenüber eisige Kälte. Ich wußte schon aus Erfahrung, daß sich derartige Unstimmigkeiten schnell in nichts auflösten. Zudem Gerhard in regelmäßigen Abständen auftauchte und mir eine seltsame Freundlichkeit unterbreitete, die albern wirkte, da er der festen Überzeugung war, daß mein Verhalten bei der Prügelaktion ihm Glück gebracht hätte. Denn anschließend sei er so in Rage geraten, daß er aus lauter Wut mehrmals gegen den Holzpfeiler der Schloßtreppe getreten habe. Das hat zu einem mächtigen Klumpfuß geführt, der sich so stark entzündete, daß ein Arzt geholt werden mußte. Dieser stellte einen Sehnenriß fest, der zur Folge hatte, daß Gerhard künftig vom Schulsport befreit war und sogar eine eventuelle Ausmusterung vom Wehrdienst in Betracht käme. Sollte letzteres wirklich eintreten, so war mir ein Liter Schnaps sicher, wie Gerhard alle naselang bekräftigte.

Überhaupt schien das Thema Musterung das einzige zu sein, was in letzter Zeit noch an meine Ohren gelangte. Egal wo, ob in der Schule, im Schloß oder in der Kneipe. Alles und jeder sprach von der bevorstehenden Musterung. Selbst die Mädchen waren heftig bei der Sache, obwohl sie mit der Geschichte gar nichts zu tun hatten. Außer vielleicht Hermanns Blondine, die sichtlich aufgeregt umherflatterte, weil es dieses Ereignis schaffte, unseren Hermann für einige Zeit von ihr abzulenken. Aber auch ich selbst war übel angetan und hatte keine Antenne mehr für die Weiblichkeit. Ich wußte von den Ex-Abiturienten, daß es bei der Wehrdienstuntersuchung hart zur Sache ging. Denn zwei unversöhnliche Fronten standen sich gegenüber. Zum einen wir Schüler, deren ungeschriebenes Gesetz es war, sich nur für eineinhalb Jahre Pflichtwehrdienst vergattern zu lassen, wenn wir nicht von unseren Mitschülern als rote Säue und Feiglinge abgestempelt werden wollten.

Und zum anderen die Offiziere, die unter direktem Druck der Staatsführung standen, so viele Schüler wie möglich von der Notwendigkeit eines dreijährigen Wehrdienstes zu überzeugen. So unvereinbar wie diese Ansichten ans Licht traten, läßt sich ahnen, welcher Brechstangenmethodik oder List es bedurfte, um uns junge Männer in die filzige Uniformiertheit des Staates zu pressen. Zumal ich die ganze Zeitdiskussion sowieso für sinnlos hielt. Was macht das im Leben eines Menschen aus, ob er nun zwei oder drei Jahre beim Militär war, als daß es an der Widerwärtigkeit der Sache nichts ändert, sich überhaupt mit dem zielgerichteten Erlernen der Menschenvernichtung befaßt zu haben. Und so bekam ich bei dieser Thematik immer eine Scheißangst und hatte wirklich das Gefühl, als müßte ich mir jeden Moment in die Hose machen. Am liebsten wäre ich weggelaufen. Einfach weg, ganz weit weg. Nach meinem Willen würde es diesen militärischen Unsinn auf der Welt gar nicht geben. Aber leider ließ man meinen Willen nicht wollen. Allein dieser Gedanke, sich dem Militärischen entziehen zu wollen, wurde auf totem Boden geboren und hatte keinerlei Chance auf Überleben. Blieb ich auch schulbekannt für mein loses Mundwerk, in diesem Falle schwieg ich wie ein Grab. Schon bei den Übungsstunden auf meinem alten Zimmer hatte ich mich tunlichst zurückgehalten. Gerhard probte mit uns die Strategie der Widerrede. Dabei war es das Ziel, unter allen nur denkbaren Umständen hart und standhaft zu bleiben, um sich von den Offizieren nicht einlullen zu lassen. Aber ich hielt von seinem Training wenig. Ich eignete mich weder zum Schauspieler noch als Held.

Mir blieben nur meine eigenen Gedanken, wie ich mich unbeschadet der Situation würde entziehen können. Das von all den anderen beschworene Zeitproblem spielte für mich dabei keine Rolle. Ich sorgte mich mehr darum, daß ich das Militärische an sich nicht überstehen würde, völlig unabhängig von der Zeit. Dabei kam mir der Gedanke, ob es überhaupt Sinn mache, sich am Streit zwischen Rekruten und Offizieren zu beteiligen. Oder ob es nicht besser wäre, diesem Theater aus dem Weg zu gehen. Das hieße, freiwillig drei Jahre Militärdienst auf sich zu nehmen, um dadurch mitzubestimmen, wo man ihn verrichten werde. Gelänge es mir, die Zügel geschickt zu führen und mich in den Küchenbereich, die Kleiderkammer oder die Kulturabteilung zu verdrücken, würde das bedeuten, in den freiwilligen drei Jahren weniger ‚militärisch' tätig zu sein als in den eineinhalb Jahren Pflichtwehrdienst. Zudem würde mir dann auch noch das Privileg zuteil werden, mit Sicherheit einen Studienplatz an der Humboldt-Universität in Berlin zu bekommen. Von den finanziellen Vorteilen während des Dienstes und beim späteren Stipendium mal ganz zu schweigen.

Stimmten diese Gedanken mich zuversichtlich, weil ich darin die Chance sah, das Militärische mittels Zeit aufzuwiegen, so galt es doch einen verdammt bitteren Beigeschmack ertragen zu müssen. Mein Vater würde mich bis in die Steinzeit und noch drei Steine weiter verfluchen, wenn er davon erführe, daß ich freiwillig derart mit Staat und Militär kooperierte.

In meiner Klasse wäre ich sofort als rote Socke verschrien. Ich, der ich doch immer den Oppositionellen mimte, nun, wo es darauf ankam, plötzlich ein Mitläufer? Was würde Helena von mir denken?

Ich lag ruhig auf meinem Bett und sah aus dem Fenster. Die Dunkelheit wich, nahm Farbe an und tauchte die Landschaft in ein tiefes Blau. Die ersten Konturen der Bäume mit ihren bunten Blättern wurden sichtbar. Das Blau am Himmel hellte auf und zeigte am Horizont einen rötlichen Rand. Vogelgezwitscher drang durchs Fenster. Wieland schlief fest. Er machte sich keine militanten Sorgen, denn für ihn fiel der Wehrdienst aus. Aufgrund seiner guten Leistungen im Abitur durfte er ein Studium im Ausland aufnehmen und brauchte nicht zur Armee.

Pünktlich um acht Uhr meldete ich mich bei der Wache des Wehrkreiskommandos. Ein Türöffner schnarrte und die Eisentür flog wieder ins Schloß. Ich nahm auf einem Stuhl im leeren Warteraum Platz. Eine Neonlampe brummte. Nervös trommelte ich mit den Füßen und starrte die kahlen Wände an. Ein Tisch stand einsam in der Mitte des Raumes. Auf ihm türmten sich Berge von militärischen Werbeprospekten. Am Garderobenständer hing eine Jacke. Sie gehörte Peter Smeilt. Ich erinnerte mich daran, daß Peter vor mir auf der Liste stand. Aufmerksam lauschte ich, ob nicht irgend etwas aus den Nachbarzimmern zu hören war. Doch nur die Neonlampe brummte und machte mich schier wahnsinnig. Endlich ging eine Tür. „Herr Steinert, bitte!" nuschelte jemand in den Raum. Mit einem Satz sprang ich auf und war sofort in einem Zimmer, in dem es streng nach Medizin roch. Ein älterer Mann in Uniform unter dem weißen Kittel bat mich, Platz zu nehmen. Sein Gesicht war hochrot, die Augen trübe und unterlaufen. Er stellte sich kurz vor. Ich verstand kein Wort. Schließlich zeigte er auf meinen Arm, und ich folgerte, daß er meinen Blutdruck messen wollte. Mit flatternden Händen schob ich meinen Hemdsärmel hoch. Aber auch die Hände des Stabsarztes zitterten mächtig, so daß ich schon glaubte, er würde es niemals schaffen, die Gummischläuche des Meßgerätes zusammenzustöpseln. So zitterten wir beide um die Wette. Ich, weil ich die Hosen voll hatte, und er, weil er offensichtlich an morgendlichen Entzugserscheinungen litt. Zum Glück redete er nicht, machte nur seine routinierten Untersuchungen und brummte hier und da mal ein unverständliches Wort. Ich mußte kurz hinter einem Vorhang verschwinden und quälte mir mit aller Kraft drei Tröpfchen Urin ab, die es dazu auch noch galt, in einem kleinen Glasröhrchen zu plazieren. Voller Stolz über meine geglückte Tat traf mich gleich der nächste Hammer, als ich den Arzt mit einer Spritze in der Hand erblickte. Die Knie wurden mir seltsam weich, und ich fing heftig zu schwitzen an. Fast ohnmächtig verfolgte ich die Nadelspitze, wie sie scheinbar völlig unkontrolliert über meinen Unterarm kreiste, um dann doch blitzschnell und sicher in eine meiner Adern einzustechen. Ich war völlig überrascht und mein Herz ging ruhiger. Zudem tat es nicht einmal weh. Nach einigen harmlosen Übungen, wie Wiegen, Messen und Reflexkontrolle, folgte der krönende Abschluß.

Ich mußte mich nach vorn beugen und der Stabsarzt fingerte mit einer Lampe an meinem Hinterteil herum. Ein widerliches Gefühl durchzuckte gerade meinen Körper, als er mir befahl, mich aufzurichten und umzudrehen. Wieder beugte er sich und zerrte nun meine Vorhaut in alle Richtungen. Als ich mich schließlich anziehen durfte und einen genauso roten Kopf hatte wie er, schob er mir noch ein Blatt Papier unter die Nase und forderte meine Unterschrift. Meine wackelnde Hand zog einen solchen Kritzel aufs Papier, daß der Arzt mich erschrocken ansah. Zum ersten Mal spürte ich so etwas wie Betroffenheit und Anteilnahme. Es war mir, als hätte er erst jetzt bemerkt, einen Menschen vor sich zu haben. Seine trüben Augen sahen mich für einen Moment an. Er zog seine Lippen zu einem Lächeln, so daß ich seine gelben Zähne erkennen konnte. Die Augen wurden ihm traurig und strahlten Hilflosigkeit aus. Gebückt und mit kleinen Schritten schlurfte er zum Schreibtisch zurück, ohne noch weiter Notiz von mir zu nehmen.

Wieder saß ich im leeren Warteraum und ärgerte mich über das Brummen der Neonlampe. Peters Jacke hing nicht mehr an der Garderobe. Er hatte es geschafft. Ich stellte mir vor, wie er die Sache über sich ergehen ließ. Unser immer lächelnder Peter. Ein Hüne von Mann, aus dem so gut wie nie ein Wort herauskam. Nichts und niemand hätte ihn von seinem Vorhaben abbringen können. Selbst eine ganze Armee nicht.

Plötzlich ging wieder eine Tür. „Genosse Steinert, bitte!“ Ich fuhr zusammen. ‚Warum Genosse?’ grübelte ich und ging zur Tür. Hinter einem langen Schreibtisch saßen drei Offiziere in frischen Uniformen. Die Mützen hatten sie jeweils rechts vor sich auf dem Tisch ausgerichtet. Die zwei äußeren Offiziere sahen mich mit bohrenden Blicken von oben bis unten an. Der in der Mitte beugte sich über das Blatt Papier, das ich gerade unterschrieben hatte. Ich spürte, daß er der Chef sein mußte und das nicht wegen der vielen goldenen Pickel auf seinem Schulterstück. Nein, vielmehr folgerte ich es aus den unterwürfigen Blicken der beiden anderen. „Na bitte, Genosse Steinert! Kerngesund“, donnerte plötzlich seine laute Stimme durch den Raum, und ich fuhr wieder zusammen. Er richtete sich auf und sah mich an. Ein Schauer lief mir über den Rücken. Ich erinnerte mich an dieses runde, faltige Gesicht mit den kalten Augen und den grauen Kotletten an den Seiten. Es gehörte dem Offizier, der mich auf der Militärwerbeaktion bei den Grenztruppen als Staatsfeind bezeichnet hatte. Erschrocken sah ich zu Boden. „Na, Genosse Steinert, wie lange sind Sie bereit, für ihr Vaterland zu dienen?“ donnerte es wieder los. „Nicht länger als nötig.“ „Wie bitte? Antworten sie deutlich, Genosse!“ Ich räusperte mich und sagte lauter: „Nicht länger als nötig.“ „Na das ist doch ein Wort, Steinert! Ich wußte, daß ich mich auf Sie verlassen kann.“ Ich blickte verwundert zu ihm auf und begriff nicht, was das bedeuten sollte. Sofort streckte er mir einen Bogen mit der Aufschrift ‚Bewerbung für den Offiziersdienst’ entgegen. „Nein“, flüsterte ich und schüttelte meinen heißen Kopf, in dem der hastige Schlag meines Herzens dröhnte.

„Was?“ brüllte er mich an. „Haben Sie eben ‚nein’ gepiepst, Steinert?“

Seine donnernde Stimme hallte nach. „Sie sollen laut und deutlich sprechen, Steinert, ist das klar?“ Und wieder der Schmerz in meinen Ohren. „Ob das klar ist, Steinert?“ schrie er und wurde rot dabei. „Jawohl“ antwortete ich laut. „Na sehen sie, es geht doch, Genosse Steinert“, sagte er etwas ruhiger und grinste. „Wissen Sie, Steinert, Sie sind doch sonst nicht so schüchtern, wenn ich mich recht entsinne! Oder?“ Wieder ging ein Schauer durch meinen Körper, wieder senkte ich den Blick, denn ich wußte, was er damit meinte. „Was denn, Steinert,“ fuhr er mit immer leiser werdender Stimme fort, „oder soll das etwa heißen, Sie kriegen nur die Zähne auseinander, wenn Sie gesoffen haben?“ Stille lag im Raum. „Ich habe eine Frage gestellt!“ peitschte plötzlich sein Gekreische durchs Zimmer. „Nein, natürlich nicht“, antwortete ich laut und deutlich. „Eben, Genosse Steinert, deshalb füllen Sie jetzt das hier aus. Sie bekommen ein anständiges Studium, und ich mache einen ordentlichen Offizier aus Ihnen. Sie werden sehen, die 25 Jahre vergehen schneller als Sie denken, von der hohen Rente ganz zu schweigen.“ „Nein. Zum Offizier bin ich einfach nicht geeignet“, stotterte ich. „So, so – als Offizier ist er nicht geeignet“, feixte der Mann und wandte sich an die anderen Offiziere. „Für was sind Sie denn geeignet, Steinert?“ schrie er. „Zum Verweigerer vielleicht? Nun sagen Sie schon! Wollen Sie sich dem Dienst in der Truppe entziehen?“ „Nein, nein, will ich nicht.“ „Was heißt hier ‚nein', Steinert? Ich höre die ganze Zeit nur das Wörtchen ‚nein' von ihnen. Haben Sie auch noch etwas anderes auf Lager. Wie wär's mit ‚Reisefreiheit' oder ‚Opposition' oder ‚undemokratischer Parteiapparat'. Diese Worte stammen doch von Ihnen, Steinert. Oder etwa nicht? – – Ach, sieh mal einer an, jetzt herrscht großes Schweigen im Walde. Aber ich sage Ihnen eines; ich kann auch anders. Sie werden überhaupt nicht studieren. Haben Sie verstanden, Steinert?“ Er stützte die Hände auf den Tisch, richtete sich auf und brüllte aus voller Kehle: „Kein Studium! Basta! So was wie Sie wird bis zur Rente seine Runden auf dem Acker drehen. Und das eine merken Sie sich gleich, Steinert, ich werde ihr ganzes Leben ...“ Ich sprang auf. Der Stuhl flog um. Zwei riesige Glubschaugen stierten mich aus einem hochroten Kopf fassungslos an. „Drei Jahre. Und keinen Tag länger!“ durchbrach ich mit bestimmtem Ton das gespannte Schweigen. Der Offizier lehnte sich zurück. Seine Gesichtszüge entspannten sich. Ich ging zur Tür. Der Stuhl blieb liegen. „Halt, Steinert! Wohin wollen Sie denn?“ Ich spürte, wie meine Finger über das kalte Metall der Türklinke zitterten. Ich wollte mich noch einmal umdrehen. Doch widerte mich alles an, und ich fand die Kraft nicht. „Ich werde Sie zu den Panzern stecken, Genosse Steinert. Sie sind schön klein. Ja, ich denke die Panzer sind genau das Richtige für sie.“ „Panzer“, murmelte ich. „Ja genau, ‚Panzer', Genosse. Ich gratuliere Ihnen zu Ihrer Vernunft. Jetzt können Sie gehen, Steinert!“

Ich hetzte durch die Straßen. Die Knie waren mir weich. Meine Beine zitterten willenlos auf unsicheren Füßen ins Nirgendwo. Die Sonne blendete mich, warf ihre grellen Blitze durch das verkahlende Gezweig der Bäume, die eingehüllt im gleißenden Schein sich heftig im Winde wogen. Ich vergaß die Zeit, hatte kein Gefühl mehr im Leib, rannte und rannte. Getrieben von der Aufregung, gerade einer Gefangenschaft entwichen zu sein, ließ ich mich von der Herbstluft mit Freiheit fluten, um im selben Moment das Erschauern vor meiner eigenen Feigheit ertragen zu können.

Erst spät am Abend hatte ich all meine Verzweiflung über unzählige Kilometer des Weges abgelaufen. Das Schloß lag ruhig, leuchtete majestätisch im Abendrot über die gelben Laubkronen zu seinen Füßen. Endlich schleppte ich mich müde und ruhig die Schloßstraße hinauf. Endlich war es mir egal, welche Schelte über mich hereinbrechen würde. Jede Treppenstufe zum Zimmer hinauf schmerzte in den Beinen und brannte in den Sohlen. Auf Gerhards Zimmer wurde lautstark gefeiert. Und ich spürte die Erleichterung, dort jetzt nicht reingehen zu müssen. In meinem neuen Zimmer war es friedlich. Wieland saß auf dem Bett und spielte Gitarre. „Du kommst spät, Max! Die haben dich schon alle gesucht“, sagte er besorgt und legte die Gitarre zur Seite. „Das kann ich mir denken“, war meine kurze Antwort. Ich ging an meinen Schrank, fingerte eine Zigarette aus der Schachtel und meinte mit entschlossener Stimme: „Was die nur von mir wollen? Ich jedenfalls bin fertig mit denen.“ Eine Weile blieb es still. Seltsame Spannung lag in der Luft. Wieland sah auf den Boden und meinte: „Du hast es nicht durchgehalten, nicht wahr?“ Ich konnte ihn nicht ansehen, nickte nur und preßte ein „Ja“ heraus. „Und für wie lange haben sie dich verpflichtet? Etwa für 25 Jahre?“ „Ach, nein, nein, spinnst du! ‚Drei Jahre. Und keinen Tag länger!’ habe ich zu denen gesagt.“ „Naja, Armee ist zwar Scheiße, aber drei Jahre gehen wohl noch.“ „Meinste wirklich?“ fragte ich erleichtert nach. „Ganz bestimmt“, erklärte Wieland, „die drei Jahre haben auch ihre Vorteile. Du bekommst gutes Geld, hast weniger Streß und beim Papa Staat ‘ne Pluskarte noch dazu. Nur eben die Zeit, Max. Es gehen dir drei Jahre Jugend flöten. Das wäre für mich Grund allein, es nicht zu machen.“ „Ja, ich weiß schon, aber ich hab’s gemacht“, sagte ich verärgert und ging aus dem Zimmer. Noch immer hatte ich dieses Bedürfnis nach Alleinsein. Ich lief über den Flur, setzte mich auf die Balustrade und zündete die Zigarette an.

Plötzlich das Krachen einer Tür. Ich erschrak. Peter stürmte mit großen Sprüngen die Treppe runter. Schnell verschwand ich hinter dem Geländer und hoffte, nicht entdeckt zu werden. Und wieder ging eine Tür. Helena kam über den Flur gelaufen. Mitten auf der Treppe blieb sie stehen, kniff die Augen zusammen und blickte zur Balustrade hinauf. „Maxi!“ rief sie verwundert. „Was rauchst du denn im Dunkeln? Stimmt etwas nicht?“ Entschlossen machte sie kehrt und schaltete das Flurlicht ein. „Eh, Max, was soll der Unsinn? Rauchst blaue Ringe in die Luft bei Dunkelheit und Einsamkeit. Ist ja richtig unheimlich.“

Schon wieder ein Poltern auf der Treppe. Peter grinste mich an und rannte aufs Zimmer. Doch sofort flog die Zimmertür erneut auf. Gerhard kam mit einer Riesenschnapsflasche heraus. Friedhelm und Peter folgten ihm im Reigen. „Hallo, Helena!“ rief Gerhard laut über den Flur. „Na, mußte unser Mäuschen erst mal trösten. War ja auch ein harter Tag heut für ihn, oder!“ „Wieso?“ wunderte sie sich. „Na, was denkste wohl, warum der Max sich den ganzen Tag verdrückt hatte? Weil er Schiß hat, dieser Weichling. Ganz einfach, Schiß.“ Gerhard kam wieder in Wut, wurde rot und spuckte schon beim Fluchen. „Frag ihn doch selber, Helena! Frag ihn, für wie lange sich der Scheißer verknacken ließ! Na frag schon! Etwa für 25 oder für 10 Jahre?" „Laß doch Helena in Ruhe!" fauchte ich ihn an und spürte, daß mein Herz zu poltern begann. „Ach, du Scheißer hältst deine Fresse! Verstanden?" „Du kannst mich mal! Ich gehe drei Jahre, und zwar freiwillig, ohne Schiß." Gerhard blieb plötzlich still. Gaffte mich mit großen Augen an und meinte schließlich ruhig: „Also doch nicht durchgehalten, Max. Mensch, Junge, was baust du in letzter Zeit nur für Scheiße. Die werden dich fertigmachen. Du Mimöschen, wie in aller Welt willst du drei Jahre Militär durchstehen?" Gerhard nahm nachdenklich eine Hand an den Mund und zog die Stirn in Falten. Bedrückende Stille füllte den Raum. Peters Grinsen wirkte etwas gequält und Friedhelms Kopf leuchtete in einem anderen Rot als gewöhnlich. Ich warf einen vorsichtigen Blick auf Helena, die mich fragend ansah. „Na egal!" schrie Gerhard wieder, um sogleich kräftig loszujauchzen. „Mit dir hat das eh keinen Sinn. Und eigentlich bin ich hergekommen, um dir was zu schenken, als Dankeschön. Verstehste?" Er nahm die 2-Liter-Flasche Korn und stellte sie mir in den Schoß. „Hier nimm schon, Maxi! Sie gehört dir. Ich hab' dir doch versprochen, werde ich ausgemustert, bekommst du einen Liter Schnaps. Und weil meine Freude so groß ist, sind's gleich zwei." Jetzt lachten auch Peter und Friedhelm. Nur Helena schüttelte den Kopf und sah mich weiter fragend an. „Nun denn", feixte Gerhard, „kommt Jungs, wir wollen die Romanze nicht länger stören!" Gerhard lief zurück aufs Zimmer und die beiden anderen folgten ihm brav.

„Sieh mich bitte nicht so an", bat ich Helena, „und mach das Licht wieder aus! Mir dröhnt der Schädel." Schweigend ging sie zum Schalter und machte das Licht aus. „Hast du's wirklich freiwillig getan? Oder hast du dem Druck der Offiziere nicht standgehalten?" wollte sie wissen. „Nein, es war wirklich freiwillig. Ich hab's mir vorher genau überlegt", begann ich mit überzeugter Stimme zu erklären. „Weißt du, ich glaube nicht, daß Gerhard recht hat. Als Dreijähriger muß man weniger Streß ertragen, kriegt mehr Geld und später ist das Leben leichter." Sie sah mich an und schwieg. „Meinst du, daß es ein Fehler war?" „Nein, Maxi, bestimmt nicht. Wenn du dich damit abfinden kannst, daß drei Jahre eine lange Zeit sind, dann war's gut so." Ich nickte und mußte lächeln.

„Na siehste, lachst ja schon wieder." Helena stellte sich mir in den Rücken und legte die Hände auf meine Schultern. Sofort lief mir ein warmes Kribbeln über die Haut. Mein Blut klopfte unter den Schläfen. „Ach, Mäuschen, du darfst das alles nicht so schwer nehmen, hörst du! Überhaupt alles, meine ich!" Sie streichelte mir den Kopf, ließ die Finger durchs Haar gleiten und meinte: „Vielleicht bist du ja so. Aber wann kommst du?" Helena führte meinen Kopf nach hinten, beugte sich und gab mir einen flüchtigen Kuß. Ich wollte sie halten, doch sie machte sich frei und verschwand im Dunkel des Flures.

Die Folgen meiner Entscheidung sollte ich aber jetzt schon und nicht erst zu Beginn der Militärzeit zu spüren bekommen. In der Schule wurde ich sofort als Gruppenführer beim monatlich stattfindenden Wehrsporttag eingesetzt. Eine Aufgabe, die mir überhaupt nicht in den Kram paßte, da ich das Befehligen von Menschen zutiefst haßte und der festen Überzeugung war, daß auf mich eh niemand hören würde, wo er doch im wahrsten Sinne des Wortes auf mich herabsehen konnte. Also versuchte ich, das Problem mit Freundlichkeit zu lösen. Was auch besser klappte, als ich es mir vorgestellt hatte. Denn die ganze Sache verlor so ihren strengen militärischen Touch. Zum Glück bekam ich immer nur Schülergruppen aus den elften Klassen, was mir ein gewisses Maß an Autorität dem Älteren gegenüber sicherte.

Leider hatte meine friedliche Art der Problemlösung auch eine Kehrseite. Meine Vorgesetzten nämlich sahen es überhaupt nicht gern, daß es in meiner Gruppe stets an militärischer Strenge und Disziplin mangelte. Schließlich handele es sich um die Vorbereitung zum Soldatsein, und da habe es Abstand und Autorität vor der Führung zu geben. Einen Tatbestand also, den ich in keinster Weise zu erfüllen gedachte. Und wozu auch? Alle gestellten Aufgaben erfüllte die Gruppe auch mit meiner Methodik.

Die Grenzen des Machbaren waren trotzdem schnell erreicht. Und ich mußte erfahren, wie groß und tief der Sumpf des menschlichen Irrsinns war.

An einem scheußlich kalten Wintermorgen fand der für mich letzte Wehrsporttag, den ich an der Schule zu absolvieren hatte, statt. Im Frühjahr sollten dann die Abiturprüfungen beginnen. Wir stapften in Stiefeln und Uniformen durch den tiefen Schnee einem Schießplatz entgegen. Alles ging wie gewöhnlich, wir lagen gut in der Zeit. Nur die Kälte kroch unter die Haut, machte die Glieder träge und steif.

Gesprochen wurde nicht. Der Schnee knirschte laut unter den Stiefeln, aus den Mündern dampften die Atemwolken unter schwerem Schnaufen, und rotgefrorene Finger umkrallten die Trageriemen der Gewehre. Neben mir lief ein großer, schlanker Junge mit Lockenkopf, der mich irgendwie an Hermann Lipp erinnerte. Ich kannte ihn nicht, wußte nur, daß er Toralf Benn hieß, weil es so auf meiner Gruppenliste stand.

Die Gruppe, die vor uns auf dem Platz war, hatte das Schießen schon beendet, was mich freute, denn es ersparte uns das Warten in der Kälte. Sofort ließ ich meine Jungs Aufstellung nehmen und rannte zum Schießleiter, um die Bereitschaft zu melden.

Der Leiter war ein junger Offizier der Grenztruppen, der mir zum Glück noch nie über den Weg gelaufen war. Er reagierte äußerst brummig. Sein rotes Gesicht und das ständige Auf-der-Stelle-Trampeln ließen erkennen, daß ihm die Kälte zu schaffen machte, obwohl er dick eingehüllt in Watteuniform, Filzstiefel und Mütze war. Er übernahm ohne übliches Sicherheitsgerede das Kommando und ordnete an, die Waffen zu laden. Sogleich stellten sich am anderen Ende des Platzes die menschenähnlichen Pappscheiben auf. Er duldete einige Sekunden zur Konzentration und befahl, das Feuer zu eröffnen. Ein lautes Donnern schallte durch die Winterluft. Schneewolken stobten, Rauch quoll aus den Gewehren. Die Pappscheiben klatschten zu Boden. Der Geruch von abgebranntem Schießpulver machte sich breit. Plötzlich brüllte der Offizier: „Welcher Idiot hat aus dieser Entfernung das Ziel nicht getroffen?“ Erschrocken sah ich zu den Pappscheiben. Eine stand wirklich noch. Eigentlich ein Unding bei einem derartigen Kugelhagel. Es war die erste Pappscheibe in der Reihe und ich wußte gleich, daß sie Toralf Benn gehörte. Ich rannte zu ihm. Der Offizier folgte mir mit wütenden

Schritten. Toralf hatte sich an seine Maschinenpistole gekrampft und zitterte am ganzen Körper. Ich kniete mich neben ihn in den Schnee und hörte, wie er leise schluchzte. Behutsam legte ich die Hände auf seine Schultern und fragte: „Eh, Toralf, was hast du denn?" „Was der wohl hat!" brüllte der Offizier wieder los. „Der hat überhaupt nicht geschossen. Haben Sie denn keine Augen im Kopf, Steinert?" Toralf zuckte zusammen und drehte sich wutentbrannt auf die Seite. Seine Augen waren gequollen, das Gesicht glänzte naß und vom Kinn tropften Tränen. Er schrie den Offizier an: „Ich kann nicht schießen!", holte kurz Luft und erklärte: „Ich darf nicht schießen! Ich werde niemals auf Menschen schießen! Ich bin Christ." Toralf warf sich wieder in den Schnee und weinte. Ich spürte, wie die anderen Schüler mich erwartungsvoll anstarrten. Der Offizier wurde noch röter im Gesicht und schrie so laut, daß sich seine Stimme überschlug: „Hören Sie auf mit diesem Theater und schießen Sie! Sie sollen schießen, habe ich gesagt!" Toralfs Körper lag zitternd und schluchzend im Schnee. Immer heftiger wurde der Druck der hoffenden Blicke, die auf mir lagen. Ich mußte entscheiden. „Schluß damit!" ordnete ich an. „Wir haben keine Zeit zu verlieren. Es ist meine Gruppe, und ich sage, was gemacht wird. Toralf ist Christ und darf nicht schießen. Also tu ich's." Ich riß Toralf die MPi aus den Händen, warf mich neben ihn und ballerte mit einer Salve die Pappscheibe um. Sofort befahl ich meiner Gruppe aufzustehen, anzutreten und weiterzumarschieren. Der Offizier wetterte vollkommen außer sich, so daß ihn niemand mehr verstehen konnte. Dann wurde er handgreiflich und stieß so heftig gegen meine Schulter, daß ich wieder zurück in den Schnee fiel. Die Jungs kamen angesprungen und halfen mir mit einem Satz auf die Beine, um im gleichen Augenblick mit mir davonzustürmen. Der Offizier blieb wie versteinert auf seinem Schießplatz stehen und brüllte weiter in die Winterluft.

Doch schon an der kommenden Station, an der es galt, einen Graben mittels Tau zu überwinden, fand die gerade gewonnene Erleichterung ihr bedrückendes Ende. Uns erwarteten einige Lehrer und Offiziere. Meine Gruppe wurde vom Wettkampf disqualifiziert und stand somit automatisch als Verlierer fest. Mir wurde sofort der Gruppenführertitel aberkannt. Zwei Offiziere führten Toralf und mich zum Auto des stellvertretenden Direktors, der uns in schroffem Ton befahl einzusteigen. Ich drehte mich zuvor noch einmal zu den Offizieren um und schrie laut: „Scheiße!"

Der Wagen fuhr direkt zur Schule zurück. Toralf saß leblos da und ließ den Kopf willenlos über die Fensterscheibe vibrieren. Sein Atem hauchte einen Schleier aufs kalte Glas. Die gequollenen Augen stierten ins Nichts. Ich fühlte mich plötzlich wie ein Eismensch in der Hölle schmoren. Fühlte, wie mein Blut wieder in Wallung kam, die Starrheit aus den Gliedern kroch. Die Ohren glühten. Das Kribbeln in den Fingern und Füßen wurde unerträglich. Und all meine Kraft schien mit einem Male aus meinem Körper zu fließen. „Sind wir hier bei der Polizei?" zischte ich wütend. Es kam keine Antwort. Überall nur diese drückende Spannung um mich herum und das wohlvertraute Summen des Motors. Ich kochte. Doch verdampfte meine Rebellion schnell zwischen der stetig steigenden Hitze und der dahinfließenden Kraft. Schließlich überfiel mich die Müdigkeit und machte mich stumm.

Toralf wurde am Wohnheim abgesetzt. Für mich ging die Reise weiter bis aufs Zimmer des Direktors. Da saßen sie wieder alle beieinander und hielten erneut über mich Gericht. Mogel, Tollrant, Traum und die Werner, alle waren sie blitzschnell zusammengeeilt. Diesmal jedoch blieb es nicht beim sachlichen Ton. Gleich als ich den Raum betrat, verlor Herr Tollrant die Beherrschung und brüllte: „Mensch, Steinert, du bist wohl nicht ganz bei Trost? Ich hielt dich immer für einen der Intelligentesten auf unserer Schule, aber jetzt bist du wohl völlig übergeschnappt." „Nein", schrie ich zurück, „bin ich nicht. Was hätte ich denn tun sollen? Das Ganze wäre überhaupt nicht aufgefallen, wenn der dämliche Offizier nicht solch ein Theater abgezogen hätte." „Dieser dämliche Offizier kann dir dein Leben zur Hölle machen. Kapier' das endlich, du Idiot!" schimpfte Tollrant weiter und war außer sich. „Nun ist gut!" unterbrach Oberstudienrat Mogel in ruhigem Ton. „Herr Steinert, Sie können den Toralf Benn sowieso nicht schützen. Und mit Ihrer Art und Weise schon gar nicht." Mogel zog die Stirn in Falten und sah zum Fenster hinüber. Dann begann er entschlossen: „Wissen Sie, Max, ein zweites Mal können wir die Sache nicht auf sich beruhen lassen. Sie zwingen uns ja regelrecht, etwas gegen Sie zu unternehmen." „Ich wollte dem Toralf doch nur helfen", sagte ich und blickte zu Boden. „Aber doch nicht so, Junge!" schaltete sich Herr Traum ein. „Du weißt ganz genau, daß es ungeschriebene Gesetze gibt, an die wir uns zu halten haben, auch du. Wie willst du drei Jahre Armee überstehen, wenn du schon im Vorfeld ständig aneckst. Der Toralf wird sein christliches Ideal schon durchbringen, da brauchst du dich nicht reinhängen."

„Na egal", unterbrach der Oberstudienrat erneut, „wir jedenfalls ziehen die Karre nicht wieder aus dem Dreck. Diesmal bekommen Sie ihre Strafe. Sie erhalten einen Verweis vor dem Fahnenappell der Schule, der in Ihre Akte eingetragen wird." „Und das alles ein paar Wochen vor den Prüfungen", warf Frau Werner ein und schüttelte den Kopf. „Ich hatte mal große Hoffnungen in dich gesetzt, Max", übernahm Herr Tollrant wieder, „aber du hast mich schwer enttäuscht!" „Naja, meine Herrn", sagte Mogel abschließend, „das Kapitel Steinert ist so gut wie beendet. Und, um ehrlich zu sein, ich bin ganz froh darüber. Daß er einen solchen Abgang hat, ist seine eigene Schuld." Herr Mogel packte mich fest am Arm, führte mich hinaus und ließ die Tür laut hinter sich ins Schloß fallen.

Diesmal hatte mich der Zusammenprall mit der Staatsmacht nur wenig erschüttert. Ich glaubte mich weiterhin im Recht, wenn schon nicht klug, dann wenigstens menschlich entschieden zu haben. Diese Einstellung half mir über die aufkommenden Selbstzweifel hinweg. Selbst das bereits erwartete Donnerwetter meiner Mitschüler nahm ich gelassen hin und reagierte allenfalls mit einem arroganten Lächeln.

So stand ich bereits am nächsten Morgen in Reih und Glied auf dem Schulhof. Obwohl die Luft eisig kalt war, schwitzte ich. Die hohen Damen und Herren der Schulleitung jedoch nahmen sich Zeit. Schließlich handelte es sich um etwas Politisches. Da spielte die Zeit keine Rolle, auch wenn die Schulstunde schon im Gange war. An den Fahnenmasten wurden die Republiksfahne und die der Freien Deutschen Jugend gehißt. Das Rednerpult für den Herrn Studienrat stand bereit. Daneben prangte ein mächtiger Tisch, ganz in rotes Tuch gehüllt. Kurze Mikrofonprobe und es ging endlich los. Das Raunen in den Blöcken der Schüler verstummte. Der FDJ-Sekretär meldete dem Direktor die Bereitschaft. Der Sekretär grüßte die Schüler mit einem zackigen ‚Freundschaft'. Aus den Schülerblöcken schallte der gewaltige Widerruf ‚Freundschaft' und verhallte zwischen den Betonplatten der Schule. Ein kurzes Räuspern und Oberstudienrat Mogel begann: „Werte Jugendfreunde, unser heutiger Fahnenappell findet aus einem sehr traurigen Anlaß statt. Sie alle wissen um die gesellschaftliche Bedeutung der Wehrsporttage für den Erhalt des Friedens in unserem sozialistischen Vaterland, ja in der ganzen Welt. Ein jeder von Ihnen hat das Recht und die Pflicht, seinen Beitrag dafür zu leisten. Aus diesem Grunde ist es eine Notwendigkeit, daß jeden, der diese Regeln unserer sozialistischen Gemeinschaft zu untergraben versucht, die volle Härte der gesellschaftlichen Bestrafung trifft. Deshalb sehe ich mich an dieser Stelle gezwungen, den Jugendfreund Max Steinert nach vorn zu bitten." Ich ging bangen Herzens über den leeren Platz, umsäumt von Blöcken aus Schülern, die mit ihren gierigen Blicken jeden meiner Schritte verfolgten. Kurz vor dem roten Tisch blieb ich stehen. Ich erkannte den Offizier vom Schießplatz in der Tribünenreihe zwischen den Lehrern wieder. In seinem Gesicht trug er das erhabene Lächeln des Hochgenusses.

Nachdem ich mich zu den Schülern umgedreht hatte, redete Mogel weiter: „Liebe Jugendfreunde, hier sehen Sie einen von jenen Schülern, denen unsere sozialistische Ordnung egal zu sein scheint, und die daher glauben, sie könnten diese mit Füßen treten. Zum Glück, liebe Jugendfreude, kann ich Ihnen aus jahrzehntelanger Erfahrung sagen, daß diese Schüler an unserer Schule nur eine höchst seltene Ausnahme darstellen. Herr Steinert hatte sich bereit erklärt, für drei Jahre seinen Ehrendienst in der Nationalen Volksarmee zu leisten. Im Fach Staatsbürgerkunde hat er eine Eins, im politischen und gesellschaftlichen Leben der Schule gehört er zu den Aktivsten. Dementsprechend auch seine verdiente Ernennung zum Gruppenführer bei den Wehrsporttagen. Und von seinen sportlichen Erfolgen, die er für unsere Schule errungen hat, ganz zu schweigen. Eine feine Sache, werden einige von Ihnen jetzt sagen. Was hat der eigentlich vor dem Fahnenappell zu suchen? Nun, liebe Jugendfreunde, er ist der berühmte Wolf im Schafspelz. Denn zum wiederholten Male hat Herr Steinert seine vertrauensvolle Position ausgenutzt, um die sozialistische Ordnung zu untergraben und auszuhöhlen. War es vor einem halben Jahr noch sein lauter Ruf nach einer Opposition zur Sozialistischen Einheitspartei, so ist er diesmal sogar zur Tat geschritten und hat selbst bestimmt, wer in unserem Vaterland zur Waffe greifen darf und wer nicht. Unter Ausnutzung des christlichen Ideals hat er gegen die Befehle der Offiziere verstoßen und den Schüler Toralf Benn eigenmächtig von den Schießübungen befreit. Herr Steinert setzte sich somit in eklatanter Weise über die bestehenden Vorschriften hinweg. Zur Bestrafung für dieses grobe Vergehen und den dadurch entstandenen Schaden am Staat wird der Jugendfreund Max Steinert mit einem Strengen Verweis in seine Kaderakte bestraft. Des weiteren wurde ihm der Gruppenführertitel aberkannt. Wir alle hoffen, daß Herr Steinert während seines künftigen Ehrendienstes in der NVA genügend Zeit zur Reue und Einsicht hat, damit sich derartiges Verhalten in seinem Leben nicht wiederholt und wir alle stolz sein können, daß auch er zu einer sozialistischen Persönlichkeit heranreift, die an unserer Schule ihre Fundamente erfahren hat. Freundschaft!"

Ich nutzte das Durcheinander der Auflösung, um mich in eine Ecke des Schulhofes zu verdrücken, wo ich meine Ruhe hatte, bis alle Klassen wieder in der Schule waren. Doch sonderte sich außer mir noch jemand von den Menschenmassen ab, die eiligst vor der Kälte flohen und sich im Eingang drängten. Der große Lockenkopf Toralf stand plötzlich neben mir und lächelte. „Hallo, Max", grüßte er freundlich, „ich wollte mich bei dir bedanken – für das, was du für mich getan hast. Du warst sehr tapfer!" Toralf legte mir ein silbernes Kreuz mit einem bronzenen Jesus in die Hände. „Das möchte ich dir schenken. Du kannst es dir an die Wand hängen." „Oh, wie schön das ist!" staunte ich. „Das ist viel zu wertvoll. Du kannst es mir nicht einfach so schenken." „Doch, ich kann", meinte Toralf kurz und strahlte.

„Und habe bitte keine Angst vor dem, was sie mit dir machen werden. Du brauchst es nicht ernst zu nehmen, denn Gott wird dir helfen, das weiß ich." Jetzt mußte ich auch lächeln. „Ja, ja, ich werde seine Hilfe brauchen können, denn das dicke Ende kommt erst bei den Abiturprüfungen." „Nur keine Angst, Max! Er wird für dich da sein." Toralf beugte sich und gab mir einen flüchtigen Kuß auf die Wange. Dann verschwand er so plötzlich, wie er gekommen war. Ich stand noch immer regungslos in der Kälte. Aber es war mir warm.

Die Zeit vor den Prüfungen wirkte fremd. Noch nie mußte ich eine derartige Distanz zwischen uns Schülern beobachten. Jeder kauerte sich auf ein stilles Plätzchen zusammen, vergrub sich in die Bücher und schottete die Umwelt ab. Und trotzdem stimmte etwas nicht. Dieses Unnahbarsein wirkte künstlich. Denn es lag unaufhaltsames Bangen vor der Endlichkeit in der Luft, so daß die Flucht in die Bücher eher der Stärkung vorm Alleinsein diente als der Mühe um eine gute Prüfungsnote. Egal, welche Note auch immer, nach den Prüfungen würde das Abschiednehmen folgen. Das Schloß würde seine Mannen wieder der Welt übergeben. Und ein jeder würde seine Bahn ziehen ohne die vertraute Geborgenheit der Masse.

Hinzu kam, daß ich in Fächern geprüft wurde, mit denen ich nicht gerechnet hatte, was meine Verwirrung komplett machte. Welch ein Schauer lief mir bei dem Gedanken über den Rücken, daß es mich in Russisch oder Mathematik erwischen könnte. Und die Befürchtungen waren real. Denn beide Fachlehrer wußten, was ich für eine Niete war. Doch alles kam ganz anders! Staatsbürgerkunde, Deutsch und Geschichte standen auf meinem Prüfungsplan. Alles Fächer, die mir nicht in den Sinn kamen. Und ich witterte schon, daß irgend etwas nicht stimmte. Was wollte der Tollrant noch von mir? Im Fach Staatsbürgerkunde standen nur Einsen im Klassenbuch. Die Abschlußnote war doch klar. Auf was sollte ich da geprüft werden? Mein Kriegsbeil mit Frau Werner galt als längst begraben. Gute Noten bekam ich bei ihr sowieso nie. Wollte sie das jetzt noch ändern? Und Geschichte ging mich gleich gar nichts an. Stets hatte ich das gesagt, was man von mir hören wollte, denn auf die Geschichte konnte ich eh keinen Einfluß nehmen.

Anfangs erschien mir Frau Werner auch erstaunlich kooperativ. Sie fragte mich sogar, zu welchem Thema ich geprüft werden wolle. Ich meinte, daß es mir egal wäre, doch am liebsten eine Abhandlung zu den Klassikern. Nur eine Bitte äußerte ich: Auf keinen Fall wollte ich über Bücher des realen Sozialismus sprechen.

So saß ich im strahlenden Blau meines FDJ-Hemdes vor Frau Werner und ihrer Prüfungskommission. Meine Augen brannten noch vom vielen Lesen. In meinem Kopf dröhnten die Verse von Goethe, Schiller und Heine. Aber wieder kam alles ganz anders! Mein Thema lautete: Die Literatur des real existierenden Sozialismus. Ich sollte ihr etwas über die ‚Kundschafter für den Frieden' während des Zweiten Weltkrieges erzählen. Sofort krampfte ich mich zusammen und war schweißgebadet. Ein röteres Thema konnte es nicht geben.

Nicht ein Buch hatte ich dazu gelesen, noch wußte ich irgend etwas aus meiner Allgemeinbildung darüber zu sagen. Frau Werner machte mich völlig fertig. Ich sah nicht einen einzigen Stich. Letztlich kam ich mir so schlecht vor, daß ich mir selbst keine Vier gegeben hätte, die sie mir aber zugestand, und ich wußte nicht einmal wofür. Total benommen taumelte ich aus der Deutschprüfung. Ich konnte es nicht glauben, daß Frau Werner ihr Kriegsbeil wieder ausgegraben hatte und ich ihr ungeschützt ins Messer gelaufen war. Erst jetzt rüttelte mich die Erkenntnis wach, daß meine vage Ahnung vor dem Versagen keine Prüfungsangst war. Jetzt wußte ich, daß man mir durch die fragwürdigen Prüfungsfächer das Leben schwer machen wollte. Wutentbrannt schrie ich auf und rüstete mich zum Kampf. Ich fraß mich durch sämtliche Bücher des Marxismus-Leninismus, die ich nur greifen konnte. Doch Herr Tollrant fragte Sachen in der Prüfung, die ich zuvor nie aus seinem Munde gehört hatte, geschweige denn, daß ich sie irgendwo in meinen Aufzeichnungen fand. Auf mein verzweifeltes Anfragen reagierte er dann empört und meinte, daß er von mir erwartet hätte, daß ich auch etwas kompliziertere Fragen wie aus der Pistole geschossen beantworten könne. Also durfte ich auch in Staatsbürgerkunde mit meiner Vier noch ganz zufrieden sein, und ich mußte mir eingestehen, daß ich den Kampf haushoch verlieren würde. Nachdem ich unendliche Liter Bier in mich hineingepumpt hatte, um sie anschließend wieder in die Rosenrabatte vors Schloß zu kotzen, taumelte ich geschlagen in die Geschichtsprüfung. Ich wußte, daß meine Note eh schon feststand und verhielt mich ruhig. Mit monotoner Stimme erzählte ich etwas zur Geschichte der Arbeiterbewegung, hörte mir an, daß es nicht schlecht war, aber bei weitem nicht ausreiche, nahm meinen Prüfungszettel mit der Note Vier und verließ das Zimmer ohne Widerrede.

Ein letztes Mal nahm ich den Feldweg von der Schule zum Schloß. Ich heulte Tränen der Wut. Mein ganzes Abiturzeugnis fiel eine Note schlechter aus als erwartet. Voller Zorn und mit äußerster Kraft stieß ich einen Findling auf die Seite, riß mir das Blauhemd vom Körper und warf es in die Kuhle. Sofort krabbelten unzählige Asseln über den Stoff und bildeten schwarze Punkte auf dem Blau. Ich hievte den Stein wieder auf seinen Platz, stellte mir vor, wie mein FDJ-Hemd jetzt bespritzt vom Blut der Asseln aussah und rannte ganz von Sinnen zum Schloß hinauf.

Im Schloß herrschte aufgeregtes Treiben. Die Vorbereitungen zum Abiball lagen in den letzten Zügen, und kein Mensch kümmerte sich noch darum, wie und womit jemand die Prüfungen bestanden hatte. Das verschaffte mir Erleichterung, denn irgendwie war mir die Sache peinlich, spürte ich doch genau, daß ich selbst Schuld an diesem mißlichen Abgang trug. Und so gesehen, war ich mit einem Mal sogar froh darüber, daß meine Eltern nicht zum Abschlußball kommen konnten, weil es zu viel Arbeit in der Klinik gab. Vater versprach mir aber, mich mit all meinen Sachen vom Schloß nach Hause zu holen. Das reichte völlig.

Die Feier selbst war ein Traum. Ein Traum, den ich schon viele Male zuvor geträumt hatte. Eine Wiederholung. Alles war bekannt. Die traurigen Augen in den vom Schmerz des Abschieds verzerrten Gesichtern. All das erzwungene, künstliche Lächeln. Die vielen Umklammerungen von unzähligen Armen, selbst die, die einem bedeutungslos und lästig waren. Sekt und Schnaps flossen in Strömen hinter die aus Sakkos und Seidenhemden bestehenden Fassaden, die durch Krawatten steifgebunden einen Hauch von Haltung bewahrten. Bierdeckel mit Adressen machten die Runde. Versprechungen und Wünsche. Lachen und Weinen. Alte Geschichten welkten dahin, neue Visionen blühten auf.

Immerhin zog ich mich mehrmals für einige Minuten aus diesem Jammertal zurück, fand eine trubelfreie Nische im Saal und suchte schnell nach Helena, bevor mich irgendwer entdeckte und mir an den Hals fiele, um mich sogleich wieder in den fröhlichen Rausch hinabzureißen. Doch waren diese Augenblicke der Flucht allesamt zu kurz. Entweder war Helena von ihren Eltern belagert oder sie tanzte mit Azon im Saal. Nicht ein Mal gelang es mir, sie allein zu erwischen. Bis ich schließlich aufgab und mich mit meinem Bier zu Gerhard und seinen Jungs gesellte, wo wir dann alle in den unglaublichen Geschichten der Vergangenheit schwelgten. Schließlich wurde ich traurig und wütend zugleich. Nichts schien so zu klappen, wie ich es mir vorgestellt hatte. Wenigstens Hermann hätte ich an unserem letzten Abend gern gesprochen. Doch der hing immer noch unzertrennlich an seiner Blondine und wollte von mir ebenso wenig wissen wie von Kafka, Chopin oder sonstigen uns verbindenden Idealen.

Plötzlich saß Azon neben mir. Er legte seinen Arm um meine Schultern und meinte in seiner freundlichen Art: „Eh, Mäuschen, schon ganz schön getankt heute, was?“ Ich lächelte nur und sagte nichts. „Na, nun laß den Kopf nicht hängen. Es war trotzdem eine schöne Zeit. Und künftig wirst du einfach sagen, was du willst. Weißt du, Max, einfach sagen! Das ist wirklich einfach, auch wenn es so unendlich schwer erscheint. Gelegenheiten dazu gibt es wie Kieselsteine am Meer, du brauchst dich nur zu bücken. Das nächste Mal bückst du dich! Versprochen?“ Mir verging das Grinsen. Ich spürte, daß Azon es ernst meinte, mit dem was er sagte. Doch begriff ich absolut nicht, was er von mir wollte. Meine Gedanken kämpften gegen den Rausch an, und mein Kopf dröhnte. Inzwischen kramte Azon ein kleines Päckchen aus der Innentasche seines Sakkos. „Hier, Mäuschen, das ist mein

Abschiedsgeschenk für dich! Und bleib bloß so, wie du bist. Auch wenn's schwer wird!" Er gab mir das Päckchen, fuhr mit einer Hand durch mein Haar und verschwand in der Menge. Ich saß regungslos auf meinem Stuhl und begriff noch immer nichts. Neugierig faltete ich das Papier auseinander und hielt einen Packen Fotografien in der Hand. Eine Fotostudie von Helena. Helena in allen nur erdenklichen Momenten. Ein paar Bilder sah ich an. Dann liefen mir Tränen übers Gesicht. Sie liefen einfach so drauflos, immer heftiger und vor allen Leuten.

Ich steckte die Bilder in die Tasche und ging aus dem Saal. Gerhard kam hinter mir her. „Max, was ist denn nur?" rief er. „Du kannst doch jetzt nicht einfach gehen! Eh, Max?" Doch ich drehte mich nicht einmal um, taumelte hinaus und warf die Tür zu.

Die wärmende Frühlingssonne strahlte schon ins Zimmer, als ich mit brummendem Schädel erwachte. Es mußte schon spät sein, denn ich hörte lautes Treiben auf den Gängen. Auch Wieland wirbelte durchs Zimmer und packte seine Sachen zusammen. „Wie spät ist es eigentlich?" fragte ich. „Mensch, Maxi, haste endlich ausgepennt. Das ganze Schloß hat die Nacht zum Tag gemacht, und du liegst seelenruhig im Bett und schläfst." „Ja, ja", maulte ich, „ist ja wohl meine Sache." „Nun steh' endlich auf! Die Eltern kommen", brummte er zurück. Ich aber ließ mir Zeit. Daß die Eltern kommen, war nun überhaupt nicht mein Problem. Meine paar Sachen hatte ich schon seit Tagen abfahrbereit. Meine einzige Sorge bestand darin, im Abschiedsgewimmel noch einen geeigneten Karton zu finden, damit ich mein Fotopäckchen so verstauen konnte, ohne daß es den geringsten Schaden nahm. Und mitten bei der Suche platzten auch wirklich Wielands Eltern ins Zimmer. Fortan gesellte sich zur allgemeinen Hektik das steife Getue der Höflichkeit. Trotzdem blieb ich gelassen. Mein Vater käme wieder fünf Minuten vor der Angst, dessen war ich mir sicher. Denn schon aus der Kindergartenzeit kannte ich es nicht anders. Also beschloß ich, mich draußen auf die Balustrade zu setzen und mir den Abschiedstrubel in der Empfangshalle anzuschauen. Doch kaum stand ich in der Zimmertür, da wurde ich schon gedrückt, geschüttelt und umarmt. Ich bekam so schnell gar nicht mit, zu wem was gehörte, wußte nur, daß Gerhard, Friedhelm und Peter nun aufbrachen. Schon polterten sie die Treppe runter. Gerhard blieb noch einmal stehen, warf mir sein verschmitztes Lächeln zu und rief: „Eh, Max, brauchst gar nicht mehr nach Helena zu suchen! Die ist schon längst weg, alte Pennmütze." Dann polterte er den anderen hinterher. Wütend drehte ich mich um und knallte die Tür zu. Wielands Eltern starrten mich entsetzt an. „Oh, Entschuldigung!" reagierte ich automatisch.

Im Schloß wurde es ruhig. Die Zimmer standen leer. In der Empfangshalle kehrte Herr Gutharth den letzten Schmutz zusammen. Ich saß auf meinen Koffern, stierte aus dem Fenster und lauschte dem Gesang einer Amsel. Dann endlich die sanfte Stimme des Herrn Gutharth in der Ferne. „Ach, einen recht schönen guten Tag, Herr Doktor. Hatten sie viel zu tun in der Klinik?" „Ja, sehr viel", antwortete Vater kurz. „Wo ist der Junge?" „Auf seinem Zimmer, Herr Doktor. Die Treppe hoch, gleich rechts." Vater kam die Treppe herauf. „Na, Herr Doktor, hast du's auch schon geschafft." „Mensch, werd' ja nicht frech, hörste! Dir ist wohl die Abschlußsauferei zu Kopf gestiegen." Vater gab mir die Hand und riß mich mit einem Satz von den Koffern hoch.

Eilig – wie beim Vater üblich – schleppten wir Gepäck und Bettzeug zum Auto. Wobei ich ihm die Koffer überließ und selbst voll und ganz mit dem Tragen meiner Schachtel beschäftigt war, die ich wie einen Schatz in meinen Händen hielt. „Was trägst du da vor dir her? Diamanten?" wollte Vater wissen. „Nein, Fotos." „Fotos?" „Ja, Fotos." „Komm! Wir stellen sie mit in den Kofferraum." „Nein, nicht in den Kofferraum. Ich will sie bei mir behalten." Vater blickte mich verwundert an und lächelte. „Na dann. Halt sie schön fest!"

* * *

Die Sonne blinzelte durch die Blätter der Weidenbäume, die Luft flimmerte über das satte Grün der Wiesen und ich saß tagtäglich auf dem ‚Großen Moritz', ließ die Füße ins Wasser des Baches hängen und schwelgte in Erinnerungen. Nur einige Kilometer entfernt lag Schulzenhorst, wo wieder die Mähdrescher über die Felder ratterten, und ich sah den Brigadier Neudecker in meinen Tagträumen, wie er am Feldrad stand und sich die Mütze vom Kopf riß, um anschließend mit den Füßen auf ihr herumzutrampeln. Manchmal hörte ich sogar ein leises Brummen in der Ferne, und ich war mir sicher, daß das die Mähdrescher waren.

Vater indes fand meinen Müßiggang unmöglich und er wetterte, wie man nur derartig die Zeit vergammeln könne. Aber ich wußte, daß er in Wahrheit nur sauer war, weil ich seinem neuen Gartengrundstück mit selbstgezimmertem Häuschen und Swimmingpool nicht das Interesse entgegenbrachte, das er sich erhoffte. Und eigentlich hätte ich am liebsten bis weit in den Abend hinein auf dem ‚Großen Moritz' gesessen, um zu träumen – wenn da nicht dieses gewisse Mitgefühl gewesen wäre, was mich aus den Gedanken riß und in Vaters Garten wandern ließ, um dort ein paar Runden im Pool zu schwimmen. Der Vater schien nach außen gänzlich unbeeindruckt, drohte innerlich aber vor Stolz zu platzen.

So genoß ich diese friedliche Stimmung meines Elternhauses, die mir seit jeher vertraut war und in der ich immer wieder zu mir fand, egal welch ein Sturm draußen durch das Leben peitschte. Selbst die Erinnerung an Helena vermochte nicht, die Flaute meines Gemüts in Wallung zu bringen. Und so blieb mein einziger Brief an Helena unvollendet in der Schublade des Schreibtischs liegen, obwohl ich ihn regelmäßig hervorkramte und neu schrieb. Schließlich war es gar kein Brief mehr. Oder vielleicht doch? Ein Brief in unzähligen Variationen.

Unzählige Male nahm ich mir vor, mit dem Rad nach Schulzenhorst zu fahren. Ich malte mir aus, wie es wäre, mit dem Drescher das goldgelbe Getreide vom Acker zu schneiden, wie der Duft des Strohs durch die Fahrerkabine zöge, der Grannenstaub auf der Haut kleben bliebe und die zerdroschenen Grannen im Hemdskragen zu jucken begännen. Ich spürte die Hitze im Körper und den Schweiß im Gesicht, träumte von den Schatten der untergehenden Sonne und sog die Kühle in mich hinein, auf daß mich eine Gänsehaut erschauern ließ. Aber nur wenige Augenblicke später fand ich wieder viele Gründe, warum ich besser nicht fahren sollte. Eigentlich waren es gar keine Gründe, als vielmehr ein Gefühl der Unentschlossenheit. Denn was hätte es schon für Gründe geben können. Ich brauchte mich nur aufs Rad zu schwingen und ein paar Kilometer zu radeln.

Dann geschah doch etwas. Etwas, das einschlug wie ein Unwetter und binnen Minuten meine innere Ruhe in einem Orkan des Entsetzens davonjagte.

Dabei schien alles so friedlich. Es war ein lauer Sommerabend, und ich schwamm einige Runden im Pool. Vater hackte die Rosenbeete und unterbrach alle zwei Minuten seine Arbeit, um die Hacke zu schärfen oder um den Sohn beim Schwimmen im neuen Pool zu bewundern, wer weiß, die Hacke jedenfalls mußte schon scharf wie ein Rasiermesser sein.

Das Motorengeräusch eines Autos näherte sich durch die Stille. Immer näher quälte es sich aus der Ferne über den holprigen Gartenweg bis zu uns herüber. Schließlich stoppte das Auto vorm Gartentor. Zwei Herren in Anzügen ließen sich beim Aussteigen behilflich sein. Ein junger Mann in Uniform wirbelte zwischen öffnenden und schließenden Türen hin und her. Vater stellte die Hacke zur Seite, wischte die Hände am Kittel ab und ging zögerlich in Richtung Gartentor. Die feinen Herren jedoch wirkten nicht zögerlich. Sie standen schon mitten im Garten, bevor der Vater bei ihnen ankam. Sie streckten ihm die Hände entgegen und stellten sich mit Genosse, Dienstgrad und Name vor. Mir dröhnte das Wort ‚Genosse' derartig in den Ohren, daß ich die Dienstgrade und Namen gar nicht mehr verstand. Sofort bekam ich weiche Knie, denn ich wußte, daß dieser Besuch mir galt. Mit einem Satz tauchte ich bis auf den Grund des Pools und hielt dort so lange aus, bis die Atemnot mich zurück an die Oberfläche zwang. Und tatsächlich. Als ich auftauchte, standen die Herren und Vater schon am Beckenrand. Vaters Blick verriet gespielte Höflichkeit, er wandte sich gerade dem Jungen in Uniform zu und fragte: „Und wer sind Sie?" Doch der Soldat kam nicht zu Wort. „Ach – der. Das ist nur unser Fahrer", antwortete einer der Herren. „Und", wollte Vater wissen, „hat er keinen Namen?" „Das tut hier nun wirklich nichts zur Sache, Herr Doktor. Bitte holen Sie jetzt Ihren Sohn aus dem Wasser!" Vater nickte mir nur kurz zu, und ich krabbelte über die Leiter aus dem Becken heraus. „Ach da ist ja unser junger Genosse", feixte der eine Herr mir entgegen und beide verzogen sogleich ihr Gesicht mit hämischer Freundlichkeit. „Und diese langen Haare, junger Mann", unterbrach er sein Grinsen, „diesem Alter sind Sie doch längst entwachsen. Oder?" Verunsichert wie ich mich fühlte, sagte ich nichts dazu und schnappte das Handtuch, das Vater mit entgegenstreckte.

Wir gingen ins Gartenhaus. Nur der Soldat bekam den Befehl, vor dem Häuschen Posten zu beziehen und zu warten. Vater bat uns, am Tisch Platz zu nehmen. Die beiden Männer waren groß und schlank. Irgendwie wirkten sie noch recht jung und sportlich. Die Anzüge ließen sie zudem sehr gepflegt erscheinen. Und dennoch. Etwas paßte nicht ins Bild. Die Gesichter wirkten gestreßt, so, als hätten sie die ganze Nacht durchgemacht. „Ja – Genosse Steinert. Nun wird es ernst für Sie. Daß wir im Auftrag der Armee kommen, werden Sie unschwer bemerkt haben.“ Jetzt protestierte ich doch, obwohl ich mich eigentlich zusammenreißen wollte. „Ich bin kein Genosse. Sie müssen sich irren, denn ich bin nicht Mitglied der Partei.“ Die beiden lachten amüsiert. Der eine kramte Unterlagen aus dem Aktenkoffer und breitete sie auf dem Tisch aus, der andere begann zu reden: „Beim Militär sind wir alle Genossen. Egal, ob Partei oder nicht. Aber daran werden sie sich am ehesten gewöhnen, junger Mann. Mit Sicherheit, das können Sie mir glauben.“ Der Mann bat den Vater um einen Aschenbecher und zündete sich eine Zigarette an. „Nun aber zur Sache, Genosse Steinert. Bei der Überprüfung ihrer Musterungsunterlagen sind uns Dinge aufgefallen, die noch einer genauen Klärung bedürfen.“ Er nahm einen kräftigen Zug von seiner Zigarette, blies den Rauch über den Tisch und schaute mir in die Augen. „Sie wollen drei Jahre zur Armee gehen?“ Ich nickte. „Sie wollen in Berlin studieren?“ Ich nickte wieder. „Humboldt-Uni?“ Wieder mein Nicken. „Bis dahin sollten Sie wenigstens sprechen gelernt haben, Genosse!“ Ich sah erschrocken auf und mußte sofort an die Qualen der Musterung denken. „Ja, natürlich. Bitte entschuldigen Sie!“ antwortete ich automatisch, laut und deutlich. „Sie wollen zu den Panzereinheiten?“ „Ja – gerne.“ „Gerne – Mensch Steinert! Nur Idioten lassen sich gerne in Panzern verfeuern. Das ist Knochenarbeit. Oder sind Sie Tarzan? Haben Sie schon einmal eine Granate angehoben?“ „Nein, habe ich nicht.“ Der Mann grinste. „Na sehen Sie. Dann verzichten Sie lieber drauf. Ein guter Rat meinerseits.“ Sein Grinsen verwandelte sich in ein spöttisches Lächeln. „Aber das ist auch nicht unser Problem. Das Problem ist, daß es keine Panzer in Berlin gibt, Genosse Steinert. Haben Sie daran wirklich nicht gedacht, oder wollten Sie uns auf die Probe stellen?“ Jetzt ließ er das Spotten sein und sein Blick wurde seltsam kalt. „Nein, nein, niemanden wollte ich auf die Probe stellen. Ich habe es einfach nicht bedacht.“ Sofort wandte der Mann seinen Blick von mir ab und nickte dem anderen Herrn zu, der daraufhin eifrig eine Bemerkung in die Unterlagen kritzelte. „Na gut, Genosse“, begann er wieder mit sanfter Stimme, „ich will Ihnen glauben, daß Sie hier kein Spiel mit uns spielen.“ „Moment mal“, schaltete sich Vater ein, „mein Sohn treibt keine Spiele mit der Armee.“ „Aber, aber – Herr Doktor – das will ich damit nicht sagen. Doch wir haben schon viele Dinge erlebt, und deshalb müssen wir auf Nummer Sicher gehen, das ist unsere Pflicht. Schließlich sind wir hier im Auftrag des Staates. Und auch ihr Sohn hat jetzt seinen Staatsdienst zu leisten. Bitte vergessen Sie das nicht.“ Der Mann drückte langsam seine Zigarettenkippe im Aschenbecher aus und wandte sich mir zu. „Also – was ist nun, Genosse? Wollen sie nach Berlin oder zu den Panzern? Beides zusammen geht nicht.“ „Natürlich will ich nach Berlin“, meinte ich prompt.“ „Max!“ zischte mich Vater von der Seite an. „Stell dich nicht dumm! Du hast doch gehört, daß das nicht geht.“ „Nein, nein – Herr Doktor – so dumm ist das gar nicht. Wir unterhalten auch in Berlin eine militärische Einheit. Sicher – laut Berlin-Status darf sie keine direkten militärischen Operationen ausführen, aber wir brauchen sie zur Bewachung von Staatsobjekten. Und wenn ihr Sohn ohnehin in Berlin studiert, wären drei Jahre Berlin-Erfahrung nicht schlecht. Ich meine, wenn er denn wirklich an der Humboldt-Universität studieren sollte. Das soll ja bekanntlich nicht jedem gelingen. Aber im Falle, daß er nun schon in Berlin ist – ich denke – – ja, ich denke, da ließe sich was machen." Schlagartig wurde Vater böse und meinte in verärgertem Ton: „Was soll das alles heißen? Mein Sohn geht zu den Panzereinheiten und anschließend bekommt er einen Platz an der Humboldt-Uni. So wurde es von ihren Kollegen bei der Musterung zugesichert, deshalb hat mein Junge für den dreijährigen Dienst eingewilligt, und so wird's auch gemacht. Basta!" „Das ist vollkommen korrekt, Herr Doktor", verteidigten sich die beiden Männer im Chor. „Aber was unsere Kollegen bei der Musterungsbehörde sagen, hat leider nicht viel mit der Realität zu tun", begann der Redner der zwei. „Und was soll das heißen?" wollte Vater wissen. „Das soll heißen, daß es viel mehr Freiwillige gibt, die drei Jahre Militär aus Karrieregründen dem Grundwehrdienst vorziehen, als daß es zum Beispiel Studienplätze an der Humboldt-Uni zu Berlin gibt, Herr Doktor. Also sollte der Max ganz genau darüber nachdenken, bevor er eine Entscheidung trifft. Wir lassen ihm zwei Tage Zeit dazu, denn wir müssen erst prüfen, ob wir ihn überhaupt wollen." „Überprüfen?" staunte ich laut. „Ja überprüfen, Genosse, schließlich verläuft die Staatsgrenze mitten durch Berlin. Und da können wir nicht jeden gebrauchen." Ich sah verunsichert zum Vater hinüber. „Haben Sie Westverwandte in der Familie?" wollte der Mann wissen. „Nein – nicht das ich wüßte", antwortete Vater. „Naja dann – damit haben Sie die wichtigste Hürde schon genommen, Genosse. Sollte alles andere auch so positiv verlaufen, geht's bereits in gut einer Woche los." „Halt, halt, nicht so schnell", protestierte ich heftig. „Die Einberufung ist doch erst im Herbst, Anfang November, oder so." „Ja, das stimmt, junger Mann, trifft aber nur für die DDR zu und nicht für die Hauptstadt Berlin. Da geht es schon zwei Monate eher zur Sache. Und das fanden bisher all unsere Soldaten gut. Denn im November ist es kalt und die Grundausbildung ist hart. Da werden Sie noch einmal dankbar sein, daß Sie zwei Monate früher beginnen durften, und wenn alles vorbei ist, werden Sie dankbar sein, daß Sie zwei Monate eher zu Hause sind als die anderen Soldaten. Übrigens – wenn Sie schon beim Vergleichen sind, vergessen Sie Ihre Brieftasche nicht. Mit Sicherheit kommt Ihnen dann das Wort ‚Panzer' nie wieder über die Lippen." Die Herren standen vom Tisch auf und reichten Vater und mir die Hände. Als sie durch die Tür gingen, drehte sich der Redner noch einmal um und sagte: „Aber, aber – Genosse – eine Woche wird doch wohl reichen, um sich von Mami zu verabschieden. Stellen Sie sich nicht so an und denken Sie an Ihre Haare!"

Eilig schritten die Männer dem Gartentor entgegen. Wieder flogen die Autotüren und der Soldat wirbelte dazwischen hin und her. Dann ein kurzes Aufheulen des Motors und der Wagen verschwand.

Ich strich mit den Händen über meinen Kopf und befühlte mein Haar. „Was der bloß immer mit meinen Haaren hatte", brubbelte ich zum Vater, „schulterlanges Haar bei Männern ist absolut in. Fast jeder in der Schule trägt es so." Vater sprang mit einem Satz aus dem Sessel hoch und schrie derart heftig auf mich ein, daß ihm die Brille von der Nase rutschte: „Andere

Probleme hast du wohl nicht, du Traumtänzer? – – Ist dir überhaupt klar, wen du mir da ins Haus geschleppt hast?“ Vater kam auf mich zu, packte meine Schultern und schüttelte mich wie von Sinnen. „Hast du nicht gehört, was ich gefragt habe?“ schrie er. Schlagartig wurde ich aus der Verwunderung über mein Haar gerissen und stürzte sogleich in eine neue hinein. „Eh – was soll denn das?“ schrie ich zurück und machte mich frei. „Das war die Stasi, Freundchen. – – Mein eigener Sohn holt mir die Stasi ins Haus.“ Vater begann, aufgeregt im Zimmer herumzulaufen. „Blödsinn. Wie kommst du denn auf die Stasi. Was sollten die ausgerechnet von mir wollen. Keiner von uns hatte je etwas mit denen zu tun. Der Soldat trug eine ganz normale Armeeuniform. Und die Männer sagten selbst, daß sie im Auftrag der Armee kämen.“ „So, so, – du Schlaumeier. Du kennst dich ja in Sachen Stasi auch bestens aus. Wenn ich dir sage, daß das die Stasi war, dann denke ich mir was dabei. Du hast sie mit deinem dämlichen Berlin-Tick angelockt. Hast du das verstanden?“ schrie er aus voller Kehle. „Und eines merke dir gleich! Du wirst ganz einfach zur Armee gehen. Zu den Panzern. Verstanden! Die Berlin-Geschichte wird vergessen – – und jetzt kein Wort mehr darüber!“ „Nun beruhige dich endlich! Wir können doch ...“ Vater stürmte wütend und mit lautem Türknall aus dem Haus.

Wieder bekam ich solch ein merkwürdiges Gefühl in den Beinen, das mich niederzusetzen zwang. Ich konnte das alles nicht fassen. Die frühe Einberufung und die Stasi und der brüllende Vater. Was sollte das bedeuten?

Ich fand auch nicht die Zeit, um in Ruhe darüber nachzudenken. Denn zu allem Übel kam Mutter gerade vom Spätdienst aus der Klinik zurück und nervte mich ununterbrochen, was vorgefallen sei und warum die Stimmung im Hause so gereizt war. Und was um Gottes Willen hätte ich ihr sagen können, wußte ich doch selbst nicht, wie mir geschah. Kurzerhand beschloß ich, mich auf die Wiese zum ‚Großen Moritz' zu verdrücken. Ich stahl Vater zwei Flaschen Bier aus dem Kasten und verschwand, ohne jemandem etwas zu sagen.

Nach dem ersten Bier begann sich das Durcheinander abzusetzen und ich durchschaute, daß mein Leiden nicht von der Stasi, Berlin oder der Einberufung herkam. Nein. Das war mir im Grunde genommen alles egal. Allein die Tatsache, daß jetzt das zur Wirklichkeit würde, was ich immer nur als bösen Traum verdrängt hatte, brachte mich fast um den Verstand. Ich saß wie gelähmt auf dem ‚Großen Moritz' und spürte nichts. Keinen Sonnenuntergang, keinen Wind. Nicht das Stechen der Mücken auf der Haut, nicht das Bier in der Kehle. Einfach nichts.

Die Sonne war bereits untergegangen und Dunkelheit stieg über den Wiesen auf und zog in das Städtchen hinein. Der Wind führte die Kälte der sternklaren Nacht mit sich, die mir unter die Kleider drang und meine Wärme nahm. Ich kauerte mich auf dem ‚Großen Moritz' zusammen und fröstelte. Doch reichte die gespeicherte Tageshitze des Steines nicht aus, um mich zu wärmen. So mußte ich mich schließlich geschlagen geben und wanderte unserem Stadthaus entgegen.

Auch nachdem Mutter und Vater das neuerrichtete Gartenhäuschen bezugsfertig hatten und somit während des ganzen Sommers auf dem Grundstück wohnten, machte ich mir die Mühe und ging jeden Abend zurück in die Stadtwohnung. Im Gartenhaus nämlich hätte ich mit meinen Eltern den Schlafraum teilen müssen. Und ich empfand es als unwürdig, mit meinen nunmehr 18 Jahren noch mit Mutti und Vati in einem Zimmer zu schlafen. Wahrscheinlich wäre mir keine Mühe der Welt zu groß gewesen, um dies zu vermeiden.

Endlich zu Hause angekommen, ging ich sofort ins Bett. Noch immer fühlte ich mich leer und ausgebrannt. Ich starrte die Beethoven-Büste auf meinem Bücherschrank an. Sie schien über alles erhaben. Beethovens Blick wirkte so seltsam traurig und trotzdem schien es, als konnte kein Leid dieser Welt eine solche Größe annehmen, um seinen leidenschaftlichen Willen zu erschüttern. Ich warf mich auf die Seite und sah zum Fenster hinaus. Das Licht der Straßenlaterne blinzelte zwischen den Blättern der Linde hindurch. Ich spürte eine Ohnmacht über mich hereinbrechen. Die Ohnmacht des Zwanges, der meinen freien Willen brach und gegen den ich mich nicht wehren konnte. Mein Willen wurde zur Schwäche, weil er nicht mehr mein Willen war, und Beethoven stand hoch über den Dingen und kündete von Stärke. Die Lichtstreifen eines vorüberfahrenden Autos zogen die Zimmerdecke entlang und ich überlegte, ob es einen Sinn hätte, wenn ich mir jetzt ein Bein brechen würde oder irgendwie anders schwer erkrankte. Aber im selben Moment erkannte ich, daß es keinen Zweck erfüllen würde, außer vielleicht eine Verzögerung des Ganzen. Wütend wühlte ich mich aus dem Bett, stellte einen Stuhl an den Schrank und nahm die Büste herunter. Ich beschloß, sie ins Wohnzimmer zu verbannen und ihr in mein Zimmer nie wieder Einlaß zu gewähren. Allerdings brachte mir diese Aktion auch keinen Schlaf. Erst mit dem Morgengrauen kam mir ein Bild, das ich schon verloren glaubte: Helena. Es schien mir so deutlich, als stünde sie wahrhaftig im Raum. ‚Da bist du ja endlich', murmelte ich schläfrig. ‚Immer kommst du, wenn es schon fast zu spät ist.' Ich lag wie versteinert auf meinem Bett. Helena reichte mir ihre Hand. Es fehlten nur einige Zentimeter und sie hätte mich berührt. Ich mußte an die Nacht im Schloß denken, nachdem mich der Gerhard Läster verprügelt hatte. Auch damals stand Helena mir gegenüber, als ich keinen Schlaf fand, da die Wunden schmerzten und ich nicht wußte, ob alles echt oder nur ein Traum war. Wie damals – so auch jetzt – wollte ich Helena meine Hand entgegenstrecken, doch ich konnte mich nicht bewegen. Helena lächelte. Ich blickte an die Wand und sah das Bett von Hermann Lipp. Plötzlich schien es mir, als läge ich in meinem Zimmer auf dem Schloß. Ja – bestimmt – alle Dinge hatte ich deutlich vor Augen. Angst durchzuckte meinen Körper. Ich wußte nicht mehr, wo ich war. Dazu diese Starre. Grausam. Ich konzentrierte mich wieder auf Helena und auf ihr Lächeln. Das tat gut. Es wurde mir egal, wo ich war – zu Haus, im Schloß, im Himmel oder sonstwo.

Als ich am nächsten Tag erwachte, ging es bereits auf Mittag zu, und ich wußte mit einem Mal, was ich zu tun hatte: Augen zu und durch! Jedes Zögern würde die Lage nur noch weiter verschlimmern, dessen war ich mir sicher.

Diese Methode half mir schon immer bei den Schulimpfungen. Denn ging am Morgen eines ansonsten gewöhnlichen Tages das Gerücht in der

Klasse umher, daß der Impfarzt in die Schule käme, löste es eine regelrechte Panik unter den Schülern aus. Jeder wußte Schauermärchen zu berichten, was denn beim Impfen schon alles für furchtbare Sachen vorgefallen seien. Schließlich hatte ich dermaßen die Hosen voll, daß ich mich nicht mehr auf den Unterricht konzentrieren konnte und sehnsüchtig auf den Arzt wartete, damit das Theater endlich sein Ende finden möge. Und spätestens als die Klasse geschlossen zum Impfen antrat, wurde mir schlecht. Die Schülerschlange, die sich vorm Arzt aufreihen mußte, zeichnete sich all die Schuljahre durch ein vom Alter unabhängiges Phänomen aus: Da standen zuerst die Mädchen, es folgte eine beachtliche Lücke, an die sich nur zögerlich die Jungen anschlossen; ganz am Ende fanden sich zumeist diejenigen zusammen, die vorweg am weitesten ihre Klappen aufgerissen hatten. Ich hätte mich am liebsten in Luft aufgelöst. Zu allem Ärger lastete auch noch die Hypothek auf mir, daß meine Eltern Ärzte waren – und jeder wußte das. Die Lehrer gingen immer davon aus, daß mich dieser Piks nicht stören würde. Was jedoch nicht stimmte. Mein Vater vertiefte sich tagtäglich so sehr in seine Operationen, daß einem unweigerlich der Schlachthof in den Sinn kam. Das allerdings empfand der Vater nicht so. Im Gegenteil. Aber wehe es bestand die Notwendigkeit, daß Vater selbst einmal eine Spritze abfassen mußte. Da wurde er plötzlich bleich und grün im Gesicht. Und genau in einem dieser Momente begründete ich vor vielen Jahren mein ‚Augen-zu-und-durch-Prinzip'. Kurz bevor der Arzt mit dem Impfen begann, huschte ich vom Schlangenende an den -anfang, holte meinen Pikser ab, sah auch artig dabei zu und verschwand wieder in mein Klassenzimmer. Dadurch ging das Schauspiel so schnell vorbei, daß mir keine Zeit zur Angst blieb, und außerdem ließ ich den Lehrern keine Möglichkeit, sich darüber zu wundern, was das Arztsöhnchen denn für eine Memme sei.

Von der Wirksamkeit meiner Theorie überzeugt, rannte ich sofort zum Friseur. Auf die Frage der Friseuse, was ich denn für einen Haarschnitt wolle, antwortete ich kurz: „Ich muß zur Armee." Danach sagte sie nichts mehr und begann mit ihrer Arbeit. Auch ich blieb stumm und verweigerte hartnäckig den Blick in den Spiegel. Nur zum Schluß, als sie zu allem Überfluß den Handspiegel hervorkramte und von mir ein Rundumlob erwartete, bat ich sie: „Bitte lassen Sie das, ich will es gar nicht sehen!" „Nun aber, junger Mann. So schlimm wird es nicht werden. Bestimmt nicht. Und die Haare wachsen wieder. Wenn Sie wollen dreimal so lang und mit Bart dazu." Ich fand das weiß Gott nicht komisch, bezahlte und ging mit trüber Miene.

„Du hast dich also entschieden", sagte Vater prompt, als ich zum Gartenhaus zurückkehrte. Sein Kopf war gesenkt und die Stimme wirkte traurig. „Nein. Nichts hab' ich. Doch ist es wohl besser, wenn ich vorbereitet bin." „Was heißt denn hier vorbereitet. Noch entscheidest du ganz allein, was mit dir geschieht und was nicht." Vater wurde wieder laut. „Es ist doch irrsinnig, sich denen zu unterwerfen, man kann sich wehren. Oder haben sie dich tatsächlich schon so sehr beeinflußt?" „Wehren – du bist gut. Kein Mensch kann sich dagegen wehren, das weißt du genauso gut wie ich. Scheiße bleibt Scheiße. Man darf sich allenfalls aussuchen, wie sie stinkt." „Na toll. Hast du diese Ausdrücke bei dir auf dem Schloß gelernt, oder was?" „Ist doch egal wo. Fakt bleibt, daß sie stimmen."

Vater beruhigte sich. Ich spürte, wie er verstand, daß mir die Sache ebenso zu schaffen machte wie ihm selbst. „Hör mal, Max!“ begann er in verständnisvollem Ton. „Du darfst aus dem Militär nicht mehr machen als es ist. Alle Männer müssen da durch und auch du. Was gibt es also zu jammern? Es kommen auch wieder bessere Zeiten. Aber warum in aller Welt wirfst du deshalb gleich die Flinte ins Korn? Du brauchst doch aus Ohnmacht nicht gleich nach der dunkelsten Seite des Übels zu greifen.“ „Nein, Vater – bitte nicht! Ich greife nirgendwo hin.“ „Aber natürlich machst du das. Wer schweigt, stimmt zu. Ich hielte dich für einen schlauen Menschen, wenn du gleich zum Wehrkreiskommando gehst und deinen Wunsch für die Panzer bekräftigst.“ „Und das hältst du für gut? Du hast doch selbst den Mann gehört, er meinte, das wäre äußerst dumm von mir.“ „Natürlich, der will dich für sich gewinnen, also für die Stasi.“ Ich mußte grinsen. Woraufhin Vater ein ernstes Gesicht zog, so daß ihm wieder die Brille von der Nase zu rutschen drohte. Sofort lenkte ich ein: „Mit denen hast du’s aber ganz schön. Dabei weißt du nicht einmal, ob die Herren überhaupt von der Stasi waren.“ „Jawohl, mein Lieber, mit denen hab’ ich’s. Auch wenn du so stolz auf deine 18 Jahre bist, will ich meinen, daß du kaum ahnst, was dahintersteckt. Mag ja sein, daß du die Flausen eines Geheimagenten in dir trägst, aus dem Fernsehen vielleicht, oder was weiß ich woher. Aber das hat alles nichts mit der Stasi zu tun. Die nämlich ist Staat im Staate, ich meine, die bespitzelt ihre eigenen Leute; sperrt alle die ins Gefängnis, die es wagen, etwas gegen Partei und Sozialismus zu sagen. Willst du etwa auch einer von diesen Spitzeln werden?“ „Oh, Vater – nein. Wer hat nun von uns beiden zu viele schlechte Filme gesehen? Ich werde weder ein Spitzel, noch werde ich zur Stasi gehen. Okay.“ „Gut, das freut mich. Also, was wirst du tun?“ „Nichts.“ – – „Nichts?“ staunte Vater. Er sprang aus dem Sessel auf und lief schon wieder aufgeregt im Zimmer umher. „Nichts“, bekräftigte ich noch einmal. „Ich halte es für das Klügste, einfach abzuwarten und zu sehen, was passiert. Dann kann ich immer noch entscheiden.“ „Na bitte, du Klugheit“, Vater rang um Fassung. „Na bitte, du Klugheit – meinetwegen mach’ doch, was du willst. Aber überlege gut – läßt du dich dabei mit der Stasi ein, dann trittst du nie wieder über die Schwelle meines Hauses.“

Wieder verließ ich den Garten, rannte zu den Wiesen und zog mich für den Rest des Tages in mein Reich des ‚Großen Moritz’ zurück.

Die ‚Sache’ ließ mich langsam verzweifeln. Mir reichte der Druck des Militärs schon völlig aus, mußte denn nun noch der Streß mit dem Vater hinzukommen? Was sollte ich bloß machen? Wer hatte recht – der Mann oder der Vater? Auf wessen Seite stand die Klugheit wirklich – beim Panzerschützen oder beim Wachsoldaten? Noch nie war die Stasi ein Thema für mich gewesen. Und auch dem Vater war bisher dieses Wort nur selten über die Lippen gekommen. Mich wunderte daher, daß er plötzlich so massiv Stellung bezog. Das erschreckte mich und eine unbestimmte Ahnung dämmerte in mir herauf, die mich dazu anhielt, besonders vorsichtig zu sein. Ich spürte, daß zum Militärischen an sich noch eine Komponente hinzukommen würde. Eine Komponente, die ich schon auf dem Schloß bemerkt hatte, die ich aber nicht für wichtig hielt und die mich jetzt mit aller Wucht auf den

Boden der Tatsachen schmetterte – die politische Linie. Mit einem Male fiel es mir wie Schuppen von den Augen und ich verstand die Taktik des Mannes bei der Überprüfung meiner Wehrunterlagen. Ich verstand auch, warum diese Taktik beim Vater eine derartige Furcht auslöste. Wollte sich jemand dem Militär entziehen, so wäre es dumm, sich deshalb ein Bein zu brechen. Dafür hatte Papa Staat eine feinere Methode entwickelt – die politische. Freiwilliger Parteieintritt, Politfunktionär – oder besser noch: Politoffizier. Diese Leute stemmten mit Sicherheit keine Panzerkettenglieder. Ich mußte laut auflachen und blinzelte in die Sonne, die hoch über mir stand und ihren grellen Schein auf mich und den ‚Großen Moritz' warf. ‚Da mach' dir mal keine Sorgen, Vater', stieß ich freudig aus. ‚Wenn die Herren meine Kaderakte aus der Abiturzeit einsehen, lassen die mich fallen wie eine heiße Kartoffel.'

Sofort zog wieder Freude in mein Leben ein. Denn ich hielt es für vollkommen sicher, daß ich für die Stasi kein Thema mehr sein konnte. Ich – der ich wegen politischer Disziplinlosigkeit vom Schuldirektor abgemahnt worden war. Vater hingegen traute dem Frieden noch nicht, obwohl auch ihm dieser Gedanke eine gewisse Erleichterung verschaffte. Ich blieb locker und hatte meinen Spaß. Irgendwie erlebte ich ein Gefühl der späten Freude. Der Freude darüber, daß das Aufbegehren im Abitur doch noch einen Sinn machte und eben nicht nur die Folge von Dummheit und falschen Stolzes war, was ich letztlich schon selbst geglaubt hatte. Denn wer hätte das gedacht – ein Feind, der plötzlich Freude macht.

Leider konnte ich den Spaß nicht mit meinem Freund Rudi teilen, was ich gerade jetzt in meinen letzten Tagen der Freiheit gern getan hätte. Doch es schien die Zeit gekommen, in der die Kinderschar das Nest verläßt und nach eigenen Wegen sucht. Rudi sollte demnächst seine Lehrausbildung beenden, weit weg an einem anderen Ort. So wurde es still in unserem Städtchen. Die Mädchen und Jungen meines Alters waren flügge, gingen arbeiten, gründeten Familien oder bauten an ihren Wohnungen. Nur selten kreuzte einer meine Bahn, um mit mir in den Erinnerungen vergangener Zeiten zu schwelgen. Und selbst vor der Armee brauchten sie sich in ihrer Gründerzeit nicht zu fürchten. Denn in der Regel schlug das Militär erst zu, wenn seine Mannen in festen Bahnen verankert waren. Außer natürlich bei den zukünftigen Studenten, denen erteilte es schon im Alter von 18 Jahren die Ehre.

Vielleicht lag es wirklich an meinem Alter und der Naivität, weshalb der Vater immer Recht behalten mußte. Vielleicht erwuchs genau daraus meine Rebellion, die mir wieder Kraft gab, um erneut an der überlegenen Weisheit der Alten zu zweifeln. Die Sonne lachte in mein Gesicht, die Wärme tat wohl, alles schien ruhig und friedlich. Ich fühlte die Stärke des ‚Großen Moritz' unter mir, fühlte, wie sie auf mich überfloß. Das Singen der Vögel in der Luft, ein Rascheln in der Ferne, ein Schatten auf meinem Gesicht. Ich schreckte hoch, beschattete meine Augen mit der Hand. „Vater, du! Was machst du denn hier? Du hast mich ganz schön erschreckt." Doch Vater antwortete nicht. Sein Blick war todernst. Wortlos warf er einen blauen Brief vor mich auf den Stein. „Mach ihn auf!" forderte er in strengem Ton. Ich zerriß den Umschlag und begann laut zu lesen: „Einberufungsbefehl ..." Mir stockte die Stimme und ich verstummte. Die Augen überflogen ein paar Sätze, meine Kehle schnürte sich zusammen. Fassungslos sah ich zum Vater auf. „Was glotzt du so dämlich? Das Spiel ist aus.“ Er ging zurück in seinen Garten und mir prallte die Sonne ins Gesicht, als sei nichts gewesen – nur ein Brief in meiner Hand.

Ganze zwei Tage ließen sie mir Zeit, die ich fast ausschließlich auf dem ‚Großen Moritz' verbrachte. Der Vater sprach nicht mehr mit mir, die Mutter übte sich in Durchhalteparolen, und ich träumte von einer Flucht ins Nirgendwo. Einfach nur weg, auf eine einsame Insel vielleicht oder über die Grenze in den Westen. Einfach nur weg, um bloß nicht das Kommende erleben zu müssen. Ich saß bis spät in die Nacht auf meinem Stein, sah in den Himmel, ertrank im Bier, auf daß mich gleich zwei Monde durch die Dunkelheit begleiteten. Doch half das alles nichts. Wieder erwischte ich mich beim Funktionieren. Der Schädel brummend, die Kehle zugeschnürt, die Sinne taub und trotzdem ein Funktionieren. Artig packte ich alle Sachen zusammen, von denen ich meinte, daß man sie bei der Armee brauchen könnte. Der Vater kam hinzu, schnappte meine Reisetasche, kippte sie mir vor die Füße und schimpfte mich einen Volltrottel. Er schimpfte, was ich denn mit all diesem Zeug anfangen wolle. Ich bekäme eine Uniform, Stiefel, Waffe und Stahlhelm. Schließlich sei das eine Armee und kein Modesalon.

Es war kalt an diesem ersten Morgen des Septembers. Nebel lag in den leeren Straßen meines Städtchens, und von den Fenstern glitzerte der Tau. Der Inhalt meiner Tasche war beachtlich geschrumpft – lange Unterwäsche, Wollsocken, Schuhputzzeug, Waschtasche mit Rasierapparat, Nadel und Faden. Alles etwas merkwürdig, doch Vater versicherte, daß es ausreichen würde. Diesmal widersprach ich ihm nicht. Schließlich hatte er es zu seiner Zeit als Militärarzt einer Hubschraubereinheit bis zum Major gebracht. Hinzu kam, daß er es ablehnte, mich zum Wehrkreiskommando zu begleiten. Statt dessen wollte Mutter mitkommen, was ich aber meinerseits strikt verweigerte. Also ging ich allein. Pünktlich um sechs Uhr in der Früh stand ich vor den Toren des Kommandos und wurde von den Offizieren überaus freundlich, ja fast schon feierlich empfangen. Ich erspürte das aufgesetzte Spiel, was wohl veranstaltet werden mußte, weil die Eltern der jungen Rekruten anwesend waren. Sofort kamen auch die zwei Herren in Zivil auf mich zu, die mich auf unserem Grundstück besucht hatten. Sie gratulierten mir zu meinen kurzen Haaren, versicherten, daß ich nun wie ein richtiger Mann aussähe und begleiteten mich zu einem Reisebus. Ich staunte. Denn eigentlich rechnete ich mit einem Planen-LKW, so, wie ich es aus Filmen kannte. Einer der Männer nahm mir die Tasche ab und verstaute sie im Bus. Der andere tröstete mich meiner fehlenden Eltern wegen, die bestimmt wieder im Krankenhaus zu tun hätten. Ich nickte und blieb stumm. Die Herren drängten mich in den noch leeren Bus und gaben mir einen Fensterplatz, der so weit vom Geschehen entfernt lag, wie es irgend möglich war. Deutlich spürte ich dabei ihr Bemühen, mich mit allen Nebensächlichkeiten der Welt unterhalten zu wollen, so daß ich gar nicht auf die Idee käme zurückzusehen. Aber ich tat es trotzdem. Mütter heulten in Taschentücher, Väter standen stählern daneben und verzogen keine Miene. Mädchen küßten leidenschaftlich. Offiziere strahlten durch Zuvorkommenheit und versicherten, daß alles nur halb so schlimm sei. Die Zeremonie wollte und wollte kein Ende finden. Schließlich wandte ich mich vom Fenster ab und versank in meinem Sessel. Zwar spürte ich Erleichterung darüber, daß mir die Abschiedstränen erspart blieben, aber dafür überfiel mich das Schamgefühl, weil ich feststellen mußte, daß ich der einzige war, der sich schon im Vorfeld die Haare abschneiden lassen hatte. Ich bangte, daß die anderen Soldaten jetzt denken könnten, ich sei besonders militärisch. Kurz entschlossen nahm ich wieder die Jacke vom Haken, zwang mich hinein und schlug den Kragen hoch. Und dann endlich. Binnen Sekunden füllte sich der Bus. Das Geheul des Motors dröhnte in den Ohren und schon preschten wir durch die Straßen des Städtchens. Erst am Stadtrand schien sich der Fahrer beruhigt zu haben und fuhr sanfter. Im Bus herrschte Schweigen. Nur das gleichmäßige Summen des Motors füllte den Raum. Alle, die am Fenster saßen, blickten stur durch die Scheiben in die Weite, die auf den Innenplätzen täuschten Schlaf vor. Die Fahrt nach Berlin dauerte über zwei Stunden, doch ich vernahm nicht ein einziges Wort.

Schließlich surrte unser Bus auf einer breiten Straße, die von Hochhäusern umsäumt war. Auf einem gelben Schild am Straßenrand las ich: Berlin – Hauptstadt der DDR. Die Schläfrigkeit unter den Soldaten schien wie weggeblasen. Alle bestaunten die Häuser, die Straßen mit den vielen Autos, den Menschenmengen und bunten Ampellichtern. Der Bus bog von der breiten Straße ab und fuhr in einen der Hochhauskomplexe hinein. Dort erstreckte sich ein Platz, an dessen Rand wir zwischen unzähligen anderen Bussen parkten. Mir fielen sofort die Lautsprecherwagen auf, die überall verteilt standen. Ab und an stand auch ein Krankenauto daneben. Doch alle blitzten sie im typisch militärischen Grün. Jetzt wurden die zwei Herren in Zivil unruhig und liefen im Gang des Busses hin und her. Die anderen Offiziere unseres Städtchens hatten ihre Freundlichkeit abgelegt und sahen gelangweilt durch die Fenster. Dann kam einer der Herren auch zu mir und drückte mir einen Nummernzettel in die Hand. Wir wurden angehalten, uns mächtig zu beeilen, weil wir zu spät angekommen seien. Ich schnappte meine Tasche und beeilte mich, auf die Stellfläche des Platzes zu kommen, an der die Nummer stand, die ich von meinem Zettel las. Ich tauchte in die Menge ein, und sofort legte sich absolute Stille in die Luft. „Ich begrüße Sie – Genossen Soldaten", donnerte eine Stimme durch die Lautsprecher. Ich zuckte zusammen. Denn diese Stimme klang unmenschlich. In ihr wohnte der Zwang nach Gehorsamkeit, der sich in der eigenen Höhle nicht verstecken konnte und nun zitterte vor Kälte und Härte: „Heute ist für Sie ein bedeutender Tag. Für die meisten von Ihnen sogar der bedeutendste Tag in Ihrem Leben. Mehr noch als Pflicht ist es für Sie eine Ehre, sich in den Dienst des Staates zu stellen, um somit einen aktiven Beitrag zur Verteidigung unseres Vaterlandes, des Sozialismus und somit des Friedens in der Welt zu leisten. Aus Erfahrung weiß ich, daß viele unter Ihnen derart von der Notwendigkeit und Freude an dieser Aufgabe ergriffen sein werden, um sich mit Stolz und Kühnheit für den Rest ihres Berufslebens der edlen Aufgabe anzunehmen. Aber, Genossen – nicht jeder erhält die Ehre, im Wachregiment

Berlin zu dienen. Nur den Besten, nur den Treuesten, nur den Mutigsten unter Ihnen darf diese Auszeichnung zuteil werden. – – Junge Genossen! – Heute ist für Sie der Tag gekommen, wo Sie beweisen können, wie sehr Sie sich unserem Staat gegenüber verpflichtet fühlen. Einem Staat der Arbeiter und Bauern, der für Sie alle, die Sie hier gesund und kräftig vor mir stehen, durch eine sichere Kinderstube und eine solide Schulausbildung dafür gesorgt hat, daß die meisten von Ihnen das Abitur haben und nach der militärischen Pflichterfüllung an den Universitäten unseres Vaterlandes studieren werden. Und das – Genossen – unabhängig davon, ob die Eltern einfache Schichtarbeiter am Fließband oder Rechtsanwälte sind. Ich denke, das ist eine Leistung unserer Partei- und Staatsführung, die es sich zu verteidigen lohnt. – – Vielleicht mögen Sie sich fragen, gegen was sich eigentlich der Staat verteidigen soll. Ja – Genossen – es ist der exakten Pflichterfüllung Ihrer Vorkämpfer zu verdanken, daß Sie auf Ihrer Schulbank sitzen konnten, ohne jegliche Bedrohung zu spüren. Leider aber ist die Bedrohung unseres sozialistischen Vaterlandes wirklich vorhanden – ja, mehr noch – der Feind steht sozusagen direkt vor Ihnen, hier in unserer Hauptstadt, ein paar Kilometer weiter – im Westen Berlins. Das ist eine Ungeheuerlichkeit, eine Provokation und eine Herausforderung zugleich. Wir wissen, daß der erste Arbeiter-und-Bauern-Staat auf deutschem Boden dem Westen von jeher ein Dorn im Auge ist. Wir wissen, daß dem Westen jede Lüge und Verleumdung recht ist, um unserem Land zu schaden. Aber wir wissen auch, daß wir in der Lage sind, uns zu verteidigen. – – Soldaten, dafür steht Ihr hier und ich hoffe, Euer Ziel ist klar erkannt.“ Das blecherne Dröhnen aus den Lautsprechern verstummte. Auch die Menschenmenge blieb stumm. Verunsicherte Blicke huschten rundum, und ich wußte nicht, ob man jetzt klatschen mußte oder hurra brüllen oder so etwas ähnliches.

Aus den Lautsprechern klang ein leises Gemurmel, Rascheln und Räuspern. Es hatte den Anschein, als würde die Lage besprochen. Plötzlich wieder Stille: „Genossen!“ donnerte es los. Diesmal aber aus dem Munde eines jüngeren Offiziers. „Ich möchte mich – und das sicher auch in Ihrem Namen – für die einführenden Worte des Genossen Generalmajor bedanken. Es gibt dieser deutlichen Aussage nichts weiter hinzuzufügen. Es liegt also bei Ihnen, was die Zukunft für Sie bringen wird. Um das aber erfahren zu können, werden für Sie mit dem heutigen Tage acht Wochen harter Prüfungen beginnen, in denen sich die Spreu vom Weizen trennt. Ich weiß, daß das für viele eine ganze Reihe von Opfern mit sich bringt. Nein, keine Opfer materieller Art. Aber Opfer im ideellen Sinne. Und Sie werden die Erkenntnis gewinnen, daß diese oftmals schwerer wiegen. Willen, Kampfkraft, Ausdauer und Mut sind die künftigen Worte für den Sieg des Einzelnen. Kameradschaft, Brüderlichkeit und Solidarität sind die künftigen Worte für den Sieg der Gemeinschaft. All das werden Sie nun lernen. Ich wünsche Ihnen viel Erfolg dabei.“

Wieder verhallte das Donnern zwischen den Menschenblöcken und Stille legte sich über den Platz. Ich konnte das Vogelgezwitscher aus der Ferne hören und bemerkte, wie sich die Anspannung meines Körpers löste. Die Hände waren naß. Der Kopf dröhnte. Mein Gefühl im Bauch hoffte darauf, daß die blumigen Worte des Grauens nicht stimmen mögen.

Eine Schar von Offizieren schwärmte von der Tribüne aus und verteilte sich in der Menge. Uniformmäntel flatterten im Winde, versilberte Schultern blitzten in der Sonne. Einer der Offiziere machte vor meiner Stellfläche halt. Er war jung und schien streng zu sein. „Achtung!" schrie er. Ich sah ihn verdutzt an und äugte verunsichert in die Runde. „Achtung!" schrie er wieder. „Alles hört auf mein Kommando! Der Größe nach in Dreierreihe angetreten – Marsch!" Sofort schnappte ich meine Tasche und setzte mich ziellos in Bewegung. Allerdings taten das alle anderen auch und es herrschte ein wüstes Durcheinander. „Was ist denn das für ein Haufen?" schrie der Offizier, ohne sich ein Schmunzeln zu verkneifen. „Mensch, Genossen, – und Sie wollen einen Krieg gewinnen? Sie wissen ja nicht einmal, was groß und klein ist." Ich zuckte zusammen. Das war mein Stichwort. Ich blieb stehen und ortete das Ende. Denn das mußte auf jeden Fall richtig sein. Irgendwie reagierten wir alle auf dieses Stichwort. Und schon nach wenigen Sekunden zog Ordnung in den Haufen ein. Die Großen standen vorn und die Kleinen hinten. Der Offizier grinste immer noch und meinte in ernstem Ton: „Naja – das will ich aber künftig in der Hälfte der Zeit sehen!"

Eine Kolonne von grünen Planen-LKWs rollte sich uns entgegen. ‚Nun also doch', dachte ich, ‚jetzt wird`s ernst'. „Was Sie hier sehen, sind die sogenannten Mannschaftstransportwagen, kurz als MTW bezeichnet. Sie sollten sich schnell an die Fahrzeuge gewöhnen, denn ich kann Ihnen versichern, daß Sie so schnell keine anderen zu Gesicht bekommen werden." Einer der LKW bremste vor unserer Stellfläche. Die Luftdruckbremsen zischten laut. Der Motor ging aus, und ein Soldat sprang unter lautem Türknall aus der Fahrerkabine. „Ah – da sind sie ja, unsere neuen Spritzer." „Genosse Feldwebel!" schrie der Offizier entrüstet. „Reißen Sie sich gefälligst zusammen – ja!" Der Feldwebel verstummte, ging hinter seinen MTW und öffnete die Klappe. „Aufsitzen – Marsch, Marsch!" schrie der Offizier. „Und sollte Ihnen kalt werden, so rücken Sie dicht zusammen – verstanden!?"

Ich krabbelte als letzter auf die Ladefläche. An den Seitenplanken standen Holzbänke, in der Mitte war eine Doppelbank angebracht. Kaum hatte ich mich auf das letzte freie Stückchen der Mittelbank gekauert, als auch schon die Klappe zuschlug und der Feldwebel die Plane herunterließ. Dunkelheit machte sich breit, und ich kam mir vor wie ein Tier im Viehwaggon. Die Türen der Fahrerkabine knallten, der Motor heulte auf und der Luftdruck der Bremsen zischte. Dann begann ein fürchterliches Geholper. Wir wurden durchgeschüttelt, daß ich glaubte, mir würden die Plomben aus den Zähnen fallen. Ein stechender Schmerz durchzog meinen Hintern, denn dieser donnerte unaufhörlich auf die Holzbretter und ließ mich glauben, er sei unter den Fleischklopfer einer Hausfrau geraten. Die Taschen rutschten über die Ladefläche, und man mußte sich entscheiden, wen man festhalten wollte, sich selbst oder die Tasche. Die meisten entschieden sich für sich und ließen die Taschen Taschen sein. Ich auch. Die, die sich für ihr Gepäck entschieden hatten, blieben nicht lange auf den Beinen und lagen schließlich auf ihren Taschen oder unter den Bänken. Eigentlich fand ich das ziemlich komisch und konnte daher mein Schmunzeln kaum verstecken. Durch die

Dunkelheit wirkte alles gespenstisch, so wie ein Ulkfilm im Kino. Doch fand ich schnell zum Ernst der Lage zurück, als mich die wenigen Lichtblitze des Planenverdecks das Feuchte in den Augen meines Gegenübers erkennen ließen. Er hielt den Kopf gesenkt und drehte unentwegt den Verlobungsring an seinem Finger.

Wieder dauerte die Fahrt lange. Wieder lag die erdrückende Beklommenheit im Raum. Das Heulen des Motors blieb in den Ohren, die sich allmählich daran gewöhnten. Das Holpern jedoch beruhigte sich, nachdem der MTW Berlin verlassen hatte und auf einer Landstraße ins Unbekannte fuhr.

Schließlich ließ ich vom Finger mit dem Verlobungsring ab und war gänzlich damit beschäftigt, herauszufinden, wo wir denn sein könnten. Doch verrieten die brüchigen Bilder, die am Planenspalt vorüberhuschten, nur eine sehr begrenzte Vorstellung. Sicher schien nur, daß es viel, viel Wald da draußen geben mußte, denn die Luft roch so. Der LKW wurde langsamer und schlagartig rutschten wir wieder über die Bänke. Ich spürte, daß wir jetzt über einen Feldweg oder so etwas Ähnliches holperten, der uns mit Sicherheit bald ans Ziel brachte. Schließlich hörte ich wieder dieses Zischen der Bremsen und wir hielten an. Eine junge Stimme forderte: „Die Papiere bitte!"

Nach wenigen Sekunden fuhren wir weiter. Doch ging es jetzt nur im Schrittempo voran. Nervosität breitete sich aus. Es begann das Gewühle nach den Taschen. Plötzlich ein Ruck, ein Zischen, der Motor ging aus und die Türen der Fahrerkabine schlugen. Der Feldwebel warf die Plane zurück und öffnete die Klappe. „Absitzen!" schrie der Offizier, der in einiger Entfernung stand und uns wohl zeigen wollte, wo wir hinlaufen mußten. „In Dreierreihe angetreten – Marsch!" rief er nach wenigen Augenblicken, obwohl erst ein paar zukünftige Soldaten die Ladefläche verlassen hatten. „Und diesmal etwas schneller – wenn ich bitten darf!" Aber die Bemerkung hätte er sich sparen können, denn die Soldaten liefen vor Angst so schnell sie konnten. Wir standen in Windeseile wie die Orgelpfeifen neben dem Offizier, krampften uns an den Taschen fest und schnauften vor Erwartung.

„Na bitte, Genossen. Es geht doch! Wenn wir auch künftig einen gemeinsamen Nenner finden, ersparen Sie sich eine Menge Unannehmlichkeiten. Mein Name ist Leutnant Scharf. Ich bin Ihr Zugführer und für Ihre militärische Grundausbildung zuständig. Das heißt für Sie, daß ich Ihnen all das beibringen werde, was sie bis zu Ihrer Vereidigung brauchen. Die Ausbildung schließt mit einem Härtetest ab. Die Ergebnisse des Testes entscheiden dann darüber, ob Sie zum Wachregiment vereidigt werden können, und wenn ja, wo Sie dort zum Einsatz kommen. Erfüllen Sie Ihr Ziel nicht, müssen Sie wieder nach Hause und gelangen in die Befehlsgewalt der Nationalen Volksarmee. Allerdings würde ich Ihnen von der letzten Variante abraten. Bisher hat noch kein Soldat, den ich ausgebildet habe, sein Ziel nicht erreicht. Und wenn es da ein Problem – gleich welcher Art – gibt, wird eben so lange geübt, bis es verschwunden ist. Ich denke, Sie haben mich verstanden, Genossen Soldaten! Im übrigen, wie stehen Sie da, wenn Sie hier schlapp machen? Vor Ihren Eltern und Freunden, an Ihrem Arbeitsplatz und vor der Gesellschaft im allgemeinen. Und wie stehe ich da? Vor meinen

Vorgesetzten, vor meiner Familie und vor den Kollegen der Armee, die dann wohl meinen, im Wachregiment könnten keine richtigen Soldaten ausgebildet werden. Aber nun genug geredet, meine Herren! Da Sie ja noch nicht marschieren können, erlaube ich Ihnen ausnahmsweise, im normalen Schritt zu Ihren Quartieren zu gehen. Zukünftig lautet dieser Befehl: Sachen aufnehmen! – Stillgestanden! – Ohne Tritt – Marsch!"

Ich nahm meine Tasche und lief hinter den anderen her. Daß ich zu den kleinen Soldaten zählte, störte mich plötzlich überhaupt nicht mehr. Im Gegenteil. In der letzten Reihe genoß ich gewisse Freiheiten, hatte einen Überblick und mußte nicht inmitten des Haufens befürchten, daß mir mein Hintermann in die Hacken latschte. Auch registrierte ich positiv, daß die Landschaft wunderschön war. Wir gingen auf einer Teerstraße durch einen Laubwald, der an einen See grenzte. Die Bäume standen in Gruppen zusammen und gaben weite Flächen mit Wiesen frei. Auf den Wiesen befanden sich kleine Holzhäuschen. Alles zusammen wirkte sehr idyllisch. In der Ferne schwammen weiße Segelboote auf dem blauen Wasser Sees. Die Blätter der Laubbäume leuchteten gelb und rot und braun. Die Wiesen lagen saftig grün. Auf einem Transparent, das quer über die Straße gespannt war, las ich Buchstaben in kindlicher Handschrift: ‚Herzlich willkommen im Pionierferienlager Ernst Thälmann!' Neben der Schrift lachte eine Sonne zu mir hinunter. Ich wunderte mich, da ich nicht wußte, was das zu bedeuten hatte. Ein schlechter Witz konnte es aber nicht sein. Denn dafür sah alles viel zu sehr nach Pionierferienlager aus. Sogar die Sonne lachte wirklich. Sie blinzelte zwischen den Bäumen hervor und warf ihre Wärme auf den Asphalt.

Wir bogen von der Teerstraße auf einen Weg ab. Am Rande eines Sandplatzes befahl Leutnant Scharf den Halt. In der Mitte des Platzes standen Tischtennisplatten aus Stein, ein Klettergerüst und zwei Fahnenstangen. Das Ganze wurde von diesen kleinen Holzhäuschen umsäumt. Wir mußten die Taschen absetzen, und der Leutnant baute sich vor uns auf: „Also, Genossen – das sind Ihre neuen Quartiere und ich hoffe, sie gefallen Ihnen genauso gut wie den Schulkindern, die hier jährlich ihre Sommerferien verbringen. Jeder Zug wird in vier Gruppen eingeteilt. Jede Gruppe bezieht ein Haus. Da ein Zug aus vier Gruppen besteht, gehören uns vier Häuser, genau die, die Ihnen jetzt im Rücken liegen. Vier Züge wiederum bilden eine Kompanie. Zwei Kompanien sind in diesem Lager."

„Eh – Soldat, was gucken Sie so zerknirscht?" rief der Leutnant mir zu und konnte sich ein arrogantes Grinsen nicht verkneifen. „Ich möchte wetten, daß Sie ein zukünftiger Student sind, stimmt's?" Ich nickte und fühlte mich ertappt. „Ja, ja", lachte der Leutnant, „unser junger Genosse hat sofort bemerkt, daß die wenigen Häuser niemals für zwei Kompanien Platz bieten können. Aber beruhigen Sie sich, Genosse! Sie haben ja recht. Hier ist das Quartier unserer Kompanie, der 2. Kompanie. Das Gelände der 1. Kompanie befindet sich hinter dem nächsten Waldstück. Die Trennung ist aus taktischen Gründen wichtig, müssen Sie wissen. Zur militärischen Ausbildung bedarf es eines Feindes, und bei Feinden ist es üblich, daß man sie nicht gleich sieht. Aber dazu kommen wir später noch."

Wie auf Kommando kamen aus einem der Häuschen vier Soldaten und stellten sich in strammer Haltung neben den Leutnant. Ihre abgetragenen Uniformen verrieten sofort, daß sie den Militärdienst ausführten und eben nicht nur planten, so wie es die Offiziersuniform des Leutnants vermuten ließ, die zwar in jeder Falte glänzte, aber mit Sicherheit noch nie ein Körnchen Staub abbekommen hatte.

„Als nächstes zu den vier Genossen, die hier neben mir stehen. Es sind Unteroffiziere, die schon seit zwei Jahren ihren Ehrendienst im Wachregiment leisten. Sie sind meine Stellvertreter und somit die direkten Vorgesetzten von Ihnen. Jede der vier Gruppen des Zuges bekommt einen Unteroffizier als Gruppenführer. Ich bin mir dessen bewußt, daß diese ganzen Zahlen und Dienstgrade Sie in den ersten Tagen verwirren werden, aber bedenken Sie, daß Ihnen acht Wochen Zeit bleiben, um alles exakt zu lernen. So tragen auch nur zwei von den vier Unteroffizieren wirklich den Dienstgrad Unteroffizier – die Genossen Schulz und Schulzer. Die beiden anderen sind schon etwas höher auf der Leiter der Dienstgrade: der Unterfeldwebel Neuschulz und Feldwebel Altschulzer, den Sie ja schon als MTW-Fahrer kennengelernt haben. Sie sehen also, daß in der Armee alles genauestens festgelegt ist. Aber auch absolut alles. Nichts wird dem Zufall überlassen, denn Zufälle innerhalb einer Armee gibt es nicht. Es gilt das Gesetz des Dienstweges, an das sich jeder zu halten hat. Wenn sich ein Soldat mit einem Problem rumärgert, wendet er sich an seinen Unteroffizier, der meldet es seinem Offizier und der gibt es dem General weiter, wenn es denn sein muß.“

Leutnant Scharf übergab das Kommando seinen Unteroffizieren und verschwand. Mir brummte der Schädel, weil ich von der ganzen Schulzerei nichts begriffen hatte und nur spürte, daß mir die Armee schon jetzt zum Halse raushing. Wer zu welcher Gruppe gehörte, stand fein säuberlich in einem Buch, aus dem Feldwebel Altschulzer unsere Namen vorlas. Mich erwischte es gleich in der ersten Gruppe, und mein Gruppenführer war der Feldwebel selbst. Das erleichterte mich etwas, denn er wirkte gelassener als die anderen Unteroffiziere. Irgendwie machte er auf mich den Eindruck, daß er selbst kein Freund der Armee war, auch wenn er es bis zur höchsten Titulierung der Unteroffiziersgattung geschafft hatte. Und mit meinem Gespür lag ich nicht schlecht. Der Altschulzer führte meine Gruppe in eines der Häuschen und machte alles selbst. Wir brauchten nur dastehen und aufpassen. Was er uns zeigte, fand ich erstaunlich. Niemals hätte ich es für möglich gehalten, daß man aus dem Bettenmachen eine solche Wissenschaft entwickeln konnte. Noch verschärfter gestaltete sich der Aufbau des Schrankes oder besser Spindes, wie der Feldwebel den Schrank nannte. Zum Schluß verteilte er Karten mit der Auflistung der Dienstgrade, die wir auswendig lernen sollten, wenn uns Ärger erspart bleiben wollte. Dann verließ er das Haus und gab uns eine Viertelstunde Zeit für unsere Aufgabe.

Mir begannen die Hände zu zittern und die Karte flatterte zwischen meinen Fingern. Es machte sich ein unbeschreiblicher Druck in mir breit, aus Angst vor einer Bestrafung, wenn ich nicht alles so packen würde, wie es gefordert wurde. Nicht einen Augenblick verwandte ich darauf, mir die Soldaten anzusehen, mit denen ich zusammen wohnen sollte. Ich nahm die

Karte und lernte so schnell ich konnte. Demnach gab es Soldaten, Unteroffiziere, Offiziere, Stabsoffiziere und Generäle. Die wiederum unterteilten sich noch einmal. Beim Soldaten war das leicht, es gab nur einfache Soldaten und Soldaten, die einen silbernen Streifen auf dem Schulterstück hatten und als Gefreite bezeichnet wurden. Bei den Unteroffizieren fing es an, kompliziert zu werden. Sie erkannte man an der silbernen Umrandung ihres Uniformkragens, des Schulterstücks und Ärmelkragens – so jedenfalls der einfache Unteroffizier. Der nächsthöhere wurde Unterfeldwebel genannt und hatte zusätzlich einen Silberstreifen auf seinem Schulterstück. Dann kamen der Feldwebel mit einem silbernen Pickel auf dem Schulterstück, der Oberfeldwebel mit zwei Silberpickeln und der Hauptfeldwebel mit dreien. Die Offiziere hießen Leutnant, auch wieder unterteilt in Unter- und Ober- mit entsprechenden Pickeln in Gold auf einem silbernen Schulterstück. Der oberste Leutnant hatte vier goldene Pickel und hieß unlogischerweise nicht Hauptleutnant, sondern Hauptmann. Bei den Stabsoffizieren ließ man sich der Schwierigkeit halber etwas Neues einfallen. Die Schulterstücke waren nicht mehr glatte Silberflächen, sondern der Silberstoff war dick geflochten. Mit nur einem goldenen Pickel nannte man ihn Major, mit zweien Oberstleutnant und mit dreien Oberst. Um die Verwirrung komplett zu machen, wurde das Silbergeflecht durch ein Goldgeflecht ersetzt, das sich mit einem Pickel Generalmajor nannte, mit zweien Generalleutnant und mit dreien Generaloberst und einer im ganzen Lande konnte sogar vier bekommen und durfte sich Armeegeneral nennen.

Plötzlich schallte der Pfiff einer Trillerpfeife vom Platz her durch die Fenster, und eine Stimme schrie, daß wir zum Essenfassen raustreten sollten. Mir war sofort klar, daß es sich hierbei um die militärische Umschreibung für das Mittagessen handeln mußte, und ich stürmte nach draußen. Die Dienstgrade wurden mir unterdessen egal, da ich wußte, daß sich kein Mensch der Welt diese ganzen Ober- und Unterpickel binnen einiger Minuten merken konnte.

In Eile strömten die Soldaten aus den Häusern und versammelten sich auf dem Vorplatz der Größe nach. Auch Feldwebel Altschulzer begnadigte uns mit der Ausnahme, ohne Tritt marschieren zu dürfen, was nichts weiter bedeutete, als daß wir wie ganz normale Menschen die Teerstraße durchs Lager entlangliefen, um nach einer Weile am Küchenkomplex einzutreffen. Die gigantische Küche mit ihren zwei Essensälen paßte nicht in das sonst so idyllische Lagerstädtchen und ließ mich erahnen, welch eine Menschenmenge hier abgefüttert werden mußte. Der Feldwebel befahl den Halt, und wir mußten so lange auf der Stelle stehen, bis die Soldaten der 1. Kompanie die Säle verlassen hatten und abmarschierten. Nun endlich erhielten wir die Erlaubnis, uns in Einerreihe aufzufädeln. Mit Schub im Rücken tasteten meine getretenen Füße im Sog des Vordermannes. Die Hände verschwanden kurz in einer Wandluke, um dann mit der dampfenden Plastikschüssel voller Kartoffelsuppe wieder hervorzueilen. Schließlich standen wir vor den Tischen im Essensaal. Ich fühlte eine Sekunde der Erleichterung und nutzte sie für Blicke durch den Raum. Er war grundhäßlich. Keine Bahnhofshalle hätte schlimmer aussehen können. Ein gemauerter Saal mit kleinen Fensterreihen ohne Putz an den Wänden. Kaltes Neonlicht flutete über unzählige Tischreihen mit Bänken aus blankem Holz, unzählige Soldaten, unzählige dampfende Plastikschüsseln. Plötzlich hallte ein lautes „Achtung“ durch die Luft. Stille legte sich in den Saal. „Mahlzeit – Genossen!“ hallte es wieder. Ich erkannte nicht, von wem und woher es kam, setzte mich und begann, meine Suppe zu löffeln. Doch unterbrach ich sofort und sah verdutzt auf. Mir kamen Kinofilme in die Erinnerung. Bilder aus Filmszenen und alle hatten sie dieses Klappern mit den Suppenschüsseln gemeinsam. Ob Häftlinge im Knast, Sträflinge auf der Galeere oder Soldaten bei der Armee. Mein Blick sank in die Schüssel. Der Alulöffel in meiner Hand tauchte die gebogenen Würstchenscheiben in die Suppe. Aber sie kamen alle wieder hoch. Irgendwie schien ich zu begreifen, wo ich eigentlich war, und mich überfiel das Gefühl des Gefangenseins, das sich sogleich in den Wunsch nach Flucht ausweitete. Aber wie? Ich sah überall um mich herum nur nichtssagende Gesichter, die teilnahmslos damit beschäftigt waren, Suppe in sich hineinzulöffeln. Ich sah auch, daß sie ihrem Ziel näher kamen und meine Suppe die Schüssel noch bis zum Rand füllte. Keiner von ihnen schien zu denken, sich zu wundern, sich zu fragen. Und das war gut so, denn schon nach wenigen Minuten hallte wieder ein Ruf durch den Saal: „Essen einstellen! – Alles auf!“ Eine kurze Unruhe und wir standen artig vor den Tischen. Ich betrachtete meine Schüssel und kam mir vor, als sei ich in die Zeit des Kindergartens zurückversetzt worden.

Feldwebel Altschulzer führte uns zur Bekleidungskammer. Ähnlich wie beim Essenfassen wurde der dreireihige Soldatenzug zu einer Reihe aufgefädelt, die sich Tisch um Tisch durch eine Wäschehalle schlängelte, in der es nach gegerbtem Leder roch. Ging es am ersten Tisch noch zügig voran, weil die Seesäcke aus zusammengeknüpften Zeltbahnen alle eine Größe hatten, geriet die Reihe bei den Stiefeln, Schuhen und Uniformteilen ins Stocken. So einheitlich, wie Leutnant Scharf die Armee bewunderte, konnte sie wohl doch nicht sein. Denn einige Soldaten hatten einen solch dicken Bauch, der einfach in keine der vorgeschriebenen Uniformen passen wollte. Manche liefen auf viel zu großen oder kleinen Füßen, trugen lange oder breite Köpfe zwischen den Schultern. Und trotzdem. Die Unteroffiziere in der Kleiderkammer schienen äußerst versiert in ihrem Tun. Dauerte das Einkleiden des einen oder anderen auch etwas länger, gefunden wurde für jeden etwas. Für extrem hartnäckige Fälle gab es einen Verschlag mit Nähmaschinen. Und spätestens dort formte man auch die ausgefallenste Figur zum Einheitssoldaten. Bei mir jedoch herrschte an allen Tischen erleichtertes Aufatmen, denn egal um was es sich handelte, die Einkleider griffen stets in die Kiste mit der kleinsten Größte. Eine noch kleinere gab es nicht und so konnte niemand einen Fehler machen. Einerseits beruhigte es mich, daß mir alle Sachen auf Anhieb paßten und mir damit die Schneiderei erspart blieb, andererseits ärgerte ich mich, daß die Armee auf meine Größe vorbereitet war und mich binnen Minuten zum perfekten Soldaten ausstatten konnte. Doch fand ich mich schließlich damit ab, da mein Seesack voller Uniformkleidung mir keine Kraft mehr zum Ärgern ließ. Er wog so schwer, daß ich ihn nicht mehr tragen konnte und sogar froh war, daß ich es wenigstens schaffte, ihn hinter mir her zu schleifen. Sehnsüchtig strebte ich dem Hallenende zu. Aber vor dem Ausgang hielt man noch einen speziellen Tisch für uns bereit. Vor ihm stand eine Stuhlreihe, auf der wir Platz nehmen mußten, um mit militärischer Schnelligkeit den Einheitshaarschnitt verpaßt zu bekommen.

„Na, junger Mann. Ganz schön schwer so' n voller Seesack", sprach mich Feldwebel Altschulzer von der Seite her an. „Ja. Ganz schön", gestand ich. Altschulzer packte kraftvoll meinen Seesack und zog ihn aus der Reihe. „Die Haare dieses Genossen Soldaten sind vorbildlich kurz und von einem Friseur geschnitten. Das nenne ich Klugheit." Der Feldwebel sprach mit lauter und ernster Stimme, so daß er weithin zu hören war. „Als Belohnung dafür braucht er nicht länger zu warten und darf zurück auf sein Quartier." Altschulzer hievte den Seesack vor die Kleiderkammer und meinte wohlwollend: „So – nun lauf! Und wenn du angekommen bist, räum' den Spind so ein, wie es auf der Rückseite der Karte steht, die ich verteilt habe!"

Wie ein Ackergaul stapfte ich über die Teerstraße und schleifte den Seesack hinter mir her. Der Schweiß lief über die Stirn, mein Atem wurde schnell und heiß. Und da die Viecherei noch nicht schwer genug zu sein schien, erkannte ich in der Ferne eine Gruppe von drei Offizieren, die mir entgegenkamen. Daß es Offiziere waren, konnte ich unschwer erkennen, denn das Silber an ihren Uniformen blitzte schon von weitem. Ich blickte nach unten und tat so, als würde ich sie nicht bemerken. Erst als sie direkt bei mir standen, ließ ich von meinem Seesack ab und nickte ihnen entgegen. „Was machen Sie hier alleine auf der Straße, Genosse Soldat?" fragte einer von ihnen. „Ich bringe meinen Seesack aufs Quartier. So hat es Feldwebel Altschulzer befohlen, als Aufmerksamkeit, weil ich mit kurzen Haaren angekommen bin und nicht zum Haareschneiden muß." „So, so", lachte der Offizier, „als Aufmerksamkeit." Binnen eines Augenblicks verschwand das Lachen und sein Gesicht wurde ernst. „Merken Sie sich, Soldat, Aufmerksamkeiten gibt es in der Damenwelt, aber nicht in der Armee! Bei uns kann man belobigt werden, sonst nichts – verstanden!?" Ich nickte hastig. „Zu Befehl – lautet Ihre Antwort, Genosse!" mahnte er mit fordernder Stimme. „Zu Befehl", kam es leise und ungeübt über meine Lippen. „Lauter, Soldat!" – – „Zu Befehl", wiederholte ich mit kräftigem Ton. „Weitermachen!" entgegnete er zufrieden und ging mit den anderen davon.

Ich spannte mich wieder vor meinen Seesack. Sofort mußte ich an Feldwebel Altschulzer denken. Irgendwie glaubte ich, den Unterschied zwischen den Offizieren und den Unteroffizieren zu spüren. Es waren eben nicht nur die äußerlichen Unterschiede zwischen den Uniformen mit den pickligen Schulterstücken. Nein, ich war mir sicher, daß der Feldwebel mir befehlen mußte und dennoch auf meiner Seite stand. Bei den Offizieren hingegen witterte ich Gefahr. Die konnten nicht nur befehlen, sondern auch bedrohlich werden. Und dieser Unterschied lag mit Sicherheit daran, daß die Unteroffiziere auch nur Wehrpflichtige waren, wohingegen die Offiziere für immer berufliche Militaristen blieben. Anders konnte ich mir nicht erklären, warum Feldwebel Altschulzer in zwei Stimmlagen zu mir sprach. Als er mich fragte, ob der Seesack mir zu schwer sei und als wir vor der Kleiderkammer standen, klang seine Stimme gutmütig, ja fast schon fürsorglich. Auch hatte ich nicht überhört, daß er mich duzte. Als er jedoch vor den anderen Soldaten auf mich zu sprechen kam, war sein Tonfall streng und wirkte dienstlich.

Mit aller Kraft zerrte ich die militärischen Habseligkeiten über den Appellplatz meinem Häuschen entgegen. Staub wirbelte durch die Luft, und das dunkle Grün der Zeltbahn bekam einen gelben Schimmer. Ich schlug die Tür auf, gab mir einen letzten Schub und ließ mich auf den Seesack fallen. Daß man eine Zeltbahn zu einem Sack binden konnte, der für die Mobilität der gesamten Habe eines Menschen sorgte, hatte ich begriffen. Wie daraus aber ein Zelt entstehen sollte, war mir schleierhaft. Ich kauerte mich noch enger zusammen, legte den Rücken gegen das kühle Metall der Doppelstockbetten und fühlte, wie mich die Müdigkeit überfiel. Draußen vor dem Häuschen stand der Wald. Die Sonne strahlte durch die Wipfel, ein leises Knarren der Äste zog mit dem Wind davon und Vögel zwitscherten in der Ferne. Alles wirkte ruhig und friedlich, die Luft roch gut. Sofort hätte ich einschlafen können, dachte dabei an die zerknitterten Uniformen unter meinem Hintern und wurde doch von etwas wachgehalten, das ich nicht erfassen konnte. Schlaftrunken äugte ich durch das Haus. Es bestand nur aus einem Zimmer. An zwei Wänden standen die Betten, an der dritten die Spinde und die vierte war die Fensterfront mit Eingangstür. In der Mitte des Raumes gab es einen Tisch mit Stühlen, von der Decke baumelte eine Lampe. Aus der spartanischen Einrichtung und der schönen Einöde um mich herum schlußfolgerte ich, daß die Armee mit Sicherheit langweilig werden würde, denn ich hatte keine Vorstellung davon, was man hier den ganzen Tag lang machen sollte.

Schon von weitem hörte ich das Getöse der heranschleifenden Seesäcke. Mit einem Satz sprang ich auf und räumte die Sachen in den Spind. Aber ich schaffte nicht mehr viel, bis die Soldaten aus meiner Gruppe ins Häuschen geschnauft kamen. Wortlos stellten sie sich an die anderen Spinde und bauten ihre Sachen hinein. Ab und zu kam ein Unteroffizier der Schulzerei und kontrollierte unser Handeln. Als Hilfsmittel benutzten sie die Partei-Tageszeitung „Neues Deutschland“. Die nämlich sollte nicht nur mein tagtägliches Informationsblatt werden, sondern war noch für viele andere Dinge gut. Die Schulzerei beispielsweise vermaß damit die Kantenlängen unserer Wäschestapel. Nur wenn die Kantenlänge von Zeitung und Wäsche übereinstimmten, durfte die Wäsche in den Schrank geräumt werden, der Einheitlichkeit halber. Besonderen Wert legten sie dabei auf die Unterwäsche, denn die sei sehr wichtig, wie man uns erklärte. Die lange Unterwäsche in echtem Mausgrau war so was von häßlich, daß sie auch die unerschrockenste aller Frauen in die Flucht geschlagen hätte, und ich blieb bei meiner Überzeugung, daß daran auch das viele Herumgenestel nichts ändern konnte. Zudem sollte man immer ein Stückchen „Neues Deutschland“ in den Gesäßtaschen der Uniformen tragen. Das Papier würde mit der Zeit schön weich und saugfähig. Wenn es sich irgendwann einmal ergäbe, daß man müßte und es fände sich kein Klo, würden diese Eigenschaften einen guten Dienst leisten. Und im übrigen erreiche kein Fensterputzmittel der Welt annähernd die säubernde Leistung von Lappen, klarem Wasser und einer Zeitung.

Mittlerweile hatten wir über zwei Stunden damit verbracht, unsere Spinde einzurichten. Meine Müdigkeit legte sich lähmend in die Knochen, der Magen schrie vor Leere. Endlich erhielten wir den Befehl, unsere Zivilsachen in die Reisetaschen zu verpacken und in Felddienstuniform auf dem Vorplatz anzutreten. Feldwebel Altschulzer lobte unser schnelles Begreifen. Die drei anderen Unteroffiziere der Schulzerei standen währenddessen in verschiedenen Uniformen neben dem Feldwebel, der wie wir die Felddienstuniform trug. Altschulzer erklärte, was alles zu den einzelnen Uniformen gehöre, die sich zu allen nur denkbaren Anlässen kombinieren ließen. Sofort erkannte ich die Verbindung zu den Pickeln der Dienstgrade, die sich eh kein Mensch merken konnte und nahm die Sache nicht weiter wichtig. Am Schluß verfiel Altschulzer noch einmal in Lobhudelei und belohnte uns für die Strapazen mit einer Stunde Ruhe vor dem Abendessen. Ein erleichtertes Raunen ging durch den Zug. Für Sekunden spürte ich Freude und meine Trägheit schien wie weggeblasen. Es war die erste Freude dieses Tages. Ich streifte meine noch steife Uniform vom Körper und verschwand im Bett. Für einen Moment gedachte ich meiner kurzen Haare, denen ich verdankte, unten im Doppelstockbett gleich neben der Tür liegen zu dürfen, weil ich mit meinem Seesack als erster zum Häuschen gekommen war. Ich wunderte mich über die völlige Ruhe, obwohl acht Menschen im Zimmer lagen. Nur mal ein Knacken, als der große blonde Soldat im Bett über mir sich auf die Seite drehte. Die Federn seines Bettes dehnten sich gespenstisch. Das alles geschah nur wenige Zentimeter von meinem Kopf entfernt, und ich bekam mächtigen Schiß, als ich daran dachte, daß das Bett irgendwann die Last nicht mehr tragen könnte. Ich zog mir die Bettdecke über den Kopf, lauschte dem knurrenden Magen und drückte mich in die Matratze. Die Dunkelheit beruhigte mich und ein warmer Atem streichelte mein Gesicht, der schläfrig machte.

Blitzartig jagte der Schrei einer Trillerpfeife durchs Haus. Ich zuckte hoch. Die scharfen Enden der Stahlfedern des Oberbettes schrammten auf meiner Kopfhaut entlang. „Zug – Achtung! Raustreten in Ausgehuniform in drei Minuten – Marsch!“ schrie Unterfeldwebel Neuschulz. Verstört sprang ich aus dem Bett. Es waren höchstens zehn Minuten Ruhezeit vergangen. Die Bettdecke blieb in den Stahlfedern hängen, und ich vergaß meinen schmerzenden Kopf. Hektik breitete sich in der Enge vor den Spinden aus. Niemand von uns wußte, was er nun binnen drei Minuten anzuziehen hatte. Da es sich schließlich um die Ausgehuniform handeln sollte, hielt ich mich an das Schönste, was mir solch ein Armeespind anbot. Und richtig. Es dauerte zwar keine drei, sondern mindestens zehn Minuten, bis der letzte Soldat des Zuges auf dem Vorplatz stand, aber mit meiner Idee von der Schönheit lag ich dicht am Ziel. „Mein Gott, ihr lahmen Säcke“, schimpfte Unterfeldwebel Neuschulz in seiner tadellosen Ausgehuniform, „ihr habt doch nicht wirklich geglaubt, daß man hier am Tage schlafen kann. Was denkt ihr eigentlich, wo ihr seid? Habt ihr Idioten schon geschlafen, als der Feldwebel die Uniformen erklärt hat?“ Das Gebrüll des Neuschulz klang wütend und böse. Mir lief ein Schauer über den Rücken, so daß ich mir vorkam, als sei ich ein Stück Dreck. „Seht euch doch mal um! Haben die

Fetzen, die da an euren unsportlichen, blassen Körpern baumeln, irgend etwas mit einer Ausgehuniform zu tun? Außerdem wurde das Antreten in drei Minuten befohlen und nicht in zehn.“ Der Unterfeldwebel streckte uns seine Hand mit der Stoppuhr entgegen. Plötzlich konnte Feldwebel Altschulzer nicht mehr an sich halten und brach in schallendes Lachen aus. Seine großen Zähne blitzten in der Sonne, die Augen wurden ihm feucht. Ich wußte nicht, ob ich über dieses Theater nun heulen oder lachen sollte. Zum einen fühlte ich mich auf miese Art und Weise gelinkt, zum anderen erschienen die Vorstellungen einiger Soldaten über die Ausgehuniform tatsächlich lächerlich. Und sprach der Altschulzer vor einer halben Stunde noch von Belobigung, so sprach sein Kamerad Neuschulz jetzt von Bestrafung, die darin bestand, so lange zu üben, bis alle Soldaten in der geforderten Zeit in den richtigen Uniformen vor ihm stehen würden. Das ganze Spiel hatte auch einen Namen und nannte sich ‚Fasching'.

Wieder bekamen wir den Befehl, in die Häuser zu verschwinden und ins Bett zu gehen. Voller Spannung wurde auf das Pfeifen gewartet und dabei unentwegt überlegt, welche Uniformen die Unteroffiziere der Schulzerei trugen, die es in wenigen Minuten zu kopieren galt. So spielten sie mit uns ‘Fasching', auf daß die wohlgeordneten Spinde in der Kürze einer Stunde zu Schlachtfeldern verkamen, von denen ich mich fragte, ob die Abendstunden ausreichen würden, um dieses Chaos wieder in den Griff zu bekommen. Und damit es der Hatz nicht am besonderen Kick fehlte, hetzten die Unteroffiziere die einzelnen Gruppen auch noch gegeneinander auf. Nur im Wettkampf um das beste der vier Häuser könnten die enormen Spitzenzeiten erzielt werden, denn niemand wollte die Schuld am verzögerten Essenfassen auf sich nehmen.

Als wir zu guter Letzt die Essenszeit einhalten konnten, stürzte ich mich wie ein wildes Tier auf den Plastikteller. Man gerade so, daß ich die Pelle von den Wurststücken riß, stopfte ich alles von der Hand in den Mund, so schnell ich nur konnte. Die Minuten zum Broteschmieren ließ ich mir nicht. Kein einziger Blick streifte den Nachbarn oder den Gegenüber. Völlig dem Anstand zuwider würgte und schmatzte ich auf Zeit, schlürfte Pfefferminztee in den überfüllten Mund und umfaßte die Plastiktasse beidhändig, da sie mir ständig aus den fettigen Fingern zu rutschen drohte. Und tatsächlich. Ich schaffte es. Mein Teller war leer, gut zwei, drei Minuten bevor das Kommando ‚Essen einstellen' kam. Durch das Schlingen drückte der Magen und es schien, als würde mir schwarz vor Augen. Aber gleichzeitig fühlte ich ein Behagen aus dem Genuß des Sattseins heraus.

Den Rest des ersten Armeetages durften wir mit Stuben- und Reviereinigen verbringen. Eine an sich ganz sinnvolle und nützliche Sache, wollte ich meinen. Doch der Schein war trügerisch. Nichts ist beim deutschen Militär sauberer als die Stuben und Reviere. Das ‚Faschingspielen' hatte mich zwar geärgert, aber ich wollte wenigstens den Sinn des Lernens darin erkennen. Das stundenlange Schrubben unseres Häuschens jedoch konnte ich nur als militärischen Blödsinn verstehen, denn die Armisten neigen dazu, sich Arbeit zu machen, wenn sie keine haben. Und so schien nichts unmöglicher, als in den Stuben auch nur ein Körnchen Staub zu finden. Was aber die Unteroffiziere bei ihren Kontrollgängen nicht daran hinderte, mit den Fingern über die Spinde zu fahren, um uns dann die Hand entgegenzustrecken und kräftig über die Handfläche in den Raum zu pusten. Anschließend traf uns ein strenger Blick, begleitet von der Frage: „Soldaten, sehen Sie mich noch? Also – neues Wasser in die Eimer und das Ganze wieder von vorn." Natürlich ging das Spiel so lange, bis die Uhrzeiger auf halb zehn zeigten. Da glänzten alle Reviere, und kein Unteroffizier verschwand mehr in einer Wolke aus Staub. Das alles wirkte schon ziemlich theatralisch. Es mußte ein Zwischending aus Komödie und Drama sein, bei dem Akteure wie Betrachter nicht wußten, ob sie sich nun ernst nehmen sollten oder nicht. Das Wasser in den Eimern blieb klar, und die Stuben waren nicht sauberer als am Anfang.

Unter zackigen Befehlen mußten wir uns mit freien Oberkörpern und Waschtaschen in den Händen an Wassertrögen aufreihen, die mich an die Viehtränken in den Ställen von Schulzenhorst erinnerten. Es floß nur kaltes Wasser und ich fror. Die Unteroffiziere drängten uns zur Katzenwäsche, so als hätten sie die Zeit im Nacken, die sie vorher mit dem unendlichen Reinigen von sauberen Stuben verplempert hatten.

Letztlich galt es, selbst die Felddienstuniform, Unterwäsche und Socken exakt auf einem Stuhl auszurichten, bevor man sich ins Bett legen durfte. Feldwebel Altschulzer kam noch einmal in unser Häuschen und ‚nahm die Stube ab'. Der große Soldat aus dem Bett über mir hatte die Ehre, uns zur Nachtruhe abzumelden. Im gestreiften Herrenpyjama stand er zur Säule versteinert vorm Feldwebel, stotterte seinen gelernten Text herunter und wirkte beschämend. Angewidert zog ich mein Deckbett über den Kopf und hoffte, daß endlich das Licht erlosch. Doch Altschulzer ging aus dem Haus und ließ das Licht an. Sofort erkannte ich meine Pflicht und sprang aus dem Bett, da ich direkt in der Nähe des Schalters lag. „Nein – warte noch", kam eine Stimme aus der Mitte des Raumes, „es ist noch nicht zehn!" Ich nahm meine Hand wieder vom Schalter und versuchte herauszubekommen, wer da sprach. Doch plötzlich kreischte die Trillerpfeife vom Platz her, und ich hörte die Stimme des Feldwebels rufen: „Zweiundzwanzig Uhr – Kompanie Nachtruhe – Licht aus!" Jetzt drückte ich den Schalter und verschwand im Bett. Einen Moment horchte ich noch, ob die Stimme sich wieder meldete und ich endlich mit jemanden ins Gespräch kommen könnte. Aber es blieb still. Die Stahlfedern über meinem Kopf knarrten leise. Ich malte mir aus, wie sie kurz vor meinem Kopf tanzten und nahm mir vor, am Morgen erst aufzustehen, wenn der Soldat über mir sein Bett verließ. Die tanzenden Stahlfedern riefen die Erinnerungen an den Vater wach, als wir zusammen die Betten im neuen Gartenhaus aufstellten. Der Vater. Ich bekam feuchte Augen. Der Vater, er hatte mich gewarnt. Ich erstickte die Tränen im Trotz, denn ich wußte, daß das alles sowieso irgendwann auf mich zugekommen wäre. Doch wie in aller Welt sollte ich dieses Theater drei Jahre lang überstehen?

Und dann wieder ein Pfiff. „Sechs Uhr – Kompanie Nachtruhe beenden! Raustreten zum Frühsport in drei Minuten!" Mächtiges Getöse erschütterte das Häuschen und entlud sich vor den Spinden. Die Nacht erschien mir so kurz, daß ich noch gar nicht glauben konnte, daß es Morgen war. An einen Traum konnte ich mich nicht erinnern. Auch nicht an das Einschlafen oder Aufwachen. In Windeseile stand ich in kurzen Sportsachen auf dem Platz und zitterte vor Kälte. In den Wipfeln der Kiefern hing der Reif. Im Tau der Wiesen funkelten die ersten Sonnenstrahlen. Die Unteroffiziere mahnten, daß das Pinkeln vor dem Frühsport strikt verboten sei – mir drückte die Blase. Wir rannten durch ein Waldstück zur Sportanlage und mußten jeder vor einem Panzerkettenglied Aufstellung nehmen. Sofort dachte ich wieder an das Gartenhaus, den Vater und die Herren, die meinten, im Wachregiment würde ich niemals auf Panzerkettenglieder stoßen. Vater nannte die Herren Heuchler, ich hatte ihm nicht glauben wollen und jetzt fühlte ich mich betrogen und der eigenen Rechthaberei überführt. Zum Glück war die Angst vor den Kettengliedern schlimmer als die Wirklichkeit. Sicher, sie hatten ein beachtliches Gewicht, doch bei den Übungen blieb Feldwebel Altschulzer human, und es ließ sich alles ertragen. Die eigentliche Quälerei bereitete mir meine Blase. Und als wir endlich wieder zurückliefen, mußte ich feststellen, daß der ganze Zug geschlossen die Toiletten ansteuerte. Das war mein Pech, denn als letzter Mann im letzten Glied, hieß es, sich anzustellen und zu warten. Nun schien das Ende meiner Geduld zum Platzen nahe. Ich verschwand kurz entschlossen hinter einem Baum. Aber auch das war der Schulzerei nicht fremd. Gleich zwei Unteroffiziere ertappten mich dabei und ihr hämisches Lächeln verriet, daß sie gar nichts anderes erwartet hatten. „Oh, oh, Genosse Soldat! Wer konnte denn da die Zeit nicht abwarten?“ unkte Unterfeldwebel Neuschulz. „Es ging nicht anders, tut mir leid“, hielt ich ihm erleichtert entgegen. „Dann müssen Sie lernen, sich zusammenzunehmen! Und damit Sie das lernen, holen Sie zwei Wassereimer aus der Waschanlage und spülen nach! Sie wollen doch nicht, daß sich der arme Baum die Wurzeln verätzt. Oder? Und das Ganze im Laufschritt – Marsch!“

Der anschließende Gang zum Küchenkomplex und wieder zurück sollte der letzte in Friedenszeiten sein, wie uns die Schulzerei versicherte. Denn nach dem Morgenappell stünde das Exerzieren auf dem Plan, wobei uns anständig der Marsch geblasen würde. Bis dahin jedoch sollte noch einige Zeit vergehen, die sich mit architektonischem Einheitsbettenbau, Stubenreinigen und Stiefelputzen ausfüllen ließ. Dabei war das Stuben- und Revierreinigen besonders wichtig, weil sich ja über Nacht schier unendliche Mengen an Dreck angesammelt hatten. Die ganze Zeremonie gipfelte schließlich im Morgenappell. Die vier Züge der Kompanie mußten auf dem Platz vor den Häusern antreten. Alle Unteroffiziere der Schulzerei waren zugegen, und selbst unser Zugführer, Leutnant Scharf, gab sich die Ehre. Die Unteroffiziere schritten Soldat für Soldat ab, um Rasur, Kragenbinde, Stiefelputz und Fingernägel zu kontrollieren. Als krönende Abschlußkontrolle mußten die sauberen Taschentücher und Haarkämme mit ausgestreckten Armen vorgehalten werden. Die Gruppenführer der Schulzerei meldeten schließlich die Bereitschaft unserem Zugführer Scharf, der daraufhin mit den anderen Zugführern zum Kompaniechef lief, um Männchen zu machen. Der Kompaniechef stellte sich als Major Müller vor und begann seine Rede. Ich rechnete wieder mit ausschweifenden Hymnen über die Bedeutung der Armee und stellte meine Ohren auf Durchzug. Doch ich irrte gewaltig. Major Müller sagte kurz: „Guten Morgen, Genossen Soldaten. Ihr heutiges Ausbildungsziel ist das Exerzieren." Dann verschwand er mit militärischen Ehren. Ich konnte gar nicht fassen, was das nun wieder bedeuten sollte und bekam auch keine Gelegenheit dazu, denn die Schulzerei übernahm sofort das Kommando.

Fortan trampelten wir ununterbrochen den Platz auf und ab. Ähnlich wie den Pferden bei der Dressur wurden uns die einzelnen Gangarten des Marschierens beigebracht. Ich erkannte dabei meine Vorteile, in der letzten Reihe laufen zu müssen, denn ich erahnte, wie die Hacken der Mannen vorderer Reihen nach den ersten Märschen aussehen mußten. Und natürlich handelte es sich nicht wirklich um Reihen, wie man das als Normaldeutscher hätte meinen können, sondern die militärische Reihe war eine Rotte, die durch Exaktheit glänzte und in nichts einer Zersetzung glich. Dabei hatten die Akteure der Uniformiertheit nach maschinellem Programm zu funktionieren, als hätte der Feldherr Angst davor, daß eigenes Denken einen Fehltritt nach sich ziehen könnte. Die Marionetten an der Leine des Mächtigen waren schließlich Soldaten und keine Menschen. Und so hatte der Blick stets frei-gerade-aus zu sein, die Hände pendelten von der Hosennaht bis zur Höhe des Koppelschlosses, und dazu schallte der Stiefeltritt des Gleichschritts laut und deutlich. Alles auf Kommando: Links-zwo-drei-vier – – links-zwo-drei-vier. Es dauerte auch nicht lange, bis ich verstand, warum das Schauspiel so und nicht anders inszeniert wurde. Das Prinzip lautete: Einheit schafft Gleichheit und Gleichheit schafft Leichtheit. Und das Prinzip stimmte. Es blieb ja vollkommen egal, ob ein Jemand, der sich Soldat nannte, zu dumm war, einen Eimer Wasser auszukippen und ein anderer wie ein Professor der Philosophie sinnierte. Das, was die Offiziere forderten, wurde erfüllt. Und die Forderungen hatten allesamt einen so kleinen Nenner, daß sie zur Erfüllung nicht des Soldatenhirns bedurften. Mitmarschieren kann jeder, das allein trifft noch keine Aussage über die Gattung: *Mensch.*

Das Exerzieren verstand ich als meine erste Lektion des Unterwerfens auf „militärisch", und ich hatte keine Probleme damit, denn ich war dazu bereit. Schließlich brauchte ich nur ein paar Monate zurückzudenken, als mir meine Abiturprüfung die erste Lektion der politischen Unterwerfung erteilt hatte. Schien mein Geist leicht unterwürfig zu sein, so wehrte sich mein Kopf mächtig dagegen. Denn ich hatte ja keine Ahnung davon, wie schwer ein Stahlhelm war. Er wog nichtssagende 1,5 kg, die von Hand getragen, kein Aufsehen erregten. Setzte man sie aber auf den Kopf, bekam die Sache schon eine bedrückende Wirkung. Wenn der Spaß dann Stunden und nicht Minuten dauerte, war das weiß Gott nicht mehr lächerlich. Schon nach der ersten halben Stunde dröhnte mein Kopf derartig, daß ich glaubte, es nicht länger ertragen zu können. Ich hatte nur einen Wunsch: ‚Runter mit dem Scheißding!' Nach einer weiteren halben Stunde begannen die Nackenmuskel zu streiken. Sie schmerzten mit stechendem Reißen. Dazu noch das ununterbrochene Gezerre auf der Kopfhaut, die Vibrationen der Kiefermuskeln, die die Zähne ungewollt aufeinander schlagen ließen und nicht zuletzt das ständig wackelnde Bild der Umgebung vor Augen. Denn der Stahlhelm saß ja nicht direkt auf dem Kopf, wie sich denken läßt. Der Kopf trug eine Plastikeinlage, auf der in ein, zwei Zentimetern Abstand der Stahlhelm befestigt war. Der schwere Helm machte allerdings mit der Plastikeinlage, was er wollte. Der Leidtragende dabei war der Kopf selbst, der das Eigenleben des Stahlhelms austarieren mußte. Und genau das begann sich langsam aber sicher auf die Meute zu legen. Die Soldaten wurden unruhig. Nicht nur ich hatte Kopfschmerzen und einen steifen Nacken. Feldwebel Altschulzer spürte das sehr wohl und wußte, wie weit er gehen konnte. Plötzlich kam das Kommando: „Stahlhelm absetzen – Käppi auf!" Was für ein Segen. Ich hätte den Altschulzer auf Händen tragen können. Aber wir standen nur wortlos da und rieben uns die Nacken. „Ja, ja, meine Herren, ganz schön schwer so ein Helm. Wer hätte das gedacht?" meinte Altschulzer unter mitleidigem Lächeln. „Die Kopfschmerzen werden noch eine Zeitlang anhalten, die Nackenschmerzen auch. Aber dann – dann habt ihr euch an alles gewöhnt. Für heute lassen wir das mit dem Helm erst mal sein." Wie beim Militär nicht anders zu erwarten, hatte der mitgetragene Stahlhelm natürlich seinen festen Platz am Mann. Fortan nahm mein Kopf das federleichte Stoffkäppi gar nicht für voll, der olle Stahlhelm mußte aber seitlich am Koppel hängen und hämmerte mit seinen scharfen Kanten bei jedem Schritt auf den Oberschenkel. Ich ahnte schon, daß das meinem Oberschenkel nicht lange gefallen würde, richtete mich von vornherein auf blaue Flecken ein und gelangte zu der Feststellung, daß ein Stahlhelm so ziemlich die blödeste Erfindung sei, die es überhaupt gäbe. Inzwischen tauchte auch Leutnant Scharf wie aus heiterem Himmel auf, um unsere Fortschritte beim Marschieren zu bewundern. Dabei lief die Sache an sich ganz gut. Und trotzdem wirkten die Soldaten zerknirscht. Das veranlaßte den Leutnant, einen Vortrag über die Geschichte und Notwendigkeit des Stahlhelms zu halten. Die Redepause war für uns eine willkommene Erholung. Bei der Stahlhelmgeschichte blieb ich jedoch skeptisch. Der Leutnant jedenfalls versicherte, daß der Helm schon vielen Menschen das Leben gerettet hatte, denen die Patronen im Kampf nur so um die Ohren geflogen waren. Da sollte man doch das bißchen Kopfschmerz belächeln.

Nachdem uns Scharf höchstpersönlich durch die Mittagspause geführt hatte und dabei offensichtlich stolz war, wie schnell der einst wilde Haufen nach seinem Kommando marschierte, spielte sich die nächste Posse ab. Es ging um das Erlernen der Ehrenbezeigung vor den Vorgesetzten. Ähnlich wie beim Bettenbau und Stubenreinigen wurde der Grußvorgang zur reinen Wissenschaft verklärt. Ein Soldat mußte etwas entfernt von der Gruppe Aufstellung nehmen, und die anderen gingen an ihm vorbei, um die Ehrenbezeigung durchzuführen. Dabei sollte die rechte Hand drei Schritte vor dem Vorüberschreiten an das Käppi gehoben werden, wobei der Arm im rechten Winkel vom Körper abstehen mußte. Während der Begegnung galt es, den Kopf zum Vorgesetzten zu drehen, danach hatte der Blick wieder geradeaus zu sein. Nach drei weiteren Schritten durfte die Hand wieder vom Kopf genommen werden. Die ersten Übungen dazu boten eine derartige Maskerade, daß ich mir bald in die Hosen gemacht hätte. Ich befürchtete schon, daß ich mich nicht mehr zusammenreißen könnte, und einfach zu lachen anfinge. Doch Leutnant Scharf war bei der Beobachtung unseres Tuns so ernst, daß ich es nicht wagte und artig weiterspielte.

Hätte ich es zunächst auch nicht für möglich gehalten, entwickelte sich das abendliche Stuben- und Revierreinigen zur einzigen Entspannungsübung des Tages. Waren die Säuberungen zwar unnötig und langweilig, so fanden sie wenigstens ohne jeglichen Streß statt. Vor allem boten sie die Möglichkeit, in Erfahrung zu bringen, mit wem man es eigentlich zu tun hatte. Es vergingen Tage, ohne daß ich mitbekam, wer die Soldaten waren, mit denen ich die Stube teilte. Dabei ließ sich schon bei der Revieraufteilung erkennen, daß es sich durchaus nicht um Einheitssoldaten handelte, über die Leutnant Scharf immer so ins Schwärmen geriet. Denn das unangenehmste aller Reviere war das Klo. Ich jedenfalls drückte mich vor dessen Reinigung mit hervorragend gespielter Gleichgültigkeit. Ganz anders der Soldat, der über mir im Doppelstockbett lag. Dieser blauäugige Blonde marschierte nicht nur in der ersten Rotte unseres Zuges, sondern meldete sich stets freiwillig zum Kloputzen. Und damit nicht genug: Blitzte das Klo schneller als geplant, lief er zum Feldwebel, um gleich noch mehr Arbeit bekommen zu dürfen. Anfangs fanden wir das sympathisch, konnten wir uns doch so die angenehmeren Arbeiten teilen. Spätestens aber, als dieser Soldat Buhler bei allen nur denkbaren Dingen die Nummer eins sein mußte, wuchs die Befürchtung, daß der Feldwebel und der Leutnant meinen könnten, dies müsse auch bei den anderen Soldaten der Fall sein. Zudem es auffällig war, daß der Buhler als Militärsportler und gleichzeitig als Vorzeigesozialist glänzte. Eine recht seltene Kombination, wie ich schon nach den ersten Tagen feststellen konnte. In der Regel hatten die sportlichen Soldaten keine Antenne für das rote Geschwafel, wohingegen die typische Sportskanone mit der Gelenkigkeit eines Kachelofens die Bände von Marx und Lenin mit Löffeln gefressen zu haben schien. Buhler jedenfalls vereinte beides in sich, und daraus roch ich Gefahr. Somit hielt ich es für besser, die Nähe des Soldaten Kindel zu suchen. Ein braungelockter Kindskopf mit leuchtendem Augenblau, aus dem die unendliche Phantasie des Märchenlandes sprühte. Sein großer, schlanker Körper wirkte in die Uniform gepreßt wie eine Gazelle ins Tigerfell. Kindel machte den wohl unmilitärischsten Eindruck, den ich mir vorstellen konnte. Und wenn er angewidert seine großen Augen verdrehte, weil Soldat Buhler beim Feldwebel um noch mehr Erniedrigung flehte, schien ich mir sicher, bei ihm an der richtigen Seite zu sein.

Im übrigen dauerte es keinen ganzen Tag, bis sich mein Riecher als richtig erweisen sollte. Nach dem Abendessen teilte Feldwebel Altschulzer die Soldaten zum Revierreinigen ein, bis Leutnant Scharf kam und ihn unterbrach. Scharf suchte zwei Soldaten für eine besonders verantwortungsvolle Aufgabe. Natürlich lief Buhler bald über vor Eifer, aber da sich niemand fand, der sich ihm an die Seite stellen wollte, ging sein Vorstoß ins Leere. Die anderen Soldaten der Gruppe schienen uneinig. Kurz entschlossen nutzten Kindel und ich die gegenseitige Sympathie, und wir meldeten uns freiwillig. Wir mußten aus der Gruppe heraustreten und uns neben Leutnant Scharf stellen. Scharf verkündete mit geschwollener Brust und blumigen Worten, daß diese beiden Soldaten fortan in politischer Verantwortung stünden, indem sie die Zeit des Stuben- und Revierreinigens nutzen würden, um sich im Essensaal die ‚Aktuelle Kamera' anzusehen. Im

Anschluß hätten sie die Aufgabe, alle Soldaten vom aktuellen Tagesgeschehen des sozialistischen Vaterlandes zu informieren. Schließlich schickte uns Scharf auf die Stube, denn eine dermaßen wichtige Aufgabe dürfe man nicht in der gewöhnlichen Felddienstuniform wahrnehmen. Also mußten wir binnen drei Minuten wieder in Ausgehuniform mit frischgeputzten Schuhen vor ihm erscheinen.

Schon als wir beide über die Teerstraße zum Essensaal liefen, wurde mir klar, daß die Hauptausgabe der ,Aktuellen Kamera' nicht nur für Kindel die absolute Härte bedeutete. Immerhin galt es, dreißig Minuten lang Lobeshymnen ob der glorreichen Siege sozialistischer Produktionsweise über sich ergehen zu lassen. Das Ganze noch gespickt mit den außenpolitischen Heldentaten des Generalsekretärs des Zentralkomitees der Sozialistischen Einheitspartei Deutschlands und Vorsitzenden des Staatsrates der Deutschen Demokratischen Republik, Genossen Erich Honecker. Dabei nahm ich den Nachrichtensprechern besonders übel, daß ich mich nicht an einen einzigen Fall erinnern konnte, wo sie es fertiggebracht hätten, die ellenlangen Titulierungen vor dem Namen Honecker wegzulassen. Denn welcher Mensch war nach zehnmaligem Anhören der Worte ,Generalsekretär des ZK der SED und Vorsitzender des Staatsrates der DDR' nicht mit den Nerven am Ende. In den letzten fünf Minuten der halben Stunde durften wir dann erfahren, daß es außer der DDR noch ein paar andere Länder auf der Welt gab. Schließlich folgte das Wetter und die Aktion war beendet. Ein ganz schöner Brocken. Kindel und ich waren jedenfalls einer Meinung: Es schien uns absolut unvorstellbar, daß es in diesem Land Menschen gäbe, die sich so etwas freiwillig antun könnten.

Aber wir verbrachten nicht die wertvolle Zeit mit Philosophieren. Im Gegenteil: Die flimmernden Bilder des Fernsehschirmes und die Dunkelheit im Saal boten die besten Voraussetzungen zum Träumen. Und ich brauchte nur in Kindels Kulleraugen zu sehen, um zu wissen, daß ich damit nicht allein stand. Außerdem wurde uns noch das Glück zuteil, daß Leutnant Scharf in diese ehrenvolle Aufgabe nicht die Unteroffiziere der Schulzerei einbezog und wir selbständig den Weg von den Stuben zum Essensaal marschieren durften. Aus jeder der vier Gruppen des Zuges traf es zwei Soldaten. Wir bestimmten einen Anführer und gingen artig des Weges. So war Marschieren nicht gleich Marschieren. Wir krochen in einem solchen Schneckentempo über die Straße, daß wir die halbe Stunde Politfernsehen mit Wegezeit auf eine ganze auszudehnen schafften, was wohl seine Ursache in der Beliebtheit des Stuben- und Revierreinigens hatte.

Natürlich setzte sich im Anschluß keiner von uns beiden mit der Gruppe zusammen und diskutierte über die Berichte der ,Aktuellen Kamera'. Diese Annahme des Leutnants war genauso illusorisch wie seine Vorstellungen von der Kriegsspielerei überhaupt. Denn die übrigen Soldaten, die ganz mit dem Schrubben und Putzen der Stuben beschäftigt waren und zudem noch die Arbeit der zwei Fernsehgucker mitmachen durften, wären vollends ausgerastet, wenn wir sie mit politischer Propaganda belästigt hätten. Außer Soldat Buhler freilich, der nun wirklich zu nerven anfing. Wenn wir endlich in den Betten lagen, fiel der Streß ohnehin mit solch einer Geschwindigkeit von uns ab, daß die Müdigkeit sofort lähmend in jede Zunge zog und jedes Wort im Keim erstickte.

Im übrigen konnte ich über Schlafschwierigkeiten nicht klagen. Mir blieb nicht einmal die Zeit, mir irgendwelche Gedanken zu machen, nachdem ich mich hingelegt hatte. Denn selbst der Schlaf lief erschreckend militärisch ab. Denken oder Grübeln am Tage schien genauso überflüssig zu sein wie das Träumen in der Nacht. Und das war gut so, da es nicht bei den anfänglichen Marschübungen bleiben sollte. Diese wurden zwar mit äußerster Akribie ausgereizt, und selbst Marschmusik aus Lautsprechern durfte dabei nicht fehlen, aber dennoch stellten sie nur den Beginn der Ausbildung dar. Ich erspürte bereits die drohende Quälerei durch die Leistungssteigerungen beim Frühsport. Feldwebel Altschulzer jagte uns immer schneller und weiter durch die Wälder. Das Stemmen von Panzerkettengliedern galt jetzt höchstens noch der Erwärmung. Glücklicherweise bestand unsere Gruppe ausschließlich aus sportlichen Typen. Eine Sachlage, an der Feldwebel Altschulzer seine Freude hatte, die er uns mit möglichst vielen Raucherpausen mitzuteilen suchte. Auch hier tat sich eine Kluft zwischen Leutnant Scharfs Vorstellungen vom Elitesoldaten und der Realität auf. Die Menschen waren nun mal nicht alle groß, schön und stark. Selbst innerhalb einer Armee nicht. Wobei jetzt außer den Rekruten auch den Unteroffizieren drohte, mit in den Abgrund gerissen zu werden. Besonders litten dabei die dicken Soldaten. Eigentlich dürfte es ihnen kein Mensch übelnehmen, wenn sie beispielsweise die 3000 m nicht in der gleichen Normzeit laufen konnten wie ein schlanker Mensch. Ja irgendwie erschien das sogar logisch, sollte man meinen. Jedoch keinesfalls bei der Armee. An dieser Stelle waren die Unteroffiziere gefragt. Sie mußten sich mit den Dicken nach Ausbildungsende des Tages hinstellen und so lange das Laufen üben, bis die geforderte Norm erfüllt wurde. Eine oft unmögliche Aufgabe, wie ich zumindest bei einigen Soldaten glaubte. Aber auch wenn das Ganze zur unvorstellbaren Quälerei verkam, so staunte ich am Ende nicht schlecht, denn es gab keinen Soldaten, der die Norm nicht erfüllte, egal welche Körpermassen er zu bewegen hatte. Dabei interessierten Leutnant Scharf die Probleme des Einzelnen nicht mehr als die letzte Wasserstandsmeldung der Elbe. Völlig egal, ob über Atemnot, Seitenstechen oder Erschöpfung bis zum Umfallen geklagt wurde. Die Norm mußte erreicht werden.

Doch auch für die Soldaten unserer Gruppe, die wir alle die Norm erreichten, war das kein Freibrief. Feldwebel Altschulzer ging nun dazu über, die Waldläufe nicht mehr im Sportzeug durchzuführen, sondern in Felddienstuniform mit Stiefeln. Damit wir nicht gleich kaputte Füße bekamen, verbrachten wir einen Nachmittag am Ufer des Sees. Stundenlang mußten wir mit den Stiefeln im Wasser laufen. Anschließend wurden die Stiefel zum Trocknen aufgehängt und danach kräftig gefettet. Trotz der weichgemachten Stiefel wurde das Waldlaufen zur Strapaze, denn zusätzlich zerrte der Stahlhelm auf dem Kopf hin und her, auf dem Rücken baumelte der Rucksack – mit dem militärischen Namen ‚Teil 1', und so überlebenswichtigen Dingen wie: Rasierzeug, Socken, Unterwäsche, Schuhputzzeug, Kragenbinden und zusammengerollter Zeltbahn. Über der Schulter hing ein Holzgewehr, am Koppel zottelten die Wasserflasche, ein Feldspaten, die Gasschutzmaske und das Bajonett. Und ich mußte ehrlich gestehen, daß ich die Norm des Laufens stolz erfüllt hatte, nun aber galt es, mit meinen 50 kg Eigengewicht auch noch 15 kg Gepäck durch die Gegend zu schleppen, und das haute ja wohl den stärksten Eskimo vom Schlitten.

Schlagartig fiel ich weit hinter meine Gruppe zurück, bekam Seitenstechen und Atemnot. Den Rest gab mir dann der Feldwebel, weil er vor Ärger außer sich war und mich einen Waschlappen schimpfte. Jeden Moment wollte ich aufgeben, mich einfach fallen lassen. Doch ich hielt durch.

Endlich im Ziel erwartete mich aber keine Freude, weil ich durchgehalten hatte. Nein, Streit brach aus, gewaltiger Streit sogar. Meine sonst so wortkarge Gruppe konnte plötzlich reden und schreien, jeder gegen jeden. Bisher verlief alles nach Plan. Wir funktionierten nach Norm. Also, wozu reden? Jetzt aber gab es eine Bruchstelle. Ein Ventil öffnete sich und der Frust floß unter Schreien davon. Das Blöde war nur, daß ich das Ventil war, und ich hätte heulen oder auf der Stelle im Boden versinken können. Da gab es diejenigen, die auf mich schimpften, weil ich die Norm der Gruppe versaut hätte und die Angst davor hatten, daß sie wegen mir den Part noch einmal wiederholen müßten. Selbstverständlich riß dabei Soldat Buhler am weitesten die Klappe auf, und spätestens jetzt haßte ich ihn. Und es gab die anderen, wie Soldat Kindel, die froh waren, daß ich es überhaupt geschafft hatte und meinten, es könne nur besser werden. Zum Glück schloß sich Feldwebel Altschulzer der letzten Meinung an, und der Buhler verstummte erwartungsgemäß.

Fortan kam Bewegung in unsere Stube. Der Buhler ließ keine Gelegenheit aus, um mich vor den anderen lächerlich zu machen. Mit aufgeplusterter Brust demonstrierte er seine Kraft und Stärke, ließ jeden die Überlegenheit spüren, bis hinein in die politische Standfestigkeit vom Sinn des Soldatseins. Selbst der Feldwebel kam nicht umhin, unseren Mustersoldaten zu würdigen, obwohl jeder in der Gruppe merken konnte, wie schwer das dem Altschulzer fiel, weil auch er von der Buhlerei die Nase voll hatte. Ganz im Gegensatz zu Leutnant Scharf natürlich, der im Soldaten Buhler die Verwirklichung seiner Ideale erkannte. Frei nach dem mit trauriger Berühmtheit behafteten Motto: ‚Offizier befehle – ich folge!' war mit dem Buhler alles zu machen. Einfach alles – auch wenn am Ende der Tod gestanden hätte.

Die Befürchtung übrigens, daß wir anderen durch diesen Helden unter Leistungsdruck geraten könnten, bestätigte sich prompt. Denn für Leutnant Scharf erschien die Rechnung einfach und klar: Der Buhler werde schon dafür sorgen, daß unsere Gruppe die beste des Zuges würde. Das wiederum führte zu einem Ansporn für die drei anderen Gruppen und schon würde der Zug des Leutnants die Nummer eins der Kompanie sein. Glücklicherweise legt der liebe Gott aber jeder Gigantomanie ein paar Steine in den Weg, bevor sie sich bis ins Unendliche ausweiten kann. Soldat Buhler jedenfalls ahnte nicht einmal, welch einer Gefahr er sich ausgesetzt hatte. Niemand in der Gruppe dachte daran, sich mit ihm zusammen auf den Höhenflug zu begeben. Dort oben nämlich hätte der Buhler eh keinen neben sich bestehen lassen. So wurden Pläne geschmiedet, mit welcher List es wohl gelänge, den Geier vom Himmel zu holen. Zum Beispiel durch eine Manipulation an seiner Gasschutzmaske. Denn Feldwebel Altschulzer hatte angekündigt, daß es in den nächsten Tagen ins Gaszelt ginge, um die Dichtheit unserer Masken zu prüfen. Ein gekonnter Eingriff am Schutzventil würde dem Buhler mit Sicherheit eine Lektion erteilen, denn das Einatmen von Tränengas verkraftet auch der beste aller Soldaten nicht. Fraglich blieb nur, wer den Mut hatte, sich an Buhlers Sachen zu schaffen zu machen, wo dieser doch ständig seine Ausrüstung kontrollierte. Zudem mußte alles so zufällig wirken, daß niemand den Verdacht schöpfte, es könnte bei diesem Defekt etwas nachgeholfen worden sein. Während wir uns in immer neue Strategien aus Geheimnis und Furcht verstrickten, stürmte der Buhler selbst als erster der gesamten Kompanie ins Gaszelt, ohne daß wir es überhaupt mitbekamen. Buhler hatte freiwillig seine Mittagspause verkürzt, um den Unteroffizieren beim Aufbau des Zeltes behilflich sein zu dürfen. Seine Gasmaske war dicht, dichter ging's nicht. Und so wurde ihm schon jetzt erlaubt, sich den ganzen Gasschutzanzug überzuziehen, obwohl das der Ausbildungsplan noch gar nicht vorsah. Als der Feldwebel unsere Gruppe zum Gaszelt führte, stand Buhler – wie ein Ungetüm in Gummi gehüllt, mit Schutzmaske und Stahlhelm – im Zeltinnern und hatte die ehrenvolle Aufgabe, an den Ventilen der Tränengasflaschen zu drehen, was er auch voller Hingabe tat. Als ich ins Gaszelt mußte, kamen mir die Bilder der Geisterbahn vom Rummelplatz meines Heimatstädtchen in den Sinn. Und Buhler war das Ungeheuer. Mit Sicherheit – Irrtum ausgeschlossen. Ansonsten spürte ich nur mein Herz im Halse jagen und atmete erleichtert, als ich feststellte, daß kein Gas durch die Maske kam. Obwohl von Atmen eigentlich nicht die Rede sein konnte, denn dieser ekelhafte Gummischlüpfer mit seinen Bulleieraugen gestattete einem nur, 50% Atemluft aus dem Endlospuller zu ziehen.

So erschien es logisch, daß nicht jeder ein Fan von Geisterbahnen war. Bei diesen Geisteserschrockenen lösten die Dinger genau das aus, womit die Geistlosen ihren Körper beseelen müssen, damit sie nicht von der eigenen Langeweile ihrer Phantasielosigkeit erschlagen werden – nämlich Angst. Zu allem Unheil mußte es ausgerechnet einen Soldaten aus meiner Mustergruppe treffen. Eigentlich funktionierte er bisher so unauffällig wie jeder in unserer Gruppe – von der Überfunktion des Buhler einmal abgesehen. Mit seinen Blondstoppeln auf dem Kopf, den erduldenden grauäugigen Blicken und seiner Schlankheit in Einheitsuniform unterschied er sich in nichts von den anderen. Außer vielleicht der goldene Ring an einem seiner Finger, der die Verlobung mit einem Mädchen verriet und in dem sich die Regung gegen das militärische Müssen spiegelte, da er ihn unter Tränen im Reich seiner Erinnerungen wieder und wieder gedreht hatte, als uns damals der LKW in das unbekannte Schlachtfeld der Manneswerdung gebracht hatte. Dieser Soldat namens Sinnhaber stülpte sich ohne Widerrede die Schutzmaske über den Kopf, setzte den Stahlhelm darüber und verschwand ins Gaszelt.

Doch plötzlich peitschten Angstschreie durch die Luft. Das Zelt begann zu wackeln. Immer wieder konnte ich Beulen an der Zeltwand erkennen. Mal an der einen Seite, mal an der anderen. In Windeseile warfen der Feldwebel und der Leutnant ihre Mützen auf den Boden, schlüpften mit den Köpfen in die Schutzmasken und verschwanden im Gas. Ja, selbst der Leutnant mit seiner feinen, frischgeplätteten Tuchuniform. So schnell sie eintauchten, so schnell kamen sie auch wieder heraus. Leutnant Scharf zerrte den Sinnhaber am Koppel und versuchte gleichzeitig, Abstand zu halten. Feldwebel Altschulzer hatte sich über die strampelnden Beine des Soldaten geworfen. Ein Ärmel und sämtliche Knöpfe der Uniformjacke des Leutnants waren abgerissen. Seine Mütze lag im Dreck. Der Feldwebel wühlte im selben. Staubwolken stiebten auf, und irgendwo dazwischen tobte der Sinnhaber wie von Sinnen und schrie, als wolle man an sein Leben. Stahlhelm und Schutzmaske mußte er weggeschleudert haben, sein Gesicht war krampfrot, die Haut tränennaß. Sofort kamen Sanitäter mit einer Trage herbeigelaufen. Der Feldwebel am Boden streckte unfreiwillig das Zelt hinter sich nieder. Es brach zusammen. Jetzt verlor auch Soldat Buhler die Kontrolle, geriet in Panik und fand unter der zusammengefallenen Zeltbahn keinen Ausgang. Trotzdem bemühte er sich noch, die Gasflaschen abzudrehen. Doch die Mühe schien vergebens. Das Gas breitete sich längst in der Gegend aus. Wie sehr wir auch die Schutzmasken haßten, jetzt hatten wir sie alle auf – ganz ohne Befehl.

Wie von selbst übernahm Unterfeldwebel Neuschulz das Kommando, und wir gingen alle daran, Soldat Buhler aus seiner mißlichen Lage zu befreien. Alle – ohne Ausnahme, und das, obwohl wir Stunden zuvor dem Buhler gewünscht hatten, was nun dem Sinnhaber passiert war. Ich bekam unter meiner Maske nicht viel mit, bemühte mich um langsame Bewegungen, damit ich nicht tief atmen mußte – daß mir jedoch die Schamröte in den Kopf stieg, spürte ich deutlich. Denn das hatte ich keinem gewünscht, selbst dem Buhler nicht.

Anschließend schickte uns der Unterfeldwebel auf die Stube. Wir sollten die Felddienstuniformen ausziehen und vor das Haus hängen. Aber das Tränengas war nicht nur in die Uniformen gekrochen. Es klebte an der Unterwäsche, den Stiefeln, der Haut. Also verbrachten wir den Rest des Tages mit Heulen und ununterbrochenem Lüften der Stube. Dabei hatte ich Tränengas nie für besonders aufregend gehalten. Schon gar nicht, daß ich mich davor ängstigte. Doch spätestens jetzt wurde ich eines Besseren belehrt. Es war ähnlich wie beim Zwiebelschälen, jedoch viel, viel stärker – und vor allem – es ging nicht einfach so weg, sondern hielt über Stunden an.

Abgesehen von den beißenden Augen begleitete uns ständig die Frage, ob Sinnhabers Maske einen Defekt hatte oder ob ihm einfach nur die Nerven durchgegangen waren. Dabei ging es nicht wirklich um das Befinden des Soldaten Sinnhaber, als vielmehr um jeden einzelnen selbst. Denn wieder stand die Befürchtung im Raum, daß Leutnant Scharf den Vorfall auf die ganze Gruppe beziehen würde und dadurch die Leistungsanforderungen noch weiter in die Höhe schraubte. Obwohl diese Diskussion in mir einerseits Befremden auslöste, weil ich sehr wohl spürte, wie der Sinnhaber vors Loch geschoben wurde, so schaffte sie andererseits Befriedigung für mich, denn ich wußte, daß der Druck des Versagens sich jetzt auf zwei, ja vielleicht schon auf drei Schultern der Gruppe verteilte. Der Buhler war zu gut, Sinnhaber verlor zu schnell die Nerven und ich erreichte nicht die notwendige Marschgeschwindigkeit. Die Schlußfolgerung, die die Gruppe daraus zog, fand ich beachtlich. Einstimmig wurde eine Strategie entwickelt, die jedem das höchste Maß an Sicherheit garantierte. So sollte der Buhler künftig laufen können, wohin er wollte – ohne die Gruppe. Soldat Buhler quittierte den Entschluß mit einem überheblichen Lächeln und drohte uns, daß die Zeit kommen werde, da wir alle nach seiner Pfeife tanzen müßten. Er war der Überzeugung, daß er bereits Unteroffizier sein würde, wenn wir noch immer als kleine Soldaten durch die Gegend sprängen. Aber wir hörten ihm nicht zu und beschlossen, daß bei künftigen Übungen mit der Schutzmaske Soldat Sinnhaber keinesfalls allein bleiben dürfte, denn Gemeinschaft sei die beste Medizin gegen aufkommende Panik. Und was mich betraf, so würde mein Gepäck so lange auf die Stärkeren verteilt, bis ich wieder den Anschluß an die Marschgeschwindigkeit der Gruppe fände. Eine rundum gute Lösung. Die anfangs resignierte Stimmung löste sich binnen Sekunden in Luft auf, gleich so, als hätte man vor einem Scherbenhaufen gesessen, der sich durch das Bemühen aller wieder zu einer schönen Vase zusammensetzte.

Schließlich kam Soldat Sinnhaber aus dem Lazarett zurück auf die Stube. Zunächst wirkte er verängstigt, weil er damit rechnete, jetzt den nächsten Ärger am Hals zu haben. Aber nachdem wir ihm unseren Beschluß mitgeteilt hatten, kehrte auch in sein Gesicht die Gelassenheit zurück. Außerdem waren wir froh, daß er durch die Aktion keine Schäden davongetragen hatte. Dank des schnellen Eingreifens des Feldwebels und des Leutnants kam es zu keinen Verätzungen an der Lunge. Lediglich seine Haut im Gesicht und an den Armen glänzte wie eine Speckschwarte, da sie mit Salbe eingerieben wurde. Selbst Leutnant Scharf machte weniger Theater, als ich es von ihm erwartet hatte. Er unkte dem Sinnhaber zwar vor, daß er seine Uniformjacke der Mutter zum Nähen schicken wolle, konnte sich aber das Lachen darüber nicht verkneifen. So hielt ich den Leutnant zwar für einen feinen Pinkel, der sich nicht die Finger dreckig machen wollte, und war doch gleichzeitig erleichtert darüber, daß er durchaus zufaßte, wenn jemand seiner Hilfe bedurfte.

Sich allzu schnell über die Fehler eines Menschen lustig zu machen, um im selben Moment in die Sphäre der eigenen Überheblichkeit zu entschweben, ist eine altbekannte Menschensache. So war es vielleicht einzig und allein meine fehlende Marschgeschwindigkeit, die mich daran hinderte, mich besser als Soldat Sinnhaber zu fühlen. Und das war gut so. Es dauerte nämlich keine zwei Tage, bis ich nachvollziehen mußte, was es heißt, gegen Panik anzukämpfen. Feldwebel Altschulzer jagte uns gerade über die Elemente der Sturmbahn. Eine Sache, bei der ich meine Körpergröße und die damit verbundene Flinkheit endlich einmal voll auskosten konnte. Die Gruppe, Leutnant Scharf und der Altschulzer freuten sich sichtlich. Wie ein Wiesel huschte ich in die eingegrabene Betonröhre mit dem sinnigen Namen ‚Fuchsbau', krabbelte durch sie hindurch, um blitzschnell wieder am anderen Ende aufzutauchen. Den Wassergraben nahm ich im Sprint. Das Tau bog sich nicht einmal, als ich an ihm entlanghangelte. Dann übersprang ich die Eskaladierwand mit einem Satz, kletterte an einer Häuserwand entlang und sah die flach über den Boden gespannten Drähte zum Darunterkriechen gar nicht als Hindernis an. Eine gute Leistung. Der Feldwebel strahlte, klopfte mir freundschaftlich auf die Schulter, und ich lief bald über vor Freude der Rehabilitierung. Aber wer zum Höhenflug ansetzt, denkt selten schon an die Art der Landung. Dem Elementetraining folgte noch der Rücklauf ins Ziel. Zunächst auch keine Hürde für mich. Ich sprintete die 100 m über die Hindernisse und nun – nun ging es eben die 100 m wieder zurück ins Ziel – ohne Hindernisse, aber mit aufgesetzter Schutzmaske. Nichtsahnend und den Willen nach Bestzeit im Nacken, schlüpfte ich mit dem Kopf in den Gummimaske und peste los. Während des Laufens merkte ich noch nichts. Erst als ich über die Ziellinie kam und mich ins Gras warf, spürte ich, daß mein Körper Luft brauchte, viel Luft. Die Gasmaske gab aber nur 50% Luft her, ganz ohne Gnade. Natürlich ahnten Altschulzer und Scharf sofort, was jetzt passieren würde und empfingen mich schon in Kampfstellung. Ich schnappte unaufhörlich nach Luft, bekam aber nicht genug. Mir wurde schwarz vor Augen und ich spürte eine plötzliche Unruhe, Angst und Panik, da ich glaubte, ersticken zu müssen. In alter Manier griff der Leutnant meine Arme, der Feldwebel die Füße. „Du bist Bestzeit gelaufen, Max!“ schrie Altschulzer. „Bestzeit, verstehst du? Mach das jetzt bloß nicht kaputt und laß die Maske auf!“ Leutnant Scharf versuchte es gleichzeitig auf die sanfte Tour. „Ganz ruhig, Genosse Soldat. Jetzt atmen Sie ganz ruhig! Lassen Sie es ganz ruhig atmen! Es atmet sich ganz von selbst. Nicht dagegen angehen, wir sind ja bei Ihnen. Wenn Sie in Panik die Maske vom Kopf reißen, kann die Lunge einen Riß bekommen.“ Zwar spürte ich trotz aller Angst das Bemühen der beiden, dennoch versuchte ich automatisch, ja wie aus Selbsterhaltungstrieb, eine Hand an die Maske zu kriegen, um sie endlich abzureißen. Doch der Leutnant und der Feldwebel zusammen waren viel zu stark, als daß ich irgendeine Chance gehabt hätte. Schließlich gab ich meinen Widerwillen auf und beruhigte mich. Es atmete sich tatsächlich ganz von allein, ich brauchte nicht weiter nach Luft zu schnappen. Endlich nahm mir Leutnant Scharf die Maske vom Gesicht und sagte: „Ich wußte doch, daß Sie es schaffen, Soldat Steinert.“ Nun ließ auch der Feldwebel von meinen Beinen ab und strahlte, auf daß sich seine Mundwinkel bis zu den Ohren zogen. Ich allerdings reagierte nur mit verdammt wäßrigen Augen und kämpfte gegen das Weinen an. Die Bestzeit war mir jetzt völlig egal, ja, ich haßte alle Bestzeiten der Welt. Auch hatte ich überhaupt keine Befürchtung, daß ein anderer der Gruppe mich noch einholen könnte. Denn welcher Idiot würde das schon freiwillig nachmachen wollen. Außer Buhler, logisch, aber der war viel zu schwer und viel zu groß.

Die ersten Wochen im Lager vergingen wie im Fluge. Ausbildung, Essen, Stubenreinigen und Schlafen. Tagtäglich derselbe Rhythmus. Jede Minute war geplant. Manchmal kam mir alles vor, als sei das Ganze nur ein Traum. Die schnelle Abfolge der Neuigkeiten ließ einem nicht die Zeit, die Eindrücke absacken zu lassen, geschweige denn, darüber nachzudenken. Ich war schon froh, daß ich mit Soldat Kindel und dem allabendlichen Fernsehen der ‚Aktuellen Kamera‘ wenigstens etwas Abwechslung hatte. Gespräche mit den anderen der Gruppe vor dem Einschlafen blieben weiter eine Seltenheit. Die Müdigkeit steckte uns allen zu sehr in den Knochen, als daß wir wertvolle Schlafminuten mit belanglosen Gesprächen verplempern wollten. Private Gespräche führte ich nur mit Soldat Kindel bei den Fernsehstunden. Denn die Unkontrolliertheit auf den Wegen zum und vom Fernsehsaal blieb die einzige Nische, in der eine kurze Flucht vom Soldaten zum Menschen möglich war.

Vorsichtig versuchte ich herauszubekommen, wieso der Kindel zum Wachregiment nach Berlin wollte. Aber er schien es selbst nicht zu wissen. Im Umgang mit dem vermeintlichen Stasihintergrund war er noch um vieles naiver als ich. Ganz anders als meine Eltern glaubten seine, daß das Wachregiment für das Weiterkommen im späteren Leben die besten Voraussetzungen böte. Also machte Kindel brav das, was seine Eltern für richtig hielten, ohne daß es ihm in irgendeiner Weise naheging. Es gab für ihn kein Dafür- oder Dagegensein. Seine Welt war die sich anschließende Theaterschule und alles, was er im Vorfeld dafür in Kauf nehmen mußte, tat er eben, ohne Widerrede.

Der Streit mit meinem Vater hatte seine Spuren hinterlassen. Und die Gespräche mit Soldat Kindel halfen mir bei dessen Bewältigung keinen Schritt weiter. Manchmal hatte ich sogar das Gefühl, daß er seine Naivität nur vortäuschte, so, als spräche man über dieses Thema besser nicht, wenn einem Ärger erspart bleiben wollte. Denn zu allen anderen Themen war der Kindel wesentlich gesprächsbereiter. Nur einmal wurde er etwas konkreter, um ein von mir begonnenes Gespräch abrupt zu beenden. Mit wirscher Miene gab er zu bedenken, daß ich mir das Rumgeeiere hätte früher überlegen sollen. Jetzt gäbe es da kein Zurück mehr. Er kehrte den Spieß einfach um, indem er mir vorhielt, ich sei der Naive, wenn ich glauben würde, daß die einen wieder laufenließen, wenn man einmal bis zum Ausbildungslager vorgedrungen sei. Das allerdings erinnerte mich schon an die Aussagen meines Vaters, so daß ich letztlich überhaupt nicht mehr wußte, wie ich mich verhalten sollte. Beim Kindel jedenfalls ließ ich dieses Thema vorerst fallen.

Je mehr ich darüber nachdachte, um so klarer wurde alles. Es schien mir, als schwebe ein Geheimnis über dem Lager. Ein Geheimnis, das jeder kannte, das sich aber niemand auszusprechen getraute. Da lag ein friedliches Kinderferienlager an einem idyllischen See und beherbergte Soldaten, die dort gar nicht hineingehörten. Nirgends fanden sich die berüchtigten Werbeslogans der Armee. Und die Armee machte viel Eigenwerbung. Sehr viel. Hier aber gab es sie nicht. Und überhaupt. Wo waren die gefürchteten Filzuniformen, die abgetragene Unterwäsche deines Vorgängers oder die ausgelatschten Stiefel, die mindestens über drei Soldatengenerationen halten mußten? Sollten die Berichte der ehemaligen Soldaten aus meinem Freundeskreis alle nur Lügen sein? Meine Stiefel waren nagelneu. Jeder Soldat bekam zwei Paar, von denen eines aus weichem Rindsleder war. Die Uniformen erstrahlten im selben Tuch wie die der Offiziere – kein Filz. Und die Unterwäsche gab's in originaler Fabrikverpackung. Außerdem stellte ich mir eine Armee immer mit Kriegsgerät vor. Mit Waffen, Panzern, Kanonen und Flugzeugen. Aber alles, was ich sah, waren Uniformen und ein paar grüne LKW. Und diese LKW hatten nicht einmal das Landeswappen an ihren Türen, so wie es eigentlich bei jeder Armee üblich war. Die Nummernschilder begannen mit den Buchstaben ‚VP', also Volkspolizei. Aber selbst die Fahrzeuge der Polizei trugen normalerweise das DDR-Wappen. Ein völliges Durcheinander, dem ich nicht zuzuordnen vermochte, was hier nun gespielt wurde. Und wenn wenigstens mal jemand etwas Konkretes gesagt hätte. Vielleicht irgendwelche Geschichten von den bösen Feindtruppen aus dem Westen oder so. Aber es schien gar keine wirkliche Armee zu geben, nicht hier und nicht im Westen. Hier gab es nur den Wald, die Ferienhäuser und die Bände von Marx, Engels und Lenin – neben dem ‚Neuen Deutschland' natürlich.

Bei diesen Gedanken erinnerte ich mich oft in Kalles Maschinenlabor zurück, als er uns Frischlingen das erste Mal mit dem Aufbau des Mähdreschers bekannt machte. Auch der erschien als ein einziges Durcheinander an technischen Gebilden, bei denen ich sicher war, daß ich sie niemals beherrschen würde. Die Gewißheit aus meiner Erfahrung heraus, daß es unmöglich wäre, beim Erlernen des Fahrens gleichzeitig die Funktion eines Fahrzeuges zu kennen, beruhigte mich etwas. Alles hübsch nacheinander. Der Fahrschüler eines Autos ist froh, wenn er das Ding in Gang hält, schwitzt Rotz und Wasser, damit er die Kurve kriegt und macht sich währenddessen wohl kaum Gedanken, aus welchen Teilen der Motor besteht.

Mit dieser Einstellung ließ ich also die militärische Grundausbildung weiter über mich ergehen und zwang mich, nicht über den Sinn des Ganzen nachzudenken. Ich faßte den Beschluß, später das Puzzle zusammenzusetzen. Jetzt mußte es erst einmal ausreichen, alle Teile des Bildes festzuhalten und im Kopf zu speichern. Schließlich hatten Leutnant Scharf und Feldwebel Altschulzer ganz andere Dinge mit uns vor, als eine Analyse über den Sinn des Ausbildungslagers zu betreiben.

Vollschutzausbildung stand für die nächsten Tage auf dem Plan. Eben dieser berühmte Vollschutzanzug, den Soldat Buhler schon im Vorfeld während der Arbeiten im Gaszelt die Ehre hatte anzuziehen und dem die anderen in der Gruppe mit gehörigem Respekt begegneten. Aus gutem Grund. Allein das erstmalige Anziehen zog sich über Stunden hin. Ein Wirrwarr an Schlaufen, Laschen und Knöpfen mußte in die richtige Beziehung zueinander geknüpft werden. Die Luft über dem Platz füllte ein penetranter Gummigestank, der sich immer weiter verstärkte, je mehr man selbst in die Gummihüllen eintauchte. Dazu gesellte sich schließlich die eingeengte Bewegungsfreiheit, die alle Handlungen in Zeitlupe erscheinen ließ. Ich beobachtete Soldaten Sinnhaber, da ich befürchtete, daß er aus Platzangst wieder die Nerven verlieren könnte. Als Krönung des Geschehens folgten die Gasmaske und der Stahlhelm. Schlagartig verschwand der Gummigestank und wurde vom Luftmangel ersetzt. Um dem Ganzen das i-Tüpfelchen aufzusetzen, galt es, den Gummianzug noch über den Helm zu ziehen. Nun schien der Un-Mensch perfekt. Unser ganzer Zug kam mir wie eine Horde Weltraumflieger beim Spaziergang auf dem Mond vor. Erkennen konnte ich keinen mehr – höchstens eine Unterscheidung in größere und kleinere Ungeheuer vornehmen. Die Bullaugen der Maske gestatteten aber keine genaueren Betrachtungen. Das Sichtfeld reichte man gerade so, um zu erahnen, wo die Füße als nächstes hintreten würden. Im Innern des Gummianzuges entwickelte sich eine Hitze, die mir eine vage Vorahnung davon gab, was passieren würde, wenn wir mit diesen Dingern erst einmal in Marsch kämen. Zunächst aber durfte ich feststellen, daß sich das Ausziehen ebenso langwierig gestaltete wie das Anziehen. Und weil alles so schön war, fing das Spielchen gleich noch mal von vorne an. Als Anreiz simulierte die Schulzerei mit einigen Knallern in der Ferne einen Atomschlag. Leutnant Scharf erklärte zuvor, daß uns diese Gummidinger vor den tödlichen Strahlen schützen würden. Das fand ich zwar alles etwas skurril – aber wenn's hilft? Die Atombombe müßte sich jedenfalls viel Zeit lassen und den Tod erst woanders hinbringen, denn bevor wir uns ganz in Gummi eingelegt hatten, um der vermeintlichen Atomstrahlung zu widerstehen, wäre der Atomkrieg zu Ende gewesen. Leutnant Scharf mußte die Lage ähnlich beurteilen. Mit seiner Ruhe schien es vorbei zu sein. Er brüllte unentwegt auf uns ein. Aber auch das war egal. Wenn einer im Vollschutzanzug den Marsmenschen mimt, kriegt er von seiner Umwelt sowieso nichts mehr mit.

Wie schon von allen erwartet, schnitt Soldat Buhler beim Vollschutztraining am besten ab. Für Leutnant Scharf war jetzt die Zeit gekommen, um eine erste Auszeichnung vorzunehmen. Er beförderte Soldat Buhler zum Beauftragten des Zuges. Mit anderen Worten wurde Buhler nun zum obersten Soldaten aller vier Gruppen unseres Zuges gekrönt. In der Praxis sollte das heißen, wenn es Probleme im Zug gäbe, habe man sich zunächst an Soldat Buhler zu wenden. Natürlich aber waren wir anderen schon erfahren genug, um zu wissen, daß es eine Beförderung zum Soldatenbeauftragten gar nicht in Wirklichkeit gab. Das kam eher einer Schönfärberei seitens des Leutnants gleich, mit der dieser erreichen wollte, durch die geförderte Unterwerfung des Buhler noch näher an die Truppe heranzukommen.

Unglücklicherweise konnte ich meine Klappe nicht halten und machte den Buhler während des Stubenreinigens darauf aufmerksam, daß er nun bloß nicht abheben solle, schließlich bleibe er trotzdem einer von uns und da sei das Diffamieren eines Kameraden unehrenhaft. Das hätte ich mir besser verkniffen, denn Buhler fühlte sich derart angegriffen, daß er den Wischeimer umschmiß und seinen durchgestylten Fleischbody auf mich zu bewegte, alles gekrönt von einem dunkelroten Wutkopf, auf dem die blonden Haare zu Berge standen. Ohne reagieren zu können, traf mich ein Fausthieb unterm Kinn und ich schlitterte übers Linoleum, um unter mächtigem Geschepper an die Fensterfront zu rasseln. Sofort schnappten Buhlers Pranken meinen Uniformkragen, rissen mich hoch in die Luft und schleuderten mich gegen das Metallgestell eines Doppelstockbettes. Dann packte er meinen Hals, um ihn zu würgen. Mir wurde schwarz vor Augen. Ich bekam keine Luft mehr. Verzweifelt versuchte ich noch, mit meinen Fingern zwischen seine zu kommen. Doch es hatte keinen Sinn. Buhlers Hände waren hart und steif wie die Backen eines Schraubstocks, und aus meinen Armen schwand die Kraft. Schließlich wollte ich ihn durch Worte der Entschuldigung besänftigen, aber aus meinem Mund kam nur ein Röcheln. Auch Buhler stieß nur Zischlaute zwischen seinen aufeinandergepreßten Zahnreihen hervor. Seine Lippen waren verzerrt, sein Gesicht lag im Krampf. Schlagartig spürte ich, daß der Buhler verrückt war, und ich bekam Panik, da er vielleicht nie mehr aufhören könnte. Wie von Sinnen strampelte ich mit meinen Beinen. Dann endlich taten sich Kindel und Rotrein zusammen, griffen nach Buhlers Händen. Soldat Sinnhaber klammerte sich an die Schultern, und Buhler mußte von mir ablassen. „Bist du irre?" schrie Rotrein. „Du bringst den ja um." – – „Na und wenn schon? Seht ihn euch an! So werde ich es mit jedem machen, der hier anfangen sollte, rumzuputschen." Ich lag gekrümmt am Boden und wechselte ständig zwischen Luftjapsen und Husten. „Eins will ich euch sagen", begann Buhler in seiner ruhigen und überheblichen Art, „ich bin Hauer unter Tage. Beim Uranbergbau im Erzgebirge. Und dort habe ich Zupacken gelernt, wie ihr seht, also, laßt es besser nicht darauf ankommen." Buhler ging an seinen Wischeimer zurück und setzte die Arbeit in aller Seelenruhe fort. „Dir hat wohl die Radioaktivität das Hirn verstrahlt, du Spinner. Meuchelmörder können wir in unserer Armee nicht gebrauchen, hörst du. Noch so'n Ding und du schaffst es nicht einmal bis zur Vereidigung, das versprech' ich dir!" Wieder überfiel ein Krampfen Buhlers Gesicht. Doch diesmal riß er sich zusammen. Selbst Buhler wußte, daß er sich vor Rotrein in acht nehmen mußte. Rotrein war nicht viel größer als ich und der Buhler hätte ihn mit seinen Pranken ebenfalls zerdrücken können. Doch Soldat Rotrein gehörte zu den echten Roten, zu denen, die in der DDR immer auf die Füße fallen mußten, weil sie die personifizierte Parteimeinung darstellten. Und damit war nicht gut Kirschen essen, das galt selbst für den Mustersoldaten Buhler.

Meine drei Helfer wandten sich zu mir und setzten mich aufs Bett. Die Haut meines Halses brannte noch, aber ansonsten ging es mir wieder gut. Ich spürte, daß ich mich bei ihnen bedanken mußte, konnte oder wollte es aber nicht. Ich reichte ihnen nur die Hand und nickte. In ihre Augen konnte ich dabei nicht blicken. Irgendwie war es mir peinlich, daß ausgerechnet Soldat Rotrein zu meinem Beschützer wurde und ich ihm zum Dank verpflichtet schien, denn ich mochte den Rotrein nicht besonders. Oder ehrlich gesagt, lehnte ich ihn von vornherein ab, obwohl ich ihn gar nicht kannte. Ich hatte eine innere Ablehnung vor seinem roten Gefasel, ja, vielleicht sogar Angst, weil ich fühlte, wie ernst er es damit meinte. Mochte es 20 Tage her sein, als ich mit dem Kindel zusammen darüber feixte, daß sich die ‚Aktuelle Kamera' niemand freiwillig ansehen würde, in Soldat Rotrein schien ihr ein Getreuer sicher gewesen zu sein. Daran mußte er selbst nicht einmal Schuld tragen, denn aus den wenigen Gesprächen mit Rotrein hatte ich erfahren, daß seine Eltern Offiziere waren. Westfernsehen kam bei ihm zu Hause niemals in die Glotze. Er kannte es nicht. Wen wundert es da, daß Rotrein alles für richtig hielt, was die ‚Aktuelle Kamera' ihm sagte, wo er doch andere Meinungen gar nicht kennen konnte. Genau in diesem Punkt witterte ich die Gefahr, von der ich glaubte, sie müsse vom Rotrein ausgehen. Selbst sein Busenfreund Lenin pflegte zu sagen: „Der Fanatismus – aus Intoleranz geboren, ist der Feind jeder Ideologie."

Solange sich dieser fanatische Keimling latent verhält und im Fahrwasser der Gesellschaft mitschwimmt, ohne Schaden anzurichten, mag das alles gehen. Kommt es aber zum Ausbruch der Krankheit, wo ein Fanatiker gar nicht weiß, daß er fanatisch ist, wird die Würde im menschlichen Miteinander zerstört, ohne daß sich der Fanatiker dessen bewußt ist, im Gegenteil, oft fühlt er sich noch als Held.

Mit einem ganz anderen Respekt begegnete ich künftig Soldat Buhler. Bei ihm war weniger mit ideologischer Verblendung zu rechnen, als vielmehr mit brachialer Gewalt. Dabei hegte er keinerlei Unmutsgefühle gegen mich, wie man es nach dem Vorfall hätte vermuten können. Nein, er verhielt sich überheblich-freundlich zu mir, eher so, als hätte das Ereignis nie stattgefunden. Mir schien es, als wollte er damit zeigen, wer der Herr im Hause sei. Nun, wo er das erreicht hatte, fühlte er sich gut, ohne Anzeichen des Nachtragens. Selbstverständlich stand ich diesem Frieden etwas skeptisch gegenüber und versuchte stets, einen gewissen Abstand zum Buhler zu wahren. Mit dieser Einstellung blieb ich jedoch nicht allein. Auch bei den anderen in der Gruppe war zu spüren, wie sie einen Bogen um ihn machten. Und Buhler selbst registrierte die Zurückhaltung seiner Kameraden ebenfalls, was sich in seinem übertrieben aufrechten Gang und der geschwollenen Brust niederschlug. Andererseits wußte Soldat Buhler, daß er sich keinen Fehler leisten durfte, ohne den Argwohn seiner Genossen hervorzurufen. Als Folge daraus entwickelte er seinen Hang zur Hörigkeit, gekoppelt mit der triebhaften Perfektion, bis ins Unermeßliche weiter. Und ausgerechnet die Triebhaftigkeit benutzte das Schicksal, um den Buhler daran zu erinnern, daß auch er nur ein Mensch sei. So erschien es nach Wochen weiblicher Abstinenz leicht vorstellbar, daß unser Mustersoldat in seinem Bettchen lag und von dem träumte, was einem richtigen Krieger eher lästig, weil von Schwäche durchtrieben war. Zum Weckpfiff polterte Buhler ohne Rücksicht auf Verluste aus seinem Bett, um ja als erster beim Frühsport zu erscheinen. Erst als er unsere fragwürdigen Blicke bemerkte, hielt er inne und schöpfte Verdacht. Seine Schlafanzughose bildete ein Spitzzelt in peinlicher Gegend. Fassungslos gab er sich einen Hieb zwischen die Beine, auf daß wir alle vor mitfühlendem Schmerz die Gesichter verzogen. Aber Fehlanzeige. Das Werk brach in sich zusammen, wie ein vertrockneter Zeuge am Tatort einer feuchten Nacht. Buhler riß vor Entsetzen die Augen auf, als wollten sie jeden Moment aus dem Kopf springen, um sich irgendwo zu verstecken. Ich kratzte mir nichtssagend den Kopf und ging zum Frühsport. Nicht einer der Soldaten sprach darüber, denn Buhler war keines Themas mehr wert.

So blieb auch in den folgenden Wochen das allgemeine Schweigen zwischen den Soldaten bestehen. Das Kennenlernen gestaltete sich viel schwieriger, als ich es aus dem Abiturientenwohnheim gewohnt war. Ich folgerte daraus, daß nur das Geheimnis, was über dem Lager schwebte, daran schuld sein könne. Alle hatten wir Angst davor. Niemand wußte konkret, was nach dem Lager kommen würde. Keiner fand den Mut, sich einem anderen anzuvertrauen, weil man nie wissen konnte, welche Rolle ein Fremder in diesem Spiel einnahm. Als ich einmal Feldwebel Altschulzer daraufhin ansprach, was nach der Grundausbildung sein würde, antwortete er kurz, daß ich es schon noch früh genug erführe. Und wenn ich dem

Ausbildungsplan Vertrauen schenken wollte, blieb dafür nicht viel Zeit. Denn nach dem befürchteten Vollschutzmarsch sollte über viele Tage hinweg nur das Exerzieren geübt werden. Die anderen Sachen, wie Sanitätsübungen, Sturmbahn oder Schießtraining, hielten sich dagegen in Grenzen. Natürlich war mir klar, daß das Rumexerzieren nur den Zweck hatte, ein Schauspiel zu inszenieren, denn zu unserer bevorstehenden Vereidigung sollte der Offiziersriege und den geladenen Eltern die Wunderwelt militärisch-exakter Uniformiertheit suggeriert werden, damit auch im friedlichsten aller Menschen ein Soldatenherz erwache. Ein Bühnenstück mit solch einer Aussagekraft brauchte schließlich seine Vorbereitungszeit. Nach der Vereidigung stünde nur noch ein Wort auf dem Plan: ‚Abschlußübung'. Dieses Wort hatte jedoch etwas Merkwürdiges an sich, nicht weil es gleich quer über drei Tagesspalten geschrieben stand, sondern weil dem Feldwebel in diesem Zusammenhang immer solche grauenhaften Worte wie ‚Härtetest' oder ‚Überlebenstraining' über die Lippen kamen.

Das Schreien einer Trillerpfeife donnerte mir durch den Kopf. Ich öffnete kurz ein Auge. Doch es lag noch die Nacht überm Lager, alles blieb ruhig. Sofort sank ich wieder in den Schlaf zurück. Doch dann ein weiterer Pfiff. Irgend jemand brüllte etwas von Gefechtsalarm. Blitzschnell schreckte ich auf und rammelte Haare und Kopfhaut gegen die Stahlfedern des Oberbettes. Buhler sprang mit einem Satz aus dem Bett, stürmte zu den Fenstern und zog die Verdunklung vor die Scheiben, bevor er das Licht anschaltete. Das Gedränge vor den Spinden wirkte gelähmt, und schlaftrunken schlüpften wir in die Felddienstuniformen, als schon wieder ein Brüllen vom Platz her in die Stube drang: „Gasalarm! Gasalarm! – Schutzanzüge anlegen!" ‚Auch das noch', ging es mir durch den Kopf, ‚Vollschutzmarsch im Dunkeln.' Es entfaltete sich Chaos in der Stube. Tische und Stühle wurden aus Platzgründen auf die Betten geschmissen. Doch Buhler warf sie sofort wieder zurück auf den Boden und meckerte, da die meisten vergessen hatten, das Gefechtsbett zu bauen. Ordnung mußte sein. Auch bei Gasalarm. Also an die Betten; Decken und Kopfkissen glattziehen, Tagesdecken überspannen. Nun erst durften Tische und Stühle weggeräumt werden. Buhler mahnte gleich an, daß die Stube im Originalzustand zu verlassen sei, also die Möbel müßten wieder in der Mitte stehen. Zum Glück hatten wir das Anlegen des Schutzanzuges lange genug geübt, so daß alles klappte. Schließlich stapften wir als Marsmenschen verkleidet vor unser Häuschen. Im Schummerlicht einiger Gefechtsleuchten bot sich ein gespenstisches Bild. Die Schulzerei stand parat, alle Offiziere, von den Zugführern bis zum Kompaniechef, waren zugegen. Dazu die Mannschaft des Lazaretts mit einigen Krankenwagen und die Armisten vom Fuhrpark mit den Mannschaftswagen und Stabsfahrzeugen. Alles machte den Eindruck, als wäre wirklich Krieg. Die Unteroffiziere verteilten Maschinenpistolen. Diesmal aber keine aus Holz, sondern echte. Auch durften die überlebenswichtigen Kleinigkeiten nicht fehlen: Das Teil I als Rucksack mit Socken, Unterwäsche, Nähzeug usw., und für das Koppel die Wasserflasche, das Bajonett und all der andere Kram. Die Bewegungsfreiheit, aber auch die Sicht und das Empfinden im allgemeinen waren durch den Gummianzug derart eingeschränkt, daß man mir noch eine Menge anderer Dinge hätte anbaumeln können, ich hätte es kaum bemerkt. Alles was mich in diesem Moment bewegte, ja richtig erzittern ließ, war die innere Anspannung. Ich wollte nur noch, daß es endlich losginge und ich die Sache hinter mich bringen könnte. So empfand ich es erleichternd, als Leutnant Scharf unseren Zug antreten ließ und wir endlich in Gang kamen. Solange wir über den Platz marschierten, spendete das Mondlicht soviel Sicht, daß ich einigermaßen die Umrisse meiner Vordermänner erkennen konnte. Als wir jedoch in den Wald kamen, war es damit vorbei. Die Marschgeschwindigkeit sank beträchtlich. Das tat gut und ich konzentrierte mich darauf, meine Atemluft einzuteilen. Denn schon nach den ersten Metern spürte ich, wie die Temperatur im Anzug stieg. Das verwunderte mich, da es draußen bitterkalt war, vielleicht noch kein Frost, aber auch nicht viel über null Grad. Die Orientierung spielte sich besser ein, als ich es mir vorgestellt hatte. Ich trat meinem Vordermann beständig in die Hacken, mein Hintermann tat dasselbe mit mir. So konnte ich auf die Augen verzichten und wußte trotzdem, wo ich war. Zudem sicherte die Methode ein enges Auflaufen zur vorderen Rotte, was zu einer kleinen Schrittweite und damit zur geringen Marschgeschwindigkeit führte. Als der Waldweg sich immer weiter verengte, wurde es trotz allen Gedränges unmöglich, noch als geschlossener Zug zu laufen. Leutnant Scharf befahl deshalb, den Zug in Einerreihe aufzufädeln. Wieder ein Glück für mich, daß ich in der letzten Rotte stand, denn der Zug kam zum Halten. Und bevor sich alle Soldaten in eine Reihe aufgefädelt hatten, konnte ich eine Weile stehen und verschnaufen. Die Wärme im Anzug steigerte sich zur Hitze. Ich mußte daran denken, daß ich an diesem Morgen noch nichts im Magen hatte, und dazu gesellte sich ein quälender Durst. Ich bekam Wut auf die Wasserflaschen, die wir am Koppel mitschleppen mußten. Alles nur Gewichtsschikane. Wie sollte man trinken mit aufgesetzter Gasmaske? Feldwebel Altschulzer machte sich die Mühe und brüllte jedem Soldaten zu, daß er sich mit der Hand im Koppel des Vordermannes einhaken müsse. Diese Verbindung sei ein Befehl, also dürfe sie erst wieder gelöst werden, wenn es befohlen würde. Offensichtlich hatten die Herrn Offiziere Angst davor, daß einer ihrer Marsmenschen in der Dunkelheit abhanden käme, um irgendwo wieder aufzutauchen, wo man ihn besser nicht so sehen sollte. Also stapften wir im Gänsemarsch los, und die Hitze im Anzug stieg weiter. Ich fühlte, wie mir der Schweiß über den Rücken, den Hintern und die Beine lief. Die Fingerkuppen in den Gummihandschuhen fühlten sich an, als stünden sie im Wasser. Allmählich begannen erste Lichtstrahlen zwischen den Wipfeln der Kiefern zu blitzen. Eigentlich hätte ich jetzt etwas sehen müssen, doch die Gläser meiner Maske waren vom dampfenden Schweiß so beschlagen, daß sie mir nur eine verschwommene Sicht gaben. Als wir den Wald hinter uns ließen und auf eine Lichtung kamen, leuchtete die Morgendämmerung in der Ferne. Damit das Kriegsschauspiel nicht an Wirkung verlöre, zündete die Schulzerei überall Nebelbomben, die die Wiese binnen Sekunden mit Qualm verhüllten. Leutnant Scharf inszenierte dazu für jede Gruppe einen Verletzten, der mittels Trage über die Wiese geschleppt werden mußte. Ich – als Gruppenleichtester – sollte den Verletzten mimen, und der Buhler mußte mich tragen. Diese Erholungspause genoß ich mit doppelter Freude. Schon auf der Trage wußte ich, daß ich den Marsch überstehen würde. Die Marschgeschwindigkeit in den Gummidingern konnte nicht so groß sein, als daß ich daran zerbrechen würde. Mit diesen Gedanken schwand meine Erregtheit, denn ich wußte, es galt nur durchzuhalten. Ruhig atmen und alles ertragen. Am anderen Ende der Wiese formten wir uns wieder zu einem Zug. Plötzlich durchzuckten blaue Blitze den Qualm. Ein Krankenwagen kam von der Wiese her auf uns zu gejagt. Seine Bremsen quietschten. Er hielt dicht neben uns bei einem Nachbarzug. Ein Arzt und ein Sanitäter sprangen heraus, ein weiterer Sanitäter schleppte eine Trage aus dem Auto herbei. Alle drei liefen sie zu einem Marsmenschen, der vor seinem Zug lag. Für diesen war das Spiel aus. Er stand einfach nicht wieder auf, auch bei allen Befehlen der Welt nicht. Ein Sanitäter lief zum Krankenwagen zurück, um einen Funkspruch abzusetzen. Unterdessen wurde der Soldat aus den Gummihüllen gewickelt. Ein zweiter Krankenwagen eilte mit Blaulicht herbei. Die Ärzte verknüpften den Soldaten mit zahlreichen Schläuchen und technischem Gerät, um ihn dann per Trage in einen Krankenwagen zu bringen und davonzurasen. Leutnant Scharf wollte eine Panik vermeiden und befahl den Weitermarsch. Gerade meines inneren Friedens sicher wurde mir schlagartig mulmig im Magen, da ich dachte, daß es mich vielleicht auch so treffen könnte. Doch diese Gedanken verflogen bald wieder. Denn inzwischen war es heller Tag geworden und ich spürte, daß wir nicht mehr weit vom Lager entfernt sein konnten. Mein Gefühl war sich dessen sicher. Schließlich mußte es einen Sinn machen, daß wir dieses Theater in der Nacht durchgezogen hatten. Jetzt am Tage war das Risiko viel zu groß, daß uns jemand aus der Zivilbevölkerung über den Weg liefe und der hätte sich womöglich fragen können, was die Marsmenschen mit Kalaschnikows über den Schultern in einem Ferienlager für Schüler zu suchen hätten. Natürlich lag ich mit meiner Vermutung richtig. Es dauerte nur einige Minuten, bis wir wieder durchs Lagertor schritten. Und militärisch nicht weiter verwunderlich, fand der Spuk pünktlich zum Frühstück sein Ende. Wie Soldat Buhler schon sagte: „Ordnung muß sein – auch bei Gasalarm!"

Während des Frühstücks gab es für uns nur ein Thema: Was war mit dem verunglückten Soldaten geschehen? Die schauerlichsten Märchen aus der Gerüchteküche kreisten in immer neuen Runden über die Tische. Von Erschöpfung bis zum Tod war alles dabei. Doch die Hoffnung, daß die Schulzerei oder die Offiziere diesem Treiben ein Ende setzen würden, erfüllte sich nicht. Auch die Führungsriege hielt sich bedeckt. Erst an dem Tage, als die persönlichen Sachen aus der Stube des Soldaten abgeholt wurden, kam die Mitteilung, daß sich der Genosse eine Nierenschädigung zugezogen hatte und daraufhin vom Militärdienst befreit werden würde. Einige Kameraden waren gleich so verstiegen und erkundigten sich allen Ernstes, was man sich antun müsse, um mit einer Nierenschädigung davonzukommen. Ich hielt die Überlegungen für makaber und war froh, den Marsch heil überstanden zu haben.

Überhaupt entstand jetzt unter den Soldaten eine Geschwätzigkeit, wie ich sie mir nie hatte träumen lassen. Für mich der Beweis dafür, daß alle vorherige Verschlossenheit auf die Leistungsbereitschaft zurückzuführen war. Je schwieriger und fremder die Übungen den Soldaten erschienen, desto verschwiegener waren sie. Jetzt aber galt es schon seit Tagen: exerzieren, exerzieren und nochmals exerzieren. Es hing einem im wahrsten Sinne des Wortes zum Halse heraus. Und es wurde praktisch unmöglich, da noch einen Fehler zu machen. Die dadurch freigesetzte Konzentration entlud sich in Geschnatter, das einem Gänsehaufen gleichkam. Feldwebel Altschulzer schien diese Gelöstheit zu freuen, Leutnant Scharf hingegen war entsetzt. Aber wie wir vom Feldwebel erfahren konnten, wiederholte sich dieses Spiel jedes Jahr erneut. Natürlich kümmerte uns die Entsetztheit des Leutnants herzlich wenig, denn er war auf Gedeih und Verderb auf uns angewiesen, was ihm jedes Druckmittel aus den Händen gleiten ließ. Leutnant Scharf hatte nur noch die Vereidigung im Kopf, und um dabei gut abzuschneiden, brauchte er uns. Mit einer unvorstellbaren Akribie wurden Meter für Meter, ja sogar Zentimeter für Zentimeter der Lauffläche des Stadions genauestens eingeteilt. Und ein Stadion als Kulisse mußte für dieses Ereignis schon herhalten. Dazu tönte aus Lautsprechern die Marschmusik, die mich inzwischen bis in den Schlaf hinein verfolgte. Leutnant Scharf war dermaßen besessen, daß er dazu überging, weiße Striche auf die Schotterbahn zu malen. Das alles erinnerte an eine Tanzstunde, aber nicht an eine Soldatenvereidigung. Bei diesem Takt der Musik mußten wir dies machen, an jenem weißen Strich jenes. Trotzdem blieb ich frohgestimmt bei der Sache, auch wenn sie nervte. Schließlich war ich glücklich, daß sich das Geheimnis des Lagers in Luft aufgelöst hatte. Vielleicht lag mein falscher Verdacht daran, daß ich zu viele schlechte Filme gesehen hatte, vielleicht auch daran, daß mein Vater mich mit seiner Stasiwitterung ganz irre werden ließ. Tatsache war jedoch: Die Soldaten des Wachregiments hatten soviel mit der Stasi zu tun wie Klapperstörche mit Babies. Bestimmt achtzig Prozent der Soldaten waren Abiturienten, die versuchten, sich mit einem dreijährigen Armeedienst Vorteile fürs Unistudium zu sichern. Die anderen zwanzig Prozent schienen mir tatsächlich suspekt, und ich wollte sie mit Vorsicht genießen, zum Beispiel Rotrein und Buhler. Und es gab auch die echten Stasimänner, zu denen Leutnant Scharf und seine Offiziersgenossen zählten.

Aber die Offiziere gingen mich nichts an. Außerdem stiegen sie von ihrem Roß nur höchst selten herab, um sich mit einem Soldaten abzugeben. Wenn sie es jedoch taten, wurde es unangenehm. So stand Leutnant Scharf eines Tages wirklich vor mir und wollte nur mich und keinen anderen sprechen. Er hatte erfahren, daß meine Eltern nicht zur Vereidigung kommen würden. Das stellte für ihn die unmöglichste aller Unmöglichkeiten dar. Wie könnten Eltern nicht zu dem bedeutendsten Ereignis im Leben ihres Sohnes erscheinen. Nun konnte ich dem Leutnant ja schlecht erklären, daß ich mich mit meinem Vater über den Stasihintergrund des Ganzen bis aufs Messer zerstritten hatte. Ich schätzte ein, daß der Genosse Leutnant das als Beleidigung auffassen könnte und meinem Vater Ärger machen würde. Also erklärte ich ihm, daß meine Eltern als Ärzte in ständiger Klinikbereitschaft stünden, und auch solch ein Ereignis wie eine Soldatenvereidigung nicht das Leben von Menschen gefährden dürfe. Leutnant Scharf zeigte dafür Verständnis, wollte mich aber überzeugen, daß es mir vielleicht gelänge, wenigstens einen Elternteil von der Notwendigkeit des Kommens zu überzeugen. Erst als ich von den blutigen Aufgaben eines Chirurgen zu erzählen begann, klopfte er mir auf die Schulter und sagte in mitleidigem Ton: „Armer Junge!“

Je näher der Tag der Vereidigung kam, desto freundlicher wurden die Offiziere. Noch nie war mir Leutnant Scharf derart zuvorkommend gegenüber seinen Soldaten aufgefallen. Die sonst so heilige militärische Strenge geriet immer mehr in den Hintergrund. Und der Leutnant ließ sich sogar zu Witzen hinreißen, die sonst überhaupt nicht seine Art waren. Zum Glück hatte sich in den vergangenen Tagen der Buschfunk zwischen den Soldatengruppen der zwei Kompanien so stark entfaltet, daß es nicht schwierig war herauszubekommen, was diese Show bewirken sollte. Solange wir nämlich noch nicht vereidigt waren, bestand für jeden Soldaten die Möglichkeit, von seiner dreijährigen Verpflichtung für den Wehrdienst zurückzutreten. Eine Tatsache, die Feldwebel Altschulzer bestätigen mußte, nachdem deshalb Unruhe im Zug entstanden war. Manche reagierten so erregt, daß sie ihn ohne Umschweife fragten, warum das den Soldaten nicht gesagt wurde und sie es erst über den Buschfunk erfahren mußten. Der Feldwebel antwortete, weshalb die Offiziere an dieser Information kein Interesse hätten, wäre doch klar. Demnach hätte es immer wieder ein paar Soldaten gegeben, die kurz vor der Vereidigung zurückgetreten wären. Ihr Schicksal allerdings wäre wenig empfehlenswert. Alle würden zur eineinhalbjährigen Wehrpflicht eingezogen, nachdem sie verheiratet waren und Kinder hatten. Alle kämen sie rein zufällig in die berüchtigte Armee-Drill-Schule nach Qualenbüttel an der Ostsee, im Volksmund auch ‚Armeestraflager‘ genannt. Allen würde dort das Leben zur Hölle gemacht. Und wer trage Schuld an diesen Zufällen? Altschulzer bat uns, daran zu denken, daß wir selbst in der Verantwortung für unser Leben und unser Weiterkommen stünden. Es wäre dumm und trotzig, das bisher Erreichte mit einem Wisch zu zerstören. Und selbst wenn, täte es wenig am System ändern. Ein kluger Mensch sollte nach anderen Wegen suchen, wenn er bei seiner Wanderung auf Granit stoße, anstatt mit Sprengstoff im Schädel durch die Wand zu wollen.

Alle Achtung! Die Worte des Feldwebels sorgten zwar für Nachdenklichkeit, aber es zog wieder Ruhe in unseren Zug ein. Für eine Zigarettenlänge leuchteten mir die Worte meines Vaters bildlich im Kopf auf. Der Vater hatte mich gewarnt – deutlich gewarnt. Und dennoch. Mit dem weggeschnipsten Zigarettenstummel stand meine Meinung fester als je zuvor: Augen zu und durch.

In meinem Zug reagierten alle Soldaten genauso. Trotzdem ließen sich nicht alle 160 Mann meiner 2. Kompanie vereidigen, sondern nur 158, mit anderen Worten hatten zwei Soldaten die dreijährige Wehrverpflichtung zurückgezogen. Wer die zwei waren, habe ich jedoch nie erfahren. Das gleiche Stillschweigen herrschte in der 1. Kompanie, wo ich nicht einmal herausbekam, ob Soldaten absprangen und wenn ja, wie viele es waren.

Leutnant Scharf blieb bis zum Vereidigungstag freundlich, ließ aber die blöden Witze bleiben. Für die meisten Soldaten wurde der Tag auch wirklich zu etwas Besonderem. Schließlich sahen sie nach 7 Wochen Militärausbildung erstmalig wieder ihre Eltern und Mädchen. Um diese Freude erleben zu können, nahmen sie den Rummel in Kauf. Endlich durften die weichen Rindslederstiefel zum Einsatz kommen, die zwar unbenutzt waren und dennoch auf Hochglanz poliert werden mußten. Die Stiefelhosen und Tuchuniformjacken wurden gestriegelt, die weißen Oberhemden gebügelt und selbst die Stahlhelme gefettet und poliert, bis sie wie Ostereier in der Sonne glänzten. Leutnant Scharf und die anderen Offiziere hefteten sich ihre Orden an die Brust und legten die Silberkoppel mit den Offiziersdegen um die Hüften. Zu meinem Erstaunen trugen selbst die Offiziere ihre Stahlhelme, und ich fragte mich, ob auch der Leutnant Kopfschmerzen darunter bekäme, wenn er nur einmal im Jahr dieses Ding auf dem Kopf hatte. Und selbst wenn, der Leutnant war derart aufgeregt, daß er sie kaum bemerkt haben dürfte, denn ich spürte sein Bangen, daß jetzt ja alles so klappen möge, wie wir es tagelang eingeübt hatten.

Die Sonne strahlte vom blauen Oktoberhimmel. Die Laubbäume standen in goldenem Gewand. Eine Herbstlandschaft, wie sie schöner nicht hätte sein können. Ein Vormittag, dem scheinbar auch die Natur ihre Ehre erweisen wollte. Schon von weitem dröhnte die Marschmusik vom Stadion herüber. Wir liefen die Teerstraße ohne Marschschritt entlang, um die Kräfte für den Auftritt zu schonen. Leutnant Scharf rannte ständig vom Zuganfang bis zum Ende und wieder zurück. Unentwegt hämmerte er uns all die Kleinigkeiten ein, die wir auf keinen Fall vergessen dürften, damit das Großartige gelinge. Direkt vor dem Eingang des Stadions hieß es jedoch erst einmal, geduldig zu sein. Leutnant Scharf verschwand zu einer letzten Beratung der Offiziere, und wir mußten warten. Dann plötzlich verstummte die Musik. Die Offiziere kamen mit ernsten Mienen herbeigelaufen, um Aufstellung an ihren Plätzen zu nehmen. Mit mächtigem Trommelwirbel ließen die Militärmusiker den Radetzky-Marsch einsetzen, das Stadiontor öffnete sich, und die Show nahm ihren Lauf. Von nun an war jeder Schritt geplant, jede Bewegung vorprogrammiert, und die Angst vor einem Fehltritt saß einem wie Hochverratsgedanken im Nacken. Aber alles funktionierte prachtvoll, die Schritte schienen von der Musik getragen zu werden, jede Bewegung fügte sich nahtlos in die des Vordermannes ein. Ich konnte mich nicht dagegen wehren, von einer grandiosen Macht der Einheit ergriffen zu werden, so daß mir ein Schauer über den Rücken lief. Auf den Rängen funkelten die begeisterten Augen der Eltern, von der Tribüne blitzte das Gold und Silber der Offiziersuniformen. Nachdem wir im Stechschritt an der Führung vorbeisalutiert waren, marschierten wir Zug um Zug, Kompanie für Kompanie auf den Rasen und erstarrten zu Säulen. Die Musikkapelle verstummte. Die Offiziere der einzelnen Züge erstatteten die Bereitschaftsmeldung an die beiden Kompaniechefs. Der Ranghöhere ging dann zu einem Mikrophon, das einsam auf der Schotterbahn stand, ließ seinen Körper zum Stillgestanden erhärten und warf zackig den Arm in die Luft, bis seine steife Handfläche mit dem strahlenden Weiß ihres Handschuhs kurz vor dem Schirm der Mütze schwebte. Es folgte die Bereitschaftsmeldung der Kompanien an den Stabschef der Tribüne, einen älteren Herrn mit dem Dienstrang eines Oberst. Der Oberst ging seinerseits ein paar exakte Schritte und machte Meldung an den obersten Chef aller Chefs, der in der Mitte der Ehrentribüne vor einem Mikrophon stand. Es war ein General, dessen Namen ich jedoch nicht verstehen konnte. Seine Uniform leuchtete in kräftigeren Farben als die der anderen Offiziere. An den Seiten seiner Hosen befanden sich rote Streifen. Alle Knöpfe, Schulterstücke, Orden, ja sogar der Schirmrand seiner Mütze funkelten in Gold. Auch der General war schon ein älterer Herr mit silbernem Haar, aber von noch sportlicher Figur. Ich sah zum ersten Mal einen General. Und ich mußte ehrlich eingestehen, daß es schon etwas Überwältigendes an sich hatte, dieser Trubel mit Glanz und Gloria. Ich konnte mit einem Mal nachempfinden, daß sich Menschen durchaus von diesem Schauspiel zum Sinn des Soldatseins überzeugen ließen – als das höchste aller Dinge in einem Leben. Dazu setzte der General schließlich mit einer rhetorisch beeindruckenden Rede ein. Mit Verständnis ging er auf die Gefühle eines jungen Menschen ein, verknüpfte sie mit der Historie militärischer Heldentaten und ließ bei mir das Gefühl entstehen, als sei ich der wichtigste Mann im ganzen Lande, von dem das Aufblühen oder Verwelken aller vaterländischen Geschicke abhinge, und daß die stolzen Mütter ihre hoffenden Herzen mir zu Füßen legen würden, um sich ganz in Sicherheit zu fühlen. Es schien mir unmöglich, sich bei so vielen Blumen der Ehrung nicht geschmeichelt zu fühlen. Auf Befehl des Generals trat eine Gruppe von Soldaten unter Leitung eines Leutnants vom Rasen auf die Schotterbahn. Der Leutnant entrollte die DDR-Fahne an einer Fahnenstange, die er schräg von sich zur Tribüne streckte. Vier der Soldaten nahmen je eine Ecke des Fahnentuches und breiteten es zu einem Rechteck aus, das sie parallel über den Boden hielten. Ein fünfter Soldat legte seine Hand auf die Fahne und sprach laut und deutlich den Fahneneid ins Mikrophon. Diesen Soldat kannte ich jedoch genau, es war unser Mustersoldat Buhler. Wieder einmal war dem Buhler eine Überraschung gelungen. Denn niemand in der Gruppe hatte auch nur geahnt, daß er dazu auserkoren worden war, den Fahneneid zu sprechen. Im Chor wiederholten wir, was Buhler uns vorsprach. Nun also war es passiert. Ich versprach bei erhobener Landesfahne, daß ich mein Vaterland bis in den möglichen Tod vor allen Feinden schützen würde. Spätestens jetzt holte mich die Wirklichkeit wieder ein, da ich genau wußte, daß mit diesen Worten nicht zu scherzen sei. Auf Grund dieses Eides unterstand ich der Befehlsgewalt des Militärs. Alles, was die Armee nun von mir wollte, mußte ich tun – bei einer Weigerung wartete das Gefängnis. Wieder mußte ich an die Geschichte mit den Klapperstörchen und den Babies denken. Warum erzählte man uns eigentlich von Kindesbeinen an nur Dinge, die mit der Wahrheit nichts zu tun hatten? Der Klapperstorch bringt genausowenig Babies wie der Weihnachtsmann Geschenke, und der böse Wolf ist kein größerer Sünder als der Mensch selbst. Bei so viel Lüge könnte man meinen, daß wir Menschen nicht wissen, wo wir hingehören. Und der Soldat ist weder ein Held noch ein Mörder, er verkörpert nur die Schizophrenie des Menschseins zwischen Angriff und Verteidigung – dieses Vergewaltigen des eigenen Körpers mit fremdem Denken.

Für die anschließenden Feierlichkeiten wurde eigens der gesamte Gaststättenkomplex des Stadions gemietet. Die Ausstattung der Räume wirkte dezent, aber feierlich. Ich war erstaunt darüber, denn ich hätte den Offizieren niemals diesen Geschmack zugetraut. Dabei bildeten Raumteiler aus Grünpflanzen Nischen, die eine Intimsphäre vermittelten. Von den weißgedeckten Tischen leuchteten Blumensträuße zwischen edlem Porzellan hervor. Die Kellner waren angehalten, möglichst jedem Soldaten mit seinem familiären Anhang eine geeignete Tischgröße zuzuteilen. Die Offiziere zogen sich an eigene Tische zurück, um sich möglichst aus dem Familienleben ihrer Untergebenen rauszuhalten. Schließlich wurde eine Vorsuppe serviert, im Hauptgang gab es Rindersteak mit Pommes frites und Erbsen, einen Früchteeisbecher zum Nachtisch. Als Getränke konnte man zwischen Bieren und Weinen wählen. Im Hintergrund dudelte Musik des feindlichen Westens und keinesfalls die befürchteten sozialistischen Einheitsschlager. Alles in allem eine sehr angenehme Atmosphäre, die auf großes Bemühen seitens der Führung schließen ließ. Daß die Eltern vom Ambiente dieses Tages begeistert waren, ist nur logisch, und wohl keine Mutter hätte Zweifel daran gelassen, daß ihr Sohn hier in besten Händen sei. Nach pünktlich drei Stunden Familienleben folgte das organisierte Abschiednehmen. Natürlich durfte es nicht den Rahmen sprengen, so daß die Offiziere gleich eine Zeitstunde für dieses Tränendrama eingeplant hatten. Danach fand jede auftretende Sentimentalität ihr gewaltsames Ende. Schon auf dem Rückmarsch ins Lager fanden die Schulzerei und der Leutnant zu ihrer gewohnten Strenge zurück, die sie in den letzten Tagen so ins Vergessen geraten ließen. Die einzige Absonderlichkeit, die uns dieser Tag noch brachte, war der Befehl, daß wir die Zeit bis zum Abendessen in die Betten verschwinden mußten, um unseren Rausch auszuschlafen, wie das streng militärisch genannt wurde.

So lag ich also auf meinem Bett und wehrte mich dagegen einzuschlafen. Zu schön waren meine Rauschgedanken der paar Biere wegen. Alle Grübeleien über das Armeeleben schienen verschwunden zu sein. Ich träumte mit verhangenem Blick aus dem Fenster und ließ die Lichtstrahlen der untergehenden Sonne auf meinem Gesicht spielen. In der Stube lag Stille. Wohl jeder von uns hatte die Soldatenhülle verlassen, um für die Weile des Rausches in die Phantasiewelt der Menschen einzutauchen und sie unter dem Mantel der Ruhe zu genießen. Dabei überraschte mich mein Fröhlichsein, da ich eigentlich erwartet hatte, daß durch die Abwesenheit meiner Eltern so etwas wie Melancholie bei mir auftreten würde. Aber das Gegenteil war der Fall. Ich empfand es als angenehm, jetzt nicht auf Familientrip sein zu müssen. Es tat gut zu wissen, daß ich meinen Eltern dieses Schauspiel hatte ersparen können, denn sicherlich wäre ich andernfalls viel eher zur Depression bereit gewesen. So aber schwelgte ich in meinen Träumen von einer Welt ohne Armee. Und mein Heimatstädtchen blieb weit, weit entfernt von hier.

Auch der nächste Tag gehörte noch den Erinnerungen an Familie und Freundin, als wir mit den Aufräumarbeiten im Stadion beschäftigt waren. Feldwebel Altschulzer mahnte aber mit penetranter Hartnäckigkeit, daß wir wieder auf den Boden der Realität zurückfinden sollten. Schließlich sei bereits in ein paar Tagen alles geschafft, und wir könnten für eine Woche in den Urlaub, bevor wir in die verschiedenen Einheiten aufgeteilt würden. Doch die Tage vor dem Urlaub würden die schwersten der gesamten Lagerzeit. Und in diesem Zusammenhang vermied der Feldwebel wieder nicht die Worte: „Härtemarsch und Überlebenstraining“. Diese Worte lösten mittlerweile bei jedem von uns Angst aus. Denn eigentlich wußte niemand, was sie bedeuteten, aber die Vorstellungen, die wir uns darüber machten, waren grausig genug. Und der Altschulzer schaffte es somit, uns wieder ernste Mienen in die Gesichter zu treiben. Anders als beim Gasalarm wurde diesmal auf Heimlichkeiten im Vorfeld verzichtet. Selbst Leutnant Scharf sprach offen über die kommenden Tage und vor allem darüber, daß sie gut vorbereitet werden müßten. Nicht einmal die Alarmzeit blieb ein Geheimnis. Jeder konnte sie vom Ausbildungsplan ablesen. Mich wunderte das schon, denn konnte man in diesem Falle überhaupt noch von einem ‚Alarm' sprechen? Aber ich hatte in den Wochen des Ausbildungslagers begriffen, je mehr Sorgen sich die Offiziere um uns machten, um so mehr Leistung würden sie uns abverlangen. Und überhaupt ermöglichten mir so manche Kleinigkeiten einen Vorausblick auf das Kommende. Auch mußte ich zugeben, daß nicht alle Schikanen der Schulzerei gleich Schikanen waren. Wenn Feldwebel Altschulzer uns zwang, wieder und wieder die Stiefel zu fetten, so konnte man leicht meinen, daß das alles Schikane wäre, um uns ein bißchen auf Trab zu bringen. Es konnte aber auch heißen, daß wir in den nächsten Tagen viel, viel laufen würden. Zumal er uns beschwor, bei der Abschlußübung ja die ältesten Socken anzuziehen, die wir je auskramen konnten, und bei Feststellungsschwierigkeiten sollten wir einfach die nehmen, die am meisten stinken. Natürlich wußte ich nicht, was das für einen Sinn machen sollte, doch ich vertraute dem Feldwebel uneingeschränkt und verließ mich darauf, daß er das alles nicht zum ersten Mal über die Bühne brachte. Auch Leutnant Scharf überraschte uns, als er sich bereit zeigte, den Schnickschnack nicht so ernst zu nehmen, den doch gerade der Leutnant am ernstesten nahm. Wir bekamen für unsere Teile (Rucksäcke) echte Marschverpflegung, die leider wenig mit Lebensmitteln im eigentlichen Sinne zu tun hatte – als vielmehr mit Vitaminpräparaten, Dauerkeksen, Desinfektionstabletten und all diesen Dingen. Scharf nahm die Sache äußerst wichtig und meinte sogar, daß wir bei Platzschwierigkeiten an den überlebenswichtigen Dingen – Kragenbinden, Unterwäsche, Schuhputzzeug usw. – sparen sollten. Rein zufällig natürlich. Und er würde es aus Versehen nicht bemerken, wenn er es denn überhaupt kontrollieren sollte. Erst dachte ich ja, daß das wieder einer von seinen Witzen werden würde, doch dafür lag zuviel Besorgnis in seinem Gesicht. Trotzdem trauten einige Soldaten diesem Verwirrspiel nicht und stopften ihre Teile voll bis oben hin. Sicherlich war auch ich verunsichert, mußte aber an die Szene denken, als Soldat Sinnhaber seine Schutzmaske im Gaszelt verloren hatte. Genau in diesem Moment hatten Leutnant Scharf die gleichen Besorgnisfalten im Gesicht gestanden wie jetzt. Damals stürmte der Leutnant ohne Zögern ins Zelt, um dem Sinnhaber zu helfen. Irgendwie war ich mir deshalb sicher, daß ich auch in diesem Falle Leutnant Scharf beim Wort nehmen konnte. Ich beschränkte mein Gepäck auf eine Kragenbinde sowie die Unterwäsche. Und das Schuhputzzeug verbannte ich als Luxus ganz aus dem Teil. Angst vor einer Kontrolle hatte ich dabei nicht. Ich wollte nur unversehrt ins Ziel kommen, das schien mir in diesem Moment wichtiger als alle Kontrollen der Welt.

Während unserer Vorbereitungen zur Abschlußübung wurde Gruppe für Gruppe abgezogen, um sich zu einem Orientierungsgespräch beim Kompaniechef einzufinden. Als meine Gruppe an der Reihe war, brach plötzlich Panik aus. Sicherlich taten wir uns in den letzten Wochen schwer damit, zueinander Vertrauen zu finden. Auch gab es mit Buhler und Rotrein zwei Ecken in der Gruppe, die es besser zu umfahren galt. Doch trotzdem waren wir uns in einem Punkt einig: Wenn wir jetzt nicht zusammenhielten und die Gruppe auseinandergerissen würde, zöge wieder die Fremdheit in unser Soldatenleben, eine Fremdheit, die wir doch gerade zu überwinden geglaubt hatten. Als wir nun vor dem Kompaniechef Müller saßen, mußte ich erfahren, daß es sich in Wirklichkeit nicht um ein Gespräch, als vielmehr um die Mitteilung einer längst beschlossenen Sache handelte. Der KC selbst sprach wenig, das überließ er den anderen Offizieren, die mit ihm am Tisch saßen. Von denen aber stammte mit Sicherheit keiner aus dem Lager, da ich sie in den Wochen der Ausbildung doch wenigstens einmal gesehen haben müßte. Anders als uns Feldwebel Altschulzer versichert hatte, interessierten sie sich nicht für unsere Ergebnisse in der Ausbildung. Ich hatte den Eindruck, daß es ihnen nur darum ging, die meisten Soldaten für die Einheit zu gewinnen, die sie hier vertraten. Doch der große Teil von uns Neulingen wurde von vornherein zu den zwei Wachkompanien eingeteilt. Das traf auch für mich zu und verwunderte mich nicht weiter, da es sich schließlich um das Wachregiment handelte. Ein Soldat unserer Gruppe sollte seinen zukünftigen Dienst in einer Reinigungskompanie leisten. Ein Los übrigens, das ich nicht unbedingt mit ihm hätte teilen wollen. Ein weiterer kam zum Küchendienst. Auch der Küchendienst wurde der Reinigungskompanie zugeteilt. Der Vertreter des Lazaretts hatte kein Interesse an einem aus unserer Gruppe, da es unter uns niemanden gab, der später einmal Medizin studieren wollte. Und der schärfste Vertreter von allen war ein feingeschniegelter Herr in Zivil, der ganz unverblümt zu überzeugen versuchte, wie schön und ehrenvoll eine Berufslaufbahn als Offizier in den Reihen des Ministeriums für Staatssicherheit sei. Allerdings fand er bei uns damit kein Gehör. Auch bei Soldat Rotrein nicht. So verlief das Gespräch kurz und bündig und dauerte höchstens zwanzig Minuten. Mich überraschte das Ergebnis und auch die Art und Weise unserer ‚Entscheidung' nicht. So hatte ich mich bereits mit meinem Schicksal abgefunden, als sich plötzlich noch ein Hauptmann zu Wort meldete, der die ganze Zeit in einer Ecke gesessen und nichts gesagt hatte. Er teilte uns eher beiläufig mit, daß es in einer der zwei Wachkompanien eine Kulturabteilung gäbe. Und sollte sich unter uns jemand befinden, der eine künstlerische Fähigkeit aufweisen könne, so habe er sich zu melden. ‚Kultur ist immer gut', blitzte es durch meinen Kopf, und ich meldete mich ohne Zögern. Ich erzählte dem Hauptmann, daß ich Gitarre spiele und im Schulchor gesungen hätte. Der Hauptmann lächelte. Schließlich öffnete er seine Uniformjacke, holte einen Notizblock heraus und ließ sich meinen Namen diktieren.

Auf dem Rückmarsch zu unserem Häuschen löcherten mich Sinnhaber und Kindel, warum ich aus meinem Können bisher ein Geheimnis gemacht hätte. Ich versuchte mich mit dem Aufzählen aller möglichen Belanglosigkeiten herauszureden. Schließlich landete ich bei der Hartnäckigkeit, von eventuellen Vorteilen im Armeedienst nichts zu wissen, und deshalb die Sache auch nicht für erwähnenswert zu halten. Aber weder Sinnhaber noch Kindel glaubten mir. Das einzige, was sie zu verstehen schienen, bezog sich auf meine Nerven, die sie mittlerweile ins Unendliche gedehnt hatten und die sie nun endlich wieder in Frieden ließen. Und daß es mich nervte, hatte eine ganz schlichte Ursache: Ich hatte noch nie in einem Chor gesungen, zudem es für mich zweifelhaft war, ob ich überhaupt singen konnte. Zu aller Lüge gesellte sich das Gitarrenspiel. Es würde sicher schwierig werden, einem Fachmann zu erklären, daß mein Lagerfeuer-Geklimpere verwegenster Abiturientenfeten etwas mit Gitarrenmusik zu tun hätte. Alles nur eine einzige Lüge. Und selbstverständlich wußte ich, daß der kleinste Hauch von kulturellem Anstrich in der DDR mit allen erdenklichen Mittel gefördert wurde. Selbstverständlich wußte ich, daß man mir ein zu schweres Militärleben ersparen würde, wenn ich nur fein sänge und spielte. Doch ich hatte da ein Problem: Ich konnte beides nicht.

Unterdessen war die Truppe fertig aufgerüstet für die Abschlußübung. Pünktlich nach dem Frühstück führte Kompaniechef Müller den Morgenappell durch und, anders als sonst, hatte er uns auch ein paar Worte mehr zu sagen. Seine Rede klang wie eine Hymne aus Kampfparolen zum Durchhalten und Abschiedsworten zum Ausbildungsende. Schließlich übernahm Leutnant Scharf das Kommando über unseren Zug. Wir mußten auf die Stuben verschwinden, sollten unser Gepäck bereithalten und auf den Alarm warten. Es folgten ein paar Minuten der Ruhe und dann der Pfiff. Das Spiel begann. Jeder Handgriff war geplant. Alles verlief geordnet und zügig. Der Leutnant führte uns zu zwei Mannschaftswagen. Auf einem wurde das Gepäck verladen, der andere war für uns bestimmt. Wieder und wieder prüfte Feldwebel Altschulzer den Verschluß des Planenverdeckes, und ich fragte mich, ob es darum ginge, daß wir nicht sahen, was draußen passierte oder ob wir von draußen nicht gesehen werden sollten. Die Antwort blieb offen. Die Fahrt dauerte mehrere Stunden. Der Oktober ging seinem Ende entgegen. Auf der Ladefläche war es dunkel und kalt. Ob draußen die Sonne schien, konnte ich nicht erkennen. Durch die wenigen Ritze in der Verdeckplane blinzelten jedenfalls keine Lichtstrahlen hindurch. Als einziges Orientierungsmittel blieb mir nur die Nase. Wieder mußten wir in einer Gegend sein, in der es viel, viel Wald gab. Es roch danach. Die Wege, die die MTW fuhren, waren keine üblichen Teerstraßen, denn es fehlte das Geräusch des Straßenverkehrs. Dazu kam das ständige Geholpere und der aufgewühlte Staub, der durch die Verdeckritzen kroch und sich wie Mehl auf Lippen und Zunge legte.

Die MTW kamen auf einer einsamen Waldlichtung zum Halt. Leutnant Scharf ließ uns absitzen und antreten. Die Unteroffiziere der Schulzerei verteilten die Kalaschnikows. Natürlich ohne echte Munition, nur mit Platzpatronen. Der Leutnant breitete eine Landkarte vor sich aus, von der wir jeder eine verkleinerte Skizze erhielten. Demnach war das Ziel, das wir erreichen sollten, von unserem jetzigen Standort meilenweit entfernt, und mir wurde sofort klar, daß es mittels Fußmarsches niemals an einem Tag geschafft werden konnte. Feldwebel Altschulzer kontrollierte währenddessen unsere Wasserflaschen. Sie mußten bei Marschbeginn leer sein. Der Leutnant erklärte, daß ab nun die Natur für uns sorgen würde. Es werde weder Essen noch Trinken mit auf die Reise gegeben. Die einzige Unterstützung bildeten die Präparate aus der Marschverpflegung in den Teilen. Und welche Pilze und Beeren man essen könne und welche nicht, hätten wir in unserem Alter gefälligst zu wissen. Natürlich würden wir während des gesamten Marsches von der Schulzerei überwacht. Jedoch nur gelegentlich für ein paar Stichproben. Sollten ernsthafte Verletzungen, Vergiftungen oder Erkrankungen auftreten, so sei das mit dem Abschuß einer der roten Leuchtkugeln zu melden, von denen jede Gruppe zwei Stück ausgeteilt bekam. Leutnant Scharf legte sein Gesicht wieder in Sorgenfalten. Er gab zu bedenken, daß die drei Tage eine harte Zeit werden würden. Und er hoffe, daß alle das Ziel erreichten und keiner vorher aufgäbe. Wir sollten uns gegenseitig helfen, das sei besonders wichtig, denn nur wenn der letzte Soldat im Ziel sei, wäre die Übung für die Gruppe beendet. Ausgeschlossen natürlich ein Ausfall auf Grund einer Verletzung. Und neben dem Tatbestand der voraussehbaren körperlichen Erschöpfung machte dem Leutnant zu schaffen, daß wir die Orientierung verlieren könnten. Zwar hätten wir alle eine anständige Ausbildung im Umgang mit Karte und Kompaß erhalten, aber trotzdem: Sollte es zu Verirrungen kommen, dürften wir keinesfalls die Beherrschung verlieren. Wir befänden uns zwar in militärischem Sperrgebiet, wie er erklärte, aber im Falle des Verlaufens könnten wir mit der Zivilbevölkerung zusammentreffen. Trotz Hunger und Durst sollten wir immer daran denken, daß ein Zivilmensch glauben könnte, es sei etwas Schlimmes im Gange. Also stünde als oberster Befehl: Grundsätzliches Fernhalten von zivilen Ortschaften und Personen. Außerdem müßten wir beachten, wie weit man ein Feuer des Nachts sehen könne. Von Fragen des Brandschutzes ganz zu schweigen. Würde durch unser Verschulden ein Waldbrand ausgelöst, versprach Leutnant Scharf, dem Schuldigen ein Feuer unterm Hintern zu machen, an das er sich noch sein ganzes Leben lang erinnern würde. Das Gleiche sollte für den Fall des unerlaubten Waffenbenutzens zutreffen. Geschossen werden dürfe nur, wenn wir an einer Station vorbeikämen, die eigens für Schießübungen vorgesehen sei. Ansonsten wünschten uns die Schulzerei und der Leutnant viel Glück. Uns wurde abschließend reichlich Schlaf und gutes Essen in Aussicht gestellt, wenn wir wieder im Lager wären. Und nicht zu vergessen, die einwöchige Heimreise zu den Eltern und Mädchen. Aber erst gelte für drei Tage das Motto: ‚Auch wenn der Himmel voller Fotzen hängt, es hat sich kein Schwanz zu zucken.'

Eine ziemlich heftige Durchhalteparole, wie ich fand. Aber der Leutnant schien für Überraschungen stets gut zu sein, das bewies er immer wieder. Feldwebel Altschulzer begleitete uns das erste Stück. Wir waren mit ihm ganz allein, denn jede der vier Gruppen des Zuges mußte laut Karte eine andere Strecke laufen. Er nutzte die Gelegenheit, um uns noch allerhand praktische Tips mit auf den Weg zu geben. So sollten wir während des

Marsches den Stahlhelm immer auf dem Kopf tragen und dürften ihn nur innerhalb der Pausen absetzen. Sollten wir gegen die Regel verstoßen und würden bei einer Kontrolle erwischt, gäbe das eine Menge Punktabzug. Dasselbe gelte, wenn vor unserer Gruppe eine Nebelbombe gezündet werde. Altschulzer meinte, daß es selbstverständlich sei, sich die Gasmaske aufzusetzen und nicht einfach um die Wolke herumzulaufen. Auch das hätten in der Vergangenheit immer wieder einige Experten geschafft. Mit anderen Worten, wir sollten das Spiel gefälligst mitspielen, wenn sich die Führung schon solche Mühe gäbe, schließlich reagierten die auf Spielverderber sehr empfindlich.

Nach einer Weile bog Feldwebel Altschulzer in einen anderen Waldweg ab und ließ uns allein weiterlaufen. Soldat Buhler fühlte sich inzwischen voll in seinem Element. Er nahm uns kurz zusammen, fuchtelte mit Kompaß und Karte herum und stürmte wieder voran. Wir anderen sagten nichts dazu, nickten nur bestätigend mit den Köpfen und trotteten hinterher. Schließlich würde der Buhler die Sache schon richtig anpacken, waren wir uns einig. Noch spürte ich keinen Hunger und keinen Durst. Die Nachmittagssonne begleitete uns mit ein paar wärmenden Strahlen, und abgesehen von dem drückenden Teil I auf dem Rücken wirkte alles eher wie ein Waldspaziergang. Ich plauderte mit Kindel und Sinnhaber über den gemeinsamen Einsatz in der Wachkompanie. Und eigentlich waren es ja alles nur Spekulationen, die sich aus Gerüchten zusammensetzten, die jeder von uns irgendwann einmal aufgeschnappt hatte. Denn wie es dort wirklich zuginge, konnte niemand von uns wissen. Fest stand nur, daß die Belastungen der Militärausbildung dort durch die sogenannte EK-Bewegung ersetzt würden. Davon wußten wir allesamt zu berichten. Also mußte das stimmen. Auch war uns bekannt, daß die EK-Bewegung offiziell verboten sei, daß aber in Wahrheit sich weder die Entlassungs-Kandidaten noch die Offiziere an dieses Verbot hielten. Das erinnerte mich an die Fahrt nach Berlin, als uns der Leutnant und der Feldwebel in Empfang genommen hatten. Der erste Satz, der Feldwebel Altschulzer dabei über die Lippen gekommen war, lautete schließlich: „Na – da sind sie ja, die neuen Spritzer." Mir schien sonnenklar, daß es mit der Freundlichkeit des Feldwebels schnell vorbei sein würde, wenn wir erst mal als Neulinge in seiner Einheit wären. Das leuchtete mir sogar ein, denn er würde es sich vor seinen gleichaltrigen Unteroffizieren kaum leisten können, mit uns Spritzern gemeinsame Sache zu machen. So stellte ich mich von vornherein auf das Flureschrubben, Stiefelputzen und Kloreinigen ein, ohne daß ich später dagegen rebellieren würde. Es mache keinen Sinn, war ich mir sicher, schließlich würden wir eines Tages auch zu den Alten gehören. Sinnhaber und Kindel stimmten meiner Argumentation zu. Dem Sinnhaber glaubte ich das sofort, er war zu gutmütig für einen Aufstand. Aber unser zukünftiger Schauspieler Kindel trug viel Stolz in sich. Stolz und EK-Bewegung paßten aber nicht gut zueinander, und ich spürte schon jetzt, daß es da zu einem Krach kommen würde. Immerhin hätte sich doch Kindel als Schauspielschüler ohne jegliche Bedenken zur Kulturabteilung melden können. Doch er tat es nicht. Armeekultur war nicht sein Niveau, möchte ich meinen. So verspielt und träumerisch Soldat Kindel auch immer erschien, er wußte genau, was er wollte und was nicht.

Buhler stürmte unterdessen mit erheblichem Abstand allein vor der Gruppe her. Dann aber hielt er an, ließ uns auflaufen und brach ein mächtiges Theater vom Zaun. Schließlich könne es nicht sein, daß er mit einer schlechten Zeit abschneiden würde, bloß weil wir so eine lahme Truppe seien. Ich bot ihm kurzerhand mein Gepäck an und versprach, somit schneller zu sein. Aber ich erntete nur sein unbeherrschtes Zucken im Gesicht und spielte die Sache als einen Scherz herunter. Fortan verzichteten wir also auf unsere Unterhaltung und liefen für eine ganze Zeit etwas schneller. Das Teil I auf dem Rücken wurde allmählich zur echten Last. Ich fühlte, wie sich meine Schulterknochen an den Tragegurten rieben. Unter dem Teil hatte sich Schweiß gesammelt, der in der Mitte des Rückens heiß brannte und an den Rändern des Rucksackes kalt verdampfte. Auch unter dem Stahlhelm kochte der Schweiß, und in die Haut der Füße stach jede Stiefelfalte mit jedem Schritt. Der erste Durst stellte sich ein. Der Mund und die Zunge waren ausgetrocknet. Ich überlegte krampfhaft, wie ich an etwas Flüssiges gelangen könnte. Die Vorstellung jedoch, daß da absolut nichts in Aussicht sein sollte, flößte mir ein Gefühl der Hilflosigkeit ein, das ich bisher noch nie erlebt hatte. Wie von einer inneren Stimme getrieben, lief ich zum Soldaten Buhler vor. Ich erklärte ihm, daß wir zu stark ins Schwitzen geraten seien und daß das schlecht für unser Weiterkommen wäre. Wenn wir jetzt keine Pause machten, verlören wir zuviel Wasser aus unseren Körpern und machten zu früh schlapp. Ich schlug ihm vor, daß wir solange pausieren sollten, bis die Sonne untergegangen sei. Dann könnten wir immer noch weiterlaufen bis tief in die Nacht hinein. So überrascht ich von meinem Vorschlag selber war, so verblüffend war dessen Wirkung. Buhler ließ uns mit einer solchen Selbstverständlichkeit rasten, als hätte auch er den Zeitpunkt dafür nicht abwarten können.

Die Kraftmaschine Buhler dampfte aus allen Löchern. Zwar lief sie immerfort als erste voran, aber das kostete Mühe und es lag auf der Hand, daß Soldat Buhler einige Pfunde mehr als ich wegzubewegen hatte. Nun, da er geschafft vor uns am Boden saß, den Kopf zwischen den Knien hängend, den Oberkörper ständig auf und ab pumpend, das rote Gesicht schweißgebadet, da fühlte ich so etwas wie Mitleid. Das mag verrückt erscheinen, denn vieles konnte ich leiden, doch den Buhler mit Sicherheit nicht. Und dennoch. Es hatte ihn niemand gezwungen, stets die Nummer eins zu sein. Aber er wurde von einer Besessenheit getrieben, als hinge sein Leben davon ab und eben dieses Müssen-um-jeden-Preis wirkte sich irgendwie bemitleidenswert bei mir aus. Ich kramte die Landkarte aus meiner Jackentasche hervor und versuchte zu orten, wo wir ungefähr sein konnten. Wenn meine Berechnungen stimmten, dann hatten wir erst einen Bruchteil des Weges hinter uns gebracht. Ich schlußfolgerte, daß es nicht bei einem gemütlichen Waldspaziergang bleiben würde und meinte, es wäre nötig, sich nach Wasser umzusehen, statt stupide die Strecke laut Karte abzulaufen. Doch für meinen Vorschlag kassierte ich betroffenes Schweigen. Etwas verärgert bot ich an, sich vielleicht über das frische Gras am Wegesrand herzumachen. Aber man zeigte mir nur einen Vogel. Also blieben wir stumm im Sand sitzen und warteten auf den Untergang der Sonne.

Mit der Dämmerung kam die Kühle, die uns automatisch zum Weitergehen zwang. Allerdings reichte die geschöpfte Kraft gerade mal einige hundert Meter weit. Sogleich war auch wieder der Schweiß zur Stelle, und die Marschgeschwindigkeit verringerte sich deutlich. Buhler blieb an der Spitze, so wie es scheinbar sein mußte, doch auch er verfiel mehr und mehr in ein monotones Stapfen. Dieses kraftlose Trotten zog sich über eine Ewigkeit hin. Der Wald fiel mehr und mehr in Dunkelheit. Mit ihr zog die Stille übers Land. Der Gesang der Vögel verstummte. Das Zirpen der Insekten schlief ein. Die Kühle brachte Feuchtigkeit mit und die Feuchtigkeit verwandelte sich in Kälte. Das Schwitzen unserer Körper legte sich, der Durst jedoch blieb. Was war grausamer, als halb verdurstet durch feuchte Waldluft zu laufen, wo man das Wasser auf den Lippen förmlich schmeckte, es aber nicht trinken konnte. Auch in unsere Gruppe zog bereits vor Stunden das Schweigen ein. Die einzigen Geräusche bestanden aus dem monotonen Gestapfe der Stiefel und dem Rasseln des Marschgepäcks. Plötzlich machte Buhler Halt. Wir standen vor einer Weggabelung. Für Karte und Kompaß war es zu dunkel. Taschenlampen hatten wir keine dabei – nur Streichhölzer. Soldat Sinnhaber verfiel in ein Klagelied. Er jammerte, daß wir vor lauter Rennerei die wichtigsten Dinge vergessen hätten. Wie sollte in finsterer Nacht nun ein geeigneter Lagerplatz gefunden werden. Buhler maulte erregt zurück, daß andere auch mitdenken könnten, so daß nicht alle Entscheidungen an ihm kleben bleiben müßten. Aber die Streiterei brachte uns keinen Schritt weiter. Wir schlugen uns im wahrsten Sinne des Wortes in die Büsche am Waldesrand. Leider konnten wir dabei nichts sehen. Im Wald schien es nämlich noch dunkler als auf dem Weg zu sein. Nachdem wir gegen einige Bäume gerammelt und über eine Vielzahl von Sträuchern gestrauchelt waren, tat sich vor uns ein freies Fleckchen Waldboden auf. Das Gepäck wurde zu einem Kreis zusammengelegt, in dessen Mitte ein Lagerfeuer entstehen sollte. Jedoch gestaltete sich das Sammeln von Holz schwierig. Wir konnten die trockenen Äste und Zweige nur fühlen. Schließlich blieb die Ausbeute so gering, daß wir uns dazu entschlossen, die wenigen Reiser zu zerbrechen und unter die Zeltbahnen zu legen. Zum Verbrennen waren sie in diesem Moment zu wertvoll. Also spendete jeder aus der Gruppe einen Krümel vom Feueranzünder, der in Größe einer Spielkarte zur Marschverpflegung gehörte und trotz seiner Silberfolienverpackung nach Spiritus roch. Wir legten die Stückchen an der Stelle zu einem Häufchen zusammen, wo das Lagerfeuer brennen sollte. Mit dem ersten Aufflackern stand das Ziel fest. Es galt, im faden Schein der Funzel sein Nachtlager so zu bauen, daß man darauf schlafen konnte. Ich hatte die Kürze der Zeit voll begriffen, schnallte mit flinken Fingern meine Zeltbahn vom Teil, breitete eine Lage als Unterboden aus, unter die ich soviel Reisig stopfte, wie ich eben finden konnte. Die andere Lage sollte mir als Zudeck dienen, so daß am Ende eine Art von Schlafsack entstehen müßte. Die Kulisse wirkte gespenstisch. Die Soldaten sahen alle gleich aus und setzten sich in den einheitlichen Uniformen von der Dunkelheit des Waldes kaum ab. Ihre Schatten warfen riesige Ungeheuer zwischen die Kronen der Bäume. Dann fing die Flamme des Feueranzünders zu flackern an, ein deutliches Zeichen, daß das Licht bald erlöschen würde. Jetzt wirkte der Spuk noch unheimlicher. Ich nahm meinen Stahlhelm vom

Kopf, der mir vorhin im Unterholz so manche Schramme am Kopf erspart hatte, zog das Käppi bis über die Ohren und verschwand in meiner Zeltbahn. Die Kalaschnikow legte ich in Griffweite auf den Boden. Sicherheitshalber. Auch wenn nur Platzpatronen im Magazin waren, so blieb sie immerhin eine Waffe und vermittelte ein Gefühl von Sicherheit. Ich lag und blickte in die kleiner werdende Flamme des Feueranzünders. Alle lagen wir und blickten in die kleiner werdende Flamme des Feueranzünders. Sie wirkte wie ein Stückchen Heimat, ein Licht der Hoffnung, von dem man wollte, daß es nie erlösche. Und dann kam der Hunger. Mit einem Male hatte ich das Gefühl, mir hinge der Magen in den Kniekehlen und ich müßte verhungern. Kurz bevor das Licht zur Neige ging, sprang Soldat Buhler noch einmal auf und meinte, daß wir alle noch einen Bissen vom Dauerkeks nehmen müßten, da sonst der Magen keine Ruhe fände und uns nicht schlafen ließe. Also krochen wir in Windeseile aus den Zeltbahnen und fingerten in den Teilen nach den Dauerkeksen. Die waren hart wie Stein, und jeder Biß wurde von einem lauten Knacken begleitet, das zwischen den Bäumen verhallte. Ich rollte mich wieder in die Zeltbahn ein und kaute auf dem Bissen herum. Der aber schien im Mund immer mehr zu werden. Damit er das aber konnte, brauchte er Speichel und mein Mund war vollkommen ausgetrocknet. Zudem schmeckte er ekelhaft nach Chemie. Ich fauchte wütend in die Runde, daß mich dieses Spiel langsam ankotzte und ich am Morgen als erstes auf Nahrungssuche gehen würde, egal ob die anderen mitkämen oder nicht. Eine Antwort der anderen blieb allerdings aus. Soldat Sinnhaber hatte etwas knacken gehört, und das könne nur ein Wildschwein sein. Schlagartig herrschte Totenstille im Lager. Dann wieder ein Knacken – ganz deutlich. Nun kam Schauspieler Kindel in sein Element und wußte von grausigen Geschichten zu berichten, in denen Wildschweine die Lagerstätten des Waldes geplündert und alle Menschen aufgefressen hätten. Jetzt hörte ich es plötzlich überall knacken und hätte mir vor Angst bald in die Hosen gemacht. Soldat Sinnhaber schlug vor, ob es nicht besser wäre, das Nachtlager auf die Bäume zu verlegen. Dann aber schrie der Buhler laut auf und sprach ein Machtwort. Er opferte freiwillig noch einen Krümel Feueranzünder und steckte ihn in Brand. Soldat Kindel verbot er den Mund, ansonsten bekäme er was auf die Fresse. Soldat Sinnhaber solle gefälligst am Boden liegen bleiben. Und wir alle mußten im Schein der Funzel nach unseren Bajonetten suchen, sie aus den Scheiden ziehen und auf die Läufe unserer Waffen pflanzen. Buhler meinte, daß jetzt die Wildschweine nur kommen sollten, wir würden sie einfach aufspießen und damit Nachtruhe. Er beugte sich in die Lagermitte und pustete das Licht aus. Das Knacken in der Ferne blieb jedoch. Es wurde sich darauf geeinigt, daß das der Wind sei und kein anderer und wer das nicht glaubte, mache sich lächerlich wie ein Feigling. Also glaubte auch ich an den Wind und fand sogar, daß es beruhigend wirkte. In meinem Mund schmeckte ich immer noch die Chemie. Und mein Magen meldete immer noch Hunger. Ich dachte daran, wie schön es wäre, wenn jetzt der Feldwebel hier wäre. Er wirkte in allen Dingen souverän und kannte auch keine Angst. Solange ein Mensch seinen Kopf zum Denken benutzt, solange findet er auf Probleme eine Antwort, und die Angst entsteht nur durch das selbstzerstörende Denken, daß man seine Probleme nicht lösen könne. Mit anderen Worten, wer nicht wisse, wohin er soll, der hat nur Angst sich zu verlaufen. Aber was nützten mir in diesem Moment die klugen Sprüche des Feldwebels. Ich hatte trotzdem Angst. Angst vor den blöden Wildschweinen und dem Knacken des Geästs in der Ferne. Und erst die traumhafte Vorstellung, daß die Geräusche sicherlich vom Leutnant und dem Feldwebel selbst stammten, weil sie sich überzeugen wollten, daß wir wohlauf waren, ließ mich wieder Ruhe finden. Der Feldwebel war bestimmt in der Nähe. Ganz bestimmt ...

Geweckt wurde ich nicht von einem Wildschein, dem Hunger und Durst oder den Sonnenstrahlen. Nein, ich lag noch im Halbschlaf, als immer mehr die Kälte unter meine Zeltbahn kroch. Ich rollte mich zusammen, so fest ich nur konnte, wollte den Schlaf um keinen Preis hergeben. Doch nach einer Weile siegte die Kälte und mein Bibbern vertrieb alle Müdigkeit. Viel Licht drang noch nicht zwischen die Bäume, aber ich erkannte eine glitzernde Reifschicht auf dem schwarzen Metall meiner Maschinenpistole. Plötzlich schien ich hellwach zu sein, denn ich sah im Reif sofort das Wasser. Also schnappte ich nach der Kalaschnikow. Die blieb jedoch fest am Boden kleben, so daß ich sie erst mit einem Ruck losreißen konnte. Zur Belohnung für meine Ungeduld klebte an ihrer Unterseite gleich ein Klumpen von Walderde. Mir schien, als hätte meine Zungenspitze das bereifte Metall noch gar nicht berührt, als schon der nächste Ärger über mich herfiel. Die Zunge klebte fest. Sie klebte ganz fest an diesem ollen Waffenmetall. Ich bekam sie nicht einen Millimeter weiter. Ich kochte vor Wut. Was denn nun? Ich hauchte aus vollen Lungen auf das Metall. Wieder und wieder. Irgendwann mußte es sich ja erwärmen und meine Zunge wieder freigeben. Soldat Kindel jedenfalls war von diesem Schauspiel überwältigt und konnte sich kaum halten vor Lachen. Rotrein und Sinnhaber schüttelten nur die Köpfe. Und Mustersoldat Buhler fragte, was der Unsinn sollte, schimpfte mich einen Schönwettersoldaten. Als ich schließlich mein Ziel erreicht hatte, glühte meine Zunge vor Taubheit, gleich so, als wäre sie gerade mit heißem Kaffee verbrannt worden. Ich folgerte für die Zukunft, daß die Kalaschnikow wenig Erfrischendes an sich hätte und wohl einzig und allein dem Töten dienlich sei. Die Gruppe jedenfalls war bei guter Laune und gönnte sich ihre Freude über die Zunge eines anderen. Scheinbar fröhlich bei Sinnen sprang Soldat Buhler auf und forderte, daß wir schnell zusammenpacken sollten, um in Bewegung zu kommen. Das sei das beste Mittel gegen die Kälte. Einwände dagegen gab es keine. Und erst als ich meine Zeltbahn zusammenwickelte, konnte ich sehen, was für ein Nachtlager ich mir in der Dunkelheit gebaut hatte. Überall lagen spitze Stöckchen herum, die als ‚Polster' dienten. Der Waldboden war hartgefroren und überdeckt mit Nadeln und Zapfen der Kiefern.

Nachdem wir einige Kilometer weitermarschiert waren, meldeten sich Hunger und Durst. Ich erinnerte Soldat Buhler an meinen nächtlichen Ausruf, daß wir uns als erstes um Nahrung kümmern müßten. Aber Buhler wollte mich wieder mit einem Bissen vom Dauerkeks vertrösten. Erst als auch Rotrein und Sinnhaber zu maulen anfingen, gab er nach und wir durchstöberten den Wald nach etwas Eßbarem. Nie hätte ich geglaubt, daß ich mich einmal derart um Nahrung kümmern würde. Auch war mir bislang fremd, wie nervend, ja zermürbend Hunger und Durst sein konnten. Aber meine naiven Hoffnungen zerschlugen sich schnell. Demnach gab es im militärischen Sperrgebiet zwar Pilze in Hülle und Fülle. Auch waren sie wunderschön anzusehen, wie sie so dastanden, mit einer Reifschicht überzogen, die in den ersten Strahlen der Sonne glitzerte. Aber die Pilze selbst waren zu dieser Jahreszeit allesamt verfault und ungenießbar. Und sollte es an den vereinzelten Sträuchern des Waldes tatsächlich einmal Beeren gegeben haben, so lagen die schon längst in den Bäuchen der Tiere. Also kehrten wir letztlich wieder auf unseren Weg zurück. Dabei war ich nicht der einzige, der seinen Kopf vor arger Enttäuschung hängen ließ und sich nun doch mit einem Bissen vom Dauerkeks begnügen mußte.

Wieder brachten wir Kilometer um Kilometer hinter uns. Die Sonne stand inzwischen hoch am Himmel und es dürfte bereits um die Mittagszeit gewesen sein. Niemand sprach mit niemandem. Die Schritte allein polterten ihr Lied in die Luft. Es klang monoton und müde. Rotrein hatte Probleme mit den Füßen. Er hinkte hinter den anderen her und sein Abstand zur Gruppe wurde größer. Und dann ein Wunder. Mitten auf dem Weg befand sich eine Radspur von einem LKW oder Traktor, der dort lang gefahren sein mußte, als der Weg im Matsch lag. In ihr stand Regenwasser. Echtes Wasser. Wir pirschten uns zügig, aber vorsichtig an die Pfütze heran, als könnte sie sich verflüchtigen. Je dichter wir kamen, desto vorsichtiger sollten wir sein, denn Sinnhaber meinte, wir könnten sie aufwühlen und müßten dann den Schlamm mittrinken. Das hört sich einfacher an, als es in Wirklichkeit war, denn ich hätte am liebsten sofort meinen ganzen Kopf in die Pfütze gesteckt. Ich rang noch mit der Beherrschung, als Sinnhaber uns aufforderte, die Stahlhelme abzusetzen und die Eingeweide rauszuknöpfen. Wir hielten die blanken Stahlhelmschalen in den Händen und schöpften behutsam die oberste Schicht des Wassers von der Pfütze ab. Jetzt endlich fand die Gier ihre Erlösung. Das war vielleicht ein Gefühl! Ich hätte nie gedacht, daß Pfützenwasser so herrlich schmeckte. Ich konnte gar nicht so schnell schlucken, wie ich es in mich hineinstürzen ließ. Doch schon als die ersten Tropfen am Stahlhelmrand vorbeiliefen und kühlend auf den Hals tropften, schaltete sich die Vernunft wieder ein, da Verschwendung gefährlich sein konnte. Und natürlich blieb das Wasser in der Radspur keinesfalls sauber, nachdem die Helme in ihr herumgewühlt hatten. Aber egal. Auch die trübe Schlammbrühe war ein Hochgenuß, von dem sich jeder noch ein paar Schluck in die Wasserflasche füllen konnte. Schließlich setzten wir uns zu einem Kreis um die Radspur und bewunderten noch ein Weilchen diese Segnung Gottes, die ein höllisches Knurren und Glucksen in den Bäuchen ausgelöst hatte, das wir alle freudig bejubelten. Nur bei einem schien keine Freude aufkommen zu wollen. Soldat Rotrein. Sein schmerzverzerrtes Gesicht verriet uns, daß ihm seine Füße ernsthaft zu schaffen machten. Sinnhaber schlug deshalb vor, die Stiefel besser auszuziehen und auf Socken weiterzulaufen, solange der Weg einigermaßen fest sei. Doch die Fußsohlen des Rotrein waren schon mit offenen Wasserblasen übersät und man konnte das blanke Fleisch erkennen.

Mustersoldat Buhler wollte daraufhin gleich eine rote Leuchtkugel in die Luft schießen, damit uns der Rotrein nicht den Marsch versaute. Aber Rotrein reagierte auf diesen Vorschlag mit einer so jämmerlichen Miene, daß selbst Buhler von dem Vorhaben abließ. Denn der Rotrein wollte auf keinen Fall aufgeben, sein Vater würde ihm das nie verzeihen, wie er uns unter Tränen anvertraute. Also teilten wir sein Marschgepäck auf die Gruppe auf, um ihm das Laufen etwas zu erleichtern. Ich mußte seine Kalaschnikow tragen und fand, daß ich damit noch gut weggekommen war. Denn das Gewicht einer zweiten Waffe traute ich mir durchaus zu. Wieder liefen und liefen wir. Obwohl die Marschgeschwindigkeit der Gruppe sich mitleidend verlangsamte, wurde der Rückstand von Rotrein immer größer. Und gerade als wir seinetwegen eine Aufholpause einlegten, ereilte uns das zweite Wunder. Wie aus dem Nichts kam der Feldwebel auf uns zu stolziert, sichtlich ausgeruht und guter Dinge. Eine Absicht des Rotreins wegen konnte ich aber nicht erkennen. Eigentlich wollte er uns nur darauf hinweisen, daß während der nächsten Kilometer die Offiziere auftauchen und einen Gasalarm inszenieren würden. Und die Geschichte mit unserem Hinkemann bekam er zunächst gar nicht mit. Als er den Rotrein jedoch heranhinken sah, war die Sache gelaufen. Dem Feldwebel die Angst vor dem Vater zu erklären, konnte sich Rotrein sparen. Wir anderen stellten sein Gepäck auf einen Haufen zusammen und liefen weiter. Es dauerte dann nicht lange, bis ein Militärkrankenwagen an uns vorbeisauste, ohne daß wir eine rote Leuchtkugel gesehen hatten. Dafür gab es einen einfachen Grund, denn der Feldwebel besaß ein Funkgerät. Für ein paar Sekunden, die ich dem Krankenwagen nachsah, mußte ich noch einmal an Rotrein denken. Doch schon einen Augenblick später verschwand er aus all meinen Sinnen. Es war ein seltsames Gefühl, als mir auffiel, wie sehr ich mich auf mein Weiterkommen konzentrierte. Es schien da kaum noch Platz zu sein für die Anteilnahme am Schicksal anderer Menschen. Wir rechneten jede Minute mit dem Aufsteigen der Qualmwolken. Die Aufmerksamkeit in der Gruppe war aufs äußerste gespannt. Alle Handlungen funktionierten automatisch – ohne Absprache. Die Marschgeschwindigkeit glich eher einem Schleichen, da jeder wußte, wie unangenehm ein zu tiefes Luftholen unter der Gasmaske wäre. Außerdem drängten wir uns zu einem Pulk zusammen, blieben auf Tuchfühlung, um eine spätere Orientierung im Qualm abzusichern. Hunger, Müdigkeit und Erschöpfung waren für diese Momente verschwunden. Aber es passierte lange Zeit nichts. Erst als der Weg aus dem Hochwald der Kiefern in eine Schonung mit mannshohen Jungbäumen führte, die uns von beiden Seiten her wie eine Schlucht umgaben, blieben wir plötzlich stehen und sahen uns schweigend an. Wenn Gasalarm – dann hier. Denn nur hier bliebe das Gas in der Luft, ohne sofort vom Wind vertrieben zu werden. Soldat Buhler wollte, daß wir die Masken schon jetzt aufsetzten. Ich aber mahnte, daß die Offiziere keine Spielverderber leiden mochten. Also öffneten wir nur die Tragetaschen der Masken und liefen weiter. Zu meiner Verwunderung war vom Gas weder etwas zu riechen noch zu sehen. Immerhin hatten wir bereits die Hälfte des Weges hinter uns und konnten schon das Ende der Schlucht erkennen. Aber dann. Das dumpfe Explodieren der

Nebeltöpfe überraschte uns von hinten und überholte die Gruppe, um sich bis zum Ende der Schonung hinzuziehen. So war uns die Flucht zurück abgeschnitten, das Ausweichen in den Dschungel aus Jungbäumen unmöglich, und wir standen mitten im Nebel. Doch wieder kam uns das antrainierte Funktionieren zugute. Die Gruppe ging gemeinsam in die Hocke, die Augen wurden geschlossen, die Stahlhelme knallten vor die Knie auf den Boden, der beißende Gestank des Qualms mußte ertragen werden, bis das Eintauchen in die Gummimaske sicherstellte, daß die Gefahr vorüber war. Also die Stahlhelme wieder auf die Köpfe, Augen auf und wir sahen nur dichten Nebel um uns herum, der einem nicht gestattete, die eigenen Füße zu erkennen. Die Luft unter der Maske wurde beängstigend knapp und forderte ein ruhiges Atmen. Wie von allein befühlten die Hände die Uniformen des Nebenmannes, um sich in dessen Koppel festzukrallen. Dann ging es weiter. Schritt für Schritt. Da, wo der Nebel am hellsten leuchtete, mußte der Ausgang sein. Zu beiden Seiten und am Boden erschien er dunkler. Der Nebel in der Ferne leuchtete heller und heller und noch heller. Die Ungeduld wuchs mit jedem Meter. Nun mußte es doch geschafft sein. Und plötzlich das Ende. Schlagartig tauchte vor meinen Bullaugen eine wunderschöne Landschaft auf. Eine Waldlichtung lag mit ihren grünen Wiesen im Schein der Herbstsonne, die am blauen Himmel stand. Wir eilten ungeduldig einige Meter weiter, damit sich der Qualm von den Uniformen löst, bevor wir die Masken absetzen. Ich erkannte, wie Nebelschleier von der Gruppe abrissen und hinter uns zurückblieben. Erst jetzt ließen wir uns auf den Weg fallen. Die Helme und Gasmasken wurden von den Köpfen gezerrt und die frische Waldluft hauchte wieder Leben in unsere Körper. Und trotzdem. Die Uniformen stanken nach Qualm. Mir war kotzübel und ich verhungerte zugleich. Ich sah zurück in die Hölle. Der Nebel hatte sich inzwischen in die Schonung verkrochen und stand in dicken Schwaden vorm Himmelsblau. Nun endlich schien auch Mustersoldat Buhler die Schnauze voll zu haben. Er ordnete Nahrungssuche an – um jeden Preis. Selbst wenn wir die schlechteste Gruppe der Kompanie würden. Hauptsache, wir kriegten etwas in den Bauch und überlebten diese Scheiße. Und mir wurde dabei klar, daß die Ausbildung ihren Namen ‚Überlebenstraining' tatsächlich verdiente und keine von den militärtypischen Übertreibungen darstellte. Denn schließlich schaffte sie es, unseren Buhler zu Ausdrücken und Handlungen zu verleiten, die sonst gar nicht seine Art waren.

Leider blieb das Unterfangen am Nachmittag genauso erfolglos wie bereits am Vormittag. Wieder gedachte ich der Tiere und konnte nachempfinden, wie schwer es ist, im Herbst und Winter Nahrung im Wald zu finden. Erneut begnügten wir uns mit einem Bissen Dauerkeks und krönten ihn mit einem Schlückchen Schlammbrühe aus der Feldflasche. Dabei kam Soldat Sinnhaber auf die zweifelhafte Idee, daß sich jeder einen Strauß Brennessel vom Wegesrand sammeln sollte. Die Brennesseln standen zwar auch nicht mehr im besten Saft, aber sie würden ausreichen, um sich daraus ein gutes Süppchen zu kochen. Zunächst konnte ich mich mit diesem Gedanken nicht anfreunden. Doch je mehr der Tag zur Neige ging, desto mehr war ich bereit, alles zu essen, was man nur irgendwie hinunterschlingen könnte. Zudem uns Sinnhaber versicherte, daß das Brennen der Pflanzenblätter durch Stoffe ausgelöst würde, die beim Kochen absterben. Und während des Sammelns bräuchte man nur darauf zu achten, die Pflanze am Stiel anzufassen, um sich vor Verbrennungen zu schützen. Das zumindest mußte stimmen, denn keiner in der Gruppe hatte einen Grund zur Klage. Ich hingegen blieb bei meiner Vorsicht und wickelte trotz aller Theorie ein Taschentuch um die Hand. Das soll nicht heißen, daß ich Sinnhabers Wissen in Frage stellte. Aber schien mir keinesfalls sicher, ob es sich um echtes Wissen handelte oder ob es nackte Verzweiflung war, die aus dem leeren Bauch geboren wurde. Im übrigen gab ich Sinnhaber zu bedenken, daß zu seinem Süppchen außer der Brennesseln auch Wasser nötig sei. Die paar Tropfen flüssigen Pfützenschlamms, die wir in unseren Feldflaschen trugen, dürften dafür kaum reichen. Aber er klopfte mir siegessicher auf die Schulter und meinte, daß ich mal gründlich die Landkarte studieren sollte. Bloß – was gab es da zu studieren. Es handelte sich ja gar nicht um eine Landkarte im herkömmlichen Sinne. Es war nur eine Marschskizze, die mit ein paar Handstrichen unseren Weg beschrieb. Hin und wieder fanden sich Zeichen darauf, die den Wald andeuten sollten oder andere, die auf Freiflächen hinwiesen. Abgesehen vom Richtungspfeil, der den Norden auswies, konnte ich auf der Karte nichts Auffälliges finden. Soldat Sinnhaber lachte. Er blieb stehen und forderte, daß wir uns in einem Kreis um ihn herum stellen sollten. Sein Augenmerk galt einem Kreis auf der Marschskizze. Mitten in einem Waldstück, das wir durchqueren mußten, war ein runder Flecken eingezeichnet. Ich hielt ihn für eine Freifläche oder Waldlichtung. Sinnhaber versicherte jedoch, daß meine Einschätzung falsch sei. Alle anderen Freiflächen oder Lichtungen auf der Karte waren vieleckig. Nicht eine einzige bildete einen Kreis. Mir fiel ein, daß ich es mit einem künftigen Mathestudenten zu tun hatte. Immerhin stand ich mit der Mathematik von jeher auf Kriegsfuß und hielt Sinnhabers Erklärungen spätestens ab jetzt für völlig absurd. Doch meine Skepsis half nichts. Sinnhaber schaffte es, alle anderen in der Gruppe von seiner Meinung zu überzeugen. Der Kreis mußte ein See sein. Und diese Feststellung löste mit einem Male eine unvorstellbare Euphorie unter den Soldaten aus. Denn ein See bedeutete Wasser. Und Wasser stand für Sattsein und Ausruhen.

Keine Macht der Welt hätte jetzt die Gruppe von ihrem Vorhaben abhalten können. Schließlich müßten wir den vermeintlichen See jede Minute erreichen. So jedenfalls wies es die Karte aus. Also wurde losmarschiert – auf Teufel komm raus. Die Mannen konnten plötzlich laufen, als säße ihnen der Teufel wahrhaftig im Nacken. Vorneweg sprintete Buhler, dicht gefolgt vom Sinnhaber, der sich selten so ins militärische Zeug legte wie in diesen Minuten. Ich bekam Mühe, mich während des Endspurtes auf den Beinen zu halten. Meine Füße meldeten sich zu Wort, schrien mich um Pause an. Die Fußsohlen wurden kochend heiß und brannten wie Feuer. Ich fiel binnen kurzer Zeit weit hinter die Gruppe zurück. Zumal es sich keineswegs um Minuten handelte. Die Minuten fädelten sich inzwischen zu einer ganzen Stunde zusammen. Letztlich bestand sogar die Gefahr, den Blickkontakt zu den anderen zu verlieren. Es braute sich ein flaues Gefühl in mir zusammen, das sich als Angst in meine Beine legte und mich etwas schneller humpeln ließ. Aber es waren nur Momente, dann siegte wieder der Schmerz in den Füßen und ließ mich langsamer werden. Ich wankte stetig zwischen Hoffnung und Resignation. Dazu kam die Stille. Diese erdrückende Stille, die mich schier wahnsinnig machte. Nicht einmal das Stapfen der Stiefel oder das Klappern der Kalaschnikows konnte ich von der Gruppe hören. Nur ab und zu drang ein Wortfetzen aus der Ferne des Waldes an mein Ohr und erinnerte mich daran, daß ich nicht allein in dieser Einöde war. Minute um Minute faßte ich erneut den Beschluß, mich einfach auf den Weg zu werfen und aufzugeben. Minute für Minute verwarf ich meinen Beschluß aufs neue. Und irgendwann holte ich den Rückstand auf. Die Gruppe hielt trotz aller Euphorie inne und wartete auf mich. All meine Resignation schwand und ich humpelte artig weiter. Genau wie beim Soldaten Rotrein wurde auch mein Marschgepäck auf die Gruppenmitglieder verteilt. Einen Vorwurf machte mir niemand. Eigentlich sprach überhaupt keiner. Alle Euphorie hatte ihr Ende gefunden. Und da meine Füße noch nicht so blasenüberzogen waren wie die des Rotrein, half mir die Marscherleichterung deutlich. Ich konnte gut mithalten. Vielleicht lag es auch einfach nur daran, daß die Gruppe wieder zu einem normalen Tempo überging. Soldat Sinnhaber gab sich geschlagen. Mathematik und Militärlogik gingen nicht so zusammen, wie er es sich vorgestellt hatte. Worauf aber niemand in der Gruppe mit Schadenfreude reagierte. Immerhin brachte uns der Irrtum ein Stück des Weges schneller voran, als wenn es ihn nicht gegeben hätte. Und ich war heilfroh, daß ich mein Marschgepäck ein Weilchen nicht selber schleppen mußte. Ganz abgesehen von der Gewißheit, daß mich die anderen nicht im Stich lassen würden, wenn ich keine Kraft mehr haben sollte, um unser Ziel zu erreichen. Es tat mir gut, wieder das Stiefeltrampeln und das Klappern des Gepäcks in den Ohren zu haben. Es wirkte wie ein Hauch von Geborgenheit auf mich. Und schließlich würden wir auch den Rest der Übung bei Dauerkeks und Pfützenschlamm überleben.

Anders als in der ersten Nacht wollten wir jetzt nicht bis zum Dunkelwerden weitermarschieren. Denn das Prinzip der Vernunft aus Erfahrung wirkte selbst unter diesen extremen Bedingungen. Wenn es dabei nicht sogar am besten funktionierte. Buhler schlug vor, daß wir uns beim Verlassen des Waldes auf der nächsten Lichtung nach einem Nachtlager umsehen sollten. Einwände gab es nicht, und einer guten Marschzeit schienen wir uns alle sicher zu sein. Kaum, daß wir uns darüber einig waren, lichteten sich auch schon die Kiefern. In der Ferne flackerte der Abendhimmel zwischen ihren Kronen. Jeder wußte, daß das Tagesziel vor uns lag. Schlagartig zog die Müdigkeit in unsere Körper und auf den letzten Metern schien es mir, als würden wir nicht mehr von der Stelle kommen. Doch dann war es da – das Ende. Das Ende des scheinbar unendlichen Weges. Das Ende der scheinbar unendlichen Kiefern. Vor uns lag eine Wiese unterm Abendrot des Himmels und in ihrer Mitte ein See, kreisrund, voller kristallklarem Wasser. Wir umringten den Sinnhaber wie einen Fußballstar, der ein Tor geschossen hatte, klopften ihm die Schultern und trommelten auf seinem Stahlhelm herum. Sinnhaber standen Tränen in den Augen.

Von da an lief alles leichter, ja zuweilen sogar heiter. Die Sprache hielt wieder Einzug und formte sich zu Witzen, Ironie und Freundlichkeiten. Es durfte getrunken werden, aus vollen Zügen und soviel man konnte. Auch wenn Sinnhaber anordnete, in jeder Feldflasche eine Desinfektionstablette aufzulösen. Das Wasser schmeckte dadurch etwas chemisch, aber was machte das schon. Nach dem Durstlöschen wurde Holz gesammelt und ein Lagerfeuer entfacht. Wir pellten uns aus den Uniformen und Stiefeln. Die dabei freigesetzten Gerüche schafft wohl niemand in einem Buch festzuhalten, da jeder den Rat des Feldwebels befolgt hatte und die schmutzigsten Socken trug, die er nur finden konnte. So verbreiteten meine Füße zwar einen entsetzlichen Gestank, der sie aber nicht davor bewahren konnte, feuerrot anzulaufen, so als hätte ich rote Strümpfe an. Das Ganze wirkte eher lustig und die anderen konnten sich ein Schmunzeln nicht verkneifen, aber in Wirklichkeit tat es weh. Jetzt folgte das Waschen. Ganz freiwillig und im kalten Wasser eines Waldsees in den letzten Oktobertagen. Das war herrlich, aber kurz. Schnell huschten wir zum Lagerfeuer zurück und kauerten uns zum Trocknen dicht aneinander. Die Stiefelsocken zwangen uns noch einmal zum Gang an den Waldrand, wo die Kiefern unschuldig warteten und uns zusahen, als hätten sie mit allem nichts zutun. An ihre Äste verbannten wir unsere Socken für die Nacht. Sollten die Kiefern doch zusehen, wie sie mit diesem Gestank fertigwürden. Allerdings war das mit dem Verbannen so eine Sache. Denn zum Glück blieb mir ein Funken Respekt vor den Kontrollen unseres Marschgepäckes erhalten, und ich hatte nicht sämtliche Wechselwäsche aus meinem Teil I im Lager zurückgelassen. So aber fand sich noch ein Paar frische Socken, das mir die Wahl ersparte, mit meinem eigenen Gestank oder barfüßig zu schlafen.

Nach unserer Rückkehr zum Rastplatz brannte das Lagerfeuer lichterloh. Wir kauerten uns wieder dicht zusammen und tankten die Wärme. Unterdessen verriet uns Sinnhaber sein Rezept für die Brennesselsuppe. Sofern man es als Rezept bezeichnen konnte. Doch inzwischen wollten es wohl alle. Mir hing der Magen schon in den Füßen, so daß ich mich gar nicht mehr daran erinnern konnte, was Sattsein hieße. Ein Zustand nämlich, in dem man den Hunger glatt vergessen kann. Also machten wir das, was der Sinnhaber uns sagte – gänzlich ohne Fragen. Mit den Bajonetten und viel Vorsicht wurden die Brennesseln kleingeschnitten. An den Schnittstellen quoll der grüne Pflanzensaft hervor und vereinigte sich schließlich mit so viel Sand und Schmutz, daß das Ergebnis etwas unappetitlich wirkte. Zumal uns Sinnhaber inständig bat, den entstandenen Pflanzenbrei nicht im See abzuwaschen, da ansonsten die ohnehin wenigen Nährstoffe verloren gingen. Außerdem würde der schwere Sand beim Kochen nach unten fallen, und man bräuchte die Suppe bloß nicht bis zum bitteren Ende auszulöffeln. Eine Logik, die letztlich jeden von uns überzeugte und den aufkommenden Ekel im Keim erstickte. Eiligst kramte ich das metallene Kochgeschirr aus dem Teil, füllte es mit Seewasser und löste eine Desinfektionstablette darin auf. Rings um das Lagerfeuer gruben wir mit den Bajonetten Löcher in den Sand. Die Plättchen des Feueranzünders wurden zerbrochen und sorgfältig in die einzelnen Löcher gestapelt. Schließlich mußten die Bajonette auch noch als

Roste dienen, auf denen unsere Kochgefäße jedoch nur einen wackligen Halt fanden. Eigentlich sollten wir warten, bis das Wasser zu kochen begann, um unsere Kunstwerke schließlich mit dem Brennesselpamps zu krönen. Doch das war der Geduld nun wirklich zu viel verlangt. Ich ließ unter mächtigem Plumpsen und bedrohlichem Wackeln des Kochgeschirrs meinen Brennesselbrei ins Wasser verschwinden, um mit kindlicher Freude festzustellen, daß sich der Topf plötzlich bis an den Rand füllte. Sinnhaber reagierte darauf ziemlich ärgerlich, mußte es aber so hinnehmen, da alle das gleiche taten. Wenigstens jetzt müsse einige Zeit gewartet werden, damit alles gut durchkochen könne. Ansonsten würden wir uns Schnauzen, Hälse und Mägen an den ollen Brennesseln verbrennen. Diese Drohung des Sinnhaber verfehlte ihre Wirkung nicht. Eine dumme Sache, das mit den Verbrennungen. Also blieben wir brav vor unserem Kochgeschirr sitzen und starrten mit gierigen Augen auf die Pampe, die, von den Flammen des Feueranzünders umgeben, langsam zu brodeln begann. Um dabei nicht völlig die Nerven zu verlieren, empfahl Sinnhaber, daß wir ein paar Bissen vom Dauerkeks nehmen sollten. Und diesmal aber reichlich. Schließlich hatten wir schon über die Hälfte der Übung hinter uns gebracht und die Marschverpflegung schien fast unverbraucht. Ich gönnte mir eine Tafel Vitaminschokolade. Kindel kochte unterdessen in seinem Stahlhelm Wasser, sammelte unsere Päckchen mit Teegranulat ein und braute daraus das Abendgesöff zusammen. Und selbst Soldat Buhler überraschte uns mit einer Geste der Liebenswürdigkeit. Vor einigen Tagen konnte er beim Einsatz im Küchendienst ein Fläschchen Salz verschwinden lassen. Er schleppte es die ganze Marschzeit in seiner Gasmaskentasche mit sich, da er gehört hatte, daß Salz nach übermäßigem Schwitzen sehr wichtig sei. So machte das Fläschchen die Runde. Jeder kippte einen Schluck Salz in seinen Suppentopf und dann noch einen und noch einen – bis der Inhalt der Flasche brüderlich aufgeteilt war. Die Suppe brodelte inzwischen mehr, als es mir lieb war, denn die ersten Tropfen des wertvollen Mahls spritzten bereits über den Rand, liefen an der Blechschale herunter und platschten unter lautem Zischen in die Flamme. Es verbreitete sich ein Geruch von getrocknetem Heu in der Luft, der angenehm schwer und schläfrig machte. Dann endlich gab Soldat Sinnhaber das Kommando. Mit einem Hauch blies ich die Flamme des Feueranzünders aus, schnappte mir den Löffel und legte los. Aber schon der erste Löffel machte mir an Lippen und Zunge unmißverständlich klar, daß ich mich gefälligst noch etwas zu gedulden habe. Also beschränkte sich meine Attacke vorerst aufs Pusten. Die Brühe spiegelte sich im Löffel kräftig grün. Die Brennesselstücke waren schlapp und schwarz. Alles dampfte höllisch. Nach geduldigem Pusten folgte der erste volle Mund seit zwei Tagen. Der Geschmack schien schwer definierbar. Salz war auf jeden Fall dabei. Viel Salz. Das fanden auch alle anderen und Sinnhaber meinte, man solle kräftig Dauerkeks dazu essen. Der bilde die feste Nahrung für den Magen und an Flüssigkeit mangele es jetzt wohl nicht. Auch konnte ich kein Brennen der Brennessel spüren, da hatte der Sinnhaber recht gehabt. Und eigentlich schmeckten die Blätter nach gar nichts. Es kam mir vor, als bestünde ihre ganze Aufgabe nur im Grünfärben der Brühe. Ab und zu knirschte es zwischen den Zähnen, so daß zumindest die Theorie vom schweren Sand nicht völlig aufging. Doch ich beschloß als Gegenmaßnahme, das Kauen einzustellen. Denn wenn ich nicht kaute, konnte auch nichts knirschen und das Kauen schien ohnehin völlig überflüssig zu sein. Letztlich waren ja nur der Dauerkeks und das Salz von Bedeutung. Und von Beidem gab es reichlich. Das Salz überschmeckte selbst die Chemie des Kekses und der Desinfektionstablette. Da aber am Salz bislang noch niemand gestorben war, beschlossen wir einstimmig, daß die Suppe eine gute sei.

Die letzten Strahlen der Sonne waren längst hinter den Horizont getaucht, verwandelten das lichte Abendrot ins dunkle Blau der Nacht. Noch immer kauerten wir im dichten Kreis um das Lagerfeuer. Die umgehängten Zeltbahnen wärmten unsere Körper, der Tee in den Feldbechern unsere Hände. Ob es wirklich Sattheit war, die mich müde machte, weiß ich nicht zu sagen. Der Bauch jedenfalls blähte sich rund und dick. Das allermeiste daran waren jedoch einige Liter Seewasser, die ich im Laufe des Abends in den unterschiedlichsten Formen zu mir genommen hatte. Für eine Weile saßen wir noch regungslos und starrten in die Flammen. Niemand sagte etwas. Das Holz im Feuer knackte. Die Geräusche aus der Weite des Waldes waren kaum zu hören. Und Wildschweine brauchten wir diese Nacht nicht zu fürchten, denn die hatten selber Angst – vor dem Feuer. Mir fielen immer wieder die Augen zu. Ich verfolgte die orangen – gelben – roten Lichtflecke, die mir auf den Lidern zu flackern schienen. Aber auch wenn ich die Augen öffnete, flackerte es weiter. Das Flackern zog durch die Dunkelheit. Mit rotgelben Flecken bemalte es alles, was sich ihm den Weg stellte. Die Gesichter der Soldaten, ihre Zeltbahnen, die Kalaschnikows und selbst die Kiefern in der Ferne. Ich wurde zunehmend zum Spielball des Windes. Der Wind dirigierte das Orchester aus Licht und Schatten, aus Wärme und Kälte, sein Solist stöhnte Funken aus knackendem Holz. Die kleine Komposition einer feurigen Romanze erhob sich gegen das große Unsichtbare einer Nacht. Traf sie mein Gesicht und hüllte mich in Wärme ein, so loderte ich in Farbenpracht und schien vor Hitze zu ersticken. Doch kaum drehte sie sich von mir ab, kam wieder die Kühle der Nacht. Es war mir, als schwamm ich auf einer Welle, mal in kalter Tiefe, mal auf warmer Höh. Und erst als der Feldbecher des Soldaten Kindel zu Boden fiel, fand meine Reise ein Ende. Kindel war eingeschlafen. Der Tee aus seinem Becher kroch über den Sand bis an die Glut des Feuers. Aber auch das Zischen weckte ihn nicht. Soldat Kindel saß regungslos da. Die Augen geschlossen. Lächelnd entschwebte er ins Märchenland seiner Träume. Eigentlich hatte ich mir fest vorgenommen, für diese Nacht ein bequemes Lager zu bauen. Doch plötzlich waren alle Vorsätze vergessen. Ich rupfte Gras von der Wiese, stopfte es in meine Zeltbahn und legte mich dicht ans Feuer. Ein Weilchen testete ich noch, wie dicht ich mich an die Glut wagen konnte und schlief dabei ein.

Die Ruhe des Schlafes währte nur kurz und wurde von einem langen Kampf abgelöst. Wieder standen sich Schlaf und Kälte als erbitterte Feinde gegenüber. Wieder zerrte und stopfte ich an meiner Zeltbahn herum, rutschte der Glut des Lagerfeuers immer näher. Doch die wärmte nur den Boden und die Kälte kroch von allen Seiten heran. Als mein Schlaf sich geschlagen geben mußte, kritzelten Sonnenstrahlen ein leichtes Rosa gegen das noch tiefe Blau des Morgens. Ein dicker schwarzer Ast behauptete sich auf einem Berg aus weißer Asche. Noch immer stiegen Qualmschlieren aus seinen verkohlten Spalten auf. Es mußte in dieser Nacht noch kälter gewesen sein als in der vorherigen – trotz des Feuers. Eine Reifschicht überzog die Wiese, tauchte sie in glitzerndes Weiß. Das Wasser des Sees stand still. Seine Oberfläche schmückte sich im Zartrosa des Morgens. Soldat Kindel lag eingewickelt in der Zeltbahn. Das Lächeln im Gesicht wirkte friedlich. Sein Märchenland war groß – viel größer als die Kälte. Denn die hatte schon ihren Reif in sein Haar gelegt. Das ließ ihn alt erscheinen. Mein Blick fiel auf die Kalaschnikow, die ich sicherheitshalber wieder in Kopfhöhe bereitgelegt hatte. Sie glänzte im Reif mit einem Schimmer des schwarzen Metalls. Ich dachte daran, wie ich noch gestern als Durstgetriebener meine Zunge daran leckte, um an das kühle Naß zu kommen. Ich dachte an die Schmerzen auf meiner Zunge, solange sie die Gefangene des Metalls war. Und jetzt schien es mir, als würde sie auch heute noch schmerzen. Sofort kamen mir meine Füße in den Sinn. Ich riß die Socken herunter und stellte fest, daß ich weiterhin rote Strümpfe tragen würde. Ja, es kam mir vor, als sei die Hautrötung eher stärker statt schwächer geworden. Außerdem wirkte alles geschwollen und an einigen Stellen hatten sich Wasserblasen gebildet. „Soll ich 'ne rote Kugel in die Luft schießen, Steinert?" unterbrach mich eine verschlafene Stimme bei meinen Fußbetrachtungen. „Nein, Buhler. Laß gut sein! Ich will's wenigstens versuchen", flüsterte ich.

Unser Aufbruch wurde von Eile getrieben. Es war die gleiche Eile wie am Morgen des Vortages. Der unsichtbare Trieb im Nacken hieß Kälte. Er ist dem tierischen Instinkt ähnlich. Man fühlt sich der Kälte unterlegen, man spürt, daß sie das Leben gefährden kann. Und ganz freiwillig, wie von einem inneren Zwang getrieben, setzt man ihr die Bewegung als Waffe entgegen. Voraussetzung ist natürlich, daß man sich bewegen kann. Sollte das – aus welchen Gründen auch immer – nicht der Fall sein, so hat man einen schlechten Tag erwischt. Oder es beweist zumindest, daß wir Menschen gut daran täten, öfter einmal den Trieben freien Lauf zu lassen, statt sie mit unseren zwiespältigen Moralitäten im Zaume halten zu wollen. Dabei wäre ich jetzt bereit gewesen, mich über jeden Standesdünkel hinwegzusetzen, wenn ich dafür nur laufen könnte. Ich hinkte über die Wiese den Kiefern entgegen. Die Wiese war kalt und naß. Alle Soldaten huschten über sie hinweg. Nur ich schlich wie ein Greis. Die Socken hingen steifgefroren in den Ästen. Es machte Freude, sie an den Stämmen weichzuklopfen. Und spätestens als sich das Anziehen meiner Stiefel als wahre Prozedur erwies, stand fest, daß mein Marschgepäck auch weiterhin von der Gruppe mitgetragen würde.

Die Zeit für ein schlechtes Gewissen blieb mir nicht. Ich war voll und ganz damit beschäftigt, den Anschluß an die Gruppe zu halten. Eine Aufgabe, die alle Mittel rechtfertigte. Glücklicherweise konnte ich dabei feststellen, daß sich meine Füße mehr und mehr an den Marsch gewöhnten. Ein gewisser Grundschmerz hielt sich hartnäckig, aber er wurde nicht schlimmer. Und das war gut so. Denn schon nach einigen Kilometern begegneten wir Feldwebel Altschulzer. Ich wußte aus der Geschichte mit Rotrein, daß er nicht lange fackeln würde, wenn er mein Lahmen bemerkte. Natürlich registrierte er sofort, daß ich ohne mein Gepäck lief. Da ich aber für die Gruppe noch keine Behinderung darstellte, ging er über die Sache ohne Fragen hinweg. Er lobte uns kurz, weil wir gut in der Zeit lägen, und führte uns zu einem Schießstand. Dort begegneten wir auch Leutnant Scharf, der ebenfalls jeden von uns kritisch musterte. Doch wir hielten seinen Nachforschungen stand, selbst ich. Und gerade ich. Denn ein Ausfall war genug, einen zweiten konnten wir uns nicht leisten und wenn mich die Gruppe mit einer Trage ins Ziel schleppen müßte. Diesen Nachsatz jedoch nahm niemand ernst. Jeder wußte inzwischen, daß es sich nur um eine Durchhalteparole handelte. Außerdem entwickelte sich das Schießen eher zu einer Erholungspause statt zu einer Strapaze. Immerhin wurde mit scharfer Munition geschossen und die Sicherheitsvorschriften für solche Übungen waren deutsch. Einfach deutsch. Das Wort allein muß alles beschreiben. Denn bevor die Vorschriften haarklein abgearbeitet waren, verbreitete sich eine Langeweile, wie ich sie bei einer solchen Übung niemals für möglich gehalten hatte. Nur ein Schießen im deutschen Rahmen vermochte es, sich über einen ganzen Vormittag hinzuziehen. Und wenn sich der deutsche Soldat nicht an seiner Unterwäsche, dem Rasierzeug, Kragenbinden, Schuhbürsten, Nähnadeln und Socken zu Tode schleppt, so geben ihm sicherlich die Vorschriften und Formulare den Rest. Aber letztlich war uns das egal, denn wir gingen gut ausgeruht auf den Marsch. Ich brauchte wieder einige Zeit, bis ich mich eingehumpelt hatte, doch die Worte, die uns der Leutnant mit auf den Weg gegeben hatte, machten es mir leichter. Er versicherte, daß alle Ergebnisse hervorragend seien und wir die Übung in wenigen Stunden hinter uns hätten. Zudem uns jetzt der Feldwebel bis zum Schluß begleiten sollte. Das tat gut. Denn keiner brauchte sich mehr um den richtigen Weg zu sorgen. Außerdem versuchte Altschulzer mit vielen Späßen und Witzen, uns bei guter Laune zu halten, uns die Länge der Strecke vergessen zu machen und so die Müdigkeit aus unseren Knochen zu treiben. Und dann passierte etwas Merkwürdiges. Der Feldwebel ließ sich von der Gruppe mein Gepäck geben und schleppte es selbst. Das brauchte er nicht zu tun. Nein – er durfte es auch gar nicht tun. Aus militärischer Sicht nicht und aus menschlicher auch nicht. Rein militärisch verbesserte er somit unerlaubt unsere Marschzeit. Rein menschlich gesehen, war er immerhin ein EK – ein Entlassungskandidat. Ich hingegen stellte den Spritzer, Jüngling, Stiefelputzer dar. So einem trägt man nicht das Gepäck. Der Feldwebel riskierte dadurch, den Respekt vor seinen eigenen EK-Kameraden in der Truppe zu verlieren und die Autorität vor den jungen Soldaten gleich mit. Warum also tat er das? Ich konnte darauf keine Antwort finden. Mir fiel einfach nichts ein. Meine einzige Reaktion beschränkte sich auf ein Rotwerden und beschämtes Zu-Boden-sehen.

Der Marsch zog sich hin. Wieder einmal wirkte die Euphorie vom Endspurt wie ein Hohn. Die Sonne war bereits hinterm Horizont verschwunden. Doch der Feldwebel und Buhler liefen weiter schnellen Schrittes voran. Meine Hoffnung auf Pause hatte ich längst begraben. Dabei war es offenkundig, daß auch der Feldwebel mächtig ins Schwitzen geriet. Und das mit meinem Gepäck. Mehr und mehr kam ich zu dem Eindruck, daß es sich vielleicht um eine Art von Wettkampf handelte, in dem Altschulzer zeigen wollte, wie ebenbürtig er dem Soldaten Buhler sei. Mir jedenfalls wurde das zunehmend egal. Ich hinkte an letzter Stelle und war froh, wenigstens die halten zu können. Ab und zu nahm ich die Feldflasche vom Koppel und gönnte mir einen Schluck Seewasser während des Laufens. Ich bemerkte, daß die Wasserblasen an meinen Füßen aufrissen. Das Stechen und Reißen auf den Fußsohlen schmerzte bei jedem Schritt. Es kam mir vor, als liefe ich auf rohem Fleisch.

Aus der Dämmerung wurde Nacht. Ich konnte die Gruppe nur noch ahnen. Das Ahnen beschränkte sich auf die Geräusche und manchmal auf ein paar Schatten, die sich vor den beiderseitigen Kiefernwänden des Weges auftaten. Schon wieder hatte ich das Gefühl, als wäre der Weg unendlich. So unendlich wie auch die Kiefern des Waldes. Schon wieder begann die Resignation in mir zu keimen, begleitet vom Kampf zwischen Aufgabe und Durchhalten. Und dann plötzlich eine Pause. Oder doch nicht. Die Gruppe jedenfalls hielt an. Feldwebel Altschulzer tastete sich nach hinten und schnallte mir mein Gepäck auf den Rücken. Er wischte sich den Schweiß aus dem Gesicht, kämmte sich die Haare. Dann befahl er, daß wir unsere Uniformen zurechtrücken und in ordentlicher Gruppe antreten sollten. „Es ist geschafft, Jungs. Wir sind am Ziel. Beim Einmarsch ins Lager erwarte ich von euch absolute Disziplin. Ihr dürft den Offizieren nicht zeigen, wie fertig ihr seid, das hebt euch auf, bis ihr in euren Betten liegt. Verstanden!"

Wie vom Feldwebel versprochen verließen wir bereits nach wenigen Metern den Wald. Vor uns lag das Pionierferienlager in seiner idyllischen Schönheit. Überall leuchteten die vertrauten Lichter und verrieten die Schatten der Häuschen. Am Eingang erwartete uns eine Schar von Offizieren. Wie zuvor geschworen marschierten wir stolzen Schrittes und mit erhobenen Köpfen durch das Tor. Meine kaputten Füße hatte ich für diesen Augenblick vergessen. Feldwebel Altschulzer machte Leutnant Scharf eine Meldung. Dieser hastete zum Kompaniechef Müller und erteilte ihm ebenfalls Meldung. Der Leutnant führte anschließend die Gruppe über die Teerstraße ihrem Häuschen zu. Ich jedoch mußte raustreten, übergab Soldat Kindel mein Gepäck und wurde vom Feldwebel zum Lazarett gebracht.

Im hell erleuchteten Lazarett herrschte Hochkonjunktur. Ich war erstaunt, wie viele Soldaten während der Übung aufgegeben hatten. Schlagartig kam mir das Gefühl, als wäre es überhaupt nicht tragisch gewesen, wenn auch ich mich einfach hinfallen gelassen hätte. Jetzt aber machte sich ein Sanitäter an meinen Stiefeln zu schaffen. Dabei galt es eigentlich nur, sie auszuziehen. Doch diese Prozedur gestaltete sich noch dramatischer als die des Anziehens. Schließlich gab der Sani die Stiefel verloren. Nahm eine Riesenschere, mit der ein Chirurg normalerweise den Gips auftrennt und schnitt mir die Stiefel von den Füßen. Schmerzen verursachte das nicht. Aber es stank nach meinen Socken. Der Sani und der Feldwebel verzogen keine Miene. Und dennoch, die Socken sollte ich selber ausziehen. Das Problem war, daß es nicht ging. Sie klebten an den Füßen fest. Der Sani meinte, ich solle sie mit einem Ruck abreißen. Gesagt – getan. Was dann zum Vorschein kam, muß ich nicht beschreiben. Es betraf vor allem den vorderen Teil der Füße und die Zehen. Die Hacken waren in Ordnung. Der Sani bewaffnete sich mit einer Scherenklammer, hakte einen Wattebausch ein, tauchte ihn in eine Flüssigkeit und tupfte damit meine Wunden ab. Das brannte höllisch. Ich aber fand keinen Grund zum Jammern, sondern sprühte vor innerer Freude, es überhaupt bis hierher geschafft zu haben. Schließlich wurden meine Zehen in Mull verpackt und mit einer Binde umwickelt. Der Feldwebel wollte wissen, ob er mich auf die Stube tragen lassen solle. Ich lehnte ab und versicherte, daß ich die paar Meter auf den Hacken laufen könne.

Vor unserem Häuschen sah es aus wie auf einem Schlachtfeld. Keine Spur von der militärischen Ordnung, die man uns in den vergangenen acht Wochen eingetrieben hatte. Die Teile lagen vor der Tür und den Fenstern verstreut. Dazwischen die Zeltbahnen, Gasmasken, Stahlhelme und Wasserflaschen. Nur die Kalaschnikows fehlten. Die mußten in der Waffenkammer abgegeben werden. Vorschrift ist Vorschrift. Und was das Gepäck betraf, so war es schließlich Nacht. Sowie das Licht erlischt, sind alle Katzen grau, selbst bei der Armee. Wer hätte das gedacht. Wir bekamen die Erlaubnis, erst am Morgen wieder Ordnung bei unserer Ausrüstung herzustellen. Als ich im Hackenmarsch auf die Stube stolziert kam, saßen die anderen schon in ihrer dreckigen Unterwäsche auf den Betten. Es lag ein stechender Geruch in der Luft. Buhler meinte, daß wir zunächst zum Duschen und im Anschluß zum Essensaal laufen sollten. Dort nämlich war für uns ein kaltes Buffet aufgebaut. Wir durften essen, soviel wir wollten. Auch ich riß die Felddienstuniform vom Leibe und verschwand in meinem Bett. So lagen wir schließlich auf den Betten und rätselten, wer von uns den Anfang machen sollte. Dann murmelte der eine oder andere davon, was er als erstes vom kalten Buffet verdrücken würde. Ich dachte an ein Schinkenbrot oder vielleicht auch Kartoffelsalat mit Bockwurst – oder noch besser: gebratene Hähnchenkeule. Aber vor allem an eine große, schöne kalte Cola. Das Murmeln wurde immer dünner und leiser. Dann war es still. Ich träumte von den Hähnchenkeulen und dachte daran, daß sie morgen noch viel besser schmecken würden. Und auch das Duschen hatte Zeit. An den Gestank konnte man sich gewöhnen.

Irgendwie mußte ich bei diesen Gedanken eingeschlafen sein. Plötzlich jedenfalls war es taghell. Ich erwachte kurz und stellte fest, daß wir vergessen hatten, das Licht auszumachen. Doch ich fiel sofort wieder in den Schlaf. Als ich erneut erwachte, lag die Abenddämmerung vor unserem Häuschen. Das Licht brannte immer noch. Das störte mich. Ich nahm mir vor, es zu löschen, zog aber nur die Decke über den Kopf und kam auf die Idee, mich langsam an einen Baum begeben zu müssen. Diese Vorstellung entwickelte sich zu einem derartigen Drang, daß ich aufsprang, um eiligst aus der Stube zu laufen. Jetzt leuchtete die Morgenröte am Himmel. Ich lief hinter das Häuschen und stellte mich an einen Baum. Ganz egal wie viele Wassereimer ich nachspülen müßte, wenn mich einer der Unteroffiziere dabei erwischte. Es war kalt. Sehr kalt. Und ich staunte, was meine Blase so alles fassen konnte. Als ich zurück ging, sah ich, wie einige Gruppen schon vor ihren Häuschen standen und ihr Gepäck ordneten. In meine Stube konnte ich nicht zurückkehren. Ihr Mief hätte selbst Stinktiere in die Flucht geschlagen. Ich öffnete nur die Tür, riß die Fenster auf und schrie, daß es an der Zeit wäre, aufzustehen. Und es war an der Zeit. Denn wenige Minuten nach meiner Aktion schrillte der Weckpfiff aus Feldwebel Altschulzers Trillerpfeife über den Platz. Jetzt ging es zwangsweise zum Duschen. Meine Füße hatten sich schnell erholt und das Dreck- und Schweißabschrubben genoß ich in vollen Zügen. Ebenfalls das Frühstück. Diesmal ohne Hast, denn das Zeitlimit war an diesem Tage aufgehoben. Zwar hatten wir das kalte Buffet verschlafen und gebratene Hähnchenkeulen standen auch nicht auf dem Tisch, doch selbst das normale Essen kam mir vor wie Feinschmeckerkost, verglichen mit der Brennesselsuppe und dem Seewasser der vergangenen Tage. Leutnant Scharf genierte sich auch nicht, uns zu erklären, was der ganze Schongang mit sich bringen sollte. Schließlich würde es nach den Aufräumarbeiten nach Hause zu den Eltern gehen. Und es sollte doch nicht heißen, daß unsere lieben Soldaten unerträglichen Belastungen ausgesetzt wären.

Außer reichlich Schlaf und gutem Essen gehörte zu diesem Schongang auch jeglicher Verzicht auf militärischen Streß. Wir beschäftigten uns mit dem Sachenordnen, Waffenputzen und dem heißgeliebten Stuben- und Revierreinigen. Die Spinde wurden wieder leer geräumt und die Zeltbahnen zu Seesäcken gebunden. Beim Verpacken meiner Habe achtete ich darauf, alles so in den Seesack zu legen, daß die Kunstwerke aus gefalteter Unterwäsche keinen Schaden nahmen. Ich erhoffte mir damit, eventuellen Neukreationen in meiner künftigen Unterkunft zuvorzukommen. Die Seesäcke mußten dann ordentlich vor das Häuschen gestellt und die Stuben auf Hochglanz gebracht werden. Es lag Abschied in der Luft. Ein Abschied, der wohl niemanden zu Tränen rühren konnte, aber auch ein Abschied, der keine Freude aufkommen ließ. Zu groß und zu beängstigend war die Ungewißheit vor dem Kommenden. Kompaniechef Müller zeigte sich davon unbeeindruckt. Für ihn schien die Angelegenheit eher langweilig zu sein. Eine Zeremonie eben, die sich jedes Jahr wiederholte, ein Pflichtprogramm, das ihm mächtig auf die Nerven ging. Wir mußten zugweise in zwei Kompanieblöcken antreten, und Major Müller las seine Abschlußrede von einem Zettel ab. Demnach waren wir prächtig funktionierende Soldaten, auf die Vaterland und Familie stolz seien. Wie langweilig – ich konnte den Major verstehen. Zusammen mit unseren Seesäcken wurden wir im Anschluß auf die Ladeflächen der MTW verstaut, die Unteroffiziere der Schulzerei verschnürten gewissenhaft die Planen. Und so rollten wir – in der Gewißheit, nicht gesehen zu werden – über die Teerstraße von dannen. Hinter uns blieb ein Pionierferienlager zurück. Holzhäuschen standen auf Wiesen verstreut im Schatten der Bäume, auf den Wellen des Sees tanzten die Strahlen der Herbstsonne und tauchten alles in einen friedlichen Schein, geduldig wartend auf die neuen Kinderlein.

Die Fahrt zog sich über mehrere Stunden hin. Wieder war es unmöglich zu erkennen, wo wir uns gerade befanden. Fest stand nur, daß es sich weiterhin um eine Waldgegend handeln mußte. Ich – der Stadtmensch – kannte den Unterschied zwischen den Luftsorten. Einen Unterschied aber, der die Kälte betraf, gab es nicht. Nur die Erfahrungen aus den vergangenen Wochen ließen uns instinktiv dicht aneinanderkriechen, in der Gewißheit, so wenigstens die Körperwärme zu bewahren. Doch das Überlebenstraining war vorbei. Ich konnte vor Dunkelheit die verdutzten Gesichter meiner Kameraden nicht erkennen. Aber ich spürte, daß sie ebenso merkwürdig dreinschauten wie ich selbst. Denn aus unerklärlichen Gründen entwickelte sich auf der Ladefläche eine angenehme Wärme, obwohl draußen der kalte Fahrtwind über das Planenverdeck ging. Die Soldaten auf der Mittelbank machten schließlich die Entdeckung. Unter der Bank erstreckte sich eine Metallröhre mit Löchern, aus denen warme Luft strömte – eine Benzinheizung. Wir rekapitulierten, daß das Ding schon immer dort gewesen war. Die MTW besaßen also seit jeher eine Heizung. Es stellte sich bloß die Frage, wo die Normalität zu suchen sei. Im Frieren der letzten Wochen, das zur Ausbildung gehörte, oder nur in einer großzügigen Geste des Leutnants, als Bestandteil des Schonganges. Mittlerweile entwickelte sich die Wärme zur Hitze. Wir flüchteten auseinander und öffneten die Uniformen. Doch noch während des Rätselratens, was nun eigentlich los sei, hielt der Wagen an. Eilig wurden die Uniformen zurechtgezupft. Feldwebel Altschulzer öffnete die Ladeklappe und schrie in einer Lautstärke, die ich von ihm vorher nicht gekannt hatte. Ich wußte sofort, daß wir nun im Reich der Unteroffiziere angekommen waren. Hier spielte der Leutnant nur eine Besucherrolle. Die Besucherrolle im normalen Arbeitstag eines Berufsoffiziers – täglich von acht bis sechzehn Uhr. Außer am Wochenende natürlich. Das eigentliche Sagen hatten die Unteroffiziere, die hier drei Jahre ihres Lebens zusammengepfercht saßen, um jeden einzelnen Tag von einer Liste zu streichen. Die Befehle des Feldwebels donnerten zwischen den Betonplatten der Neubaukästen, die den Appellplatz umschlossen, auf dem wir gerade Aufstellung nehmen mußten. Neben dem Haupteingang an der Vorderfront stand ein Neubaublock, der irgendwie etwas Prachtvolles an sich hatte. Offensichtlich mußten nicht alle Neubauten monoton sein, so, als gleiche ein Ei dem anderen. Ich geriet ins Staunen über die Mühe, welche sich die Bauherren bei dessen Errichtung gemacht haben mußten. Natürlich war mir sofort klar, daß diese Mühe nicht uns galt, sondern einzig und allein den Genossen Offizieren. Die Häuser, die für uns bestimmt waren, konnte ich genauso schnell erkennen. Damit will ich nicht sagen, daß sie einen schlechten Eindruck machten. Nein, auch sie wirkten durchaus solide gebaut. Allerdings hielt man sich schlicht an das Nötigste. Keine Spur von Eigenart. Und wer wissen wollte, zu welchem Haus er gehörte, der brauchte sich nur an den dunkelblauen Emailleschildern mit den weißen Zahlen orientieren, die jeweils neben den Eingängen hingen. Die Orientierung schien überhaupt eine Sache für Blinde zu sein. Denn es war schier unmöglich, die Orientierung zu verlieren. Alles hatte seine Ordnung und niemand konnte so blind sein, daß es ihm möglich gewesen wäre, sich darin zu verirren. Ausgenommen die Gefahr des Irrens in sich selbst – als Verfolgungswahn ohne Versteck, sozusagen. Vorne das Stabsgebäude der Offiziere, zur einen Seite die Soldatenhäuser, zur anderen Sporthalle, Essensaal, Kulturhaus und hinten die Garagen und Technikhallen. In der Mitte der Appellplatz und ums Ganze herum ein Stacheldrahtzaun mit Wachtürmen, damit niemand weglaufen konnte. Und sicher nicht der Idylle wegen stand alles in einem Wald. Endlich wieder ein Wald.

Zum Glück gab es wenigstens die Möglichkeit, die Sache im Detail zu betrachten. Gerade wenn eine Sache im Ganzen nicht stimmt, sucht man Halt und Trost in Kleinigkeiten, die sonst allzu gern übersehen werden. Da leuchtete beispielsweise viel Grün zwischen all dem Beton. Die Rasenflächen wirkten gepflegt, sogar Blumenrabatten waren angelegt und die Kasernenstraßen wurden von Bäumen gesäumt. Zwar allesamt eher Bäumchen als Bäume, aber der gute Wille sprach für sich. Und die eigentliche Überraschung bildeten die Blinklichter des Berliner Fernsehturms kurz über den Wipfeln des Waldes. Dieser Wald hatte also ein Ende und ließ mich nicht an der Grenzenlosigkeit verzweifeln, wie auf den Waldwegen der Abschlußübung, gleich so, als rannte ich auf einer bewaldeten Kugel umher, die zwar irgendwie endlich erscheint und doch immer grenzenlos bleibt.

Feldwebel Altschulzers Stimme drohte sich zu überschlagen. Er brüllte mit hochrotem Kopf, um die Mundwinkel bildete sich Schaum. Wie ein wildgewordener Köter lief er kläffend den Zug auf und ab. Man konnte meinen, ein Fremdling sei in sein Revier eingedrungen. Das Fauchen seiner Drohgebärden blieb nicht ungehört. Ganze Fensterreihen der Soldatenhäuser waren inzwischen mit neugierigen Köpfen geschmückt. Diese jedoch schienen gar nicht erzürnt. Ganz im Gegenteil. Sie hatten ihre Freude daran, mit welchen Mitteln uns der Feldwebel zur Unterwürfigkeit zwang. Sie scheuten sich auch nicht, uns irgendwelche Schlachtrufe entgegenzuschleudern. Doch konnte ich sie nicht verstehen und ahnte nur, daß das nichts Gutes bedeutete.

Leutnant Scharf ordnete an, die Seesäcke in einen Kellerraum zu schaffen. Wir mußten unsere Reisetaschen packen und schließlich wieder auf dem Appellplatz antreten. Es folgte noch eine Belehrung und wir erhielten endlich die Urlaubsscheine. Sie waren für eine Woche ausgestellt. Eine ganze Woche. Mich durchzog ein unbeschreiblicher Schauer. Vor mir stand die Tatsache, für lange sieben Tage diesem unwirklichen Schauspiel zu entkommen. Ich konnte es erst gar nicht fassen. Es war auch nicht die reine Freude, die mich plötzlich übermannte. Es war viel mehr. Es flammte wieder Hoffnung auf, es wurde das Träumen wiedergeboren. Vielleicht passiert ja in der Zwischenzeit irgend etwas. Vielleicht ein Wunder. Vielleicht ein besonderes Ereignis. Vielleicht wird doch noch alles gut. Vielleicht brauchte ich an diesen Ort nie mehr zurückzukehren.

Der MTW fuhr uns wieder aus der Kaserne. Die Unteroffiziere an den Fenstern der Soldatenhäuser tobten und schrien. Mich durchströmte ein Gefühl von Freiheit und die Gewißheit, aus der Höhle des Löwen noch einmal entkommen zu sein. Feldwebel Altschulzer sah uns ruhig nach. Es lag wieder Frieden in seinem Gesicht und Genugtuung in den Augen. Er hatte den Auftritt vor seinen EK-Kameraden meisterhaft bestanden.

Anders als die meisten der Soldaten rannte ich nicht in die nächstgelegene Kneipe am Bahnhof, um die befristete Freiheit zu begießen. Ich sah zu, einen Zug in Richtung Heimat zu erwischen und hatte auch Glück. Trotzdem. Freude wollte bei mir auch jetzt nicht aufkommen. Denn es war ein komisches Gefühl, in einer Uniform durch die Lande zu reisen. Daß ich stolz darauf sein sollte, wollte mir nicht in den Sinn und am liebsten hätte ich das

Ding ausgezogen. Zum Glück registrierten mich die anderen Reisenden kaum. Ich bot nur ein gewöhnliches Bild.

Es tat gut, wieder die heimatliche Luft zu atmen. Mein Städtchen lag in seiner friedlichen Stille, wie ich es schon immer kannte. So, als wäre in der Zwischenzeit überhaupt nichts passiert. Ich ging in eine Telefonzelle des Bahnhofs und bat Vater, mich abzuholen. Schon am Telefon bemerkte ich seine freudige Stimmung. Zudem er mich ständig mit „Genosse Soldat" ansprach. Das wollte gar nicht zu ihm passen. Als ich dann neben Vater im Auto saß, konnte er sich gar nicht mehr beruhigen. Aller Stasi-Zwist schien vergessen und er redete nur noch vom „Genossen Soldaten". Natürlich war es nicht schwer zu erkennen, daß Vater in die Melancholie seiner eigenen Vergangenheit verfiel, die er nun mit Zynismus verspottete. Ich jedoch fand das überhaupt nicht komisch. Denn ich dachte daran, daß mein Herr Vater selbst einmal Offizier gewesen war. Wenn auch nur ein Militärarzt bei einer Hubschrauberstaffel, doch immerhin ein Offizier. Und von Offizieren hatte ich die Schnauze gestrichen voll. Als er schließlich auch noch feststellte, daß bei mir das Militär und die Medizin zusammengingen, war der Riemen völlig runter. Die Haare meiner Achselhöhlen zwirbelten sich zu einem Zopf zusammen, was ich vorher von ihnen nicht kannte. Auch mit Gewalt waren die Haare kaum auseinander zu kriegen. Sie bündelten sich sofort wieder zu einem Zopf zusammen. Vater war vollkommen weg vor Begeisterung. Er stellte mich vor der Familie zur Schau, als sei ich ein Versuchskaninchen. Daß sich die Achselhaare zu einem Zopf zusammenflechten, sei nämlich eine Schutzfunktion des Körpers, erklärte er. Bei langen körperlichen Anstrengungen werde so das Schwitzen unter den Achseln gebremst und das Wasser im Körper zurückgehalten. Und erst bei der Gewißheit, das der Streß vorüber sei, bilde sich diese Erscheinung wieder zurück. Welch ein Wunder der Natur. Hinzu kamen noch meine demolierten Füße, auf die Vater all seine medizinischen Künste verwandte. Zu allem Übel war ich während der Fürsorge im Sessel eingeschlafen, so, als würde mich Vaters Handeln gar nicht stören. Sofort diagnostizierte er eine „Totale physische Erschöpfung" und verordnete Bettruhe. Dabei war mir Vaters Diagnose völlig egal. Ich hatte eh keinen größeren Wunsch, als so schnell wie möglich ins Bett zu kommen. Aber wenigstens für Vater stand fest, daß ich in den letzten Wochen zum „richtigen Mann" geworden war. Ein Soldat, wie man ihn sich vorstellte und eben kein „Hanswurst" aus dem Bilderbuch.

Ich diagnostizierte meinerseits, daß Vater heute ein bißchen spann. Was ich mir aber nicht erklären konnte. Allerdings, hielt ich mich mit dem Aussprechen meiner Diagnose zurück und wankte in mein Bett. Außerdem war ich viel zu müde, um mir noch große Gedanken zu machen. Zumal es für mich außer Frage stand, daß sich Vater bald wieder einkriegen würde. Viel wichtiger fand ich, daß mir erstmals seit langem die schönen Traumbilder von Helena durch den Kopf gingen. In all den Wochen hatte ich nicht einmal an Helena gedacht. Leider blieben die Bilder nur für kurze Zeit erhalten, obwohl ich mich mit aller Kraft gegen das Einschlafen wehrte.

Mutter verwöhnte mich mit Hähnchenkeulen, Carla sprühte vor Scham und Freundlichkeit. Irgendwie kam es mir vor, als sei ich wirklich für eine

Woche der heldenhafte Mittelpunkt in der Familie. Dabei hatten meine Eltern an der heroischen Vereidigungsfeier gar nicht teilgenommen. Ich wurde mir unsicher, ob die Worte des Generals und des Kompaniechefs Müller vielleicht doch nicht nur ein Märchen waren, wie ich es bisher immer geglaubt hatte. War das Lied vom Soldatsein eine so festsitzende Tradition, daß es aller Vernunft trotzen konnte, oder braute sich hier ein Gefüge aus Mitleid zusammen auf dem Nährboden der Hoffnung, das alles selbst nicht mitmachen zu müssen. Rein instinktiv möchte man meinen, daß das Arztsein und das Militär nicht zusammenpassen können. Welcher Logik bedarf es, um zu begreifen, wo die Quelle der medizinischen Berufung liegt, die unermüdlich gewillt ist, den Menschen am Leben zu erhalten und den Tod zu besiegen. Wie kann aus der gleichen Quelle der Tod selbst entspringen; ein Soldatentod – heldenhaft verklärt von den schmerzhaften Wehen der Mutter über die Liebe des Vaters bis zum staatlichen Orden an der Soldatenbrust.

Welch ein Durcheinander. Nicht einmal der Schlaf verhalf mir, über diese Wirrungen hinwegzukommen. Plötzlich stand ich in meiner befristeten Freiheit und wußte nichts mit ihr anzufangen. Während der Zugfahrt gab es tausende Dinge, die ich mir vornahm. Es waren so viele, daß sie sich regelrecht zu überschlagen drohten. Und jetzt. Jetzt stand ich inmitten völliger Leere. Das einzige, was mir blieb, war der ‚Große Moritz'. Ihm schien die Verwirrung fremd zu sein. Er kannte weder das Chaos der Gefühle noch die Bedeutung des Geschehens. Und als ich ihn so daliegen sah, wollte ich meinen, daß ihm selbst die Zeit völlig gleichgültig sei. Ohne große Überlegungen rannte ich zu ihm, krabbelte hinauf, preßte die Hände fest auf den kalten Stein und blinzelte der Sonne entgegen, die das fallende Laub der Weiden aufleuchten ließ, damit der Wind es finde, um die Blätter zwischen den Ästen emporzureißen und in die Ferne zu tragen. Ich schloß die Augen und alles war egal. Keine Zeit. Kein Durcheinander. Egal, ob als kleiner Junge, der die Schule schwänzt. Egal, ob als Klassenbester, dem der Kopf dröhnt. Egal, ob als Mann, der die Frauen entdeckt. Egal, ob als Soldat, der das Töten lernt. Alles egal. Hier auf dem ‚Großen Moritz' gab es kein Gut und Böse, kein Jung und Alt, kein Gestern und Heute. Ich saß einfach nur da und genoß den Frieden, der zu entstehen scheint, wenn einem einfach alles egal ist.

Die Auswirkungen des Bündnisses, das ich an meinen freien Tagen mit dem ‚Großen Moritz' schloß, waren derart heftig, daß sie mich binnen Stunden aus dem Mittelpunkt des familiären Heldenkreises schleuderten. Vieles hätte ich in diesen Tagen machen können, ohne in Ungnade zu fallen: Orgien feiern mit alten Schulfreunden und mich dabei ständig besaufen. Jeden Tag ein anderes Mädchen mit auf mein Zimmer schleppen. Einfach die Koffer packen und losreisen und die Puppen tanzen lassen. Oder ähnliche Sachen. Das alles hätte ich sicherlich tun können. Aber ich verbrachte Stunde für Stunde, Tag für Tag auf dem ‚Großen Moritz' und genoß meinen Frieden, statt Erlebnisschlachten im Soldatenfreigang zu schlagen. Ich rasierte mich nicht, dachte nicht im Traum daran, mir die Uniform anzuziehen und verhielt mich so unmilitärisch, wie ich mich nur geben konnte.

Vater war entsetzt. Er degradierte mich vom „richten Mann" zum „Hanswurst" aus dem Bilderbuch, schimpfte mich einen Träumer, der die Zeit vergammelte, und stellte schließlich fest, daß ich ein Fall für seine Kollegen der Psychiatrie sei. Auch Mutter nannte mich einen schizoiden Menschen, der nur Leistung brächte, wenn er unter Druck stehe und ansonsten dazu neige, sich treiben zu lassen. Eine total unmännliche Einstellung, mit der ich nie im Leben eine Frau abbekommen würde. Den entscheidenden Punkt setzte Carla auf das Ganze, mit ihren lebenserfahrenen siebzehn Jahren. Sie bedauerte, daß es hierzulande keine Bordelle gäbe. Dort nämlich hätte sie mich hingeschickt, damit ich wieder auf anständige Gedanken käme. Das einzige, was mir fehle, sei die richtige Atmung und Sex.

Mich ließ dieses blöde Gerede völlig kalt. Wenn ich nicht auf dem ‚Großen Moritz' saß, lag ich im Bett. Wenn ich nicht im Bett lag, hatte ich mindestens 3,8 Promille Bier auf dem Kessel. Eine wahrhaft geniale Kombination, die mich über alles erhaben machte. Schon nach wenigen Tagen gab es keine Zerrissenheit und Resignation mehr. Ich wußte plötzlich, daß ich viele Dinge ertragen könnte. Ich könnte sie einfach ertragen durch die Gewißheit, immer wieder in den Frieden des ‚Großen Moritz' eintauchen zu können. Denn der Urlaub würde sich alle vier Wochen wiederholen und was dazwischen liegt, wären nur Etappen, in denen mir das Treiben der Menschen egal sein sollte.

Vater verzichtete übrigens auf die Mithilfe seiner Kollegen der Psychiatrie. Wie ich schon befürchtet hatte, bemittelte er sich der Stasi, um das seltsame Phänomen zu klären. Hinter meinen Verhaltensweisen stecke mit Sicherheit die Sicherheit, meinte er. Entweder einer sei irre oder er sei bei der Staatssicherheit. Eine fatale Fehleinschätzung, an der man sich schnell das Genick brechen konnte. Wußte ich auch noch nicht viel von der Stasi, so hatte ich doch begriffen, das sie weit vom Irrenhaus entfernt zu suchen sei. Meine Antwort stützte sich daher nur auf ein gelangweiltes Augenrollen. Aber selbst das war dem Vater zu viel. Er wurde laut, sehr laut. Ich verzog mich auf mein Zimmer und hoffte, daß sich diese Geschichte nicht zur Routine entwickeln möge – im Frieden kommen und im Krieg gehen.

Alle familiären Kriege hin und her – die Knie wurden mir trotzdem weich, als ich wieder in meiner Uniform zum Bahnhof ging, um in die Kaserne zu fahren. Und ich bekam arge Schwierigkeiten, an die Durchhalteparole zu glauben, die ich auf dem ‚Großen Moritz' beschlossen hatte. Daran zu glauben, daß ich fähig sei, jede Situation auszuhalten. Immer wieder schwoll ein gewisser Zweifel an, der mich überzeugen wollte, daß ich es niemals überstehen könnte. Und der Einstieg vollzog sich auch wirklich beängstigend. Als ich meinen Seesack aus dem Keller des Soldatenhauses holte, teilte mir Feldwebel Altschulzer mit, auf welches Zimmer ich gelegt würde. Der Stubenälteste war Unteroffizier Schleifer. Ich hatte das Gefühl, als würde mir augenblicklich das Blut in den Adern gefrieren.

Ich klopfte an die Stubentür, öffnete sie und erstarrte sofort in gerader Haltung. Mit deutlicher Stimme sprach ich in den Raum und meldete mich zur Stelle. Unteroffizier Schleifer saß auf einem Stuhl neben dem Fenster und rauchte. Er trug die graue Hose der Ausgangsuniform, die an breiten Hosenträgern hing. Die grauen Träger verschwanden förmlich auf dem Grau des Unterhemdes. Alles war irgendwie grau, selbst sein Gesicht und der Zigarettennebel um ihn herum. Er bemühte sich um einen strengen Gesichtsausdruck, konnte jedoch ein schmales Grinsen nicht unterdrücken. „Na, da ist ja unser Spritzer“, begrüßte er mich. „Ich hoffe, du bist nicht so blaß im Gesicht, weil ich Schleifer heiße? „Nein – bin ich nicht, Genosse Unteroffizier“, brüllte ich ihn an. „Schrei hier nicht so rum!“ Sein Gesicht wirkte erschrocken. „Du bist jetzt nicht mehr im Ausbildungslager. Bei uns wird vernünftig gesprochen, klar.“ „Jawohl, Genosse Unteroffizier.“ Schleifer schüttelte den Kopf. „Hör mal! Wenn du das machst, was alle Spritzer machen müssen, brauchst du dich nicht zu fürchten. Halte das Zimmer sauber, putz die Stiefel und sage nur was, wenn du gefragt wirst! Eigentlich ganz einfach. Oder!?“ „Jawohl, Genosse Unteroffizier.“

Schleifer führte mich zu meinem Bett und dem Spind. Ich räumte den Seesack aus und freute mich, daß die Wäschepäckchen beinahe unbeschädigt waren, so daß ich kaum Mühe hatte, sie genau auf Kante auszurichten. Die anderen saßen am Tisch und spielten Karten. Unteroffizier Schleifer rauchte schon wieder. „Eh Soldat,“ rief er mich an. Ich verharrte in steifer Haltung. „Was machst du denn da? Das ist ein Schrank und kein Ausstellungsobjekt.“ Er fing lauthals zu lachen an. Etwas verunsichert wartete ich die Zeit ab. Doch Schleifer vertiefte sich in sein Kartenspiel.

Aus den wenigen Wortfetzen, die vom Tisch zu mir herüberkamen, konnte ich entnehmen, daß seine beiden Mitspieler ebenfalls auf unsere Stube gehörten. Ihre Dienstgrade kannte ich noch nicht. Denn auch sie saßen in ihren grauen Unterhemden, mit grauen Hosenträgern und grauen Uniformhosen am Tisch. Aber das schien mir im Moment nicht wichtig. Ich spürte, wie sich mein Herzklopfen beruhigte. Meine innere Stimme sagte mir, daß alle drei völlig ungefährlich seien. Zwar stand ich dem Ganzen noch etwas mißtrauisch gegenüber, aber mein Grundgefühl verriet mir, daß ich es nicht besser hätte erwischen können. Unteroffizier Schleifer hieß nur so erschreckend. Als Person erschien er klein, aber sportlich. Sein Wesen strahlte Freundlichkeit aus. Und er machte den Eindruck, als wisse er nicht, was er überhaupt hier solle. Sein vieles Rauchen und das Rumzupfen an den Spielkarten ließ einen nervösen Schauer von ihm ausgehen, der ganz im Widerspruch zu seiner freundlichen Art stand. Jedes Mal, wenn sich die Lippen zu seinem typischen Lächeln verzogen, schweiften die Augen in das Nirgendwo, gleich so, als könnte sein Augenblau verraten, wieviel Haß auf Unteroffizier und Militär unter dem blonden Schopf glühte. Aber auch seine beiden Stubenkameraden machten nicht gerade einen begeisterten Eindruck auf mich. Irgendwie fand ich genau das bestätigt, was ich bei Feldwebel Altschulzer immer geahnt hatte. Der Feldwebel spielte nur die Rolle vom Soldaten. Für ihn war es ein Spiel. Ganz im Gegensatz zu Leutnant Scharf, für den das Soldatsein das Leben schlechthin bedeutete. Auch glaubte ich zu begreifen, warum Altschulzer zum Feldwebel befördert worden und Schleifer einfacher Unteroffizier geblieben war, obwohl sie doch beide das gleiche Dienstalter hatten. Der Feldwebel spielte das Spiel wenigstens mit, wohingegen Schleifer den ewigen Spielverderber darstellte.

Und noch eines fand ich so merkwürdig, daß es mir sofort auffiel. Schon während des Ausbildungslagers gab es die Regel, sich niemals mit dem Vornamen anzureden. Meistens mußte man mit dem Nachnamen als Anrede zufrieden sein und wenn es jemand gut mit einem meinte, wurde das Wort „Soldat" davorgesetzt. Hier nun bestätigte sich diese Regel. Nur bekam man jetzt nicht den Dienstgrad als Vornamen verpaßt, sondern den Einheitsnamen „Hans". So war es für mich in den ersten Stunden unmöglich herauszubekommen, wer nun eigentlich am Tisch saß, um sich die Zeit mit Kartenspielen, Rauchen und Kaffeetrinken zu vertreiben. Daß alle drei mit Vornamen „Hans" hießen, wollte ich nicht glauben. Und ich fragte mich, ob es ihnen nicht selbst auf den Wecker ginge, sich ununterbrochen mit „Hans" anzureden. Mich jedenfalls nervte das schon nach einer halben Stunde. Neben Hans Schleifer hatte ich also noch einen Hans Bergmann und einen Hans Goldig auf dem Zimmer. Daß Hans Bergmann im Bergbau arbeitete und sogar einen der neuen Spritzer kannte, der mit Namen „Hans Buhler" hieß, war nicht schwer zu erraten. Denn kaum hatte sich Hans Bergmann an mich gewöhnt, plapperte er ständig von seinen Heldentaten unter Tage. Und in der Tat: Von seiner Statur her ein ebenso gewaltiger Mann wie unser Mustersoldat Buhler, aber in seinem Wesen total friedlich und ganz in den Bergbau verliebt und nicht in den Soldaten. Allerdings riet mir die Erfahrung, auf unnötige Bemerkungen über die Folgen der Strahlenschädigung beim Uranabbau zu verzichten. Bergmänner reagieren darauf etwas empfindlich – was auch das plötzliche Brennen an meinem Hals erklärte – gleichwohl ich schon daran denken mußte, ob nicht die ganze „Hans-Geschichte" eine Strahlenfolge hätte sein können. Der blonde Lockenkopf Hans Goldig stand übrigens genau zwischen den beiden Extremen. Er war größer als Schleifer und wirkte dennoch zierlich gegenüber Bergmann. Goldig redete nicht viel. Wenn er aber etwas sagte, dann hatte es Hand und Fuß. Er mußte wohl zu den Grüblern oder Denkern gehören. Jedenfalls hatte ich mir so immer einen Schachspieler vorgestellt. Auch fauchte er den Bergmann des öfteren an. Offensichtlich ging ihm dessen Gequatsche auf die Nerven und störte beim Nachdenken. Blitzschnell erinnerte Bergmann an die Soldatenhierarchie und verwies Goldig in seine Dachs-Schranken. Goldig schien dagegen machtlos zu sein und ordnete sich schweigend unter, obwohl er eindeutig im Recht war. Ein Dachs war bei den Soldaten die nächste Dienstaltersstufe über dem Spritzer. Er hatte somit das erste halbe Jahr überstanden. Mit anderen Worten: Bevor ich auf die Stube kam, mußte Goldig als Spritzer sämtliche Stiefel putzen. Bergmann hingegen durfte sich schon als „Konter" bezeichnen. Für ihn waren bereits eineinhalb Jahre Geschichte. Und in seinem dreijährigen Militärdienst „konterte" er nun den letzten eineinhalb Jahren. Wenn einer dann zwei Jahre auf dem Buckel hatte, durchschritt er die Ära des „Vizes". So einen gab es auf meiner Stube nicht. Und wenn die Heimat im letzten halben Jahr greifbar nahe schien, bekam man die goldenen Weihen des EK – des Entlassungskandidaten, der durch Schleifer verkörpert wurde.

Ich gab Unteroffizier Schleifer keinen Anlaß zur Klage. Mein Spind strahlte, wie ich es zu Zeiten der Grundausbildung gelernt hatte, Stiefel und Stube putzte ich freiwillig, ohne extra aufgefordert zu werden. Meine

Unterwerfung wurde von den Dreien sofort anerkannt, so daß sie mich in Ruhe ließen. Das war keine Selbstverständlichkeit. Denn schon nach wenigen Stunden schepperten Wischeimer über die Betonböden der Flure. Dazu gesellte sich das Gekreische der EKs, die ihren Spritzern Druck machten. Immer wieder flog unsere Stubentür auf und ein EK nach dem anderen polterte hinein, um Schleifer darauf aufmerksam zu machen, daß draußen auf dem Flur für die Spritzer der „Winter" angebrochen sei. Aber Unteroffizier Schleifer wimmelte sie alle ab und meinte, daß ich noch zum Stubenputzen gebraucht würde. Und das war mein Glück, obwohl in der Stube gar nichts mehr sauber gemacht werden konnte. Vielleicht hätte ich noch die Fenster putzen können, doch das hielten die anderen für übertrieben. Etwas verunsichert fragte ich in den Raum, was denn der „Winter" bedeute. Daraufhin brach ein hochmütiges Gelächter aus und ich erfuhr, daß die Flure mit einer Schicht Waschpulver überzogen und anschließend mit Wasser getränkt wurden. Die Spritzer müßten das Ganze wegwischen, bis keine einzige Schaumblase mehr zu sehen sei. Bergmann versicherte mir, daß die Neulinge noch schrubben würden, wenn ich schon lange im Bett liege. Natürlich wußte ich, in welchen Schutzmechanismus ich hineingeraten war. Daß ich jetzt nicht auch bis in die Nacht schrubben mußte, hatte ich einzig und allein dem Schleifer zu verdanken. Ich stotterte ein paar Worte des Dankes zum Tisch hinüber, doch Schleifer erinnerte mich daran, daß ich nur sprechen solle, wenn ich gefragt werde und im übrigen gäbe es noch unzählige Möglichkeiten, um die Macht der EKs kennenzulernen.

Pünktlich um 22 Uhr betrat der UvD unser Zimmer. Ich stand in Schlafanzug und strammer Haltung vor ihm und meldete die Stube ab. Der Unteroffizier vom Dienst war Unterfeldwebel Neuschulz, unser Ausbilder von der Schulzerei, den ich schon vom Lager her kannte. Neuschulz kümmerte sich nicht weiter um mich. Auch meine Meldung schien ihm herzlich egal zu sein, so, als hätte es seinen Drill im Ausbildungslager gar nicht gegeben. Vielmehr wollte er vom Schleifer wissen, was meine Sonderbehandlung zu bedeuten habe. Schleifer gab sich gelangweilt und meinte, daß sein neuer Spritzer in Ordnung sei. Außerdem sollte Neuschulz das bei den Dienstplänen zum Revierreinigen berücksichtigen. „Da haben Sie ja mächtiges Glück", sagte der Unterfeldwebel plötzlich und wandte sich zu mir. „Aber gut. Wenn Unteroffizier Schleifer die Sache so einschätzt, will ich es akzeptieren. Und damit Ihnen die Abende bei uns nicht langweilig werden, kommen Sie morgen nach dem Stubenreinigen in mein UvD-Zimmer und spielen mit mir Schach. Sie können doch Schach spielen, oder?" „Ja, ein bißchen – Genosse Unterfeldwebel", antwortete ich laut. Neuschulz verließ das Zimmer. Ich löschte das Licht und krabbelte auf mein Bett. Im unteren Bett lag Hans Goldig, der erst vor ein paar Tagen vom Soldaten zum Gefreiten befördert worden war, wie ich im Verlaufe des Abends erfahren hatte. Der untere Teil des zweiten Bettes gehörte Hans Schleifer, und darüber lag Hans Bergmann, als frischgekürter Unteroffizier, der vor kurzem selber noch Gefreiter war. Ich ahnte schon, daß selbst die Bettenbelegung nach genauen Regeln ablaufen würde. Und trotzdem. Daß ich jetzt oben liegen mußte, störte mich nicht. Denn mit Sicherheit sollte es fortan keine Schrammen mehr auf der Kopfhaut geben. Schleifer gratulierte mir und versicherte, daß ich die nächsten Abende mit Schachspielen verbringen würde. Er riet mir, ab und zu freiwillig zu verlieren. Und diese Forderung sollte sich bei meinen Schachkenntnissen leicht erfüllen lassen.

Der Schrei der Trillerpfeife am Morgen verhallte viel lauter in den Ohren, als ich es vom Lager her gewohnt war. Man konnte meinen, daß die Betonwände wie Verstärker wirkten. Ansonsten lief alles Weitere wesentlich ruhiger ab. Jedenfalls bei meinen Stubenkameraden. Denn ich – ich scheuchte in eingedrillter Hektik durchs Zimmer und stand binnen Minuten in Sportsachen auf dem Flur. Unteroffizier Schleifer fand das eher belustigend. In aller Ruhe schlurfte er schlaftrunken der Toilette entgegen und schien dabei unendlich viel Zeit zu haben. Dabei war es strengstens verboten, vor dem Frühsport aufs Klo zu gehen. Aber diese Anweisung interessierte nicht einmal Hans Bergmann und die Vizes und EKs schon lange nicht. Nur Gefreiter Goldig und ich standen brav vor unserem Zimmer. Dem UvD Neuschulz reichte das völlig. In gewohnter Lagermanier scheuchte er uns Runde um Runde auf der Betonstraße zwischen den Soldatenhäusern entlang. Die alten Kameraden verließen nur nach und nach die Unterkunft, streckten etwas die Arme und Beine in den Wind und verschwanden wieder. Den UvD kümmerte das nicht. Er konzentrierte sich nur auf uns.

Nach dem Frühstück galt es endlich wieder die Stube zu reinigen. Ich war schon ganz heiß darauf, murrte aber nicht. Plötzlich stand der UvD im Zimmer. Er sagte zum Schleifer, daß es nicht gut wäre, mich völlig zu verwöhnen. Schleifer willigte ein und Unterfeldwebel Neuschulz übergab mir eine Zahnbürste und eine Rasierklinge. Auf meinen fragenden Gesichtsausdruck antwortete er: „Stell dich nicht so an, Hans Steinert. Du mußt es wenigstens kennenlernen. Mit der Zahnbürste und der Klinge werden bei uns die Pißbecken gereinigt. Aber wehe, wenn du dich dabei von einem Offizier erwischen läßt."

Zunächst stellte ich mir die Sache ekelhaft vor. Doch es wurde nicht schlimm. Ich war mit Sicherheit nicht der erste, der so die Standbecken reinigte. Sie strahlten allesamt derart vor Sauberkeit, daß mein ganzes Getue mehr einer Zeremonie als einer Notwendigkeit glich. Unterfeldwebel Neuschulz wollte nur den Grad meiner Unterwerfung prüfen, um an die Stelle zu gelangen, wo ich mich ihm widersetzen würde. Aber da konnte er lange warten, das hatte ich mir fest vorgenommen. Schließlich hatte ich noch nicht richtig begonnen, als er mich wieder zu sich rief. Ich rannte vom Klo auf den Flur. „Na Steinert – also doch etwas Besonderes. Das dachte ich mir schon. Ein kleiner Künstler, wie?" „Nein. Wieso?" „Kommen Sie Steinert! Ich mag es nicht, wenn man mir den Dummen vorspielt. Außerdem ist ja nichts weiter dabei. Sie sollen sich umgehend beim Unteroffizier Sänger in der Kulturabteilung melden", befahl er mir. „In der Kulturabteilung?" „Ja doch, in der Kulturabteilung. Die ist gleich an der Treppe, ein Stockwerk über uns. Und nun lauf schon!"

Das war ein Schock. Der totale Schock. Mein Gesicht feuerte, die Knie zitterten. Ich hatte doch meine Lüge vom Chorsänger und Gitarrenspieler schon längst wieder vergessen. Mich durchzuckte plötzlich ein Gefühl, als ginge ich zu meiner eigenen Hinrichtung. Schon beim ersten Vorsingen würde Unteroffizier Sänger merken, was mit mir los war. Ich stieg die Treppe hinauf und spürte, daß mein Herz in den Schläfen schlug, als wolle es die Mütze abwerfen, die sich mit ihrem schweißnassen Rand auf meine Kopfhaut preßte. Die Zimmer, die zur Kulturabteilung gehörten, waren schwer zu übersehen. Von Türen und Wänden leuchteten bunte Poster und warben für alle möglichen Veranstaltungen. Mit wackelnder Hand klopfte ich an die Tür, öffnete sie und bat, eintreten zu dürfen. Ein Duft von Vanille drang mir in die Nase. In einem Sessel hinterm Schreibtisch saß ein Unteroffizier und rauchte Pfeife. „Nur zu, Genosse Soldat. Ich bin Unteroffizier Sänger und werde künftig Ihre künstlerische Betreuung übernehmen. Eigentlich singe ich als Tenor an der Deutschen Staatsoper, aber ... na egal." Sänger stand auf und reichte mir die Hand. „Wissen Sie, es ist immer gut, wenn sich wenigstens ein paar der neuen Genossen hier einfinden. Leider werden es von Einberufung zu Einberufung immer weniger. Ich weiß auch nicht, woran das liegen mag. Dabei geben wir schon so viele Vergünstigungen, daß man meinen könnte, die jungen Soldaten würden sich geradezu darum reißen. Aber Pusteblume. Vielleicht sind unsere Anforderungen auch etwas zu hoch. Vielleicht – das kann der Grund sein. Doch wissen Sie, wir sind gut und das wollen wir bleiben. Schließlich leite ich keinen Verein von irgendwelchen pubertären Stimmbrechern, sondern die beste Kulturabteilung des gesamten Wachregimentes." Mich durchzog ein Reißen von der Magengegend her. Ich dachte, ich bekäme Durchfall und wollte den Unteroffizier Sänger fragen, ob ich nicht schnell auf die Toilette wegtreten dürfe. Doch Sänger nahm einen Notizblock vom Tisch und las laut vor: „Chorgesang und Gitarrenspiel. Na – das ist ja bestens. Damit sind Sie hier genau an der richtigen Stelle, Soldat Steinert. Gleich heute Nachmittag werden Sie an Ihrer ersten Probe der Singegruppe des Regimentes teilnehmen. Das kriegen wir schon hin, dafür habe ich einen Blick." Sänger freute sich. Er nahm einen solch kräftigen Zug von seiner Pfeife, daß der Pfeifenkopf glühte. Unteroffizier Sänger war nicht sonderlich groß, hatte aber trotzdem eine stattliche Figur mit einem mächtig wirkenden Brustkorb. Seine Haare leuchteten kräftig rot und waren zu breiten Wellen aufgekämmt. Mir wurde schlecht. Ich sank auf einen Stuhl zusammen, der dicht neben mir stand. „Eh, Junge – ist dir nicht gut?" Sänger eilte hinter seinem Schreibtisch hervor und hockte sich neben mich. „Bist du krank? Nun sag' doch etwas!" Ich schüttelte den Kopf. Sänger riß das Fenster auf und schob mich samt Stuhl darunter. „Es ist nur..." – – „Was ist nur?" „Na wissen Sie – – ich habe gelogen. Ich war weder im Chor noch kann ich richtig auf der Gitarre spielen. Während des Abiturs habe ich ein paar Gitarrengriffe gelernt, so für die gemütlichen Runden am Lagerfeuer. Und ich dachte, – – ich dachte, daß ich es hier vielleicht auch tun könnte." Unteroffizier Sängers Gesicht verzog sich zur ernsten Miene. „Soll das heißen, du kannst nicht einmal Noten lesen?" rief er mir mit lauter Stimme entgegen. „Nein, kann ich nicht." Sänger begann aufgeregt im Zimmer auf und ab zu laufen. „Aber warum, aber warum hast du dich hier gemeldet. Das ist doch alles Wahnsinn. Sag' mir jetzt bitte sofort, warum du das getan hast? Du verrückter Idiot." „Ich wollte nicht ewig durch den Dreck der Sturmbahn robben. Kultur ist der bessere Weg." „Kultur erwächst aus Kunst. Und Kunst kommt von Können und nicht von Wollen, du Trottel." Sänger schrie in einer Lautstärke, daß ich glaubte, jeden Moment vom Stuhl fallen zu müssen. Vor sich selbst erschrocken, schloß er das Fenster und zischte mit zurückgehaltener Stimme: „Weiß du, was das ist? – – Ja – weißt du überhaupt, was du da gemacht hast? Wehrkraftzersetzung nennen die das hier. Auf Wehrkraftzersetzung steht Gefängnis, Genosse Soldat, Knast – kapierst du das." Sängers Stimme schwoll wieder zu einer Lautstärke an, daß ich zu zittern anfing. Er rannte im Zimmer umher und klopfte sich dabei mit den flachen Händen auf die Oberschenkel. „Oh, oh, du bist wirklich irre. Ich habe in diesem Scheißladen schon viel erlebt, aber einen Spritzer, der sich gleich am ersten Tag selbst die Schlinge um den Hals legt... nein, so etwas gab es noch nie. Und wer weiß, ob du das auch tatsächlich verstehst? Ob du verstehst, daß ..., daß wenn du an den Falschen geraten wärst, sich die Schlinge zugezogen hätte." Sänger kehrte an seinen Schreibtisch zurück, nahm die Pfeife vom Aschenbecher und zündete ein Streichholz an. Er paffte ein paar blaue Ringe in den Raum und meinte sorgenvoll: „Und – was denkst du? Wie soll ich dich da rauskriegen, ohne daß einer Wind davon bekommt?" Seine Stimme hatte sich beruhigt. „Du wirst singen, Genosse Spritzer. Du wirst singen wie ein Vögelein im Winde. Ich werde dich solange die Tonleiter rauf und runter jagen, bis dir Hören und Sehen vergeht, das kannste glauben. Und spielen wirst du auch. Wir haben da einen ausgezeichneten Dachs-Gefreiten, der soll dich in die Mangel nehmen, bis du die Gitarre im Schlaf spielen kannst. Und jetzt sieh zu, daß du aus meinem Zimmer kommst, du Verrückter, bevor ich es mir noch anders überlege!" Mein Schwindelgefühl schien spurlos verschwunden zu sein. Ich sprang vom Stuhl auf und rannte auf den Flur hinaus.

Schon auf der Treppe schlug meine Hitze in Kälte um. Ich spürte den kalten Schweiß unter den Achseln und am Mützenrand. Es war mir, als sei ich gerade noch einmal einem Unheil entwischt. Das einzige, woran ich dachte, war die Gewißheit, daß es nun ein Geheimnis zwischen mir und Unteroffizier Sänger gab, das ich unter allen Umständen für mich behalten mußte. Als ich auf meine Stube kam, fragte mich der Schleifer sofort, warum ich denn so blaß sei. Ich antwortete nur, daß mir Unteroffizier Sänger sehr streng vorkäme. Aber Schleifer beruhigte mich und versicherte die Harmlosigkeit des Kulturheinis. Von der EK-Bewegung und den militärischen Sachen verstünde der sowieso nichts und solange niemand besser singen könne als er selbst, bliebe der völlig ungefährlich. Außerdem solle ich besser an mich denken. Wenn einer in der Kulturabteilung arbeite, sei er nicht gerade beliebt bei den übrigen Kameraden. Das brächten die vielen Vergünstigungen halt so mit sich. Man könne es auch als Neid bezeichnen, meinte Schleifer. Und wenn dieser Jemand dann auch noch ein Spritzer sei, hätte er es doppelt schwer. Ich sah Unteroffizier Schleifer mißtrauisch an. Doch der lachte nur, klopfte mir auf die Schulter und bot mir einen Tee an.

Der Rest des Tages gehörte der Politausbildung. Hierbei schlugen Sängers Bemühungen auf eine Befreiung für die Probe der Singegruppe ins Leere. Denn Politausbildung – gerade für die jungen Genossen – könne nicht mit Kultur entschuldigt werden. Von wem diese gewichtigen Worte stammten, war kein Geringerer als der altbekannte Leutnant Scharf, der den Politunterricht durchführte. Was nun folgte, trotzte jeder Vorstellung. Wir wurden derart hart mit Marx, Engels und Lenin bombardiert, daß mir jetzt tatsächlich Hören und Sehen verging. Stellenweise fragte ich mich, ob der Leutnant auch tatsächlich an das glaubte, was er da von sich gab. Dabei war gerade eine Zeit angebrochen, in der alle Welt nur noch von einem Mann sprach: Michael Gorbatschow. Doch ich spürte, welche Gefahr von diesem Namen ausging, denn für Leutnant Scharf schien es diesen Mann nicht zu geben. Und würde sich einer der jungen Soldaten erdreisten, ihn trotzdem zu erwähnen, hätte das mit Sicherheit zum Eklat geführt. Um so länger ich dem Leutnant zuhörte, desto mehr packte mich die blanke Angst. Ich mußte unentwegt an meinen Stabülehrer Herrn Tollrant denken, mußte daran denken, wie human er in sozialistischen Fragen gewesen war. Was hatte ich doch damals in der Abiturzeit für eine große Klappe. Ein einziger dieser Sätze hier an diesem Ort und ich wäre für immer erledigt gewesen. Dazu kam die menschliche Enttäuschung. Der Leutnant Scharf aus dem Ausbildungslager war zwar ein Offizier der Stasi, aber irgendwo auch ein bißchen Mensch, glaubte ich zumindest. Daß er sich jetzt als derart verblendeter Dunkelroter in so einer Zeit des Aufbruchs entpuppte, traf mich tief. Außerdem bekam ich zunehmend Schwierigkeiten, meine Fehleinschätzung vor mir selbst einzugestehen. Das durfte doch alles nicht wahr sein. Ich wollte einfach nicht glauben, daß das wirklich der Leutnant war, der da zu mir sprach. Er steigerte sich immer tiefer in die sozialistischen Ideale hinein, und mehr noch, bald war ihm auch das Wort Sozialismus zu geringschätzig und er sprach fortan ausschließlich vom Kommunismus. Nichts, aber auch gar nichts, entsprach der Realität. Scharf entschwebte in eine Welt, die es nicht gab. Und das Schlimme daran war, daß wir ihm folgen mußten – und wehe, wenn nicht.

Einer von uns jungen Genossen trug ein Kettchen um den Hals, an dem ein Kreuz hing. Als der Leutnant das entdeckte, zog er eine Szene ab, bei der ich am liebsten fluchtartig den Raum verlassen hätte. Wutentbrannt – mit hochrotem Kopf und Schaum vor dem Mund – stürzte er sich auf den Soldaten, schleuderte ihn vom Stuhl, zerrte ihn wieder auf die Beine, riß das Kettchen von seinem Hals, auf daß es in vielen Stücken durch den Raum flog, beschimpfte ihn als Feind des Kommunismus und versicherte ihm, daß sein nächster Urlaub gestrichen sei und der UvD so lange Arbeit für ihn bereithalten würde, bis er sich für dieses Vergehen vor der Kompanie entschuldigt hätte. Mein wahrer Schock aber bestand darin, daß mir Unteroffizier Schleifer während einer Raucherpause versicherte, der Spritzer sei noch einmal mit einem blauen Auge davongekommen. Denn wäre der Leutnant bei schlechter Laune gewesen, hätte die Strafe nicht unter eine Woche Gefängnis gelegen. Das fand ich nun überhaupt nicht komisch, denn das Tragen solcher Kreuzkettchen war eine Modeerscheinung. Jeder hatte eine, ich auch. Und daß ich sie nicht trug, lag nur an meiner inneren Stimme, die mir weismachen wollte, daß das Kettentragen reine Mädchensache sei. Erst jetzt verstand ich allmählich, wo ich hingeraten war. Ich verstand die

Ängste, die mein Vater vor der Stasi hatte. Eine Angst, die ich nun nachvollziehen konnte. Als ich mit Soldat Kindel während des Ausbildungslagers jeden Abend in den Fernsehraum wandern mußte, um die ‚Aktuelle Kamera' anzusehen, hatten wir uns daraus einen Spaß gemacht. Aber es war gar kein Spaß, es war bitterer Ernst.

Ich bestand darauf, daß mir Unteroffizier Schleifer erzählen sollte, wo ich bloß gelandet war. Schließlich gehörte die Wachkompanie nicht zur Stasi, also warum diese Stasimethoden. Diese Fragerei hielt aber selbst der EK Schleifer für unangebracht und er mahnte mich zur Vorsicht. Die Stasi sei die Stasi. Bei denen gäbe es keine Grenzen. Jeder hätte das zu dulden, und wem das nicht passe, der sei als Feind erkannt. Und wenn einer nur das Tor des Parkhofes öffnete und schloß, auf dem die Stasi residierte, so müsse er noch immer das machen, was die sagen. Und der Parkhof der Stasi sei das ganze Land. Verstanden!?

Nein. Um ehrlich zu sein, verstanden hatte ich nichts. Mal abgesehen vom Theater des Vaters, war die Stasi nicht präsent in meinem Leben. Man sah sie nie, hörte sie nicht. Alles was ich kannte, baute sich Gerüchte und Geschichten auf. Und außer Leutnant Scharf und den Offizieren bei der Vereidigung hatte ich noch keine echten, lebendigen Stasileute gesehen, oder besser, ich wußte es nicht genau. Was ich ab jetzt wußte, nannte sich Gefahr. Sofort nach dem Unterricht lief ich auf die Stube, kramte mein Kreuzkettchen hervor und versteckte es im Beutel für die Schmutzwäsche. Doch es sollte so sein, daß die Lehren des Tages noch eine weitere Überraschung bereithielten. Der Kompaniechef trommelte uns zum Appell vor dem Soldatenhaus zusammen. Ich glaubte, es würde sich um den Vorfall während des Politunterrichts handeln, aber er sprach über eine ganz andere Merkwürdigkeit. Ich sah zu diesem Anlaß meinen neuen Kompaniechef zum ersten Mal. Ähnlich wie der KC im Ausbildungslager, zählte auch Hauptmann Still zu den zurückgezogenen oder scheuen Menschen, zu denen, die man nur selten zu Gesicht bekam. Er war ein mittelgroßer Mann um die fünfzig, der irgendwie unauffällig wirkte. Seine Stimme paßte nicht zu einem Offizier. Sie klang viel zu ruhig, ganz ohne die drohende Wortgewalt. Als er einen Befehl der Generalität verlas, mußten wir uns zur totalen Stille zwingen, um ihn überhaupt verstehen zu können. Demnach hatte es in der Urlaubswoche der neuen Soldaten einen folgenschweren Zwischenfall gegeben, der Aufsehen bis in die allerhöchsten Kreise erregte. Die Uniform der Wachregimentssoldaten unterschied sich im Äußeren nicht weiter von den Uniformen der Armeesoldaten. Lediglich die bordeauxrote Umrandung der Schulterstücke kennzeichnete die Stationierung als Wachsoldat. Vorausgesetzt natürlich, die Stasi hätte nicht immer demonstrieren müssen, daß sie der Staat im Staate sei, in diesem Fall also, daß sie die Wachsoldaten aus ihrem Finanztopf besoldete. Das brachte nämlich eine Menge Extravaganzen mit sich. So bestand der Uniformstoff nicht aus üblichem Armeefilz, sondern aus feinem Tuch. Die Mützenembleme waren keine kantigen Gußstücke aus Alu, sondern sauber gearbeitete Weißblechteile. Die Koppel stellten sich nicht als schwarze und steife Schweinslederstücke mit Hakenverschluß dar, sondern bogen sich aus weichem Rindsleder und hatten selbstverständlich eine

Gürtelschnalle. Diese Liste der feinen Unterschiede ließe sich noch beliebig fortsetzen und zog sich selbst bis in die Soldatenbetten hinein. Auch dort gab es nicht das armeeübliche Weiß-blau-kariert auf der Bettwäsche. Und genau diese Extrawurst schmeckte einer Gruppe von Landsern nicht, als sie während der Zugfahrt nach Berlin beschlossen, der Soldat in der feinen Uniform habe weniger was mit den Soldaten, als mehr mit der Stasi zu tun und würde deshalb rausfliegen. Leider war die Sache kein Ulk angetrunkener Armisten, denn der Zug raste mit über hundert Stundenkilometern durch die Landschaft. Und so war es nur einem geistesgegenwärtigen Reisenden zu verdanken, daß es keine Toten gab, weil dieser im letzten Moment die Notbremse zog. Hauptmann Still und Leutnant Scharf wirkten kreidebläß. Sie konnten es einfach nicht fassen, daß es da draußen in der Bevölkerung Leute gab, denen das Ministerium für Staatssicherheit bis in den Tod verhaßt war, das gleiche Ministerium, dem sie als Offiziere ihr ganzes Leben weihten. Zum Schutz der Wachsoldaten wurde daher der Befehl erlassen, daß alle Ausgänge in die Stadt sowie sämtliche Urlaubsfahrten nur noch in Zivil zu erfolgen hätten.

Am liebsten hätte ich ja vor Freude laut aufgeschrien. Eine bessere Nachricht konnte es für mich überhaupt nicht geben. Doch alle anderen in der Kompanie spielten weiter ihr besorgtes Gesicht. Und auf Grund der versteinerten Miene des Leutnants hielt ich mich ebenfalls daran. Erst nach Beendigung des Appells brach der Jubel unter den Soldaten aus. Denn die Zivilerlaubnis brachte etwas mehr Befreiung vom militärischen Alltagsleben mit sich. Die Tatsache, daß der Befehl nur für unsere Diensteinheit zutraf, hatte ich nicht registriert. Welche Rolle dieser für mich so unbedeutende Nebensatz aber spielte, bekam ich erst bei der anschließenden Diskussion auf meiner Stube mit. Einige EKs versammelten sich dabei um Unteroffizier Schleifer und redeten sich die Köpfe heiß, während ich damit beschäftigt war, die Herrschaften mit Kaffee zu bewirten. Demnach tobte ein Krieg zwischen den einzelnen Diensteinheiten. Denn jede Einheit für sich war so selbständig, daß eine Gleichsetzung mit anderen unmöglich wurde. Damit wurde das taktische Ziel verfolgt, keine größere Anzahl an Mitwissern zu schaffen, als es für die Erfüllung der Aufgabe unbedingt nötig sei. Jede einzelne Aufgabe gruppierte eine Anzahl von Erfüllungsgehilfen um sich und bildete eine Diensteinheit, von der die eine nicht wußte, was die andere tat. Und dieser Tatbestand brachte die Zutaten für die Gerüchteküche hervor, in der das scheinbare Einheitssüppchen gekocht wurde, wo aber in Wirklichkeit jeder nur darauf bedacht war, das größte Stückchen leuchtender Besonderheit zu sein. In diesem Kampf der Wichtigtuerei kam unsere Einheit mit ihrer Zivilerlaubnis jetzt einen entscheidenden Schritt voran. So erfuhr ich auch, daß die beiden Wachkompanien und die Reinigungskompanie, die unsere Diensteinheit darstellten, nicht direkt dem Wachregiment Feliks Dzierzynski in Berlin angegliedert waren, sondern der Verwaltung Rückwärtiger Dienste des Ministeriums für Staatssicherheit unterstanden. Andere zusätzliche Wachkompanien gliederte man dem Ministerium des Innern zu, also der Polizei. Weitere solcher Kompanien bildeten extra Diensteinheiten unter Zuständigkeit der Grenztruppen. Und dieses heillose Durcheinander hatte genau das zum Ziel, wie es nun erschien: Nämlich undurchsichtig und für den Betrachter nicht faßbar zu sein. Einem Soldaten im dreijährigen Wehrdienst war es somit unmöglich herauszubekommen, welche und wie viele Leute wirklich dazugehörten. Oder, um es mit anderen Worten zu sagen: Die Absicht der Geheimhaltung erfüllte sich von selbst.

Als ich die Abendstunden beim Pflichtschach mit UvD Neuschulz verbrachte, quälte mich Kopfweh. Zwar gewann ich gleich die erste Partie und war darüber selbst erstaunt, da ich kaum mehr als die Grundregeln des Schachs kannte, doch ging es mir nicht um das Spiel. Meine Gedanken kreisten um ein anderes Thema. Als ich einberufen worden war, hieß es, ich käme zum Wachregiment nach Berlin. Jetzt aber mußte ich feststellen, daß die klare Aussage im krassen Gegensatz zum Sumpf der Wirklichkeit stand. Ich konnte einfach nicht erfassen, wo ich hineingeraten war. Alles wirkte so undurchsichtig. Und niemand hatte daran Interesse, wenn ich versuchte, Licht in das Dunkel zu bringen. Nicht einmal Unteroffizier Schleifer oder der schachspielende UvD. Alle ihre gutgemeinten Ratschläge führten immer wieder auf ein und denselben Nenner: Ich sollte meine Klappe halten, die Pflicht erfüllen, ohne zu fragen und als Wichtigstes, nicht so viel nachdenken, denn das schade mir nur.

Glücklicherweise gestaltete sich das Leben eines Spritzers so hektisch, daß ich auch nicht die Zeit hatte, zu viel nachzudenken. Außer Frühsport, Putzen, Polituntericht und Kulturabteilung galt es noch die eigentliche Aufgabe in Angriff zu nehmen: das Wacheschieben. Natürlich bekamen wir vom Leutnant Scharf als erstes Anweisungen in Form von theoretischem Unterricht. Leider aber glitt selbst dieser Unterricht immer wieder in utopische Scheinwelten des Kommunismus ab. Die heroischen Meisterstückchen, die wir vollbringen sollten, wenn wir Feindkontakt hätten, waren bisher in keinem Abenteuerfilm der Welt so gut inszeniert wie in den Phantasievorstellungen des Leutnants. Das Problem an der Geschichte lag jedoch auf einem ganz anderem Gebiet. Wenn die Feinde wirklich existierten, von denen Leutnant Scharf zu berichten wußte, dann hätte ein Wachsoldat alle Hände voll zu tun. Da ich mir aber auf Grund der Berliner Mauer kaum vorstellen konnte, daß der Osten Berlins ununterbrochen von einem Heer westlicher Feinde überschwemmt würde, sah ich schon die Langeweile auf mich zurollen. Ein weiteres Beispiel dafür, wie weit entfernt die Welten zwischen dem Leutnant und mir lagen.

Ein Wachtag dauerte 24 Stunden. Am Abend zuvor hing ein Plan an der Tür des UvD-Zimmers, dem man die Besetzung der einzelnen Wachobjekte entnehmen konnte. Demnach bewachte unsere Kompanie mit ihren 160 Mann eine Reihe von Objekten, die weit über das Stadtgebiet verteilt waren. Die Objekte selbst hatten völlig unterschiedliche Strukturen. Einige gehörten direkt der Stasi, andere der Regierung und wieder andere der Sozialistischen Einheitspartei. In Wirklichkeit natürlich hing der gesamte Brei so dicht aneinander, daß man sich die verschiedenen Zuordnungen auch hätte sparen können. Letztlich war mir das auch egal. Das einzige, was für mich zählte, war die Tatsache, daß ich laut Plan zur Wachmannschaft des Unteroffiziers Schleifer gehörte. Unser zu bewachendes Objekt nannte sich ZVL – Zentrales

Versorgungslager, ein Komplex von Lagergebäuden, am Rande von Berlin gelegen. Wie ich durch meine Neugierde schon in Erfahrung bringen konnte, wurde dort alles gelagert. Ja, einfach alles. Vom Auto bis zur Zahnpasta. Und die Kunden des Lagers waren selbstverständlich nicht die normalen Bürger des Landes, sondern die besseren Bürger des Staates. Was auch erklärt, warum die gelagerten Waren genauso selbstverständlich außer Landes besorgt wurden. Da es sich dabei aber größtenteils um Feindesland handelte, gehört die Sache in die Hände der Stasi. Eine in sich doch logische Erklärung. Oder? Schade daran fand ich nur, daß bisher noch nicht ein einziger Wachsoldat etwas aus den Lagerbeständen abbekommen hatte. Ganz schön geizig. Aber Wachsoldaten gehörten nicht zu den besseren Menschen, wie man mir erklärte. Auch wenn sie sich des Nachts vor den Gebäuden die Ohren abfroren, damit dem Übermenschen nichts geklaut wurde. Auf meine etwas sarkastisch klingende Frage, wer eigentlich festlege, ob einer ein Übermensch oder ein Wachsoldat sei, erhielt ich meine erste Stasianwerbung als Antwort: Wenn ich mich bereit erklären würde, in das Berufsleben eines Stasigeweihten einzutreten, würde ich mit der gleichen Selbstverständlichkeit aus dem Lager bedient. Meine Antwort lautete: „Wieso? Das Leben eines Wachsoldaten ist doch nicht schlecht."

Gleich nach dem Frühstück mußten sich zwei Züge der Kompanie auf den Wachdienst vorbereiten. Die anderen zwei Züge hatten Ausbildung, politische oder militärische. Nach unserer Wache sollten wir von ihnen abgelöst werden. Im Anschluß würde der Wechsel zu den vier Zügen der anderen Kompanie folgen. Diese großzügigen Zeitspannen hatten auch ihren tieferen Sinn. Sie gestatteten nicht nur Zeit für Ausbildung, Urlaub und Ausgang, sondern in erster Linie einen geregelten Schlafrhythmus. Eine Tatsache, der besondere Aufmerksamkeit geschenkt wurde. Denn die Wache mußte mit scharfer Munition gestanden werden, und es kam trotz strenger ärztlicher Kontrollen immer wieder zum versehentlichen Schußwaffengebrauch als Folge von Konzentrationsmangel. Somit wurden Ausgang und Urlaub einen Tag vor dem Wachdienst verboten und die Einhaltung der Nachtruhe kontrolliert. Auch die Zusammenstellung der Dienstuniform unterlag bestimmten Regeln. Am ehesten glich sie der Ausgangsuniform. Also der allgemein bekannten grauen Tuchuniform mit Schirmmütze, hellblauem Hemd und dunklem Schlips. Statt der üblichen langen Hose mußten jedoch Stiefelhosen getragen werden, die man vom Reiten her kennt. Dazu passend blitzten die Chromlederstiefel in ihrem Schwarz – ganz weiche Rindslederstiefel, die so stark lackiert waren, daß sie mehr glänzten, als schwarz erschienen, und schließlich wurde die Uniform mit einem Lederkoppel um die Taille gekrönt, an dem die Pistolentasche hing. Wer jetzt noch die Phantasie aufbringt, sich die Ganzheit mit schwarzen Lederhandschuhen vorzustellen, fühlt sich glatt in eine längst vergangene Zeit zurückversetzt. Man mußte schon zweimal hingucken, um zu erkennen, daß in der Mützenkokarde tatsächlich Hammer und Zirkel des Arbeiter-und-Bauern-Staates standen. Auch war ich erschrocken, daß ich mich todschick fand. Ja, das Ganze sah toll aus. Ich wirkte so männlich, so streng und diszipliniert. Mich überzog ein Schauer von Stärke. Vielleicht mag es daran gelegen haben, daß im Hinterkopf sehr wohl gespeichert ist, welch eine Größe und Macht einmal von diesem Äußeren ausging. Alles Leid und Verbrechen fand in diesem Moment keinen Platz im Kopf. Und dennoch – wie leicht war es, sich die Welt zu verklären. Kaum hatte ich mein Perfektsein im Spiegel betrachtet, so durfte ich ihn putzen, die Stube reinigen und die Chromlederstiefel meiner älteren Kameraden auf Hochglanz bringen. Abschließend packte ich ein paar Sachen ins Teil I – Wasch-, Näh-, Schuhputzzeug, Handtuch und Schreibsachen – nahm meine Schutzmaske vom Spind und trat mit meinem Zug vor dem Soldatenhaus an. Jetzt folgte eine für mich noch unbekannte Zeremonie, die aber mit höchster Aufmerksamkeit bedacht wurde: die Vergatterung. Dazu eilte eigens der Offizier vom Dienst aus dem Stabsgebäude herbei. Er verlas die besonderen gesetzlichen Bestimmungen, die Schußwaffenbelehrung und fragte abschließend, ob sich jemand nicht in der Lage fühle, seinen Dienst anzutreten. Schließlich erstarrte er zur Steinsäule, warf die Handkante an den Schirmrand seiner Mütze und schrie laut das Wort „Vergatterung“. Und wie blöde das wirkte! So vollkommen künstlich und theatralisch. Ich spürte, wie sich mein Mund zu einem Schmunzeln verzog. Doch Unteroffizier Schleifer hatte mich gewarnt. Die Vergatterung sei eine ernste Sache. Mit dem Ausschreien dieses Wortes träten für 24 Stunden andere Regeln in Kraft. Regeln, mit denen nicht zu spaßen sei. Bei jedem Wachvergehen – Verlassen des Postenbereiches, Pinkeln während des Streifenganges, ein Bierchen zum Abendessen oder dem Hinterhersehen einer Frau – drohe sofort Gefängnisstrafe.

Nach der Vergatterung wurden wir zu einigen MTW gebracht, die uns aus der Kaserne fuhren. Es folgte eine Reise durch Ostberlin. Immer wieder hielten wir vor irgendwelchen Gebäuden, die mir nichts sagten. Eine Gruppe verließ den MTW, und die Zeit des Wartens begann. Schließlich kam die alte Wachmannschaft aus dem Gebäude und stieg ein. Die Gesichter der Leute wirkten grau und abgespannt. Kaum hatte sich der MTW wieder in Bewegung gesetzt, schliefen sie ein. Meine Gruppe bestand aus zehn Leuten, die von Unteroffizier Schleifer angeführt wurden, der als Wachhabender fungierte. Die älteren Kameraden lösten die Posten ab, Schleifer kümmerte sich um den Papierkram. Wir drei Spritzer mußten warten und still sein. Die alte Wachmannschaft war sichtbar geschafft. Schleifer redete wie ein Wasserfall, der andere Wachhabende sagte nichts. Alle Handgriffe liefen wie von selbst ab. Schließlich verabschiedete sich die alte Mannschaft, und ins Wachlokal kehrte Ruhe ein. Unteroffizier Schleifer schrieb den Dienstnachweis, eine Auflistung darüber, was jeder von uns in den nächsten 24 Stunden zu leisten hätte. Demnach gliederte sich der Tag im Dreistundentakt auf. Drei Stunden Wache (Posten bzw. Streife), drei Stunden Bereitschaft und drei Stunden Ruhe. Wir Spritzer begannen mit der Bereitschaftszeit, die Schleifer nutzte, um uns alles Wesentliche zu erklären. Da waren als erstes die Waffen. Wir bekamen jeder eine Pistole der russischen Marke ‚Makarow' mit 14 Schuß Munition. Die Pistolen durften nur in den Räumen des Wachlokals mit seinem Ruhezimmer und der Küche getragen werden. Auf dem Gelände außerhalb des Wachlokales war das Tragen der Maschinenpistole ‚Kalaschnikow' vorgeschrieben. Als nächstes folgte die Einweisung in eine Reihe von

Ausweisen und Karten, die zum Betreten des Objektes befugten. Das wirkte erschreckend. Wegen der Geheimhaltung fand man in den Klappausweisen der Stasi nur ein Lichtbild und die Aufschrift ‚Ministerium für Staatssicherheit'. Den Rest bildete eine Nummer und eine Reihe von farbigen Stempeln mit irgendwelchen Phantasiemustern. Aus der Zusammenstellung dieser Stempel konnte ein Kenner der Szene ableiten, woher die zum Ausweis gehörende Person stammte. Für mich jedoch waren das alles böhmische Dörfer. Schleifer lachte nur, als er in unsere Gesichter sah. Er meinte, daß wir genügend Zeit hätten, um die Kombinationen zu lernen. Und wenn wir uns mal täuschten, wäre das auch nicht so schlimm. Schließlich könnten wir davon ausgehen, daß sich ein fremder, normaler Bürger schwer hüten würde, diesen Ort freiwillig zu betreten. Das beruhigte mich, denn es klang plausibel. Sowieso stand nur ein Posten wirklich im Streß. Er mußte am Eingangstor alle ankommenden und abfahrenden Fahrzeuge kontrollieren. Und da gab es eine Menge Arbeit. Die Posten in den Wachhäuschen hatten es da ruhiger, und die Streifengänger liefen auf ihren vorgeschriebenen Wegen umher. Dummerweise machte ich meinen Befürchtungen vor der aufkommenden Langenweile auch Luft. Das war falsch, und ich handelte mir sofort den Küchendienst ein. Außerdem versicherte mir Schleifer, daß ich mich noch ganz schön umgucken würde. Das Zermürbende am Wachdienst sei nämlich nicht die Arbeit, sondern die Zeit. Und die habe schon so manchen am Boden zerschlagen. Viele hielten ihren dreijährigen Wachdienst nicht bis zum Ende durch. ‚Wachmacke' nenne man das.

In der Küche standen einige Kübel mit Lebensmitteln. Allerdings nur die übliche Massenware aus der Großküche unserer Kaserne. Angesichts der Paletten von Luxusgütern, die hier über die Straßen des Versorgungslagers gekarrt wurden, erschien das wahrlich grotesk. Und so ist es auch nicht schwer zu verstehen, daß meine Aufgabe darin bestehen sollte, das Kübelessen nach allen Regeln der Kunst zu veredeln. Leider gab es ein Problem: Ich hatte keine Ahnung von der Kunst des Kochens. Das zumindest ahnte auch Schleifer. Er drückte mir ein Kochbuch in die Hand und sagte: „Die ersten Wachen geben wir uns noch mit Spiegelei und Spaghetti zufrieden, aber dann muß was Anständiges kommen. Verstanden!" Das Kochbuch war eine zerlesene Schwarte, die erkennen ließ, daß dem Kochen während des Wachdienstes besondere Bedeutung zukam. Allerdings zerrte die Aufregung der ersten Wache zu sehr an meinen Nerven, als daß ich mich tatsächlich mit dem Kochbuch beschäftigen konnte. Doch immerhin, ich schnippelte Kartoffeln, Zwiebeln und Schinkenspeck in eine Pfanne, gab später zerhackte Gurke und Tomate hinzu, würzte alles kräftig, rührte einige gequirlte Eier darunter und garnierte das Bauernfrühstück mit frischem Gemüse. Die Arbeit hierzu erschien mir gering und eine Kunst war es nicht. Der Erfolg bei den Kameraden jedoch überraschte mich und sollte sich entscheidend auf meinen künftigen Wachdienst auswirken.

Die Bereitschaftszeit verflog im Winde und nahm meine Sorgen um die Langeweile gleich mit sich. Jetzt galt es eine Stunde im Wachturm zu sitzen. Danach sollte eine Stunde Streifengang folgen, der sich wiederum eine Wachturmstunde anschloß. Dabei fand ich die ersten Minuten durchaus aufregend. Alles war neu. Die Gegend, der Wachturm, die Stille. Aber der Rausch ging dahin. Draußen – außerhalb des Zaunes – lag die Straße mit ihren Autos. Auf den Gehsteigen liefen die Menschen. Drinnen standen Lagerhäuser. Das machte wahrlich keinen spannenden Eindruck. Und auf was – im Namen des Vaterlandes – sollte man hier aufpassen. Die Leute eilten vorüber und würdigten uns keines Blickes. Leutnant Scharf hatte erklärt, wir stünden auf Wacht vor dem Feind. Von dem aber war weit und breit nichts zu sehen. Den wirklichen Feind konnte ich nur spüren. Und das schon nach zehn Minuten. Lautlos kroch er von den Füßen her unter die Uniform und nannte sich Kälte. Die Wut fraß sich in meinem Bauch fest. Auf dem Wachturm gab es keine Heizung. Also stand die Marionette in gutes Tuch gehüllt vor Kälte zitternd mit hungrigem Blick, auf daß sich kein Volkesauge am Reichtum der Wenigen entzückt. Eine dumme Zwietracht! Auch wenn ihr Ziel – den Soldaten in das Reich der Wenigen zu locken – durchaus logisch erscheinen wollte, so brachte es doch gleichzeitig eine Gefahr im Verzug mit sich. Denn wenn der Soldat fest entschlossen sich nicht aus des Volkes Banner trennen ließe, so schaffte die Stasi mit dem Marionettenzwang keine Stärkung ihrer Reihen, sondern ihre eigenen Feinde höchst selbst. Ja, es kam mir sogar mehr verrückt als dumm vor. Ich hatte viel, viel Zeit, darüber nachzudenken, drei ganze Stunden, und kam zu dem Schluß, daß immer an der Stelle, wo sich ein Mensch über einen anderen Menschen zu erheben glaubt, der Höhenflieger über den Bodenständigen ins Straucheln gerät und in den Untergang stürzt. Aber diese Gedanken machte sich Leutnant Scharf mit Sicherheit nicht. Denn er und seine Offiziersloge schwebten in ihrer Wolke der Selbstherrlichkeit, ohne auch nur auf die Idee zu kommen, daß in diesen Höhenregionen der Sicherheit selbst dem bewegungsarmen Faultier die Luft zu knapp werden könnte.

Nun endlich wanderte ich den Streifenweg entlang. Auch das war keine spannende Tätigkeit, aber wenigstens Bewegung und die soll vor Kälte schützen. Obwohl das eher einer von diesen Sprüchen ist, die den Kopf eisfrei halten und sich nur begrenzt auf das frierende Fleisch niederschlagen. Denn wollte ich mit Bewegung etwas gegen den steifgefrorenen Körper erreichen, hätte ich auf der Stelle hüpfen oder den Streifenweg entlangrennen müssen. Natürlich waren derartige Hampeleien verboten. Und trotzdem. Die Bewegung machte ihren Sinn, und der Einfall, den dreistündigen Postendienst durch den Streifengang aufzulockern, war nicht der schlechteste. Leider gewährte mir auch die Streife nur einen kurzen Anflug von Aufregung. Bereits nach einer Runde war alles vorbei. Die Langeweile wurde zu meinem ständigen Begleiter auf jedem Meter des Weges. Jede Kurve, jeder Baum, jedes Haus wiederholten sich. Immer und immer wieder. Unter mir war die Erde, über mir leuchtete der Himmel, um mich herum schlängelte sich eine Mauer und zäunte die wirkliche Welt ab. Und inmitten dieses Marionettenstücks zog ich meine Runden – festgepflockt mit dem Eid aufs Vaterland – ein Esel, am Brunnenrad drehend.

Schließlich hockte ich die letzte Postenstunde im Wachturm ab. Es war mir, als sei die Zeit stehengeblieben. Unentwegt sah ich auf die Uhr. Minute für Minute. Die Stunde wurde zur Unendlichkeit. Langsam breitete sich der

Abendhimmel über das Lager. Ich beobachtete die Wolken, beobachtete, wie sie beständig ihre Form änderten. Noch nie hatte ich so viel Zeit damit verbracht, den Wolken nachzusehen. Die Finsternis stieg aus der Ferne empor. Sie kroch gespenstisch voran und verschlang alles, was sich ihr in den Weg stellte. Manchmal schien es so, als seien die Wolken vor ihr auf der Flucht, doch sie hatten keine Chance. Nur die Sonne gab die Würde nicht preis. Sie verabschiedete sich mit einigen majestätischen Strahlen in kräftigem Rot, bevor sie verschwand und der Nacht Platz machte. Das war ein beachtliches Schauspiel und es bot die Möglichkeit, der Phantasie freien Lauf zu lassen und die wundersamsten Geschichten zu träumen. Außerdem erwischte ich mich wieder und wieder dabei, wie ich mit mir selbst erzählte. Das empfand ich zunächst als verwerflich und abartig. Wer erzählt schon mit sich selbst. Aber da hatte ich mich wohl geirrt. So abartig konnte es nicht sein. Denn in der ersten Stunde kontrollierte ich mich, bis die Kontrolle doch zu anstrengend wurde. Und schon in der dritten Stunde redete ich ununterbrochen mit mir selbst.

Ich staunte, als es Unteroffizier Schleifer höchstpersönlich war, der mich vom Wachturm abholte. Er kam gerade von einem Kontrollgang. Wie er mir verriet, mußten diese Kontrollen während des Dienstes öfter erfolgen, um sicherzustellen, daß die Posten keinen Unsinn trieben. Dabei seien seine Kontrollen aber harmlos. Immerhin stellten sie keine Gefahr dar, denn es liege ihm nicht daran, seinen Soldaten das Leben schwer zu machen. Die wirkliche Bedrohung gehe nur von den Offizieren aus. Auch sie kämen einmal pro Woche auf Wachkontrolle – natürlich unangemeldet und meist nachts. Und erwischten die einen, sei es, daß er auf dem Wachturm eingeschlafen war, dann bräche die Hölle aus. Zwar stünden alle Wachhabenden der Objekte in telefonischer Verbindung und verfolgten die Fahrt des Offiziers mit ausgeklügelten Codewörtern, aber zumindest das zuerst aufgesuchte Objekt erwische es voll aus dem Nichts. Der weitere Verlauf hänge dann von der Bequemlichkeit des Kontrolloffiziers ab. Wenn er von Objekt zu Objekt führe und dabei die kürzeste Route durch die Stadt wähle, ließe er sich leicht verfolgen. Sollte er aber Gefallen an dem Spiel finden, hänge er seine telefonischen Verfolger durch eine Irrfahrt ab. Eine für alle Wachobjekte gefährliche Situation. Einmal jedoch schnitt sich ein Offizier dabei ins eigene Fleisch. Ihm gelang es zwar, einen Posten ohne Vorankündigung zu überraschen, aber der Posten war besser drauf, als es sich der Offizier je hätte träumen lassen. So meinte der oberschlaue Hauptmann, daß man ihn in der Dämmerung durch einen übergeworfenen Umhang nicht erkenne. Und er hatte damit auch recht. Der Posten erkannte nicht den Offizier, sondern nur den Umhang, den er als vermeintlichen Feind identifizierte. Das war verdammtes Pech für den Genossen Hauptmann. Der Soldat rief ihn kurz an und forderte ihn zum Halt auf. Doch der Offizier in seiner Überheblichkeit scherte sich einen Dreck darum. Das hätte er nicht tun sollen. Denn nur einen Augenblick später pflügte eine Kugelsalve aus der Maschinenpistole des Postens den Boden nahe seiner Beine um. Erst jetzt vergaß der Hauptmann seine Eitelkeit und warf sich in den Schnee. Leider eine ungünstige Begebenheit, denn es war gerade Winter. Und der Posten dachte nicht im

Traum daran, eine eventuelle Verwechslung einzugestehen. Statt dessen meldete er dem Wachlokal die Festnahme eines westlichen Spions und lies diesen im Schnee liegen. Das löste natürlich eine Lawine aus. Immerhin kannten selbst die Offiziere aus dem Stabsgebäude unserer Kaserne den westlichen Feind mehr vom Hörensagen als aus der Realität. Woraufhin sie mit ein paar Wagen ausrückten, um der Sache auf den Grund zu gehen. Allerdings zog sich dieses Paradestück in die Länge und währenddessen mußte der arme Hauptmann weiter im Schnee ausharren. Als sich schließlich alles nur als ein Theaterstück entpuppte, war die Anspannung der Vorfreude mit einem Mal verflogen und glitt ins Peinlichsein ab. Der Genosse Hauptmann litt unter Schock und mußte mit einem Krankenwagen abgeholt werden. Was ihn aber nicht davor bewahrte, seinen Hauptmannsrang einzubüßen. Er wurde trotzdem zum Oberleutnant degradiert. Indes kam die Obrigkeit nicht umhin, dem verantwortungsvollen Posten einen Orden zu verpassen, obwohl sie die Geschichte vom nicht erkannten Hauptmann kaum glauben wollte. Die Stabsführung – immer auf die Sicherheit ihrer Leute bedacht – ordnete an, daß alle Kontrolloffiziere in Zukunft auf derartiges Jagdtreiben zu verzichten hätten, was wiederum den Postenschlaf der Soldaten begünstigte. Aber so konnte es kommen, wenn die Offiziere dem Soldaten immer nur Böses wollten.

Zurück im Wachlokal gab es heißen Tee. Ich war stolz darauf, daß Unteroffizier Schleifer mir gleich beim ersten Wachdienst erzählte hatte, was sich so alles hinter den Kulissen tat. Es gab mir ein Gefühl der Zugehörigkeit. Und ich glaubte auch zu wissen, warum mir Schleifer das verriet. Immer deutlicher konnte ich spüren, daß es zwei Fronten gab. Zum einen die der Offiziere und zum anderen die der Soldaten. Ich als Frischling mußte mich entscheiden, zu welcher der Fronten ich künftig gehören würde. Und sicher war dem Schleifer genauso klar wie mir, daß es da für mich keinen Zweifel gab. Die Soldaten hatten mich fest auf ihrer Seite. Aber das mußte nicht selbstverständlich sein. Manche der jungen Genossen liefen schon nach den ersten Strapazen des Wachdienstes zu den Offizieren über. Oft geschah das vollkommen unbemerkt. Mit einem Mal packte ein Spritzer seinen Seesack zusammen und verschwand auf Nimmerwiedersehen. Ohne ein einziges Wort. In solchen Fällen war klar, wohin er verschwand. Auch wenn man ihn niemals wieder zu Gesicht bekam. Im übrigen nannte die Redensart der Soldaten die Offiziere nicht Offiziere, sondern Batzen, natürlich aber nur in deren Abwesenheit. Das Wort ‚Batzen' leitete sich von den unendlich vielen Tagen ab, die ein Berufsoffizier zu dienen hatte, nämlich einen ganzen Batzen. Folgerichtig wurden auch die Kinder eines Offiziers als ‚Batzenbrut' bezeichnet.

Nachdem ich für die Wachmannschaft das Abendbrot angerichtet hatte, schickte mich Unteroffizier Schleifer in den Ruheraum, um meine drei Stunden Schlaf einzuhalten, so wie es der Dienstnachweis forderte. Ich fand die Zeit äußerst ungünstig gewählt. Von neunzehn bis zweiundzwanzig Uhr ist kein Mensch so müde, daß er anständig schlafen kann. Aber wie ich erfuhr, gehörte auch das zum Los eines Spritzers. Alles innerhalb des Wachdienstes, was ungünstig und anstrengend war, fiel in den Aufgabenbereich der jungen Genossen. Also maulte ich nicht und zog mich in den Schlafraum zurück. Die Fenster des Raumes waren stets mit schwarzem Stoff verhangen und die Luft roch muffig. Vielleicht wurden die Fenster nie geöffnet, vom Geruch her keine abwegige Vorstellung. Über der Tür schummerte eine dunkelrote Glühlampe in der blanken Fassung. Im Schein der Lampe konnte ich die Umrisse zweier Metalldoppelstockbetten erkennen. Auf ihnen lagen graue Tagesdecken aus Armeefilz. Schleifer meinte, daß ich mich an den Gestank gewöhnen würde, und die Decken würden alle vierzehn Tage gewechselt. Und zum nächsten Dienst sollte ich mir gefälligst einen Kopfkissenbezug mitbringen, der vorher mit einem Deodorant zu besprühen sei. Manche brächten sich sogar einen Bettbezug mit und wickelten sich darin ein. Aber das hielt Schleifer für übertrieben. Vorsichtig legte ich mich auf eines der unteren Betten. Die dunkelrote Lampe mußte immer brennen, so wollte es die Vorschrift. Meine Pistolentasche drückte von der Seite her. Ich schob sie am Koppel entlang, bis sie auf meinem Bauch lag. Mann, das war ein komisches Gefühl. Und wie schwer der Atem wurde. Ich verschränkte die Handflächen unter dem Kopf und konnte nicht einschlafen, und auf Befehl schon gar nicht. Der Gestank wurde penetrant. Wenn Unteroffizier Schleifer recht hatte und die Decken alle vierzehn Tage gewechselt würden, litten die Genossen unter Schweißfüßen. Schließlich stand ich wieder auf und fingerte nach meinem Teil I. Deutlich erkennen konnte ich nichts. Das Rot der Lampe war zu schwach. Es kam mir vor, als sei ich in eine Dunkelkammer geraten. Das schwache Licht einer Dunkelkammer kannte ich schon aus dem Kindesalter. Großvater nahm mich oft in seine Dunkelkammer mit, wenn er dort Filme entwickelte.

Endlich hatte ich meinen Waschlappen in den Händen. Ich legte mich wieder hin und breitete den Lappen auf dem Gesicht aus. Jetzt roch die Luft etwas nach Seife. Das tat gut. Ich öffnete die Augen. Der Lappen leuchtete glutrot. So muß es in der Hölle sein, dachte ich. Sofort preßte ich die Augenlider fest aufeinander, so lange ich konnte. Ich sah die Wolken über dem Wachturm, erinnerte mich daran, wie sie von der Dunkelheit getrieben wurden. Plötzlich flog ich durch die Luft. Unter mir verschwand der Wachturm in der Ferne. Das Lager war klein wie eine Puppenstube. Ich kam zu den Wolken. Über ihnen strahlten Sterne am blauen Himmel und die Sonne und der Mond. In den Wolken war das Nichts – eine weiße Wand, wohin ich den Kopf auch drehte. Unter den Wolken schien alles grau. Und auf der Erde stand das Lager. Ein kleines Lager mit einem großen Zaun drumherum. In der Mitte lief ein Esel im Kreis und hielt das Rad in Gang. Ich flog höher und höher, weit über die Wolken hinaus, immer der Sonne hinterher und der Dunkelheit davon. Doch was war das?! Ich wurde plötzlich festgehalten, von hinten, bei den Füßen. So sehr ich auch mit den Armen schlug und ruderte, ich kam nicht voran. Ich blieb auf der Stelle stehen. Und schlimmer noch, etwas riß mich von hinten in die Tiefe. Ich wehrte mich heftig und noch heftiger, aber es half nichts. Schließlich griff ich nach meiner Pistolentasche. Ganz zittrig vor Erregung zerrte ich die Lederschnalle in alle Richtungen, um endlich an die Pistole zu gelangen. Ich fühlte das Metall zwischen meinen Händen und drückte den Pistolenlauf in meinen Bauch. Alles um mich herum wurde rot. Ein heftiger Schlag ging mir durch den Körper und mein Kopf rammelte mit voller Wucht in die Metallfedern des Oberbettes. Neben mir stand Unteroffizier Schleifer und sagte, daß meine Ruhezeit vorbei sei. Außerdem solle ich nicht so viel an der Pistolentasche rumfummeln. Wenn sie zu sehr drücke, müsse das Koppel gelockert werden. Mein Atem ging schwer. Schweiß rann mir übers Gesicht. Schleifer fragte, ob ich schlecht geträumt hätte. Ich schüttelte den Kopf.

Noch völlig berauscht vom Halbschlaf lief ich dem Wachturm entgegen. Ich löste den Gefreiten Goldig ab, der nun seine Ruhezeit von zweiundzwanzig bis null Uhr hatte. Wir wechselten ein paar Worte, in denen ich ihn darum beneidete. Doch Hans Goldig war kurz angebunden. Jede Schlafminute sei wertvoller als alle Worte der Welt, wie er mir erklärte. Also kauerte ich mich wieder in einer Ecke des Turmes zusammen. Angst, daß ich ungewollt einschlafen könnte, hatte ich keine. Es war viel zu kalt. Im Schein der Straßenlaternen konnte ich meinen Atem erkennen. Auf der Straße fuhren kaum noch Autos. Auch Fußgänger kamen selten vorbei. Die Schranke am Tor sperrte den Eingang ab und der Posten langweilte sich jetzt ebenso wie ich. Ich sah in den Nachthimmel. Die Sterne funkelten. Ein Flugzeug, von dem ich nur die Blinklichter erkennen konnte, dröhnte in der Ferne. Vom Flugzeug aus mußte das Lager erscheinen wie in meinem Traum – als Puppenstube. Aber natürlich ohne kreisenden Esel. Auch gab es dort oben keine Kraft, die das Flugzeug festhielt und in die Tiefen der glutroten Hölle zog. Ich wußte, daß es in wenigen Minuten auf dem Flughafen Berlin-Tegel landen würde, im Westen, da, wo der Feind war. Feldwebel Altschulzer hatte mir während der Abschlußübung erklärt, daß man bei der Armee nie nachdenken dürfe. Das sei sehr wichtig, ansonsten laufe man Gefahr, irre zu werden. Er mußte wohl recht haben. Mein erster Wachdienst war noch nicht um, und in mir wuchs die Ahnung, daß ich die Wache niemals durchhalten würde. Drei ganze Jahre – ein Unding. Eines Tages würden die mich mit einer Zwangsjacke abholen, reif fürs Irrenhaus oder ‚Wachmacke', wie es Unteroffizier Schleifer nannte.

Die letzte Bereitschaftszeit des Dienstes gehörte voll und ganz uns Neulingen. Wir durften uns mit dem Reinigen der Räumlichkeiten amüsieren. Mir fielen dabei fast die Augen zu und ich mußte eingestehen, daß ich im Vorfeld gegenüber dem Wachdienst zu überheblich gewesen war. Denn drei Stunden Schlaf pro Tag waren eben doch etwas knapp. Nach der Wachablösung erreichte ich kaum die Bänke auf dem MTW, und mit mir passierte das Gleiche wie den meisten Soldaten des Vortages. Schon nach wenigen Minuten schlief ich ein.

Wieder in der Kaserne angekommen, verlief der weitere Tag sehr human. Nur das Mittagessen sofort nach der Ankunft blieb Pflicht. Ansonsten galt für den Rest des Tages das sogenannte ‚Wachfrei', in dem jeder alles das machen konnte, was er wollte. Einige ältere Kameraden, denen der Dienst weniger auszumachen schien als mir, gingen in den Ausgang nach Berlin. Andere sahen fern, lasen Bücher oder trieben Sport. Ausnahmslos alle jungen Genossen lagen in ihren Betten und schliefen. Und dieser ‚Nachschlaf' war absolut heilig. Selbst die EKs hielten ihn für eine Art ‚Auszeit', in der sie auf jegliche Schikanen gegenüber den Spritzern verzichteten. Vielleicht lag es daran, daß sie sich in diesem Punkt erinnern konnten, wie auch für sie alles einmal begonnen hatte. Kam es doch einmal dazu, daß die EKs während des Nachschlafes sich jemanden zur Brust nahmen, so mußte dieser Spritzer anständigen Mist gebaut haben.

Als ich am späten Nachmittag erwachte, war alle Trübsal wie weggeblasen. Mir ging es gut. Kein kreisender Esel, keine Kälte, keine glutrote Hölle. Und dennoch. Ganz verdrängt hatte ich das Geschehen nicht. Als amtierende Reinigungskraft stellte sich das Besorgen des Kopfkissenbezuges als eine meiner leichtesten Übungen dar. Mit meinem Deodorant und dem Bezug in den Händen verschwand ich anschließend im Waschraum, um mindestens die Hälfte der Flasche auf den Stoff zu sprühen. Zwar hatte ich mir das Deo für Unmengen Geldes in einem ‚Exquisit-Laden' besorgen müssen, denn es stammte schließlich aus dem bösen Westdeutschland – aber das war jetzt auch egal. Bei allem Respekt vor den Feinden der Welt, doch den Gestank des kalten Krieges wollte ich nicht ein zweites Mal ertragen.

Frohgelaunt stolzierte ich nach dem Abendessen über die Gänge des Soldatenhauses. Ich hatte mich mit Soldat Kindel zu einer Partie Tischtennis verabredet und freute mich darauf, wieder einmal über die vergangene Zeit plaudern zu können. Kindel hatte es in die erste Wachkompanie verschlagen, mich in die zweite. Wenn wir uns also sehen wollten, bedurfte es einiger Organisation. Leider aber kam es in unserem Spiel nur zu wenigen Aufschlägen, bis mich Unteroffizier Sänger für sich entdeckte. Diese blöde Geschichte von meinem angeblichen Kulturinteresse nervte völlig. Ich bereute zutiefst, jemals diese Geschichte erfunden zu haben und warf wütend den Tischtennisschläger auf die Platte. Soldat Kindel konnte meinen Zorn nicht verstehen. Im Gegenteil – anstatt sich über das geplatzte Spiel zu ärgern, zeigte er Hochachtung vor der Kultur und reagierte mit Neid. Ich mußte dazu noch Haltung zeigen, denn der Kindel glaubte ja tatsächlich an mein Können. Und Unteroffizier Sänger konnte nur für wenige Sekunden nach Verlassen des Sportraumes an sich halten, um dann in ein ohrenbetäubendes Gelächter zu verfallen. Ich fand das gar nicht komisch. Doch Sänger hatte schon Lachtränen in den Augen, klopfte sich wieder und wieder auf die Oberschenkel und versicherte mir, daß er mich solange über die Tonleiter schleife, bis ich nach dem Militär freiwillig Gesang studieren würde.

Die Räume der Kulturabteilung boten eine angenehme Atmosphäre. Sie wirkten so bunt und beinahe friedlich, wären da nicht die beeindruckenden Bilder von den Kindern in Verbindung mit todbringenden Soldaten und dem Wahnwitz des Krieges gewesen. Das ging unter die Haut – so sehr, daß mir ein Schauer über den Rücken lief. Die Greuel der Vernichtung des Menschen lasteten auf den Schultern der Kinder, denen man nicht die Zeit ließ, erwachsen zu werden, damit das Soldatsein gerechtfertigt bliebe, dort, wo das Töten rechtens sei – auf der richtigen Seite, dem gerechten Krieg.

Unteroffizier Sänger stellte mich den Mitgliedern der Singegruppe vor. Sie kamen aus allen Kompanien unserer Einheit und vertraten alle Altersstufen. Die EK-Bewegung gab es hier nicht – Kultur kennt keine Grenzen. Ein ungewohnt humaner Leitgedanke, wie ich fand, doch traute ich dem

Frieden nicht, denn der Leitgedanke ist eine Idee und der Mensch die Wirklichkeit. In diesen heiligen Räumen zähle kein Alter und kein Dienstgrad. Was hier zähle seien Können und Leistung. Unteroffizier Sänger hob sogleich seinen rechten Arm im Takt und stimmte einen Kanon an. Alle anderen Kameraden fielen versetzt in den Gesang ein, genauso, wie es Sänger forderte. „Vivat la musica" – dröhnte es in immer lauter anschwellenden Wogen durch den Raum. Und wieder lief mir ein Schauer über den Rücken. Nach dem gewaltigen Schlußakkord dauerte es einige Zeit, bevor die Wände alle Töne geschluckt hatten. Noch immer ging ein Wallen durch die Luft. Als endlich wieder Stille im Raum lag, drehte sich Unteroffizier Sänger zu mir um. In seinem Gesicht stand ein erhabenes Lächeln, die Augen funkelten. Ein merkwürdiges Kribbeln ging mir durch den Körper. Einerseits dachte ich, daß ich das nie schaffen würde. Andererseits hatte ich die Hoffnung, daß bei diesem Krach meine Stimme unterginge und niemand etwas bemerken würde. Zudem erkannte ich inmitten der Gruppe den Unteroffizier Bergmann aus meiner Stube. Und irgendwie kam mir dabei der Gedanke, was der alles mit seiner großen Klappe kann, das kann ich schon lange. Unteroffizier Sänger stellte mich auch gleich zu den anderen und stimmte die Tonleiter an. Rauf und runter und wieder zurück – rauf und runter und wieder zurück. Sofort erinnerte ich mich an meinen letzten Traum, sah schon wieder diesen ollen Esel, der im Kreis lief und das Rad drehte. Voller Sehnsucht starrte ich auf Sänger und hoffte, daß er dem Treiben endlich ein Ende bereiten möge. Aber der dachte gar nicht daran. Statt dessen formte er seine Hand zu seltsamen Zeichen, bei jedem Ton ein anderes. Ich fühlte, wie mir der Hals warm wurde, ja sogar heiß. Dann folgte schlagartig der Schluß, genauso abrupt wie zuvor der Anfang. Hans Sänger nickte mir wohlwollend zu, und Bergmann klopfte mir freundschaftlich auf die Schulter. Ich war mir nicht sicher, was das nun wieder zu bedeuten hatte, aber ich ging davon aus, daß es eher etwas Positives sein sollte. Vielleicht gehörte es ja zu den Regeln, daß die Neulinge erst einmal den falschen Ton treffen. Da ich aber weder falsche noch richtige Tönen kannte, konnte ich auch nichts falsch machen. Und eigentlich trällerte ich nur das nach, was mir die anderen vormachten. Sogleich streckte mir Unteroffizier Sänger ein Notenblatt entgegen und meinte, daß ich die paar Worte schon hinkriegen würde, und ansonsten bräuchte ich mich nur an Noten zu halten. Ich spürte, wie mir das Blut in den Kopf stieg, nickte aber trotzdem großmännisch, als wären Notenblätter für mich die selbstverständlichste Sache der Welt. Auf dem Blatt stand in dicken Lettern „Vivat la musica" als Überschrift. Alles andere waren nur Linien mit irgendwelchen Kringeln drauf. Ab und zu fand ich auch ein paar Worte, oder Wortfetzen: Vi-vat vi-vat la mu-si-ca ... Hans Sänger baute sich wieder vor der Gruppe auf, forderte einen Moment Konzentration, hob den Arm und setzte ein. Ich hörte den anderen einen Augenblick zu, bekam von Bergmann einen leichten Stoß und setzte mit der dritten Stimme ein. Alles lief reibungslos und man hätte glatt meinen können, daß ich schon immer dazugehörte. Hans Bergmann freute sich. Er wandte sich zu mir, neigte seinen Kopf und schmetterte mir sein „Vivat la musica" entgegen. Ich ließ mich auf das Spiel ein, wandte mich ebenfalls zu ihm und feuerte mit meinem „Vivat la musica" zurück. Ich versuchte dabei so natürlich zu wirken, als hätte ich mein Lebtag nichts anderes getan, als „Vivat la musica“ gesungen. Und siehe da! Es ging wie von allein. Ich wurde mir immer sicherer, und niemand konnte ahnen, daß ich in Wirklichkeit erstmals in einer Gesangsprobe stand. Der einzige, der das Spiel kannte, war Unteroffizier Sänger. Aber Sänger spielte seine Rolle vorzüglich und es schien so, als fände er Gefallen daran. Mit begeisterter Gestik gratulierte er mir zum gelungenen Einstieg. Er kramte nach einigen Textbüchern, drückte sie mir in die Hand und meinte, daß es für heute genug sei. Zunächst müßte ich mich mit den Texten beschäftigen und dann ginge es weiter.

Ich inszenierte noch einen selbstsicheren Abschied und war bemüht, so schnell wie möglich den Probenraum zu verlassen. Erst draußen auf dem Flur bemerkte ich meine weichen Knie. Ich spürte den Schweiß unter den Achseln und auf dem Rücken. Ein drängendes Verlangen nach dem Waschraum ließ mich über den Flur jagen. Dabei sausten mir merkwürdige Gedanken durch den Kopf. Sie kamen und gingen derart geschwind, daß ich sie nicht weiter verfolgen konnte. Sicher, zunächst einmal war ich froh, daß alles ohne Probleme und Peinlichkeiten verlaufen war. Es hatte so selbstverständlich geklappt, als müsse es so sein. Dazu gesellte sich das Gefühl von Dankbarkeit, welches ich gegenüber Unteroffizier Sänger empfand, der mich mit väterlicher Art beschützte und vor dem ich trotzdem eine Art Angst entwickelte, da ich meinte, ihm nun ausgeliefert zu sein. Und zu allem Übel drohte hoch über mir die Leistung. Diese dämliche Sangesleistung, auf die die Gruppe stolz war und von der ich wußte, daß ich sie niemals erreichen würde. Ich klammerte mich an die Textbücher, die ich unter meinem Arm mitschleppte. Sie wurden mir zur einzigen Rettung. Ich lief die Treppen des Soldatenhauses hinunter und nahm mir vor, alle Texte auswendig zu lernen. Egal wann und wie. Ich mußte die Texte lernen. Vielleicht sogar heimlich im Dienst – während der Postenzeit – auf dem Wachturm. Ich dachte mir, wenn ich schon nicht singen könne, müßten wenigstens die Texte sitzen. Das könnte meine Chance sein.

Aber wie so oft in diesen Tagen kam ich weder zum Grübeln noch zum Textlernen. Inzwischen war es Abend und die anderen Spritzer wirbelten mit den Wischeimern über die Flure. Auf meinem Zimmer hatte sich wieder eine Runde von EKs um Unteroffizier Schleifer versammelt. Sie spielten Karten, rauchten und tranken verdünnte Cola, die nach Fusel roch. Und eigentlich ließen sie sich durch mein Auftauchen auch nicht weiter stören. Ich ging zu meinem Spind, schnappte die Stiefel und das Schuhputzzeug und verhielt mich ruhig. Nur einer der EKs nahm daran Anstoß. Ihm paßte es nicht, daß ich ein ruhiges Leben führte. Die Spritzer seines Zimmers hätten da ein ganz anderes Leben. Hans Schleifer redete zwar immer wieder besänftigend auf ihn ein, und versuchte vom Thema abzulenken, aber der Unruhestifter ließ nicht von mir ab. Er war ein dicker, rundum unangenehmer Typ, der ständig nur vorgeformte Sprüche klopfte. Und wenn er einmal eigene Sätze sprach, holperten sie in einem schlechten Deutsch aus ihm heraus. Dazu kniff er die Augen zu Sehschlitzen zusammen, runzelte sein Schweinsgesicht und verspritzte sein Gift auf alle jungen Genossen, die ihm über den Weg liefen. Es war keinem Spritzer möglich, an ihm vorbeizukommen, ohne mit einer Ladung Haß befeuert zu werden. Schließlich hatte sich der dicke Unteroffizier so sehr in Rage geredet, daß er auch auf Hans Schleifer losging und ihn als Jammerlappen bezeichnete, der nicht wisse, wie man mit diesem Dreck von Spritzern umginge. Er belustigte sich über mein Kleinsein, grölte dabei lauthals und schlug sich auf die fetten Oberschenkel. Schließlich stellte er fest, daß ich nicht einmal mit den Füßen auf den Boden käme, wenn man mich am Spind aufhängen würde. Ich bekam Angst. Der dicke Unteroffizier führte sich wie ein Rauhbein auf. Plötzlich erhob er seine Massen, ließ dabei den Tisch über den Boden schaben und warf seinen Stuhl um. Die Runde verstummte. Stille lag im Zimmer. Der Dicke ging zum Besenschrank und holte einen Schrubber heraus. Dann kam er auf mich zugewatschelt und befahl, daß ich mich breitbeinig und mit ausgestreckten Armen bäuchlings ans Bett stellen solle. Ich gehorchte. Seelenruhig und sich seiner Zuschauer sicher, öffnete er demonstrativ die beiden Türen meines Spindes. Dabei achtete er darauf, daß die Türen rechtwinklig in den Raum standen. Schließlich steckte er mir das Ende des Schrubberstiels in einen Ärmel meiner Uniformjacke, schob ihn an meinem Rücken vorbei, bis der Stiel wieder aus dem anderen Uniformärmel herauskam. Unter widerlichem Krakeelen präsentierte er mich den anderen, nahm mich wie ein Wäschestück und legte den Schrubber auf die Oberkanten der Spindtüren. Er brüllte vor Freude, als sich seine Theorie bestätigte und ich wirklich nicht mit den Füßen den Boden berührte. Die ersten Lachtränen drangen aus seinen Sehschlitzen und rollten über sein fettes Gesicht. Ich hing wie ein Gekreuzigter zwischen den Türen und war voller Ekel. In Schleifers Gesicht stand das blanke Entsetzen. Und auch die anderen EKs konnten der Sache kaum etwas Lustiges abgewinnen, wofür sie sofort den Hohn des Dicken kassierten. Natürlich wußte ich, daß mich Schleifer befreien würde, sobald er es konnte. Doch der Dicke kehrte gelassen an den Tisch zurück und vertiefte sich wieder in die Karten. Schleifer indes wirkte betroffen und hilflos zugleich. Würde er seinen Gefühlen Luft machen und mich befreien, hätte er mit der Ungunst seiner EK-Kameraden rechnen müssen. Das jedoch käme einem Ausschluß gleich, der wiederum die grauenhafteste Lebensform innerhalb einer Armee bedeutete. Also ließ man mich hängen. Einerseits spürte ich, daß es eigentlich niemand wollte – außer dem fetten Schwein natürlich – doch andererseits lag eine Art Ohnmacht in der Luft, der sich keiner zu widersetzen traute. Nach jedem Kartenspiel setzte der dicke EK seine Pfunde in Bewegung und kam zu mir an den Spind geschwabbert. Er verzog sein Schweinsgesicht zu einer Grimasse, schleuderte mir irgendwelche Haßparolen entgegen und hielt mir einen Becher mit dem Cola-Fusel unter die Nase. Jeden Moment rechnete ich damit, angespuckt zu werden. Aber irgendwo wohnte ihm noch ein Funken Beherrschung inne, der ihn davon abhielt. Schließlich machte ich doch den Mund auf. Die Schmerzen wurden stärker als die Angst. Mein ganzes Körpergewicht hing in den Ärmeln der Uniform, und der Stoff drückte mir allmählich das Blut ab. Ich jammerte, daß mir die Arme weh täten, sie kribbelten und seien taub und mir werde plötzlich so schlecht. Sofort sprangen Schleifer und zwei weitere Unteroffiziere von ihren Stühlen auf und kamen mir zur Hilfe. Sie nahmen mich vom Spind ab, zogen den Schrubberstiel aus den Ärmeln und legten mich aufs Bett. Das war schöner als die Liebe. Ich lag auf dem Bett und merkte, wie mein Blut wieder frei durch die Arme strömen konnte. Das Kribbeln verschwand von der Haut und ich ballte die Hände zu Fäusten. Der Dicke tobte, außer sich vor Wut. Er schrie auf seine Kameraden ein. Doch die waren entschlossen gegen ihn und meinten nur, daß aller Spaß ein Ende habe, egal ob besoffen oder nicht. Jetzt aber gingen dem Rauhbein erst recht die Nerven durch. Er schmiß Tisch und Stühle um, beteuerte immer wieder, daß er gar nicht besoffen wäre und stürmte schließlich unter lautem Türknall aus dem Zimmer. Hans Schleifer zündete sich eine Zigarette an und setzte sich zu mir auf die Bettkante. Mit besänftigender Stimme schwor er, daß der Dicke eine Wachmacke hätte, die sich aber höchst selten in solchen Wutanfällen äußere und meistens auch nur dann, wenn er zu viel getrunken hätte. Dann befahl er dem Gefreiten Goldig, heute für die Stubenreinigung verantwortlich zu sein und mich in Ruhe zu lassen. Goldig maulte nicht über diesen sonderbaren Befehl und begann, Tisch und Stühle aufzustellen. Letztlich einigten sich alle darauf, über diesen Zwischenfall Stillschweigen zu bewahren und die Geschichte zu vergessen.

Doch nur wenige Minuten später, als Goldig gerade damit beschäftigt war, den verschütteten Cola-Fusel vom Fußboden aufzuwischen, flog erneut die Stubentür auf und der Dicke kam hereingedonnert. Er lief ohne ein Wort zum Fenster und riß es auf. Dann kam er auf mein Bett zugewalzt, riß dabei Hans Schleifer zu Boden und schnappte nach mir. Mit einem Satz hatten mich seine Pranken aus dem Bett gerissen und schleuderten mich durch die Luft. Ich strampelte heftig. Unbeirrt aller beruhigenden Worte seiner EK-Kameraden stapfte er zum Fenster und drohte damit, mich hinauszuwerfen, wenn seine Kameraden ihre Aussage, daß er besoffen sei, nicht zurücknehmen würden. Ich stützte mich mit Händen und Füßen gegen die Heizung, doch mein Kopf und der halbe Oberkörper hingen schon draußen in der kalten Herbstluft. Unter mir leuchteten die Laternen die Kasernenstraße aus. Immerhin befanden wir uns im dritten Stock, und ich bekam eine derartige Höllenangst, daß ich kurz vor einem Panikanfall stand. Ich drückte mit aller Kraft gegen den Heizkörper. Die Befestigungsdübel knirschten in der Wand und der Putz rieselte auf den Boden. Alle EKs versicherten dem Dicken, daß er total nüchtern sei. Alles wäre doch nur Spaß und ich sei ein kleiner Scheißdreck, über den es sich nicht aufzuregen lohne. Schleifer und die anderen zerrten schließlich so lange an der Uniform des Dicken, bis er aufgab und wie ein nasser Sack in sich zusammensank. Ich krabbelte von der Fensterbank ins Zimmer zurück und konnte vor Schreck gar nicht so schnell zittern, wie ich wollte. Die EKs hielten den Fleischklumpen gefangen und forderten mich auf zu verschwinden. Mit langsamen, zittrigen Schritten stahl ich mich im großen Bogen an dem Klops vorbei, um dann blitzschnell auf mein Bett zu flüchten. Hans Schleifer holte eine Flasche Schnaps aus einem Versteck, schenkte kräftig ein und verzichtete auch auf die Cola. Der Dicke mußte trinken und die anderen hielten ihn dabei fest. Mit wenigen, gierigen Schlucken verschwand die halbe Flasche Schnaps im Fleischklops, der jetzt nur noch vor sich hin schnaufte. Der Gefreite Goldig erhielt den Befehl auszuspionieren, ob auf dem Flur die Luft rein sei. Schließlich hievten die EKs ihren Kameraden aus dem Zimmer und schleiften ihn zu Bett.

Es dauerte noch eine Weile, bis mir das Zittern aus den Gliedern wich und ich wieder ruhig wurde. Ich grübelte ununterbrochen darüber, ob mich der Dicke wirklich aus dem Fenster geworfen hätte. Ich konnte und wollte mir das einfach nicht vorstellen. Immerhin wäre das Mord gewesen und welch ein Mensch tut so etwas. Ich erwischte mich selbst dabei, wie idiotisch und lächerlich die Frageweise wirkte. Und wie naiv! Ich stand mitten in einer Armee, die mir akribisch genau die Einzelheiten des Menschentötens beibrachte, und machte mir dabei Hoffnungen, daß die Soldaten es doch bitte nicht so ernst nehmen sollten – das mit dem Töten, zumindest bei mir nicht. Das ist doch alles verrückt. Kaum ein Fernsehfilm schafft es heute noch, ohne eine Leiche und wenigstens drei Liter Blut über die Runden zu kommen.

Plötzlich ging die Zimmertür erneut. Die EKs kehrten noch einmal zurück und bauten sich vor meinem Bett auf. Jetzt war es nicht Schleifer allein, der zu mir sprach. Im Chor flehten sie mich an, den heutigen Abend einfach aus meinem Gedächtnis zu streichen. Wenn ich den Dicken verriete, würde herauskommen, daß Alkohol im Spiel war und das gäbe mächtigen Ärger für alle. Außerdem müßte der Dicke mit Knast rechnen und schließlich wolle doch kein Soldat einen anderen Soldaten hinter Gitter bringen. Zudem wurde mir versprochen, daß die EKs sich künftig besser um ihren Kameraden kümmern würden und ich mich deshalb niemals mehr vor ihm fürchten bräuchte. Was mich selbst betraf, so kam es mir keinen Augenblick in den Sinn, den Dicken bei den Offizieren anzuzeigen. Der Respekt vor der Macht der EKs saß mir viel zu tief in den Knochen. Um so erstaunlicher fand ich es, wie schnell der Thron der EKs zu kippen drohte. Ich lag hoch oben in meinem Bett, der Gefreite Goldig reinigte die Stube und die EKs jammerten. So fiel es mir leicht, mein Versprechen auf Stillschweigen abzugeben. Ja, es schien mir, als könne überhaupt nichts Besseres passieren. Die EKs waren erleichtert, zogen von dannen und ich schlief seltsam ruhig ein.

In der Folgezeit mußte mit dem dicken Unteroffizier etwas geschehen sein. Nicht, daß er sich bei mir entschuldigte oder sich für mein Schweigen bedankte. Nein, dafür war und blieb ich in seinen Augen auch weiterhin nur Dreck. Aber im Gegensatz zu allen anderen Spritzern ließ er mich in Ruhe. Kein Beschimpfen, kein sprühender Haß. Wenn ich dem Dicken begegnete, ging sein Blick zufällig in eine andere Richtung und sein Breitmaul mit dem schwabbelnden Dreifachkinn zog still an mir vorbei. Ich empfand das als eine Art Sonderbehandlung, die der dicke Unteroffizier mir jedoch nicht freiwillig angedeihen ließ. Mit Sicherheit steckten Schleifer und die anderen EKs dahinter. Und auf diese Weise wurde es zumindest möglich, die Wachmacke des Dicken vor den Offizieren geheimzuhalten. Auch wenn wir Frischlinge dabei die Last zu tragen hatten.

Diese Schutzstrategie vor der Obrigkeit wäre mit Sicherheit noch längere Zeit so weitergegangen, ohne daß die Batzen bemerkt hätten, daß der Dicke nicht mehr ganz richtig im Kopf war. Die Struktur einer Soldatentruppe ermöglicht es, bestimmte Schwachstellen zu überdecken und vor Belastungen zu schützen. Das geht natürlich nur gut, wenn sich die Schwachstelle auch bereit zeigt, diese Hilfe anzunehmen. Im Falle des Dicken war das jedoch nicht so. Durch die Züchtigung seiner EK-Kameraden blieb ihm nicht mehr die Möglichkeit, seinen Haß an den Spritzern abzureagieren. Folglich verlor er wieder die Nerven und legte jetzt Hand an sich selbst an. Vielleicht dachte er sich: Wenn schon nicht töten, dann wenigstens getötet werden. Das klingt vollkommen absurd und bestätigt meine Theorie, daß der Dicke nicht mehr alle Tassen im Schrank hatte.

Es geschah während eines Wachdienstes. Einer von diesen vielen Wachdiensten, die nun auch für mich zum Alltag gehörten. Der Dicke bewachte mit seiner Mannschaft ein Objekt, das außerhalb von Berlin lag. Ein Waldgelände mit unterirdischen Bunkern, in deren Schutz Vater Staat zu entfliehen hoffte, falls ihm auf Erden das Wasser bis zum Hals stünde. So wenigstens lautete die offizielle Version für uns Soldaten. Und dafür sollten wir gefälligst Verständnis haben, denn im Falle eines Krieges bräuchte der Staat diesen Schutz, damit er weiter regieren könne, was letztlich wieder uns Soldaten zugute käme, auch wenn für uns kein Platz in diesen Bunkern war. Ob diese Version mit der Wirklichkeit übereinstimmte, konnte allerdings kein Soldat prüfen. Für die Soldaten war das Betreten der Bunkeranlagen strengstens verboten. So hatte der Wald etwas Unheimliches. Eigentlich sah er ja aus, wie ein ganz normaler Kiefernwald nun einmal aussieht. Und trotzdem. Es zog sich eine Teerstraße auf unergründlichen Wegen mitten durch ein Waldgebiet, in dem sich Fuchs und Elster ‚Gute Nacht' sagen und wo kein Mensch überhaupt einen Trampelpfad vermuten würde. Plötzlich versperrte ein riesiges Stahltor mit Stacheldraht die Straße, umgeben von idyllischen Kiefern. Rechts und links vom Tor schlängelten sich Doppelzäune durch den Wald, in deren Mitte halbverhungerte Schäferhunde an Laufleinen die Trasse auf und ab hetzten. Die Hunde waren derart neurotisch, daß man kaum noch von Hunden im eigentlichen Sinne sprechen konnte. Näherte sich irgend etwas den Zäunen, verfielen die Tiere in ein solches Theater, daß es wohl niemand gewagt hätte, einen gehörigen Abstand zu unterschreiten. Selbst die Hundeführer gingen nur mit bißsicheren Spezialanzügen und gezogener Pistole zwischen die Zäune, um die Fütterung durchzuführen. Unter diesen Umständen hatten die Hunde ein nur kurzes Leben. Sofort nach dem einige Monate dauernden Trassendienst bekamen sie den Gnadenschuß und wurden durch neue Tiere ersetzt. Die Hundelaufleine endete alle hundert Meter, um einem Betonwachturm mit auffällig großem Scheinwerfer Platz zu machen. Nach dem Wachturm begann die nächste Hundetrasse. In diesem Rhythmus zog sich der Zaun um das Gelände. Ein Außenstehender per Auto, ja selbst mit dem Flugzeug mußte erst einmal auf die Idee kommen, daß sich in diesem harmlosen Wald so ein Gelände befände. Denn hinter dem Eingangstor durfte man nicht ein Objekt vermuten, das aus Hallen und Häusern bestand. Nein – die Teerstraße führte weiterhin nichtssagend durch den Wald. Urplötzlich versandete sie im Boden, der zu einer Halde aufgeschüttet und mit Gras und Setzlingen bepflanzt war. Zu unbestimmten Zeiten kamen LKWs, die meist Container geladen hatten, über die Straße des Waldes gefahren. Die Hunde schlugen weit früher an, als der Torposten die Motorengeräusche hören konnte. Die LKWs fuhren schließlich bis ans Ende der Straße. Ähnlich wie die Türen eines Fahrstuhls öffnete sich die Stirnseite der Halde. Aus dem Inneren drang nur ein Lichtschein nach draußen. Der LKW fuhr hinein und die Haldentüren wurden geschlossen. Dabei sah man außer dem LKW-Fahrer nicht einen einzigen Menschen, hörte nicht ein einziges Wort. Für uns Soldaten war an dieser Stelle das Schauspiel zu Ende. Alles was danach kam, gehörte unserer Phantasie – und das zu Recht. Es war schon ein gewaltiger Anblick, wenn ein LKW so mir nichts, dir nichts vom Erdboden verschwand und schlagartig – scheinbar wieder aus dem Nichts – auftauchte, um ganz unschuldig eine Teerstraße im Wald entlangzufahren. Dazu gesellten sich noch die vielen Luftschächte, die überall verstreut zwischen den Kiefern standen. Alles mannshohe, viereckige Türmchen mit Luftschlitzen, die aus braunen Ziegelsteinen gemauert waren und somit zwischen den Baumstämmen nur wenig auffielen.

Wie ich erfahren hatte, verrichtete der dicke Unteroffizier schon seit zwei Jahren seinen Wachdienst an diesem unheimlichen Ort. Und vielleicht waren es gar nicht die futuristisch anmutenden Geschichten, die dem Dicken hier das Leben so schwer machten. Denn es gab da auch die realen Sachen. Sachen, die ich von meiner Abschlußübung her gut nachempfinden konnte und vor denen man ungeniert Angst haben durfte. Denn die Soldaten standen nicht nur am Eingangstor und auf den Wachtürmen. Auch hier gehörten die Streifengänge zum alltäglichen Dienstprogramm. Das mochte am Tage sicherlich ganz angenehm und idyllisch sein, entwickelte sich aber des Nachts zum Horrortrip. Die Hundeführer versicherten zwar, daß die Anwesenheit der Hunde alles Wild in weiter Ferne hielte, aber dennoch wurden immer wieder Wildschweinkuhlen von den Soldaten entdeckt. Einmal soll es sogar vorgekommen sein, daß ein nächtlicher Streifenposten das Grunzen eines Wildschweins in der Dunkelheit gehört zu haben glaubte. Er geriet in Panik und feuerte aus Angst sein ganzes Magazin der Kalaschnikow durch die Nacht. Die Offiziere reagierten übertrieben hysterisch auf diesen Vorfall und drohten dem Soldaten eine Bestrafung an, falls nicht tatsächlich ein Tier gefunden würde. Am nächsten Morgen ging die Sache für den Soldaten zum Glück glimpflich aus. Die Offiziere fanden im Gebüsch einen Fleischhafen, der an ein Wildschwein erinnerte. Sofort folgte die Anordnung, daß Jäger das Waldstück zu durchsuchen hätten. Die Jäger konnten aber nichts entdecken und versicherten, daß es sich um ein einzelnes, verirrtes Tier gehandelt haben mußte. Die Offiziere und Jäger verschwanden wieder, die Angst der Soldaten blieb.

Es passierte in den frühen Tagesstunden, als die Finsternis eines Wintermorgens noch immer den Wald verhüllte. Plötzlich krachte ein Schuß durch die Kälte und niemand wußte, woher er kam. Die Hunde schlugen an. Binnen Sekunden wurde die märchenhafte Stille des Winterwaldes von einem ohrenbetäubenden Gebell vertrieben. Der Wachhabende funkte seine Posten auf den Türmen und Streifenwegen an. Alle meldeten sich zurück – nur das Funkgerät des dicken Unteroffiziers schwieg. Die Bereitschaftsposten eilten mit dem Sanitätskasten durch den Schnee. Der Wachhabende funkte weiter. Immer und immer wieder. Die Soldaten stapften, so schnell sie nur konnten. Doch bis zum Wachturm des Dicken war es weit. Als sie endlich ankamen, stand der Turm schweigend in der Kälte. Vom Dicken fehlte jede Spur. Die Soldaten schrien mit roten Köpfen und aus vollen Kehlen. Der Dampf ihres Atems stieg zum Turm hinauf, eine Antwort blieb aus. Verzweiflung machte die Runde. Wer sollte als erster die Leiter zum Turm hinaufsteigen. Nach kurzem Zögern riß Unteroffizier Bergmann einem Gefreiten den Sanitätskasten aus den Händen und krabbelte entschlossen die Sprossen hoch. Gespanntes Schweigen machte sich breit. Nur das dumpfe Widerhallen der Metallsprossen ging durch die Luft. Dann verschwand Bergmanns mächtiger Körper in der kleinen Einstiegsluke des Turmbodens. – – „Er lebt", dröhnte seine aufgelöste Stimme. „Kommt doch bloß hoch! – Er lebt noch."

Der Dicke kauerte in sich versunken auf dem Boden. Sein Gesicht war kreideweiß. Von der Schläfe her rann Blut über die breite Wange dem Hals zu. Zwischen den Knien klemmte noch immer die Kalaschnikow. Der Rückschlag des Schusses hatte die Waffe verrissen und die Kugel hinterließ nur diese blutige Schmarre auf seiner Kopfhaut. Die Wachtürme bestanden aus besonders hartem Beton – kugelsicher. Als Fenster dienten winzige Gucklöcher. Bei einer Austrittsgeschwindigkeit des Geschosses von 760 Metern in der Sekunde ließ sich leicht denken, wie oft die Kugel ihm um die Ohren geflogen sein mußte, ohne ihn zu treffen. Es war mit Sicherheit die gutmütigste Kugel der Welt, wenn man bedenkt, daß der Dicke mit seinem Körper den halben Turm ausfüllte. Und noch ein Zufall war entscheidend. Um ganz auf Nummer Sicher zu gehen, hatte er die Waffe auf Dauerfeuer eingestellt. Eigentlich hätten sich so nach der Betätigung des Abzuges gleich mehrere Schüsse lösen müssen. Aber es löste sich nur einer.

Auf Grund der Entlegenheit des Objektes dauerte es eine Weile, bis ein Krankenwagen eintraf. Der dicke Unteroffizier redete währenddessen nicht ein Wort. Er lag schweigend da, kalt und blaß. Die Soldaten wischten ihm das Blut ab, verbanden den Kopf und wickelten ihn in eine Decke. Als der Krankenwagen kam, gab ihm der Arzt zunächst eine Spritze. Der Dicke schlief auf der Stelle ein und wurde in eine psychiatrische Anstalt gebracht. Jetzt aber in ein Krankenhaus des Ministeriums für Staatssicherheit und eben nicht in das Lazarett des Wachregiments.

Wir sahen den dicken Unteroffizier lange Zeit nicht. Es hielt sich hartnäckig das Gerücht, daß der Schritt zur echten Stasi ein unumkehrbarer sei. Nach seiner Genesung würde er somit für immer dort hängenbleiben und niemals mehr in die Gefilde der einfachen Soldaten zurückkehren. Doch eines Tages geschah es, daß der Dicke unerwartet auftauchte, um die privaten Sachen aus seiner Stube zu holen. Er war in Zivil und wirkte auffallend dünn. Ja, sein Gesicht machte sogar einen eingefallenen Eindruck. Er sprach mit keinem von uns. Immer noch schien es, als würden seine trüben Augen ins Nichts starren. Leutnant Scharf teilte uns später mit, daß der Unteroffizier wegen gesundheitlicher Gründe aus dem Militärdienst entlassen worden war – nur wenige Monate vor seiner offiziellen Entlassung. Ich sah den Dicken nie wieder.

Im übrigen gab es ständig einige EKs, die vor uns Neulingen ihre Macht beweisen mußten. Und solange sich alles im gesunden Rahmen abspielte, konnte man das ertragen. Denn die Gewißheit auf ein baldiges Ende der Schikanen sorgte stets für neue Kraft. Ich kam mir vor, wie ein Spieler in einem tausend Jahre alten Spiel, in dem die Regeln genau feststanden. Jeder, der sich bereit zeigte, mitzuspielen, bekam grundsätzlich soviel Kraft, daß er die nächste Runde erreichen konnte. Diejenigen, die ihre Kraft im Alleingang auf neuen Wegen verschwendeten, waren immer die Verlierer. Und sie mußten es auch sein, da ansonsten das Spiel vom Soldatsein nie so alt geworden wäre. Mochte das Schicksal des Dicken auch traurig sein, fiel er doch aus dem Rahmen, hatte das Gleichgewicht gestört und wurde letztlich ausgestoßen. Eine Freude daran konnten nur wir Neuen finden, da wir nun einen Quälgeist weniger zu haben glaubten. Doch das war ein Irrtum. Denn die Verwirrung der Hierarchie wirkte noch lange nach.

Ich behielt meine Sonderstellung bei den EKs, die ich dem Vorfall mit dem besoffenen Dicken zu verdanken hatte. Das wurde selbstverständlich nie ausgesprochen, spiegelte sich aber auf den Reinigungsplänen des Soldatenhauses wider, auf denen mein Name fast immer fehlte. Statt dessen mußte ich mit den alten Genossen Schach spielen, Lieder zur Gitarre singen, Geschichten erzählen und reichlich vom verbotenen Alkohol trinken. Das war mir für den Augenblick auch angenehm, entwickelte sich aber zu einem wahren Drahtseilakt zwischen den EKs und den Soldaten meines Jahrganges. Die nämlich registrierten die Bevorzugung sehr genau, und es wurde für mich immer schwieriger, glaubhaft zu machen, daß ich noch zu ihnen gehörte. Und das war mir wichtig. Schließlich wußte ich ja, daß die Entlassung der EKs bevorstand. Zwar endete damit auch meine Zeit als Spritzer, aber ich fürchtete, auf die Bahn des Einzelgängers zu geraten. Diese Furcht verstärkte sich noch durch die Tatsache, daß ich als Mitglied der Kulturgruppe sowieso schon über weitreichende Sonderrechte verfügte.

Unteroffizier Sänger forderte für diese Privilegien allerdings einen hohen Preis. Denn der ständige Wechsel zwischen Wachdienst und Singeproben machte mir auf Dauer zu schaffen. Zwar fand ich während des Dienstes die Zeit, in den heimlich mitgeführten Textbüchern zu lesen, doch waren es die Texte selbst, die mich fast krank machten. Als Embryo in Sachen Fremdsprachen freute ich mich dennoch, wenn ich Strophen in Russisch oder Italienisch lernen durfte. Natürlich gehörten auch diese Texte zu den Kampfliedern der Arbeiterklasse, aber ich bekam es wenigstens nicht mit. Das gesamte Repertoire der Singegruppe bestand nämlich ausschließlich aus Kampfliedern. Abgesehen von einigen Kanons zur Stimmübung gab es keine Gnade. Und irgend etwas sträubte sich in mir, diese roten Heldengeschichten in das Gehirn zu lassen. Es kam mir manchmal so vor, als befände sich ein Loch in meinem Kopf, aus dem alle diese Texte wieder entfleuchten, nachdem ich sie so mühsam eingeprügelt hatte. Natürlich stand ich mit diesem Phänomen nicht alleine da. Es litten wohl alle Gruppenmitglieder daran. Immer wieder versuchte Sänger, wenigstens ab und zu einige unpolitische Lieder in das Programm aufzunehmen. Meist handelte es sich dabei um Volkslieder aus dem Bereich der Klassik, die mit ihren

Beschreibungen der Natur oder der Liebe nun wirklich keine Gefahr für den Sozialismus darstellten. Doch die Zensur durch die Kulturoffiziere kannte kein Pardon. Allerdings wäre es jetzt unfair, alle Kulturoffiziere über einen Kamm zu scheren und an den Pranger zu stellen. Denn unter ihnen gab es durchaus welche, die für eine Erweiterung unseres Programmangebotes eintraten. Ja, mit Sicherheit waren es sogar die meisten der Offiziere. Auffallend war jedoch, daß es sich ausschließlich um Offiziere handelte, die mit uns Soldaten das gleiche Kapital teilten – die Jugend. Und leider brachte das wiederum die Tatsache mit sich, daß den jungen Offizieren der entsprechend hohe Dienstgrad fehlte, um eine Veränderung durchzusetzen. Oftmals genügte ein vergreister Stabsoffizier mit seinem Betonkopf zwischen den Schultern und dem Rotstift in der Hand, um die über Monate neu einstudierte Probenarbeit mit einem Strich kaputtzumachen. Da half dann auch kein Flehen und Jammern. Und selbst Unteroffizier Sängers unterdrückte Tränen führten beim Genossen Oberst nicht zum Erbarmen. Der schwärmte nur von längst vergangenen Zeiten – von der Revolution und dem Aufbruch zu neuen Ufern. Mit selbstgenähten Uniformen und den FDJ-Blauhemden auf den Körpern, mit den roten Arbeiterfahnen in den Händen und den Knobelbechern an den Füßen – ging es schnellen Schrittes über das holpernde Kopfsteinpflaster der Straßen in die Schlachtfelder des kapitalistischen Sumpfes hinein. Da halfen keine volkstümlichen Liedchen, das war Kampf, echter Kampf. Kommunisten Seite an Seite schmetterten die Lieder für eine bessere Zukunft durch die Luft. Das war Solidarität und Einheit und Gleichheit. Das nährte die Kraft im Kampf für die gerechte Sache des Sozialismus. Und spätestens jetzt standen auch dem Genossen Oberst die Tränen der Erinnerung in den Augen, und ich wußte genau, daß wir den Kampf verloren hatten und bis zum Ende unserer Dienstzeit Kampflieder über Kampflieder singen würden.

Als man mich im Ausbildungslager mit Marx weckte, zur Mittagsruhe Engels rezitierte und mir Lenin mit auf den Weg durch die Nacht gab, dachte ich, daß es sich um eine einmalige Sache im Rahmen der Ausbildung handelte. Doch während des ersten halben Jahres in der Kaserne reifte meine Ahnung zur Gewißheit: Hier im Wachregiment war es anders als ‚draußen' im Lande. Sicherlich galt überall die sozialistische Linie, aber ich nahm sie nie sonderlich ernst. Und das brauchte ich auch nicht zu tun. Denn es gab immer noch die Möglichkeit, sich aus allem rauszuhalten und die Dinge laufen zu lassen, die man eh nicht ändern konnte. Glücklicherweise war ich mit dieser Haltung nicht alleine. Ich denke, die meisten aller Leute taten es so und die sozialistische Linie verblaßte mehr zum theoretischen Müssen, als daß sie zur zwingenden Notwendigkeit wurde. Das passierte nur, wenn man sich unbedingt berufen fühlte, eine höhere Tätigkeit im Staatsdienst ausführen zu müssen. Der einfache Mann auf der Straße kam mit einem dreijährigen Armeedienst oder der Mitgliedschaft in der Einheitspartei ausreichend weit voran. Nicht aber hier im Regiment. Leutnant Scharf und seine Politgenossen ließen keinem die Möglichkeit zur Wahl. Der Marxismus/Leninismus wurde zum Programm. Ein Programm, an das sich jeder zu halten hatte – ohne Ausnahme, auch nicht in der Kultur und bei den Liedern der Singegruppe. Das war kein Scherz und auch kein Spiel. Jeder Soldat bekam zu Beginn seiner Dienstzeit gleich kiloweise Bücher der sozialistischen Philosophie. Allesamt neu gedruckt und in feines Leder gebunden. Keine Spur von Mangelwirtschaft, kein Zeichen des Sparens durch Bibliotheken oder sonstiger Mehrfachnutzung. Und das Tragische daran war, daß die Bücher nicht den Zweck eines Staubfängers erfüllten. Nein, vielmehr stand das ehrgeizige Ziel in der Ferne, daß sie bis zum Ende der Armeezeit Seite für Seite zu studieren wären. Und so, wie ich Leutnant Scharf bisher kennengelernt hatte, wagte ich nicht daran zu zweifeln.

Leutnant Scharf entpuppte sich immer mehr als ein Ausführender des sozialistischen Programms. Aber anders als ein Computer, der einfach mit einem Programm gefüttert wird und sich dann an alle Festlegungen hält, verfügte der Leutnant über Methodik. Und diese Methodik machte ihn gefährlich. Ganz im Gegensatz zum Genossen Kultur-Oberst. Beim ihm wußte ich wenigstens, woran ich war. Er kannte die Regenbogenfarben der Mitte überhaupt nicht. Für ihn gab es nur schwarz oder weiß – Kampflied oder kein Kampflied. Das mag zwar eine grauenhafte Sturheit sein, doch jeder noch so dumme Soldat konnte dem Weg folgen und brauchte ihn nie zu verlassen, wenn er es denn nicht selbst wollte. Der Leutnant hingegen liebte die bunte Vielfalt und er schien ein wahrer Meister der Farben zu sein, ganz so wie ein Chamäleon. Dabei bin ich mir bis heute nicht sicher, ob das Rot tatsächlich seine Grundfarbe ausmachte oder ob es nicht eher eine Meisterleistung der Täuschung war. Die Rolle als Politoffizier in einer roten Armee spielte er jedenfalls perfekt.

So gab es auch nur sehr wenige Soldaten und Unteroffiziere in unserer Kompanie, die mit dem Waffenreinigen bestraft wurden, währenddessen die Masse bei den wöchentlichen Parteiversammlungen saß. Und hierbei trat selbst die EK-Bewegung außer Kraft. Kein Mitglied der Partei zu sein – das galt als Politikum, vollkommen unabhängig davon, ob ein Soldat erst drei Tage oder schon drei Jahre seinen Dienst in der Truppe verrichtete. Wenn wir Parteilosen auf den Fluren stehen mußten, um die Kalaschnikows der ganzen Kompanie zu reinigen, kam das einem Pranger gleich, an dem wir zur Schau gestellt werden sollten, als wäre die Parteilosigkeit ein Verbrechen. Selbstverständlich wußten wir, daß Leutnant Scharf der Initiator dieses Schauspiels war. Leider aber führte das nur bei einem Teil von uns zum Solidarisierungseffekt. Die anderen – vor allem die neuen Soldaten – kippten um und sahen plötzlich ein, wie wichtig es sei, Parteimitglied zu sein. Und der Leutnant schäumte über vor Huldigungen, denn seine Taktik ging auf. Schließlich blieb der harte Kern übrig, dem auch ich angehörte. Eine Tatsache, die Scharf besonders ärgerte. Vielleicht glaubte er, mit dem Eintritt aller jungen Genossen in die Partei das Übel der Parteilosigkeit mit Stumpf und Stiel auszurotten, weil ihm dadurch die fehlende Vorbildwirkung zu Hilfe käme. So ist es nicht verwunderlich, daß die Geschichte von meiner Unreife bei ihm nicht fruchtete. Dem Parteisekretär in Schulzenhorst hatte ich dieses Märchen genauso gut aufbinden können wie meinen Lehrern auf dem Schloß. Doch mit Leutnant Scharf fand das Spiel sein Ende. Auf politische Unreife konnte ich mich nach einer derartigen Dröhnung in Marxismus/

Leninismus nicht mehr herausreden. Und wenn es dem Leutnant gelänge, mir staatsfeindliches Gedankengut nachzuweisen, wäre ich ein für allemal erledigt gewesen.

Doch oft geht die Vernunft ihre eigenen Wege, so daß es letztlich unvernünftig erscheinen will, was wir mit uns selbst alles anstellen. Das ist meistens der Fall, wenn wir auf unsere innere Stimme vertrauen, die uns dann Dinge machen läßt, über die der vernünftige Mitmensch nur mit dem Kopf schütteln kann und die uns schließlich vor einem Haufen Mist stehen lassen, der stinkt und Ärger mit sich bringt, währenddessen wir trotzdem in einem Glücksgefühl schweben. Das nennen die einen Gottvertrauen, die anderen Fanatismus oder ideologischen Schrott. Und so wird es noch lange Zeit eine unserer Hauptfragen bleiben, wo denn nun eigentlich die Norm läge und wo nicht, wann einer vom ‚Normalen' abweiche und für ‚verrückt' erklärt werden könne. Das erweist sich insbesondere deshalb als schwierig, weil ausgerechnet die Vernünftigen ständig bemüht scheinen, die Normen hin und her zu schieben, fast so, als hätten sie vor einer Festlegung höllische Angst. Oder aber – sie können die Norm gar nicht festlegen, weil es keine gibt. So gesehen hätte die innere Stimme ihren Sinn wiederbekommen, und wir würden endlich in einer Welt leben, in der jeder das entfalten kann, was er ist.

Es wäre also nur vernünftig gewesen, sich gegenüber Leutnant Scharf ruhig zu verhalten und ihm aus dem Weg zu gehen. Mir aber kam diese Vernunft nicht in den Sinn. Ich fand es viel zu öde, die Nächte auf Wachtürmen herumzufrieren und am Tage Kampflieder zu trällern. Nein, ich folgte lieber meiner inneren Stimme, das war spannender. Denn schließlich gab es in der Kulturabteilung noch den Unteroffizier Paulsen. Daß ich solange brauchte, um ihn überhaupt zu registrieren, hatte natürlich seinen guten Grund. Ganz im Gegensatz zu Unteroffizier Sänger gehörte der Paulsen zu den leisen Vertretern, zu denen, die man bewußt suchen muß, wenn man sie finden will. Eine Eigenschaft, die sich von Hans Sänger nun wirklich nicht behaupten ließ. Wo er auftauchte, spielte die Musik mit Pauken und Trompeten. Allerdings immer nur die verordnete Musik und das langweilte auf Dauer. So war die qualmende Pfeife das einzige, was die beiden einte. Auch ging Paulsen nicht auf Pirsch unter die jungen Genossen, um den Nachwuchs für seinen Bereich der schreibenden Soldaten zu rekrutieren. Er verließ sich dabei vollkommen auf die Neuen selbst. Wer kommt, der kommt – wer nicht, der nicht. Dementsprechend läßt sich denken, daß Paulsens Bereich nur eine kleine, überschaubare Gruppe ausmachte. Und dennoch. Diese kleine, überschaubare Gruppe machte Leutnant Scharf um vieles mehr zu schaffen als der große, jodelnde Haufen der Singegruppe. Ich spürte förmlich das Kribbeln auf meiner Haut, das davon ausging. Es war wie ein Sog, der mich mitriß. Ich erkannte die Gefahr, wußte, daß ich künftig noch mehr von Scharf überwacht würde und konnte mich trotzdem nicht dagegen wehren.

Unteroffizier Paulsen wurde bereits des öfteren wegen seiner kritischen Texte getadelt und bestraft. Dabei kamen mir seine Texte alles andere als kritisch vor. Sie entsprachen vielmehr den Ansprüchen des sozialistischen Realismus. Und die Möglichkeit der zweifachen Deutung ist dem Deutschen eigen, so daß sie mehr mit der Phantasie des Lesers als mit dem Text an sich etwas gemein hat. Aber das allein genügte Scharf völlig. Für ihn war die Gruppe der Schreibenden zwar überschaubar, aber nicht durchschaubar. Immer wieder ließ er die Räume von Paulsens Bereich durchsuchen und beschlagnahmte Texte und Gedichte. Am meisten dürfte ihn dabei die Gleichgültigkeit des Hans Paulsen geärgert haben. Unteroffizier Paulsen setzte sich in eine Ecke, nuckelte an seiner Pfeife, ließ sich alle Texte wegnehmen und blieb stumm wie ein Fisch. Der Leutnant wetterte bis zum Wutanfall und hätte am liebsten den ganzen Bereich geschlossen. Doch an diesem Punkt endete seine Macht. Er konnte den Bereich nicht verbieten. Dafür war er als Politoffizier mit dem niedrigen Rang eines Leutnants ein zu kleines Licht. Denn der Bereich ‚Literatur' gehörte nun einmal zur Kulturabteilung – eine Weisung, die einst auf höchster Ebene beschlossen worden war, egal wieviel Bauchschmerzen sie jetzt dem Leutnant bereitete.

In der Regel bekam Paulsen seine Arbeiten wieder zurück, da sich eine eindeutige oppositionelle Aussage nicht finden ließ. Bei den wenigen Texten, die dauerhaft eingezogen wurden, blieb die Frage nach dem Grund stets unbeantwortet. Oft schien es, als spielte dabei nur Willkür eine Rolle ohne jegliches System, aber mit dem Ziel, den Zeigefinger des Zensors zu zeigen, um so ein Abdriften künftiger Texte von der sozialistischen Richtlinie zu vermeiden. Der gleichen Willkür bemächtigte sich der Leutnant, indem er Unteroffizier Paulsen einfach Urlaubstage strich und ihn nicht auf die Liste für Auszeichnungen setzte. Mit Sicherheit gab es dafür keine Anweisungen von den hohen Stabsoffizieren, denn die beschäftigten sich nicht mit den Urlaubstagen der kleinen Soldaten. Doch schließlich mußte der Leutnant zeigen, wer er ist und daß auch er über Macht verfügt, wenn er schon nicht dem Literaturbereich einen Riegel vor schieben konnte.

Die Gespräche, die ich mit Paulsen führte, erinnerten mich an meinen alten Schulfreund Hermann Lipp. Ich fühlte mich in Hermanns Stammkneipe ‚Anny Hecht' zurückversetzt, wo wir oft bis in die Nachtstunden saßen, um über Kafka zu diskutieren und heimlich Opposition am Staat zu üben. Schon damals überflutete mich der Reiz des Unheimlichen, die verdeckte Angst und die lauernde Gefahr. Niemals hätte ich gedacht, daß sich dieser Hauch des Widerstandes bis in die Reihen der Elitetruppe des Staates hineinzog, um dort auch noch eine Nische zu finden, in der er sich über Jahre festhalten konnte. Denn schließlich war Unteroffizier Paulsen ein EK, das heißt, er hielt sich trotz seiner Schriften schon drei Jahre über Wasser. Das fand ich ungeheuer aufregend und schlitterte in eine regelrechte Euphorie hinein. Die Gespräche mit Paulsen waren zudem viel intensiver. Hier gab es keine Blondine, die sich zwischen uns drängeln konnte, so wie damals zwischen Hermann und mich. Manche Abende gehörte mir Paulsen ganz allein – stundenlang. Natürlich ging das zu Lasten der Musikproben, und es dauerte nicht lange, bis ich den Zorn von Hans Sänger auf mich gezogen hatte. Er mißbilligte meine Unterhaltungen mit Paulsen aufs Schärfste. Und das nicht nur, weil ich die Singegruppe vernachlässigte, sondern vor allem, weil Hans Paulsen gefährlich für mich sei, wie er meinte. Ich reagierte beleidigt und versicherte, daß ich mich alt genug fühle, um die

Gefahr selbst einzuschätzen. Woraufhin der Sänger nun doch seine EK-Macht spielen ließ und mich fürs Erste einige Abende zum Saubermachen ins Klo schickte, damit ich darüber nachdenken könne, mit welchen faulen Tricks ich überhaupt in die Kulturabteilung gekommen sei und wem ich das zu verdanken habe. Ich empfand das als Erpressung und war fest zur Gegenwehr entschlossen. Da mir als Spritzer jedoch alle Möglichkeiten der Selbstbestimmung genommen waren, arbeitete ich während des Schrubbens der Kloschüsseln an einem besonderen Plan, der die gesamte Sippschaft mit einem Schlag treffen sollte.

Ich dachte dabei an ein Gedicht. Ein Gedicht, in dem das tote Land zutage tritt und das ich des Nachts an die Wandzeitung der Kompanie heften würde. Diese Idee erschien mir genial. Sie sollte allen beweisen, daß es auch hier Kritiker gäbe, die sich zu Wort meldeten. Allerdings mußte ich mir eingestehen, daß sich die Umsetzung einer Idee in die Wirklichkeit viel schwieriger gestaltete als erwartet. Zumindest erwies sich das Klo als ein zum Dichten ungeeigneter Ort. Kurz entschlossen zeigte ich Reue vor Unteroffizier Sänger, brach den Kontakt zu Paulsen ab und zog mich auf meine Stube zurück. Aber auch dort konnte ich keine Ruhe finden. Wenn sich jemand in eine Soldatenstube setzte und schrieb, dauerte es keine halbe Stunde und er zog die Aufmerksamkeit aller Soldaten auf sich. Und wie sollte ich glaubhaft machen, daß ich urplötzlich zum Briefeschreiber geworden sei, obwohl ich in den Monaten zuvor nicht eine Zeile aufs Papier gebracht hatte. Diesen Gedankengang fand selbst ich unlogisch und gefährlich. Denn Aufmerksamkeit war das Letzte, was ich bei meiner Arbeit gebrauchen konnte. Schließlich komplettierte ich meine Unterlagen für den Wachdienst mit einem Notizblock, einem Bleistiftstummel und einer Mini-Taschenlampe.

Während der Postenstunden auf dem Wachturm hatte ich nun endlich genügend Ruhe und Zeit. Doch jetzt quälten mich andere Sorgen. Am Tage bestand die Gefahr, von den anderen Soldaten beobachtet zu werden. In der Nacht fürchtete ich, daß mich der Schein der Taschenlampe verraten könnte. Dazu kam die Ungewißheit vor möglichen Wachkontrollen durch die Offiziere. Zwar funktionierte das Alarmsystem zwischen den einzelnen Wachobjekten fast immer und verriet uns, wo sich die Kontrolloffiziere gerade aufhielten. Aber leider kam es zuweilen dennoch vor, daß ein Offizier unverhofft vor unserem Objekt auftauchte, um mir seltsame Stunden voller Spannung und Angst zu bereiten. Mein Herz raste und die Hände zitterten. Trotzdem kritzelte ich Wort für Wort – Zeile für Zeile und letztlich ganze Strophen in meinen Notizblock. Dabei bemerkte ich eine Schwierigkeit, die mir früher nie aufgefallen war. Gerade als ich glücklich die dritte Strophe fertiggebastelt hatte, schien mir die erste nicht mehr ins Bild zu passen. Dieses Phänomen wiederholte sich dann bei jeder weiteren Strophe, und ich bekam das Gefühl, als würde ich bald ein Endlos-Gedicht schreiben, wenn ich nicht mit Gewalt dazwischen ginge. Allerdings war die Gewalt eine meiner am wenigsten ausgeprägten Eigenschaften, so daß ich von einer Seite her in Bedrängnis geriet, mit der ich nicht gerechnet hatte. So brauchte ich zwar nur eine Nacht des Wachdienstes, um mein Gedicht zu schreiben, aber zwei weitere, um mich endlich auf eine der vielen Fassungen zu einigen. Die Endfassung sollte aus nur vier Strophen bestehen, die jedoch den gesamten sozialistischen Irrweg beschreiben mußten. Einen Weg, der nicht am Sozialismus scheiterte sondern am Menschen selbst. Und schließlich saß ich vor einem abgehackten und zerstückelten Gedicht, das meines war und mich todunglücklich machte.

Eines Abends bat ich Hans Schleifer um etwas Fusel, den ich mir in die Cola kippen wollte. Unteroffizier Schleifer kam meiner Bitte ohne Zögern nach, obwohl dieser Wunsch einem Spritzer nicht zustand. Ich trank mir etwas Mut an und faßte den Entschluß, daß es wohl für jeden schwer sein dürfte, ein jahrzehntelanges Sozialismus-Experiment in ganzen vier Strophen zusammenzufassen. Hans Schleifer fragte in sorgenvollem Ton, ob mit mir etwas nicht stimme, da ich in letzter Zeit so ruhig und nachdenklich sei. Ich winkte aber ab und meinte, daß es ihm nur so vorkommen mochte, denn schließlich hinterließen die Wachdienste auch bei mir ihre Spuren. Schleifer schien diese Antwort zu genügen, und ich sorgte mich insgeheim, ob das wirklich alles war, was er Auffälliges an mir beobachtet hatte. Ich trank meine Cola aus und verwickelte Schleifer in ein belangloses Gespräch, dem sich nach einer Weile auch Goldig und Bergmann anschlossen. Ich wollte unter allen Umständen normal wirken. Zwar bemerkte Bergmann beiläufig, daß mein Umgang mit Paulsen nur Ärger mit sich brächte, aber ich spürte deutlich den drohenden Zeigefinger der Singegruppe hinter seinen Worten, so daß ich deshalb kein Risiko zu befürchten brauchte.

Schließlich meldete ich dem UvD unsere Stube zur Nachtruhe ab und verschwand in mein Bett. Anfangs hielt mich eine beklemmende Anspannung aus Stolz und Furcht wach, und ich versuchte festzustellen, wann die anderen zur Ruhe kämen und einschliefen. Völlige Stille machte sich breit. Aus der Ferne des Treppenhauses drang der Stiefeltritt des UvDs durch die Nacht. Hans Schleifer drehte sich auf die Seite. Die Bettfedern quietschten. Dann ein Räuspern des Gefreiten Goldig. Ich suchte nach einem Sinn für mein Vorhaben und hatte plötzlich das Gefühl, alles sei nur vollkommener Quatsch. Jetzt kam die Müdigkeit. Vielleicht sollte ich besser noch einige Tage warten. Aber nein. Die Tat mußte vollbracht werden. Wenn nicht ich, wer dann? Wenn nicht jetzt, wann dann? Mit einem Satz sprang ich vom Bett auf den Boden. Der Sprung war perfekt – kurz und lautlos. Kein Quietschen der Bettfedern, kein Klappern der Leiter. Es rührte sich niemand. Nur ein leises Zischen zog in gleichmäßigem Rhythmus durch den Raum. Vielleicht vom Schleifer, vielleicht vom Bergmann. Sicherheitshalber hatte ich das Blatt mit dem Gedicht unter meinem Spind versteckt und fingerte es nun vorsichtig hervor. Ich verließ die Stube und lief zielsicher über den Flur, der Toilette entgegen. Auf dem Flur war alles ruhig. Im Vorraum der Toilette brannte kein Licht. Also lief ich weiter und preßte mich dabei immer dichter an die Flurwand, damit ich vom UvD nicht gesehen werden konnte. Doch der saß in seinem Häuschen am Rande des Treppenhauses und war ganz in ein Buch vertieft. Ich tastete mich an der Wand entlang, bis ich endlich vor der Kompaniewandzeitung stand. Mein Herz klopfte. Käme der UvD jetzt aus seinem Häuschen, müßte ich in Sekunden bis zur Toilette zurücklaufen, ohne Verdacht zu erregen. Vom UvD-Häuschen bis zur Flurecke waren es aber nur zwei oder drei Meter. Eine Flucht, ohne entdeckt zu werden, erschien mir unmöglich. Mich durchwühlte ein Gefühl der Angst. Ich zögerte einen Augenblick und heftete dann das Blatt an die Wandzeitung. Flüchtig überflog ich noch einmal die Zeilen. Sie waren mit Bleistift in kindlicher Schreibschrift geschrieben, so wie es alle Kinder in der 1. Klasse lernten. Ich hatte mir gedacht, daß diese Methode der sicherste Schutz gegen die Nachforschungen bezüglich des Schreibers sei. Plötzlich verschwand meine Angst. Ich blieb unvorsichtig lange vor meinem Gedicht stehen und las:

Brüder aller Länder...

Da ziehen wir aus in ein besseres Land
die rote Fahne fest in der Hand
weht das vereinte Bruderband
auf Fortschritts Straßen dem Menschen zugewandt
Kein reich und arm – kein gut und böse
das Heucheln und das Staatsgetöse
uniformierter Gleichschritt macht das Denken spröde
in einem Land so wüst und öde
Der Herrscher ist dem Menschen fremd
besessen von Macht – erstarrt in Zement
verspottete Freiheit – beschwindeltes Kind
verloren die Fahne im fauligen Wind
Auf niemands Wegen kehren wir zurück
verdurstet die Hoffnung – erloschen der Blick
das Land der Brüder gibt es nicht
nur der Mensch bleibt ewiglich

Der nächste Morgen begann genauso wie alle anderen Morgen zuvor. Die Augen der Soldaten hätten mit Sicherheit jede Veränderung in der tristen Kasernenumgebung registriert, aber auf die Wandzeitung fiel nicht ein einziger ihrer Blicke. Daß meine Mission ausgerechnet an einem so grundlegenden Fehler scheitern sollte, traf mich schwer. Wie konnte ich nur glauben, daß der Ort einer Auseinandersetzung die Wandzeitung sei. Eine Wandzeitung, vor der ich selber noch nie stehengeblieben war. Mir wurde mit einem Mal klar, daß mein Gedicht jeden Soldaten erreichen und für Diskussionen sorgen würde, sobald es auf dem Klo hinge und nicht an einer Wandzeitung für militärisch-sozialistische Propaganda. All meine Anspannung und Aufregung verschwand sofort, da es sich nur um Jahre handeln konnte, bis jemand zufällig über mein Gedicht stolpern würde. Das führte mich zwar einerseits in Verärgerung über die entschwundene Möglichkeit des Aufruhrs, brachte aber andererseits den Vorteil mit sich, die Suche nach dem Dichter nicht mehr fürchten zu müssen.

Alle vier Züge unserer Kompanie waren an diesem Tag in der Kaserne und nicht auf den Wachobjekten. Ich hatte diesen Zeitpunkt extra so gewählt, damit der Schuldige für die verunglimpfte Wandzeitung einer von möglichst vielen Soldaten sein konnte. Wie gewöhnlich nutzte der Kompaniechef das Zusammensein, um uns Soldaten zugweise gegeneinander ins Feld zu schicken, wo wir seine Ideen von einer möglichen Kriegführung ausfechten durften. Das gestaltete sich dann im Verlaufe des Tages immer stressiger, da der KC auf ständig neue Variationen des Kriegspielens stieß. Leider vergaß er dabei den Unterschied zwischen Theorie und Praxis. Für ihn mochten die taktischen Überlegungen auch wirklich interessant gewesen sein, aber für uns entwickelten sie sich zur unerträglichen Anstrengung.

Kurz nach dem Mittagessen aus der Gulaschkanone, als wir gerade wieder mit den Kalaschnikows im Anschlag und den Stahlhelmen auf den Köpfen über den Acker robbten, ließ der KC die Übung abbrechen. Im Laufschritt ging es in die Kaserne zurück. Wir sollten uns umziehen und sofort zum Kompanieappell antreten. Für die Soldaten bedeutete das Erleichterung, und sie waren einfach nur froh, aus den verdreckten Feldanzügen herauszukommen. Bei mir jedoch hielt sich die Begeisterung in Grenzen. Ich hatte das flaue Gefühl im Magen, daß ausgerechnet die Offiziere – die sich ja meist nur für Minuten in den Kompaniefluren aufhielten – mein Gedicht in die Hände bekommen hatten. Vielleicht sogar der Politoffizier Leutnant Scharf höchstpersönlich. Was für ein grauenhafter Gedanke, verbunden mit der Tatsache, daß die eigentlich Betroffenen – die Soldaten niemals erfahren würden, um was es sich überhaupt drehte.

Als die Offiziere den Appellplatz betraten, verzog Leutnant Scharf sein Gesicht, als hätte er einen Monat lang die Pinkelbecken mittels Rasierklinge vom Urinstein befreien müssen. Das Szenario erinnerte mich unweigerlich an jenen Fahnenappell meiner Schule, vor den ich zitiert wurde, weil ich mich dafür eingesetzt hatte, daß ein Christ nicht auf Menschenpappscheiben schießen mußte, wenn das seinen Prinzipien zuwider lief. Nur damals kannten die Richter ihren Übeltäter und heute nicht. Der KC kam dementsprechend zu keiner langen Vorrede, er meinte nur, daß es ein Vorkommnis in der Kompanie gegeben hätte – und sogleich sprang der Leutnant in die Bresche, ohne daß er den Kompaniechef ausreden ließ. Leutnant Scharf hatte Mühe, ruhig zu bleiben. Seine laute Stimme drohte sich jeden Moment zu überschlagen. Ganz abgesehen davon, daß ihm bei seinen gewaltigen Worten der Entrüstung fast die Puste ausging. Unaufhörlich pumpte er Luft in seinen Oberkörper, auf daß sich die Uniformjacke aufblies und sein Kopf immer röter wurde. Bei all dem Gefasel von den Verschwörungen gegen das sozialistische Vaterland dürfte allerdings keiner der Soldaten begriffen haben, worum was es eigentlich ging. Denn der Leutnant vergaß vor lauter Aufregung zu erwähnen, daß ein Gedicht der Stein des Anstoßes war. Als der KC die Unschuldsmienen seiner Mannen bemerkte, fiel er dem Leutnant ins Wort, nahm das Gedicht und streckte es der Kompanie mit den Worten entgegen: „Dieser Wisch hing an unserer Wandzeitung, Genossen!“ Da ich aber erfahren mußte, daß die Wandzeitung nicht gerade der Ort für Kommunikation war, guckten die Soldaten genauso unschuldig in die Runde wie zuvor. Für einen Augenblick glaubte ich sogar, der KC hatte die Sachlage voll erkannt und schien drauf und dran zu sein, das Gedicht vor der Kompanie zu verlesen. Doch jetzt glühte beim Leutnant der Geduldsfaden durch. Er schnappte im Affekt nach dem Blatt, riß es an sich und brüllte: „Aber – Genosse Hauptmann. – Sie werden doch nicht diesen Schmutz über Ihre Lippen bringen!“ Plötzlich Stille. Gespanntes Schweigen knisterte in der Luft. Die Augen des KC quollen aus seinem Gesicht hervor, der Hals weitete sich. Leutnant Scharf wich einen Schritt zurück und hielt das Blatt mit bebender Hand fest. Jeder in der Kompanie wußte, daß er seine Kompetenz überschritten hatte. Denn wenn ein Leutnant einem Hauptmann gewaltsam ein Papier aus den Händen riß, so bedeutete das in der Zivilsprache, eine Sekretärin würde ihrem Chef das Manuskript während einer Rede wegnehmen oder eine Krankenschwester ihrem Arzt das Skalpell während einer Operation. Mit einem langen und nach Beherrschung ringenden Ausatmen schluckte Hauptmann Still seine Wut herunter – sicherlich, um vor den Soldaten keinen Streit zwischen den Offizieren zur Schau zu stellen. Der Leutnant registrierte diese Begnadigung sogleich und fuhr nun etwas ruhiger und sachlicher fort. Demnach sei die unehrenhafte Entlassung aus dem Regiment die einzig mögliche Bestrafung für den Schreiber dieses staatsfeindlichen Gedichts. Im Falle jedoch, daß sich der Dichter freiwillig melde, sich entschuldige und Reue zeige, wolle er noch einmal Gnade vor Recht ergehen lassen und der Schuldige käme mit einer Gefängnisstrafe davon. Spätestens jetzt wurden mir die Knie weich. Ich hielt das Theater für übertrieben. Außerdem hatte ich eine derartige Bombe gar nicht auslösen wollen und bei den Offizieren erst recht nicht. Mein Stolz trieb mir schlagartig die Hitze in den Kopf, verdampfte über die Schläfen und umnebelte mich mit Trotz. Ich dachte ja überhaupt nicht daran, mich zu melden. Der Leutnant wartete eine Weile und hämmerte beständig mit seinen Stiefelspitzen auf dem Beton herum. Schließlich befahl er Unteroffizier Paulsen nach vorn. Paulsen mußte das Gedicht für sich lesen und die Frage beantworten, ob er jemanden kenne, dem diese Art der Dichtung zuzutrauen sei. Zum Glück hatte ich während meiner Zeit im Regiment noch nichts geschrieben, so daß Paulsen unmöglich auf mich kommen konnte. Wie bei Unteroffizier Paulsen nicht anders zu erwarten, ließ er sich Zeit beim Lesen, viel Zeit. Nach einer Weile meinte er dann, daß das Gedicht in seiner stilistischen Art gut sei. Jetzt rastete Leutnant Scharf gänzlich aus und schrie: „Sie sollen hier kein Qualitätsurteil abgeben, Paulsen. Es geht einzig und allein um den antisozialistischen Hintergrund der Zeilen.“ Paulsen schüttelte den Kopf und meinte: „Nein, Genosse Leutnant, ich kenne niemanden in unserer Kompanie, der so etwas schreiben könnte.“ „Nein – – kennen Sie nicht?“ brüllte der Leutnant. „Außer Sie selbst natürlich, – was Paulsen? Ist das Ihr Gedicht, Paulsen? – – Nun reden Sie schon! Haben Sie das geschrieben?“ Ein merkwürdiges Zucken peitschte durch meinen Körper. Für Sekunden überlegte ich, ob ich mich melden sollte. Ich mußte daran denken, daß der Paulsen vielleicht zu Unrecht bestraft würde, da ihn der Leutnant ohnehin nicht ausstehen konnte. Wie sollte ich mit dem schlechten Gewissen leben können, schuld an der Gefängnisstrafe eines anderen zu sein. Ich spürte, wie sich das Zucken immer mehr auf meinen rechten Arm konzentrierte, so, als wolle er sich von selbst melden. Es brach ein regelrechter Kampf in mir aus. Und ich beschloß, die Hand zu heben, sobald Leutnant Scharf sich tatsächlich für

Paulsen als Täter entschied. Ganz bestimmt. Doch Unteroffizier Paulsen ließ sich nicht aus der Ruhe bringen. „Nein, Genosse Leutnant. Ich verstehe mich nicht auf das Schreiben von Lyrik. Ich bin ausschließlich in der Prosa beheimatet." Leutnant Scharf neigte den Kopf und verzog das Gesicht zu einem hämischen Grinsen. „Ahh – so, so! Der Genosse Unteroffizier ist ganz in der Prosa beheimatet. Na wie schön. Vielleicht fällt Ihnen dann etwas anderes ein, das uns in diesem Fall weiterhelfen könnte?" „Ja, gewiß, Genosse Leutnant. Ich bin mir sogar ganz sicher. Da das Gedicht niemand aus unserer Kompanie geschrieben haben kann, muß es jemand aus der 1. Kompanie getan haben. Sie wissen doch selbst, daß die Genossen aus der 1. Kompanie uns bis auf den Tod hassen." Jetzt schüttelte der Leutnant seinen Kopf. „Ach, so'n Quatsch, Paulsen. – Die 1. Kompanie. Was Besseres fällt Ihnen wohl nicht ein?" Schlagartig ging ein Raunen durch die Soldatenblöcke. Mit dieser Bemerkung zog der Leutnant den Unmut der gesamten Kompanie auf sich. Er schleuderte den Soldaten ein heftiges Kreischen entgegen und kündigte Bestrafungen an, wenn nicht augenblicklich Disziplin herrsche. Doch an dieser Stelle schaltete sich der KC ein. Denn die Idee des Paulsen, die 1. Kompanie ins Spiel zu bringen, war ein gekonnter Schachzug. Es mochte ja sein, daß ein Soldat wegen eines Gedichtes mit Gefängnis bestraft werden könne, aber um einen Krieg zwischen den Kompanien auszulösen, dazu hätte es schon eines ganzen Romans bedurft. Das lag mit Sicherheit nicht an den Soldaten, denn die saßen alle im selben Boot, egal welcher Kompanie sie angehörten. Aber bei den Offizieren sah das anders aus. Die wollten mit ganzer Macht, daß ihre Kompanie die beste sei. Schließlich ging es bei diesen Dingen auch um Beförderungen und Orden. Und welch ein Licht hätte es wohl auf unsere Offiziere geworfen, wenn bekannt würde, daß staatsfeindliche Gedichte an der Kompaniewandzeitung hingen. Der KC ordnete deshalb per Befehl an, die Angelegenheit intern zu klären. Leutnant Scharf sollte mittels Handschriftenvergleich den Täter ermitteln, und die Soldaten hätten absolutes Stillschweigen über diesen Vorfall zu wahren.

Mir war es, als fiele mir ein Stein vom Herzen. Ich fühlte Dankbarkeit für Unteroffizier Paulsen und seine Idee von der 1. Kompanie. Den Notizblock vergrub ich an einer abgelegenen Stelle des Streifenweges in meinem Wachobjekt. Noch viele Tage rätselten die Soldaten, was denn wohl in dem Gedicht gestanden haben könnte. Ich hielt mich zurück und meinte nur, daß ich es selbst gerne wüßte. Unteroffizier Sänger nutzte die Möglichkeit, um mir zu zeigen, wohin es führen könne, wenn man sich zu sehr mit dem Hans Paulsen und seiner Literatur einließe. Leutnant Scharf führte nur ein paar Handschriftenproben durch. Es kamen ihm immer wieder die Wachdienste dazwischen und er gab das Unterfangen auf. Nach rund einem Monat war Gras über die Sache gewachsen. Der Schreiber des Gedichts konnte nicht ermittelt werden. Die Akte über den staatsfeindlichen Vorfall wurde geschlossen und vernichtet. Ich schrieb während meiner Armeezeit nie wieder ein Gedicht.

Allerdings darf an dieser Stelle nicht der Eindruck entstehen, als gingen die Armee und die Kultur tatsächlich zusammen. Im höchsten Fall konnten sie eine Zweckehe schließen, aber niemals gegenseitige Zuneigung empfinden.

Einem Militärpfarrer oder Militärarzt dürfte diese Spaltungskrise ebenfalls bekannt sein. Dabei konnte ich noch von glücklichen Fügungen reden, denn die Zivilerlaubnis außerhalb der Kaserne bot mir ein leichtes Spiel. Dazu kamen der regelmäßige Monatsurlaub und der vierwöchige Jahresurlaub. Ich war also durchaus in der Lage, meinen Armeedienst vor jedem zu verheimlichen, wenn ich meinte, daß es besser für mich sei. Für die anderen Situationen, in denen ich mit den Hütern des Staates aneinandergeriet, hatte ich immer noch den Dienstausweis in der Tasche. Leider traten die Zusammenstöße viel häufiger auf, als man allgemein glauben möchte, denn sowohl Berlin als auch mein Heimatstädtchen lagen im direkten Grenzbereich zum bösen Klassenfeind, und die Größe des polizeilichen Heeres in diesen Regionen sprengte all meine Grenzen an Vorstellungskraft. Aber mit der Beschränktheit von Grenzen ist das so eine Sache. Ich selbst mußte während meiner Wachen tausende Dienstausweise kontrollieren. Und außer ihrem Ledereinband und dem auffälligen Klappmechanismus hatten die ‚Klappfixe' nun wirklich nichts Aufregendes zu bieten. Im Gegenteil. Denn kam es zu dem gefürchteten Moment, daß sich ein ‚Klappfix' auftat, zeigten sich nur die Worte ‚Ministerium für Staatssicherheit' sowie einige Stempelmuster und die Dienstnummer. Nicht gerade informativ, will ich meinen, und spätestens nach hundert gemusterten Ausweisen fand ich sie langweilig. Die Polizisten jedoch, die mich in Berlin oder meiner Heimatstadt kontrollierten, hatten ihre Grenzen etwas anders gesteckt. Sollte ich ihnen die lästigen Fragen beantworten, warum ich mich allein oder so spät noch oder angetrunken oder rauchend auf der Straße herumtreibe, hielt ich ihnen nur den Dienstausweis unter die Nase. Was bei mir ein gelangweiltes Gähnen auslöste, wirkte auf die Polizisten wie ein Brechmittel. Es gab nicht einen unter ihnen, der noch irgendwelche Fragen stellte. Unteroffizier Schleifer hatte mir einmal erzählt, daß sich die Staatssicherheit und die Polizei nicht leiden könnten. Angeblich ginge es dabei um irgendwelches Kompetenzgerangel, bei dem die Stasi ja sowieso der Sieger bliebe. Die Polizei sei nur das fünfte Rad am Wagen und könne daher die Stasileute nicht ausstehen. Das wiederum verwunderte mich nicht im geringsten. Denn ich hatte noch niemanden kennengelernt, der die Stasileute leiden konnte, außer sie sich selbst natürlich.

Daß dieser Stasi-Haß nun auch mir gegenüber gelten sollte, konnte und wollte ich mit meinem Leben nicht in Einklang bringen. Ich hatte also gar keine andere Möglichkeit, als mich von der erwähnten Identitätskrise aufspalten zu lassen. Denn zu Hause bei meinen Eltern gab es das Wort ‚Stasi' nicht. Dort gab es auch keine Uniformen oder irgend etwas anderes, was an meinen Militärdienst erinnerte. Und ich selbst unterstützte das Spiel nach allen Kräften. Während meiner Urlaubstage redete ich niemals vom Armeeleben in der Kaserne oder auf Wache. Ich erzählte ausschließlich von Berlin, ärgerte die Eltern mit dem hauptstädtischen Überfluß, von dem die ländlichen Regionen nur träumen konnten. Streifte das Thema doch einmal meine eigentliche Arbeit, so wurde ich sofort kulturell und ließ die Eltern glauben, ich opfere all meine Zeit der Singegruppe. Dabei konnte ich die Naivität der Mutter noch verstehen, denn als Frau mag ihr militärisches Verständnis wahrhaftig begrenzt gewesen sein. Meinem Vater aber – einem ehemaligen Major und Militärarzt – wollte ich diese Gutgläubigkeit nicht abkaufen. Er wußte sehr genau, wie die Sache lief. Zumal ich in seinen ohnmächtig blickenden Augen erkannte, wann er von seiner Vergangenheit eingeholt wurde und wann nicht. Nein! Das Arztsein im Militär gleicht dem Pflaster auf einer Bombe. Und mein Vater kannte den reißenden Fluß menschlichen Größenwahns, der sich immer wieder in kleinen, aber grundlosen Tümpeln des Entsetzens staut.

Schließlich stand ich auf zwei Bühnen des Lebens – einer militärischen und einer zivilen. Beiden schenkte ich größte Aufmerksamkeit und war stets bemüht, ein perfektes Schauspiel abzugeben. Selbst alle Uniformwäsche wusch ich in der Kaserne, so daß ich für zu Hause nur zivile Wäsche in meiner Reisetasche mitbrachte. Binnen weniger Monate konnte ich auf Befehl – von einer Sekunde zur anderen – zwischen den Bühnen hin und her springen, um jeweils eine völlig verschiedene Rolle zu spielen. Allerdings, so erfreut ich auch über meine Anpassungsfähigkeit war, mußte ich den bitteren Beigeschmack schlucken, daß es für mich selbst immer schwieriger wurde, festzustellen, wer von beiden nun eigentlich der echte Max Steinert sein mochte. Es kam mir zuweilen vor, als sei das schon der erste Schritt zum Wahnsinn, zur Schizophrenie.

Das waren dann stets die Momente, in denen ich mich zum Vigor flüchtete. Vigor – der Starke. Denn aller Zynismus findet sich in der eigenen Schwäche wieder, auf daß wir die Schwachen suchen, um selber stark zu sein. Egal wie oft ich mich fragte, was der Vigor überhaupt beim Militär zu suchen hatte, die Antworten darauf fielen immer verschieden aus. Vielleicht war alles ein stiller Akt der Humanität, vielleicht aber auch ein schamloses Spiel der Grausamkeit.

Vigor der Starke trug bereits die Schulterstücke eines Unteroffiziers, als ich ihn kennenlernte. Und wenn ich seine schwierig zu deutende Gestik richtig interpretierte, freute er sich auch darüber. Zudem war er nach eineinhalb Dienstjahren die EK-Leiter schon ein ganzes Stück hinaufgekommen und durfte sich nun als ‚Konter' bezeichnen, genauso wie Hans Sänger und Hans Bergmann. Selbst wir jungen Soldaten registrierten das mit Wohlwollen, aber natürlich ohne jeglichen Respekt. Denn Vigor zu respektieren, schien zumindest im Armeeleben unmöglich zu sein. Ich möchte meinen, daß er schon bei der Musterung zum Soldaten nicht eine einzige Anforderung erfüllt hatte, vorausgesetzt, daß eine solche Untersuchung überhaupt stattgefunden hat. Der dafür verantwortliche Arzt konnte nur ein Vollidiot oder ein Genie gewesen sein. Das Risiko jedoch, ein hinkendes Lamm in ein Rudel sattgefressener Wölfe zu werfen, um dann das soziale Gefüge als Heilstätte zu nutzen, fand ich sehr gewagt. Vigor machte jedenfalls den bedrohlichen Eindruck, als würde sein von blasser Haut verdecktes Gerippe jeden Moment in sich zusammenfallen, wäre da nicht das Koppel gewesen, das mit einigen zusätzlich versehenen Löchern die Uniform als festen Halt um ihn zusammenschnürte. Dabei hatte es ihm Mutter Natur an Körperlänge nicht mangeln lassen, doch vergaß sie jegliche Muskulatur, und Vigor konnte seine Figur nur bis zu einem Fragezeichen aufrichten, das beständig in Hochwasserhosen steckte. Vielleicht wußte er sogar, daß er die Normen des

‚schönen Menschen' nicht erfüllte und wurde deshalb gleich rot im Gesicht, wenn man ihn ansprach. Er regte sich so auf, daß nicht ein verständliches Wort aus seinem Mund kam. Die Pupillen seiner Augen rollten dabei in einem unbeschreiblichen Tempo im Kreis umher. An den Mundwinkeln bildete sich Schaum. Spätestens jetzt empfanden wir unsere ‚normale' Überlegenheit als derart groß und erdrückend, daß es niemanden gab – keinen Soldaten und keinen Offizier – der sich darüber noch lustig machen konnte. Ich selbst versuchte mich mit der Hoffnung zu beruhigen, daß der Vigor besser doch in einer anderen, in seiner eigenen Welt leben mochte.

Das Zusammensein mit Vigor wurde so normal versucht zu leben, wie es irgend ging. Er mußte sich an allen militärischen Unternehmungen beteiligen – ohne Ausnahme, denn er selbst stellte die Ausnahme dar. Vigor brauchte nicht rennen, kein Gepäck schleppen, durfte immer der Letzte sein und aus dem Gleichschritt fallen, konnte auf Wache ausschlafen und spielte sogar mit seiner blankgeriebenen ‚Kontermutter' vor den Augen der Offiziere herum, ohne daß ihm dafür der Urlaub gestrichen wurde. Und natürlich war Vigor auch Mitglied der Sozialistischen Einheitspartei. Auch wenn es sein mochte, daß er nicht erfassen konnte, worum es sich eigentlich handelte, er gehörte wenigstens dazu. Oft habe ich mich gefragt, ob das alles eher gut oder schlecht für ihn sei. Eine klare Antwort auf diese Frage konnte ich mir aber nicht geben. Denn schließlich flößte mir Vigors Schutzlosigkeit eine unerklärliche Angst ein. Ich geriet häufig in Selbstzweifel, wenn ich erkannte, wie unbegründet meine Befürchtungen waren. Es mußte tatsächlich eine Meisterleistung menschlichen Instinkts gewesen sein, wenn ich daran zurückdenke, daß es kaum Übergriffe auf Vigor gegeben hatte. Das Klima unter den Soldaten schien in der Gefangenschaft der Kaserne oft kurz vor einem Unwetter zu stehen. Und dennoch. Die Gewitter entluden sich nie in der Nähe des Vigor. Dabei wäre es für jeden Soldaten eine Leichtigkeit gewesen, denn Vigor stand dermaßen ungeschützt in der Gegend herum, daß ihn jeder Blitz hätte treffen können. Auch ich mußte das Gefühl der ungelenkten Wut kennenlernen, die nur nach einem Ventil für den Ausbruch sucht. Ich wußte, wie es ist, wenn man total entkräftet und unter Atemnot von der Sturmbahn kam, aber die Normzeit nicht erfüllt hatte und sich schwarz ärgerte, weil das ganze Theater noch einmal von vorn beginnen würde. Ich wußte auch, wie es ist, wenn man in diesem Moment den Vigor strahlend am Sturmbahnrand sitzen sah, wo er mit einem Pfeifen auf den Lippen Löcher in die Luft guckte. Am liebsten hätte man auf ihn eingetreten und dabei geschrien: „Warum muß ich mich quälen und du dich nicht? Dir würde etwas Quälerei auch ganz gut tun – du Arsch."

Trotzdem, völlig ungeschoren kam Vigor nicht davon. Ab und an wurde auch er von einer dezenten Ladung des Kasernenfrustes getroffen. Meist holten die Soldaten dabei etwas Unerreichbares und Gewaltloses herbei, von dem sie getrost sicher sein konnten, daß sie Vigor mit ihrer Überlegenheit zerschlügen, ohne ihn anfassen zu müssen. Und dabei bemühten sie sich um einen recht zivilen Umgangston zum Thema ‚Weiber'. Doch schon allein beim Erklingen des Wortes ‚Weiber' begann Vigors Kopf hochrot zu leuchten, seine Augen verdrehten sich und Schaum rann von den Mundwinkeln herab. Jetzt genügte nur noch die Frage, ob er denn wisse, wie man so'n Weibsstück ordentlich rannähme, und Vigor der Starke stotterte aufgeregt einige Wortfetzen dahin, die wohl andeuten sollten, daß wir alle 'ne Macke hätten. Schließlich verzog sich Vigor in irgendeine abgelegene Ecke der Kaserne und kam erst wieder zum Vorschein, wenn es Nacht geworden war. – – Dann jedoch wiederholte sich immer das Gleiche, unabhängig davon, wer dem Vigor etwas angetan hatte: Die anderen Soldaten beschimpften den Übeltäter, obwohl sie es selbst genossen hatten, daß auch Vigor einmal leiden mußte; der beschämte Angreifer zeigte Reue und entschuldigte sich bei Vigor, um ihm letztlich ein Eis zu kaufen oder einen Schluck vom Cola-Fusel abzugeben.

Somit war alles im Lot. Einerseits hatten die Soldaten ihre Befriedigung darüber, daß es niemandem besser ginge als ihnen selbst, und andererseits konnte sich der Vigor wieder zur Gemeinschaft dazugehörig fühlen. Was mich betraf, so traute ich diesem Frieden jedoch nicht über den Weg. Er war mir zu künstlich, war zu arrangiert, kam nicht aus dem Herzen heraus. Denn daß Vigor überhaupt im Wachregiment sein konnte, hatte er nur seinem Vater zu verdanken. Der nämlich saß in einer derart hohen politischen Position des Staatsapparates, daß es ihm mittels Fingerzeig möglich war, selbst zu entscheiden, wo sein Sohn den Militärdienst verrichten sollte. Ob man in diesem Fall jedoch von Dank sprechen konnte, wage ich zu bezweifeln. Was den Eltern eine Sache der Ehre war, konnte den Kindern zum Verhängnis werden. Und die Liebe wechselt ihr Vorzeichen und entfaltet sich zu Haß, wenn der Betroffene erkennt, daß nicht er, sondern ein anderer Mensch am Ende seines Lebens steht – auch wenn es der eigene Vater ist. Vigor war der Leidtragende, so oder so. Die Tatsache, daß er den Schaden an seiner Seele selbst nicht messen konnte, stellte für keinen eine Entschuldigung dar. Auch dann nicht, sollte ich den irrtümlichsten aller Gründe annehmen – die blendende Liebe. So gesehen, konnte für Vigors Eltern ihr Kind nur das sein, was es für alle Eltern sein soll – ein ganz normaler Mensch. Denn, was nicht sein darf, das nicht sein kann. Es ist schwer vorstellbar, wieviel Irrtum in diesem Gedanken steckt und wieviel Liebe verbogen werden muß, um diesen Irrtum trotzdem ins rechte Licht zu rücken. Demnach war Vigor alltäglich und genauso leistungsfähig wie alle anderen Männer auch. Es gibt wohl nur wenige Lügen, die sich für uns Außenstehende so grausam und so verständlich zugleich offenbaren. Und sollte auch das nicht den Kern für Vigors Aufenthalt im Wachregiment treffen, so bleibt für mich nur noch die zweifelhafte Geschichte als Erklärung, daß sein Arzt und seine Eltern weder an falscher Ehre noch an verblendeter Liebe litten. Nein, vielmehr ließen sie sich von den reinen Tatsachen leiten und trafen die Entscheidung mit Vernunft. Demzufolge ist das Einigeln und das Jammern der falsche Weg. Da mag es besser sein, sich den Problemen zu stellen. Und dennoch – allen Kampfesgeist in Ehren. Für eine solche Therapie gab es Facheinrichtungen, die etwas von ihrem Handwerk verstanden und die zudem über das entsprechende Personal verfügten. Das Militär aber als Testfeld zu nutzen, fand ich fraglich – auch wenn es im Falle des Vigor gut ausging.

Egal, welcher der Gründe nun zutreffen mochte, ich wollte keinen von ihnen begreifen. Alles drehte sich im Kreis, und Vigor war einfach da, ich konnte ihn nicht in eine Ecke schieben, denn es gab keine, und ich mußte mit ihm leben. Das erwies sich als schwierig. Ich benötigte viel Zeit, um es zu lernen. Manchmal fragte ich mich, ob er es nicht doch mitbekam, daß ihn niemand haben wollte, daß er nur geduldet wurde und anderen zur Last fiel. Und ich betete darum, mein Schauspiel so echt wie möglich erscheinen zu lassen. Ich wollte auf keinen Fall, daß Vigor meine wahren Gedanken erkannte, für die ich mich schämte und die trotzdem fest in meinem Kopf standen. Immer wieder flüchtete ich mich in die Hoffnung, daß alles nicht weiter schlimm sei, denn Vigor lebe ganz bestimmt in einer anderen Welt. Ich selber hätte ein Leben in der Gewißheit der Ablehnung nicht ertragen können. Es tut so weh, wenn man erfahren muß, daß da keiner ist, der einen haben will. Das Leben verliert seinen Sinn und die Freude – man stirbt ohne tot zu sein. *Nosferatu* – der Untote.

Erst als auch ich merkte, wie schwach ich selber war, suchte ich den Vigor freiwillig auf, suchte einen Menschen, der mir noch schwächer erschien. Ich wurde mir in seiner Nähe meiner Überlegenheit und Stärke bewußt, kam mir plötzlich so dumm vor in meinem Jammertal. Ich freute mich über meine Gesundheit und war erschrocken darüber, wie albern es sei, sich wegen 1,65 m Körpergröße irgendwelche Minderwertigkeit einzureden. Ich verfluchte alle gesellschaftlichen Normen für den ‚schönen Menschen', bekam eine Gänsehaut bei dem Gedanken, daß ein Mann schön und schlank und stark sein müsse. Daß er sich aufs Fußballspielen, Whiskytrinken und Pfeiferauchen verstehe – und natürlich die Vielzahl der Autos genauso untertänig zu behandeln habe wie die Frauen. Das alles machte mich wütend. Ich ärgerte mich über das Rauchen, das ich einmal begonnen hatte, damit mich die anderen nicht für einen Schwächling hielten. Ich verachtete die vielen Liter Bier, die mich oft genug zum Kotzen brachten, um bloß nicht aus der Norm zu fallen. Es kam mir vor, als sei die jugendliche Unvernunft zu allem bereit. Was war da schon das bißchen Gesundheit als Opfer für den möglichen Sieg in der Schlacht um die Manneskraft. Denn in der Jugend schien die Gesundheit ohnehin aus einer unendlichen Quelle emporzuströmen, vorausgesetzt, daß in ihrem Spiegelbild nicht Vigor der Starke erschien.

In meinen Gedanken beschäftigte mich ständig das Thema Vigor. Ich bekam in den Stunden während des Wachdienstes reichlich Gelegenheit dazu. Und wenn mir nicht Vigor durch den Kopf ging, so waren es die vielen anderen Themen des Alltags, über die ich im normalen Leben niemals die Zeit hatte nachzudenken. Meine anfänglichen Befürchtungen, daß die Wachen langweilig werden würden, lösten sich in Luft auf. Aber auch sonst konnte von Langeweile keine Rede sein. Wenn ich nicht auf Wache stand, mußte ich das Essen für die EKs kochen oder mit Wischeimer und Schrubber durch die Wachstube hetzen. Die wachfreien Tage in der Kaserne wurden ganz von der militärischen Ausbildung, den Proben der Singegruppe und natürlich dem Stuben- und Revierreinigen in Anspruch genommen. Dabei ging mir letzteres mächtig auf den Wecker. Zwar hatte ich inzwischen begriffen, daß dem Putzen innerhalb des Kasernenlebens eine besondere Rolle zukam, deren wichtigste Komponente im sozialen Miteinander der Soldaten lag, aber beständig auf Fußböden herumscheuern, die längst sauber waren, zermürbte auf Dauer auch die gutmütigste aller Einsichten. Ich fühlte mich wie auf einem Segelschiff, wo der Kapitän seine Mannen immer und immer wieder die Schiffsplanken schrubben läßt, damit die Jungs während der Seereise nicht auf dumme Gedanken kämen.

Nach einem halben Jahr war ich derart meinem Schicksal erlegen, daß ich die plötzliche Veränderung gar nicht fassen konnte. Ja, sie fiel aus scheinbar heiterem Himmel auf mich herab. Dabei wurde mir tagtäglich die ehrenvolle Aufgabe zuteil, mit einer Schere den Tagesschnipsel von Unteroffizier Schleifers Bandmaß abzuschneiden. Die Schnipsel mit der Zentimeterzahl entsprachen den Tagen, die er noch im Regiment bleiben mußte. So gesehen, hätte ich den Tag seiner Entlassung stets im Gedächtnis haben müssen. Jetzt aber, wo das letzte Stück Bandmaß zu Boden schwebte, traf mich das Ereignis wie ein Schock. Denn alle EKs mußten bis zum Schluß den Dienstplan erfüllen und das ewige Gerede von der Entlassung lag mir bereits seit meiner Ankunft in den Ohren. Ich denke mal, nach einer Weile hatte ich die Ohren für dieses Thema auf Durchzug gestellt. Und jetzt? Was sollte ich künftig machen ohne den Schutz von Unteroffizier Schleifer? Wer behütete mich vor den Schikanen der anderen EKs? Doch diese Fragen durfte ich so nicht stellen. Mit Hans Schleifer gingen ja auch die alten EKs und neue rückten nach. Außerdem verlor ich von einem Tag zum anderen meine Stellung als Spritzer. Ein schier unfaßbarer Gedanke. Ich stieg die EK-Leiter eine Sprosse höher und durfte mich von nun an Dachs nennen. Sicherlich, nicht gerade eine gehobene Position, aber immerhin – Schrubber und Wischeimer konnte ich in die Ecke stellen.

Unteroffizier Schleifer packte seinen Seesack. Ein kalter Zigarettenstummel wanderte dabei von einem Mundwinkel zum anderen. Jede seiner Körperbewegungen wirkte irgendwie hektisch und erregt. Fast wollte ich glauben, Schleifer stände unter Zeitdruck, so, als dürfe er die Armee nicht verlassen, wenn er seinen Seesack nicht bis zu einem bestimmten Termin fertig gepackt hätte. Doch das war Quatsch. Es gab keinen Termin und keinen Zeitdruck. Jedenfalls konnte ich nichts erkennen. Trotzdem nahm er sich keine Sekunde zur Erinnerung, zögerte nicht einmal, als ihm Andenken, Auszeichnungen und Gruppenfotos durch die Finger gingen. Alles verschwand mit nervösem Gewühle im Seesack oder der heimatlichen Reisetasche. Erst als ihm sein Spind mit gähnender Leere gegenüberstand, legte sich Entspannung in Unteroffizier Schleifers Gesicht. Nun schien er sicher, daß ihn nichts mehr aufhalten konnte. Er trat beruhigt an das Fenster und gab seinem Zigarettenstummel Feuer. Ich wußte ohnehin, daß er nicht ein Mensch von großen Worten war. Und dennoch. Niemand hätte Schleifers Freude übersehen können, einfach nur Freude – Freude darüber, daß der ganze Spuk ein Ende hatte. Ich bekam vor Mitleid feuchte Augen und es fiel mir schwer, meinen Neid zu unterdrücken. Und so preßte ich nur ein jämmerliches: „Mann, Hans Schleifer, du hast's geschafft!“ zwischen meinen Lippen hervor. Schleifer drückte die Kippe in den Aschenbecher und sagte: „Max! Ich heiße Andreas – verstanden! Ich bin Bürger, verstehst du das? Ein Bürger. Du darfst nie wieder Hans zu mir sagen. Nie wieder!“

Schleifer sah mir dabei seltsam fest in die Augen. Ich konnte mich nicht erinnern, daß ich jemals zuvor so deutlich das klare Blau seiner Augen erkannt hatte.

Schließlich hievte Unteroffizier Schleifer den Seesack auf die Schultern. Sein Rücken wehrte sich mit einem Buckel gegen die übermächtige Last, die Beine wackelten für einen Moment und die Lungen gaben ein tiefes Stöhnen frei. Ich sprang vom Stuhl auf, um Schleifer zu helfen, da ich glaubte, daß er unter dem Seesack zusammenbräche. Doch wieder traf mich der entschlossene Blick und aus seinem Mund stöhnte es: „Diesen Weg gehe ich allein, Max!"

Ich öffnete die Tür unserer Stube, und Schleifer schlurfte in buckliger Haltung auf den Flur. Über die ganze Weite des Flures schleppten sich Seesäcke dem Treppenhaus entgegen, ohne daß ich erkennen konnte, wer sich unter ihrer Last über den letzten schweren Gang seiner Dienstzeit freute. Ein gespenstischer Anblick, der das schmerzliche Gefühl von Heimweh in mir auslöste. Das Rad der Zeit schien stillzustehen. Ich spürte die Ohnmacht, meine Wehrlosigkeit und hätte am liebsten losgeheult, denn nichts konnte etwas daran ändern, daß noch zweieinhalb Jahre vor mir lagen, bis auch ich meinen Seesack über diesen Gang schleppen durfte. Doch mit diesen Gefühlen wurde ich nicht allein gelassen. Vor jeder Stubentür standen die jüngeren Genossen – egal ob Unteroffiziere, Gefreite oder Soldaten. Alle hatten sie ihr Päckchen zu tragen und in jedem befanden sich Tage, in dem einen mehr, in dem anderen weniger. Jetzt aber waren sie für einen Moment vereint und gaben den Tagelosen ihr letztes Geleit. Dabei entfaltete sich eine merkwürdige Spannung. Die Ruhe wirkte trügerisch. Durch die Luft zog das Knistern der Erregtheit. Die Offiziere reagierten sofort. Und eigentlich gab es überhaupt keinen Grund. Niemand tat etwas Unerlaubtes. Im Gegenteil. Auf dem Flur herrschte totale Stille. Aber vielleicht war es gerade diese Stille, die die Offiziere in regelrechte Panik versetzte. Sie donnerten ihre Befehle mit solcher Heftigkeit über den Flur, als hätten sie Angst davor, daß jemals wieder Ordnung einkehren könnte. Wir jungen Genossen sollten auf die Stuben verschwinden und die Türen schließen. Leutnant Scharf rannte den Zimmern unseres Zuges entgegen, schrie aus voller Kehle und stieß den einen oder anderen sogar gewaltsam in die Stube zurück. Ich wunderte mich, mit welcher Härte die Offiziere zur Sache gingen. Doch wenn ich den Worten des Hans Bergmann glauben wollte, waren die Momente der Entlassung die schwersten im Dienstleben der Offiziere. Nirgends sonst stand die Disziplin der Soldaten derart auf der Kippe – ja, fürchteten die Offiziere sogar eine Meuterei – wie am Tag der Entlassung. Nach Bergmanns Aussagen sollte es früher einmal zu Ausschreitungen gekommen sein, die den Schußwaffengebrauch zur Folge hatten. Nur wußte ich allzu gut, daß man diesen Gerüchten mit Vorsicht entgegentreten sollte, denn die Geschichten kamen aus der Überlieferung längst vergangener Zeiten. Obwohl ein Körnchen Wahrheit schon dabei sein mußte, denn die Erregtheit der Offiziere war nicht normal. Wie ein herbeibefohlenes Omen ging ihre Rechnung auf. Denn bis zu jenem Moment, als die EKs das Kasernentor verließen, zog keine Ruhe unter den Soldaten ein. Allerdings wurde diese Disziplinlosigkeit von der Obrigkeit gesteuert. Kaum hatten die EKs ihre Seesäcke in der Bekleidungskammer abgegeben, brach sich der Jubel über die wiedererlangte Freiheit Bahn. Jetzt gab es kein Halten mehr. Sektflaschen wurden aus ihren Verstecken geholt und machten die Runde. Die selbstgenähten Bandmaßtaschen – aller nur denkbaren Variationen – flogen über die Flure. Hier und da bekamen die Wischeimer haßerfüllte Tritte zu spüren und klimperten unschuldig über die Stubenböden. Viele junge Genossen wurden getätschelt, einige flüchteten vor einem Schlag in die Fresse. Und auch die Schulzerei war zur Stelle, jene Drillkameraden, die uns den ersten Schliff während der Grundausbildung beibrachten. Sie hatten ihre gesondert gelegenen Zweimannstuben verlassen und kamen in die Soldatenstuben, um den Abschied zu feiern. Feldwebel Altschulzer bot mir einen Schluck Sekt an, klopfte mir auf die Schulter und versicherte, daß ich besser durchgehalten hätte, als er es sich am Anfang vorstellen konnte. Nur einige Sekunden später mußte ich schon wieder an einem Flaschenhals saugen und konnte den kribbelnden Sekt gar nicht so schnell schlucken, wie er mir in den Mund lief. Schleifers Augenblau war wäßrig verschwommen, im Mundwinkel qualmte die Zigarette. Er fiel mir um den Hals, meine Hände auf seinem Rücken spürten ein Beben. Dann machte er sich ruckartig los, drehte sich um und ging, ohne etwas zu sagen.

Die Offiziere waren die einzigen, die sich nicht in das Gedränge wagten. Sie beobachteten den Trubel aus respektvollem Abstand. Wie eine unsichtbare Macht im Hintergrund hielten sie alle Fäden in der Hand. Schließlich nahmen die EKs die Reisetaschen und verließen das Soldatenhaus. Wir folgten ihnen als ungeordneter Haufen, doch die Offiziere schritten nicht ein. Am Kasernentor entlud sich ein blecherner Lärm. Unzählige Vorhängeschlösser, die bis vor wenigen Minuten die Türen der EK-Spinde verschlossen, prasselten auf die Betonstraße, gefolgt von einem riesigen Aufschrei. Die Motoren der MTW heulten, Luftdruckbremsen zischten. Die letzte Holperfahrt in Richtung Freiheit setzte sich in Gang.

Nun war sie wieder da – die Ruhe. Die Ruhe für das nächste halbe Jahr. Soldaten kamen aus dem Wachlokal am Kasernentor gerannt und sammelten die Vorhängeschlösser in Wischeimern ein. Das eiserne Tor quietschte in den Angeln und flog mit einem Donnern ins Schloß. Ein paar Krähen stritten in der Ferne. Der Wind ging heulend durch die Wipfel der Kiefern entlang des Stacheldrahtzaunes. Plötzlich ein Schrei. Unser Kompaniechef brüllte, wie ich ihn noch nie hatte brüllen hören: „Kompanie – Achtung! In Zugformation angetreten – Marsch, Marsch!“

Auf dem Rückmarsch über die Betonstraße der Kaserne wurde mir schlecht. Daß ich zum ersten Mal, seit ich mein Elternhaus verlassen hatte, nicht über die Weihnachtzeit und den Jahreswechsel zu Haus sein durfte, fiel mir leichter, als ich es für möglich hielt. Verglichen mit den anderen Soldaten blieb ich ruhig und gelassen. Jetzt aber schien das Verhältnis umgekehrt zu sein. Die Entlassung der EKs ging mir an die Nieren, und ich erlebte mich vollkommen aufgelöst und weinerlich. Der Grund für die Heiterkeit der anderen lag in der bevorstehenden Beförderung. Namentlich am ‚Tag der Staatssicherheit‘ bekamen wir unsere ersten Auszeichnungen und die Gefreiten-Schulterstücke. Was mich betraf, so hatte ich mir im Vorfeld dieses Tages ausgerechnet den Unmut des Leutnants zugezogen. Ich wußte ja wirklich nicht, daß am 8. Februar der Tag der Staatssicherheit war. Außerdem war dieser Tag in keinem Kalender als solcher ausgewiesen, und ich fühlte mich veralbert und hatte mich köstlich über diesen Ulk amüsiert. Der Leutnant hingegen fand das gar nicht witzig. Immerhin sei das der wichtigste Tag für alle hiesigen Genossen. Und daß er nicht im Kalender stehe, habe etwas mit Geheimhaltung zu tun, denn es handle sich hier um einen Geheimdienst. Der Leutnant scheute sich also nicht davor, mich vor der gesamten Kompanie als Volltrottel hinzustellen. Dabei hätte ich ihm am liebsten gesagt, wie makaber ich es fand, daß die Stasi sich auch noch selbst feiere, wo sie ohnehin niemand leiden könne. Allerdings waren meine Hörner zu jenem Zeitpunkt schon genug abgestoßen, als daß ich mich zu solchen Äußerungen hätte verleiten lassen.

So stand ich am 8. Februar in gestriegelter Uniform und weißem Hemd auf dem Appellplatz. In auswendig einstudierter Exaktheit schritt ich vor die Truppe, schmetterte mein: „Ich diene der Deutschen Demokratischen Republik!“ in die Winterluft und nahm meine Gefreiten-Schulterstücke entgegen. Auf der Liste für Auszeichnungen, Geldprämien, Medaillen und Orden stand ich nicht. Ich wußte, daß ich diesen Sachverhalt unserem Leutnant Scharf zu verdanken hatte. Kein parteiloser Soldat sei einer Auszeichnung würdig, so zumindest lautete seine nie offen zugegebene Parole. Doch ärgern wollte ich mich darüber nicht. Ich betrachtete den Kampf als für mich entschieden, weil ich mich von ein paar goldenen Blechstücken nicht blenden ließ.

Den Abschluß des Tages bildete ein Essen im festlich geschmückten Speisesaal. Selbstverständlich war unsere Kulturabteilung im Einsatz, um das ganze Theater in einem angemessenen Licht erscheinen zu lassen. Ich selbst gab mit der Singegruppe Kampflieder der Arbeiterklasse zum besten. Die Genossen aus dem Bereich Literatur rezitierten Gedichte von Brecht und Becher, und die Jungs der Filmabteilung verwöhnten uns mit einer Heldendokumentation über den Super-Kundschafter Dr. Richard Sorge, der für die Sowjetunion während des 2. Weltkrieges spioniert hatte. Dabei hatte ich inzwischen gelernt, daß auf die kleinen sprachlichen Unterschiede besonderer Wert gelegt wurde und jeder junge Genosse gut daran tat, wenn er sie so schnell wie möglich erlernte. Schließlich galt der Sprachgebrauch des einzelnen Genossen als Gradmesser für seinen Umgang mit dem Klassenfeind. So sprach man vom Kundschafter und nicht vom westlichen ‚Agenten', oder vom Kosmonauten statt vom Astronauten. Der ‚Hamburger' hieß im Ostdeutschen ‚Grilletta', der ‚Supermarkt' war die ‚Kaufhalle' und das weltberühmte ‚Tempo-Taschentuch' mußte ‚Kriepa' genannt werden. Das mag für den Augenblick kleinlich erscheinen. Aber oft sind es die Kleinigkeiten, die ein großes Ganzes zum Einsturz bringen. Je mehr einer die westlichen Begriffe mit den geforderten verwechselte, desto enger war seine ideologische Verknüpfung mit dem Feind. Bei Menschen, die mit der Sprache noch Schwierigkeiten hatten, wie die Kinder, bediente man sich der Frage, welche der Fernsehuhren eigentlich auf dem häuslichen Bildschirm erschiene – die mit den Strichen oder die mit den Kullern, um herauszubekommen, auf welcher Seite Mama und Papa nun wirklich stünden. Und man sollte es kaum glauben, wieviel Einfluß Agitation und Werbung auf die Menschen nehmen. Denn es ist völliger Quatsch zu meinen, der überwiegende Teil aller Ostdeutschen seien Sachsen. Gut – zu dieser Schlußfolgerung hätte man gelangen können, da sich in der Obrigkeit wirklich erstaunlich viele Sachsen zu Wort meldeten. Das jedoch lag nicht an den Sachsen selbst, als vielmehr an der geographischen Lage. So stammten viele Rotlichter aus dem Raum Dresden/Cottbus, also der entlegensten Ostregion. Daß diese Region im Volksmund als das ‚Tal der Ahnungslosen' bezeichnet wurde, war der Stasi mit Sicherheit nicht entgangen. So gesehen, schien es nur verständlich, daß besonders treue Kader sich am besten aus diesem Landstrich rekrutieren ließen. Bei denen nämlich konnte die Staatsführung auf Sprachspielchen verzichten, denn diese Ohren waren weder mit McDonald's-Werbung noch mit Coca-Cola-Sprüchen ‚versaut'. Wie denn auch, wenn nicht eine Funkwelle des Westens je das ‚Tal der Ahnungslosen' erreichen konnte.

Die ständigen Proben mit der Singegruppe hatten also auch ihren Vorteil. Ich bekam das Vokabular des real existierenden Sozialismus mit solch einer Dröhnung in den Kopf gedonnert, daß ich es sogar im volltrunkenen Zustand auf und ab leiern konnte. Leutnant Scharf ließ sich von diesen Rednern eigentlich stets beeindrucken, bloß bei mir schien er keinerlei Regung zu zeigen.

Doch letztlich war mir das alles egal. Ich hielt mich an die Spielregeln und nahm mir fest vor, auf sämtliche Eigenmächtigkeiten zu verzichten. Viel zu stark waren Staat und Stasi, als daß ich es hätte schaffen können, irgend etwas am System zu ändern. Für mich mußte es reichen, ungeschoren der Maschinerie zu entkommen, ohne jemandem dabei zu schaden und trotzdem ich selbst zu bleiben. Diese Aufgabe kam mir ausreichend vor und beruhigte mein Gewissen zugleich. Um mit poetischen Heldentaten als wortgewaltige Waffe gegen das Unrecht zu kämpfen, wäre wenigstens die Möglichkeit zum Wettlauf notwendig gewesen. Doch an einer Kette im Zwinger liegend den Löwen besiegen zu wollen, war töricht Aufgefressenwerdens stand in keinem Verhältnis. Denn die Gefahr des zum Gewinn. Der Preis wäre ein Rülpser in den kalten Wind, während der Löwe seinen Widersacher verschlingt. Nicht gerade ein appetitlicher Gedanke. Trotzdem ließ ich es mir schmecken, wenn der Löwe sich nun schon einmal bereit zeigte, mir etwas von seinem Festmahl abzugeben. Zwar stahlen mir die Blicke der zwei überlebensgroßen Bildnisse von Honecker und Mielke jeden Bissen von der Gabel weg, doch schließlich handelte es sich um gegrilltes Schweinesteak mit Kräuterbutter, gedünsteten Champignons und Pommes frites. Welcher Soldat bekam während seiner Armeezeit solch ein Essen vorgesetzt! Doch das Allerschärfste vom Ganzen stellten die zwei Flaschen ‚Berliner Export Pilsener' dar. Und das bei all dem Getue und Bestrafen bezüglich des Alkoholverbotes in der Kaserne. Ich traute meinen Augen kaum, zudem das ‚Berliner Export' nur für den ‚bösen Westen' gebraut wurde und nicht für den einfachen Bürger des Landes. Ich kam zu dem Schluß, daß der ‚Tag der Staatssicherheit' doch etwas Besonderes für unsere Genossen Offiziere sein mußte. Denn bisher galt für mich der ‚Tag der Republik' – der 7. Oktober – als die größte Sause der Selbstverherrlichung. Doch die fand außerhalb des Kasernentores statt und stieß bei den Offizieren auf nur halb so viel Interesse.

Der Freudentaumel über die Beförderung zum Gefreiten wurde rasch vom Alltag eingeholt. Die Erleichterungen aufgrund des eiligst vergessenen Stuben- und Revierreinigens ließen die Tage auch nicht schneller vergehen. Sicherlich – ich übergab dem neuen Soldaten unserer Stube meinen Wischeimer, aber den fehlenden Unteroffizier Schleifer konnte das nicht ersetzen. Erst jetzt wurde mir bewußt, welches Glückslos ich mit Schleifer gezogen hatte. Denn die Führung der Stube oblag nun Unteroffizier Bergmann, der zum Vize auf der EK-Leiter aufgestiegen war. Er mußte zwar damit leben, daß es in anderen Stuben noch echte EKs gab, die ein halbes Jahr länger gedient hatten als er, doch in unserem Zimmer gab es einen solchen nicht und Bergmann konnte schon jetzt seine spätere EK-Rolle üben. Natürlich nutzte er diese Chance nach Herzenslust. Wie ein aufgeplusterter Gockel stolzierte Bergmann durch die Stube, um dem neuen Spritzer zu zeigen, wer der Herr im Hause sei. Dabei fuchtelte er beständig die Arme durch die Luft und verkündete lauthals, auf was er alles bestehen könne, so er denn wollte. Schließlich wurde sein Schauspiel durch eine Phase der Ruhe ersetzt, in der er sein Gesicht zu einem hämischen Grinsen verzog und meinte, daß er sich für einen ganz friedlichen Typen halte, der sich gerne bereit zeige, auf Schikanen zu verzichten, wenn im Zimmer alles so laufe, wie er es sich vorstelle. Mich ödete dieses künstliche Wohlwollen an, und ich wußte, daß die frühere Ruhe meiner Stube mit Schleifer zusammen für immer Auszug gehalten hatte. In manchen Momenten sehnte ich mich sogar nach meinem Wischeimer zurück und träumte davon, Unteroffizier Schleifer herbeiwünschen zu können. Auf keinen Fall wollte ich jetzt in der Haut des neuen Soldaten stecken. Somit hing das Los eines jeden Spritzers in ganz besonderer Weise davon ab, auf welchen EK er traf. Denn es ist leicht, die Menschen zu sehen – doch schwerer, einen Menschen zu erkennen. Die Stasis sind nicht gleich die Stasi, die EKs sind nicht gleich der EK! Und die Tatsache allein, daß ich mein erstes Diensthalbjahr hinter mich gebracht hatte, ein Gefreiter war und mich ‚Dachs' nennen durfte, half mir in dieser Beziehung recht wenig. Auch jetzt noch hätte mir Unteroffizier Bergmann mein Leben zur Hölle machen können, wenn er es wollte. Daß er es nicht wollte, lag wohl kaum an seinem gekünstelten Wohlwollen als vielmehr an der Hierarchie innerhalb der gesamten Truppe. So gesehen war ich Mitglied der Kulturabteilung – der Singegruppe – genauso, wie es auch für Hans Bergmann zutraf. Auch er hatte bei Eintritt in die Singegruppe den Schwur geleistet, daß im Reich der Kultur kein Platz für die EK-Bewegung sein sollte. Vielleicht lag ihm dieser Schwur nun schwer im Magen, vielleicht dachte er darüber nach, daß die Kulturabteilung und die Stube zwei verschiedene Dinge waren. Denn sein sonst so zur Schau gestelltes Gockelkleid verblaßte in meiner Anwesenheit. Ich spürte deutlich, daß Bergmann nicht wußte, wie er mit mir umgehen sollte. Natürlich reagierte ich sofort mit Nachsicht, erfüllte freiwillig die Aufgaben eines Dachses und ließ es auf keine Kraftprobe ankommen. Das gab Bergmanns hängenden Federn wieder etwas Farbe, verschonte mich vor seiner Angriffslust und sicherte mir wenigstens den Frieden, wo doch schon sämtliche Ruhe im wahrsten Sinne des Wortes flöten war.

Der neue Soldat hieß Jens Lange. Ein schöner Mann, strohblond und blauäugig, groß und kräftig, seine weichen Gesichtszüge wirkten im Gegensatz dazu jungenhaft und unschuldig. Nur der Blick wirkte frustriert und militärisch desinteressiert. Seine schmollenden Mundwinkel verzogen das ganze Gesicht zu einer Fratze. Ich war mir auf der Stelle sicher, daß Jens Lange einer von den vielen Soldaten war, die den dreijährigen Dienst wählten, um später daraus Kapital für ihr Leben zu schlagen. Doch der Weg bis dahin mußte ihm jetzt am Anfang unendlich lang vorkommen, eine Tatsache, die er mit seiner kindlichen Art nicht verheimlichen konnte. Leider, denn ich wußte, daß er so ein Kandidat für Leutnant Scharf werden würde, der ein Gespür dafür hatte, welcher seiner Recken nicht aus Überzeugung das Soldatsein lebte. Allerdings wurden mir auch meine Grenzen bewußt, und ich konnte ihm in diesem Punkt nicht helfen. Das Schauspiel ist keine Gabe für jedermann, so daß die ehrlichen Naturen oft als Verlierer erscheinen. Zumindest gelang es mir, Soldat Lange den Sinn der EK-Hierarchie begreiflich zu machen. Dazu hatte ich allen Grund, denn Lange stieß den Wischeimer mit solch einer Wut über den Stubenboden, daß es unseren Gockel sichtlich nervte. Da mußte schon der Bonus seiner Kindsart herhalten – die ihn wie einen bockigen Jungen wirken ließ – damit Unteroffizier Bergmann ihn nicht gleich mit aufgesetzter Gasmaske und einer Rasierklinge in der Hand zum Entfernen des Urinsteins an die Pinkelbecken beorderte. Meine Aufklärung bedeutete auch für mich selbst ein Erlebnis der besonderen Art. Erstmals während der Armeezeit war ich es, der jemandem sagte, was er machen solle und nicht umgekehrt. Eine angenehme Erfahrung, die mir zeigte, daß ich auf meinem Weg vorwärts kam. In diesem Sinne ließ sich in den Folgewochen überhaupt viel lernen. Schon jetzt, da wir Dachse das Spritzerleben gerade hinter uns gelassen hatten, zeichnete sich ab, wer von uns welche EK-Rolle einnehmen würde, wenn die Zeit dafür gekommen sei. Wieder ein Punkt, der mir klarmachte, was für ein Glück ich mit Unteroffizier Schleifer hatte. Und sollte ich es selbst einmal bis zum EK schaffen, so wußte ich, wo ich hingehörte.

Natürlich landete meine Vorahnung einen Volltreffer. Leutnant Scharf und Soldat Lange gerieten gleich in den ersten Tagen aneinander. Dennoch erwiesen sich meine Sorgen als überflüssig, wohl deshalb, weil ich ständig andere Leute mit meinem Eigenmaß maß. Was für mich als unlösbares Problem erschien, löste Soldat Lange mit einer einzigen Unterschrift. Er wurde Mitglied der Sozialistischen Einheitspartei Deutschlands, und Leutnant Scharf übersah schlagartig das militärische Desinteresse seines Soldaten. So einfach geht das! Und mir graute bei dem Gedanken, daß ich einmal an dieser Einfachheit zerbrechen könnte.

Es wäre falsch zu behaupten, daß für jeden jungen Mann das Militär die Hölle sei. Soldat Buhler dachte über diese Sache ganz anders. Der nämlich ging gleich nach der Grundausbildung zur Unteroffiziersschule. In meinem halben Jahr Soldatenleben, in dem ich mit dem Wischeimer verwachsen war, die Pinkelbecken schrubbte und die Stiefel der EKs wienerte, unterzog sich Buhler freiwillig einer noch viel härteren Militärausbildung als im Grundlehrgang, um dann als Unteroffizier in den künftigen Ausbildungslagern die neuen Soldaten zu drillen. Aus meiner Sicht eine völlig unangenehme

Aufgabe, der sich Buhler aber wie selbstverständlich stellte. Als er dann wieder in unsere Kaserne zurückkehrte, lief er stolz die Straße auf und ab, um seine Unteroffiziersschulterstücke zu präsentieren. In der Tat, Buhler hatte es durch die Militärschule schon jetzt zum Unteroffizier gebracht, wo wir anderen uns gerade mal über die Beförderung zum Gefreiten freuen durften. Sein Stolz also schien durchaus berechtigt und das Privileg, eine Zweimannstube für Gruppenführer zu beziehen, gönnten ihm sicher die meisten der Gefreiten. Unverstanden blieb jedoch seine Forderung, daß wir vor ihm die Ehrenbezeigung ausführen mußten, wenn wir ihm auf der Straße begegneten. Rein militärisch gesehen war das eine korrekte Forderung, da ein niederer Dienstgradträger den höheren zu grüßen hatte. Von der menschlichen Seite aber machte sich Buhler damit genauso unbeliebt, wie wir es seit jeher von ihm kannten. Schließlich waren wir mit ihm zusammen als kleine Soldaten durch den Dreck des Ausbildungslagers gekrochen und das konnte auch seine Militärschule nicht ungeschehen machen. Vielleicht lag ja gerade darin das Geheimnis, weshalb die Armee bei einigen Männern so beliebt war. Denn sie zwang niemanden, mit eigener Kraft etwas in Bewegung zu setzen. Für alles gab es Vorschriften und Regeln, hinter denen man sich verstecken konnte. Unteroffizier Schleifer sagte mir immer, daß die brüllenden Offiziere ganz kleinlaut würden, sobald sie am Feierabend die Uniform auszögen und krummbucklig zu ihren Frauen heimkehrten. Die meisten von ihnen gingen sogar in Uniform nach Hause. Schleifer riet daher, daß ich mich bei wirklichen Problemen stets an die stillen und unauffälligen Offiziere wenden sollte. Somit konnte der Buhler zwar fordern, daß ich vor ihm Haltung annehmen und die Hand an meinen Mützenschirm heben mußte, seine Arroganz aber, die ich ihm schon immer vorgehalten hatte, ließ sich hinter den vorgeschobenen Dienstregeln nicht verbergen. Dabei darf ich dem Buhler allein keinen Vorwurf machen. Denn nichts ist einfacher, als das Denken abzuschalten und die Lösung von Problemen anderen zu überlassen. Und gerade wir Deutschen sind in diesem Punkt weltberühmt. Ganz oder gar nicht – lautet schließlich eine unserer Grundtugenden. Was nichts Schlechtes verheißen mag – reiften doch so in beflissener Mühe die Früchte eines Dichter- und Denkerlandes heran, die erst in der Stunde des Erntens mit gierigem Hochmut zu volksdeutschem Einheitsbrei zerrieben wurden, um ihn an die kleinen Seelen zu verfüttern und nun als Tribut der Dankbarkeit das Denken einzufordern, das sich mit einem Heil des Frohsinns zu Füßen des Wahnsinns schleudern ließ. Natürlich bleibt die Frage nach dem Verführer. Doch jedes Gift braucht einen Körper, in dem es wirken kann. Und die Verführung ist so alt wie die Menschen selbst, so daß die Natur uns das Denken zum Schutze mit auf den Weg gab, um jeden mit Schuld zu strafen, der sich widernatürlich dumm stellt.

Die langen Winternächte auf den Wachtürmen entwickelten sich immer mehr zur Qual. Die Kälte drang von den Füßen her unter die Uniform und zog in sämtliche Glieder. Anfangs wehrte ich mich mit der Bewegung in winzigen Runden, die mir der beengte Platz auf dem Turm gestattete. Da die erhoffte Erwärmung jedoch ausblieb, trampelte ich schon bald nur noch auf der Stelle hin und her, um mich schließlich wie versteinert der lähmenden

Kälte zu ergeben. Von da ab erfroren auch meine Träume, die Gedanken und das Beobachten. Ich kauerte in einer Ecke und sah nichts, hörte und fühlte nichts. Und das einzige, was noch lebte, war das Hoffen auf Ablösung.

Es folgten die drei Stunden Ruhe im Schlafraum auf stinkenden Matratzen und unter nach Desinfektionsmittel riechenden Decken. Die Luft füllte ein Gemisch aus Fußschweiß und Deodorant. Die betäubende Gleichgültigkeit während des Auftauens ließ mich ständig in einen Halbschlaf fallen, der mir beängstigende Traumwelten vorgaukelte, denen ich durch das Aufwachen zu entfliehen suchte. Was mir dabei Angst machte, waren nicht die Bilder selbst, sondern die Wehrlosigkeit zwischen Traum und Wirklichkeit. Ich wollte wach werden, aber irgend etwas hielt mich gegen meinen Willen fest und stieß mich immer wieder in die Traumwelt zurück.

Auch nach den Wachdiensten hielt sich diese merkwürdige Gleichgültigkeit im Körper und im Kopf. Ich ging in keinen Ausgang mehr, las keine Bücher, sah nicht fern. Stundenlang wälzte ich mich auf dem Bett umher und kämpfte auf meinem Schlachtfeld der bunten Bilder mit Traum und Wirklichkeit. An allem Übel gab ich dem Winter die Schuld, denn eigentlich hatten wir schon März, und daß sich die Kälte in diesem Jahr so lange hielt, konnte nur ein Fluch der Sinnlosigkeit über die totgeschlagene Zeit sein, die ich hier verbrachte. Mit einem Zucken riß es mich plötzlich aus dem Bett hoch. Alles um mich herum fühlte sich naß an, aus der Hitze der Wolldecke verdampfte der Schweiß, mein Herz jagte in der Brust. Kurz entschlossen sprang ich auf den Boden, nahm die Reisetasche aus meinem Spind und lief in Unterwäsche auf den Flur, um endlich nach Haus zu kommen. Und dann waren da die Wände. Überall nur Wände. Rechts und links – oben und unten. Ich lief und lief, doch überall stieß ich auf Wände. Soldaten und Unteroffiziere kamen, stellten sich mit fassungslosen Gesichtern und helfen wollenden Armen zwischen mich und die Wände. Schließlich folgte ein Schlag – ein harter Schlag am Kopf oder so. Es dröhnte in meinen Ohren. Etwas Rotes schob sich auf meine Augen. Dann wurde es ruhig und dunkel.

Wieder kämpfte ich mit Traum und Wirklichkeit. Wieder verpaßte mir etwas Unsichtbares Schlag um Schlag und stieß mich in die Welt der bunten Bilder zurück. Ich sah blaue Lichtblitze, die mal über Bäumen, mal über Häuserfassaden kreisten. Ich spürte, daß eine Binde meinen Kopf umwickelt hielt. In der Ferne summte eine Melodie auf und ab. Plötzlich brannte helles Licht in meinen Augen, das Brummen von Neonröhren dröhnte im Kopf. Eine junge Krankenschwester mit langen, schwarzen Haaren beugte sich über mich. Sie war sehr schön. Und daß sie sich daran zu schaffen machte, mir die Unterhose auszuziehen, löste eine alles durchdringende Peinlichkeit in mir aus. Doch als sie sich abwandte, um im selben Moment mit einer Spritze zu mir zurückzukehren, wurde mein Schamgefühl durch Übelkeit ersetzt. Ich begriff sofort, daß ich in einem Krankenhaus gelandet war, und der stechende Schmerz verriet mir, daß alles in Wirklichkeit geschehen war und ich nicht geträumt hatte. Gerade wollte ich mich aufraffen und feststellen, was mit mir passierte, da bekam ich wieder einen dieser unsichtbaren Schläge verpaßt – diesmal aber ganz sanft.

Ein seltsam vertrauter Geruch kroch mir in die Nase. Es roch wie der

Vater, nach Medizin und Krankenhaus. Das Bettzeug fühlte sich noch steif an, so, als wäre es frisch aus der Plätte gekommen. Ich öffnete die Augen und sah die Sonnenstahlen auf der weißen Tapete spielen. Ich wußte, daß ich zu Haus war, atmete tief, bemerkte das Lächeln in meinem schlaftrunkenen Gesicht und schlief wieder ein.

Mutter klapperte mit Geschirr, und ich spürte, wie sie darauf bedacht war, daß alles möglichst leise passierte. Ich streckte mich aus, ballte die Fäuste und gähnte. Ich fühlte mich gut und ausgeschlafen. Die bunten Bilder gab es nicht mehr und auch kein Schlachtfeld zwischen Traum und Wirklichkeit. Ich erwachte einfach so. An einen Traum konnte ich mich nicht erinnern. Aber das war mir nun egal. Ich mußte dringend aufs Klo. Ich schlug die Bettdecke zurück und sah die Schwester mit den schwarzen Haaren in einer Ecke des Zimmers stehen. Und es roch wirklich nach Medizin, auch das Zimmer war hell und die Tapete weiß – genau wie zu Hause. „Ich muß mal“, kam es mir etwas kleinlaut über die Lippen. „Oh, oh – junger Mann! Aber schön liegengeblieben!“ antwortete die Schwester mit gutmütiger Stimme. Sie ließ sofort von ihrer Arbeit ab und kam zu mir ans Bett. „Na, Herr Steinert, da haben Sie aber lange geschlafen. Und? Wie fühlen Sie sich jetzt?“ „Sehr gut, aber ich muß mal – – und Hunger habe ich auch.“ Die Schwester lachte. „Das ist ja prima! Was müssen Sie denn – groß oder klein?“ Ich sah sie verdutzt an und sagte: „Na klein, wieso?“ „Gut, also klein. Ich komme gleich wieder und bis dahin bleiben Sie hier schön brav liegen! Einverstanden!?“ Sie klopfte mit geübten Händen auf meinem Kopfkissen herum, faltete es zur Kopfstütze, hüllte mich bis zum Hals in die Bettdecke ein und verließ das Zimmer. Durch die Luft breitete sich ein feiner Duft, der wie ein dünnes, unsichtbares Band der Schwester nachschwebte, um für Sekunden den Medizingeruch der Umgebung zu verdrängen. Ich spürte den Verband an meinem Kopf, und daß mir die Stirn in Falten lag. Es wirkte alles so seltsam. Die schöne Schwester, mit der ich mich ausgerechnet übers Pinkeln unterhalten mußte. Komisch! Sie sagte „Herr Steinert“ zu mir. „Herr Steinert“ – wie fremd das klang – und wie es doch so zärtlich über ihre Lippen kam. Ich hatte mich so an den „Genossen“ gewöhnt, daß der „Herr“ einem Fremdwort gleich schien. Und warum durfte ich eigentlich nicht aufstehen? Was hatte das ganze Theater zu bedeuten? Gerade als ich mich um Erinnerungen bemühen wollte, kam die Schwester wieder zurück. „Hier bitte, Herr Steinert! Das können Sie doch alleine, oder?“ Sie streckte mir ein merkwürdig geformtes Glasgefäß entgegen. „Nein, das mach’ ich nicht. Nun lassen Sie mich doch auf die Toilette!“ „Aber, Herr Steinert! Stellen Sie sich nicht so an. Sie müssen liegenbleiben und ich bin ja schon verschwunden.“ Die Schwester drückte mir das Gefäß in die Hände und ging hinaus. Ich horchte noch einen Moment lang ihren verhallenden Schritten nach und beeilte mich dann doch, alles so professionell wie möglich über die Bühne zu bringen. Das Glas stellte ich an die äußerste Ecke unter das Bett, so, daß es möglichst keiner sehen konnte. Es war mir einfach zu peinlich.

Nur einige Augenblicke später erschien der Arzt. Ein großer, kräftiger Mann mittleren Alters und ganz in Weiß gekleidet. „Na, junger Mann, Sie können mir nicht zufällig sagen, was mit Ihnen los ist?“ Dabei lächelte er mich an und schielte über die Gläser seiner dunkelrandigen Brille. „Nein. Ich dachte Sie könnten das?" „Ja, ja, das dachte ich auch. Doch in Ihrem Falle ist das nicht ganz einfach, Herr Steinert. Nach meinen bisherigen Untersuchungen – Blut, Urin usw. – sind Sie nämlich kerngesund. Von der kleinen Schramme an Ihrer Stirn mal abgesehen." Während er sprach, wickelte er die Binde ab und bog meinen Kopf in alle Richtungen. „Haben Sie Kopfschmerzen?" „Nein." Dann legte er zwei seiner Finger an verschiedene Bereiche meiner Schädeldecke und klopfte mit der anderen Hand die Stellen ab. „Und nun? Haben Sie jetzt Schmerzen?" „Nein." „Das dachte ich mir fast. Und Sie haben Glück, nichts deutet auf eine Gehirnerschütterung hin. Sicherheitshalber lasse ich noch EEG und EKG machen. Eigentlich glaube ich zwar nicht, daß wir im Kopf oder Körper fündig werden. Doch sicher ist sicher. Waren Sie denn schon einmal beim Nervenarzt?" Jetzt mußte ich auch lächeln. „Nee, wieso? Was soll ich beim Nervenarzt?" „Naja – Sie wurden auf dem Flur ihrer Kaserne in Unterwäsche gefunden. In der Hand hielten Sie Ihre Reisetasche und bevor Sie ohnmächtig zusammenbrachen, murmelten Sie, daß Sie auf dem Weg nach Hause seien. Finden Sie das etwa normal? Wenn Sie wenigstens Fieber hätten. Aber da ist nichts." Mir verging das Lächeln. „Meinen Sie..., Sie denken..., aber ich bin doch nicht verrückt!" „Nein, nein, Herr Steinert, nichts denke ich. Und Sie sind auch nicht verrückt. Einen Nervenarzt schicke ich Ihnen aber trotzdem vorbei. Vielleicht heute noch. Sie haben doch keine Angst davor? Oder?" Ich schüttelte den Kopf. „Na also, Herr Steinert, das wußte ich. Schließlich sind Sie ein intelligenter, junger Mann, der einmal studieren will. Wenn Sie das Wort ‚Nervenarzt' hören, denken Sie doch nicht gleich an Zwangsjacke und Klapsmühle." Wieder schüttelte ich den Kopf. „Ja, ja", fuhr er fort „leider gibt es aber noch zu viele Menschen, die das machen."

Kaum daß der Arzt mein Zimmer verlassen hatte, sank ich erschöpft auf das Kopfkissen zurück. Die Gedanken prasselten in solcher Fülle auf mich herein, daß ich jeden einzelnen nur in Bruchstücken wahrnehmen konnte. Auf der Haut der rechten Armbeuge entdeckte ich ein Pflaster. Ich dachte daran, wie viele Untersuchungen sie wohl mit mir angestellt haben mochten, während ich schlief. Eine Erinnerung kam mir nicht in den Kopf, egal wie sehr ich mich auch anstrengte. Und woher wußte der Arzt, daß ich einmal studieren würde? Das alles erschien mir seltsam, ja unheimlich. Plötzlich fiel mir wieder die Geschichte vom Nervenarzt ein. Natürlich hatte ich aus reiner Vernunft mit dem Kopf geschüttelt, denn wer denkt nicht an Zwangsjacke und Klapsmühle, wenn vom Nervenarzt die Rede ist. Ich fühlte mich schwer beleidigt. Schließlich sperrten die EKs die neuen Soldaten in Schränke, warfen oben 20 Pfennige ein, klopften gegen die Tür und verlangten Heimatlieder. Musikbox nannten die das, aber kein Mensch schickte sie zum Nervenarzt. Und was meine Heimreise auf dem Flur betraf, so trug ein EK-Spiel sogar diesen Namen. In der Stube wurden die Stühle wie in einem Zugabteil angeordnet und die EKs in Zivil und mit der Reisetasche im Schoß setzten sich darauf. Währenddessen die Spritzer die Geräusche der Lokomotive imitierten und mit nachgemachten Ortsschildern der Heimatstädte im Zimmer umherliefen, um am jeweiligen Bahnhof die Ansage zur

Zugankunft zu machen. Nun sag mir bloß einer, daß das nicht vollkommen irre war. – – Ich verschränkte die Arme vor meiner Brust und ärgerte mich schwarz vor Entrüstung. Und ausgerechnet an mein Bett sollte ein Nervenarzt kommen! Am liebsten hätte ich in das Gestell meines Metallbettes gebissen, das so unschuldig auf seinen vier Rädern stand.

Die Tür ging auf und eine Schwester mit einem Tablett kam herein. Allerdings war es nicht die junge mit den schwarzen Haaren, die, die immer so gut roch. Nein, die jetzige Schwester gehörte zu den älteren, schien gut satt gegessen und trug ihr graues Haar als Dutt auf dem Kopf. Meinen mürrischen Blick kommentierte sie mit den Worten, daß auch die jungen Schwestern einmal Feierabend hätten. Sie stellte mir das Tablett mit dem Essen auf einen Beistelltisch und schob ihn an mein Bett. „Wo haben Sie denn Ihr Uringlas hingestellt?“ fragte sie mit unappetitlicher Routine. Ich zeigte stumm unters Bett. Die Schwester hatte Schwierigkeiten beim Bücken und murmelte dabei verärgert vor sich hin. Mich berührte das alles wenig und essen wollte ich auch nicht. Erst als die Alte das Zimmer verlassen hatte, reizte mich der Geruch, der vom Beistelltisch zu mir herüber kam. Zwar handelte es sich nur um Nudeleintopf – wo mir doch eher nach einem Braten zumute war – aber die Rindsbrühe roch kräftig, der Kanten Weißbrot war frisch und weiterärgern konnte ich mich später noch genug.

Doch schon am Nachmittag erreichten mich die ersten Botschafter der Hoffnung und hellten meine miese Stimmung auf. Immerhin erhielt ich vom Arzt die Erlaubnis, künftig wie ein Mensch aufs Klo gehen zu dürfen, denn die Ergebnisse des EKG und EEG waren bestens. Über einen Lautsprecher neben meinem Bett kam Musik, wahrhaftig rockige Rhythmen und nicht so’n altmodischer Kram. Die Schwester brachte mir Bücher und Zeitschriften, stellte eine Vase mit Blumen auf den Nachttisch. Jetzt, da ich wieder freundlich strahlte, zeigte auch sie sich von ihrer mütterlichen Seite. Das wirkte angenehm, und ich hatte das Gefühl, sie wußte, wie sehr sie damit den jungen Schwestern überlegen war. Ich gewöhnte mich schnell an diese Krankenhausatmosphäre, die einer Idylle gleichkam, wenn ich daran dachte, daß ich gar nicht wirklich an einer Krankheit litt. Ich las bis zum späten Abend in den Büchern, wurde angenehm müde und fiel ohne böse Bilder in den Schlaf.

Am Morgen weckte mich der Geruch, der sich so dezent über den medizinischen erhob. Ich erwachte mit einem Grinsen, denn ich erahnte die Schwester mit den langen, schwarzen Haaren, von der ich nicht einmal den Namen kannte und die mir doch schon vertraut schien. Mir war bisher nie aufgefallen, daß sich die Eigenarten einer Frau so gut beobachten lassen. Vielleicht braucht man dazu die totale Abstinenz des Militärs, des Gefängnisses oder der Seefahrt, um wieder auf die feinen Unterschiede des alltäglichen Lebens aufmerksam zu werden. Schließlich war eine Frau schon seit Monaten kein Thema mehr in meinem Soldatenleben und wenn doch, dann als völlig unrealistisches Phantasiegebilde in irgendwelchen Potenzgeschichten triebwilder Männer. So wäre ich vor Glück auch fast geschmolzen, als ich mich mit klopfendem Herzen überwand, nach dem Namen der Schwester zu fragen. Ja, ich hatte sogar den Eindruck, daß sie sich über meine Frage freute, denn sie setzte sich ein Weilchen an mein Bett, nahm meine Hand und plauderte aus ihrem Leben. So erfuhr ich nicht nur, daß sie Schwester Caroline hieß, sondern auch von den ganz normalen Problemen der Menschen – dort draußen in der anderen Welt, weit weg von der Kaserne. Ich kam mir plötzlich wie verwandelt vor. Kein Buch der Welt konnte nun noch mein Interesse wecken. Ich wusch mich alle paar Stunden, kämmte ständig an meinen Haaren herum und zupfte so lange an der Bettwäsche, auf daß sie glatter nicht sein konnte. Schwester Caroline registrierte mein Bemühen mit einem Lächeln und setzte sich in jeder freien Minute zu mir ans Bett, um Geschichten zu erzählen.

Am Nachmittag erlebte mich der Nervenarzt in fröhlicher Stimmung. Er kam mit einem Köfferchen und einer Mappe an mein Bett. Ich begrüßte ihn freundlich, setzte mich auf und schob mir das Kopfkissen in den Rücken. Der große, alte Herr mit weißem Kittel und weißem Bart lobte sogleich meine Lebendigkeit und attestierte mir nach nur wenigen Augenblicken, daß ich bei ihm nicht gerade den Eindruck eines Nervenleidenden erwecke. Er forderte mich auf zu schildern, wie ich in dieses Bett gekommen war. Also erzählte ich drauflos, immer frei von der Leber weg. Ich bemühte mich, daß alles recht harmlos klang und betonte beständig, wie ausgesprochen gut es mir jetzt ginge. Doch die Stirn des Arztes legte sich trotzdem in Falten. Ich hatte nichts mehr zu erzählen, kramte vergebens nach Worten. Ich schwieg schon eine Weile und der Arzt blieb immer noch still. Schließlich meinte er mit sorgenvollem Unterton: „Nein, junger Mann. Ganz so einfach ist das nicht. Wissen Sie, niemand fällt um, wenn er ganz gesund ist. Auch Sie nicht!“ Mit behutsamen Bewegungen nahm er mir das Kopfkissen aus dem Rücken und legte das Deckbett beiseite. Ich sollte das Nachthemd ausziehen und mich flach auf den Rücken legen. Schließlich tasteten seine behutsamen Hände meinen Kopf ab. Das alles wirkte auf mich wie ein Seismograph, der schon bei der kleinsten Unregelmäßigkeit Alarm schlüge. Doch am Kopf konnte sein Feingefühl nichts entdecken. Mit einer kleinen Stablampe leuchtete er mir in die Augen. Aber auch dort fand er nichts. Jetzt holte er ein Gummihämmerchen aus dem Koffer und klopfte meine Gelenke ab. „Oh, oh – junger Mann. Sie haben ja einen mächtigen Ausschlag!“ Ich verstand nicht gleich, was er meinte, doch der Arzt erklärte sich nicht weiter. Er tauschte den Hammer gegen eine Spritzenkanüle aus. Ein unangenehmes Bild, das auch nicht verschwand, als er mich aufforderte, die Augen zu schließen. Ich fühlte, wie die Kanüle einige Millimeter über der Haut meines Körpers kreiste, um nur dann und wann einmal vorsichtig auf ihr entlang zu reißen. Ich durfte die Augen wieder öffnen und sah, daß der Arzt nachdenklich mit dem Kopf schüttelte. Er ersetzte die Kanüle durch einen Wattebausch, ich sollte die Augen schließen und das Spiel begann erneut. Und endlich erklang seine Stimme: „Mein lieber Mann – ganz schön sensibel – viel zu sensibel, wenn Sie mich fragen.“ Er nahm eine Hand an sein Kinn, ließ die Finger durch das weiße Barthaar kreisen und starrte dabei mit leeren Augen auf mein Bett. „Schon seit Kindesalter bin ich als Zappelphilipp bekannt – da ist nichts weiter bei“, entschuldigte ich mich und hoffte insgeheim, dadurch die Lage etwas entspannen zu können. „Ja, ja – ich denke bloß, ‚Zappelphilipp' ist eine zu niedliche Umschreibung. Es scheint mir, als seien Sie ständig in Alarmbereitschaft, um vor irgend etwas auf der Hut zu sein. Verstehen Sie, was ich meine? So wie ein Seismograph zum Beispiel, der auf ein Erdbeben wartet." Wie vom Schlag getroffen zuckte ich zusammen und mein Bett wackelte auf den Rädern. „Was ist denn?" fuhr mich der Arzt an. „Nichts", erwiderte ich aus dem Reflex heraus. Schließlich kam der Gedanke mit dem Seismographen von mir, und daß der Arzt dasselbe dachte, erschrak mich. „Sie sind doch vor Dienstbeginn untersucht worden?" wollte er nun wissen, ohne weiter auf mein Zusammenzucken einzugehen. „Ja, natürlich." „Und dabei ist meinen Kollegen nicht aufgefallen, daß Sie für den Wachdienst ungeeignet sind?" Ich sah den Arzt verwundert an und hob die Schultern. „Wissen Sie, Herr Steinert, ich denke, daß Sie schon genügend wachsam sind. Den zusätzlichen Wachdienst betrachte ich als Gift für Sie. Ich werde mich bei Ihren Vorgesetzten dafür aussprechen, daß Sie künftig eine andere Aufgabe erhalten. Dieses ständige Vertauschen von Tag und Nacht, der damit verbundene unregelmäßige Schlaf und all die Dinge – nein, es wird besser sein, wenn Sie damit aufhören." Mit entschlossener Geste kramte der Mann seine Utensilien zusammen, räumte sie in den Koffer und klappte als metallenen Schlußakkord die Schlösser zu. Er setzte sich auf die Bettkante und nahm die Mappe zur Hand. „Ich werde Ihnen nun einige Bilder zeigen und Sie sagen mir bitte, was sie damit in Verbindung bringen." Die Bilder jedoch waren gar keine richtigen Bilder. Ich hielt sie eher für Tintenkleckse auf einem Blatt Papier. Trotzdem erzählte ich ihm, womit die Kleckse durchaus Ähnlichkeit haben könnten und schon nach einigen Blättern war er mit meinen Antworten zufrieden, auf daß er die Mappe weglegte und mich für meine Phantasie lobte. „Also, Herr Steinert, krank sind Sie nicht, da brauchen Sie sich keine Sorgen zu machen. Allenfalls scheinen Sie etwas hypersensibel zu sein, aber das ist ja keine Krankheit. Und das mit dem Wachdienst ist schließlich nicht nötig." Ich durfte mich wieder anziehen. Der Arzt nahm den Koffer und die Mappe, wünschte mir gute Besserung und ging aus dem Zimmer.

Ich fühlte mich wie der Sieger nach einem schweren Kampf. Denn es gibt kaum etwas Besseres, als von einem Nervenarzt gesagt zu bekommen, daß man völlig normal sei. Eine angenehme Schwere breitete sich in meinem Körper aus. Ich genoß die aufkommende Müdigkeit und wickelte mich ins Deckbett ein. Jetzt mußte ich wieder an die Geschichte von der Zwangsjacke und der Klapsmühle denken. Aber sie machte mir keine Angst mehr. Im Gegenteil. Ich konnte diese unnütze Horrorphantasie nur belächeln. Bei der Vorstellung, künftig von den Wachdiensten befreit zu werden, empfand ich sogar Dankbarkeit gegenüber dem Manne, den ich noch Stunden zuvor verflucht hatte.

So war ich durchaus dazu bereit, noch eine ganze Ewigkeit im Krankenhaus zu bleiben. Aber die positiven Untersuchungsergebnisse forderten ihren Preis und binnen Stunden kam ein Krankenwagen, um mich wieder in die Kaserne zu holen. Nicht einmal von Schwester Caroline konnte ich mich verabschieden, denn der Unteroffizier der Sanitätsgruppe drängte so sehr auf Zeit, daß ich glauben mochte, ohne mich bräche die ganze Kompanie zusammen. Erst später – während der Fahrt – erzählte er über die Hintergründe dieser Hektik. Demnach gab es oft Ärger mit Soldaten, die im Krankenhaus gelegen hatten. Die meisten wollten nicht freiwillig ihr Krankenbett aufgeben. Entweder sie simulierten Krankheiten oder taten sich selbst was an. Meist spielten dabei auch die Krankenschwestern eine Rolle, die den Soldaten die Köpfe verdrehten. Spätestens an dieser Stelle konnte ich mir vor dem Sanitäter das Lächeln nicht mehr verkneifen. Er nickte nur verständnisvoll und meinte, daß sich gerade deshalb die Ärzte und Sanitäter darauf geeinigt hätten, die Entlassungen so spontan wie möglich durchzuziehen. Es sei eben nicht gut, wenn die Soldaten während ihrer Dienstzeit Frauen zu Gesicht bekämen. Das bringe ihn als Sani immer wieder in die Bredouille. Er hielt es für das Beste, Frauen überhaupt nicht in die Nähe des Militärs zu lassen, auch nicht als Krankenschwestern.

Mochten sich die Ärzte bei meinen Vorgesetzten auch für meine Befreiung vom Wachdienst eingesetzt haben, so reichte das nicht aus, um mich völlig aus der Wachkompanie abzuziehen. In einem langen Gespräch mit den Offizieren einigten sie sich schließlich auf einen Kompromiß, wonach ich weiterhin auf Wache gehen müßte, aber in Objekten, die einen vereinfachten Dienst abverlangten. Natürlich wußte ich nicht, was das für mich genau bedeuten würde, aber allein die Reaktion der EKs auf diese Entscheidung zeigte mir, daß es sich um etwas Besonderes handeln mußte. Schließlich hatte ich das Gefühl, als würden die EKs vor Neid platzen. Und daß mein Gefühl stimmte, erwies sich schon beim ersten Wachdienst im ‚Jachthafen'.

Das Dienstobjekt ‚Jachthafen' klang vom Namen her etwas trügerisch, da es sich in Wirklichkeit nur um ein kleines, eingezäuntes Seegrundstück handelte, zu dem ein Wachlokal, ein Bootshaus und ein Bootssteg gehörten. Auf dem Gelände befanden sich einige Motorboote und Segeljachten, wie ich sie in Größe und Luxus noch nie zuvor gesehen hatte. Schon die Abgeschiedenheit des Ortes an einer vergessenen Bucht des Müggelsees ließ mich ahnen, daß es sich hierbei um außergewöhnliche Boote handeln mußte. Und logisch! Die Jachten leistete sich das Ministerium für Staatssicherheit zur privaten Nutzung durch die Genossen der Staatsführung. Für die Bewachung des Kleinods waren nur zwei Mann nötig. Ein Unteroffizier als Wachhabender und ein weiterer Unteroffizier bzw. Soldat oder Gefreiter als Posten. Selbstverständlich teilten sich die EK-Unteroffiziere dieses Sahnestückchen untereinander auf, und ich konnte verstehen, warum sie plötzlich mir gegenüber so verärgert waren. Doch ihr Groll dauerte nicht lange an, denn der Tratsch über mein Umfallen auf dem Flur ging durch die ganze Kaserne und an irgendeiner Stelle hatte selbst bei der Armee die Gesundheit Vorrang vor der EK-Bewegung.

Das alles bewirkte immerhin, daß ich nun in eine mir noch fremde Welt eintauchen konnte, in der es viele neue Dinge zu lernen galt. Denn allein die Stimmung während des Wachdienstes war vollkommen auf den Kopf gestellt. Alle Gesetze von der Hierarchie einer Gruppe – einschließlich der EK-Bewegung – gab es nicht mehr. Und das schlicht und ergreifend deshalb, weil keine Gruppe mehr existierte. Normalerweise machten mir die Regeln keine Sorgen – glaubte ich jedenfalls – jetzt aber, wo sie wegfielen, merkte ich erst, wie sehr ich darunter gelitten hatte. So wirkte mein Auskommen mit dem EK-Unteroffizier fast schon familiär und freundschaftlich. Er verlangte von mir nicht, daß ich den albernen Hampelmann spiele, nur weil ich ihm an Dienstzeit unterlegen war. Im Gegenteil – hätte ich das getan, so wäre es ihm peinlich gewesen. Dabei kannte ich Unteroffizier Röhrt als einen rauhen Burschen, der innerhalb der Kaserne sehr wohl alle jungen Soldaten mit seiner tiefen Stimme zu maßregeln wußte. Hier auf Wache glich er aber eher einem Lamm. Mit viel Mühe bereitete er die Mahlzeiten zu – was eigentlich in meinen Aufgabenbereich gehörte – währenddessen ich draußen durch den Schnee stöberte, um mir die Boote etwas genauer anzusehen. Nach dem Essen spülte ich das Geschirr, und der Röhrt saß am Tisch, rauchte und erzählte aus seinem Leben. Er zeigte mir Bilder von seiner Freundin, schwelgte in Zukunftsvisionen und beichtete mir sogar, warum und wieso sie immer wieder in Streit miteinander gerieten. Manchmal bekam ich das Gefühl, daß ihm das Erzählen eine Art von Erleichterung brachte. Anders konnte ich mir jedenfalls nicht erklären, warum seine Schilderungen Stück für Stück intimer und vertraulicher wurden. Natürlich gab er somit auch eine Menge von Schwächen preis, die es mir zunehmend unmöglich machten, ihn als meinen Vorgesetzten zu akzeptieren, zu dem ich laut Dienstanweisung aufblicken sollte. Außerdem quälte mich das Mitleid, denn Unteroffizier Röhrt zerbrach gerade an der Liebe zu seiner Freundin. Und das nicht allein der Liebe willen. Sein wirklicher Feind war die Trennung, das Sichauseinanderleben, die Zeit, die sich zwischen die Gemeinsamkeit drängte und als Dienst für das Vaterland verklärt wurde. Zu allem Übel gesellte sich sein Irrglauben, daß er an allem schuld sei und nicht etwa der Wehrdienst. Ich hätte ihm gern geholfen, wußte aber nicht wie. Alles, was ich tun konnte, beschränkte sich auf tröstende Worte, die mehr mir als ihm halfen. Denn ich erkannte, auf was für wackligen Füßen das Militär stand. Mir wurde klar, daß die strengen, dogmatischen Dienstvorschriften notwendig waren, um das widernatürliche Leben innerhalb dieses Kartenhauses überhaupt in Gang zu halten. Ich mußte nun hautnah erleben, wie Zucht und Ordnung über den Mechanismus der Urlaubsstreichung – der Zügelung mittels Trennung – zum Funktionieren gebracht wurden. Plötzlich war ich sogar einen Moment froh darüber, daß meine Liebe zu Helena nicht aus ihren Startlöchern herausgekommen war, da ich jetzt den Unteroffizier Röhrt so vor mir sitzen sah.

Während der Abendstunden saßen wir im Kerzenschein am Tisch, tranken Tee, rauchten Pfeife und spielten Schach. Die totale Stille im Wachlokal hatte etwas Merkwürdiges an sich. Hans Röhrt fand sie beruhigend, doch ich mußte mich erst daran gewöhnen. Vom See her drang ein beständiges Krachen zu uns herüber. Und Röhrt erklärte mir, daß das vom Zufrieren des Sees herrühre. Dabei ging der März schon seinem Ende zu, aber die Kälte in diesem Jahr wollte und wollte nicht weichen. Vielleicht war das Merkwürdige auch nur Angst, die das Krachen in der Ferne und die gleichsame Stille des Zimmers in mir auslöste. Eine Angst, die Röhrt zu bemerken schien. Er versuchte mich zu beruhigen, und erzählte davon, wie es zum Zufrieren eines Sees kommt. Damit hatte ich mich noch nicht beschäftigt und ich staunte, wie wissenschaftlich Röhrt zur Sache ging. Das Zufrieren beginnt nicht immer am Ufer, so, wie ich es glaubte. Manche Seen frieren von der Mitte her zu. Das hängt immer von der Strömung und der Tiefe des Wassers ab. Dort, wo das Wasser ruhig steht und flacher ist als an anderen Stellen, gefriert es zuerst. Es bilden sich einzelne Eisschollen, die sich vergrößern, dann wieder in eine Vielzahl kleinerer zerbrechen, worauf diese weiter zu wachsen beginnen – solange bis sie den ganzen See ausfüllen. Erst jetzt beginnt alles zu einer geschlossenen Eisschicht zusammenzufrieren. Ich wußte nicht, ob das stimmte, was Röhrt mir glaubhaft machen wollte. Zumindest klang es sehr plausibel. Vielleicht aber diente seine Geschichte ausschließlich meiner Beruhigung. Und wenn nicht? Ich ärgerte mich darüber, daß wir uns in der Schule viele Stunden lang mit den utopischen Visionen des Sozialismus beschäftigen mußten, mir jedoch niemand gesagt hatte, wie ein See zufriert. Damit war das Drama noch nicht zu Ende. Röhrt wußte zu berichten, daß er schon öfter Schwäne vor dem Einfrieren gerettet habe, da die Tiere auch im Winter auf dem Wasser übernachten, um vor ihren Feinden sicher zu sein. Überrascht sie dabei ein strenger Frost, so kann es passieren, daß sie vom Eis eingeschlossen werden, ohne sich noch aus eigener Kraft befreien zu können. Mein Ärger schlug plötzlich in Wut um. Mit lauter Stimme tat ich Unteroffizier Röhrt meine Zweifel kund. Schließlich fröre ein See nicht in Minuten zu. Also sollten die Schwäne gefälligst ans Ufer schwimmen und aus dem Wasser gehen. Doch Röhrt grinste nur und schüttelte mit dem Kopf. Wie ein Lehrer erklärte er überzeugend, daß die Schwäne es nicht mehr schaffen, wenn sich schon zu viele Eisschollen auf dem Wasser gebildet haben. Das Eis ist einfach zu schwer. Ich sprang von meinem Stuhl auf und lief aufgeregt durchs Zimmer. Ich fand die Geschichte des Röhrt einfach grausam, zu grausam. Ich wollte nicht, daß die Schwäne erfrieren. Was ist das für eine beschissene Natur? Außerdem gibt es noch eine Menge anderer Möglichkeiten. Die Schwäne könnten auf die Schollen krabbeln oder in den warmen Süden ziehen. Daß ich mich so aufregte, hatte natürlich seinen Grund, denn schließlich schleppte ich in meinem Wachteil eine Menge altes Brot aus der Kasernenküche mit zum Jachthafen, um mich der Schwäne anzunehmen, die es am Seeufer zahlreich gab. Außerdem konnte ich nicht erkennen, was das ewige Grinsen des Röhrt zu bedeuten hatte. Freute er sich nun über meinen Ärger oder machte er sich darüber lustig, weil ich unwissend war.

Ich konnte mir die Zwiespältigkeit in Röhrts Wesen auch künftig nicht erklären. Sie gehörte zweifelsfrei zu ihm und ich hatte das so zu akzeptieren. Das war im Armeeleben anders als draußen – in der wirklichen Welt. Dort kann ein Mensch auswählen, zu wem er geht und wen er besser meidet. Beim Militär stellte sich diese Frage nicht. Denn es gab keine Möglichkeit der Wahl. Also mußte ich Unteroffizier Röhrt so nehmen, wie er war – innerhalb der Kaserne als einen Haudegen mit großer Klappe, innerhalb des Jachthafens als einen stillen Denker mit blühender Phantasie. Die zweite Variante seiner schizoiden Persönlichkeit gefiel mir allerdings besser. Schon bald fühlte ich mich auf Wachdienst im Jachthafen viel wohler als in der Kaserne. Hier gab es keine Wachtürme auf denen man sich stundenlang die Nächte um die Ohren schlagen mußte. Das Seegrundstück konnte gut vom

Wachlokal aus eingesehen werden, und nur alle zwei Stunden mußte ich einen Streifzug über das Gelände unternehmen. Auch in der Nacht blieb der Dienst human. Die erste Hälfte übernahm Röhrt, die zweite ich. Und sollte ich auf den zusammengeschobenen Stühlen eingeschlafen sein, bereitete Röhrt das Frühstück zu, um mich erst anschließend zu wecken.

Das Ausgeruhtsein am Morgen erlaubte überhaupt keinen Vergleich zu meinen früheren Wachdiensten. Ich hatte das Gefühl, als wäre ich in einer anderen Welt und machte wieder einmal die Erfahrung, daß der schlechte Ruf eines Ganzen nicht stimmen muß, wenn man sich bemüht und bereit ist, die Einzelheiten zu betrachten. Demnach war für mich der militärische Wachdienst das absolut Letzte gewesen. Und nun? Nun erlebte ich mich auch im Wachdienst – und fühlte mich herrlich dabei. Ich ging freiwillig auf Streife, sah nicht ständig auf die Uhr und wartete nicht sehnsüchtig auf das Ende. Vielmehr war ich voll und ganz mit der Erkundung der Boote beschäftigt, die in Planen fest eingeschnürt auf dem Gelände aufgebockt waren. Eine Schicht aus Reif und Schnee hatte sich in den Planenfalten festgemacht und die Taue wirkten so spröde, als würden sie jeden Moment zerspringen. Das machte die Angelegenheit ungemein spannend, denn wie sehr ich mich auch bemühte, konnte ich doch immer nur kleine Ausschnitte von dem erkennen, was die Planen unter sich verhüllten. Außerdem waren da ja noch die Schwäne, die beleidigt in ein lautes Geschnatter verfielen, wenn sie sich darüber einig waren, daß ich mich zu lange mit den Booten beschäftigte. Der Wachdienst hatte seine Zähigkeit verloren, dieses unangenehme Durchhaltenmüssen. Jetzt wußte ich oft nicht, was ich als erstes machen sollte. Eigentlich erschien mir das paradox. Denn wer hätte gedacht, daß ein durchhaltendes Nichtstun viel anstrengender sei als die Beschäftigung. Ich wartete voller innerer Spannung auf das Frühjahr und den Sommer. Ich wartete darauf, daß die Hüllen von den Booten fielen und sie zu Wasser gelassen würden. Ich wollte wissen, ob die Schwäne auch weiterhin zu mir kämen, wenn sie selbst wieder genug Futter finden, oder ob ich ihr Zutrauen nur dem Eis und Schnee zu verdanken hatte.

Der Alltag in der Kaserne rückte Schritt für Schritt in den Hintergrund. Ich beteiligte mich nicht mehr aktiv an den Machtkämpfen der EK-Bewegung, ließ die anderen sich streiten und sah zu, daß ich am unauffälligen Rand untertauchen konnte. Ich brauchte keinen Schlaf mehr nach den Wachdiensten und konnte mich – ganz zur Freude von Unteroffizier Sänger – ausführlich der Singegruppe widmen. So verbrachte ich die Zeit zwischen zwei Diensten in der Kulturabteilung. Dieser Rhythmus gestattete mir eine wohltuende Gleichgültigkeit gegenüber all den militärischen Notwendigkeiten, die mir endlich wieder die Möglichkeit gab, mich mehr mit den eigentlichen Dingen des Lebens zu beschäftigen. Jetzt, wo noch immer die Kälte das Land beherrschte und das Krachen vom zugefrorenen See zum Wachhäuschen herüberkam, legte sich Unteroffizier Röhrt zeitig schlafen. Die Ruhe des Alleinseins brachte meine Gedanken ganz von selbst wieder auf Unteroffizier Paulsen. Das kannte ich schon von früher, als ich noch einsam auf den Wachtürmen stand. Zwar hatte ich mir nach dem Debakel bezüglich meines Gedichtes an der Kompaniewandzeitung geschworen, nie wieder zum Stift zu greifen. Doch nun, wo ich so in der Stille des Wachlokals saß, schien es, als sei ich von einer unsichtbaren Macht ergriffen. Ich zündete mir eine Kerze an, bereitete mir ein Glas Tee und schrieb. Es kam mir vor, als hätte ich über lange Zeit etwas zurückgehalten, das sich bis zum baldigen Zerplatzen anstaute, und jetzt, wo es endlich raus konnte, floß es in einer derartigen Geschwindigkeit aufs Papier, daß ich mich arg mühen mußte, um den Bleistift so schnell zu bewegen, wie die Gedanken es verlangten. Dabei war mir nicht klar, was ich eigentlich niederschrieb. Ich wußte nur, daß es kein Gedicht werden dürfe, und daß ich die Handlung in eine Zeit legen mußte, die sich weit weg von der Armee und dem sozialistischen Vaterland wiederfand. Ich entschied mich für nur zwei Personen, eine Frau und einen Mann. Dazu nahm ich viel Natur und soweit möglich gar keine Gesellschaft. Ich überschrieb die Geschichte mit dem Wort „Zeitschranken" und wollte zeitlos beschreiben, daß sich zwei Menschen doch näher kommen könnten, auch wenn sie zwei völlig voneinander verschiedene Charaktere hätten, mit unterschiedlichen Auffassungen vom Sinn des Lebens. Allerdings geriet ich selbst mehr ins Zeitlose als meine zu schaffenden Figuren. Draußen graute schon der Morgen, die Kerze war abgebrannt und Unteroffizier Röhrt kam zum Frühstück, ohne daß ich ein Auge zugemacht hatte. Seine Reaktion darauf war zwiespältig, wie ich es von ihm nicht anders erwarten konnte. Zum einen schien ihm mein Treiben und mein Ehrgeiz zu gefallen, so daß er sich am liebsten gleich hingesetzt hätte, um die Geschichte zu lesen. Zum anderen warnte er, daß ich mich mit dem Schreiben auf ein gefährliches Feld begäbe, zumindest während meiner Dienstzeit im Wachregiment. Natürlich hatte ich das schon längst begriffen, doch ich mußte ja davon ausgehen, daß Röhrt nicht wußte, daß ich der Schreiber des Gedichtes an der Kompaniewandzeitung war. Vielleicht stand mir dieser Gedanke im Kopf, als ich mich strikt weigerte, Röhrt meine Geschichte zum Lesen zu geben. Vielleicht ging es mir aber auch um die Tatsache des Schreibens überhaupt. Denn in Wirklichkeit hatte das nichts mit dem Ort zu tun. Ob im Wachregiment oder an einem beliebigen anderen Fleck des Landes, wo lag da der Unterschied? Wer an der Überzeugung litt, daß er etwas aufschreiben und mitteilen sollte, der mußte erst einmal die Schule der Tarnung besuchen. Das erschien mir viel wichtiger, als sich um einen passenden Ort zu kümmern. Denn schon nach dieser einen Nacht wurde mir klar, daß die Kunst, eine Aussage zwischen die Zeilen zu legen, etwas gar nicht so leichtes war.

So geriet ich auch mächtig ins Schleudern. Ich verbrachte die Nächte des Wachdienstes mehr mit dem Zerreißen von Seiten als mit dem Schreiben von neuen. Immer wieder gelangte ich zu der Überzeugung, daß es so nicht ginge. Und nach einigen durchquälten Nächten stand ich schließlich ganz am Anfang und fragte mich: Wie geht es überhaupt? Sollte ich die Wahrheit schreiben, wird das ein böses Ende nehmen. Diese Erfahrung durfte ich bereits einmal machen. Also – was nützt die Wahrheit, wenn sie niemand sagen darf? Vielleicht täte ich besser daran, es mit der Unwahrheit zu probieren. Die würde mir zwar Bauchschmerzen bereiten, aber ich dürfte sie wenigstens sagen. Ich dürfte schreiben, schreien – ja, brüllen, wie toll es in unserem schönen, heilen Sozialismus ist. Und wie wäre es mit einem Spagat zwischen beiden Polen? Und woher sollte ich eine derartige Gelenkigkeit nehmen? – – Plötzlich ein lautes Knacken im Lautsprecher, das mich aus meinen Gedanken riß. – – „NO für DO 5, NO für DO 5, bitte kommen!" knisterte es vom Lautsprecher des Funkgerätes zu mir an den Tisch herüber. (NO = Zentrale der Staatssicherheit Berlin-Normannenstraße; DO 5 = Dienstobjekt Nr. 5) Aus dem Reflex heraus sprang ich auf, ohne zu wissen, was ich nun tun mußte. „NO für DO 5, NO für DO 5, bitte kommen!" knackte und knisterte es wieder im Funkgerät. Zwar hatte Röhrt mir erklärt, welche Knöpfe des Funkkastens im Ernstfall zu drehen seien, doch jetzt stand ich wie gelähmt davor. Wieder reflektorisch hielt ich mir die Sprechmuschel an den Mund und legte zwei Kippschalter um. Dann drückte ich den Griff der Muschel zusammen und sagte entschlossen: „Hier DO 5, hier DO 5 – kommen!" Ich ließ den Griff der Sprechmuschel los und das Rauschen sprang wieder auf den Lautsprecher über. „Männliche Person, ca. 1,80 m groß, schlank und kräftig, kurzes, dunkelblondes Haar, scheinbares Alter 25 Jahre, mit blauen Jeans und dickem Rollkragenpullover gekleidet, ist flüchtig nach versuchter Vergewaltigung. Die Genossen der Volkspolizei haben die Verfolgung aufgenommen. Die Flucht erfolgt direkt in Richtung DO 5. Bei Eindringen der Person in Ihre Schußweite führen Sie die Festnahme durch! Schußwaffengebrauch nur im Notfall. – – verstanden DO 5? – – DO 5? Soll ich wiederholen? – – „Nein, nein – DO 5 hat verstanden. Befehl wird ausgeführt – Ende." Ich drehte mich auf dem Absatz. Die Stiefel quietschten auf dem Linoleum. Wie von Sinnen rannte ich durchs Wachlokal zum Ruheraum, in dem Röhrt lag und schlief. Es waren nur wenige Meter, für die ich nicht mehr als einige Sekunden brauchte. Ich dachte unentwegt daran, was passieren könnte, wenn Röhrt mir die Geschichte nicht glaubte und ich allein mit dem ganzen Ärger dastünde. Das machte mir höllische Angst. Ich wurde bald wahnsinnig vor Aufregung. Die Neonröhre flackerte noch, als ich schon vor Unteroffizier Röhrt kniete und ihn unter lautem Rufen schüttelte: „Eh – Hans Röhrt – du mußt aufwachen, die Stasizentrale hat gefunkt, eh, hörst du nicht, die Stasizentrale hat gefunkt." Röhrt schreckte hoch. Ich ließ ihn gar nicht zu Wort kommen, mir genügte, daß er wach war. „Die vom Objekt Normannenstraße haben gefunkt: Ein Mann ist 1,80 m groß und schlank und all so'n Scheiß. Er hat 'ne Frau vergewaltigt und läuft jetzt vor den Bullen weg – genau auf unser Objekt zu. Verstehst du? Mann, Röhrt – wir sollen ihn festnehmen!" – – „Mach doch bloß alles Licht aus – du Idiot. Und vergiß nicht die Außenlaterne, begriffen? Dann renn' zum Ausgang und stell dich vor's Haus. Ich überwach den Weg vom offenen Fenster aus. Aber baller ihn nicht um, Kleener, hörst'e, baller ihn bloß nicht um!" Wieder lief ich, daß die Stiefel quietschten. Auf meinem Weg knallte ich mit der Fast auf sämtliche Lichtschalter, riß dann im Dunkeln den Tisch und die Stühle des Wachlokales um, was ein mächtiges Scheppern zur Folge hatte. Außerdem vergaß ich, mir die Winterjacke und die Handschuhe anzuziehen, doch das war egal, mir war heiß. Draußen am Tor angekommen, legte ich den Schalter für die Außenlaterne um. Es gab nur diese eine Laterne und mich hüllte plötzlich totale Dunkelheit ein. Ich hörte die Angeln des Schlafzimmerfensters, das zum Weg hin lag, quietschen. Ich wußte nun, wo Röhrt stand, wußte, daß er den Weg genau vor sich hatte. Von jetzt an lief alles so, wie es in keinem Krimi besser ablaufen konnte. Der Seehafen hinter mir war eine schwarze Wand, in die es mir nicht gelang hineinzusehen. Auch der Umriß des Wachhäuschen hob sich nur schwach von der Dunkelheit ab. Vor mir lag der Weg, der zur Straße hinausging, die nach Berlin führte. Berlin warf in der Ferne einen gleißenden Lichtschein gegen den Nachthimmel. Und von da her hallten die Schritte des flüchtenden Mannes mir entgegen. Seinen Schatten konnte ich vor dem helleren Hintergrund deutlich erkennen. So deutlich, daß ich selbst noch die Dampfwolken seines Atems sah. Jetzt war er wieder da – der Reflex. Ich tat automatisch das, was ich in hunderten Schießübungen zuvor gelernt hatte. Die rechte Hand fuhr zielsicher über das Koppel zur Pistolentasche, ich öffnete sie und nahm die Pistole heraus. Das Metall war unvorstellbar kalt. Ich hielt die Pistole vor, umklammerte mit beiden Händen den Griff und nahm den Schatten zwischen Kimme und Korn. Je näher der Schatten kam, je größer er wurde, desto mehr zitterten mir die Hände. Ich bekam Angst, daß ich schießen müßte, wenn er nicht bald stehen bliebe. Aber das tat er nicht, und ich konnte doch nicht wirklich schießen. Wieder half mir der Reflex: „Halt! Stehenbleiben – oder ich schieße!“ kam es mit einer Sicherheit aus mir heraus, die mich selbst überraschte. Der Schatten zögerte, seine Schritte wurden langsamer. Ich zog den Schlitten der Pistole zurück und entsicherte die Waffe. Die Kugel befand sich im Lauf. Ein kleiner Druck meines Fingers am Abzug und sie ginge los. Das Zurückziehen des Schlittens verursachte einen metallenen Klang, der weit über das Gelände hallte. Schlagartig blieb der Mann stehen. Ich spürte, daß er das Geräusch erkannte. Verzweifelt sah er sich nach allen Seiten um, wechselte schließlich die Richtung und lief mit ein paar Schritten wieder zurück. Doch dann blitzten aus dieser Richtung die blauen Lichter des Polizeiwagens, der mit Vollgasgeheul den Weg hinunterraste. Die Scheinwerfer blendeten mich. Wieder konnte ich den Mann nicht erkennen, den ich mit meiner Waffe in Schach hielt. Zwei Polizisten sprangen aus dem Auto und übernahmen ihn mit perfekten und harten Griffen. Ein Polizeileutnant kam kurz zu mir gelaufen, klopfte mir auf die Schulter und sagte im Zurückrennen: „Danke, Genosse!“

Das Blaulicht erlosch, der Wagen setzte zurück, ohne zu wenden. Ich stand wieder allein in der Dunkelheit. Unteroffizier Röhrt jubelte aus dem Fenster: „Eh, Maxi – wau – das war ja wie im Kino. Und paß’ jetzt mit der Waffe auf, die ist noch scharf.“ Vorsichtig versuchte ich, die Waffe wieder in die Pistolentasche zu stecken. Doch es wollte mir einfach nicht gelingen. Es war finster, die Hände zitterten – vielleicht vor Kälte, vielleicht vor Aufregung, vielleicht auch beides. Ich ging zurück durchs Tor und legte mit krummgefrorenen Fingern den Schalter der Außenlaterne um. Endlich wieder Licht! Der Jachthafen lag ruhig und verlassen gegen das Dunkel der Nacht. Im Wachlokal kam es mir stark überheizt vor, obwohl der Heizungsregler in unveränderter Stellung stand. Ich ließ mich auf einen der Stühle fallen, die Röhrt wieder aufgestellt hatte. Er selbst funkte gerade unsere Erfolgsmeldung ans ‚NO’ durch. Die Hände waren mir noch immer steif vor Kälte. Die Ohren glühten. Schließlich bemühte ich mich doch, das Pistolenmagazin aus dem Waffengriff zu bekommen. Ich hatte einfach ein schlechtes Gefühl. Eine scharfe Pistole und ich, das ging nicht zusammen. „Soll ich das lieber machen?“ fragte Röhrt in nachsichtigem Ton. „Nein, nein – laß nur! Ich will es allein zu Ende bringen.“ Ich zog den Schlitten der Pistole zurück und die Patrone sprang aus dem Lauf, hopste auf den Tisch und landete letztlich unter meinem Stuhl. Mit noch immer zittrigen Händen fingerte ich den Ausreißer in das Magazin zurück, schob es in den Pistolengriff und war erleichtert, daß damit der Spuk vorbei war. „Eh, Hans Steinert, was wirst du eigentlich in deinem Sonderurlaub machen?“ wollte Röhrt wissen und freute sich. „Dir ist doch klar, daß wir uns gerade ein Extrawochenende verdient haben?“ Ich nickte mit dem Kopf und versuchte zu lächeln. „Na, was guckst du so? Ist doch alles glatt gegangen, Max. Hättest du geschossen?“ „Was weiß denn ich“, erwiderte ich genervt. Und fügte etwas ruhiger hinzu: „Ich weiß es wirklich nicht. Vielleicht hätte ich in den Sand geballert, vielleicht vor die Beine. Am liebsten aber gar nicht.“

Unteroffizier Röhrt schickte mich zu Bett und übernahm den Rest der Nachtwache. Leider war es erst kurz nach Mitternacht und ich hatte das Gefühl, als sei alles vollbracht und der Dienst müßte längst vorüber sein. So lag ich auf dem Bett und beschäftigte mich in Gedankenkreisläufen damit, was ich gemacht hätte, wenn der Schatten weiter auf mich zugelaufen wäre. Eine Antwort fand ich nicht, nur eines schien mir ganz sicher, mit dieser unbeantworteten Frage im Kopf würde ich niemals einschlafen können. Aber gerade die Sorge um den fehlenden Schlaf führte meine Gedanken nach Hause, zu den Wiesen mit dem ‚Großen Moritz’. Ich dachte daran, ob der kleine Wiesenbach auch eingefroren sei. Aber nein, das konnte nicht sein, er floß viel zu schnell. Oder doch?

Hans Röhrt weckte mich erst zur Ablösung durch die anderen Wachsoldaten am Mittag des nächsten Tages. Ich hatte erstaunlich gut und fest geschlafen. Auf dem MTW, der die Wachablösung fuhr, wußte bereits jeder, was in der Nacht im DO 5 passiert war. Spätestens jetzt wurden mir alle Träume um den ‚Großen Moritz’ aus dem Kopf gerissen. Und wieder kam die Frage von allen Seiten: „Hättest du geschossen, Max?“

Gleich am Nachmittag fand auch ein Kompanieappell statt, den Leutnant Scharf vorbereitet hatte und der vom Kompaniechef geleitet wurde. Röhrt und ich mußten vor die Kompanie treten. Mit blumigen Worten lobte Hauptmann Still unsere Tapferkeit und das entschlossene Handeln. Unteroffizier Röhrt bekam als Anerkennung einen Sonderurlaub für das kommende Wochenende sowie eine Vormerkung für die nächste Beförderung. Gefeiter Steinert erhielt eine Buchprämie. Es folgte noch die Übergabe von zwei Sträußen roter Nelken durch Leutnant Scharf und wir durften wieder eintreten.

Die ungerechte Behandlung durch die Offiziere brachte nicht nur Röhrt zur Raserei, sondern verbreitete sich wie ein Lauffeuer durch die gesamte Kompanie. Natürlich ahnte das auch Leutnant Scharf. Und ich hätte wetten können, daß er nur darauf wartete, daß ich gegen diese ungleiche Behandlung in Rebellion ging. Aber das tat ich nicht. Schon allein das Buch lieferte mir den Grund. Eine von diesen roten Schwarten, die in jedem Buchladen als

Staubfänger dienten und von der Scharf genau wußte, daß ich sie niemals lesen würde. Ich kannte ja inzwischen sein ungeschriebenes Gesetz, wonach die Parteilosen niemals in den Genuß von Auszeichnungen kommen dürften. Da er sich in meinem Fall nicht ganz um eine Anerkennung drücken konnte, mußte eben die rote Schwarte herhalten. Das konnte dem Röhrt nicht passieren, der gehörte zu den Parteigenossen, wie fast alle anderen auch. Nein. Mein Stolz in dieser Frage war ungebrochen. Würde ich jetzt aufgeben und den Leutnant daran erinnern, daß schließlich ich derjenige war, der mit der Frage leben würde müssen, ob ich bei weiterer Zuspitzung der Lage geschossen hätte oder nicht, käme garantiert seine Antwort, daß meine Heldentat mindestens einen Parteieintritt zur Folge haben müßte.

Es mochte ja sein, daß ich mich über das verlorengegangene Wochenende ärgerte, aber der Stolz kann eine Menge an Unannehmlichkeiten erträglich machen, selbst dann, wenn es ein falscher Stolz ist. Außerdem zeigte Leutnant Scharfs Hauptwaffe keinerlei Wirkung bei mir: der Frauen-Entzug. Ich hatte nicht die Freude, daß auf mich zu Hause ein Mädchen wartete. Ich hatte aber auch nicht das Leid, bedingt durch die Willkür der Offiziere, das Mädchen sitzenlassen zu müssen. Natürlich war der Leutnant mächtig hinterher, um seine Wissenslücke schließen zu können. Das mochte für die Parteigenossen zur Normalität dazugehören, meinetwegen konnten sie sich gegenseitig mit ihren Bettgeschichten überschütten. Für mich jedenfalls stand fest, daß diese Dinge in den Intimbereich eines Menschen gehörten, die selbst in den heiligen Hallen der Partei nicht dem Tratsch freigegeben werden dürften. Das sahen die Genossen völlig anders und Leutnant Scharf wurmte mein Schweigen bis zum Selbstzweifel. Doch ich dachte gar nicht daran, ihm etwas über mein Liebesleben zu erzählen. Da halfen weder seine scheinbar harmlosen Aushorchmanöver noch die auf mich angesetzten Spitzel aus den Reihen der Elitegenossen. Denn ich glaubte einfach zu wissen, worum es ihnen ging. Keinen Menschen interessierte es wirklich, ob ich harmonisch mit meiner Freundin zusammenlebe. Auch hielt ich die Hilfe der Genossen für einen Hohn: Von wegen – bei einer eventuellen Disharmonie wären die Offiziere sofort bereit, für mich einen Sonderurlaub zu arrangieren, damit alles wieder ins Lot käme. Wichtig war denen doch nur, meine Abhängigkeit von der Weiblichkeit herauszukriegen, damit sie mich so besser gefügig machen konnten. Letztlich steigerte sich der Leutnant derart in einen Wutanfall, um sich dabei selbst zu verraten. Er ließ sich zu der Bemerkung hinreißen, daß mein beharrliches Schweigen darüber, mit wem ich mein Leben teile, auch so interpretiert werden könne, daß ich mit dem Klassenfeind gemeinsame Sache mache und meine Freundin aus oppositionellen Kreisen, wenn nicht gar aus dem Westen stamme oder schlimmer noch, daß ich eventuell sogar meine Homosexualität verschweige, und das alles über mein besseres Wissen hinweg, daß solche Beziehungen verboten seien. Am liebsten hätte ich über diesen Quatsch laut losgelacht. Aber ich spürte, wie ernst es dem Scharf mit diesen Worten war.

Die Situation stand also schlecht für mich. Der Leutnant ließ mich merken, daß er die Schlinge um meinen Hals gelegt hatte und bereit war, sie jeden Moment zusammenzuziehen. Schließlich brach ich mein Schweigen und gab vor versammelter Mannschaft ein Statement ab, in dem ich versicherte, daß ich nicht homosexuell sei. Dabei mußte ich es meiner Lebensart danken, die mich davor bewahrte, daß jemand allen Ernstes glauben konnte, ich wäre schwul. Diesen Teil der Schlinge gelang es mir erfolgreich zu durchschneiden, mit dem anderen wurde es schon schwieriger. Schließlich lag es auf der Hand, daß jedes Mädchen, das ich nennen würde, von der örtlichen Dienststelle der Staatssicherheit meines Heimatstädtchens genauestens unter die Lupe genommen würde. So gestand ich, daß ich gar keine Freundin hätte, verwies die geifernde Meute auf frühere Zeiten, in denen es mir diesbezüglich besser ging, und daß leider nicht alles so geklappt habe, wie ich es mir gewünscht hätte. Zudem sei die Möglichkeit zu einem Neubeginn bei den wenigen Urlaubstagen ja wohl ein Unding. Ich kann nicht sagen, ob es das Mitleid oder die Anerkennung meiner Bereitschaft war, endlich das Schweigen zu brechen und es den anderen gleichzutun – unvergessen bleibt jedoch, daß ich niemals herausfand, warum der Leutnant samt seinen Elitegenossen plötzlich von mir abließen und das Thema nie wieder erwähnten.

Dick eingemummt saß ich auf dem ‚Großen Moritz' und sah den Dampfschleiern meines Atems nach, sah sie sich langsam mit dem grauen Einerlei um mich herum verbinden. Die Kälte lag in ihren letzten Zügen und die Luft roch schon nach Frühling. Der Bach, der die Wiese teilte und den ‚Großen Moritz' umfloß, war übrigens wirklich nicht zugefroren, genau, wie ich es in meinen Träumen auf DO 5 vorausgesehen hatte. Er floß viel schneller, als daß es der Frost vermochte, ihn zum Stehen zu bringen. Und was den ständigen Ärger mit Leutnant Scharf betraf, so gab es ihn an diesem Ort nicht. Daß ich hierher stets zurückkehren konnte, lag zum Glück nicht in der Entscheidungsmacht des Leutnants, denn der Grundurlaub stand mir zu, solange es den Offizieren nicht gelang, mir konkrete Vergehen gegen die Dienstvorschrift nachzuweisen. Meinem Vater erzählte ich kein Wort von all meinen Schwierigkeiten. Ich war froh darüber, wenigstens mit ihm in Frieden zu leben, ohne daß er mir laufend die Verbindungen des Wachregimentes mit der Stasi vor Augen hielt. Wie deutlich diese Verstrickungen tatsächlich existierten, hatte ich längst begriffen. Auch mußte ich mir die Vorahnungen des Vaters eingestehen, wonach es einmal schwer werden würde, mich aus diesem Gespinst zu lösen. Wohl diese Ahnungen ließen mich vor den Eltern verheimlichen, daß ich einige Tage im Krankenhaus zugebracht hatte und von einem Nervenarzt untersucht worden war. Ich wußte ja, daß es sich dabei nicht um ein gewöhnliches Krankenhaus handelte, sondern um eines, das nur zum Wohle der Genossen bestand. Die Gefahr lag also nahe, meinen Vater als Arzt, der sich um die Gesundheit seines Sohnes sorgte, unfreiwillig mit Leuten in Verbindung zu bringen, die ihm eigentlich zuwider waren. So ging das Schauspiel weiter und ich spielte den Narr, schleppte mich von Akt zu Akt, ohne zu wissen, wer ich selber war.

Der Frühlingswind ließ das Eis auf dem See tauen. Der Jachthafen tauschte seine Ruhe gegen Vogelgezwitscher ein und bekam dafür die Schönheit zum Dank. Die vielen Bäume und Sträucher entlang des Ufers grünten, Schneeglöckchen und Narzissen blühten auf Rasenflecken, die eben noch der Schnee bedeckt hatte. Die Schwäne zogen aufs Wasser aus und erinnerten sich erst wieder in den Abendstunden an meine Brotstücken, die ich ihnen wie immer an die gleiche Stelle des Schilfrands legte. Während des Tages kamen Männer in Arbeitsanzügen und nahmen die Planen von den Booten ab. Natürlich wußte ich längst, daß es sich nicht um echte Arbeiter handelte, bloß weil sie Arbeitsanzüge trugen. Aber für jemanden, der die Zusammenhänge nicht kannte, mußten sie wie Arbeiter wirken. Vielleicht waren es irgendwo tatsächlich welche oder zumindest Spezialisten, denn alles, was sie taten, machte einen perfekten Eindruck. Ich bekam bei diesen Gedanken ein unsicheres Gefühl. Ich konnte einfach nicht erkennen, wo die Wirklichkeit lag. In militärischen Kreisen ließ sich die Sache noch nachvollziehen. Soldaten waren Soldaten, Offiziere waren Offiziere – und dann gab es da noch die Waffengattungen, denen sie zugeteilt wurden: Panzer, Flieger, Funker, Sanis – und eben die Stasi. Aber hier, hier im zivilen Bereich des Jachthafens? Was sollten das für Menschen sein? Und wie sollte ich sie einordnen? Waren es in erster Linie Arbeiter, Spezialisten für Motorjachten, Stasileute oder gar Geheimagenten? Nur eines war mir klar: Offiziere, so, wie ich sie bisher kennengelernt hatte, konnten sie nicht sein. Denn Röhrt benahm sich ihnen gegenüber nicht so zurückhaltend wie gegenüber den Offizieren in der Kaserne. Er schwatzte mit ihnen, nannte sie beim Vornamen. Sie tranken zusammen Kaffee und rauchten Zigaretten. Dabei bemerkte ich, daß Röhrt nicht einmal auf die Idee kam, darüber nachzudenken, in welchem Verhältnis diese Männer zur Stasi standen. Es schien ihm egal zu sein. Da wurden die Motoren auseinandergebaut, Bootsplanken geschrubbt, mit Lackfarben hantiert. Durch die Luft zogen Gerüche von Benzin und Öl. Von überall her kamen Stimmen, Gelächter und Rufe. Unteroffizier Röhrt zog von Boot zu Boot, schaute wie ein neugieriger Junge dem Treiben zu und packte auch einmal mit an, wenn er sich dazu berufen fühlte.

Die Männer verschwanden pünktlich um 16 Uhr. Erst jetzt bat ich Röhrt um Aufklärung, was das alles zu bedeuten hätte. Zwar witterte ich wieder die typische Zwiespältigkeit des Unteroffiziers Röhrt hinter all seinen Worten, doch wie immer wirkte sein Erzählen plausibel. Demnach handelte es sich doch um Offiziere, und zwar um Offiziere mit teilweise viel höheren Dienstgraden, als sie in unserer Kaserne üblich waren. Daß die Männer so gar nichts von Offizieren an sich hatten, dürfte nach Röhrts Erklärung kaum an den Offizieren selbst liegen, als mehr an meiner Unkenntnis, Offiziere immer mit dem Militär gleichzusetzen. Aber Röhrt zeigte sich einsichtig und sagte, daß ich bisher keine Gelegenheit gehabt hätte, es anders kennenzulernen. So erfuhr ich erstmals von der Größe und dem Umfang der Staatssicherheit. Ein Apparat nämlich, der nach Röhrts Schilderungen einem Imperium glich. Darin sollte es Männer wie Frauen geben, Jugendliche und Greise, Kommunisten und Kirchenvertreter, Geheimagenten und Medienstars. Allesamt seien sie Offiziere, trügen einen Dienstgrad. Ihr wirklicher Arbeitsplatz sei das gesamte Land, jede Halle, jeder Bahnhof, jede Schule, jedes Klo – und auch der Jachthafen am Müggelsee. Die Anzahl der Gebäude, die dem Schutz des Wachregiments unterlägen, sei verschwindend klein, ja fast schon eine Prestigesache. Genau deshalb wären unsere Kasernenoffiziere auch so frustriert, weil sie eben wüßten, daß sie im Stasiimperium nur das Pförtnerhäuschen darstellten, das eh niemand für voll nähme. Und doch käme dem Wachregiment eine wichtige Funktion zu, denn außer den dortigen Stasioffizieren seien die Soldaten und Unteroffiziere einfache Bürger. Ein sehr wichtiges Bindeglied also, über das die Stasi Kontakt zur Außenwelt halten könne und obendrein sich seinen Nachwuchs organisiere.

Der Vortrag von Röhrt wirkte grandios. Ich mußte daran denken, daß es für ihn vielleicht besser wäre, wenn er später Schauspiel statt Jura studiere. Immerhin hatte er geschafft, mir einen kalten Schauer unter die Haut zu treiben, denn die Geschichte kam mir spannend und unheimlich zugleich vor. Bloß wußte ich wieder einmal nicht, ob ich sie ihm glauben konnte. Noch vor wenigen Stunden hatte er mit diesen Stasileuten in einem Boot gesessen, um mit ihnen gemeinsam Kaffee zu trinken. Jetzt nahm er die gleichen Menschen für die Inszenierung dieses beängstigenden Schauspiels. Was sollte ich davon halten? Oder gehörte der Röhrt selber zu ihnen? Aber nein, das ginge nicht zusammen. Die Stasi ließe niemals zu, daß ihre Leute eine Minderarbeit machten – und das Wacheschieben galt in Kreisen der Mächtigen als minderwertiger Dienst.

Doch schon während des nächsten Wachdienstes ließen mir weder Unteroffizier Röhrt noch die Stasileute eine Gelegenheit, mich hinter meinen Grübeleien zu verstecken. Röhrt nutzte seine Befehlsgewalt, um mich in den Reigen einzugliedern, und die Bootsleute kommentierten meine Scheu mit einer für Stasiverhältnisse ungeahnten Menschlichkeit, indem sie meinten, daß die Offiziersidioten des Wachregiments wirklich jeden Soldaten derart vergraulen könnten, bis der sich fast in die Hose pinkele. Eine Feststellung also, der ich nur zustimmen konnte. Nicht zu vergessen, daß ich außer meinem Luftmachen über die unzeitgemäßen Verhältnisse im Regiment noch mit liebevoller Gastlichkeit seitens meiner Zuhörer überschüttet wurde. Ich geriet binnen Minuten in Gefühlswallungen des Verstandenwerdens, die es mir unmöglich machten, bei den Bootsleuten noch etwas Negatives zu sehen. Mein Gedankenwirrwarr dem Röhrt gegenüber löste sich vollkommen auf und das Bild der Selbstverständlichkeit stand mir deutlich vor Augen. Bereits nach einer Stunde in der Bootskajüte, bei Kaffee und Kuchen, Kerzenschein und Musik, konnte jeder heimliche Beobachter meine Vertraulichkeit bewundern, über die ich selbst im Falle von Röhrt mit dem Kopf geschüttelt hatte. So überraschte mich der Wachdienst erneut mit einer Veränderung, die ich früher auf den Wachtürmen nie für möglich gehalten hatte. Dabei war ich schon froh, daß der Dienst im Jachthafen endlich wieder Ruhe und Überschaubarkeit in mein Leben brachte. Die jetzt einsetzende Menschlichkeit ohne Befehle und Dienstvorschriften schien mir fast schon übertrieben zu sein. Ich kam mir vor wie in einem Märchen und mußte ständig an Hänsel und Gretel denken. Viele Stunden redete ich mit Unteroffizier Röhrt darüber, ob hinter all der Freundlichkeit nicht Verrat zu wittern sei. Schließlich hatten uns die Bootsleute völlig in ihrer Hand. Wenn sie wollten, bräuchten sie nur unseren Offizieren in der Kaserne einen Wink geben, wie leicht die Wachsoldaten vom Dienst abzuhalten seien, und wir wären sofort erledigt. Ganz abgesehen von der möglichen Erpressung – frei nach dem Motto: „Wenn ihr nicht auffliegen wollt, Jungs, dann aber schnell die Verpflichtung für den

Stasidienst unterschrieben!“ Allerdings reagierte Röhrt ziemlich mürrisch auf meine Verdächtigungen. Große Worte von Vertrauen und Ehre kamen über seine Lippen. Mich selbst bezeichnete er als einen Spinner, der zu viele Krimis gesehen hätte. Und trotzdem! Mochte Hans Röhrt auch schimpfen, was er wollte, wir einigten uns darauf, daß künftig stets einer den Wachdienst im Auge behalten sollte, währenddessen sich der andere bei den Booten amüsieren könnte. Zudem schmiedeten wir uns Standardantworten zurecht, die wir einsetzen konnten, falls die Gespräche mit den Bootsleuten den Kurs in Richtung Stasiwerbung einschlagen sollten. Röhrt bekräftigte zwar, wie überflüssig und sinnlos unser Treiben wäre, beteiligte sich bei der Suche nach Ausreden gegenüber dem Stasidienst aber mit ungewöhnlicher Härte. Letztlich gestand er sogar, daß ihm mein Gedanke von der Erpressung ganz schön Angst bereitet hätte – natürlich mit dem sofortigen Nachsatz verbunden, daß er sich das alles nicht vorstellen könne, denn er habe schon über hundert Dienste auf DO 5 verbracht ohne den Wink der Bootsleute in Richtung unserer Kaserne.

Für mich entwickelte sich von nun an ein neues Freund-Feind-Gefüge. Da war das Leben zwischen den Diensten in der Kaserne, das ich als notwendiges Übel betrachtete, dem es auszuweichen galt. Ich konzentrierte mich auf die Arbeit in der Singegruppe. Die militärische Ausbildung, die Politstunden und die EK-Bewegung nahm ich mit einem Ohr auf, um sie sofort wieder auf der gegenüberliegenden Seite zu entlassen. Und da war das Leben im Jachthafen, das für mich zur eigentlichen Aufgabe wurde. Ja, jede Stunde verplante ich bereits vor Dienstantritt, arbeitete dann meinen Plan ab, um am Dienstende schon alles soweit zurechtzulegen, daß ich beim nächsten Mal ohne Verzögerungen dort weitermachen konnte, wo ich zuvor aufgehört hatte. Dabei standen auf meinem Tagesplan meist die Jachten. Die Bootsleute scheuten sich nicht, mir alle Kleinigkeiten darüber zu erklären. Die Nächte gehörten natürlich dem Schreiben. Zwar quälte mich immer noch mehr die Ausdrucksform als der Inhalt meiner Geschichte, von der Tatsache jedoch, daß ich sie unbedingt aufs Papier bringen wollte, hielt mich das nicht ab. Natürlich hatte auch Hans Röhrt seinen Plan. Das Schöne daran war, daß ich darin vorkam. Er beschäftigte sich gerade damit, eine Warnanlage zu bauen, die mich davor bewahren sollte, auf unverhoffte Wachkontrollen der Offiziere unserer Kaserne hereinzufallen. Das galt vor allem für die Nacht, denn Röhrt wußte ganz genau, daß ich regelmäßig auf meinen zusammengestellten Stühlen im Wachlokal einschlief. Also bastelte er an der Wechselsprechanlage für das Eingangstor herum. Schließlich gelang ihm eine Schaltung, bei der mein Anlagelautsprecher im Wachlokal stets eingeschaltet blieb. Das hatte zur Folge, daß ich alle Geräusche, die es in der Nähe des Tores gab, mithören konnte. Und da Röhrt die Anlage auf volle Lautstärke gestellt hatte, verursachte auch ein vorsichtiges Drehen des Nachschlüssels eines Kontrolloffiziers solch ohrenbetäubenden Lärm im Lautsprecher, daß dieser selbst Tote geweckt hätte. Unteroffizier Röhrt platzte fast vor Stolz und Freude über das Gelingen seines Werkes. Außerdem war alles noch mobil und die Schaltung konnte mit nur wenigen Handgriffen wieder in ihren ursprünglichen Zustand versetzt werden. So gab es nicht einmal die

Gefahr, daß die anderen Wachsoldaten bei Dienstübergabe etwas von der Manipulation bemerkten. Vor lauter Übermut versuchte Röhrt nun, statt des kleinen Lautsprechers der Wechselsprechanlage den großen des Funkgerätes mit einzubeziehen. Allerdings hielt ich das für überflüssig, wenn nicht gar für gefährlich, angesichts der Tatsache, daß auf der anderen Seite des Funkgerätes die Stasizentrale lauerte. Und ich hatte mächtig Mühe, auch den übereifrigen Röhrt von meiner Meinung zu überzeugen. Erst als ich ihn daran erinnerte, wie effektiv bisher die telefonische Warnung durch die anderen Objekte bei Wachkontrollen war, ließ er sich von seiner Idee wieder abbringen.

Sosehr sich die Bootsleute vom Jachthafen auch über die Offiziere der Regimentskaserne lustig machten und sosehr ich diese Freude mit ihnen teilte, änderte das doch nichts daran, daß eben diese Offiziere schlau genug waren, um den Müßiggang ihrer Wachsoldaten während des Dienstes zu bemerken. Außerdem gab es noch drei weitere Zwei-Mann-Objekte, deren Wachmannschaften ebenfalls einen deutlich ausgeruhteren Eindruck machten als die anderen Soldaten, die von ihren Wachdiensten zurück in die Kaserne kamen. Es läßt sich denken, daß namentlich Leutnant Scharf diesen Zustand mit allen Mittel zu verändern suchte, verfehlten doch sonst seine erzieherischen Maßnahmen ihre Wirkung. Also wollte er das ‚Rotationsprinzip' ins Leben rufen, das er mit dem Sinn für Gerechtigkeit begründete. Die Wachmannschaften der großen und kleinen Objekte sollten sich alle paar Wochen gegeneinander austauschen, damit jeder Soldat einmal in den Genuß des leichteren Dienstes komme. Allerdings kassierte der Leutnant mit diesem Vorschlag eine Bruchlandung, die ihn auf lange Zeit eklig werden ließ, wenn er nur das Wort ‚Zwei-Mann-Objekt' hörte. Schließlich waren es seine eigenen, ihm vorgesetzten Offiziere, die ihn von seinem Vorhaben zurückpfiffen. Denn sie sahen die Notwenigkeit gefährdet, daß der Wachsoldat sich mit seinem ihm zugeteilten Objekt identifizierte und daher nicht mehr bereit sei, sich voll und ganz dafür einzusetzen. Eine These übrigens, die ich sehr wohl kannte, jedoch nicht von den oberen Offizieren der Kaserne, sondern von den noch viel höheren Offizieren oder gar Generälen der ‚Zwei-Mann-Objekte' selbst, die einen ständigen Wechsel ihrer Wachsoldaten strikt ablehnten. So war anzunehmen, daß die Kasernenoffiziere nicht ganz allein auf ihre Entscheidung kamen und von höherer Stelle etwas nachgeholfen wurde. Damit hörte die kalte Dusche für Leutnant Scharf aber nicht auf. Der arme Leutnant wurde zudem ins Lazarett bestellt und mußte sich von den Sanitäts-Offizieren die Frage gefallen lassen, ob es ihm entgangen sei, daß die ‚Zwei-Mann-Objekte' für diejenigen Soldaten gedacht seien, deren Gesundheit keinen anderen Dienst zuließ, und ob er sich darüber ermächtigen wolle, selbst zu entscheiden, für wen das zuträfe und für wen nicht. Nach dieser verheerenden Niederlage für den Leutnant erschien es nur logisch, daß er künftig neue Wege suchen mußte, um an sein Ziel zu gelangen. Schließlich wußte er sich ja im Recht, denn von den Streitigkeiten der Offiziere um ihr Sagen würden ausschließlich die Soldaten profitieren. Und das taten sie auch – ich jedenfalls fühlte mich gut, mein Dienst im Jachthafen war gesichert worden. Es ist ein schönes Gefühl, wenn dem kleinen

Mann die Früchte in den Schoß fallen, bloß weil sich die zwei Großen derart streiten, daß sie die Last der Macht in ihren überfüllten Körben nicht mehr halten können. Somit mußte es Leutnant Scharf unter allen Umständen gelingen, seine Position wieder zu stärken. Wenn er nachweisen konnte, daß auf den ‚Zwei-Mann-Objekten' kein ordnungsgemäßer Dienst verrichtet würde, gelänge ihm ein Schlag zu seinen Gunsten. Nun erst fiel es mir wie Schuppen von den Augen und ich verstand plötzlich Röhrts Übereifer bezüglich des Lautsprechers der Warnanlage. Natürlich! Wenn es einen wirklichen Feind für uns Wachsoldaten gab, so käme der nicht mit einem UFO über die Grenze aus dem bösen Westen. Der Feind stand in unseren eigenen Reihen und hieß Leutnant Scharf.

Aber selbst Wachsoldaten hatten einen Kopf zum Denken und stellten im Kampf um die Macht nicht nur Statisten dar. Wir wußten, wo unsere Verbündeten zu suchen waren. Ja, zwischen den Offizieren der Objekte und uns bildete sich eine Verbundenheit zum gegenseitigen Nutzen heraus. Das Wissen, unter dem jeweiligen Schutz des anderen zu stehen, ließ zwei ungleiche Partner miteinander verwachsen. So bekamen wir Rückendeckung vor den Schikanen unserer Kasernenoffiziere, und die Stasileute konnten des Nachts ruhig schlafen, weil sie die zu betreuenden Bootsjachten in besten Händen wußten. Bei solch einer zweckorientierten Freundschaft gibt es dann auch keine Fragen, die einen Partner vergrämen könnten. Ich jedenfalls wagte keine Bemerkung darüber, warum die Bootsleute eine Verpflichtung für den Stasidienst unterschrieben hatten, obwohl diese Leute doch eigentlich ganz in Ordnung waren. Andererseits spürte ich ihre Zurückhaltung gegenüber Röhrt und mir, wenn das Geplauder irgendwie auf die Zukunft von uns beiden zu sprechen kam. Nicht die geringste Spur von Werbung konnte ich bemerken, im Gegenteil, die ‚Staatssicherheit' wurde totgeschwiegen und draußen vor dem Tor abgegeben, damit sie ja nicht in Versuchung käme, einen Schaden im Verhältnis zwischen uns anzurichten. Das hatte etwas Merkwürdiges an sich. Fast schien es so, als stünden diese Männer mehr auf unserer Seite als auf ihrer eigenen. Natürlich sprach das niemals jemand mit Worten aus, und vielleicht unterlag ich auch einer Täuschung, aber des Gefühls, daß die Bootsleute sich selbst nicht wohl in ihrer Haut fühlten, konnte ich mich nicht erwehren. Bestimmt lagen darin auch der hohe Kaffeeverbrauch, das viele Zigarettenrauchen und die ewige Hektik dieser Leute begründet. Ich wurde zwangsläufig an die beiden Männer erinnert, die in den Garten meines Vaters gekommen waren, um mich für den Dienst im Wachregiment zu werben. Irrtum ausgeschlossen! Es handelte sich hierbei um ein und dasselbe Verhalten: Die Nervosität, das Zittrige ihrer Hände, die nikotingelben Stellen an den Fingerkuppen, der graue Schein auf der Gesichtshaut und diese müden Augen, die mir ständig sagten, daß sie niemals mehr Hoffnung sehen würden und sie nichts dagegen hätten, wenn der ewige Schlaf über sie käme. Und dabei trennten diese Männer und die Bootsleute unzählige Kilometer voneinander, außerdem arbeiteten sie in völlig verschiedenen Dienststellen. Oder vielleicht doch nicht? Nicht ein einziges Mal hatte ich von den Bootsleuten das Wort ‚Stasi' gehört. Immer redeten sie nur von ihrer ‚Firma'. Eine Firma schließlich, die ihnen den

Traumjob des Lebens verschaffte, und was interessierte es da noch, wer sich hinter den anderen Türen tummelte. Jedenfalls machte das diesen Eindruck auf mich und der schien auch echt zu sein, zumindest solange, wie die ‚Firma' Schutz bieten konnte. Draußen allerdings – in der wirklichen Welt, mit den wirklichen Menschen – sah das anders aus. Vom Schutz blieb nur das unsichtbare Mäntelchen der Geheimhaltung übrig, auf das es sich voll und ganz zu verlassen galt. Ein nicht gerade tröstendes Gefühl von Geborgenheit in der Gemeinschaft, wie ich mir vorstellen konnte. Zudem witterte ich die Menge Alkohol, die zur Notwendigkeit wurde, um das schlechte Gewissen zu beruhigen. Selbst unser Kompaniechef in der Kaserne mußte von diesem Schicksal in irgendeiner Weise betroffen sein, was mir seine trüben Augen an jedem Morgen erneut verrieten. Voraussetzung für das schlechte Gewissen – weil man für sein Weiterkommen einen viel zu mächtigen Preis gezahlt hatte – war natürlich die Tatsache, ein solches Gewissen zu besitzen. Denn niemand kann ein schlechtes Gewissen bekommen, wenn er über gar kein Gewissen verfügt. In diesem Sinne war die Welt des Leutnants Scharf in völliger Ordnung. Für ihn gab es weder Zigaretten noch Alkohol. Wozu auch? Er trug seine Uniform mit dem gleichen Stolz, wie er das Wort ‚Staatssicherheit' in den Mund nahm. Denn für einen Kommunisten könne es nun einmal keine bessere Aufgabe geben, als die sozialistische Gesellschaft vor ihren Feinden zu beschützen. Bei diesem klaren Freund-Feind-Bild blieb kein Platz für ein schlechtes Gewissen. Außerdem käme der Leutnant nicht auf so unsinnige Gedanken, daß er für seine Offiziersehren einen zu hohen Preis gezahlt hätte. Und schließlich ziehe die Staatssicherheit nur gegen jene Bürger zu Felde, die das Wohl der Gemeinschaft zerstören wollten.

Für Röhrt und mich wurde das Bild der Stasi von Tag zu Tag differenzierter. Wir konnten die gängige Meinung der Wachsoldaten nicht mehr teilen, wonach es sich bei Stasioffizieren grundsätzlich um Batzen, also Tagesschweine handele, die mit ihren Flintenweibern nur die Batzenbrut erzeugten, um damit die nächste Generation von Anscheißern zu sichern. Das mochte zwar für die dunkelroten und fanatisch-überzeugten zutreffen, für andere Offiziere aber, die aus welchen Gründen auch immer die Verpflichtung zum Stasidienst unterschrieben hatten, stimmte das nicht. Natürlich schworen wir uns darauf ein, diese Erkenntnis für uns zu behalten, schon allein, um das Überleben unter den anderen Soldaten innerhalb der Kaserne sicherzustellen. Denn bei Bekanntwerden von Kungeleien mit Stasioffizieren hätten uns die EKs bei lebendigem Leibe die Köpfe von den Schultern gerissen. Dennoch ahnten wir beide in diesem Moment, daß das eigentliche Dilemma gar nicht bei uns lag, als vielmehr bei der Stasi selbst. Für die Stasi wäre es nämlich besser gewesen, wenn alle Angehörigen das gleiche Gedankengut in ihren Köpfen gehabt hätten wie Leutnant Scharf. Aber das entsprach nicht der Wahrheit. Die Stasi kehrte nach außen, was fest in ihrem Inneren saß – die Lüge.

Glücklicherweise teilten wenigstens diese Erkenntnis auch noch andere Wachsoldaten mit uns. Es waren meist diejenigen, die mit mir in der Kulturabteilung zusammenarbeiteten. Denn gerade dort zog die Zensur zur Aufrechterhaltung der zwanghaften Lüge immer größere Kreise. Unteroffizier

Sänger bemühte sich unaufhörlich um eine Erweiterung des Repertoires der Singegruppe und ging dabei nach wie vor so unpolitisch wie möglich ans Werk. Aber die Politoffiziere gaben ihm keine Chance. Selbst alte Volkslieder erweckten oft den Verdacht der Zweideutigkeit und wurden aus dem Programm gestrichen. Das Paradoxe daran war jedoch, daß die Offiziere damit genau das auslösten, was sie eigentlich verhindern wollten – eine Opposition. Mehr und mehr Soldaten bekundeten öffentlich, daß die Arbeit in der Singegruppe langweilig sei, weil das Programm stets dasselbe wäre. Letztlich schien die Gruppe sogar auseinanderzufallen, und die verbliebenen Mitglieder weigerten sich, an den Proben und Auftritten teilzunehmen. Eine fatale Situation für die Offiziere, da die Kulturarbeit auf Weisung der Generalität verrichtet werden mußte – egal, was dagegen sprach. Schließlich sollte die in der Armee übliche Befehlsgewalt Abhilfe schaffen, um das drohende Chaos zu verhindern. Aber das stellte sich bald als folgenschwerer Fehler heraus, denn Gewalt und Kultur können nun einmal nicht zusammenkommen, ohne daß die Kultur dabei Schaden nimmt. Die Auftritte fanden nun befehlsmäßig statt, und die Qualität des Dargebotenen war haarsträubend. Der gute Ruf der Singegruppe ging binnen Tagen derart auf Talfahrt, daß eine Entspannung der Lage erfolgen mußte, um das Markenzeichen des Wachregiments nicht vollends all seine Farbe verlieren zu lassen. Wer jetzt glauben möge, eine solche Lockerung konnte sich nur auf die Zensur beziehen, der irrt. Das Liederprogramm blieb, wie es war. Die Veränderungen betrafen uns selbst, ganz so, als hätte unsere Unlust am Singen nichts mit den Texten als vielmehr mit dem Drumherum zu tun. Die sonst so übliche Abschirmung der Gruppe vom Publikum gab es plötzlich nicht mehr, was heißt, daß wir uns nach dem Auftritt unter die Leute mischen durften, um uns mit ihnen zu amüsieren. Selbst das Alkoholverbot war nicht mehr wichtig, eine Tatsache freilich, die wir wohlwollend zur Kenntnis nahmen. Zudem erhielten wir nach den Auftritten eine Ausgangserlaubnis für Berlin und brauchten erst wieder am folgenden Morgen in der Kaserne zu erscheinen. Alles Dinge, die auf den Betrachter wenig bedeutend wirken mögen und trotzdem im Verhältnis zu den anderen Wachsoldaten außerordentlich freizügig waren.

So ist das Leben. Manchmal kann der Lauf der Dinge geändert werden, ohne sich um die Dinge zu kümmern, statt dessen wird die Umgebung in neue Farben getaucht und alles erscheint in einem anderen Licht. Das Problem dabei ist, daß es den Dingen nichts nützt. Aber bereits hier schieden sich die Geister. Nur ein Teil der Singegruppe schloß sich meiner Meinung an, der andere, weit größere Teil wertete die Veränderungen als Erfolg. Schließlich solle man zufrieden sein, daß sich überhaupt etwas bewegt hätte. Zumal die Befürworter sich diesen Fortschritt ganz allein zugute schrieben, weil sie ihn in den Diskussionen mit den Offizieren auf der letzten Parteiversammlung erfochten hätten. Dieser Auslegung stand ich natürlich wehrlos gegenüber, denn ich mußte mir ihre Argumente gefallen lassen, daß ich ein ewiger Nörgler sei, dem man eh nichts recht machen könne. Wollte ich wirklich etwas verändern, so würde mich die Partei gern aufnehmen und mir Gelegenheit geben, bei den Versammlungen meine Ideen einzubringen. Aber so – als ständiger Zaungast sollte ich gefälligst meinen Mund halten. Was ich im übrigen auch tat, da nach meiner Meinung alles andere vergebene Liebesmüh gewesen wäre. Nun also standen wir wieder alleine im Wind – die quälenden Geister der Parteilosen – wie immer.

Von dieser Stunde an verstummten selbst bei Unteroffizier Sänger alle Pauken und Trompeten. Es wurde still um ihn. Ein Zustand, den ich mir gar nicht erklären konnte. Doch an irgendeiner Stelle ist auch der stärkste Geist zerbrechlich genug, um jeglichen Kampf zu scheuen. Das einst so mächtige Schlachtschiff, mit aufgeblähter Brust, ohrenbetäubender Stimmgewalt und leuchtend roter Haarpracht drohte in den farblosen Wellen der Mittelmäßigkeit zu versinken. Keine Spur mehr von Kunst als Macht. Keine Spur mehr von Können als Stärke. Der klare Kurs schien ihm verlorengegangen, sein Dirigieren hatte keine Führungskraft mehr, es plätscherte artig dahin, trieb ruderlos auf dem Meer der Noten umher. Denn auf einer Bühne, wo die Sonne der Kultur nicht über den Horizont eines Arbeiterliedes steigt, findet kein Mensch den Hafen der Zufriedenheit.

Ob Unteroffizier Sänger von nun an tatsächlich seinen künstlerischen Anspruch für immer in den Wind geschrieben hatte, oder ob er nur ein Schauspiel inszenierte, weiß ich nicht zu sagen Die ihm eigene Strenge und Disziplin war jedoch verflogen. Sein Motto lautete jetzt: Raus aus dem Streß und rein ins Vergnügen. Schon vor den Auftritten spendierte er uns ein Bierchen zur ‚Beruhigung' und nahm die Veranstaltungen auch allgemein nicht mehr sonderlich ernst. Anschließend tummelten wir uns unter den Zuschauern herum und genossen ein Bier nach dem anderen, gefiel uns das nicht, zogen wir durch Berlins Straßen und klapperten die Diskotheken der Stadt ab. Einmal versuchte sich die Gruppe sogar sportlich und ging ins Sport- und Erholungszentrum zum Schwimmen. Eine recht lustige Sache, die uns beim Rutschen von der Rutschbahn, dem Turmspringen und dem Wellenbaden all die Streitigkeiten vergessen ließ und uns wieder enger zueinander führte. Oder doch nicht? Ich jedenfalls glänzte durch meine Schußligkeit, die Schuhe vor dem Umkleideschrank stehengelassen zu haben, statt sie einzuschließen. Eine ziemlich dumme Sache, denn nach dem Badespaß fehlte von den Schuhen jede Spur. Das wurde auch von allen in der Gruppe mit der entsprechenden Schadenfreude registriert, aber dabei blieb es auch. Letztlich stand ich in Jeans und Jacke eingehüllt und war an den Füßen nackt. Meine Kameraden hatten sich längst aus dem Staub gemacht und hingen gewiß schon in der nächsten Disco beim Bier. Anteilnahme konnte mein hilfloses Umherschauen nur bei einem wecken – Unteroffizier Sänger. Er hätte es niemals übers Herz gebracht, mich allein auf nackten Füßen in der Schwimmhalle zurückzulassen. Plötzlich spürte ich es wieder: Sänger blieb Sänger. Und all seine Liederlichkeit der letzten Wochen hatte nichts weiter zu bedeuten als Schauspielerei. Ganz wie in alten Zeiten nahm er das Ruder in die Hand, bestimmte den Kurs und legte mit Volldampf ab. Zunächst redete er dem Bademeister ein Loch in den Bauch, bis dieser entnervt den Fall an eine Rettungsschwimmerin weiterdelegierte. Die weibliche Fürsorge ausnutzend ergatterte Sänger schließlich ein paar rote Damenpumps und kehrte damit zu mir in den Umkleideraum zurück. Ich guckte ihn erst etwas verwundert an und meinte, daß die roten Damenpumps so gar nicht zu meinen schwarzen Jeans passen wollten. Doch angesichts der immer noch kühlen Außentemperaturen hatte ich keine andere Wahl. Zudem stellte sich das Laufen in den Stöckelschuhen als schwieriger heraus, als ich es für möglich hielt, und ich gelangte zu der Feststellung, was es nicht alles für Kleinigkeiten gibt, die einen Frauenalltag ausmachen. Ich stöckelte mit unsicheren Schritten zum Ausgang und zerrte dabei an meinen Hosen, öffnete den Bundknopf, um die Beinlänge der Jeans so weit wie irgend möglich über den Rand der Pumps rutschen zu lassen. Auf der Straße angekommen, zierte ich mich dann doch – ich kam mir so schwul vor und fürchtete mich vor dem Getratsche der anderen Soldaten. Schließlich waren sie es ja, die mich vor nicht langer Zeit diesbezüglich zur Rede gestellt hatten. Doch Unteroffizier Sänger beeindruckte mein Gejammer nur wenig, für einen Moment nutzte er sein Ältersein und den höheren Dienstgrad, um mir den Abmarsch zu befehlen. Zum Glück war Berlin schon in Dunkelheit gehüllt, was mir die Sache etwas erleichterte, da ich mich damit beruhigen konnte, daß niemand die roten Pumps bemerken würde. In der Disco, wo wir den verlorengegangenen Teil der Singegruppe wiederfanden, schützte mich ebenfalls Dunkelheit, die nur hier und da von verhaltenem Rotlicht aufgehellt wurde. Außerdem hatten die Soldaten schon mächtig einen gebechert und kümmerten sich einen Dreck darum, was ich an den Füßen trug. Und auch Hans Sänger hielt das Trinken für das beste Mittel, um alle Sorgen vergessen zu machen. Er bestellte eine Lage Bier nach der anderen und behielt deshalb mit seiner Theorie schon nach kurzer Zeit recht. Der Ärger über die geklauten Schuhe konnte mein Gemüt nicht mehr trüben und selbst die Pumps wurden mir mehr als egal. Noch ein, zwei Bier in Folge und ich stöckelte mit ihnen sogar auf der Tanzfläche umher. Die Stimmung tobte. Durch die Luft donnerten die Bässe. Das Licht zuckte in bunten Blitzen durch den Saal. Wie zuvor in der Schwimmhalle ließen wir einen höllischen Spaß vom Stapel. Einen Spaß, der von der Sache zwar albern und kitschig wirken mußte, aber wir fanden ihn berauschend und lustig. In diesen Jubel reihten sich sogar meine roten Stöckelschuhe vortrefflich ein, ganz ohne jede Scham. Ich krempelte die Hosenbeine hoch und steppte die knallenden Pfennigabsätze im Kreis, während die johlende Masse drumherum stand und in die Hände klatschte. Plötzlich – ich weiß nicht woher sie kamen – waren auch Mädchen mit von der Partie. Die Tanzfläche wurde uninteressant, und wir fanden uns an den kleinen Tischen rund um die Bar wieder. Sänger gestikulierte mit den Armen und unterstrich jede seiner Bewegungen mit Stimmgewalt. Hans Bergmann erzählte waghalsige Geschichten, die wir kaum glauben konnten, doch die Mädchen fühlten sich prächtig unterhalten. Ich sagte nur noch wenig und hatte statt dessen mein typisches Lächeln im Gesicht, das ich bekanntlich stets automatisch aufsetzte, wenn der Alkohol in ausreichender Fülle floß. Natürlich war das Biertrinken schlagartig unschick geworden und wir nuckelten allesamt mit spitzen Mündern an hochstieligen Gläsern herum. Trotzdem mußte ich feststellen, daß die Alkoholabstinenz des Armeelebens ihre Wirkung zeigte und ich durch ein paar Bier und einigen Schlückchen Sekt ziemlich von der Rolle geriet. Ansonsten aber funktionierte mein Flirtverhalten mittels des Lächelns wie früher. Mir schien, es würde sich verselbständigen und alles automatisch ablaufen lassen. Und dennoch! Sicherheitshalber wechselte ich von Sekt auf Selters, schmückte die Geschichte – wie ich denn an die knallroten Pumps gekommen sei – noch etwas aus und erlebte mich plötzlich in alte Zeiten zurückversetzt, ganz so, als wenn es die Armee überhaupt nicht gegeben hätte.

Zusammen mit Hans Bergmann fand ich mich schließlich in den Straßen des Prenzlauer Bergs wieder. Jeder hielten wir ein Mädchen an unserer Seite – oder sie hielten uns – und wir torkelten in aller Gemütlichkeit über die Breite der Gehwege. Die Mädchen waren echte Berliner Großklappen. Bergmann hatte Mühe, ihnen etwas entgegenzusetzen. Ich hielt mich besser zurück und genoß alle Liebkosungen, die ich nur erhaschen konnte. So wußte ich denn auch nicht viel von meinem Mädchen, außer daß sie Belinda hieß. Dafür registrierte ich ihre hautengen Jeans um so genauer, die sich zu einem strammen Hintern vereinten, der seiner Aufgabe – jeden Schritt einen besonderen Ausdruck zu verleihen – sehr gewissenhaft nachkam. Was sich allerdings unter ihrer zusammengeschnürten Lederjacke verbarg, konnte ich noch nicht erkennen – leider. Aber der freche Ausdruck ihrer Augen verriet mir jetzt schon, daß meine Chancen, das Geheimnis zu lüften, nicht die schlechtesten waren, sofern ich mich nur etwas anstrengen würde. Doch an mir sollte das nun wahrlich nicht liegen, denn bei der Entscheidung von Sekt auf Selters umzusteigen, hatte ich mir etwas gedacht. Ich durchlebte ein seltsames Gefühl, da wir uns beide gar nicht kannten und trotzdem spürten, wie wir von der gleichen Welle getragen wurden. Belinda unkte nicht einmal über meine ungeschickte Fortbewegung in den Pumps, die ich mittlerweile völlig aus dem Leim gelatscht hatte, nein, sie meinte nur, daß ich dadurch wenigstens genauso groß sei wie sie. Was ich natürlich als feige zurückweisen mußte, denn Belinda trug eine Mähne aus blondem Haar, die das Doppelte ihres Kopfes ausmachte und kein Löwe der Welt konnte es ihr annähernd gleichtun. Ich blieb also von ihrem haltlosen Mundwerk verschont und genoß dabei die Vorstellung, daß sie unseren Superhelden Bergmann mit Sicherheit ausgelacht hätte, wäre er jetzt mit einem Paar Stöckelschuhen unterwegs gewesen.

Nun endlich durchwankten wir eine Hauseinfahrt und kamen auf einen dunklen Hinterhof, der jeden Schritt zum Hallen brachte. Wieder knarrte eine Haustür, wieder ratterte ein Relaisschalter für das Flurlicht. Ein zweiter Hinterhof mußte passiert werden, bis es über eine steile Holztreppe vier Stockwerke hoch in einen Seitenflügel des Hauses ging. Belinda und ihre Freundin bewohnten dort ein kleines Zimmer mit einem Kohleofen, einer Kochnische und einer Waschecke. Das Klo befand sich eine halbe Treppe tiefer im Hausflur, der schon längst keinen Putz mehr an den Wänden hatte und dessen Luft muffig roch. Am Treppengeländer fehlte hier und da eine Verstrebung, und außer daß es folglich wackelte, galt es eben aufzupassen. Zudem sei das Treppenhaus ja nicht für unseren Zustand gedacht, wie Belindas Freundin vortrefflich bemerkte. Im Zimmer selbst befanden sich unzählige Bücher – in Regalen, auf dem Tisch und dem Fußboden. Und dann gab es da noch ein Bett, wirklich nur eines, das aber etwas größer als normal war und für Belinda und ihre Freundin ausreichend sein sollte. Zudem beschworen sie den Spatz in der Hand statt der weltberühmten Taube auf dem Dach. Eine eigene Studentenbude hätte immer noch mehr Freiheiten zu bieten als das Leben im Wohnheim. Hans Bergmann verschlug es trotz der Erklärungen die Sprache – ein für seine Verhältnisse nicht alltäglicher Vorgang. Er sah mich mit großen Augen an, sein Mund stand offen. Ich schwieg auch, mußte aber daran denken, in welchem Luxus wir als Soldaten eigentlich lebten und was nun besser sein mochte – reich und eingesperrt oder arm und frei. Ich entschied mich in Sekunden für ein armes Leben in Freiheit. Belinda lachte. Sie zündete im ganzen Raum verteilte Kerzen an und legte eine Schallplatte auf. Es erklang die Stimme von Manfred Krug, er sang Chansons aus Zeiten, da er noch hierzulande lebte. Die Platte war alt und ein Kratzen kam aus den Lautsprechern, um sich mit der Musik und dem Gesang zu vereinen. Belinda kramte zwei Trinkbecher aus dem Abwaschbecken hervor und spülte sie mit kaltem Wasser aus. In einer Ecke zwischen den Büchern auf dem Fußboden befand sich eine Flasche Rotwein, die der Bergmann öffnen sollte. Belinda schenkte großzügig in die Becher ein. Ich verweigerte erst das Trinken, aber die Mädchen waren sich einig, daß ich mich nicht so anstellen dürfe – der Stimulanz wegen. Darüber machte ich mir jedoch weniger Sorgen, vielmehr ging es um den Wein selbst. Nur ein Schluck hatte mir genügt, um festzustellen, daß die Stasileute nach den Kulturveranstaltungen andere Marken bevorzugten – ganz andere. An einen solch billigen Fusel aus Bulgarien, der Liter für drei Mark neunzig, mit derart bitterem Geschmack, daß es einem die Fußnägel hochrollte und außerdem nach jedem Schluck irgendwelcher Satz zwischen den Zähnen klebte, konnte ich mich beim besten Willen nicht erinnern. Aber ich war tapfer und trank. Und über die Sache mit dem Arm- und Reichsein wollte ich besser noch einmal nachdenken. Doch nun wurde es still, denn Hans Bergmann schien jetzt endgültig seine Redseligkeit verloren zu haben. Eine blöde Situation, denn bis hierher ließ sich jede Schüchternheit hinter seinem Gequatsche verstecken. So nutzte ich mein Gefühl vom Schwimmen auf der gleichen Welle und deutete Belindas Blicke als unausgesprochenes Einverständnis, wonach sie genau dasselbe wollte wie ich. Zur Belohnung erfuhr ich, daß die Idee, sich öfter mal auf sein Gefühl zu verlassen, nicht die verkehrteste war, und ich vergrub mich förmlich unter ihre Lederjacke, um endlich in Erfahrung zu bringen, was sich dort alles verbarg. Fast schon hatte ich vergessen, welch schöne Entdeckungen es nun zu machen galt, so warm, rund und weich. Die Erinnerung rüttelte meine Vergangenheit in einem Tempo wach, auf daß ich glaubte, nicht mehr unterscheiden zu können, was Wirklichkeit und was Traum war. Mein Verlangen nach dem Bett steigerte sich schier ins Unermeßliche und dennoch überkam mich gleichzeitig ein Unwohlsein. Es gab nur ein Bett – wie doof! Zum Glück schaukelten Belinda und ich immer noch über die Woge der Zweisamkeit und mit vereinten Kräften eroberten wir entschlossen unser Bett. Aber leider schien der Bergmann auf unseren Vorstoß nur gewartet zu haben und dachte gar nicht daran, sich einen anderen Platz zu suchen. Für wenige Augenblicke wollte ich mich aufregen und fühlte mich in meiner Mannesehre verletzt. Ich ärgerte mich darüber, daß Bergmann dieses kindische Theater der EK-Bewegung sogar mit zu den Frauen ins Bett nahm und womöglich noch darauf hoffte, daß ich ihm Platz machte, bloß weil ich weniger Tage abgedient hatte als er. Belinda bemerkte meine Not sofort und leitete ein Ablenkungsmanöver ein, das mich mehr als friedlich stimmte. Ich schloß die Augen und konzentrierte mich voll auf Belinda und ihren Körper. Was ein paar Zentimeter neben mir passierte, wollte ich nicht wissen. Allerdings bilden Wollen und Wirklichkeit oftmals keine Einheit. Der blöde Bergmann veranstaltete einen derartigen Lärm, daß es schwer möglich wurde, ihn nicht zur Kenntnis zu nehmen. Außerdem versetzte er mir in seinem zügellosen Ansturm einen solchen Tritt in die Seite, daß ich bald aus dem Bett gefallen wäre. Und erst als er seinen Kraftakt beendet hatte und sich wie ein gestürzter Gaul Luft verschaffte, kamen wir zum Zuge, harmonisch – beide – leise.

Jetzt allerdings stieg mir wieder die Wut bis zum Halse. Ich wurde von einer wohltuenden Schwere durchströmt und hätte auf der Stelle einschlafen können. Aber es ging nicht, es fehlte der Platz. Ich tröstete mich zwar damit, daß Belinda unter meinem Leichtgewicht keine Not haben dürfte, und daß das im Falle des Bergmanns schon ganz anders aussah – aber mein Ärger ließ sich damit nicht vertreiben. Ich wußte ja, wie ungehobelt und vorlaut Unteroffizier Bergmann zu sein pflegte, doch ich hielt es immer für eine Art militärisches Spiel und hätte nie geglaubt, daß er auch im wahren Leben eher einem wilden Hengst glich, als einem charmanten Liebhaber. Glücklicherweise gelang es mir wenigstens, mich mit meiner derzeitigen Lage schnell anzufreunden. Sicher, sie kam mir etwas ungewöhnlich vor, gab mir aber ein angenehmes Gefühl von Wärme und Geborgenheit. Und was Belinda betraf, so war sie schon längst in ihr Märchenland entschwunden.

Ich schlummerte einen leichten Schlaf und wagte es nicht, mich zu bewegen. Belinda lag ruhig, ihre Brust hob und senkte sich in gleichmäßigem Rhythmus. Ich fühlte mich, als schliefe ich in einem Boot, das auf glatter See dahintrieb und von wärmenden Sonnenstrahlen eingehüllt wurde. Diese Reise hätte ewig weitergehen können und sollte niemals enden. Doch ausgerechnet das Trampeltier Bergmann stieß gegen meinen Bootstraum, auf daß er gleich zu kentern drohte und mir einen Schwall eisigen Wassers über den Körper spritzte. „Eh – Steinert! Kannst du nicht hören ? Wir müssen sofort los, wir kommen zu spät in die Kaserne!“ Alle um mich herum waren schon hellwach. Nur ich schlummerte beharrlich in meinem Traum und dachte gar nicht daran, diese blödsinnige Kaserne wieder in mein Leben zu lassen. Schließlich packte mich Bergmann im Nacken, riß mich von Belinda weg und brüllte: „Hör mal, du kleiner Dachs, dir ist wohl die Nacht nicht bekommen? Wenn du das hier nicht abkannst, dann vergessen wir das fürs nächste Mal! Verstanden?“ Mit nervösen Bewegungen stopfte er sein Hemd in die Hose, zog zugleich am Gürtel und wirkte bei alledem, als wisse er nicht, was er zuerst machen sollte. Ich belächelte sein Treiben und streckte genüßlich meine Glieder. Doch Bergmann verlor schon wieder die Fassung und schlug einen ekelhaften Befehlston an: „Genosse Gefreiter – ich sage Ihnen, wenn Sie nicht augenblicklich in die Gänge kommen, putzen Sie künftig jeden Abend das Scheißhaus. Haben Sie das verstanden?“ Ich erschrak. Das Blut stieg mir in den Kopf und ich spürte, daß ich rot wurde. Ich schämte mich, weil Unteroffizier Bergmann in solch einem Ton vor Belinda und ihrer Freundin zu mir sprach. Ich fühlte mich unterlegen und wurde gezwungen, das vor den beiden Mädchen einzugestehen. Am liebsten hätte ich meinem Gebieter ordentlich in die Fresse gehauen und durfte es doch nicht tun. Statt dessen kramte ich nackt und gedemütigt die Sachen zusammen und beeilte mich, meinen Rückstand aufzuholen. Die Füße waren über Nacht angeschwollen und sie schmerzten, als ich sie wieder in die Pumps pressen mußte. Belinda kommentierte meine hilflos erscheinenden Gehversuche mit einem letzten Lächeln, es folgte die kurze Berührung meiner mit ihren Lippen, und schon fiel die Tür ins Schloß.

Unter mächtigem Gepolter stürmte Unteroffizier Bergmann die Treppen hinunter. Ich hatte arge Schwierigkeiten, bei diesem Tempo mitzuhalten, stellte aber fest, daß sich meine Füße wieder an den Druck der Stöckelschuhe gewöhnten. Wir erwischten auch sofort ein Taxi, das uns in atemberaubender Geschwindigkeit durch die noch leeren Straßen Berlins fegen ließ. Bergmann beruhigte sich. Er holte seinen Verlobungsring aus der Hosentasche und streifte ihn über den Finger. Natürlich wußte ich von dem Mädchen, das zu Hause auf ihn wartete, er erzählte ja ständig von ihr – aber trotzdem – ich hielt meinen Mund, selbst dann noch, als er beiläufig bemerkte, daß die Nacht langweilig war und man die Mädchen abschreiben könnte. Er bezeichnete sie als unverbesserliche Aussteiger mit deutlich verschlampten Zügen – Mädchen halt, die so gar nicht zu uns passen würden. Überdies mußte ich ihm versprechen, die gehörte Platte von Manfred Krug schnellstens zu vergessen und sie auf keinen Fall in der Kaserne zu erwähnen. Immerhin sei der Krug ein Republiksflüchtling und jede Sympathiebekundung mit ihm könne gefährlich werden. Außerdem dürfe die ganze Sache keinesfalls vor den Offizieren anklingen. Schließlich habe jeder Soldat seine Freundin zu melden, aber in diesem Fall wären die Folgen für uns nur peinlich. Während Bergmann so von den beiden Mädchen sprach, hätte ich ihn umbringen können. Ich fand ihn widerlich und abstoßend. Die Vorstellung, daß dieser Mensch auch weiterhin mein Stubenältester war, dem ich gehorchen mußte, machte mich krank.

Das Taxi brachte uns zehn Minuten vor sechs Uhr an das Kasernentor. Bergmann hatte sein Ziel erreicht und wir waren sogar überpünktlich, eine Tatsache, die er gleich seinem Organisationstalent zugute schrieb und die seine Brust stolz anschwellen ließ. Es trommelte mir bereits in den Ohren, wie er mit seiner großen Klappe durch die Stuben ziehen würde, um vor den anderen Soldaten damit zu prahlen, daß eine seiner leichtesten Übungen darin bestünde, während des Ausgangs Weiber aufzureißen, am besten gleich als Quartett in einem Bett. All die Dinge an der Geschichte, die er noch im Taxi bemängelte, würden dann schnell ins Positive verkehrt. Und mit Sicherheit bekäme ich dabei auch meine Rolle zugeschrieben. Ob sie für mich gut oder schlecht ausgehen würde, schien mir momentan unwichtig zu sein. Denn eines konnte der Bergmann so oder so nicht verschweigen: Das heimliche Kasernengerücht, wonach der Gefreite Steinert keine Freundin habe und demnach schwul sein müsse, ließ sich nur noch schwerlich aufrechterhalten.

Die Wachen am Eingangstor waren mit zurückkehrenden Ausgängern allerhand gewohnt. Und so löste mein Erscheinen in schwarzen Jeans und roten Pumps auch nur ein mitleidiges Kopfschütteln bei ihnen aus. Hinter der Scheibe des UvD-Häuschens unseres Kompanieaufganges saß Vigor der Starke und lutschte an einem Eis, wobei die Hälfte davon an seinen Mundwinkeln herunterlief und vor ihm auf den Tisch tropfte. Bergmann brüllte ihn auch sogleich an, daß er bei seinem Eislutschen ja nicht vergessen sollte, in drei Minuten auf den Flur zu treten, um mit der Trillerpfeife die Kompanie zu wecken. Für uns reichte die Zeit allemal zum Rückzug in unsere Stube, wo wir die Zivilsachen in die Spinde hängten und das Sportzeug herauskramten. Während des Frühsports versammelte sich die Singegruppe auf der Kasernenstraße – es fehlte niemand. Immerhin ein bedeutender Augenblick für Unteroffizier Sänger, der als Chef des Ganzen die Verantwortung zu tragen hatte und der allen Ärger erleiden müßte, wenn Bergmann und ich fehlen würden. Ob er in seinem jetzigen Zustand jedoch über die Singegruppe nachdachte, blieb fraglich. Vielmehr schien es so, als hätte er mit sich selbst genug zu tun. Seine Augen waren rot unterlaufen und aus dem Mund quoll eine Fuselwolke.

Den Frühsport in Eigenregie ließen wir verständlicherweise mit aller Vorsicht über uns ergehen, nach dem Frühstück zum Morgenappell hatte der Schongang aber ein Ende. Leutnant Scharf übernahm in frischgeplätteter Uniform die Kompanie und erspähte mit einem einzigen Blick, in welchem Zustand sich die Genossen der Singegruppe befanden. Wie nicht anders zu erwarten war, kam ihm umgehend seine Devise in den Sinn, daß der Sport die beste Entschlackungskur für einen alkoholverseuchten Körper sei. Die Folge dieser Logik führte uns zu einer ‚Sondermaßnahme', die der Leutnant selbst leitete. Wir zogen Runde um Runde über den Sportplatz, bis uns der Schweiß aus allen Poren lief. Manchmal glaubte ich schon, daß ich mich jeden Moment übergeben müßte, doch es galt sich zusammenzureißen, denn ein solches Mißgeschick hätte weitere Sondermaßnahmen nach sich gezogen. Eine Ahnung, die wir alle hatten und die bewirkte, daß es zu keinem derartigen Vorfall kam. Im Gegenteil. Die Methode des Leutnants grenzte zwar an Quälerei, meinem brummenden Schädel ging es aber nach dem Lauf besser. Und weil die Überwindung so lehrreiche Züge in sich trug, durften wir im Anschluß auch gleich das Waffenreinigen durchführen. Eine Prozedur, die sich über viele Stunden hinzog und bei der es galt, die Stunden auf dem kalten Kasernenflur und im Stehen zu verbringen. Schließlich würden nach Meinung des Leutnants die Waffen der Singegruppe sowieso stets vernachlässigt. Eine These, die sich auch sehr gut vor Hauptmann Still vertreten ließ, der als Kompaniechef alle ‚Sondermaßnahmen' des Leutnants absegnen mußte, und die damit unsere einzige Hoffnung auf Gnade zunichte machte.

So standen wir vor jeweils einem Hocker, auf dem die einzelnen Teile unserer Kalaschnikows ausgebreitet waren. Auf Befehl des Leutnants mußten wir alle das gleiche Teil in die Hände nehmen und mit dem Reinigen beginnen. Eine durchaus übliche Vorgehensweise möchte man meinen, nur ließ sich an den Teilen kein Schmutz finden, denn die Maschinenpistolen standen seit der letzten Reinigung unbenutzt in der Waffenkammer herum.

Genau darin lag der Punkt, den ich im Armeeleben so hassen gelernt hatte: nämlich das Ausführen von Arbeiten, die gar keine Arbeiten sind. Früher in der Schule wurde mir beigebracht, daß alles Handeln einen Sinn erfüllt, der davon gekrönt wird, eines Tages das näherkommende Ziel vor den Augen zu haben. Allerdings machten weder das ständige Stubenputzen noch das ewige Waffenreinigen einen Sinn, geschweige denn, daß man irgendeinem Ziele näher kam. Nein, es war eher umgekehrt – demjenigen, der die Arbeit ausführte, wurde der Sinn einfach weggenommen. Jeder normale Mensch würde an dieser Stelle alles Handeln einfach ruhenlassen, weil es nichts mehr erbringen kann. Nicht so in einer Armee! Denn ein guter Soldat verrichtet alle Arbeiten, die ihm sein Vorgesetzter befiehlt – ohne nach dem Sinn zu fragen. Und wie ließe sich das besser lernen, als stundenlang in der Kälte zu stehen und eine Waffe zu reinigen, die gar nicht schmutzig ist.

Ich wälzte mich unruhig im Bett umher und fand keinen Schlaf. Wieder einmal hatte ich die Pille der Erniedrigung geschluckt, ohne mich zu wehren und fand nur dadurch etwas Beruhigung, daß wir es alle gleichtaten. Ich dachte über Leutnant Scharf nach. Ich wollte endlich wissen, warum er ständig mit diesen Schikanen aufwartete. Schließlich bestand sein höchstes Ziel darin, die Wachsoldaten zum späteren Stasi-Berufsleben zu bekehren. Aber doch nicht mit solchen Mitteln! Oder glaubte er allen Ernstes, daß die Demütigung ein Weg zur Einsicht sein könnte? Die Einsicht, daß ich durch meine Bereitschaft eine Verpflichtungserklärung für die Stasi zu unterschreiben, aller Quälereien ledig wäre. Bei mir jedenfalls erreichte er genau das Gegenteil. In mir wuchs der Haß, in mir brodelte die innere Aufruhr. Und der Bergmann lag in seinem Bett und schnarchte vor sich hin, der verschwendete überhaupt keinen Gedanken daran. Mit Bergmann landete meine gedankliche Reise bei Belinda. Was hätte ich alles getan, um jetzt auf ihrem warmen Körper zu liegen, statt in diesem Armeebett. Plötzlich erfaßte mich ein Fernweh. Ich wollte weg, einfach nur weg. Ich überlegte, was passieren könnte, wenn ich ein paar Sachen in meine Reisetasche packen, mir das Zivilzeug anziehen und loslaufen würde: In der Stube schliefen sie alle fest. Vigor der Starke, der diese Woche den Nacht-UvD stellte, dürfte auch kein Hindernis sein. Selbst über die Kasernenstraße entkäme ich unentdeckt. Doch dann schien die Flucht beendet. Meine eigenen Wachsoldaten würden mich stoppen, am Zaun, vielleicht mit einem Wort, vielleicht mit einem Schuß. Und selbst für den Fall, daß sie mich nicht trafen, standen die Chancen schlecht. Wo sollte ich mich verstecken? Zu Hause? Völlig unmöglich, dort würden sie zuerst suchen. Oder bei Belinda? Ja, Belinda – die kannte noch keiner und Bergmann müßte seiner Verlobten wegen den Mund halten. Aber ich wußte nicht ihren Nachnamen. Ich wußte nicht, wie die Straße hieß und konnte mich nicht an das Haus mit den zwei Hinterhöfen erinnern, in dem sie lebte. – – Ich, der Gefangene! Und nun?

Doch schon am nächsten Tag schien die Welt wieder in Ordnung zu sein. Unteroffizier Röhrt schwatzte mit den Bootsleuten, während ich an meinem Buch schrieb, die Schwäne mit Brot fütterte und den Seglern auf dem Wasser zusah. Endlich hatten die Sonnenstrahlen an Kraft gewonnen und gaben dem Wind eine laue Wärme mit. Die Luft roch nach Frühling und frischem Grün. Die Bäume bekamen Blätter. Meine Gedanken von der Gefangenschaft wurden einfach weggeblasen. Und alles, was übrigblieb, drehte sich um Belinda. Sie meinte, eine eigene Studentenbude habe immer noch mehr Freiheiten zu bieten als das Leben im Wohnheim. Jetzt wußte ich, warum wir beide auf der gleichen Welle schwammen. Denn eine unbedingte Freiheit gibt es nicht. Die Freiheit kann nur darin bestehen, sich die Bedingungen selbst aussuchen zu dürfen, damit sie freiwillig eingelöst werden, und das Freiwillige erst macht die Dinge erträglich. Unter dieser Betrachtung ließen sich selbst der Wachdienst und die Stasi ertragen. Ich kam gern in meine Nische, die sich DO 5 oder Jachthafen nannte. Hier verrichtete ich meinen Dienst freiwillig und erhielt zum Dank ein gutes Gefühl: Ich erlebte die Freiheit innerhalb der Gefangenschaft! Dieses Denken ermöglichte mir auch, Unteroffizier Röhrt immer besser zu verstehen. Meine anfängliche Beobachtung, daß er spaltungsirre, ja schizoid sein müsse, war gut getroffen. Allerdings kannte ich die Ursachen und Zusammenhänge nicht. Jetzt aber erschien mir alles klar vor Augen und ich wußte, warum er solch ein Rollenspiel auf zwei unterschiedlichen Bühnen geben mußte. Denn auch Röhrt hatte sich im Jachthafen seine Freiheit aufgebaut, die es mit allen Mitteln zu tarnen und zu schützen galt. Für mich gab es da keine Frage. Natürlich wollte ich schnellstens in die neue Verkleidung steigen und die Rolle annehmen. Was machte das schon aus – eine Rolle mehr oder weniger? Durch die ganze Lügerei vor dem Elternhaus und den ständigen Wechsel zwischen der Uniform oder der Zivilkleidung und durch die Verspottung der Kultur zur militärischen Kunst hatte ich meine Ausbildung zum perfekten Schauspieler schon allemal hinter mich gebracht. Das einzige Problem, das ich immer deutlicher werden sah, blieb die Frage, wer ich eigentlich wirklich war.

Viel Zeit, um darüber nachzudenken, blieb mir nicht. Denn die guten Beziehungen zu den Bootsleuten mußten stets untermauert werden, was wiederum eine immer schärfere Gratwanderung zwischen dem Soldatenstatus und der echten Staatssicherheit mit sich brachte. Wir waren tatsächlich in der Höhle des Löwen, dessen Schutz wir genossen, wo aber gleichzeitig die Gefahr bestand, von ihm gefressen zu werden. Spätestens jetzt mußte ich wieder an Belindas Satz denken. Unsere Freiheit zeigte eben doch ihre Grenzen, weil sie künstlich, nicht echt war. Alles basierte eher auf einem Zufall, und weder der Röhrt noch ich hatten die Bedingungen selbst und freiwillig gewählt. Meine Eintrittskarte in den Jachthafen hatte die Form eines Attests vom Nervenarzt. Und bei Unteroffizier Röhrt kannte ich den Grund nicht, er weigerte sich stets, mir seine Eintrittskarte zu verraten. Aber diese Dinge waren ohnehin mit einem Tabu belegt, und darüber zu sprechen gehörte sich nicht, zu niemandem und zu den Bootsleuten erst recht nicht. Schließlich waren wir froh, das Privileg der Sonderklasse erreicht zu haben, da wurden keine Fragen gestellt.

Allerdings mußte ich bald erfahren, daß wir beide nicht alleine unsere Buckel zur Unterwürfigkeit krümmten, um ja den auftreibenden Wind des Bessergestellten im Rücken zu behalten. Kaum, daß sich die erste Tageswärme über Hafen und See breitete, überzog sie auch alles mit großer Aufregung. Jetzt kam, was ich schon ahnte – denn die Jachten lagen nicht nur zur Bewachung am Steg. Röhrt forderte in strenger Manier, daß ich meine Uniform auf Hochglanz bringen sollte, und probte mit mir den Hackenschlag der Stiefel und das exakte Vortragen einer Meldung. Auch die Bootsleute trugen Arbeitsanzüge, die eher an Schaufensterauslagen erinnerten als an Werkstatt oder Hafen. In hektischem Treiben wirbelten sie von Boot zu Boot, polierten hier und dort. Die Leinen wurden losgemacht, die Motoren heulten auf, ein paar Wortfetzen übertönten den Lärm. Plötzlich Stille und schweigendes Kopfschütteln der Männer. Dann folgte das gleiche Spiel von vorn – wieder und wieder. Das freundschaftliche Verhältnis zu uns Wachsoldaten schien es nie gegeben zu haben, die Bootsleute kannten uns nicht mehr. Als ich meine Schwäne füttern wollte, wurde ich von einem der Leute unwirsch darauf hingewiesen, daß so etwas nicht in den Aufgabenbereich eines Soldaten gehörte, was mich sehr verwunderte, denn noch einen Dienst zuvor hatte ich mit demselben Mann bei Kaffee und Kuchen zum Fischen auf dem Steg gesessen. Zudem bekam der Röhrt einen totalen Wutanfall und hätte mir beinahe eine Ohrfeige verpaßt, bloß weil ich das tat, was ich in jedem Dienst tat – die Schwäne füttern. Er verdonnerte mich zum Saubermachen, und ich rammelte fortan mit Wischeimer und Schrubber durchs Wachlokal, putzte sämtliche Fenster und mußte staubwischen, wo überhaupt kein Staub war. Und das alles, um mich voll auszulasten und damit ich ja nicht auf die Idee käme, das zu machen, was sonst zur Selbstverständlichkeit gehörte. Den Grund für das ganze Theater bekam ich dann am Nachmittag zu Gesicht. Vor dem Eingangstor des Jachthafens hielt eine schwarze Limousine, der vier Männer entstiegen. Selten zuvor hatte ich Unteroffizier Röhrt so aufgeregt gesehen. Vielleicht nur in jener Nacht, als wir mit unseren gezogenen Pistolen den Vergewaltiger verhafteten. Mit gespielter Selbstsicherheit schritt Röhrt zum Tor und erstattete den Herren eine Meldung. Und sicher, sie hielten auch für einen Moment inne, um dem Wachsoldaten zuzuhören, waren aber sonst völlig unbeeindruckt. Dem Röhrt jedenfalls fiel ein Stein vom Herzen, er strahlte übers ganze Gesicht und seine Hände zitterten noch vor Erregung. Mit großen Augen berichtete er mir, daß diese Herren zur Generalität der Stasi gehörten und daß der eine von ihnen – der lange, dünne mit den grauen Haaren – sogar der stellvertretende Minister für Staatssicherheit sei. Allerdings hatte das mit den grauen Haaren nichts weiter zu sagen, denn für die anderen drei traf das Gleiche zu. Und überhaupt. Sie wirkten alle ziemlich unscheinbar. Da waren keine Uniformen oder wenigstens feine Anzüge, die an Armee- oder Stasibonzen erinnerten. Sie trugen einfache Pullover mit Jeans und Turnschuhen dazu. Als ich ihnen so nachsah, hätte ich sie für eine Gruppe von Anglern gehalten und nur die Tatsache, daß sich die Bootsleute beim vielen Verbeugen fast ihre Nasen aufschlugen, verriet mir, daß es anders sein mußte. Aber auch dabei wurde ich mein Gefühl nicht los, daß die Herren von diesen Gesten ziemlich gelangweilt waren. Mich hätte brennend interessiert, wie sich die Bonzen wohl verhielten, würden sie auf einen Untergebenen stoßen, der den Zirkus einfach wegließe. Also wieder einer dieser Punkte, mit denen ich glaubte, die Spreu vom Weizen trennen zu können. Ich war zwar nicht in der Lage, es hier bei den großen Bonzen vorherzusagen und mußte auf meine Kasernenerfahrungen zurückgreifen, aber dennoch fühlte ich mich sicher. Denn Hauptmann Still als unser Kompaniechef zog auch immer ein milchsaures Gesicht, wenn er die vielen Ehrerbietungen seiner Soldaten über sich ergehen lassen mußte. Ich denke, daß sie ihn belasteten und er nichts dagegen gehabt hätte, wenn die Vorstellungen ein für allemal ausgeblieben wären. Natürlich eine Utopie, und das wußte der Hauptmann, da konnte er Wünsche haben, so viele er wollte, doch auch für ihn gab es die Bestimmungen, auch er spürte seine Gefangenschaft, und keine Ehrerbietungen der Welt halfen ihm darüber hinweg. – Plötzlich stand mir schon wieder dieser seltsame Satz von Belinda im Kopf. Was war das nur? Warum ließen mich diese Gedanken von Freiheit und Gefangenschaft nicht in Ruhe? – Leutnant Scharf durchlebte genau dieselbe Situation wie der ihm vorgesetzte Hauptmann Still. Aber der Leutnant hätte die Soldaten Spießruten laufen lassen, wenn die einfach auf die Ehrerbietungen und Meldungen verzichteten. Was für den einen wie die Erlösung wirkte, löste bei dem anderen die Entrüstung aus. Denn der Scharf brauchte winselnde Soldaten vor seinen Stiefeln, um auf sie treten zu können, damit er selbst höher stehen und über die Menschen richten konnte. Er fühlte sich in keinen Bestimmungen gefangen, er fühlte sich frei, frei das machen zu dürfen, was die Welt in Zucht und Ordnung hielte. Mehr Ehre für einen Menschen konnte es doch gar nicht geben. Allerdings möchte ich wetten, daß der Hauptmann den gleichen Weitblick hatte, wenn nicht gar einen weiteren – ohne auf die Soldaten zu treten, ohne über Menschen zu richten. Für ihn blieb auch die Befehlsgewalt eine Gewalt und keine Ehre. Und wann immer er gezwungen wurde, diese Gewalt anzuwenden, erkannte ich die hilflose Ohnmacht in seinen Augen und glaubte zu wissen, warum er des Nachts seinen Schnaps brauchte.

Als die Sonne über dem Jachthafen unterging und ihre letzten Strahlen auf den Wellen des Sees blitzten, kamen die Jachten zurück. Inzwischen war es schon nach achtzehn Uhr und die Bootsleute hätten eigentlich vor zwei Stunden nach Hause gehen dürfen. Aber an diesem Tag war alles anders. Kein Mensch redete über den Feierabend und ich schien mir sicher, wenn die Generäle bis Mitternacht unterwegs gewesen wären, so würde das automatisch auch für die Bootsleute gelten. Denn kaum, daß die Leinen festgemacht wurden, standen sie wieder Spalier, um sich zur Verbeugung bereitzuhalten. Es folgte das gleiche Schauspiel wie zu Anbeginn. Den einzigen Unterschied machten die Generäle, denn die mußten während der Fahrt kräftig einen zur Brust genommen haben, so daß sie sich über das Gehabe ihrer Untertanen schier totlachen wollten. Als sie mit ihrer Limousine davonrasten, bemerkte ich erst, daß während der vielen Stunden ein Fahrer im Wagen gesessen hatte, ohne sich auch nur einen Millimeter vom Platz zu bewegen. Nun endlich kehrte wieder Ruhe im Hafen ein. Die Bootsleute wirkten heiter und fröhlich. Sie pfiffen Lieder vor sich hin und überschütteten uns mit einer Freundlichkeit, die mich jetzt restlos durcheinanderbrachte. Unteroffizier Röhrt entschuldigte mein Verhalten mit meiner Jugend, worauf die Bootsleute jedoch nur mit einer abwinkenden Handbewegung reagierten und die Sache für vergessen erklärten. Statt uns Vorwürfe zu machen, schleppten sie eifrig Kaffee, Kuchen, Zigaretten, belegte Brötchen und einige Flaschen Bier herbei und wußten plötzlich auch, was Feierabend heißt.

Mit all diesen Dingen ausgerüstet, schlemmerten wir bis tief in die Nacht hinein. Nur beim Biertrinken zögerte Röhrt ein Weilchen. Der Alkoholgenuß während des Dienstes war verboten, und Röhrt wußte nicht, ob man mit mir eine so heikle Sache durchziehen könne, ohne sich in Gefahr zu begeben. Aber letztlich siegte der Reiz am Verbotenen und wir hielten uns jeder über Stunden an einer einzigen Flasche Bier auf, um Schluck für Schluck wie ein Ritual wirken zu lassen. Dabei zog ich als Erkenntnis des Tages den Schluß, daß die Welt eben doch nur eine Bühne sei, auf der wir alle unser Schauspiel abgeben müßten. Der eine mehr und besser, der andere weniger und schlechter. Schließlich mußte ich ja irgendwie eine Erklärung für mich finden, warum das Füttern von Schwänen innerhalb des Wachdienstes einem Vergehen gleichkommen konnte und es Stunden später möglich wurde, in aller Ruhe beim Bier zu sitzen, um über die möglichen Folgen eines echten Vergehens nachzudenken.

Eigentlich hatte ich mir deshalb vorgenommen, künftig ein noch besseres Schauspiel zu bieten und – damit mir das auch gelänge – die Rollenverteilung selbst zu bestimmen. Die Hauptrolle in meinem Spiel sollte Belinda übernehmen. Gleich im nächsten Ausgang wollte ich mich auf die Suche machen, denn dieses verborgene Haus in Prenzlauer Berg mußte sich doch finden lassen. Von Unteroffizier Bergmann erwartete ich dabei keine Hilfe. Die Gefahr, daß er mich vor den Offizieren verraten könnte, erschien mir einfach zu groß. Schließlich kam alles so, wie ich es vorhergesehen hatte und der Bergmann prahlte vor den Soldaten mit unserer gemeinsamen Nacht, auf daß die Zuhörer von einem Schauer der Lust überfallen wurden. Allerdings verstummte seine Geschichte sofort, als uns an diesem Tage die MTW von den Dienstobjekten zurück in die Kaserne brachten. Wir erhielten den Befehl, schleunigst auf die Stuben zu eilen, die Wachteile abzustellen, die Uniformen herzurichten und dann auf der Kasernenstraße anzutreten. Hauptmann Still führte uns zum Appellplatz, wo die anderen Kompanien bereits in Reih und Glied ausgerichtet standen. Das Auftreten des Hauptmanns entsprach dabei den seltenen Augenblicken, wo er die Befehlsgewalt in sich aufnahm und mit ungewöhnlicher Strenge agierte, die ihn fremdartig wirken ließ. Der Grund dafür war ähnlich, wie ich ihn gerade im Jachthafen erleben mußte. Vorn auf dem Appellplatz stand eine Gruppe von Stabsoffizieren, die dem Hauptmann das Leben zur Hölle machen konnten, würde nicht alles exakt so ablaufen, wie es die Vorschriften vorsahen. Ich ahnte schon, daß etwas vorgefallen sein mußte, da die Stabsoffiziere fast nie ihre Sessel verließen, um vor gewöhnlichen Soldaten und Unteroffizieren zu sprechen. Dabei spürte ich den politischen Hintergrund der Angelegenheit, denn für banale Fragen des Militärs hätten sie diese Mühe nicht auf sich genommen. Und das unangenehme Thema drehte sich ausgerechnet um die Ausgänger und deren Beziehungen zu Mädchen. Als der Genosse Oberst ins Mikrofon wehklagte, daß es immer wieder Soldaten gäbe, die sich einfach aus Spaß an der Freude zu einer gemeinsamen Nacht mit Mädchen von der Straße hinreißen ließen, um dabei die Schweigepflicht zu vergessen und dem Feind somit wichtige Geheiminformationen zu verraten, dachte ich schon, daß der Bergmann sich in die Hose machen würde. Er senkte seinen hochroten Kopf und zitterte am ganzen Körper. Sicher, auch mir klopfte das Herz im Halse, und ich rechnete jeden Augenblick damit, daß der Ruf unserer Namen durch die Luft hallte. Aber der Oberst ließ sich Zeit damit und redete statt dessen weiter über die möglichen Folgen eines solchen Verhaltens, und daß es schon einen tieferen Sinn hätte, warum die Soldaten ihre Freundinnen bei den Offizieren zu melden hätten. Ein so unzüchtiges Verhalten, wie es in diesem Falle vorliege, müsse dementsprechend hart bestraft werden. Endlich wurden die Namen aufgerufen – und es waren nicht unsere. Sie gehörten zwar auch einem Unteroffizier und einem Gefreiten, aber eben zu keinem aus unserer Kompanie. Die unauffälligen Blicke der Soldaten landeten aber trotzdem bei Bergmann, ganz so, als wollten sie ihm vorwerfen: Das kommt davon, wenn man zuviel redet!

Der Oberst wurde nun etwas genauer und schilderte, was die beiden Unholde angestellt hatten: Sie lernten im Ausgang an einer Bar zwei Mädchen kennen. Die allerdings kamen aus Belgien, aus dem Westen, aus Feindesland. Und was machten die Soldaten? – Sie spendierten Sekt, erzählten ihren gesamten Lebenslauf, berichteten alle Einzelheiten von ihren Dienstobjekten und bekamen zum Dank ein paar schöne Stunden auf dem Hotelzimmer. Und was wußten die Soldaten danach von den Mädchen? – Die Vornamen und sonst nichts. Der Oberst hob dabei seine Stimme lakonisch an und man hätte meinen können, daß alles nicht so schlimm und gar menschlich sei. Doch das Urteil war mehr als hart. Die Betroffenen wurden auf der Stelle zu einfachen Soldaten degradiert. Sie bekamen alle Orden und Auszeichnungen aberkannt und wurden aus dem Wachregiment entlassen, um zur gewöhnlichen Armee strafversetzt zu werden. Jetzt ging ein Raunen durch die Kompanien, denn jeder auf dem Platz wußte, was dieses Urteil für die beiden Soldaten und vor allem für deren späteres Berufsleben bedeutete.

Am Nachmittag gingen Bergmann und ich zur Probe der Singegruppe. Doch sein sonst üblicher Redefluß war versiegt und die Geschichte von Belinda und ihrer Freundin gab es nicht mehr. Was mich betraf, so hatte ich den Plan von der Rollenverteilung plötzlich vergessen – kein Gedanke drehte sich mehr um das verborgene Haus in Prenzlauer Berg.

Zu meiner Überraschung nahm Leutnant Scharf an der Probe teil. Sofort sah ich dem Bergmann in die Augen. Sein Blick wirkte ängstlich. Für einen Moment glaubte ich, daß die Offiziere doch Wind von unserer Geschichte bekommen hatten und sie nun das Gericht im kleineren Rahmen fortsetzen wollten. Für derartige Maßnahmen war der Leutnant schließlich berüchtigt. Aber es kam anders. Zum Glück! Zwar handelte es sich auch wieder um eine Eigenart des Leutnants, doch richtete sie sich an die ganze Gruppe: Aufgrund unserer Beschwerde über die eintönige Kulturarbeit zeichnete er uns mit der Teilnahme an einem Seminar aus. Der Vortragende würde der Kundschafter des Ministeriums für Staatssicherheit Genosse Günter Guillaume sein, der jahrelang einen hervorragenden Dienst im Feindesland geleistet hätte und dabei bis in die Schaltzentralen der Bundesregierung in Bonn vorgedrungen sei. Scharf tat uns diese Ehre mit solcher Feierlichkeit kund, daß ich mir ein Lächeln nicht verkneifen konnte. Doch meine auf der Zunge liegende Frage, wo darin denn das Kulturelle liege, schluckte ich wieder runter. Und zu allem Zynismus sollte die Veranstaltung in den Räumen der unterirdischen Bunkeranlage des Ministeriums stattfinden. Also in jenem Wald vor den Toren Berlins, wo die Teerstraße buchstäblich im Boden verschwand und rundherum nur Kiefern standen, die jedoch von einem Doppelzaun mit Wachtürmen beschützend umkreist wurden, und wo die blutrünstigen Schäferhunde an Laufleinen auf ihre Opfer warteten. Bei soviel Sicherheit brauchten sich weder die Kundschafter noch wir zu fürchten. Und trotzdem – ausgesprochen wohl fühlte ich mich nicht. Denn dieser Sinneswandel bei den Offizieren machte mich stutzig. Bisher jedenfalls war das Betreten der Bunkeranlagen für einfache Wachsoldaten strikt untersagt. Warum in aller Welt zeigte sich der Leutnant nun bereit, ein Tabu zu brechen, handelte es sich wirklich um eine Auszeichnung oder lag der Sinn ganz woanders?

Anläßlich des großen Ereignisses mußten wir unsere Ausgangsuniformen anziehen, die natürlich in tadellosem Zustand waren, weil ja der übliche Ausgang nach Berlin und die Urlaubsreisen in Zivil angetreten wurden. Um der Sache aber noch etwas Besonderes mit auf den Weg zu geben, befahl Leutnant Scharf, daß wir die eigentlich hellblauen Uniformhemden gegen weiße eintauschen sollten, was die Dienstvorschrift jedoch nur für Hochzeitsfeiern in Uniform, den Republiksgeburtstag und den Tag der Staatssicherheit vorsah. Allerdings überraschte uns die Eigenmächtigkeit des Leutnants wenig. Schließlich forderte er auch für die Auftritte der Singegruppe das weiße Hemd, und wir alle wußten doch, wie sehr er Ordnung und Sauberkeit liebte. Da konnte schon mal eine Ausnahme gemacht werden, denn die Offiziere lebten sowieso in ihrer eigenen Welt – aber wehe, ein Soldat hätte es gewagt, die Dienstvorschrift auch nur in einem einzigen Punkt in Frage zu stellen.

Als uns der Leutnant auf den Parkplatz der Kaserne führte, wartete dann auch kein Militärlaster auf uns, sondern ein Reisebus, der normalerweise nur für die Offiziere zur Verfügung stand. Soviel Ehre hatten wir nun wirklich nicht verdient, aber Scharf meinte, es könne dem Genossen Guillaume kaum zugemutet werden, daß wir in einem klapprigen MTW vorgefahren kämen, gleich so, als würden wir am Armentuch der Gesellschaft nagen. Kaum, daß sich der Bus in Bewegung setzte, wurde der Leutnant von einer ihm untypischen Aufregung und Nervosität überfallen. Er beschwor uns geradezu, immer an die richtige Anrede zu denken: Genosse! Genosse, Genosse und nochmals Genosse! Für uns eine Forderung, die fast schon einer Beleidigung glich. Denn niemand von uns wußte noch, wie man das Wort „Herr“ überhaupt schrieb. Außerdem erklärte er uns mindestens zehn Mal hintereinander, daß die ‚Agenten’ zum Westen gehörten! Zum Westen, zum Westen und nochmals zum Westen! Auf unserer Seite müßten diese Leute als Kundschafter bezeichnet werden. Und bei einer Verwechslung könnte Genosse Guillaume womöglich denken, wir informierten uns an Hand des Westfernsehens, was wiederum ein schlechtes Licht auf das gesamte Regiment werfen würde. Wie stünde unser Leutnant denn da, wo er doch stets um eine gute politische Ausbildung für die Soldaten besorgt war. Die Situation wurde mir echt peinlich und ich zwang mich dazu, beharrlich aus dem Fenster zu starren. Unser großer Leutnant Scharf – immer auf volle Leistung bedacht, immer dunkelrot und klassenbewußt – hatte seine frischgeplättete Uniformhose bis zum Anschlag mit Angst gefüllt.

Ich genoß die Busfahrt in vollen Zügen, denn ein so angenehmes Gefühl von Fortbewegung glaubte ich auf den Holzbänken der MTW schon vergessen zu haben. Allerdings nervte das Gejammer des Leutnants zunehmend, und ich ersehnte doch die Zeit der Ankunft. Endlich verließen wir die Autobahn des Berliner Rings, fuhren über einen Rastplatz und bogen von dort in den unscheinbaren Waldweg ein, der nach einigen Kurven zur Teerstraße wurde. Ich mußte sofort an die Hunde denken und wußte, daß sie bereits anschlugen, obwohl der Torposten weder den Bus sehen noch dessen Motor hören konnte. Das war wirklich merkwürdig – ringsherum nur Wald, Kiefern über Kiefern, soweit die Augen sahen. Plötzlich überfiel mich eine unangenehme Anspannung. Ich wollte unbedingt hinein in die geheimen, unterirdischen Hallen und hatte gleichzeitig Angst davor. Aber ich kam nicht zum Grübeln. Denn das Hundegebell zerhackte die Luft, daß es einem kalt über den Rücken lief. Der Wachposten vom Eingangstor stieg in den Bus und kontrollierte von jedem den Dienstausweis. Eigentlich eine widersinnige Aktion, denn der Posten gehörte zu unserer eigenen Kompanie. Naja egal, wenigstens Leutnant Scharf fand dabei etwas Zerstreuung und freute sich über den tadellosen Ablauf des Wachdienstes. Nun allerdings folgte eine Enttäuschung. Wir fuhren zwar bis vor die Halde, die den LKW-Fahrstuhl verbarg – aber nicht in sie hinein. Der Bus mußte draußen warten, und der Leutnant führte uns zu einer kleinen Seitentür, die so gut versteckt lag, daß sie mir bisher nie aufgefallen war. Wir kamen in einen Personenfahrstuhl, der von einem Wachmann bedient wurde, der nicht aus unserer Kaserne stammte. Mit dem Fahrstuhl ging es dann zwei Stockwerke in die Tiefe. Als sich die Tür wieder öffnete, lag ein langer, breiter Korridor vor uns, von dem weitere kleine Flure nach beiden Seiten abgingen. Alles sah nicht anders aus, als in jedem normalen Bürogebäude über der Erde auch. Nur gab es keine Fenster und die üblichen Zimmerpflanzen fehlten. An den Decken brummten Leuchtstofflampen, an den Wänden klebte Rauhfasertapete in hellem Grün und die Böden waren mit grauem Linoleum ausgelegt. Leutnant Scharf sagte unterdessen kein Wort mehr. Man konnte deutlich spüren, daß er sich genauso fremd in diesen Mauern fühlte wie wir. Vom Fahrstuhl aus hatte uns ein anderer Wachmann übernommen, ein Unteroffizier, der auch nicht zu unseren Wachkompanien gehörte. Er ging voran und brachte uns über mehrere Gänge an eine Zimmertür, die bereits offenstand. Unterwegs begegneten wir noch eine ganze Reihe anderer Wachsoldaten und nicht einer von ihnen stammte aus unserer Kaserne. Das stimmte mich nachdenklich. Schließlich bewachten wir die Außenanlagen dieses Objektes, hatten aber noch nie einen der Wachsoldaten des Innenbereiches gesehen. Wie kamen die hier herein, ohne daß wir es bemerkten? Aber Unteroffizier Schleifer hatte mir ja schon zu Anfang gesagt, daß die Stasi ihre eigenen Bereiche so klein wie irgend möglich splittete. Daß außerdem der eine Bereich vom anderen nichts wußte – eine Maßnahme, die der Geheimhaltung diene.

Wir traten in das Seminarzimmer. Ein ganz gewöhnliches Klassenzimmer, mit Tisch- und Stuhlreihen, Lehrerpodest und Tafel. Die Stuhlreihen waren schon gut besetzt und nur hinten gab es noch ausreichend Plätze für uns. Vorn – neben dem Podest saßen zwei ältere Herren. Der eine in der Uniform eines Oberst und der andere in Zivil, mit grauem Anzug, weißem Hemd und Krawatte. Sofort als wir uns gesetzt hatten, sprang der Oberst auf, rannte, um die Tür zu schließen und begrüßte alle anwesenden Gäste. Dabei strahlte er übers ganze Gesicht und wirkte fürchterlich aufgeregt und angespannt. Jedoch nicht im negativen Sinne, so, wie zuvor der Leutnant. Nein umgekehrt, im positiven Sinne, so, als käme gleich der Weihnachtsmann und der Oberst stünde vor noch verschlossener Tür, die zum Gabentisch führte. Er stotterte vor Freude und benötigte drei Anläufe, um uns den Genossen Guillaume mit richtig ausgesprochenem Namen vorzustellen. Guillaume, ein etwas untersetzter Mann, nahm die dunkle Hornbrille von der Nase, lächelte kurz und rieb sich die Augen. Er wirkte eher unauffällig, und irgendwie wollten die Heldentaten gar nicht zu ihm passen, die der Oberst mit stolzer Brust über ihn zu berichten wußte. Vielleicht verwechselte der auch wirklich die Filme des Agenten 007 mit einer Realität, die er ja nicht kennen konnte, was übrigens auch Guillaume so einschätzte, wenn ich sein Lächeln und das dazugehörige Kopfschütteln richtig übersetzte. Durch die Reihen der Zuhörer ging dann auch Gelächter, und ich fragte mich ernsthaft, ob der ältere Mann vom Rang eines Oberst denn gar nicht mitbekam, daß er sich wie ein Kleinkind aufführte und sich so dem Spott der Soldaten preisgab.

Guillaume nutzte eine kurze Pause des Oberst, um selbst das Wort zu übernehmen. Der Oberst wirkte hilflos, nahm aber schließlich brav Platz und lächelte. Ab nun ging der Redefluß ruhig, ja fast schwerfällig durch den Raum. Guillaume wirkte müde, sein Gesicht machte einen aufgedunsenen Eindruck. Was er uns berichtete, waren keine Heldentaten. So erfuhren wir kaum etwas darüber, wie man einen Bundeskanzler in Bonn ausspioniert. Vielmehr ging es um die Frage des Erfolges und welchen Preis jemand bereit sei, dafür zu bezahlen. Guillaume argumentierte: „Wenn der Grundstein des Erfolges auf dem Vertrauen anderer Menschen beruht, so ist das höchste aber auch unverkäufliche Gut einer Beziehung erreicht und es darf kein Preis dafür gezahlt werden, denn das wäre Verrat. Wer es trotzdem tut, wird zum Verräter. Wenn wir also über Agenten bzw. Kundschafter reden, so reden wir auch über Vertrauen, Verrat und Tod." Das dumme Lächeln verschwand aus dem Gesicht des Oberst. Seine Augen wurden groß und blickten aufgeregt umher. Doch Guillaume interessierte diese Verstörung seines Nachbarn nicht und er fuhr ruhig fort: „Also! Wenn wir diesen Bogen über die persönlichen Beziehungen hinaus auf die Geschicke eines ganzen Landes spannen, so sprechen wir sogar von Landesverrat. Und darauf stand nicht nur in unserem Land der Tod. Nun werden Sie sich selbstverständlich fragen, was das für Menschen sind, die sich bereit erklären, den möglichen Tod auf sich zu nehmen." Guillaume unterbrach. Er nahm wieder die Hornbrille von der Nase und rieb sich die Augen. Seine Stirn lag in tiefen Falten. Mit dem Schweigen ging eine seltsame Spannung einher, die auf uns wirkte, als konnte er sich nicht entscheiden, was er nun sagen sollte: „Ich denke, daß es viele Menschen gibt, die bereit sind, sich so zu entscheiden. Viel mehr als

Sie glauben mögen. Da gibt es die Mütter, die alles tun, damit sie ihre Kinder in Sicherheit wissen. Oder erinnern Sie sich an die Entdecker in der Geschichte, die ihr Leben aufs Spiel setzten, um uns Menschen den Fortschritt näherzubringen. Oder gehen Sie selbst in sich! Seit Jahrhunderten waren Männer bereit, mit der Waffe in der Hand ihre Stämme zu beschützen, für ihr Land zu kämpfen. – – Der Motor für all diese Dinge liegt in der Liebe, im Glauben und in der Hoffnung. Die Hoffnung, mit seinem Tun und Handeln etwas zu erreichen, das unserem Leben einen Sinn gibt. Ich liebe mein Vaterland, ich glaube an den Sozialismus und ich hoffe, daß er uns Menschen für immer Gutes bringen wird." Guillaume hob beschwichtigend die Hand. Einige Zuhörer mußten nach. Leutnant diesem Satz fragende Mienen gezogen haben. Aus den Reihen der Singegruppe kam derlei jedoch nicht Scharf hätte uns dafür umgebracht. „Ja, ja, – Genossen, ich bin ja nicht von gestern. Es kommt noch viel Arbeit auf uns zu und Sie haben ganz recht, es gibt viele Probleme im Land. Aber ich spreche von der Zukunft. Was meinen Sie denn? Hätte ich an der Zukunft des Sozialismus auch nur einen Moment gezweifelt, dann wäre meine ganze Mission gescheitert." Der Oberst begann aufgeregt mit dem Schirmrand seiner Mütze auf die Tischplatte zu klopfen und meinte empört: „Also bitte Genossen, das ist hier nicht der rechte Platz. Also bitte! Ruhe gefälligst!" Das Raunen unter den Gästen verstummte schlagartig. Guillaume erzählte weiter: „Bitte bedenken Sie immer, daß wir an einer entscheidenden Schwelle stehen. Die zwei Systeme des Kapitalismus und des Sozialismus stehen sich unerbittlich als Feinde gegenüber. Keiner von ihnen weicht freiwillig auch nur ein Stück. Da sollten Sie sich überlegen, zu welcher Seite Sie gehören, denn geraten Sie zwischen die Fronten, so werden Sie zerrissen! Und wann immer mich Leute fragen, woher ich die Kraft nahm, um meine Aufgaben im Westen zu erfüllen, so habe ich ihnen diesen Satz gesagt: 'Ich weiß, auf welche Seite ich gehöre und ich weiß, daß es sich dafür zu kämpfen lohnt!' – – Aber bedenkt dabei! – Die Entscheidung für die richtige Seite bedeutet noch lange nicht, daß damit der Kampf gewonnen ist. Nein – sie schafft die Ideologie, die Motivation und macht dadurch das Kämpfen leichter und einen Sieg erst möglich. Die Probleme der Menschen werden allein durch das Wort ‚Sozialismus' nicht weniger. Doch Probleme sind zum Lösen da und keiner darf vor ihnen kapitulieren oder gar weglaufen. Außerdem – wohin wollen Sie denn laufen, wenn ich Sie mal fragen darf? In den Westen? Wollen Sie wirklich in den Westen laufen? Das sollten Sie sich reiflich überlegen! – Ich war lange genug dort. Glauben Sie mir! Was denken Sie, was Sie dort erwartet. Da fliegen auch keine gebratenen Hähnchen durch die Luft. Auch im Westen werden Sie auf viele, viele Probleme stoßen. Und nun? Wollen Sie dann wieder weglaufen? Ich sage Ihnen, mit einer solchen Einstellung führen Sie bald das Leben eines Dauerläufers." Unter den Zuhörern machte sich Unruhe breit. Der Oberst reagierte mit nervösen Blicken und Guillaume faßte ihm beruhigend auf die Schulter: „Wissen Sie", Guillaume rückte seinen Stuhl zurecht und wandte sich wieder dem Publikum zu, „wissen Sie – ich bin nicht hergekommen, um Ihnen spannende Geschichten aus dem Leben eines Kundschafters zu erzählen, die kennen Sie aus den Büchern. Auch liegt es mir fern, Sie für diesen Beruf zu werben. Nein – ich bin hier, weil Sie jung sind. Sie – mit ihren zwanzig Lebensjahren – werden sich bald für eine Richtung entscheiden, Sie verlieren Ihr Daunenkleid und nehmen eine Farbe an, sind Suchende, die eben noch nicht wissen, auf welche Seite sie gehören. Aber keine Angst, das ist weder schlimm noch verboten, das ist normal. Sie müssen in Ihrem künftigen Berufsleben keine Kundschafterlaufbahn einschlagen, Sie müssen nicht dem Ministerium für Staatssicherheit dienen. Doch eines ist wichtig und genau darum bin ich hier: Bitte treffen Sie bald die Entscheidung, von der Sie meinen, daß es für Sie die richtige ist. Denn es gibt kein Leben, ohne sich entschieden zu haben!" Guillaume saß inzwischen kerzengerade auf seinem Stuhl. Die letzten Sätze hatte er mit so kraftvoller Stimme ins Publikum geschleudert, als hinge unser Leben davon ab. Jetzt ging sein Atem schwer und er kauerte sich wieder an die Stuhllehne. Sein Gesicht war rot. Er wirkte angestrengt.

Im Raum breitete sich wieder diese seltsame Spannung aus. Vielleicht wußte Guillaume sehr wohl, was er uns zu sagen hatte und wollte es bloß nicht tun, weil er es für zwecklos hielt. Denn bei allem Gerede der Welt, die Jugend trifft selbst ihre Entscheidungen und richtet sich dabei nach den eigenen Erfahrungen. Als ich jetzt den Guillaume so zusammengesunken auf seinem Stuhl sitzen sah, wurde mir klar, daß er auf keinen Fall den Lehrmeister spielen wollte, ja im Gegenteil, die Rolle schien ihm aufgezwungen und er hätte sich ihr am liebsten entzogen. Ein Wunsch, der sich auch prompt erfüllte, da sich ein Soldat zu Wort meldete, um zu erfahren, wie man denn ein Kundschafter werde, wenn man sich dafür entschieden habe. Guillaume ließ sein Angespanntsein mit dem zufriedenen Lächeln der Überlegenheit verschwinden und sagte: „Ja, ja – junger Mann, ich sagte doch bereits, die Entscheidung ist nur die eine Seite, die Grundlage. Alles, was danach kommt, wird oftmals noch schwieriger und nur der Wille, den die Entscheidung mit sich bringt, schafft die Möglichkeit, alle kommenden Härten zu überstehen. Beim Beruf des Kundschafters ist das nicht anders. Wie überall im Leben läßt sich auch er von der Berufung herleiten, was heißt, daß man weniger ein Kundschafter wird, als daß man im Innern bereits einer ist, der nur noch geboren werden will. Den besten Bezug hierzu finden Sie im Theater. Denn auch der Schauspieler muß über das Talent verfügen, in eine Rolle zu schlüpfen, welche so gut an die Mitmenschen gebracht werden muß, bis die denken, sie sei echt. Allerdings kann der Schauspieler nach seinem Stück wieder in seine alte Haut zurück. Und darum beneide ich ihn, denn das geht beim Kundschafter natürlich nicht. Der muß in seiner Rolle bleiben, oft über Jahre und ohne Ausnahme. Jeden Tag, jede Nacht, jede Stunde und jede Minute. Im übrigen eine echte Belastung, das können Sie wissen, eine Belastung, bei der ich so manches Mal glaubte, wahnsinnig zu werden. Und das nicht, weil meine Arbeit so hart war, nein, nein – sondern weil ich schon selber dachte, die Rolle sei echt. Ich hatte das Gefühl, als würde ich mich verändern, und zu dem Menschen werden, den ich doch eigentlich nur spielen sollte."

Und nun plötzlich wurde ich von Guillaumes Welle erfaßt und mitgerissen. Jetzt konnte ich ihn verstehen. Er litt an keiner Krankheit im herkömmlichen Sinne. Er war zerrissen und seine Seele fand keinen Halt, da sie nicht erkannte, zu welchem Guillaume sie gehörte. Immerhin eine der verfahrensten Lebenssituationen, in die sich ein Mensch überhaupt manövrieren kann. Natürlich dachte ich dabei auch an meine eigene Schauspielerei und fühlte mich derart ertappt, daß mir der heiße Schauer des schlechten Gewissens durch den Körper wallte.

„Aber kommen wir nun zu Ihrer Frage zurück, Genosse Soldat!“ Guillaume holte tief Luft und fixierte einen Punkt im Raum, um dann konzentriert fortfahren zu können: „Es läßt sich also denken, daß die Wahl, ob jemand als Kundschafter geeignet ist oder nicht, wohl kaum nach ein paar Monaten entschieden werden kann. Die Vorbereitungsphase zieht sich über viele Jahre hin. Und danach bleiben von den einst – na sagen wir 50 Bewerbern – ganze fünf übrig. Das mag Ihnen vielleicht äußerst hart erscheinen, aber ich hoffe, Ihnen klargemacht zu haben, daß die spätere Arbeit eine solche Prüfung im Vorfeld erfordert. Denn bitte erinnern Sie sich an den Beginn unseres heutigen Seminars! Wird der Kundschafter auch nur ein einziges Mal schwach, so läuft er Gefahr, enttarnt zu werden. Und was danach kommt, heißt Verrat, Landesverrat. Die Strafen dafür sind lebenszerstörend, wenngleich sie nicht mehr den Tod bedeuten – zumindest in Deutschland. – – Wenn Sie sich diese Gedanken einmal durch den Kopf gehen lassen und Ihr Entschluß dennoch felsenfest ist, dann sollten Sie sich einfach an Ihren Vorgesetzten wenden, der Ihnen bestimmt weiterhelfen wird!“

Doch die nachdenkliche Stimmung, die Guillaume auf seine Zuhörer übertragen wollte, fruchtete nur bei diesem einen Soldaten, dessen durchaus ernstgemeinte Frage nun beantwortet war. Alles, was danach folgte, glitt zunehmend in Banalität ab. Denn niemand weiter schien begriffen zu haben, worauf es Guillaume ankam. Die Ernsthaftigkeit mußte dem Spieltrieb junger Männer Platz machen, die ausschließlich gedankliche Sensationen in ihren Köpfen hatten. Wieder und wieder rückten die Geheimwaffen in den Mittelpunkt. Waffen, mit denen man alles machen konnte und die einem auch aus schwierigsten Situationen heraushalfen, selbst, wenn sie dafür um die Ecke schießen mußten. Daß die Waffen Menschen töteten, interessierte keinen. Nach einer Weile fühlte ich mich, als säße ich im Regiestudio eines phantastischen Films. Allerdings lag die Regie nicht mehr in Guillaumes Händen, sondern beim Publikum, das soviel von Geheimdiensttätigkeit wußte, wie niemand sonst auf der Welt. Dann endlich erreichte das Gesprächsniveau auch den flachen Horizont des Oberst, dessen Augen wieder zu funkeln begannen. Kindisch verwandelt, kannte er sich plötzlich in allen möglichen Dingen aus. Er trat bereitwillig an die Stelle Guillaumes, der nunmehr schweigend und sichtlich gelangweilt das Treiben von seinem Stuhl aus verfolgte, da sich die gelöste Stimmung im Raum zu einem wahren Freudenfest hochschaukelte, auf dem letztlich jeder mit jedem diskutierte. Nur Leutnant Scharf saß verkrampft in seiner Ecke und zog ein Gesicht, als hätte er ein Stoppschild verschluckt. Ich weiß nicht, ob es daran lag, daß er sich zu unwissend fühlte, oder ob er selbst erkannte, daß dieses Szenario weder etwas mit Kultur noch mit Politik zu tun hatte. Die Singegruppe jedenfalls schloß sich ihm diesmal freiwillig an. Zudem er nach einiger Zeit des Duldens echten Mut zeigte: Der Leutnant stand von seinem Platz auf und übertönte alles Geschwätz mit der an den Oberst gerichteten Frage, ob wir hier denn auf einem Seminar des Genossen Guillaume oder im Bierzelt seien? Das Aufbegehren sorgte für schlagartige Ruhe, und der Oberst verfiel wieder in seine Unsicherheit mit den hilflos umherblickenden Augen. Dabei hätte ich wetten können, daß der Oberst am liebsten aggressiv geworden wäre und seine Befehlsgewalt nutzen wollte. Denn schließlich stand er vom Dienstgrad her weit über dem Leutnant. Doch solange Guillaume neben ihm saß, getraute er sich das nicht. Eine Tatsache, für die Leutnant Scharf sicherlich dankbar war, die aber trotzdem nicht das Risiko eventueller Spätfolgen verhindern konnte. Aber zum Glück tat Guillaume genau das, was der Leutnant nun am nötigsten brauchte, er gab ihm Rückendeckung und sagte: „Ja, Genosse Oberst – die Frage des jungen Leutnants ist richtig und seit langem die vernünftigste dazu. Ich bin nicht hier, um utopische Possen über ein Agentenleben zu reißen. Dafür haben wir tatsächlich im Bierzelt die Zeit, doch jetzt befinden wir uns im Dienst. Das sollten wir nie vergessen! Ich denke also, daß es damit nun genug ist und wenn niemand mehr eine ernstgemeinte Frage an mich hat, möchte ich gehen."

Das Gesicht des Oberst lief knallrot an. Mit einem Satz sprang er von seinem Stuhl auf, bückte sich unter das Podest und holte einen Blumenstrauß hervor. Nach einigen Sätzen der Entschuldigung betete er einstudierte Worte des Dankes vor Guillaume herunter und überreichte ihm die Blumen. Guillaume reagierte routiniert, nickte mit dem Kopf, lächelte höflich und verneigte sich in einer Geste der Verbundenheit vor dem Publikum.

Ein Wachsoldat führte uns im Anschluß wieder zum Fahrstuhl. Binnen weniger Sekunden stiegen wir aus der lichten Tiefe absoluter Sicherheit auf und standen plötzlich in der kühlen Dunkelheit eines Waldes, der uns nur schattenhaft seine Bäume erkennen ließ. Der Busfahrer schaltete die Scheinwerfer ein. Vögel flatterten auf. Zwischen dem Gezweig der Kiefern verhallte ein Krachen. Die Hunde schlugen an und zerhackten mit ihrem Gebell die Stille. Daß es draußen inzwischen dunkel geworden war, hatte ich unter der Erde nicht bemerken können. Ein merkwürdiges Gefühl machte sich in mir breit. Ein Gefühl, als käme ich zu spät und hätte etwas verpaßt. Die Schatten unserer Körper huschten über die Kiefernstämme und eilten dem Bus zu. Für eine Sekunde verharrten wir vor den Türen und warteten auf den Befehl des Leutnants. Doch der Leutnant blieb stumm und wir handelten selbst. Ich spürte Erleichterung, als der Motor startete und das vertraute Summen meinen Körper erfaßte. Endlich fuhren wir fort aus dieser unwirklichen Welt, von der ich hoffte, daß ich sie nie wieder sehen würde. Als der Bus die Waldstraße verließ, um auf den Berliner Ring einzubiegen, wußte ich, wo ich zu finden war und hatte mich unterdessen schon längst entschieden: Denn die Berufung zum Agenten – oder meinetwegen auch Kundschafter – sollte in meinem Sein niemals zum Leben erwachen.

Ob das Seminar mit Günter Guillaume auch bei den anderen Mitgliedern der Singegruppe zu Entscheidungen führte, weiß ich nicht. Das Schweigen des Leutnants hielt jedoch über viele Wochen an. Irgendwie war es so, als hätte er eine schwere Enttäuschung erlebt, als wäre ein Ideal in Scherben zerbrochen. All seine Exaktheit aus Überzeugung wich mehr und mehr der militärischen Routine und schien dabei allen Enthusiasmus verloren zu haben. Eine Situation, die sich automatisch auch auf uns auswirkte. Schließlich waren wir schon so sehr an die Strenge des Leutnants gewöhnt, daß deren Wegfall uns völlig hilflos machte: Denn was hatte das für uns zu bedeuten? Etwas Gutes vielleicht – oder nur die Ruhe vor dem Sturm? Sollten wir den gelockerten Zügeln nachgeben oder weiter fest in der Spur bleiben? Offen darüber zu sprechen, wagte sich jedenfalls keiner. Und letztlich machten wir schweigend alle das Gleiche: Wir taten das, was uns Leutnant Scharf seit Monaten in die Köpfe gehämmert hatte und was jeder von uns haßte; wir taten es freiwillig und von allein, gleich so, als wäre es selbstverständlich, weil wir nichts anderes gelernt hatten und unfähig schienen, einen neuen, eigenen Weg zu gehen. Ich fühlte mich wie eine Maschine, ein Roboter. Manchmal freute ich mich sogar, weil ich fehlerfrei funktionierte, selbst dann noch, wenn mir mein Handeln zuwider war. Und manchmal bekam ich vor mir Angst, vor diesem hirnlosen Roboter.

Allerdings trägt die Angst auch immer etwas Positives in sich, etwas, das zwingt und Dinge in Bewegung bringt. Schließlich hält die Menschen nichts so sehr in ihrem Bann wie die Furcht vor der Veränderung. Was natürlich nur verständlich erscheint, denn wenn man einen Weg für sich gefunden hat, der gut voranführt, liegt die Idee zur Suche nach anderen Wegen in weiter Ferne, ja – sie schafft vielmehr die Besorgnis, aus dem Gleichgewicht fallen zu können und damit die alten Sicherheiten zu verlieren. Wer wäre da nicht bereit, jegliche Veränderung von sich zu weisen, selbst auf die Gefahr hin, daß uns das Altbewährte im Kreise umherführt und vom Leben nichts weiter bleibt als die Gewißheit des Sterbens. So mögen diese Gedanken düster und beängstigend wirken, doch gerade sie sorgten dafür, daß ich ab und zu doch den Mut fand, über meinen eigenen Schatten zu springen. Und was lag jetzt näher, als die Gunst der Stunde zu nutzen und der Zensur des angeschlagenen Leutnants zu entrinnen. Ich setzte dabei auf die volle Unterstützung von Unteroffizier Sänger und schlug der Singegruppe vor, das Repertoire für die kommenden Auftritte zu ändern. Allerdings fand mein revolutionäres Aufbegehren bei den restlichen Mitgliedern kein Verständnis und bei Hans Sänger schon gar nicht. Plötzlich waren sich alle einig, daß der Leutnant ein viel zu kleines Licht sei, um wirklich etwas verändern zu können. Dabei hatten die gleichen Leute noch vor wenigen Wochen über Leutnant Scharf geschimpft, denn nur er würde alles blockieren und die Veränderungen gar nicht erst an die höheren Offiziere weiterleiten. Was sollte ich davon halten? Offenbar zeigte die neue Freizügigkeit für die Singegruppe während und nach ihren Auftritten mehr Wirkung, als ich es glauben wollte. Keiner aus der Gruppe war noch bereit, etwas zu riskieren – jeder fürchtete, die Privilegien zu verlieren. Und Unteroffizier Sänger dümpelte mit eingezogenen Segeln im Hafen, ging auf Landgang von Kneipe zu Kneipe, um im Vollrausch auf sein Schiff zurückzukehren, das von selbst nicht mehr zum Schaukeln in der Lage war.

Ich konnte mich schwer entscheiden, ob ich Sänger für das Aufgeben seiner Ideale verachten sollte oder nicht. Zum einen fühlte ich mich allein gelassen und verraten, zum anderen wußte ich, daß seine Freundin ein Kind erwartete und die baldige Heirat ins Haus stand. Schließlich hatte Hans Sänger nur noch ein Jahr im Regiment zu dienen, freute sich auf sein Familienleben und scheute fortan jedes Risiko. Zudem mußte er seine künftige Gesangslaufbahn am Opernhaus bedenken, also war es nur verständlich, daß er Vorsicht walten ließ, um nicht alles mit einem politischen Fehlschlag zu zerstören. Übrigens eine Tatsache, die Leutnant Scharf ebenfalls so sah, und die er zu nutzen verstand. Das allerdings konnte bei mir nur Ekel und Abscheu hervorrufen. Denn ich haßte es, erpreßbar zu sein. Es macht so hilflos und ohnmächtig. Es zwingt einen, gegen seinen Willen zu handeln, ohne daß die Möglichkeit zur Wahl bleibt. Außerdem empfand ich es als ungerecht, daß diese Erpreßbarkeit immer nur in eine Richtung zu laufen schien – immer nur von oben nach unten. Denn gegen die Offiziere Druck auszuüben, blieb uns Soldaten stets verwehrt. Nicht einmal der angeschlagene Leutnant bot eine Gelegenheit dazu. Im Gegenteil. Leutnant Scharf fand schneller zu seinem Gleichgewicht zurück, als es mir lieb war. Zumal er dafür die aufbauende Kraft wieder von den Schwächeren, von den Untergebenen bezog.

Diesmal brachte der Reisebus die Singegruppe in einen kleinen Vorort von Berlin, wo die Garnison der Sowjetischen Streitkräfte Deutschlands eine Kaserne besaß. Wir hatten eigens aus diesem Anlaß russische Volkslieder ins Programm aufgenommen und quälten uns tagelang durch Russischbücher. Und natürlich entstiegen wir dem Bus in Ausgangsuniformen mit weißen Hemden. Allerdings paßte unser Aufzug nur wenig ins Bild. Denn die Kaserne war alt, sehr alt. Ihr Gemäuer war arg angegangen, die Fensterrahmen morsch und die Straße löchrig. Ein Wachsoldat führte uns zum Kultursaal. Seine ausgewaschene Leinenuniform mußte einmal olivgrün gewesen sein und sie konnte in dieser Jahreszeit unmöglich genügend Wärme halten. Die Stiefel waren zu groß, stapften schwer über den Asphalt und schlupften bei jedem Schritt nach. Die Luft roch nach verbranntem Benzin oder Öl. Erst als wir das Soldatenhaus hinter uns gelassen hatten, bekamen wir einen freien Blick auf den Übungsplatz. Wir sahen eine Gruppe von Soldaten über die Sturmbahn hetzen. Doch die Bahn war viel, viel länger, als wir sie kannten und es standen auch wesentlich mehr Hindernisse auf ihr. Da gab es einen hochgelegten Balken, über den die Soldaten freihändig laufen mußten. Und die Fläche unter dem Balken brannte, sie brannte lichterloh. Ich erschrak. Ich wollte meinen Augen nicht trauen. Ich konnte nicht begreifen, was denn bloß passieren würde, wenn einer der Männer abrutschte und in das brennende Benzin fiele. Ich sah nicht mehr hin, zwang mich, auf die andere Seite zu sehen. In der Ferne standen die Villen der Offiziere in leuchtenden Farben und mit viel Stuck an den Wänden, umgeben vom zarten Weiß der Birkenstämme, die zu Kronen frischentsprungenen Grüns aufstiegen. Und überhaupt. Jetzt erst bemerkte ich, was das alte Gemäuer der Kaserne zusammenhielt. Es mußten die Farben sein, es gab kein grau in grau. Jeder noch so kleine Winkel aus Mauersteinen war mit Ockerfarbe überschmiert. Alle Kanten und Rahmen schlossen mit einem weißgetünchten Strich. Selbst die Bordsteinkanten der Straßen und jeder umherliegende Findling strahlten weiß. Vor dem Kultursaal angekommen, erwartete uns ein

Offizier in dunkelblauer Ausgangsuniform und hellblauem Mantel darüber. Er begrüßte uns in russisch und nach einer einladenden Handbewegung gingen wir schließlich in das Gebäude. Als ich am Offizier vorüberkam, bemerkte ich die Parfümwolke, die er um sich verbreitete. Sie roch nach Rosenblüten.

Im Haus selbst bedurfte es dann keiner Führung mehr. Die Wege, die wir gehen mußten, waren mit rotem Kordelband gekennzeichnet. Und schon der Blick über diese Begrenzung hinaus flößte mir das Gefühl des Verbotenen ein. Auf den Fensterbrettern des Flures standen Töpfe mit Zimmerpflanzen, die so fehl am Platze wirkten, daß kein Mensch ernsthaft glauben konnte, daß sie dort hingehörten. Doch als wir den Saal betraten, verkehrte sich die angemoderte Schlichtheit zum Prunk. Vor uns lag ein weiter, hoher Raum mit riesigen Fensterreihen an beiden Seiten. Jedes der Fenster schmückten zwei dunkelrote Samtvorhänge, die bis auf das Parkett hinunterreichten und in gleichmäßigen Abständen durch goldene Kordeln zusammengebunden waren. Vor den Scheibenflächen breiteten sich weiße Seidengardinen aus, die wirkten, als würden Wellen des Meeres von oben nach unten über die Fenster ziehen. Im Hochglanzparkett des Fußbodens spiegelten sich die Kronleuchter der Deckenbeleuchtung wider, die aus tausenden Glasstückchen bestehen mußten und die wie leuchtende Kegel an vergoldeten Ketten unter der buntbemalten Decke hingen. Vorsichtig schritten wir über den roten Teppichläufer der Bühne zu. Das Knarren des Parketts verhallte majestätisch in der Weite des Saales. Zu beiden Seiten des Ganges standen Tische mit Stühlen. Und selbst diese Stühle machten den Eindruck, als gehörten sie zu einer anderen Zeit oder stammten aus einem Museum. Auf den mit weißen Tischdecken verhüllten Tischen standen dreiarmige Kerzenhalter, von denen ich wetten möchte, daß sie aus echtem Silber waren.

Über eine Seitentreppe stiegen wir dann zur Bühne hinauf. Kam ich mir bisher wie in einem Ballsaal aus dem vergangenen Jahrhundert vor, so wollte die Bühne nicht in dieses Bild passen. Zwar wurde auch sie von roten Samttüchern umgeben, doch irgendwie schien mir das überdimensionierte Ölgemälde mit dem Bildnis Lenins störend – auch der barocke Rahmen in Gold konnte das nicht ändern. Es zeigte Lenin in kämpferischer Pose mit erhobener Faust. Schließlich hatte man uns tagtäglich die leninistische Lehre beigebracht, wonach sich die bürgerliche und die sozialistische Welt unversöhnlich gegenüber stünden. Und wie recht er hatte, denn dieser Versuch der Verschmelzung zweier Epochen in einem Raum war gründlich mißlungen. Der russische Offizier mit leuchtend blauer Uniform und Rosenduft schmetterte unterdessen seine Befehle durch die Luft und wies uns an, wohin wir den Ständer mit der Fahne der Sowjetunion, die Büste von Marx und das Rednerpult tragen müßten. Dabei hatte er uns eigentlich gar nichts zu sagen und außerdem verstanden wir die russische Sprache nicht. Nur gegenüber Leutnant Scharf verfiel er urplötzlich in das andere Extrem, beugte seinen Rücken in Unterwürfigkeit und verzog das Gesicht zu einem Grinsen, auf daß ein goldener Eckzahn im Lichte der Kronleuchter blitzte. Für einen Moment glaubte ich schon, er würde bei seinen vielen Umarmungen unseren Leutnant noch brüderlich auf den Mund küssen oder eine Wodkaflasche aus der Uniformjacke zaubern, um einen kräftigen Schluck zur Brust zu nehmen. Doch mit gleicher Blitzartigkeit beendete der Offizier die Szene, stellte sich auf die von uns freigeräumte Bühne und brüllte mit unvorstellbar strenger Stimme in den Saal. Nur Sekunden später traten dann die russischen Soldaten mit ihren ausgewaschenen, olivgrünen Leinenuniformen in die Tür. Sie schwiegen – guckten mit schüchtern umherblickenden Augen auf die Bühne und nahmen ehrfürchtig die Käppis von den Köpfen. Als sie zu den Tischen gingen, taten sie es in so unsicherer Manier, als hätten sie selbst den Saal noch niemals zuvor betreten. Ganz anders die zum Schluß hereinspazierenden Offiziere, die festen Schrittes über den roten Teppich liefen, um an den vorderen Tischen Platz zu nehmen. Man sah sofort, wer hier Herr im Saale war.

Das einzige, was an diesem seltsamen Ort mit seinem seltsamen Ambiente normal verlief, war der Auftritt selbst. Wir spulten unser Programm ab, wie wir es schon viele Male zuvor getan hatten. Und auch die russischen Volkslieder brachten wir so gut rüber, daß zunächst die Offiziere und – nach anfänglichem Zögern – sogar die Soldaten mitsangen. Daß sie dabei einige Worte ganz anders aussprachen, als wir sie ihnen vorgaben, sei ihnen verziehen, da sie es ja besser wissen mußten – an unserem sturen Festhalten an der Aussprache konnte das jedenfalls nichts ändern, schließlich hatten wir die russischen Texte über Wochen hinweg mit deutscher Gründlichkeit in unsere Köpfe eingepaukt. Naja – egal, das Publikum amüsierte sich dennoch köstlich, vielleicht auch mehr über unsere Aussprache als über das Programm.

Im Anschluß hielt der nach Rosen duftende Offizier noch eine Laudatio auf uns, von der wir nicht ein Wort verstanden. Ansonsten mußte sie aber wirklich des Lobes voll gewesen sein, da wir einen donnernden Beifall zum Dank erhielten. Und kaum, daß der Hall des Applauses verstummte, verfiel der Offizier wieder in seine Strenge, scheuchte die Soldaten regelrecht aus dem Saal und wies uns an, so schnell wie möglich die Bühne zu verlassen. Nun endlich blieb auch ein russischer Offizier im Saal zurück, der des Deutschen mächtig war und der fortan als Dolmetscher fungierte. Auch er trug eine Tuchuniform, allerdings in normalem Armeegrün. Außerdem schien er bedeutend jünger als der Rosenoffizier zu sein, und ich schloß daraus, daß die blaue Uniform nur den hohen Offizieren zustand. Bei unserem Dolmetscher brauchte ich nicht lange rätseln, er stellte sich gleich als Leutnant Petrowitsch vor. Er sprach erstaunlich gut Deutsch und vor allem akzentfrei. Sogar umgangssprachliche Begriffe waren ihm nicht fremd, die er auch freiweg mit einem gewissen Zynismus zum Einsatz brachte. Schließlich kritisierte Petrowitsch, daß wir alle seit der fünften Klasse Russisch in der Schule gehabt hätten und trotzdem keiner von uns etwas verstünde. Aber so seien die Deutschen nun einmal, sie bereisten die ganze Welt und verlangten dabei, daß gefälligst jeder ihre Sprache könne. Ganz schön eingebildet!

Wir verließen den Saal, und Petrowitsch und der Rosenoffizier führten uns auf der Kasernenstraße zum Übungsplatz. Die ganze Zeit über ärgerte mich die Kritik des russischen Leutnants. Das hörte sich ja so an, als wäre ich ein Weltreisender, oder betrachtete er die Handvoll sozialistischer

Länder, die ich bereisen durfte, als die ganze Welt. Und selbst wenn, ob in Polen oder Ungarn, noch niemals hatte ich verlangt, daß dort jeder deutsch sprechen kann. Auf dem Übungsplatz angekommen, riß mich Unteroffizier Bergmann mit seiner Frage, was denn passiere, wenn einer der Soldaten vom Balken ins Feuer fiele, aus meinen Gedanken. Aber die beiden russischen Offiziere lächelten nur und meinten, daß noch nie einer ins Feuer gefallen sei. Das Benzin war inzwischen verbrannt und ließ eine schwarze Schicht auf den verkohlten Rasenstoppeln zurück. Aus der Nähe betrachtet, flößte mir die Sturmbahn erst richtigen Respekt ein. Allein ihre Größe sorgte für ein ungutes Gefühl in meinem Magen, von den mörderischen Hindernissen ganz zu schweigen. Denn eines schien mir sicher: Bei einem Wettkampf zwischen Russen und Deutschen auf dieser Bahn wären wir schon auf halber Strecke hoffnungslos verendet.

Schließlich folgten wir den beiden Offizieren quer über den Appellplatz. Ich spürte regelrecht die Provokation, die davon ausging, denn eine Gruppe russischer Soldaten war gerade bemüht, mit Reisigbesen den Schotter des Platzes zu fegen. Ich sah auf den Boden, blickte zurück und schämte mich der aufgewühlten Spur, die wir im frischgezogenen Streifenmuster hinterlassen hatten. Aber die Soldaten schienen von unserer Aktion unbeeindruckt. Sie fegten emsig weiter, starrten auf ihre Besen und wagten es nicht, uns zu bemerken. Als wir danach dem Soldatenhaus näher kamen, sollte sich herausstellen, daß ich mit meiner Theorie vollkommen richtig lag. Das Gemäuer war zwar solide gebaut, aber die Fugen zwischen den Mauersteinen hatten schon seit ewigen Zeiten keinen Mörtel mehr gesehen und das konnte auch die viele Farbe nicht vertuschen. Über eine Treppe aus zerbröselndem Mauerwerk kamen wir in den ersten Flur, wo hinter einem hüfthohen Holztresen ein Unteroffizier mit roter Armbinde stand. Sofort nach unserem Eintritt schlug er die Hacken zusammen und machte dem Rosenoffizier Meldung. Das alles kam mir bekannt vor und schien bei den anderen der Gruppe auf ebenso wenig Interesse zu stoßen. Auch die Kordelbänder zu beiden Seiten waren mir inzwischen nicht mehr fremd, und selbst die völlig deplazierten Blumentöpfe auf den Fensterbrettern fehlten nicht. Nur an eines konnte ich mich nicht gewöhnen – die Kälte. Seit Verlassen unseres Reisebusses hatten wir noch keinen beheizten Raum betreten – ein für deutsche Kasernenverhältnisse unzumutbarer Zustand. Außerdem gab es hinter dem UvD-Tresen keinen Stuhl, und allein die Vorstellung, den zwölfstündigen UvD-Dienst im Stehen auf dem kalten Flur verbringen zu müssen, empfand ich als unmenschlich. Zudem auch dieser Unteroffizier nur die olivgrüne Leinenuniform auf dem Leibe trug, ohne einen schützenden Mantel darüber, so daß sich die einzig warme Stelle seines Körpers wohl unter der roten Armbinde befinden mußte.

Das Kordelband leitete uns nun zur Waffenkammer, deren Innenleben keinerlei Neuigkeiten verriet. Wie denn auch, schließlich verwendeten wir die gleichen russischen Waffen und standen jetzt vor den gut bekannten Kalaschnikows, Makarow-Pistolen, Handgranaten und Panzerfäusten. Kein Wunder also, daß die Sowjetarmee auf sämtliche Heimlichkeit verzichtete und selbst die Sicherheitsbedingungen spärlich ausfielen. Die Kammer war nur ein kaltes Loch ohne Fenster. Es gab keine Spur von Thermostaten zur Wärmeregulierung oder Wänden aus sicherem Stahlbeton. Lediglich die Tür bestand aus Blech und wurde durch ein Vorhängeschloß geschützt, das jeder Lausbub mit einem Draht hätte knacken können. Ich mußte zwangsläufig an unsere Stahltür denken, die zusätzlich noch mit einem Schiebegitter versehen war, und hielt die russische Sicherheit für reichlich untertrieben. Leutnant Petrowitsch beantwortete unsere fragenden Blicke im Brustton der Überzeugung mit der Erklärung, daß Waffen nicht ihren Zweck erfüllten, indem man sie wie Ikonen in einem Hochsicherheitstrakt staubfrei hielte. Nur wenn die Soldaten es lernten, sie als Dinge des Alltags zu betrachten, ginge ihnen die Scheu vor jeglicher Gewalt verloren. Und das sei wichtig. Denn ein Soldat, der die Gewalt fürchte, hätte den Kampf bereits verloren, bevor er in die Schlacht zöge.

Von der Waffenkammer kommend kehrten wir in einen anderen Flur ein, wo sich die Stuben der Soldaten befanden. Der Flur selbst hätte auch zu unserer Kaserne gehören können – lang, hell und sauber. Die Stuben allerdings erinnerten mehr an Krankensäle, statt an wohnliche Zimmer. Mit Sicherheit beinhaltete jede von ihnen 20 oder sogar 30 metallene Doppelstockbetten. Zwischen den Betten standen jeweils ein Hocker und ein Nachtschränkchen. Ansonsten ließen diese Bettenreihen nur noch den Platz für einen Mittelgang im Raum frei, der zu den Fenstern führte. Es gab keine Schränke, keine Tische mit Stühlen. Die Soldaten lungerten auf ihren Betten herum. Die Matratzen waren unbezogen und nur die Kopfkissen leuchteten mir weiß verhüllt entgegen. Auch konnte ich keine Decken sehen. Die Soldaten, die schliefen, trugen auch jetzt die Leinenuniform und wurden von ihrem Wintermantel zugedeckt. Andere drängelten sich zu dritt oder viert in einem der Betten und spielten Karten. Ein nächster saß zwischen den Stahlgestellen auf dem Hocker, beugte sich tief über das Nachtschränkchen und kritzelte Zeilen auf ein Stück Papier. Wieder andere kauerten an den Fußenden der Betten, um dem Licht so nah wie möglich zu sein, ließen sich dabei von ihren Mänteln warmhalten und lasen in Büchern. Mindestens jeder zweite Soldat kaute auf diesen filterlosen Zigaretten herum, deren Qualm die Luft zum Schneiden dick machte und der dazu unvorstellbar streng roch. Daß die beiden Fenster am Ende des Mittelganges trotzdem geschlossen blieben, konnte ich gut verstehen. Denn auch in den Soldatenstuben wurde nicht oder nicht mehr geheizt.

Abgesehen von den räumlichen Zuständen wunderte mich das Verhalten der Truppe. Genauso wie auf dem Appellplatz ließen sich auch die Soldaten in den Stuben von uns nicht stören. Es schien gerade so, als hätten sie den Befehl bekommen, keine Notiz von uns zu nehmen. Denn im Falle, daß eine Besuchsgruppe in Offiziersbegleitung die Soldatenunterkunft einer deutschen Kaserne betrat, hatten gefälligst alle im Zimmer von ihren Plätzen aufzuspringen, versteinerte Haltung anzunehmen und der ranghöchste Dienstgradträger den Offizieren eine Meldung zu machen. Und wehe, einer der Stubenbewohner wäre auch nur auf die Idee gekommen, sich während der Anwesenheit der Offiziere wieder an den Tisch zu setzen, um in aller Ruhe seine Nase in eine Zeitung zu stecken. Mein Gefühl sagte mir, daß es hier bestimmt noch viel strenger zugehen mochte und die jetzt gespielte Lässigkeit nichts mit der Realität gemein hatte.

Einer Soldatenstube folgte übrigens nicht gleich die nächste, so wie ich es eigentlich erwartete. Nein, es befand sich jeweils noch eine Art Lagerraum dazwischen. Hier wurden die Bettenreihen durch Schränke und Regale ersetzt. In den Schränken hingen Tuchuniformen, Mäntel und Mützen. Es war also keinesfalls so, daß den Soldaten nur die ausgewaschenen, olivgrünen Kampfuniformen zur Verfügung standen, nur eben die Verfügungsgewalt schien ihnen genommen zu sein. In den Regalen lagen ordentlich gebaute Päckchen, die aus einer Wolldecke, dem Vollschutzanzug, der Gasmaske und einem schlauchartigen Seesack bestanden. Das Ganze wurde durch den obenauf liegenden Stahlhelm gekrönt und mit einem Paar Lederstiefel am Boden beendet. Vor jedem Päckchen haftete ein Namensschildchen am Regalholz und dazwischen lagen Taschenlampen, weitere Decken, Trinkflaschen und Feldspaten. Der Gesamteindruck hätte deutscher nicht seien können, und ich spürte förmlich die Disziplin, die hier im Ernstfall herrschen würde. Die Fenster am Ende des Mittelganges waren mit schwarzen Stoffbahnen verhangen, was den Vorteil hatte, daß sich niemand die Arbeit der allabendlichen Verdunklung zu machen brauchte. Mochte diese Trennung von Mensch und Material auch ihre militärischen Vorzüge haben, so schien mir die Degradierung der Soldatenzimmer zu reinen Schlafstätten trotzdem deprimierend.

Von den Unterkünften wurden wir zu den Waschräumen geführt. Wieder handelte es sich um riesige Zimmer, die eigentlich mehr Sälen glichen. Auch von ihnen ging ein dunkler Grundton aus, der nichts mit den weißgefliesten Waschräumen unserer Kaserne zu tun hatte. Von den Decken hingen die nackten Glühlampen, die nur ein spärliches Licht in die Düsternis warfen. Wie in den Lagerstuben waren auch hier die Fenster verdunkelt. Die Wände glänzten in blauer Ölfarbe, die oben glatt war, in der Mitte gewellt und am Boden mit dicken Beulen auf die Feuchtigkeit reagierte. Davor standen Waschtröge aus braunem Stein. So lang die Wand, so lang der Trog. Über den Trögen zog sich die Wasserleitung hin, von der in gleichmäßigen Abständen die Hähne abgingen. Spiegel gab es merkwürdigerweise nur auf der Höhe jedes zweiten Wasserhahnes. Also ein gefundenes Fressen für die EK-Bewegung unter den Soldaten, die die Genossen Offiziere doch unter keinen Umständen begünstigen wollten. Der schwarzweiß gefleckte Steinfußboden wurde von Holzrosten bedeckt, unter denen das Waschwasser von den Trögen zu dem in der Mitte des Bodens liegenden Gully floß. Welchen Weg das Wasser dabei nahm, verrieten die vielen rostbraunen Linien, die sich wie ein Spinnennetz auf den Steinen abzeichneten. Außerdem befanden sich um den Gully herum noch einige Wasserschläuche, die vermutlich die fehlenden Duschen ersetzten. Im übrigen ließ die hohe Luftfeuchtigkeit in den Waschräumen die Kälte erst richtig zur Geltung kommen, und bei allem bisher gezeigten Durchhaltevermögen gab es wohl niemanden in unserer Gruppe, der jetzt nicht zu zittern anfing. Eine Schwäche, auf die der Rosenoffizier und Petrowitsch nur gewartet hatten und die sie mit einem genüßlichen Lächeln registrierten. „Sie brauchen das Wasser gar nicht erst zu prüfen,

Genossen“, meinte der russische Leutnant mit zynischem Unterton, „es ist kalt. Wenn ich Sie mir so ansehe, fühlen Sie sich nicht gerade wohl in Ihrer Haut. Oder? Aber ich kann Sie beruhigen, die Menschen können sich an vieles gewöhnen. Wichtig dabei ist nur die Konsequenz. Im Krieg kann sich niemand das Wetter aussuchen. Da gibt es keine Heizung. Gewiß, die Bedingungen hier sind hart, aber nicht unmenschlich. Wir fordern unsere Soldaten bis aufs Äußerste und wissen, wo die Grenzen liegen. Das können Sie uns glauben. Und sollten wir mal etwas falsch einschätzen, so gibt es immer noch die Sanitätsstation mit hervorragenden Ärzten, gutem Essen und einer Heizung natürlich. Im übrigen ist die Anpassungsfähigkeit an das jeweilige Klima von entscheidender Bedeutung im Kriege. Ihr als Deutsche müßt doch wissen, warum Euer letzter Krieg verloren ging?“

Als nächstes stiegen wir die Treppe in den Keller hinab. Die Luft roch plötzlich nach Essen und wenige Augenblicke später fanden wir uns im Speisesaal wieder, wo schon die russischen Soldaten an langen Tischen saßen und auf uns warteten. Zwischen sich hielten sie Plätze frei, auf die sie uns einluden. Kaum daß wir uns gesetzt hatten, erschien der Koch mit einem Wagen, auf dem dampfende Töpfe standen. Im unteren Fach stapelten sich Aluminiumschüsseln, von denen der Koch eine nach der anderen griff, um sie mit dem Essen zu füllen. Unterdessen verabschiedeten sich der Rosenoffizier und Leutnant Petrowitsch. Sie wünschten uns noch eine gute Dienstzeit und meinten, daß wir jederzeit herzlich eingeladen seien. Das allerdings klang echt, ohne jeglichen Petrowitsch-Zynismus. Als die beiden Offiziere schließlich den Saal verließen, nahmen sie unseren Leutnant Scharf mit. Der hatte es gut, und ich ahnte schon, was ihn nun erwartete. Inzwischen war der Koch damit beschäftigt, die Schüsseln auszuteilen. Von nahem betrachtet machten sie einen ziemlich verbeulten Eindruck und mußten wohl schon über viele Jahre ihren Dienst geleistet haben. Genauso, wie die weiße Uniform des Kochs, von der man unschwer ablesen konnte, was es in der letzten Woche zu essen gab. Als endlich eine der Aluschüsseln auch vor mir stand, war ich nicht in der Lage zu sagen, was sich darin befand. Ausgefüllt wurde sie jedenfalls von einem hellbraunen Pamps, auf dem ein gekochtes Stück Fleisch lag. Aus dem Fleisch quoll flüssiges Fett und ergoß sich in trägen Rinnsalen über den Brei, um am Schüsselrand einen gelben Ring zu bilden. Dazu gab es einen Alubecher mit Tee und einen Löffel, natürlich auch aus Alu. Die russischen Soldaten freuten sich und aßen mit strahlenden Augen drauflos. Zunächst stopften sie einige Löffel des Breis in den Mund, um anschließend einen Bissen vom Fleisch zu nehmen, auf daß ihnen das Fett über Lippen und Kinn rann. Mit möglichst unauffälligen Blicken äugte ich zu Unteroffizier Sänger hinüber, der wiederum damit beschäftigt war, Bergmann zu beobachten. Bergmann hatte den ersten Löffel bereits probiert und meinte, daß es sich um Hirse handelte, die etwas nach Vogelfutter schmecke. Zwar wußte ich bislang nicht, wie Vogelfutter schmeckt und mir fehlte somit der Vergleich, aber ansonsten schien mir die Sache durchaus genießbar zu sein. Vielleicht ähnelte das Ganze mehr kleinen Reiskörnern, bei denen man vergaß, die Schalen zu entfernen. Beim Biß ins Fleisch hielt ich mich jedoch zurück. Ich beschränkte mich darauf, mit meinem Löffel die mageren Fasern aus dem Fett zu selektieren und wühlte den Rest diskret unter die Hirsepampe. Ganz anders war es mit dem Tee. Der schmeckte toll, irgendwie so, als sei er mit Rosinen gesüßt worden. Selbstverständlich nutzte ich das sofort aus, um die beiden russischen Nachbarn von ihren Blicken auf meine Schüssel abzulenken. Ich drehte mich beständig von einer Seite zur anderen, formte Daumen und Zeigefinger zu einem Kreis und wiederholte unermüdlich: „Charascho; otschen charascho." Den beiden Soldaten schien das zu gefallen, ihre Gesichter leuchteten rosarot, und sie orderten sofort die Teekanne, um mir kräftig nachzuschenken. Und überhaupt, ich staunte, wie gut sich die Soldaten fühlten, wie sie lachen konnten und ihr Essen genossen, obwohl ich selbst diese Verhältnisse hier erschreckend fand, von der Kälte ganz zu schweigen. Wenig später erreichte die Freude einen weiteren Höhepunkt und drohte fast in Jubel umzuschlagen. Der Koch erschien noch einmal mit dem Wagen. Ich konnte es ja nicht einschätzen, aber die Reaktion der russischen Soldaten verriet mir, daß es etwas Besonderes sein mußte. Auf dem Wagen befanden sich diesmal zwei Kisten, aus denen der Koch Schokolade und Kekse verteilte. Jeder im Saal bekam jeweils eine Packung. Unteroffizier Sänger übergab beides seinen Nachbarn, die sich erst wie Kinder zierten, verlegen wurden und letztlich mit funkelnden Augen annahmen. Dann taten es alle aus der Gruppe dem Sänger nach, und die Russen knöpften ihre errungenen Abzeichen von den Uniformjacken, um sie uns zu schenken. Meine beiden Nachbarn erzählten mir Geschichten und waren dabei ganz außer sich vor Freude. Leider verstand ich kaum etwas und all meine Gestik reichte gerade einmal aus, um ihre Namen zu erfahren und daß sie hier als LKW-Fahrer eingesetzt wurden. Unser Land fanden sie prima, und die deutschen Menschen seien alle so freundlich, allerdings bedauerten die Soldaten, daß sie ihre Kaserne außer zu militärischen Einsätzen noch nie verlassen hatten. Wieder nach Hause dürften sie in drei oder vier Jahren, ohne Heimaturlaub. Aber das alles sei nicht weiter schlimm, denn auf dem Kasernendach stehe eine Satellitenantenne, mit der sie russische Sender im Fernsehraum empfangen könnten, vorausgesetzt, daß sie einen ordentlichen Dienst leisteten. Und die Post gäbe es ja schließlich auch noch.

Unser Rückweg über die holprige Kasernenstraße vollzog sich schnell und schweigend. Wir verschwanden im Bus, niemand blickte zurück. Die Stille wirkte friedlich. In der Luft lag der Duft von Heimat. Und das leise Summen der Dieselheizung klang wie Musik in meinen Ohren. Draußen zog die Nacht über die Kaserne herein und vereinte das ockerfarbene Gemäuer mit den Kronen der Bäume und dem Schotter des Appellplatzes zum üblichen Blau. Was blieb, waren die Stämme der Birken, die weißen Linien an Fenstern und Bordsteinkanten – als leuchtende Zeichen aus einer anderen Welt. Zwei russische Lastwagen hielten vorm Tor, die Kontrollschranke öffnete sich und die Scheinwerfer flimmerten unter lautem Getöse an uns vorüber. In der Ferne zeichneten sich die Umrisse einer torkelnden Menschengruppe, die die Straße für sich allein in Anspruch nahm und gar nicht daran dachte, der motorisierten Überlegenheit auszuweichen, gegen die Dunkelheit ab. Die Bremsen der LKWs quietschten, die Motoren verstummten. Es erhoben sich die Rufe der schwankenden Meute bis zum Schimpfen, und als sie die Wagen hinter sich gelassen hatte, erschien Leutnant Scharf inmitten einer Horde russischer Offiziere. Sie lachten, sangen, brüllten. Ein Mischmasch aus russischen und deutschen Wortfetzen zerriß die Stille. Die Uniform unseres Leutnants war zerzaust, seine Mütze trug er verkehrt herum. Ein Bild, das ich mir bei ihm gar nicht hatte vorstellen können. Der Rosenoffizier und Leutnant Petrowitsch setzten ihn schließlich in den Bus. Eine Wodkafuselwolke brach über uns herein. Der Rosenoffizier strahlte über die ganze Breite seines Gesichts, auf daß wieder sein Goldzahn im fahlen Licht des Busses blinkte. Auch seine Uniform hing wie ein Sack an ihm, der Hosenstall stand offen, die Krawatte baumelte über der Jacke. Leutnant Petrowitsch wollte noch einige Worte an uns richten, doch der Rosenoffizier fiel ihm um die Schultern und sie torkelten wortlos auf die Straße zurück.

Unser Busfahrer startete den Motor und fuhr los. Allerdings im Schrittempo mit wiederholten Stops, da die besoffenen Offiziere sich genauso wenig um unseren Bus scherten wie um ihre LKWs. Erst als die Kontrollschranke hinter uns lag, machte sich Erleichterung breit. Erste Gespräche kamen auf – kündeten, auch ohne den Inhalt zu verstehen, von der Aufregung und dem Entsetzen, das jetzt wohl jeder der Gruppe in sich trug. Aber auch Heiterkeit machte die Runde, denn der Anblick von Leutnant Scharf erschien derart jämmerlich, daß er schon wieder lustig wirkte. Seinen Kopf hielt er gestützt auf dem angewinkeltem Arm, dessen Ellenbogen am Gummi der Fenstereinfassung Halt suchte und dabei in regelmäßigen Abständen wegrutschte. Der Kopf des Leutnants sackte dann plötzlich über die Hand und schwebte frei im Rhythmus der Fahrtbewegungen durch den Raum. Zusammen mit der falsch aufgesetzten Mütze und dem Grinsen eines Volltrunkenen gab das ein amüsantes Bild ab. Eigentlich befürchtete ich, daß dem Leutnant irgendwann schlecht werden würde und er zu guter Letzt in den Bus kotzen würde. Doch dachte ich dabei mehr an mich selbst als an den Leutnant, der mit seinem beständigen Grinsen im siebten Himmel schwebte. Und niemand auf der Welt konnte ihn daran hindern. Nicht einmal Unteroffizier Sänger, der in seiner fürsorglichen Art die Leutnantsuniform zurechtzerrte und die Mütze in die richtige Stellung brachte. Denn schließlich mußten auch wir die Wache passieren, bevor der Bus in unsere Nobelkaserne fahren konnte. Da mochten die Meinungen über Leutnant Scharf sein wie sie wollten, das half alles nichts – und wer hätte es schon für möglich gehalten, daß eines Tages die Gepeinigten ihren Peiniger zu Bette trugen.

Ich konnte mich nicht daran erinnern, schon einmal mit solchem Hochgenuß in meine Kaserne zurückgekehrt zu sein. Da wartete ein weiches, warmes Bett auf mich, und ich sah meinen Körper unter der dampfenden Dusche stehen. Alles um mich herum leuchtete vor Sauberkeit, war hell und ordentlich. Nirgendwo mußte ich zittern und frieren. Zu essen gab es reichlich und stets galt es, zwischen den Gerichten seine eigene Wahl zu treffen. Schokolade und Kekse hatten nichts Besonderes an sich, jeder Zeit konnte ich den Kasernenmarkt aufsuchen und mir Süßigkeiten kaufen, bis sie mir zu den Ohren herauskamen. Selbst an Geld sollte es keinem von uns fehlen. So saßen wir allesamt in einer Stube zusammen und ließen die Erlebnisse nochmals an uns vorüberziehen. Es war erstaunlich, welchen Einklang wir plötzlich fanden. Verbrachten wir tagtäglich die Zeit mit Meckern, Jammern und Heimweh – so fühlten wir uns nun glücklich und Gott dankend, daß keiner von uns in der Sowjetunion geboren worden war. Denn was konnte es Schlimmeres geben, als in einer russischen Kaserne zu dienen.

Allerdings wurde der Freudentaumel über die Heimkehr von einer seltsamen Blässe gestört, die sich zunehmend aller Gesichter bemächtigte und die unüberhörbar als eingeschleuster Botschafter der anderen Welt aus unseren Bäuchen her rumorte. Vielleicht fehlte uns nur die desinfizierende Wirkung des Wodkas, was jeden dazu veranlaßte, seine heimlichen Alkoholreserven preiszugeben. Doch auch das brachte nichts und so verabschiedeten wir den Tag mit einer Sitzung auf dem Klo, die über die halbe Nacht hinweg andauern sollte.

Am nächsten Morgen schienen sich die Bäuche beruhigt zu haben. Zurück blieb nur die Blässe in unseren Gesichtern, die eine Färbung ins Grünliche angenommen hatte. Wir verzichteten freiwillig auf die Wahl zwischen Spiegeleiern, Schinkenbrötchen und Marmeladenbroten und hielten uns an trockenem Weißbrot mit Tee fest. Eine Enthaltsamkeit, die Leutnant Scharf so gar nicht teilen konnte. Er kam in überschwenglicher Freundlichkeit dahergelaufen, bedankte sich etwas peinlich berührt für die unvorhergesehene Übernachtung im Bereitschaftszimmer der Offiziere und versicherte dabei, daß auch er ein Auge zudrücken werde, gesetzt den Fall, daß wir uns einen Fehltritt leisteten. Er ging zum Frühstück nicht in das Offizierskasino, sondern nahm bei uns am Tisch Platz, baute einen Berg aus Fischbrötchen vor sich auf und aß sie voller Wonne. Wir anderen sahen uns wehleidig in die Augen, und ich rätselte, ob der Rosenoffizier unserem Leutnant vielleicht etwas in den Wodka getan hatte. Denn abgesehen von seinem Appetit, war auch vom Trübsinn der letzten Wochen keine Spur mehr zu entdecken. Leutnant Scharf war plötzlich verwandelt. Und so, wie ich nicht verstehen konnte, warum er nach dem Guillaume-Seminar in eine derartige Lethargie verfallen war, fand ich auch jetzt nicht heraus, warum die sowjetischen Kasernenverhältnisse ihn so heiter stimmten. Für einige Sekunden dachte ich schon, daß es sich mehr um Hinterlist handeln würde, die den Leutnant künftig veranlaßte, russische Verhältnisse in unser Regiment einziehen zu lassen. Doch dafür wirkte seine Freundlichkeit zu echt und er selbst war nicht nur ein schlechter Schauspieler, als tatsächlich ein viel zu kleines Offizierslicht, um eine ganze Armeestrategie auf den Kopf stellen zu können.

Denn im Grunde genommen sind wir Menschen doch recht komische Gestalten. Anders als die Tiere, die das Leben getreu ihrer Instinkte meistern, brauchen wir für alles einen Plan. Man könnte schon glauben, die Menschen hätten überhaupt keine Instinkte mehr. Ob im Kindergarten, in der Schule oder beim Militär – überall haben wir uns Vorschriften und Regeln geschaffen, um unser Zusammenleben wenigstens einigermaßen in den Griff zu bekommen – und die Vielfalt der Instinkte eines jeden einzelnen wäre da nur schädlich. Leider ist uns so ein Gerüst entstanden, an dem sich zwar jeder festhalten kann, das aber sonst völlig träge und nur wenig beweglich erscheint. Deshalb braucht sich auch niemand zu wundern, daß es stets Menschen gibt, die Schwierigkeiten haben, sich an die allgemein anerkannten Richtlinien zu halten. Und nicht nur Menschen. Als ein Übeltäter der besonderen Art entpuppt sich immer wieder die Natur, die oftmals gar nicht daran denkt, unsere Intelligenz für voll zu nehmen. Das wiederum erweist sich als höchst ungehörig gegenüber der militärischen Dienstvorschrift, die schließlich ganz genau festschreibt, wann es Winter und wann es Sommer zu sein hat. Damit diesbezüglich erst gar keine Fragen auftauchen, sah man sich genötigt, das Ganze in Befehle einzupacken, gegen die ein Soldat bekanntlich machtlos ist. Da spielt es denn keine Rolle, daß es Jahre geben kann, wo der Winter bzw. der winterliche Frühling besonders lang anhalten. Sommerbefehl ist Sommerbefehl. Wen interessiert es da schon, ob draußen noch die Schneeflocken wirbeln. Das Turnzeug zum Frühsport ist kurz und der Trainingsanzug bleibt im Schrank. Eine Weile hat sich Mutter Natur dieses Schauspiel kopfschüttelnd angesehen, um letztlich aus Mitleid die zurückgehaltenen Temperaturen mit einem Schlage freizugeben. Das war sicherlich gut gemeint, half uns aber nur wenig. So schwitzten wir bereits im Mai bei dreißig Grad in der Sonne, aber das Ausziehen der Uniformjacke war verboten. Denn, wo kämen wir da hin! Für das Tragen der Bluse, ja selbst für das Hochkrempeln ihrer Ärmel galt immer noch der Hochsommerbefehl im Sommerbefehl. Und wer wagt zu bezweifeln, daß der Mai kein Hochsommer ist?

Natürlich wagte ich keinen Zweifel, fand das alles aber ziemlich krank. Dabei konnte ich im kalten Frühjahr noch froh sein, daß eine deutsche Sommeruniform aus so vielen Einzelteilen bestand. Nicht auszudenken, was mit mir passiert wäre, hätte ich meine Uniform gegen das ausgewaschene Leinentuch eines russischen Soldaten tauschen müssen. So läßt es sich leicht vorstellen, daß mein Dienst im Jachthafen das reinste Paradies auf Erden darstellte. Unteroffizier Röhrt fand die Vorschriften zur Anzugsordnung genauso sinnlos wie ich. Und die Arbeiter im Hafen sahen das nicht anders. Selbstverständlich verstieß auch das Baden gegen die Anweisungen, was uns aber nicht daran hinderte, es nach Dienstschluß der Bootsleute trotzdem zu tun. Schließlich waren wir inzwischen ein eingespieltes Team und glaubten uns einige Freiheiten herausnehmen zu können. Was nicht heißen soll, daß wir deshalb den Dienst vernachlässigten, bloß weil wir die Vorschriften und das Angenehme miteinander verbanden. Einer von uns blieb stets auf Wacht, währenddessen der andere seine Entdeckungen machen konnte. Und zu entdecken gab es viel. Unweit von unserem eingezäunten Hafengelände gab es nämlich einen Badestrand. Ein Stück Strand also, wo viele hübsche Mädchen in der Sonne lagen und den Tag genossen. Mitnichten eine Gefahr für die Sicherheit der Jachten unserer Staatsführung, aber in meiner Gewissenhaftigkeit bewaffnete ich mich mit einem Feldstecher, schlich mich hinter das Gebüsch in unmittelbarer Nähe des Zaunes und behielt die Sache im Auge. Oh – nein, da gab's vielleicht was zu sehen! Ich konnte meinen voyeuristischen Urtrieben freien Lauf lassen, was allerdings für mein enthaltsames Soldatendasein fast schon zu viel des Guten war, da ich zwangsläufig Schwierigkeiten mit anderen Trieben bekam.

Wenn man bedenkt, daß die Menschen schon über eine Million Jahre Evolution hinter sich gebracht haben, so ist es erstaunlich, wie oft wir noch heute ein Verhalten an den Tag legen, ohne zu wissen, warum wir dies tun. Denn abgesehen vom Zwang der Gesellschaft, dürfte es wohl kaum einen heterosexuellen Mann geben, der nicht den Weiberröcken hinterhersieht, vorausgesetzt, daß er sich vor den Blicken seiner Mitmenschen unbehelligt glaubt. Was natürlich nicht heißen soll, daß ein jeder seine Prinzipien vergißt, bloß weil ihm die Stunde günstig erscheint. Nein, nein, es gibt durchaus welche, die es sich niemals erlauben, das Tier im Menschen aus dem vernunftumschlossenen Käfig der Moral zu entlassen. Das sind zumeist diejenigen unter uns, die immer anständig sind, meistens Erfolg haben und sich nie betrinken. Und sollte der Bruder Alkohol sie doch einmal erwischen, so werden sie ekelig, verlieren ihre Beherrschung und beschimpfen all das, was sie angeblich so lieben. Aber dennoch, zum Schuldigen wird der Schnaps gemacht – und nicht etwa die wunde Seele, die er verbrennen konnte.

So ist das eben mit den Prinzipien. Es gibt welche und wir haben die Möglichkeit, zwischen ihnen auszusuchen. Nach unserer Entscheidung sieht es allerdings schlecht aus. Denn schließlich gilt es als heilig, an seiner Wahl festzuhalten, getreu dem Prinzip, daß man zwischen den Prinzipien nicht hin und her springen dürfe. Eine Regel, die auch Unteroffizier Röhrt schätzte. Und so waren ihm die ‚Puhdys' verhaßt. Diese Deutschrocker unseres Landes, die in allen Belangen vom Staat bevorzugt wurden, ja die selbst in den Westen zu Auftritten reisen durften und die zwangsläufig mit der Stasi paktieren mußten. Das Urteil Röhrts konnte also deutlicher nicht ausfallen: Egal, welche Musik die ‚Puhdys' machten, sie mußte in jedem Falle schlecht sein. Der fortschrittliche Jugendliche orientierte sich an den wenigen Fetzen der englischen Rockszene, die durch den eisernen Vorhang drangen, ansonsten aber an den ostdeutschen Gruppen ‚Karat' und ‚Silly', von denen man wenigstens einen Hauch von Opposition zwischen den Zeilen ihrer Texte erahnen konnte. Selbstverständlich sah ich das nicht anders. Niemals hätte ich es gewagt, mir eine Platte von den ‚Puhdys' zu kaufen. Was allerdings nichts daran ändern konnte, daß mir der eine oder andere Titel dieser Gruppe doch gefiel und ich ihn heimlich mitsummte, wenn ich ihn irgendwo in einem Radio zu hören bekam. Und ihre Filmmusik zu Plenzdorfs ‚Legende von Paul und Paula' – dieses zweideutige „Geh' zur ihr und laß' deinen Drachen steigen!“ – versuchte ich sogar auf meiner Gitarre nachzuspielen. Welch' Todsünde!

Zu allem Entsetzen ergab es sich, daß eben diese ‚Puhdys' auf eben dem uns benachbarten Badestrand eine Bühne errichten ließen, um zum Konzert aufzuspielen. Eine Tatsache, die Unteroffizier Röhrt veranlaßte, alle Fenster des Wachlokales zu verrammeln und aus dem Radio ein Klassikprogramm ertönen zu lassen, dessen Lautstärke mir fast das Trommelfell zum Platzen brachte. Außerdem mußte er erleben, daß ich mich nicht nur freiwillig zum Streifengang abmeldete, sondern als Krönung den Feldstecher geschultert trug, wofür ich Blicke der Entrüstung kassierte, die verachtender nicht hätten sein können. Trotz meines schlechten Gewissens kümmerte ich mich weder um die Jachten noch um die Schwäne und wanderte schnurstracks zum Zaun am Badestrand. Ich suchte mir den höchsten, kräftigsten Baum aus und krabbelte hinauf. Allerdings mußte ich auf halbem Wege feststellen, daß die Klettertour nicht nur schwierig war, sondern daß ich auch meinen Respekt vor der Höhe vergessen hatte, der mich stets dazu verleitete, größeren Klippenrändern nur auf allen vieren zu begegnen oder das Betreten von Riesenrädern besser bleiben zu lassen, wenn es nicht gerade galt, vor einem neueroberten Mädchen auf dem Rummelplatz den Helden zu spielen. Je höher ich von Ast zu Ast kletterte, desto mehr zitterten mir die Knie und der Griff der Hände wurde unsicherer. Ich hielt ein Weilchen inne und bemerkte plötzlich, daß der blöde Baum auch noch zu schwanken anfing. Ich dachte schon an den Abstieg, wäre da nicht dieser herrliche Ausblick auf die Bühne gewesen, der mich regelrecht zwang, noch höher zu steigen. Oben im Wipfel angekommen, wußte ich nicht, was mit mir geschah. Zum einen begeisterte mich die Fernsicht, zum andern zitterten mir die Beine und die Äste wogten wie eine Nußschale auf dem Meer. Ich blickte über eine riesige Menge von Menschen, in der die kleine Bühne unterzugehen drohte. Pärchen lagen sich in den Armen. In unzähligen Gläsern perlte sich goldgelbes Bier zu weißem Schaum auf. Gelächter und fröhliches Schwatzen drangen durch die bläulichen Nebel des Zigarettenqualmes bis zu meinen Ohren vor. Sofort fuhr mir der blanke Neid unter die Haut. Ich vergaß meine Höhenangst und hätte sonstwas gegeben, um jetzt dort zwischen den Menschen zu stehen. Statt dessen lungerte ich mit Uniform, Pistole und Feldstecher in der Krone eines Baumes herum, der zum bewachten Eigentum der Staatsführung gehörte. Ich spürte, wie das Gefühl der Sinnlosigkeit gleich eimerweise auf mich herabprasselte und wie die Zeit mir durch die Finger rann, ohne sie für mich nutzen zu können. Ich haßte die Kaserne, den Jachthafen mit den komischen Bootsleuten und das alberne Theater der EK-Bewegung. Mir wurde kotzübel, sobald ich nur an diesen Kindergarten für Erwachsene dachte. Und der Name ‚Hans' hing mir weiß Gott zum Halse raus. Ich sann darüber nach, ob nicht alles leichter wäre, wenn ich mich einfach vom Wipfel des Baumes fallen ließe, um Sekunden später auf dem Boden zu zerplatzen. Vielleicht läge wenigstens darin ein gewisser Sinn – die Ruhe. Seltsam! Gerade dachte ich an Ruhe, als der Donner eines Schlagzeugwirbels die Luft zum Beben brachte und das Konzert einläutete. Kaum zu glauben, wie auf der winzigen Bühne mit den noch winzigeren Leuten solch ein ohrenbetäubender Lärm entstehen konnte. Ich schnappte nach dem Fernglas. Vor den runden Glasscheiben erschienen die ‚Puhdys' – genauso, wie ich sie vom Fernsehen her kannte. Überhaupt nichts war anders oder wenigstens fremd oder neu. Lichtblitze zuckten in bunten Farben über die Bühne. Und aus der dunklen Masse drumherum stieg ein Jubel auf, der die Musik so manches Mal übertönte. Das erstaunte mich, denn von der allgemein verbreiteten Meinung, wonach sich die meisten Jugendlichen von den staatstreuen ‚Puhdys' fernhielten, konnte ich nichts bemerken. Vielleicht lag der Grund auch ganz woanders. Vielleicht ging es der Masse gar nicht um die ‚Puhdys', als vielmehr um das Zusammensein, die Stimmung und Heiterkeit. Der Alltag schmorte ohnehin in seiner Tristesse, und die Rockidole des Westens gab es nur im Radio. Und als dann auch wirklich die Musik von ‚Paul und Paula' erklang und die rauchige Stimme des Sängers aufforderte: „Geh' zu ihr und laß' deinen Drachen steigen – geh doch zu ihr!" – da kamen mir all die schönen Bilder des Films in Erinnerung. Ich sah die Liebenden, die Paula und den Paul, ich sah sie aus dem Alltagsgrau ausbrechen. Mir lief ein Schauer den Rücken hinunter, der schließlich meinen ganzen Körper mit einer Gänsehaut überzog. Ich wippte im Takt auf den Ästen herum, die Unterlippe zuckte willenlos und die Augen bildeten viel zu viel Wasser. Wie froh war ich jetzt, allein zu sein. Von keinem Spiel mit Vernunft und Anstand gequält – hüpfend und heulend im Wipfel des Baumes, wie ein Menschenaffe aus uriger Vorzeit.

Der Abend klang aus. Ein lauer, warmer Nachtwind streichelte mein Gesicht. Das Gelächter der sich auflösenden Masse verzog sich in die Stille. Biergläser polterten in Waschwannen. Die Scheinwerfer gingen aus. Einsam leuchtete die Laterne vor unserem Wachlokal. Ich warf mir wieder den Riemen des Feldstechers über die Schultern und wollte vom Baum steigen. Aber was jetzt? Die Konturen der Äste wurden von der Nachtschwärze verschluckt und ich konnte nichts mehr erkennen. Mag sein, daß ich kein besonders guter Kletterer war, aber wie krabbelt man von einem Baum, wenn es dunkel ist? Eine Taschenlampe mußte her. Doch bis zum Wachlokal war es weit und Unteroffizier Röhrt konnte mich bei verschlossenen Fenstern sowieso nicht hören, selbst dann nicht, wenn ich mir die Seele aus dem Leib gebrüllt hätte. Ich hielt für eine Weile inne und sah voller Hoffnung auf das Fenster des Wachlokals. Aber nichts geschah. Kein Laut, kein Schatten – nichts. Dabei befand ich mich schon seit Stunden auf Streife, und der Röhrt schien mich überhaupt nicht zu vermissen. Eine ungeheure Wut kochte in mir hoch. Schließlich hätte mir auch was zustoßen können. Ich schrie durch die Nacht dem Schein des Fensters entgegen: „Eh, Röhrt – nun komm doch – – Röhhhrt!" Aber die Gewißheit, daß er mich nicht hören konnte, ließ meinen Ruf in halblautes Gejammer ersticken: „Mensch, Röhrt – du Idiot, – – du verdammter Idiot!" Meine Wut schlug in Panik um. Ich wollte hier runter, einfach nur runter. Ich mußte an die Höhe denken, und das Zittern in Armen und Beinen war auch wieder da. Und die Tatsache, daß ich die Höhe überhaupt nicht sehen konnte, machte alles noch viel schlimmer. Ich klammerte mich an den Ästen fest, auf denen ich noch vor kurzem wie ein Affe herumgeturnt war. Keinen Millimeter wollte ich mich mehr bewegen.

Ich kann nicht sagen, wie lange ich so zwischen den Zweigen des Baumes krampfte. Ich weiß nur noch, daß ich mir nach einiger Zeit ziemlich blöde vorkam. Der laue, warme Nachtwind spielte mit meinem Haar, aus der Ferne erklang der Gesang einer Nachtigall und am Himmel leuchteten die Sterne. Unteroffizier Röhrt hatte inzwischen das Licht gelöscht und hinter dem Fenster des Wachlokals flackerte der Lichtschein einer Kerze. Mir kam die Filmmusik von ‚Robinson Crusoe' in den Sinn, und ich begann sie leise zu pfeifen. Als ich mich von den umklammerten Ästen löste, spürte ich einen mächtigen Muskelkater in Armen und Händen. Trotzdem tastete ich mich zum Baumstamm vor und versuchte soviel von meinem Körper an ihn zu pressen, wie ich nur geben konnte. Leider war der Stamm zu dick, als daß ich es fertigbrachte, ihn mit Armen und Beinen völlig zu umschließen. Aber dennoch – diese Liebkosung mag lächerlich erscheinen, bot mir jedoch ein erhebliches Maß an Sicherheit. Ich ließ mich so Zentimeter für Zentimeter in die Tiefe rutschen. Die Stiefelspitzen dienten mir dabei als Sensoren, mit denen ich die Halt bietenden Äste ortete. Die Koppelschnalle meiner Uniform erwies sich als Widerhaken auf der rauhen Rinde, der eine bessere Bremse für das zu schnelle Rutschen nicht hätte sein können. Allerdings, was dem Metall der Schnalle und dem Leder der Stiefel nichts weiter schaden konnte, machte meiner Uniform und den Händen ganz schön zu schaffen. Die Rinde bohrte sich zuweilen tief in den Stoff, ließ ihn so manches Mal bis zum Zerreißen spannen. Und die Haut der Hände hatte der Rinde gleich gar nichts entgegenzusetzen. Doch gemessen an meiner Angst, hielt ich die dadurch entstehenden Schmerzen für erträglich. Erst als ich wieder sicheren Boden unter den Füßen spürte, bemerkte ich etwas Schmieriges auf den Fingern, das süßlich schmeckte und nur Blut sein konnte. Und was mir zuvor nur wie ein Ziehen auf der Haut erschien, entpuppte sich nun als feuriges Brennen.

Voller Wut riß ich die Tür zum Wachlokal auf und schaltete das Licht an. Unteroffizier Röhrt fühlte sich gestört, warf mir einen unwirschen Blick entgegen und knurrte verärgert: „Warum bleibst du nicht gleich die ganze Nacht da draußen?“ Dann zog er die Stirn in Falten und bekam große Augen, mit denen er mich von oben bis unten ansah. Meine Hände waren blutverschmiert, Uniformknöpfe fehlten, ein Schulterstück baumelte herunter und vom Kopf bis zu den Stiefelspitzen war ich mit grünen Moosstreifen überzogen. „Und wo ist deine Mütze?“ wollte er wissen. „Was weiß ich wo. Ich hab' sie verloren“, brüllte ich ihn an. „Du hättest mich doch glatt verrecken lassen. Was interessiert dich da die Mütze?“ Röhrt grinste. „Was heißt verrecken lassen. Ich habe dir doch gleich gesagt, daß man bei einem Konzert der ‚Puhdys' völlig verblödet. Oder soll ich dir vielleicht noch einen Orden schenken, weil du dich nachts im Wald rumtreibst, ohne eine Taschenlampe mitzunehmen. Na also – sieh lieber zu, daß du dich wieder einkriegst und bringe deine Uniform in Ordnung! Es könnten sonst noch andere auf die Idee kommen, daß mit dir etwas nicht stimmt.“ Unteroffizier Röhrt strich in aller Ruhe seine Uniformjacke zurecht und ging ins Bett. Ich bebte vor Wut und hätte ihn am liebsten angeschrien. Mit zitternden Lippen suchte ich nach Worten, fand aber keine und schwieg.

Ich stand still und fluchte. Minute um Minute. Im Wachlokal war es ruhig. Von draußen konnte ich den Gesang der Nachtigall hören und der Blick durchs Fenster gab mir die Sicht auf den Sternenhimmel frei. Eigentlich vermißte ich nur den lauen, warmen Nachtwind in meinen Haaren. Ich fühlte mich einsam. Und da mochte es gut sein, daß der deutsche Soldat sich eines Tages zu Tode schleppt. Denn schließlich fehlte es mir an nichts. Nadel und Faden, Knöpfe, Schuhputzzeug und Kernseife. Die Sonne ging auf und alle Spuren der Nacht waren beseitigt. Meine Uniform erstrahlte im neuen Glanz. Röhrt und ich hatten alle Unstimmigkeiten vergessen. Unsere Konzentration gehörte wieder den wichtigen Dingen – den Schönheiten des Badestrandes, den Schwänen oder den Bootsleuten. Wir fühlten uns einfach wohl in unserer sonnigen Nische inmitten der Verrücktheiten militärischen Treibens. Der Sommer plätscherte seicht vor sich hin. Die Offiziere flohen vor der

Hitze in den Urlaub. Die Auftritte der Singegruppe verschwanden im Sommerloch. Und abgesehen von einigen Bootsausflügen der Stasi-Bonzen blieb es auch im Jachthafen ruhig. Ich nutzte die Sorglosigkeit während der Wachdienste, um an den heißen Tagen die Sonne zu genießen und in den kühlen Nächten an meinem Buch zu schreiben. Unteroffizier Röhrt bereitete sich auf sein Jurastudium vor. Alles schien in geordneten Bahnen zu verlaufen, deren Reibungslosigkeit das Schweigen über unser Armeedasein breitete. Aber natürlich war das eine Täuschung. Die berüchtigte Ruhe vor dem Sturm. Jeder wußte, daß mit Ende des Sommers eine Veränderung über die Kaserne hereinbrechen würde, von der niemand ahnen konnte, was sie für ihn bedeutete. Die nächsten EKs durften nach Hause gehen. Und wieder hieß es für mich, schweigend zusehen zu müssen und alle Sehnsüchte nach Freiheit zu unterdrücken. Frische Spritzer würden dann mit Wischeimern über die Flure gescheucht, begleitet vom Geschrei machthungriger Neu-EKs. Und schon jetzt hörte ich Unteroffizier Bergmann brüllen, der sich diesen Tag wohl am sehnlichsten herbeiwünschte.

Auch Röhrt stand vor den heiligen Weihen eines EKs, und auf mich wartete die Beförderung vom Gefreiten zum Unteroffizier. Allerdings konnten wir beide an dieser Zukunft nichts Erfreuliches finden. Denn wir hatten nur noch einen Gedanken im Kopf: Welche Umstellung des Dienstplanes wird mit dem Wechsel einhergehen? Die Chance, daß wir in unserem Paradies überlebten, gab es praktisch nicht. Allein die Reihe unserer Mißgönner war dafür viel zu lang. Und sicher waren wir zwei bereit, auf all dieses Theater zu verzichten – die Beförderung, die nächste Stufe auf der EK-Leiter – wenn wir damit nur unser kleines Paradies hätten retten können. Wie sehr Röhrt dieses Problem zu schaffen machte, ließ sich aus seinen Worten nicht entnehmen. Die meiste Zeit schwieg er. Jedoch vernachlässigte er immer mehr den Dienst, denn unsere Regel, wonach einer von beiden stets Wache zu halten hatte, galt nicht mehr. Röhrt saß oft über Stunden unten am Steg, um sich den Sonnenuntergang anzusehen. Die Gefahr von möglichen Wachkontrollen schien ihm dabei egal zu sein. Gleich so, als hätte alles Mühen eh keinen Sinn mehr.

Manchmal frage ich mich, ob die Rücksicht auf andere und auf mich selbst etwas Gutes ist oder ob es sich einfach nur um Feigheit handelt, die ich mit dem Mäntelchen der Rücksicht tarne. Aller Wahrscheinlichkeit nach trifft beides zu und wir unterscheiden uns nur dadurch, wo wir die Grenzen setzen. Grenzen, die mit ziemlicher Sicherheit an den Rändern unserer Ängste verlaufen, denn ohne Angst gibt es auch keine Grenze. So erwischte ich mich oft vor dem Fernseher, wie ich gerade einen Film wegschaltete, weil eine Szene zu grausam auf mich wirkte. War das feige? Bei der ersten Abschiedsfeier der EKs, die ich mitmachen mußte, hatte ich den Held gespielt und nicht eine Träne der Ohnmacht vergossen. Das brachte mir den Ruf eines tapferen Menschen ein. Jetzt, zur zweiten EK-Verabschiedung hielt ich mich dem Treiben fern. Ich schenkte ihm einfach keine Beachtung, lebte mein Leben und ließ das Geschehen nicht an mich heran. War das feige?

Ob feige oder nicht – jeder muß selbst wissen, was er sich zutrauen darf, ohne dabei Schaden an seiner Seele zu nehmen. Denn wer nicht gerade auf einer einsamen Insel lebt, dem wird letztlich nur die Möglichkeit gelassen, mit dem Machtgerangel zwischen uns Menschen fertig zu werden. Immer wird es einen Gewinner und einen Verlierer geben, einen Hammer und einen Amboß. Und immer wird es das Individuelle geben, die Vielschichtigkeit, die dafür Sorge trägt, daß in jedem von uns der Gewinner und der Verlierer geeint bleiben. Ich betrachtete mich also keineswegs als Anti-Helden, bloß weil ich mich von der EK-Bewegung ausschloß. Zwar degradierten mich dafür die gleichen Kameraden zum Feigling, die mich einst zum Helden befördert hatten. Doch hielt ich den Sinn solcher Beförderei ohnehin für fraglich und fühlte mich als frischgekürter Unteroffizier nicht besser in meiner Haut, als wäre ich ein Gefreiter geblieben. Schließlich findet sich der Sinn einer jeden Sache in ihrer Bedeutung, und sich vor versammelter Truppe aufzustellen, um ein „Ich diene der Deutschen Demokratischen Republik“ in den Himmel zu brüllen, bedeutete mir gar nichts.

So ist es nur gut, daß wir Menschen vielschichtig sind. Was für den einen nichts bedeutet, kann für den anderen alles sein. Ich erinnere nur an den Soldaten Buhler, der zu Zeiten meiner Grundausbildung immer der Beste sein mußte, um ja auf die Unteroffiziersschule zu kommen. Dort ließ er wieder viele Qualen über sich ergehen und erreichte letztlich nach ein paar Monaten sein Ziel: den Unteroffiziersgrad. Buhler durfte nun selbst die neuen Soldaten während der Grundausbildung durchs Gelände scheuchen. Und er war Unteroffizier zu einer Zeit, wo ich mich erst über den Soldaten und Gefreiten zum Unteroffizier ‚hochdienen' mußte. Jetzt allerdings passierte etwas vollkommen Merkwürdiges. Ich lief mit meiner nagelneuen Uniform die Kasernenstraße entlang und ließ die vielen Silberstreifen des Unteroffiziers in der Sonne blitzen. Plötzlich begegnete ich dem Buhler. Er sah blaß und krank aus. Außerdem wurde ich von ihm gegrüßt und nicht umgekehrt, wie es hätte sein müssen. Denn Buhler mußte ja nun eine Stufe höher stehen als ich – befördert vom Unteroffizier zum Feldwebel. Aber nein – er trug nicht die Uniform eines Feldwebels, er trug die Uniform eines Soldaten, und er hatte mich zu grüßen. Verwundert blieb ich stehen und sah ihm nach. Ich wollte meinen Augen nicht trauen, doch es stimmte – Buhler war ein einfacher Soldat.

Nun lief es in der Armee nicht anders, als überall dort, wo viele Menschen auf engem Raum zusammen sind. Kaum ist einer am Straßenanfang ins Straucheln gekommen, so wissen die Leute am Straßenende schon zu berichten, daß er sich das Bein gebrochen hat. Also kein Wunder, daß ich noch die Zimmertür in den Händen hielt und schon wußte, was mit Buhler geschehen war: Er befand sich eines Abends im Ausgang, um bei ein paar Bieren seinen Weltschmerz zu beklagen. Eine durchaus legitime Abwechslung, der wir wohl alle frönten. Auf dem Nachhauseweg wurde er an einem Abgang zur U-Bahn von einer Mutti mit Kinderwagen angesprochen, und er zögerte auch keine Minute, um den Wagen die Treppen hinunter zu tragen. Die Frau bedankte sich und ging. Doch Buhler glaubte, mehr Dank verlangen zu können und wollte sich ‚naturell' auszahlen lassen. Die Frau wehrte sich gegen die unfreiwillige Küsserei, der schließlich noch ein Begrapschen folgte. Zwei junge Männer – auch in Zivil – eilten der Frau zu Hilfe und brachten Buhler zur Räson. Allerdings waren die zwei jungen Männer ebenso wenig ‚zivile Herren' wie er selbst. Und so endete Buhler im Gefängnis, wo er 14 Tage Zeit hatte, um nüchtern seine Tat zu überdenken, die ihm die sofortige Degradierung zum Soldaten einbrachte.

Heutzutage dürfte es ohnehin schwer sein, sich am Denken vorbei zu mogeln, wo wir doch schon in der Schule lernen, wie entscheidend sich die Gedanken auf unser Wohlbefinden auswirken. Und im Falle des militärischen Treibens klappte mein ‚positives Denken' auch erstaunlich gut. Was jedoch den Dienst im Jachthafen betraf, so wurde ich doch vom Verdruß übermannt, da half alles Positivieren nichts. Röhrt und ich hatten unser Paradies verloren. Natürlich verkniff sich Leutnant Scharf jeglichen Ausdruck von Schadenfreude und überbrachte uns die Nachricht mit eher gelangweilter Miene. Selbst unser Rebellieren bezogen auf die ärztlichen Attests war von ihm einkalkuliert worden. Wir wurden voneinander getrennt und jeder auf ein anderes Wachobjekt versetzt. Da es sich aber ebenfalls um kleine Objekte handelte, blieb für uns keinerlei Möglichkeit, weiter am Jachthafen festzuhalten.

Mein neues Wachobjekt lag in ‚Klein Moskau', jenem Stadtteil Berlins, wo zum Ende des 2. Weltkriegs die Kapitulation Deutschlands unterzeichnet worden war und der seitdem von der Sowjetregierung als Zentrale auf deutschem Gebiet beansprucht wurde. Ein durchaus annehmbarer Flecken Berlins mit einer Vielzahl von Villen, schönen Alleen und reichlich Grün. Aber dennoch. Im Vergleich zur Landschaft meines Jachthafens schnitt er schlecht ab. Außerdem konnte nicht von einem ‚Objekt' im eigentlichen Sinne die Rede sein. Schließlich mußte erst jemand auf die Idee kommen, daß es sich überhaupt um ein solches handelte. Es gab weder Zäune noch Stacheldraht, Mauern oder Wachtürme. Und hätte ich mir nicht gleich zu Beginn die Hausnummer eingeprägt, so wäre ich bestimmt an dem ‚Objekt' vorbeigelaufen. Allerdings wußte ich zu diesem Zeitpunkt noch nicht, daß genau diese Reaktion bei allen vorbeilaufenden Leuten beabsichtigt wurde. Eine normale Reaktion, wie ich meinte, denn wer sollte wissen, daß sich in einem Reihenhäuschen mit Vorgarten und kleinem Hof mitten zwischen den vielen anderen Alleehäusern ein militärisches Objekt befand. Eine ideale Tarnung, die eine zusätzliche Bewachung durch Soldaten überflüssig erscheinen ließ. Das Wachlokal lag im ersten Stock dicht neben dem Hauseingang und das mit Gardinen und Blumentöpfen versehende Fenster gab einen nur verhangenen Blick zur Straße frei. Aber nicht allein das Fenster galt der Täuschung. Das ganze Wachlokal glich mehr einem Wohnzimmer als einem Dienstraum. Wir zwei Soldaten mit unseren Uniformen paßten wenig in dieses familiäre Ambiente. Das war auch der Punkt, der mir in Erinnerung lag. Ich konnte mich dunkel an einen Streit zwischen den Offizieren entsinnen. Demnach forderten die Offiziere dieses Objektes mit dem alles sagenden Namen ‚KK' schon seit langem, daß die Wachsoldaten gefälligst in ziviler Kleidung zum Dienst kommen sollten, da die Uniformen zu verräterisch seien. Daß sich die Offiziere unserer Kaserne mit Händen und Füßen der Forderung entgegenstellten, erschien mir logisch, denn sie wollten endlich auch mal was zu sagen haben und die Vorschrift verlangte, daß dreijährige Zeitsoldaten nur im Ausgang und im Urlaub zivile Kleidung tragen durften. Vorschrift ist Vorschrift. Wie es um das Verhältnis zwischen den beiden Offiziersgruppen fortan bestellt war, braucht folglich nicht weiter erklärt zu werden. Eine Erscheinung, die ich immer wieder bei den verschiedenen Abteilungen der Stasi feststellen mußte, denn sie hatten das seltene Talent, sich das Leben gegenseitig schwer zu machen. Aber es ist ja auch wirklich schwer, mit der Macht umzugehen, wenn diese auf viele Schultern verteilt wurde, von der jede das größte Stück abbekommen wollte. Und selbst ich war fortan in der Lage, einen Hauch des wohltuenden Schauers der Macht auf meiner Haut zu spüren. Nicht allein des Unteroffiziers wegen, nein, ich diente nun als Wachhabender. Plötzlich fand ich mich auf der gleichen Ebene wieder, um die ich zuvor Unteroffizier Röhrt stets beneidet hatte. Jetzt hatte ich auch einen Gefreiten an meiner Seite, dem ich sagen durfte, was er machen sollte. Allerdings galt es zuvor, den bitteren Beigeschmack der Macht hinunterzuschlucken – mein sorgloses Dahinleben. Denn ich durfte dem Gefreiten nicht nur sagen, was er machen sollte, ich mußte es auch. Es ging also keineswegs mehr um das Sagen allein, es ging um den Inhalt. Der Gefreite erweckte den Inhalt meiner Worte zum Leben. Und erwies sich das alles als lebensunfähig, so traf mich der niederschlagende Dämpfer von den Offizieren, und nicht etwa den Gefreiten. Ein ziemlich plastisches Lehrstück der Verantwortung.

Da war ich froh, nur einen einzigen Gefreiten befehligen zu müssen. Immerhin erfuhr ich sehr schnell, daß es noch einen zweiten Druck gab, den Druck von unten. Ein schwieriger Akt zwischen gegensätzlichen Welten, die nur von dünnem Eis getragen wurden. Wenn ich nicht einbrechen wollte, galt es zu begreifen, daß ein Untergebener keine Maschine ist. Da gab es Gefühle, Wünsche und Eigenarten. Sicher, ich hatte die Möglichkeit, es dem Leutnant Scharf gleichzutun und all meine Forderungen mit Befehlsgewalt durchzudrücken, so daß erst gar kein Widerstand aufflackern konnte. Aber das erschien mir unlogisch. Denn ein solches Vorgehen verlangte viel militärische Strenge und ideologische Überzeugung, von der ich weder das eine noch das andere besaß. Außerdem hatte ich bei Röhrt gelernt, daß es klüger war, mit seinem Wachposten in Freundschaft zu leben, damit man sich auf dessen Hilfe verlassen konnte. Und genau das wollte ich, da er mich sonst zu jeder Zeit als Vorbild erpressen konnte. Doch wer will schon immer Vorbild sein! Demnach gab es für mich nur den einen Weg – ich mußte sein Vertrauen gewinnen.

Mit dem Vertrauen ist es wie mit dem Handel. Der eine gibt und der andere nimmt. Gesetzt den Fall, daß ein gerechter Tausch ablief, fühlen sich beide als Gewinner und schenken sich Vertrauen. Das Erste, was ich Gefreitem Jünger anbot, war jeglicher Verzicht auf militärische Gewalt. Keine Anrede mit Dienstgrad, kein Befehlston. Eine humanistische Geste, für die er mir beinahe um den Hals gefallen wäre. Denn Jünger war zwar in der Lage, ein akkurates Militärschauspiel abzugeben, doch verrieten mir seine Augen, wieviel Leid das ihm abverlangte. Zudem gehörte er auch zur Singegruppe und verfügte über ein kulturelles Interesse, das sich in keinen Waffenrock hätte pressen lassen. Daß er aber dennoch ‚freiwillig' drei Jahre in der Armee dienen wollte, konnte nicht viel mit ihm selbst zu tun haben. Schließlich machte er auf mich einen noch zu jungen und verspielten Eindruck. Sicher weniger seiner achtzehn Jahre wegen, als vielmehr aus seiner Art heraus, die nach wie vor von der Überzeugung lebte, daß Vater und Mutter stets recht hätten. Die hatten ihm geraten, drei Jahre zum Militär zu gehen, denn das gehöre sich für einen guten Jungen, wenn er einmal das Fach ‚Kunst' auf der Universität besuchen wolle. Sein Glaube an diese Theorie war felsenfest, und ich ahnte schon jetzt, daß die Offiziere eines Tages reichlich Gelegenheit bekommen würden, um sich ausgiebig an Jüngers Unschuld zu vergehen, ohne eine Gegenwehr von ihm befürchten zu müssen. Die Überlegung, innerhalb der Kasernenmauern vom elterlichen Schutz verlassen zu sein, gab es in seinen Gedanken nicht. Was wiederum ein solch unvorstellbares Maß an kreativer Sorglosigkeit in ihm auslöste, daß es mir oft kalt über den Rücken lief. Egal was Jünger in die Hände nahm, welches Lied er sang, welchen Satz er schrieb. Seine Unschuld, seine Unvoreingenommenheit, ja diese schier endlos erscheinende Naivität ließ in allen Dingen die Melodie der Schönheit erklingen. Und war es nur, daß er mir am Schreibtisch gegenübersaß und eine Zeitung las. Über kurz oder lang nahm er einen Bleistift zur Hand und begann zu zeichnen. Die Augen blickten dabei ruhig der Leichtigkeit seiner Finger nach, das Gesicht zeigte keinerlei Spuren von Anspannung oder Konzentration. Nichts konnte ihn stören – dort, in seiner anderen Welt, die stets eine Tür für den Betrachter offen ließ, um ihm Einblick zu gewähren. Das Ende seiner Reise fand ich dann auf dem Zeitungsrand wieder. Ein Portrait von mir – gestochen scharf, einem Foto gleich.

Gefreiter Jünger erkannte die Freizügigkeit, die ich seiner Welt einräumte und bedankte sich auf seine Art. So mußte ich mich zwar um sämtliche Dienstbelange selbst kümmern, bekam dafür aber eine leibliche Versorgung, die von keinem Gourmet besser angerichtet werden konnte. Stunde um Stunde stand Jünger am Herd, um aus den einfachsten Zutaten die erstaunlichsten Gerichte zu zaubern. Selbst Radieschen, Gurkenscheiben und Salatblätter verwandelte er zu solchen Kunstwerken, daß sie viel zu schade zum Essen waren. Vielleicht tat ich auch gut daran, ihn vorerst von den eigentlichen Gründen fernzuhalten, die uns hierher geführt hatten. Das Objekt ‚KK' war zwar äußerlich genauso unscheinbar wie sein Name, hatte aber ansonsten nichts mit dem Jachthafen gemeinsam. Die beiden Buchstaben standen für das Objekt ‚Koordinierungsstelle Karlshorst', das als Treffpunkt der Stabsoffiziere von KGB und MfS diente und die gemeinsame Arbeitsplanung der beiden Geheimdienste zum Inhalt hatte. Es läßt sich unschwer vorstellen, daß die Menschen, die hier ein- und ausgingen nicht mit den Bootsleuten des Jachthafens verglichen werden konnten. Das ließ mich während der ersten Dienste im ‚KK' sehr verkrampfen, und ich führte alle Arbeiten genau nach Plan aus, weil ich befürchtete, daß eventuelle Fehler hier besonders streng geahndet werden könnten. Zudem der Chef des Objektes, ein Oberst Knikke, dem ich morgens und abends Meldung zu machen hatte, sich brüskiert darüber zeigte, daß schon wieder neue Wachsoldaten dem ‚KK' zugeteilt worden waren. Knikke, ein langgewachsener, spargeldünner Mann in mittleren Jahren machte einen derart korrekten Eindruck auf mich, daß er dabei irgendwie lustig wirkte. Er vergaß nie, uns zu grüßen, wenn er am Wachlokal vorüberkam, egal von welcher Eile er gerade getrieben wurde. Bei jedem Händereichen vollzog er eine so tiefe Verbeugung vor seinem Gegenüber, als wäre er allzeit bereit gewesen, vor ihm auf die Knie zu fallen. Also kein Wunder, daß er mich öfter im Wachlokal anrief, nur um zu testen, wie ich mich bei Annahme eines Telefonats verhielte. Es folgten dementsprechend eine ganze Reihe von Verhaltensregeln, die er mir abverlangte, um mir die umgangssprachlichen Floskeln abzugewöhnen. Als er nach einiger Zeit der Prüfungen mit meiner Dienstführung zufrieden war, setzte er sich zu uns ins Wachlokal und sagte, daß er dafür Sorge tragen würde, mich bis zu meiner Entlassung in seinem ‚KK' zu belassen. Vom Gefreiten Jünger schien er während der ganzen Zeremonie überhaupt keine Notiz zu nehmen und ich wußte beileibe nicht, ob ich mich über seine Äußerungen nun freuen oder ärgern sollte.

Was mich allerdings gleich von Anfang an erfreute, war der Umstand, daß im ‚KK' viele Frauen beschäftigt waren. Und zwar nicht nur ältere Bürodamen mit Dutt und Hornbrille, sondern gutaussehende junge Mädchen, von denen ich mich allen Ernstes fragte, wie sie an die Stasi geraten konnten. Allerdings stand ich mit meiner Begeisterung ganz alleine da. Ich fand es ja einerseits gut, daß Gefreiter Jünger eben nicht nur die wilden Triebgeschichten abstinent gehaltener Männerphantasien im Kopf hatte. Aber andererseits ging mir die ausschließliche Reduzierung des Weiblichen auf ästhetische Gesichtspunkte in der Kunst mächtig auf die Nerven. Doch offensichtlich interessierte sich Jünger noch nicht für die Frauen – außer für seine Mutti natürlich. In Sachen Sex wurde er unsicher, stotterte wie Vigor der Starke und sein Gesicht färbte sich gleich dem Rot einer Tomate. Wenn ich am Morgen die Schlüsselausgabe vorbereitete, meine Uniform zurechtstrich und Deo unter die Achseln sprühte, um mit gelassener Miene den Damen die Schlüssel herauszugeben, saß der Jünger kerzengerade und teilnahmslos auf seinem Stuhl und las oder zeichnete. Daß der große, blonde Jüngling mit seinen stahlblauen Augen aber gerade damit einen sonderbaren Reiz bei den Frauen auslöste, verstörte ihn sichtlich. Und auf die so nicht ausbleibenden Neckereien der Damenwelt reagierte er nur mit einem ziemlich gequälten Lächeln und der leichten Errötung seiner Stirn.

Oberst Knikke kam während der ersten Dienste immer wieder mal ins Wachlokal, um uns die Besonderheiten des Objektes zu erklären. Eigentlich gehörte das gar nicht zu seinen Aufgaben, denn für den Wachdienst waren ausschließlich die Offiziere unserer Kaserne zuständig. Allerdings konnte ich aus jedem seiner Sätze heraushören, daß Knikke gerade von denen nicht sonderlich viel hielt, so daß er sich offenbar genötigt sah, die Sicherheit des ‚KK' in die eigenen Hände zu nehmen. Die jungen Damen seien hier als Sekretärinnen oder Dolmetscherinnen angestellt und im übrigen alle in festen Händen. Alle! Das wollte ich nun bei Gott gar nicht wissen, aber der Oberst schien sich fast schon väterliche Sorgen um mich zu machen und konnte es einfach nicht lassen, mich mit allerhand weisen Ratschlägen zu bombardieren. Dabei wunderte es mich nach wie vor, daß er sich grundsätzlich an mich richtete und vom Gefreiten Jünger immer noch keine Notiz nahm. Das verstand ich nicht. Der Oberst, dessen Nadelstreifenanzug tagtäglich wechselte, machte keinen Eindruck, als würde er den Wert eines Menschen vom Dienstgrad herleiten. Aber was konnte mich sonst vom Jünger unterscheiden, wenn nicht mein höherer Dienstgrad?

Jünger selbst ließ das alles kalt. Er wirkte eher erleichtert, weil man ihn aus dem militärischen Kram raushielt. Nur an einer Stelle war er plötzlich hellwach und spitzte die Ohren. Oberst Knikke meinte nämlich, daß unsere leibliche Versorgung aus der Kaserne sämtliche Geschmackszellen eines gesunden Menschen abtöte und vorausgesetzt, daß wir für eine ordentliche Bewachung seines Objekts sorgten, sei er gerne bereit, etwas dagegen zu unternehmen. Unter der Woche hatte er das Problem ohnehin schon gelöst, weil uns die Kantine des ‚KK' versorgte. Und für das Wochenende gestattete Knikke einen Einkauf in der Kaufhalle am Sonnabendvormittag. Gefreiter Jünger strahlte über die Breite seines Gesichts. Mir bereitete diese Nachricht Bauchschmerzen. Denn laut Dienstanweisung durften wir während der Wache unser Objekt auf gar keinen Fall verlassen. Aber die Kaufhalle lag einige Straßenzüge vom ‚KK' entfernt. Ich bedankte mich beim Oberst für dessen Großzügigkeit, lehnte jedoch das Angebot ab und erklärte mit höflichen Worten, daß ich nicht gegen die Vorschriften unserer Kasernenoffiziere verstoßen würde. Oberst Knikke lachte laut auf und wirkte innerlich gerührt. Er lobte meine Konsequenz und meinte, daß ich jetzt nur noch lernen müsse, wo sie anzuwenden sei und wo nicht. Wenn ich am Sonnabendvormittag in sein Büro käme, um mich zum Einkauf abzumelden, würde er schon für die Sicherheit des ‚KK' sorgen, da solle ich mir mal keine Gedanken machen.

Kaum hatte Knikke das Wachlokal verlassen, da saß der Jünger auch schon am Schreibtisch und notierte, welche Dinge er zum Kochen brauchte. Ich lief unterdessen aufgeregt im Zimmer auf und ab und konnte keine Ruhe finden. Jünger schien es nicht zu bemerken oder es war ihm egal. Aber ich spürte, daß ich beim Machtgerangel der beiden Offiziersgruppen zwischen die Stühle geschoben werden sollte. Was für die Offiziere wie ein Spiel erschien, bedeutete für mich bitteren Ernst. Denn sollte dabei etwas schiefgehen, so stand bereits von vornherein fest, daß ich derjenige sein würde, dessen Kopf fiele. Zudem hielt ich es für überflüssig, während des Wachdienstes ein dreigängiges Menü zu mir zu nehmen. Sicher, das Kasernenessen aus dem Warmhaltekübel war schlecht, aber für Armeeverhältnisse durchaus annehmbar. Dafür ließ es sich in Kauf nehmen, daß ich keine wirkliche Vorstellung von der Machtverteilung innerhalb der Stasi hatte. Und ich wollte sie auch nicht haben. Wozu auch? Für ein gutes Essen während des Wachdienstes? Nein! Mag sein, daß meine Vorgesetzen in der Kaserne den Offizieren vom ‚KK' bei weitem nicht das Wasser reichen konnten. Doch, was ging das mich an? Nicht für Sekt und Kaviar dachte ich daran, mich auf eine der beiden Seiten zu schlagen. Gleichwohl sollte ich mit allzu heroischen Worten vorsichtig sein. Denn niemandem im ‚KK' konnte ich weismachen, daß der Unteroffizier Max Steinert während der Nacht getreu seiner Dienstvorschrift am Schreibtisch saß und Wache hielt, obwohl das Haus menschenleer war und das Bett für den erholsamen Schlaf nur zwei Meter neben ihm stand. Das glaubte mir sowieso keiner, nicht einmal die jungen Damen und der Oberst erst recht nicht. Aber genau das war auch wieder der Punkt, an dem ich ins Straucheln geriet. Oberst Knikke wollte gar nicht solange auf irgendwelchen Vorschriften herumreiten, bis einem vor Müdigkeit die Augen zufielen. Er wollte nur, daß ein Auge stets auf das Objekt gerichtet bliebe. Wie wir dabei unseren Schlaf regelten, überließ er allein unserer Intelligenz.

Also hielt ich die Zeit für gekommen, um Jünger erneut etwas Vertrauen entgegenzubringen. Das barg zwar die Gefahr in sich, daß ich ihm wieder ein Stück mehr ausgeliefert war, gab mir aber andererseits die Möglichkeit, meinen Dienst so zu gestalten, wie ich es wollte. Dabei stellte das Objekt meiner Begierde die Wechselsprechanlage dar. Es handelte sich nämlich um die gleiche Anlage, wie sie auch auf dem Jachthafen benutzt wurde. Dank meiner Aufmerksamkeit wußte ich noch genau, welche Drähte ich umstecken mußte, damit ich über den Lautsprecher mithören konnte, was draußen vor dem Haus vor sich ging. Zu meiner eigenen Überraschung klappte alles perfekt und Gefreiter Jünger war begeistert. Niemand konnte sich jetzt mehr dem Eingang nähern, ohne von uns bemerkt zu werden und ohne, daß wir dabei aus dem Fenster sehen mußten. Das war genial! Ich legte mich in aller Ruhe ins Bett und befahl dem Jünger aufzupassen. Die Verantwortung lag ab nun in seiner Hand. Gefreiter Jünger wußte sehr wohl, daß ich die Einhaltung meines Befehls nicht prüfte und wir dennoch von keinem der Kontrolloffiziere erwischt werden durften. Daß mein Vertrauen sich bezahlt machte, bewies mir allein seine Heiterkeit, mit der er zur Sache ging. Er hatte die Nacht voll im Griff, durfte alles so machen, wie es seine blühende Phantasie wollte, ohne dabei von lästigen Anweisungen gequält zu werden. Der Dank dafür spiegelte sich in perfekter Organisation wider. Die Dienstunterlagen waren ordentlich ausgefüllt, die Schlüsselausgabe vorbereitet, auf den Plätzen der Schreibtische lag ein Stilleben aus Utensilien für die Nachtarbeit bereit, ja, selbst am kalten Waschlappen für meine verschlafenen Augen und der dazugehörigen Brille fehlte es nicht, falls wir des Nachts von einer Kontrolle überrascht werden sollten. Und daß Gefreiter Jünger echten Spaß an seiner Verantwortung hatte, zeigte mir nicht zuletzt sein allabendliches Drängen, ob ich keine Müdigkeit verspüre und ins Bett gehen wolle, damit ich am Morgen schön ausgeschlafen sei.

Meine Zusammenarbeit mit Gefreitem Jünger erwies sich also unkomplizierter, als ich sie mir vorgestellt hatte. Gewiß, den großen militärischen Vorgesetzten konnte ich ihm nicht mimen. Aber dafür lebten wir in Ruhe. Alle dienstlichen Aufgaben wurden erfüllt, wenn auch auf freundschaftlicher Basis statt der üblichen Befehle. Oberst Knikke war mit unserer Arbeit zufrieden. Und die Offiziere der Kaserne fanden in uns eine Einheit vor, der sie mit Wachkontrollen nicht beikommen konnten. Folglich hielt ich es für normal, auch die Ausgänge zusammen mit Jünger zu verbringen. Obwohl ich damit gegen die ungeschriebenen Gesetzte der EK-Bewegung verstieß, wonach es als anrüchig galt, sich mit den jüngeren Genossen die Freizeit zu teilen. Allerdings hatte ich dabei den Bonus der Kulturabteilung auf meiner Seite, denn die Chaoten von der Kultur waren seit jeher als Eigenbrötler verschrien, die sich sowieso an keine Gesetzte zu halten schienen. Aber, wie gesagt, ich nahm die EK-Bewegung nicht mehr für wichtig, so daß mich der Argwohn meiner Kameraden wenig störte. Ich rief mir dabei immer wieder das Verhalten von Unteroffizier Sänger in die Erinnerung und dachte daran, was aus mir geworden wäre, wenn er nicht auch über den ganzen Unsinn hinweggesehen hätte und sei es nur, als er mir ein Paar rote Damenpumps organisierte, wo mich alle anderen Genossen barfuß in der Schwimmhalle zurückließen. Zudem erwies sich das Zusammensein mit Gefreitem Jünger als äußerst vorteilhaft für mich. Und ich kann nicht einmal genau sagen, woran das lag, fest stand nur, daß Jünger außerhalb der Kasernenmauern förmlich aufblühte. Er kannte sich in der Ost-Berliner Kulturszene aus, wie ich es zuvor bei niemand anderem erlebt hatte. Selbst Hans Sänger mit seinen Opernerfahrungen konnte da nicht mithalten. Besonders seltsam fand ich, daß auch Jünger von jedermann in der Szene gekannt wurde. Egal wo wir hinkamen, der Hans Jünger verschwand erst einmal hinter der Bühne und leistete sich mit den Akteuren ein kleines Schwätzchen. Natürlich brachte das auch für mich den einen oder anderen Blick hinter die Kulissen oder in die Garderoben mit sich. Ich lernte eine Reihe von Künstlern kennen, die ich sonst nur im Fernsehen bewundern konnte. Daß wir auf diese Weise die Karten für alle noch so ausverkauften Premierenvorstellungen bekamen, versteht sich von selbst – und nur für die erste Reihe natürlich. Das war schon toll. Und wo wir uns überall rumtrieben. In allen Theaterhäusern, den Opern, dem Friedrichstadtpalast, dem Schauspielhaus. Für uns gab es keine Verkaufsschlangen, Voranmeldungen oder Wartemarken. Oft hatten wir sogar kostenlose Ehrenkarten und gab es am Haupteingang ein zu großes Gedränge, so kannte Jünger stets die Hintertür. Ich lernte allmählich die Bilder seiner Welt kennen. Eine Welt, die wirklich kaum etwas mit der realen zu tun hatte. Ich verstand, wieso ihm im ‚KK' oder in der Kaserne alle möglichen Dinge durch den Kopf gingen, doch nie der militärische Dienst. Ich fand mein Gefühl bestätigt, daß sich dieser Kulturfanatiker niemals in einen Waffenrock pressen lassen würde. Allerdings erging es mir jetzt mit den Veranstaltungen wie mit den Frauen. Irgendwie fehlte etwas. Es erschien mir allzu trocken, Gott und die Welt nur auf das Kulturelle zu reduzieren. Ich wäre gerne nach einer Premiere in die Kneipe gegangen und hätte beim Bier alles noch einmal Revue passieren lassen. Doch Jünger trank weder Alkohol noch rauchte er Zigaretten. Das eine vergifte das Denken und das andere vernebele das Gehirn. Beides sei schlecht für die Kunst, denn die müsse rein bleiben.

Zu Beginn der Wochenenddienste auf ‚KK' durchlitt ich fortan Höllenqualen. Ich wagte es nicht, das Angebot von Oberst Knikke bezüglich des Einkaufs abzulehnen und wurde gleichzeitig von der Furcht geschüttelt, daß ein Kontrolloffizier aus der Kaserne uns dabei erwischen könnte. Eine Zerrissenheit, die vom Gefreiten Jünger nicht nachvollzogen wurde. Mit einer Tasche unterm Arm zog er sonnabendvormittags in Richtung Kaufhalle davon und freute sich des Lebens. In der Zeit seiner Abwesenheit war ich indes unfähig, mich auf irgendeine Sache zu konzentrieren. Minute für Minute äugte ich durchs Fenster. Aber Jünger ließ sich Zeit. Schließlich kam er wie eine glückliche Hausfrau angeschlendert, schwenkte die volle Tasche im Wind und pfiff ein Liedchen. Als Dank für mein Leiden bekam ich eine Einweisung in die Kunst des Kochens und wurde so bis zum nächsten Mal vertröstet. Das Spielchen ging auch über einige Monate gut, bis das passierte, was kommen mußte. Kaum, daß Jünger mit seiner Einkaufstasche unser Objekt verlassen hatte, bremste auch schon Leutnant Scharfs Dienstwagen auf der Allee vor dem Eingang. Nun jedoch war Jünger das Pfeifen vergangen. Mit gesenktem Kopf stieg er aus dem Auto und sah geduldig zu, wie der umherwütende Leutnant die Wagentüren abschloß. Noch bevor ich den Knopf für die automatische Toröffnung drückte, rief ich Oberst Knikke an, der daraufhin nichts anderes tat, als mich in seiner belehrenden Art zu beruhigen, um mir dann zu versichern, daß er den Leutnant selbst in Empfang nehmen würde. Die zwei Offiziere stiegen die Treppe zum Büro von Oberst Knikke hinauf. Gefreiter Jünger kam zurück ins Wachlokal und meinte locker, daß sich doch alles von selbst regelte und ich solle mir nicht immer solche unnützen Gedanken machen.

Ob meine Gedanken nun unnütz waren oder nicht. Ich kochte im eigenen Saft und beeilte mich, diesen blöden Schlipsknoten vom Hemdkragen zu reißen, weil er mich zu ersticken drohte. Ich spürte die mich würgenden Finger des Soldaten Buhler um meinen Hals, so, als würde es gerade passieren. Ich spürte diesen ekelhaften Griff, der mir die Luft zum Leben nahm. Ich spürte den Haß. Eben noch hatte ich die Genugtuung erfahren, denn Buhler war vom Unteroffizier zum Soldaten degradiert worden. Und jetzt – nur ein paar Stundenschläge weiter – sollte mich das gleiche Schicksal treffen? Gefreiter Jünger saß am Schreibtisch und malte. Ich schrie ihn an, riß ihn vom Stuhl und scheuchte ihn zum Streifengang auf den Hof hinaus. Ich mußte alleine sein, unbedingt alleine. Ich schaltete das Radio aus. Die Telefone schwiegen. Draußen auf dem Flur war es ruhig. Die Minuten wurden zu Stunden, doch nichts geschah.

Ich weiß nicht mehr, wie viele Kilometer ich im Wachlokal auf und ab lief. Doch plötzlich ging die Tür von Knikkes Büro. Ich hörte den metallenen Klang der Schlüssel und stellte mir vor, wie der Oberst das Siegel des Ministeriums für Staatssicherheit in die Schale mit Lack drückte. – Diese zwei Siegellackschalen, zwischen denen eine kleine Kordel klebte, befanden sich übrigens nicht nur an jeder Tür, sondern auch an jedem Schrank und jeder Schublade. Ein Öffnen durch Unbefugte hätte daher niemals verheimlicht werden können. – Schließlich kamen die beiden Offiziere die Treppe runter. Leutnant Scharf ging mit hängendem Kopf am Wachlokal vorbei. Knikke verabschiedete sich von mir, indem er mir die Hand reichte und eine tiefe Verbeugung machte. Alles verlief normal, als wäre nichts gewesen.

Am Nachmittag hielt Leutnant Scharfs Dienstwagen erneut vor dem Eingang. Ich hatte mir so etwas schon fast gedacht. Oberst Knikke war außer Reichweite und der Leutnant würde die Gelegenheit nutzen, um uns fertigzumachen. Doch es kam völlig anders. Vom Rücksitz seines Wagens nahm er einen Korb, der randvoll mit Lebensmitteln gefüllt war. Der Leutnant entschuldigte sich bei mir, weil die kleinen Wachobjekte bezüglich der Wochenendversorgung zu sehr vernachlässigt worden waren, und er versprach, daß sich das künftig bessern würde. Somit wäre das zusätzliche Einkaufen des Gefreiten Jünger überflüssig und wir könnten den Dienst laut Vorschrift verrichten. Schließlich stünden auch die Offiziere der Kaserne in der Verantwortung und es wolle doch sicher niemand, daß die Sache größere Kreise nach sich zöge. Während der Leutnant seinen Vortrag mit bittender Stimme herunterflehte, räumte er den Korb leer und der Schreibtisch füllte sich mit allem, was das Herz begehrte: Apfelsinen, Bananen, Kaffee, Torte, Schokolade, Schinken, Salami und so weiter. Gefreiter Jünger strahlte und ich verstand die Welt nicht mehr. Schließlich war die Geschichte mit der schlechteren Versorgung der kleinen Objekte eine glatte Lüge. Alle Wachobjekte wurden von derselben Großküche verpflegt. Es gab überall die gleiche Pampe. Ich hatte arge Schwierigkeiten, die Gedanken des Leutnants nachzuvollziehen. Trotzdem versicherte ich ihm gerne, daß wir für immer auf die Einkauferei verzichten würden und fühlte mich bei diesem Versprechen schlagartig erleichtert, da ich wußte, nun endlich aus der Schußlinie zwischen den beiden Offiziersfronten geraten zu sein.

Dann passierte etwas Seltsames. Wie hunderte Male zuvor standen wir auf dem Appellplatz der Kaserne, bestiegen die Ladefläche des MTW und wurden schließlich zu den einzelnen Wachobjekten gefahren. In all diesen Vorgängen lag so unendlich viel Routine, daß schon ein Staubkörnchen genügte, um den Automatismus dieses Getriebes außer Gang zu setzen. Wir hielten vor ‚KK'. Ich krabbelte vom Wagen, ließ mir von einem Soldaten mein Wachteil herunterreichen und wartete auf Gefreiten Jünger. Doch Jünger kam nicht – er kam einfach nicht. Ich stand völlig hilflos, ja – beinahe scheu – auf der Straße und sah zu, wie ein anderer Gefreiter vom MTW stieg. Aber, was sollte ich mit dem anfangen? Ich brauchte den Jünger. Wir waren aufeinander eingespielt, wir waren eine automatisierte Einheit, die funktionierte. Allerdings, wen interessierte das schon? Der Fahrer verschloß die Ladefläche, sprang mit einem Satz hinters Lenkrad und raste davon. Eine lange, dünne Bohnenstange mit Rundrücken und eingezogenem Kopf stand neben mir und blinzelte durch die Scheiben einer Nickelbrille auf mich hinab. „Ich bin der Gefreite Schmidt", kam es etwas unsicher aus ihm heraus. „Alle Achtung", konterte ich verärgert, „ich weiß, daß du Gefreiter Schmidt bist." Seine Lippen verzogen sich zu einem gequälten Lächeln, sein Blinzeln wandelte sich zum verkniffenen Glotzen. „Aber wo ist der Gefreite Jünger?" wollte ich wissen. „Hast du denn den Dienstplan nicht gelesen? Es gibt keinen Gefreiten Jünger mehr. Sie haben ihn geholt." Ein Schrecken peitschte durch meinen Körper. „Ich hab's gewußt." Das Dröhnen hämmerte im Kopf, legte sich auf die Ohren und es schien mir, als hörte ich Schreie aus einer anderen Welt: „Ich hab's gewußt." – – „Wie bitte?" fragte Schmidt. „Ich habe dich nicht verstanden." Mit entschuldigender Handbewegung täuschte ich einen verschluckten Husten vor und meinte: „Wann? – Wann haben sie ihn geholt?" „Na, erst gestern. Wir drehten mit Leutnant Scharf unsere Runden auf dem Sportplatz und als wir zurückkamen, hatte er sich in Luft aufgelöst. Es ließ sich keine Spur mehr von ihm finden, nicht eine. Kein Bett, kein Spind, keine Klamotten – nichts. Das war komisch, das war, als hätte es den Gefreiten Jünger nie gegeben." Ich nickte und blieb stumm, nahm mein Wachteil von der Straße und ging mit schweren Schritten ins Haus. Schmidt eilte mir nach. Ich fühlte mich abwesend, so, als würde ich neben mir her laufen. „Und dir? Hat Jünger dir nie etwas erzählt?“ Ich blieb stehen und blickte zu Schmidt auf: „Nein, nie.“

Mit Jünger war auch die Routine verschwunden. Ich saß verkrampft hinter meinem Schreibtisch und stellte mich an, als müßte ich den ersten Wachdienst meines Lebens meistern. Aus dem Radio dudelten nur die befohlenen Ostsender, die Wechselsprechanlage wurde genutzt, wie es sich gehörte, und der Dienst richtete sich genau nach Plan. Gefreiter Schmidt reagierte mit der ängstlichen Höflichkeit eines Neulings und wirkte dabei derart gestreßt, daß sich seine Denkerstirn zu dicken Falten zusammenzog. Schweigend kauerte er auf dem Stuhl und wartete – wartete, daß ich ihm irgendwelche Anweisungen gab und bangte insgeheim, daß es ihm dann gelänge, sie auch ausführen zu können. Er wirkte wie ein Spiegel, in dem ich mich selbst sah. Ich konnte mich gut in seine Lage versetzen und wußte genau, was er jetzt fühlte. Allerdings war mir nicht nach Reden zumute. Auch wenn mir meine innere Stimme sagte, daß ich genau das hätte tun müssen, um seinen Einstieg etwas zu erleichtern. Doch meine Gedanken kreisten pausenlos um die Geschichte des Gefreiten Jünger. Natürlich hatte ich schon oft davon gehört, daß die Stasi auch die Soldaten unserer Kaserne rekrutierte. Ebenso kannte ich die Methode, diese heimliche Nacht- und Nebelaktion. Sie sollte die Soldaten vor Attacken der andersdenkenden Kameraden schützen und die nötige Geheimhaltung sichern. Niemand würde mehr Jüngers Namen in den Mund nehmen, kein Soldat und kein Offizier, das galt als Gesetz. Und sollte doch einmal jemand auf ihn zu sprechen kommen, so würde die Antwort nur ein Achselzucken sein. Das alles war mir bekannt und dennoch reagierte ich wie vom Blitz getroffen, als ich es nun selbst erleben mußte. Vielleicht liegt gerade darin der oft zitierte Unterschied zwischen Theorie und Praxis. Es ist eben doch nicht dasselbe – Wissen und Tat.

Wo mochte Jünger jetzt sein? Sicherlich in einer Einrichtung, in der Kultur und Kunst zu Hause waren. Womit sonst hätten sie ihn ködern können. Je mehr ich darüber nachdachte, desto mulmiger wurde mir im Magen. Denn Jünger wußte einfach zu viel von mir. Er kannte meine Tricks, mit denen ich die Vorschriften umging und den Dienst manipulierte. Er wußte, daß ich mich viel an den Westmedien orientierte, mich über die Brigade der greisen Betonköpfe unserer Staatsführung lustig machte, die ja zu dämlich sei, das Wort Sozialismus richtig zu schreiben und jede Rede von einem Zettel ablesen mußte. Ich hatte ihm gebeichtet, mein Abitur auf der Landwirtschaftsschule nur ergaunert zu haben und daß ich gar nicht daran dachte, eines Tages auch Landwirtschaft zu studieren. Ihm war sogar mein gespaltenes Verhältnis zur Stasi bekannt, die ich eh nicht für voll nahm und die ich genauso für das Weiterkommen auf meiner Laufbahn auszunutzen gedachte, wie ich es zuvor in der Schule getan hatte. Plötzlich spürte ich wieder die Umklammerung um meinen Hals, die ich fühlte, als uns Leutnant Scharf beim Einkaufen erwischt hatte. Ich sah die wutentstellte Fratze von Buhler vor meinen Augen, fühlte die ekelhaften Pranken, die mir die Luft zum Leben nahmen. Der Schlipsknoten drückte mir den Kehlkopf und ich hätte mir am liebsten die Zunge aus dem Hals gerissen. Die Gedanken schrien mich an, ich wäre ein unverbesserlicher Schwätzer und es geschehe mir nur recht, wenn der Jünger auspacken und damit mein ganzes Fortkommen weggespült würde – mit der verhängnisvollen Flut meiner Redseligkeit.

„Ist dir nicht gut?“ fragte Schmidt schüchtern. „Du hast ja Schweißtropfen im Gesicht.“ Ich erschrak. Zwei blinzelnde Augen sahen mich wieder durch die spiegelnden Gläser einer Nickelbrille an. „Nein, nein. Es ist nichts. – – Und du, läufst du auch eines Tages zur Stasi über?“ fragte ich direkt zurück. „Ich!“ Gefreiter Schmidt lachte. Die Falten auf seiner Stirn verschwanden und er wirkte plötzlich heiter. „Nein, mit denen habe ich nichts am Hut. Ich reiße hier meine Dienstzeit ab und verschwinde dann an die Uni. Keine Stasi, Ehrenwort.“ „Ah – ja, der ‚Professor‘! So nennen sie dich doch alle?“ Schmidt lächelte. Zwei Grübchen bohrten sich in seine Wangen. Er lehnte sich gelöst zurück, holte ein zerknicktes Zigarettenpäckchen aus der Uniformjacke und fingerte eine filterlose ‚Karo‘ heraus. Der Geruch des Qualms war mir vertraut und erinnerte mich automatisch an die Abende, die ich zusammen mit Hermann Lipp in dessen Stammkneipe ‚Anny Hecht‘ verbracht hatte. „Ja, ja, so nennen sie mich. – – Du hast Angst wegen Jünger, nicht wahr?“ wollte er wissen. „Natürlich habe ich Angst. Was dachtest du denn? Vielleicht werde ich jetzt nie an die Uni kommen.“ „Ach so’n Quatsch! Der Jünger hatte doch nicht alle Tassen im Schrank. Der lebte in seiner künstlichen Welt der Kunst. Ich weiß ja nicht, was hier alles passiert ist, aber ich weiß, daß der davon nichts mitbekommen hat. Ganz sicher.“ Der Professor strahlte vor Selbstsicherheit. „Hoffentlich hast du recht.“ „Natürlich habe ich recht. Schließlich mußte ich mit Jünger ein Jahr lang auf derselben Stube leben. Der hat sich nie um etwas gekümmert, nicht um den Dienst, nicht um die Ausbildung, nicht um die Politik und schon gar nicht um seine Mitmenschen.“ Die Umklammerung um meinen Hals begann sich zu lösen. Allzu gern hätte ich geglaubt, was mir Schmidt erzählte. Ich wußte, daß Hans Jünger als Träumer verschrien war, blieb aber skeptisch bei der Annahme, daß er deshalb nichts vom Leben mitbekommen haben soll. Mag sein, daß er auf viele Dinge nicht reagiert hatte, aber daraus zu schließen, daß er sie deshalb nicht bemerkte, hielt ich für gefährlich. Denn immerhin war er schlau genug, sein zukünftiges Handeln ein Jahr lang vor uns allen zu verbergen, und so könnte man auch fragen, wer hier wen an der Nase herumgeführt hatte.

Zum Glück war es für mich unmöglich, fortlaufend an diese Geschichte zu denken. Und die Zeit sorgte schon dafür, daß sich wieder neue Dinge in meinem Kopf breit machen konnten. Nur manchmal – oft aus heiterem Himmel – kam in mir die unterschwellige Angst hoch, die mir glauben machen wollte, daß Jünger mich in der Hand habe. Das waren dann jene Momente, in denen ich wieder die Umklammerung fühlte, die mir Schweißperlen auf die Stirn trieb und mir den Atem nahm. Einmal träumte ich sogar, daß mein Kopf auf einem Bock lag und der Scharfrichter im schwarzen Gewand die Beilklinge zum tödlichen Hieb über meinem Hals fixierte. Der

Jünger stand indes nur unweit von ihm entfernt, um jeden Augenblick den Wink für mein Ende zu geben. Selbst wenn auch dieser Alptraum nicht dazu führte, daß ich mir die Zunge aus dem Hals riß, so schwor ich mir wenigstens, nie wieder Dinge aus meinem Leben anderen Menschen zu erzählen. Allerdings war das leichter gesagt als getan. Denn die meiste Zeit herrschte Ruhe. Eine Ruhe, die einen alles vergessen machen konnte. Gefreiten Jünger gab es nicht mehr. Nichts erinnerte an ihn und niemand sprach seinen Namen aus. Vielleicht existierte er nur noch in meiner Gedankenwelt, so, als hätte ich in der Nacht einen Kometenstreifen am Sternenhimmel gesehen, von dem ich mein Leben lang weiß, wie er aussah, ohne daß ich ihn je wieder sehen werde.

Der Professor war ein angenehmer Geselle. Sein kindliches Spielen hatte er beibehalten, nur nannte es sich inzwischen ‚Wissenschaft'. Meine ganze Aufgabe bestand also darin, das zu akzeptieren. Tat ich das, so blieb er brav. Tat ich das nicht, so wurde er bockig. Egal, was ich ihm in die Hände gab, im spielerischen Ausprobieren packte ihn die Besessenheit, alle Dinge noch verändern und besser machen zu müssen. Als Gegenleistung für seine Freiheit zum Basteln forderte ich die einwandfreie Ausführung der Dienstaufgaben. Eine Forderung, die er ohne jedes Murren erfüllte. Denn auf keinem seiner bisherigen Wachobjekte hatte man ihm soviel Zeit für seine Wissenschaft gelassen wie auf ‚KK'. Was jedoch auch wieder Reibereien mit sich brachte, da er in seinem Forschungsdrang kein Ende fand. Und einen Dienst ganz ohne Schlaf und nur aus Kaffee und ‚Karos' bestehend, konnte und wollte ich nicht durchgehen lassen. Allerdings ist es äußerst schwierig, Kinder aus ihrem Spiel zu reißen und sie ins Bett zu schicken und gleichzeitig die Einsicht in die Notwendigkeit zu verlangen. Ab und an blieb mir also gar nichts anderes übrig, als meine Stellung in der EK-Hierarchie einzusetzen. Denn der Professor bekam nicht nur beim Schlafengehen seinen Bock, nein, er hatte zudem arge Schwierigkeiten bezüglich des Aufräumens und der Kleiderordnung. Was aber nicht heißen soll, daß er von diesen Dingen keine Ahnung hatte. Er wußte genau, wie der Hase lief. Ich durfte halt nur nicht vergessen, ihn stets daran zu erinnern. Zwar fluchte er dann über die völlig neurotische Ordentlichkeit des Deutschen, beherrschte diese Tugend aber meisterhaft.

So läßt es sich vorstellen, was der Professor mit unserer armen Wechselsprechanlage anstellte, nachdem ich ihn in die Besonderheiten der Dienstführung eingeweiht hatte. Denn offen gestanden, konnte ich meinen Schwur von der künftigen Korrektheit nicht lange halten. Der ewige Rhythmus von Wachen und Schlafen im Dreistundentakt war einfach zu zermürbend, als daß nicht jeder vernünftige Mensch versucht hätte, eine bessere Lösung für sich zu finden. Gefreiter Schmidt jedenfalls sah das nicht anders. Das befohlene ‚Pflichtruhen' nervte ihn ohnehin und die Suche nach Möglichkeiten des ‚Nicht-erwischt-Werdens' stellte für ihn eine besondere Herausforderung dar. Glücklicherweise fehlte es im ‚KK' an der nötigen technischen Ausstattung, die es dem Professor nicht erlaubte, das Objekt in einen Hochsicherheitstrakt zu verwandeln, in dem ich vor Wachkontrollen der Offiziere mittels roter Alarmlampen und Sirenen gewarnt worden wäre. Was Schmidt sich trotzdem alles einfallen ließ, fand ich erstaunlich. Kein Wunder also, daß sich mein Gefühl an Sicherheit ins Unermeßliche steigerte und ich nirgendwo besser schlafen konnte als während des Wachdienstes auf ‚KK'.

So mochten wohl keine vier Wochen vergangen sein und alle meine guten Vorsätze waren vergessen – das Herumbasteln an den Dienstvorschriften hatte mit dem Professor an meiner Seite ein noch größeres Ausmaß erreicht. Und manchmal mußte ich daran denken, was mit mir geschehen würde, wenn auch er eines schönen Tages von der Bildfläche verschwände und in den Fängen der Stasi landete. Das war ein häßlicher Gedanke, so häßlich, daß er mir wieder Schweißperlen auf die Stirn trieb und meinen Atem stocken ließ. Aber vielleicht ist es einfach so und wird auch immer so sein: Ein Zusammenleben von Menschen ohne Vertrauen gibt es nicht.

Leider gehört diese Erkenntnis nicht gerade zum Stein des Weisen, als eher zum tierischen Instinkt, den sich auch die Stasi zunutze machte. Aber selbst dort waren nicht alle Katzen grau und lockten die Mäuse mit schönen Augen, bevor sie ihnen das Fell über die Ohren zogen. Oberst Knikke kannte den Ruf seiner ‚Firma' aus dem Munde des Volkes. Und es war ihm nicht egal! Allerdings gehörte er auch zu den Realisten, die wußten, daß sie in der Minderzahl waren, die jeden Augenblick von der Mehrheit der Betonköpfe zertreten werden konnte. Also zog sich der Oberst in die legitime Nische des Geheimdienstes zurück – die jedes Land für sich beansprucht – und wartete darauf, daß sich mit Gorbatschows Perestroika in der Sowjetunion auch bei uns alles zum Guten wenden würde. Diese Einstellung glich nicht gerade einer Heldentat, doch immerhin unterschied sie sich derart von der allgemein üblichen, daß ich nicht umhin kam, ihm wenigstens das Attribut der Ehrlichkeit zuzusprechen. Einer Ehrlichkeit, mit der automatisch auch Vertrauen einherging. Das Vertrauen zu einem Menschen, der auf dem Thron inmitten der Höhle des Löwen saß und der urplötzlich hätte zupacken können. Ich fühlte mich an die Bootsleute im Jachthafen erinnert. Dort war es mir ebenso ergangen. Ich lebte und arbeitete mit Menschen zusammen, von denen ich wußte, daß sie zur Stasi gehörten und ich hatte es trotzdem vergessen.

Als kleiner Junge saß ich mit meinem Vater vor dem Fernseher und mußte erleben, wie irgendwo auf der Welt ein Vulkan ausbrach und die ausströmende Lava ganze Häuser mit ihren Menschen unter sich begrub. Ich fragte, warum die Menschen dort überhaupt wohnten, wenn es doch jederzeit wieder passieren könnte, daß der Vulkan Lava spuckt. Mein Vater meinte, das hätte etwas mit Glauben zu tun und mit dem Vertrauen, das jeder Mensch in seinen Glauben setzt. Später, wenn ich einmal groß sei, würde ich das begreifen.

Begriffen hatte ich, daß auch Oberst Knikke einem Vulkan glich. Und mir war klar, daß keiner besser wußte, was auf ‚KK' vor sich ging als er. Allerdings blieb es mir ein Rätsel, warum er trotz seines Wissens keine Lava über uns vergoß. Denn immerhin hätte er sich damit einen Orden verdienen können. Statt dessen ulkte er lieber mit dem Gefreiten Schmidt umher, an dem er inzwischen einen Narren gefressen hatte. Die beiden spargeldünnen Gestalten boten zweifelsohne ein lustiges Bild. Es schien einfach unmöglich, daß Oberst Knikke an unserem Professor vorbeiging, ohne eine spitze

Bemerkung zu machen. Woraufhin dieser nur mit einem hilflosen, aber höflichen Geradebiegen seines Körpers reagierte, auf daß sich die Uniform in allen Nähten spannte und die Hosenbeine ein Stück der weißen, bestoppelten Waden freigaben. Natürlich versuchte der Oberst Strenge zu wahren, mußte sich aber wohl vorstellen, welch ein albernes Bild er selbst in einer dieser Uniformen abgegeben hätte und verfiel dann in ein so herzhaftes Lachen, daß ich glauben wollte, Oberst und Gefreiter würden sich augenblicklich über alle Standesgrenzen hinweg in die Arme fallen. Ich kann nicht sagen, was ich oder der Professor an uns hatten, das dem Oberst so viel Gefallen bereitete. Genauso wenig, wie ich verstand, warum der Gefreite Jünger bei ihm von Anfang an in Ungnade gefallen war. Vielleicht wußte Knikke aus den Kreisen der Stasi, daß der Jünger ein falsches Spiel vorgab und er verachtete ihn deshalb. Allerdings erschien mir diese Version unlogisch, da der Oberst ja selbst ein Baustein im falschen Spiel darstellte.

Aber schon während meiner Zeit auf dem Jachthafen hatte ich lernen müssen zu differenzieren. Die Stasi war nicht gleich Stasi! Auch wenn es mir schwerfiel, das anzuerkennen. Bereits zwischen Jachthafen und Kaserne lagen Welten und zwischen ‚KK' und Kaserne lagen ganze Galaxien. Im Hafen beschäftigte ich mich mit den Bootsleuten, und der Besuch von Bonzen blieb die Ausnahme, die aber immer wieder für heftigen Wirbel aus Angst und Anspannung sorgte. Im Objekt ‚KK' war das unmöglich. Denn hier gaben sich die Generalitäten aus Deutschen und Russen gegenseitig die Klinke in die Hand. Die Angst vor den hohen Herren löste sich daher von ganz alleine in Luft auf. Es war einfach unmöglich, ständig in Angst zu leben. Entweder man akzeptiert die Situation und gewöhnt sich daran oder man weicht ihr aus. Ein Existieren in der Angst geht nicht. Sie ißt die Seele auf und richtet einen zu Grunde. Und da ein Ausweichen innerhalb des Armeelebens durch Befehle verhindert wurde, blieb mir nur die Akzeptanz. Allerdings erreichte ich diese viel schneller, als ich es geglaubt hätte. Schließlich liegt unser Unterscheiden in Welten meist an den Menschen. Die Offiziere des ‚KK' und der Kaserne ließen sich nun beim besten Willen nicht miteinander vergleichen. Die Tendenz war mir seit langem bekannt und bestätigte sich hier eindeutig: Je höher ein Offizier in seinem Rang, desto menschlicher wurde sein Umgang.

Die Folge des Ganzen war, daß ich immer mehr einem Gefühl erlag, das ich schon vom Jachthafen her kannte. Das Gefühl, eine Nische gefunden zu haben, in der man mich in Ruhe ließ, mich für voll nahm und ich mich geborgen und wohl fühlte. Hier gab es keinen militärischen Zwang, kein Rumbrüllen und keine erniedrigende EK-Bewegung. Ich wurde deutlich ruhiger, schlief hervorragend und nahm spürbar an Gewicht zu. Ich fühlte mich von Oberst Knikke mit seinen weitreichenden Beziehungen beschützt und merkte, wie die Angst vor den Offizieren der Kaserne aus meinem Körper wich. Überhaupt! Die ganze Kaserne wurde mir egal. Es war mir, als hätte ich gar nichts mehr mit ihr zu tun. Ich nutzte sie nur noch für die Proben der Singegruppe und zum Schlafen. Alles andere ließ ich über mich ergehen, ohne es bemerken zu wollen. Selbst die Kameraden. Und die EK-Bewegung erst recht. Außerdem neigte sich mein zweites Armeejahr schon dem Ende zu. Ich selbst gehörte nun zu den ‚Alten', stand kurz vor der Weihe zum ‚Vize', also der letzten Station vor der absoluten Krönung, dem Abschlußhalbjahr des Entlassungs-Kandidaten, dem EK. Alle meine Mitstreiter gaben sich hoffnungsvoll und meinten, daß sie das verbleibende Jahr auf nur einer Arschbacke runterreißen würden. Auch beteiligte ich mich nicht mehr an der Jagd, um jeden möglichen Ausgang und Urlaub zu erheischen. Ich blieb freiwillig zurück und hörte statt dessen mit dem Rauchen auf, unterließ es, mir ständig einen Schluck Fusel in die Cola zu kippen, um mir die nötige Bettschwere für die Nacht einzuverleiben. Offen gestanden, fühlte ich mich wohl dabei. So wohl, daß es Leutnant Scharf ungewohnt erschien und er mich fragte, ob mit mir etwas nicht stimme.

Aber mit mir stimmte alles. Selbst der Vorwurf des Leutnants, ich würde die Kulturarbeit vernachlässigen, berührte mich nicht. Schließlich war das kulturelle Schlachtschiff entlassen worden, und daß ohne Unteroffizier Sänger nichts mehr lief, konnte sich jeder an seinen Fingern abzählen. Ganz zu schweigen von der Tatsache, daß gerade der Leutnant stets die größten Wellen gegen Sänger aufgepeitscht hatte, um ihm soviel Kraft aus dem Fahrtwind der Kultur zu nehmen, wie es überhaupt ging. Eigentlich konnte die Singegruppe noch von Glück reden, denn nur durch die unerschrockene Ideologie des Sängers blieb das vorzeitige Kentern aus. Und jetzt? Jetzt mußte sich ausgerechnet Leutnant Scharf hinstellen und am lautesten jammern. Dabei durfte er es seinem Prachtstück an Zensur zugute halten, das uns allen klarmachte, was mit demjenigen passierte, der die Verantwortung für sein eigenes Denken übernähme. So gesehen erfreute mich das Ganze sogar, da ich derjenige war, der von Anfang an die Meinung vertrat, daß Militär und Kultur niemals zusammengingen. Außerdem konnte ich mit ziemlicher Sicherheit sagen, daß Scharf gar nicht die Kultur im Auge hatte. In Wirklichkeit drehte es sich um Parteipolitik, die er vertreten mußte. Aber leider kam darin die Kultur vor, auf dem Papier. Unser armer Leutnant unterlag der Pflicht, daraus etwas Praktisches werden zu lassen. Zu dumm nur, daß es dafür eines Menschen bedurfte, der auch etwas von der Sache verstand. Was nun wiederum nicht heißen soll, daß wir von Scharf verlangten, er müsse ganze Partituren rauf- und runterspielen können. Doch wenn er schon rätselte, was eine Partitur sei, so hätte er wenigstens nicht diejenigen in den Hintern treten sollen, die es besser wußten als er. Aber genau darin lag das Problem. Wenn der Meister nicht die Sprache seiner Untertanen spricht, können die zu ihm ‚Arschloch' sagen – ohne daß er es hört – auch wenn das Wort verboten ist.

Naja, das alles interessierte mich nur noch wenig. Und die Sorgen des Leutnants sollten nicht meine sein. Als viel belastender empfand ich den Verlust der Menschen. Nicht nur allein den meines Freundes Sänger. Nein, selbst der Geschichtenerzähler Bergmann fehlte mir. Oder mein allwissender Unteroffizier Röhrt vom Jachthafen, mit dem ich zusammen einen Vergewaltiger gestellt hatte und der mir immer die Zeit ließ, damit ich mich den schönen Dingen zuwenden konnte, vom Schreiben über die Schwäne bis zum Beobachten der Mädchen am Badestrand. Sogar Vigor der Starke hielt bis zum Ende durch und war nun fort. Mit ihnen allen ging ein Teil aus meinem Leben, der mir die Schikanen des Anfängers, aber auch das Glück der Kameradschaft bescherte, um mich jetzt in Erinnerungen allein zurückzulassen. Die jungen Soldaten schienen mir da nicht mehr wichtig. Ich hatte einfach keine Lust, mich ein zweites Mal in die Mühsal des Spritzerdaseins zurückzuversetzen. Und wozu auch? Mir ging es doch gut.

Nur eines kam mir komisch vor. Ich hatte die Angst verloren. Die Angst vor der Stasi mit ihren unmenschlichen Methoden, die all mein Rebellieren erst möglich machte. Die Kaserne nahm ich nicht für voll, ich verspottete sie als dumm und überflüssig, als eine Institution, die niemand zu fürchten brauchte. Ich machte einen Unterschied zwischen der ‚Möchtegern-Stasi', bestehend aus Anscheißern, Spitzeln und schreienden Offizieren, und dem wahren Geheimdienst, diesem Versteck mit den vernünftigen Leuten, zu der ich das Objekt ‚KK' zählte. Von dort wurde ich behütet und konnte gemeinsam mit Oberst Knikke auf die künftige Freiheit warten, die uns die Perestroika unter Gorbatschow bringen sollte. Außerdem behandelten mich die Leute des ‚KK' nicht wie den letzten Dreck, bloß weil ich nur ein Wachsoldat war. Der Oberst übertrug uns Aufgaben und Verantwortung. Schmidt und ich hatten plötzlich das Gefühl des Gebrauchtwerdens. So mußten wir den täglichen Kurierdienst absichern. Also jenen gepanzerten PKW, der zu stets unterschiedlichen Zeiten auf den Hof von ‚KK' fuhr und dem drei muskelbepackte Männer mit gehalfterten Pistolen entstiegen. Einer von ihnen rannte los und sprintete die Treppe zu Oberst Knikkes Büro hinauf. Und nur Sekunden später lief dann das umgekehrte Schauspiel ab. Die Männer verschwanden mit einem Satz im Wagen und rasten auf quietschenden Reifen davon. Das wirkte alles mächtig gewaltig, fast wie in einem Krimi. Nur eben den Stein des Anstoßes hielt ich für übertrieben. Schließlich handelte es sich doch nur um einen großen Briefumschlag, dessen Inhalt wir nicht kannten. Allerdings mußten diese Szenarien einem bestimmten System unterliegen, das eine beständige Bewegung in sich trug. Denn schon das ewige Einpauken der neuen Telefonnummern, die von Monat zu Monat wechselten, brachte uns ganz schön auf Trab.

Auch die Treffen zwischen den deutschen und russischen Offizieren fanden so unregelmäßig statt, wie es nur eben ging. Einmal am Morgen eines normalen Werktages, dann wieder in der Nacht eines Sonntags bei verdunkelten Fenstern oder sogar am Nachmittag eines Feiertages. Wann sie sich trafen, verriet uns Oberst Knikke immer rechtzeitig. Aber wer sich dort traf, das blieb geheim. Nicht einmal den Dienstgrad bekamen wir heraus, denn die Herren erschienen grundsätzlich in feinen Anzügen und mit schönen Damen an ihrer Seite, die als Dolmetscherinnen ihren Dienst taten. Manche der Treffen dauerten nur eine halbe Stunde, andere ganze Tage. Auch konnten einige der Zusammenkünfte nicht so supergeheim gewesen sein, wie sie sonst den Anschein erweckten. Denn zu fortgeschrittener Stunde drang ein derartiges Gelächter bis zu uns ins Wachlokal vor, das nur den Schluß auf ein anständiges Besäufnis zuließ. Die Auswirkungen russischen Wodkas umfaßten dann bald das ganze Haus. Musik donnerte durch die Wände. Frauen lachten. Und die Männer hämmerten ihre Sprüche in tiefem Baß. Die Sprache war dabei egal, ob Russisch oder Deutsch – Mensch bleibt Mensch.

Kein Schlips, der jetzt noch ordentlich den Anstand zierte. Mit Gepolter ging es die Treppe hoch und runter. Die Türen der Klos krachten ins Schloß. Rülpsen, Pfurzen, Kotzen – alles egal. Die Damen begannen zu lallen, manche kreischten. Die Männer erinnerten sich ihrer Kindheit, gleich so, als stecke der spielerische Drang zum Töten mit der gleichen Selbstverständlichkeit in ihren Knochen wie das Kinderkriegen in den Frauen. Sie plünderten die Schränke, die für den Ernstfall gedacht waren. Stahlhelme wackelten auf besoffenen Männerköpfen und verdeckten kurzgeschorenes, graues Haar. Auf einigen Gesichtern klebten Gasmasken. Die Treppe wurde zum Kampfplatz von Gut gegen Böse. Die Pistolen waren echt und die Magazine gefüllt. Mit zitternden Lippen wurden Schußgeräusche imitiert, solange bis die Spucke hinterherflog und die Männer unter ständigem Husten zusammenbrachen, um sich die Stufen hinunterzuwerfen. Das Gute hatte gewonnen – oder umgekehrt, wer weiß. Die Rollen wechselten und die Frauen klatschten.

Wie durch ein Wunder brach bei diesen Spielen niemals ein echter Schuß aus. Was aber immer übrigblieb, war eine ganz merkwürdige Ruhe. Das Haus lag im Dunst des Zigarettenqualms und war von Fuselgeruch angefüllt. Unter den Füßen knirschten Scherben von zerbrochenen Gläsern. Und manchmal klebten die Sohlen in einer Lache aus Sekt. All diese Relikte eines Besäufnisses konnten Schmidt und ich noch belächeln. Bei den Toiletten jedoch hörte der Spaß auf. Wenn der Wodka die Menschen derart um den Verstand bringt, daß sie ihre Eingeweide aus sich herauskotzen müssen, ohne dabei wenigstens den Klodeckel zu öffnen, hätten sie ihn besser nicht erfinden sollen.

Erfreulicherweise hielten sich diese Exzesse aber in Grenzen und ereigneten sich nicht öfter. Damit will ich nicht sagen, daß der Wodka nur Katastrophen in sich barg. Im Gegenteil. Ohne ihn hätte ich niemals Larissa kennengelernt. Larissa, diese stolze Russin mit ihren langen, blonden Locken, den träumenden Augen in Blau und den lächelnden Lippen, die irgendwie unschuldig wirkten. Ohne Wodka wäre das Feuer ihrer Neugierde nicht entfacht worden, um mutig genug zu sein, die Tür zum Wachlokal zu öffnen und nachzusehen, was ich denn ständig aufs Papier zu schreiben hätte. Sie selbst dichtete – in russisch – und war dennoch restlos der Schönheit der deutschen Sprache verfallen. So wurde sie Dolmetscherin für Deutsch und landete in Berlin. Und da viele russische Mädchen über die deutsche Sprache nach Berlin wollten, schloß sie sich der ‚Firma' an und wurde Kommunistin. Wieviel Wahrheit in ihrer Geschichte steckte, kann ich bis heute nicht sagen. Sie sagte jedenfalls, sie stünde hinter Lenin und nachdem sie das gesagt hatte, redete sie nur noch von ihrem Land, den alten Bräuchen, der tiefverwurzelten Religion und vor allem der Dichtung. Kein Wort mehr von Fortschritt und Zukunft im realexistierenden Sozialismus. Es war mir, als sei sie plötzlich in eine andere, längst vergangene Zeit gefallen, aus der sie mit ihren träumenden Augen und ihrem unschuldigen Mund berichtete. Dabei lag viel Wissen und Ehrfurcht vor dem Glauben in ihren Worten. So empfand sie deutsche Filme als pornographisch, weil sie die Menschen bei der Liebe zeigen und sogar völlig entblößte Frauen darin zu sehen seien. Eine Empfindung, die ich nun gar nicht nachvollziehen konnte – trotz Westfernsehens – und die außerdem zu einer weltoffenen Kommunistin überhaupt nicht passen wollte.

Larissa stahl sich immer häufiger aus den Versammlungen und schlich zu mir ins Wachlokal. Stundenlang hätte ich ihren Geschichten zuhören können, wäre da nicht ständig das Gefühl des Verbotenen im Nacken gewesen. Und trotzdem. Sie nahm das Risiko hin, kochte grusinischen Tee und erfreute sich am Scharfblick Heines in seinem „Deutschland – ein Wintermärchen", währenddessen ich ihr mit Zitaten aus Rilkes Lyrik antwortete. Doch wenn sie in die heimatliche Welt Puschkins entschwand und die Verse des „Eugen Onegin" vortrug, als seien sie aus ihrer Feder entsprungen, da wurde ich sprachlos und ergab mich in Bewunderung. So saßen wir eines Nachmittags verkehrt herum auf zwei Stühlen, deren Lehnen zusammengestellt waren und lasen uns gegenseitig die Tage aus Goethes „Leiden des jungen Werther" vor. Unsere Arme stützen sich aneinander, Larissas Locken streichelten meine Hände und ich konnte ihren Atem auf meiner Haut spüren. Das war schön. Und ich weiß nicht, wie lange wir uns schon vorgelesen hatten, als wir plötzlich bemerkten, daß Oberst Knikke in der Tür stand und zuhörte. Sein Gesicht wirkte überrascht und gleichzeitig heiter. Es schien mir, als zuckte ein leichtes Lächeln über seinen Mund, aus dem aber ein russisches Wort zischte, was Larissa sofort aufschrecken und verschwinden ließ. Das Lächeln hatte er dabei jedoch nicht verloren und er sagte ohne Vorwurf in seiner Stimme: „Warum trefft ihr euch nicht draußen, nach dem Dienst? Da ist es gemütlicher!"

Wir trafen uns draußen, nach dem Dienst. Mit einem Mal besann ich mich meiner Macht in der EK-Hierarchie und forderte den Ausgang ein, wie ich es während der ganzen Armeezeit noch nie getan hatte. Meine Klamotten schienen mir irgendwie zu schäbig und ich verbrauchte einen ganzen Monatssold, um mir neue zu kaufen. Ich ging zum Friseur und rasierte mich mehrmals hintereinander, erst trocken und dann naß. Naja, eigentlich wuchsen mir kaum Barthaare, aber was konnte ich sonst schon machen. Außerdem stand mir Larissa in nichts nach. Abgesehen davon, daß sie ohnehin schön war, verstand sie die Sache geschickt zu unterstreichen und wirkte unheimlich sexy. Das konnte ich zwar nicht mit ihrer bis oben hin zugeknöpften Ansicht über die Liebesdinge in Einklang bringen, aber es paßte dennoch zu der ganzen Rätselhaftigkeit, die sie bei mir auslöste.

Wir waren auf dem Weg ins Kino und wären fast zu spät zur Vorstellung gekommen, bloß weil Larissa mir nicht erlaubte, schwarz mit der S-Bahn zu fahren. Zwar erklärte ich ihr, daß es alle Leute so machten – zumindest die jungen –, denn die 20-Pfennig-Fahrkarte sei eh nur ein Witz und kontrollieren würde uns sowieso keiner, doch Larissa sträubte sich hartnäckig. Sie lief zurück in die Bahnhofsvorhalle und kaufte für mich Fahrkarten. Dann schob sie eine in den Stempelautomaten und es konnte endlich losgehen. Wieder rätselte ich, was das nun bedeuten sollte und wußte nicht, ob es mit ihrem Glauben, dem Kommunistendasein oder mit ihrer russischen Herkunft zu tun hatte.

Wir saßen in der Dunkelheit des Kinosaales und sahen uns die gerade erschienene Verfilmung über Falladas Lebensende an: „Das letzte Kapitel“. Daß Fallada sich zu Tode soff, konnte Larissa verstehen und sie zeigte Mitleid. Daß er sich bis unter die Haarwurzeln mit Drogen vollpumpte, war furchtbar, und man hätte ihm doch helfen müssen. Daß er aber trotz Ehe ständig mit anderen Frauen rummachte, löste bei ihr Ekel aus, und ihm gehörte eigentlich etwas weggeschnitten. Ansonsten war der Film gut. Nur ein wenig zu deutsch eben, also zu freizügig. Denn die gleiche kritische Darstellung wäre auch mit mehr Diskretion möglich gewesen. Wieder eine typische Entgegnung Larissas, denn während des Films mußte ich sie ständig ansehen und konnte mich kaum auf Fallada konzentrieren. Das allerdings störte sie nicht, auch wenn sie mich manchmal verwundert anblickte, um dann mit dem Kopf zu schütteln. Aber den Eindruck, daß sie mir deshalb gleich etwas wegschneiden wollte, hatte ich nicht.

So schlenderten wir zusammen durch die Spätsommernacht. Ich hielt Larissa im Arm, spürte ihren weichen Körper auf meiner Schulter und ließ mir den Wind durchs Haar streichen. Die ersten goldenen Blätter fielen von den Bäumen und fegten unter leisem Rauschen über die Weite des Alexanderplatzes. Das Lachen der Möwen zog durchs Halbdunkel. Entlang der Spreepromenade roch es nach Fisch. Wir kehrten in den Palast der Republik ein, durchschritten die große, hellerleuchtete Eingangshalle und ließen uns an der Bar nieder. Larissa staunte. Sie staunte über das viele Licht, das Glas und das glänzende Metall. Ich bestellte uns eine Flasche Krimsekt und stieß mit ihr an. Als sich ihr Staunen gelegt hatte, wirkte sie traurig und fragte, ob ich überhaupt wisse, wie reich die Menschen in Berlin seien. Ich mußte lachen, protestierte energisch und meinte, wenn sie wissen wolle, was Reichtum sei, müsse sie schon den westlichen Teil Berlins besuchen. Doch Larissa winkte ab. Sie erzählte mir von dem kleinen russischen Dorf, in dem sie groß geworden war. Sie erzählte, wie das ist, wenn man Hunger hat und nichts zu essen im Haus findet. Wie das ist, über Jahre die gleichen Klamotten am Leibe zu tragen. Ich lachte nicht mehr und blieb stumm. Und die Bemerkung mit West-Berlin war scheiße, ich entschuldigte mich bei ihr.

Larissa wurde wieder fröhlich. Sie war hart im Nehmen. Ich mußte zwangsläufig an die Wodka-Feten im ‚KK‘ denken und bestellte noch eine Flasche Sekt. Doch da übermannte mich ein Schrecken. Der Gedanke an das Objekt ‚KK‘ trug etwas Unheimliches in sich. Der Professor hatte mich noch gewarnt. Ich solle ja vorsichtig sein, meinte er, das sei doch eine vom KGB und er würde das niemals machen. Dabei wirkte Larissa so unschuldig und schön. Ich begann zu mauern und sie bemerkte das, fragte, ob mir der Sekt nicht mehr schmecke. Ich sagte, die erste Flasche habe besser geschmeckt und sie meinte, daß sie keinen Unterschied bemerken könne. Meine plötzlichen Zweifel standen mir wohl ins Gesicht geschrieben. Und ich überlegte, was Larissa alles anstellen würde, bloß um das luxuriöse Berlin genießen zu können. Ob sie es wirklich fertigbrächte, jemanden über die Klinge springen zu lassen, um ihre eigene Haut zu retten. Ich fühlte mich unsicher, hilflos. Ich wußte nicht, woran ich war. Mein Gefühl sagte mir, daß Larissa harmlos sei und mein Verstand befahl mir abzuhauen. Larissa bat mich, noch ins Kellergeschoß tanzen zu gehen und ich lehnte ab, sagte, ich hätte keine Lust.

Larissa glaubte mir nicht. Sie wirkte nicht böse, eher verwundert, so, als wollte sie mich unbedingt verstehen, konnte es aber nicht. Ich brachte sie zurück zur S-Bahn und fragte nicht, wo ihr Zuhause war.

Nur einen Tag später fand ich die Begründung, warum mich mein Unterbewußtsein gewarnt hatte, daß ich zu nah ans Feuer geraten sei. Plötzlich – mitten in der Nacht – wurde ich aus dem Schlaf gerissen. Schmidt und ich reagierten generalstabsmäßig und wir waren binnen Sekunden auf unseren Posten, weil wir glaubten, es mit einer Wachkontrolle zu tun zu haben. Aber weit gefehlt. Es kümmerte sich kein Mensch um uns. Alle Mitarbeiter des ‚KK' kamen nacheinander und rannten voller Aufregung durchs Haus. Ein PKW vom Typ ‚Lada', dessen Nummernschilder abgeschraubt waren, stand auf dem Hof. Irgend etwas mußte schiefgegangen sein. Aber was? Die Hektik wurde jetzt noch größer. Oberst Knikke schrie uns an, wir sollten nicht so doof glotzen und lieber mithelfen. Ich befahl dem Professor, an die Waffe zu denken, und wir rannten mit gezogenen Pistolen auf den Hof hinaus. Eine Schar von Taschenlampenlichtern umschwirrte den weißen Lada, wie Glühwürmchen. „Steckt die Dinger weg!" zischte der Oberst, währenddessen er dabei war, mit einem Taschenmesser die Innenverkleidung der Türen abzuschrauben. Andere Mitarbeiter gingen noch rabiater zur Sache und zerschnitten mit Messern das Leder der Dachauskleidung. Auf diese Weise zauberten sie aus den unmöglichsten Stellen Schreibmaschinenseiten heraus. Ja, nichts weiter als beschriebene Schreibmaschinenseiten. Gefreiter Schmidt und ich dienten sozusagen als Papierhalter. Eine Seite nach der anderen wurde uns zwischen die Finger geklemmt. Alles ging viel zu schnell, um auch nur ein einziges Wort lesen zu können, außerdem war es dunkel, und ich kann nicht einmal sagen, ob es sich um russische oder deutsche Schrift handelte. Plötzlich kam ein weiteres Auto auf den Hof gefahren. Ein Planen-LKW mit stählerner Hebeplatte als Heckklappe. Die Heckklappe wurde zu Boden gelassen und der Lada daraufgeschoben. Das wirkte zwar alles spannend, aber für einen Geheimdienst verwunderte es mich nicht weiter. Was mich wunderte, ja, völlig nervös machte, war der Zeitdruck. Alles um mich herum geschah in einer solch atemberaubenden Geschwindigkeit, als könnte jeden Moment eine Bombe explodieren. Vier Mitarbeiter ließen sich zusammen mit dem Lada bis auf die Höhe der Ladefläche heben. Dann schoben sie das Auto auf die Pritsche und ließen sich von der Heckklappe einschließen. Der LKW fuhr samt Lada und Mitarbeitern vom Hof und verschwand im Dunkel der Nacht. Mit den Taschenlampen wurde noch einmal jeder Quadratzentimeter des Hofes abgesucht, um sich zu vergewissern, daß auch wirklich kein Blatt Papier auf die Erde gefallen war. Anschließend mußten der Professor und ich dem Oberst in sein Büro folgen. Er nahm uns das Papier ab, ordnete es notdürftig in eine Akte und ließ diese im Panzerschrank verschwinden. Jetzt befahl er uns, Haltung anzunehmen. Knikke bekam ein seltsam versteinertes Gesicht und sprach von Vergatterung. Diesem Befehl, der jeden unter ein besonderes Gesetz des Militärs stellte und dessen Zuwiderhandeln aufs härteste bestraft wurde. Ich reagierte erschrocken und hätte dem Oberst in seinem Nadelstreifenanzug diese militärische Strenge gar nicht zugetraut. Doch Knikke beherrschte die

Strenge perfekt. Er schwor uns darauf ein, daß wir über diesen Vorfall mit niemandem zu sprechen hätten. Mit niemandem. Auch mit keinem Offizier aus der Kaserne. Und schon gar nicht mit der Freundin im Bett oder so. Zudem durfte ich als Wachhabender keine Eintragung in meinen Dienstnachweis vornehmen. Der Dienst sei ganz ohne Zwischenfälle verlaufen, genauso, wie alle anderen Dienste zuvor auch. Das war eine merkwürdige Aktion, denn vor jedem Wachdienst wurde ich in der Kaserne vergattert, über alle Vorkommnisse eine Eintragung zu machen. Und nun erfolgte praktisch eine Vergatterung in der Vergatterung, die alles wieder aufhob. In dieser Situation konnte mich wirklich nur absolutes Stillschweigen retten. Egal, vor welcher Seite ich den Mund aufmachen würde, ich hätte so oder so Ärger bekommen.

Gefreiter Schmidt und ich gingen zurück ins Wachlokal. Im Haus zog wieder Ruhe ein. Die Zeiger der Uhr standen kurz vor zwei, und alles in allem mochte nicht länger als eine Stunde gedauert haben. Aber trotzdem. Ich war sauer. Dieses Gefühl, ständig zwischen die Fronten zu geraten, machte mich schier wahnsinnig. Außerdem war ich von Oberst Knikke enttäuscht. Ich hatte es einfach nicht für möglich gehalten, daß sich soviel Militarismus in ihm befände. Doch der Professor reagierte verständnislos auf meine Enttäuschung, denn nach seiner Meinung hätte Knikke niemals diesen Posten bekommen, wäre er nicht der, der er sei. Das mochte wahr sein und ich ärgerte mich über mich selbst. Dieses undurchsichtige Gespinst aus Sein und Schein, wie – in Gottes Namen – sollte man das auseinanderhalten können. Die Gefahr, auf die falsche Karte zu setzen, war allgegenwärtig. Ich erklärte Schmidt, daß mir die Stasispielchen langsam bis zum Hals stünden. Auf die Dauer bekäme man einen Dachschaden. Und genau darin liege auch der Grund, weshalb ich die Sache mit Larissa abgebrochen hatte. Denn schließlich wisse ich nicht, unter welcher Vergatterung sie stand. Vielleicht folgte sie einem Auftrag, etwas mehr aus meinem Privatleben herauszukriegen. Vielleicht auch nicht. Wer könne das schon wissen?

Dazu kam die Realität, daß es schwer ist, einen rollenden Stein zu stoppen. Und so hielt Oberst Knikke die Sache mit Larissa noch lange nicht für erledigt. Im Gegenteil. Sie beflügelte ihn in dem Glauben, mir helfen zu müssen. Da die Soldaten im Kasernenleben ohnehin nur verblöden würden. Der Oberst sorgte dafür, daß ich an einer Literaturveranstaltung in der Stasi-Hauptzentrale ‚Normannenstraße' teilnehmen konnte. Dort las ein Stellvertreter des Ministers für Staatssicherheit, der Leiter der Hauptabteilung ‚Aufklärung' – ein General Markus Wolf – aus den neusten Aufzeichnungen zu seiner „Troika". Wolf, ein älterer, schlanker Mann erstaunte mich durch seine offene Redeweise, die weder zur Stasimentalität an sich noch zum geladenen Publikum im besonderen passen wollte. Obwohl, eine kleinere Fangemeinde gab es schon und die zeigte sich auch begeistert zwischen den ansonsten eher langen Gesichtern, die sicher nur den Anstand wahrten, weil sie einem ranghohen General lauschen durften. Aber das überraschte mich nicht weiter. Ich hielt inzwischen alles für möglich. Auch, daß ausgerechnet Larissa die Karte für meinen Nachbarplatz hatte. Wir begrüßten uns höflich, redeten drei Worte übers Wetter und vertieften uns in den Vortrag. Das ewige

Gefühl, sie anblicken zu müssen, hatte ich dennoch. Aber ich verbot es mir mit aller Macht. Larissa wirkte immer noch so verstört wie an jenem Abend, als ich sie von der Bar zurück zur S-Bahn gebracht hatte. Sie war unruhig und rutschte nervös auf ihrem Stuhl hin und her, so daß ich manches Mal dachte, sie würde augenblicklich aufstehen und gehen. Jetzt aber wurde ich doch von einer Überraschung durchgeschüttelt, die mich fast zu demjenigen werden ließ, der vom Stuhl fiel. Wolf erzählte nämlich gerade von seinem Bruder und dieser Bruder hieß Konrad und war Filmemacher gewesen. Auf die Idee wäre ich mein Lebtag nicht gekommen: Konrad Wolf, einer der bedeutendsten Regisseure deutscher Nachkriegsgeschichte hatte einen Bruder, der General der Stasi war. Ich wußte zwar, daß sich Friedrich Wolf nicht nur als erfolgreicher Dramatiker, sondern auch als Vater von Konrad erfreuen durfte. Aber von einem weiteren Sohn namens Markus hatte ich nie etwas gehört. Ein wahrhaft schönes Dreigespann – mit einem unsichtbaren Gaul links außen. Ich dachte schon wirklich, mich würde es vom Stuhl hauen. Denn Vater Friedrich achtete ich. Sohn Konrad fand ich gut. Und wo sollte ich nun dessen Bruder hinstecken? Ich blieb skeptisch, sehr skeptisch. Allerdings – verglichen mit dem, was ich sonst so von Stasioffizieren zu hören bekam, schnitt dieser Markus Wolf nicht schlecht ab. Er war offen und sachlich, nannte Dinge, die ihm gegen den Strich gingen und kritisierte dabei seine eigene Firma. Zwar bemühte auch ich mich, frei von Vorurteilen zu sein, doch es wollte mir nicht gelingen. Schließlich saß Larissa neben mir und Oberst Knikke gehörte auch zu den guten Rednern. Was hatte mir der Professor gesagt: Keiner bekommt seinen Posten, wenn er nicht der ist, der er ist.

Um die Verwirrung komplett zu machen, sprach mich am Ende der Veranstaltung ein Hauptmann Kuppler an – rein zufällig natürlich. Ihm sei zu Ohren gekommen, daß ich mich mit der Schriftstellerei befasse und da habe er sich gedacht, daß er genau der richtige Verbindungsmann für mich sein könnte. Ich glaubte meinen Augen nicht zu trauen, denn Kuppler war kaum älter als ich, hatte lange Haare, trug einen ausgewaschenen Jeansanzug westlicher Marke und ein Kreuzkettchen um seinen Hals und sollte zudem schon Hauptmann sein. Automatisch sprach ich ihn mit „Du“ an und fragte, ob er sich beim Dienstgrad nicht geirrt habe. Doch Kuppler grinste nur und meinte, daß Dienstgrade nicht wichtig seien. Ich nickte, als wäre ich ganz seiner Meinung gewesen und hörte mir an, was er zu bieten hatte. Demnach brauche jedes Handwerk das richtige Werkzeug. Und die Zeit für Papier und Federhalter gehöre schon längst der Vergangenheit an. Daß es Schreibmaschinen aber viel schwerer zu kaufen gab als Bananen, erwähnte er dabei nicht. Glücklicherweise sei ich ja nun auf ihn gestoßen und er als Vorsitzender des Literaturverbandes der ‚Firma‘ wäre gerne bereit, mir eine zu überlassen. Die könne ich auf Lebzeiten behalten und außerdem dürfte ich an allen Treffen des Verbandes teilnehmen, wo mir viele Tricks und Tips bezüglich des Schreibens beigebracht würden. Auch bestünde die Möglichkeit, daß ich meine bisherigen Arbeiten einem Kreis von Fachleuten vorstelle, die ganz heiß darauf wären, mir weiterzuhelfen. Und als besonderen Bonbon habe man bereits einen Themenbereich für mich, der ganz alleine mir gehöre und in den ich meine Begabung einfließen lassen könne. Es handele sich dabei um Dr. Richard Sorge, den bekannten Kundschafter für die Sowjetunion im Zweiten Weltkrieg. Denn die weitere literarische Auseinandersetzung mit diesem Helden sei dringend nötig. Ich entgegnete Kuppler, daß ich während meiner Abiturprüfungen im Fach Deutsch schon einmal die Ehre hatte, mich mit Sorge auseinanderzusetzen und daß ich dabei nicht sonderlich gut abgeschnitten hatte. Aber das wiegelte er ab, denn schließlich sei das nur eine Sache der gründlichen Recherche. Sodann wollte mich Hauptmann Kuppler unbedingt auf ein Bier einladen und ich konnte ihm zum Glück entgegenhalten, daß ich nicht zu den freien Menschen gehöre und daß ich pünktlich in der Kaserne sein müsse. Doch bevor er mich gehen ließ, sollte ich ihm versprechen, mir die Sache zu überlegen und am nächsten Literaturtreffen teilzunehmen.

Natürlich nahm ich nirgendwo teil. Und meine Arbeiten freiwillig in die Hände der Stasi zu geben – um einer Schreibmaschine willen – war ja nun das Letzte. Außerdem hatte ich diesen Richard Sorge ohnehin gefressen und wäre lieber gestorben, als weiter in dessen Vergangenheit rumzuwühlen. Aber immerhin, die Literaturveranstaltung mit all ihren Merkwürdigkeiten hatte auch etwas Gutes. Denn mit einem Mal fand ich es gut, wieder in die Kaserne zurückkehren zu können und nur ein einfacher Wachsoldat zu sein. Ich kam mir vor wie auf einer Umlaufbahn eines Planeten, auf dem es an derselben Stelle einmal Tag und einmal Nacht wird. Plötzlich drehte sich die Schutzfunktion des ‚KK' und wandte sich wieder der Kaserne zu. Jetzt fühlte ich mich dort sicher, sicher vor dem ganzen Wirrwarr, das in der angeblichen Nische der Vernünftigen auf mich wartete.

Das Verhältnis zwischen Oberst Knikke und mir kühlte merklich ab. Er behielt selbstverständlich seine höfliche Art bei, aber die vielen, kleinen Unterhaltungen am Rande des Dienstes gab es nicht mehr. Irgendwie erschien er mir unsicher, fast so, als sei ihm bewußt, daß er eine verbotene Grenze überschritten hatte. Das erinnerte mich an Larissa, die zwar gelegentlich zu Versammlungen ins ‚KK' kam, doch nie mehr zu mir in das Wachlokal schlich, um mir aus „Eugen Onegin“ vorzulesen. Vielleicht lag es daran, daß die Fronten nun endgültig geklärt waren. Jeder für sich hatte begriffen, daß zwischen den beiden Seiten ganze Welten lagen. Die friedliche Koexistenz mit der Stasi empfand ich als schwierig genug, sie mußte aber zum Selbstschutz vollzogen werden. Doch die Aufnahme von direkten Beziehungen war für mich unmöglich. Da spielte es keine Rolle, was der Oberst, Larissa oder Kuppler jetzt von mir dachten. Ich fürchtete mich nicht vor dem Schicksal des kleinen Wachsoldaten, dem bei klirrender Kälte auf seinem Postenturm die Eier abfroren, damit die hohen Herren eine gute Nacht hätten. Sicherlich ist es ganz gut, daß kein Mensch über seinen Schatten springen kann, denn könnte er das, würde er in so manchem Sumpf versinken. Das Problem ist nur, daß es trotzdem viele versuchen, um anschließend feststellen zu müssen, daß sie weder in ihrem Schatten noch woanders mit sich klarkommen. Selbst wenn ich gezwungen war, die Pisse wodkatrunkener Offiziere von den Klobrillen zu wischen, so wußte ich dennoch, wohin ich gehörte. Auch wenn es eine kleine Welt sein mochte, aber sie gehörte zu mir.

Natürlich ist die Versuchung groß, seine Überzeugung, die man für die eigentlich wahre hält, gleich auch noch dem Mitmenschen überzustülpen. Dabei mag man Gutes im Schilde führen, doch der Bekehrte kann sich trotzdem wie in einer Zwangsjacke fühlen. Wenn einem die Jacke von außen übergezogen wird, so hat man wenigstens einen, der die Schuld trägt. Viel schlimmer scheint es zu sein, wenn man sich die Jacke selber anzieht. Dann ist das mit dem Schuldigen schon schwieriger. Für diese Fälle gibt es zum Glück noch die Masse. Keiner trägt allein die Verantwortung, denn schließlich machen es doch alle so. Diese Wanderung auf dem Grat zwischen sich und den anderen kann mitunter verdammt unangenehme Folgen haben. Zum einen läuft man Gefahr, als Eigenbrötler abgestempelt zu werden, den die Mitmenschen nicht mehr beachten und der fortan von seiner Einsamkeit zerfressen wird. Zum anderen ist es schwer vorherzusagen, wie tief einer in die Masse abtauchen kann, bis er sich selbst nicht mehr wiederfindet. Mit meiner Nische ‚KK' hatte ich es ja fast geschafft, mich soweit von den Kameraden abzusondern, daß mich meine eigenen Leute kaum noch für voll nahmen. Und um die schnelle Wiederaufnahme bei ihnen zu erreichen, blieb mir gar keine andere Wahl, als das Spiel mitzuspielen – die jungen Soldaten zu ärgern, Skat zu kloppen, fette Zigarren zu rauchen und anständig Fusel in die Cola zu kippen. Das war alles so entsetzlich feige. Aber, wie bleibt der Mensch doch dem Menschen treu.

Daß ich mich nun wieder dem Kasernenleben zuwandte, blieb auch Leutnant Scharf nicht verborgen. Er nutzte die Gelegenheit, um zum alles entscheidenden Schlag auszuholen, denn viel Zeit blieb ihm nicht mehr. Außerdem war das eine Frage der Ehre. Der Leutnant hatte es letztlich fertiggebracht, fast jeden von uns von der Notwendigkeit des Parteieintritts zu überzeugen. Nur eine Handvoll Starrköpfiger ließen sich mit allen Argumenten der Welt nicht weichkochen. Allerdings wurde die Situation für uns Hardliner immer auswegloser. Und das nicht nur, weil wir zahlenmäßig weit unterlegen waren. Nein, es fehlte uns auch an Gründen. An Gründen, warum wir die Aufnahme in die Sozialistische Einheitspartei verweigerten. Denn allzu leicht ließen sich aus diesem Stoff die Geschichten von der Staatsfeindlichkeit dichten. Eine Dichtung, vor der ich mich fürchtete, weil sie mir schon in der Abiturzeit nicht bekommen war. So gesehen, hatte ich also gar keine andere Möglichkeit, als mich der Offensive des Leutnants zu stellen.

Um aber nicht der listigen Intelligenz des Leutnants zum Opfer zu fallen, wendete ich mich gleich an den obersten Parteinik – unseren Kompaniechef. Der KC war wesentlich ruhiger und in seinen Gedanken nicht so wendig. Eigentlich verstieß mein Vorgehen gegen die Dienstvorschrift, die besagte, daß man sich stets nur an die nächst höhere Instanz zu wenden habe und auf keinen Fall an die höchste. Doch ich wußte, daß bei einem solch politischen Ereignis, wie dem freiwilligen Parteibeitritt eines Starrkopfes, die Einhaltung des Instanzenweges keine Rolle mehr spielte. Eine total richtige Einschätzung und damit ein Pluspunkt meinerseits. Der KC staunte nämlich nicht schlecht, als ausgerechnet ich vor seiner Tür stand und um Einlaß bat. In diesem Augenblick mochte er sicher an alles mögliche gedacht haben, aber niemals an die Dienstvorschrift. So nutzte ich die Gunst der Stunde und redete nicht lange drumherum. Ich sagte ihm, daß ich nun endgültig die Schnauze voll hätte vom ewigen Außenseiterdasein. Spätestens nach dem Studium würde ich eine leitende Position in der Wirtschaft bekleiden, die ich aber nur bekäme, wenn ich Parteimitglied sei. Das dürfe zwar offiziell nicht so gesagt werden, doch jeder wisse, daß es so sei. Hauptmann Still mußte etwas grinsen, brachte unter heftigem Kopfschütteln ein „Aber, aber, Genosse!“ hervor und überreichte mir die Unterlagen für den Parteieintritt. Ich versprach ihm, daß ich die Papiere schnellstens ausfüllen würde, um sie ihm dann persönlich zurückzugeben. Der KC freute sich von Herzen, wirkte aber dennoch überrascht und überrannt.

Beim Ausfüllen der Unterlagen stellte ich mich derart trottelig an, wie es schlimmer nicht hätte sein können. Ich verschrieb mich so oft, bis ich wußte, daß ein neues Erstellen der Papiere unumgänglich war. Dann wandte ich mich an die rötesten Genossen unserer Kompanie, die ich nur ausfindig machen konnte. Ich bat sie um Hilfe beim Erledigen des Papierkrams, damit ich in die Partei eintreten könne. Natürlich spürte ich, daß ich gerade diejenigen bat, denen ich ein Dorn im Auge war – die in mir einen politischen Gegner witterten, dem sie nicht trauten. Einen Menschen, der ihrer vergötterten Partei nur schaden könne. Das Echo hallte also herauf, wie ich es vorausgesehen hatte: ein wilder Aufschrei gegen meinen Parteieintritt. Denn schließlich würde ich die Show nur inszenieren, damit ich beim bald beginnenden Studium die besseren Karten hätte. „Das typische Verhalten eines Sozialschmarotzers“, so fegte es über die Flure bis hin zum KC. Als Leutnant Scharf von der Sache Wind bekam, war bereits alles zu spät. Der KC trommelte seine Mannen zu einer außerordentlichen Parteiversammlung zusammen. Und kaum, daß die Genossen eine Stunde getagt hatten, wurde ich hinzugerufen. Immerhin schafften es KC und Leutnant, daß sich die Widersacher bei mir entschuldigten, doch ich lehnte ab und reagierte schwer beleidigt. Tatsache sei, daß ich gegen den Willen der Basis gar nicht in die Partei eintreten könne. Denn wenn die Vertrauensfrage so klar gegen mich ausfiele, würde ich unter den Genossen niemals glücklich werden. Demonstrativ übergab ich unserem KC die nicht zu gebrauchenden Papiere und verließ das Zimmer. Natürlich ohne zu fragen, ob ich wegtreten dürfe.

Das war vielleicht eine schauspielerische Meisterleistung! Ich mußte mich sodann erst einmal auf dem Klo einschließen, aus der Uniformjacke den Angstschweiß lüften und meine zitternden Muskeln unter Kontrolle bringen. Doch so ganz sicher fühlte ich mich noch nicht. Zwar ging auch dieser Punkt an mich und mir war es gelungen, mit einer herrlichen Parade die Genossen gegeneinander auszuspielen. Aber – ich fürchtete die windige Gedankenwelt des Leutnants und wußte, daß dieser sich nicht so einfach geschlagen geben würde.

Es dauerte auch nicht lange, bis Leutnant Scharf zu mir auf die Stube kam. Ich spürte wieder meine innere Anspannung und das unterschwellige Zittern meiner Muskeln. Ich bereitete mich auf ein Donnerwetter vor. Vielleicht wegen der Verletzung der Dienstvorschrift. Vielleicht ahnte ich auch, daß er mein Spiel durchschauen könnte. Aber Scharf wirkte seltsam ruhig und entspannt, fast schon traurig sagte er: „Wir hätten doch darüber sprechen können, Junge. – – Immer und immer wieder die Alleingänge des Max Steinert, der am Ende vor einem Scherbenhaufen steht. Und ich hatte schon geglaubt, daß du die Sache durchstehst. Du hättest es den anderen zeigen können. ‚Jetzt erst recht', das wäre die richtige Reaktion gewesen. Schade, sehr schade – aber du bist wirklich noch nicht reif für die Partei." Dann verließ Leutnant Scharf mit hängendem Kopf die Stube. Jetzt bemerkte ich erst, daß mich der Leutnant geduzt hatte. Das war ihm in all den Jahren noch nie passiert. Und ich wußte bei Leibe nicht, ob das an meinem guten Schauspiel lag oder ob ich es mir über die Mitleidstour noch einmal anders überlegen sollte. Egal. Völlig egal, was Scharf jetzt von mir erwartete. Ich tat keines von beidem, zeigte keine Freude noch zweifelte ich aus Mitleid. Ich blieb bei meinem Beleidigtsein und hatte damit das lästige Thema ‚Partei' endlich vom Hals.

Das dachte ich jedenfalls. Denn die Offiziere waren durch ihre eigene Argumentation schachmatt gesetzt. Allerdings bezog ich das Publikum, also die Soldaten, in meine Planungen zum Schauspiel nicht mit ein. Wie sollte ich schließlich auf die Idee kommen, daß ich ausgerechnet bei ihnen die heftigste Reaktion auslösen würde. Aber genau das passierte. Dabei hatte ich immer geglaubt, ein Schauspieler müsse sich um seine Rolle auf der Bühne kümmern und allenfalls noch um seine mitstreitenden Akteure. Das Publikum könne ihm doch gestohlen bleiben. Das war sicher ein Fehler in meinem Denken, aus dem mir eine entsprechende Lektion erteilt wurde.

Zu den mitstreitenden Akteuren zählte ich nicht nur die Offiziere, sondern auch die echten Kommunisten in der Soldatenschaft. Sie hockten ohnehin über viele Stunden mit ihren Offiziersfreunden zusammen und deklarierten das zur Parteiarbeit der Vorhut unter den Genossen. Daß diese Soldaten wie die Maden im Speck lebten, läßt sich denken, denn eine Krähe hackt der anderen kein Auge aus, was genauso logisch war wie die Tatsache, daß der Buhler und der Rotrein zu dieser Gruppe gehörten. Jedoch gab es innerhalb der Parteigruppe noch einmal ein Gefälle von rot bis dunkelrot. Rotrein hatte es Dank seiner Politiktreue bis zum Feldwebel geschafft, konnte keinen höheren Dienstgrad mehr erreichen und galt gegenüber seinen ‚normalen' Kameraden als ausgesprochen friedlich. Doch der Buhler war jetzt am Ende der Dienstzeit noch schärfer als je zuvor, denn die Degradierung zum Soldaten wegen der Nötigung einer Frau vermochte auch die Parteigruppe nicht rückgängig zu machen. Aber mittels strenger Parteidisziplin konnte er sich der Anerkennung seiner Läuterung sicher sein, die zwar keinen neuen Dienstgrad, jedoch eine ordentliche Abschlußbeurteilung versprach. Daß ich mich mit dem Ausfüllen der Eintrittspapiere gerade an jene Genossen gewandt hatte, war also gut und richtig. Sie saßen jetzt auf ihrer Stube zusammen, kippten einen Schluck Fusel in die Cola und gleich noch einen, um sich gegenseitig zu gratulieren, vor welchem vermeintlichen Schaden sie ihre Partei bewahrt hätten. Eine Reaktion, mit der ich durchaus leben konnte.

Was ich nicht erwartet hatte, war die Reaktion all der anderen Soldaten, die auch der Partei angehörten, aber nur, um den fälligen Beitrag zu entrichten. Sie bildeten zwar die überwiegende Mehrheit, doch ihnen mußte man jedes Wort über die Mitgliedschaft förmlich aus der Nase ziehen, denn von alleine redeten sie kaum darüber. Ich war überrascht, denn gerade sie waren es, die mich nun – einer nach dem anderen – zur Seite nahmen, um mir ein paar wichtige ‚Hinweise' zu geben. Demnach hätte ich einige eklatante Fehler gemacht, durch die mein Parteieintritt nur schiefgehen mußte. Mir zitterten sofort wieder die Knie und ich stellte mich dümmer, als daß man sich dümmer nicht anstellen konnte. Das durfte doch alles nicht wahr sein. Da inszenierte ich vor Offizieren und Parteigruppe ein exzellentes Schauspiel und drohte jetzt von meinen eigenen Kameraden enttarnt zu werden. Erstaunlicherweise spielten sie allesamt mit und kauften mir meine Unwissenheit ab. Das entspannte die Situation, ließ mich ruhiger werden und einige interessante Dinge in Erfahrung bringen. So sollte ich mich gleich mit dem Beginn des Studiums um den Parteieintritt bemühen. Das sei besonders wichtig, am besten gleich noch im 1. Semester. Niemand kenne mich dann schon gut genug, um mir Ärger zu machen. Und wer erst einmal in der Partei sei, der käme da sowieso niemals wieder raus. Außerdem betrachte der kluge Mensch die Partei als Club des Schweigens, wo er bezahle, um den Mund halten zu dürfen. Diese Einstellung helfe der Familie und fördere den Beruf. Nur wenn mich jemand frage, solle ich sagen, daß ich mit Marx und Engels schwanger sei. Ich hielt an meiner Dummheit fest und meinte, ich könne nicht lügen. Aber die Genossen waren sich einig, daß es sich hierbei weder um Lüge noch um Wahrheit handele. Es ginge schlicht um die Realität, ums Überleben.

Ich fühlte mich frei und erleichtert. Endlich, nach Jahren des Umherirrens vor der Mauer des Schweigens hörte ich das, was ich dahinter längst vermutet hatte: Angst! Es war mir, als hätte ich das schon immer gewußt – aber niemand wollte es mir glauben. Vielleicht glaubte ich selbst kaum noch daran, denn wen ich auch fragte, die Genossen meinten tatsächlich, sie würden mit Marx und Engels schwanger sein. Auf die Dauer gesehen, dachte ich so manches Mal darüber nach, ob ich nicht ganz richtig im Kopf war. Jetzt allerdings erschien mir die Sache in einem anderen Licht, denn die Argumentation der Basis verstand ich deutlich besser als das Gequatsche des Leutnants. Da mag es schon sein, daß Angst dumm macht und eingrenzend wirkt. Aber nachvollziehbar und verständlich ist sie allemal. Folglich schien es mir nicht mehr sicher, ob ich überhaupt auf der richtigen Seite stand. Meine Rebellion gegen die Partei hatte mir bisher keine Vorteile gebracht. Und selbst dem Vorwurf meiner Unreife konnte ich nur wenig entgegenhalten. Schließlich gab es für mich nicht die Verantwortung, eine Familie ernähren zu müssen. Kurz, meine Kameraden erreichten in Minuten, was Leutnant Scharf in Jahren nicht geschafft hatte: Ich geriet ins Wanken und konnte nicht sicher sagen, welcher Weg der richtige war – mit oder ohne Partei.

Erst einige Zeit später bekam ich wieder festen Boden unter den Füßen. Nun endlich gehörte ich zu den EKs, zählte die letzten 150 Tage mittels Bandmaß und gönnte mir jeden Abend einen Schluck Fusel-Cola, währenddessen ich einem jungen Soldaten die ‚Ehre' zuteil kommen ließ, den Tagesschnipsel von meinem Bandmaß abzuschneiden. Wir EKs befanden uns in Hochstimmung, selbst Rotrein und Buhler. Keiner erzählte irgend etwas von Partei, Marx, Engels oder Lenin. Keiner achtete mehr auf die Uniform, man lebte auf Verschleiß. Die Dienstgrade verloren gänzlich ihre Bedeutung und die Achtung sowieso. Das schloß auch die Offiziere mit ein, von denen sich sowieso keiner bei uns blicken ließ. Mit einem Mal konnten wir uns innerhalb der Kaserne eine große Klappe erlauben, die für Armeeverhältnisse völlig untypisch war. Auch redeten wir uns nicht mehr mit „Genosse" an, sondern mit „Bürger" und jeder, der gegen diese Regel verstieß, mußte eine Runde Fusel-Cola spendieren. Allerdings wurde mein Ausgelassensein immer wieder durch aufpeitschende Wellen hin- und hergeschaukelt, die in mir stets ihr Unwesen trieben, wenn mich das schlechte Gewissen plagte. Natürlich wußte ich sehr wohl, was die Ursache dafür war. Es war die Ohnmacht. Die Ohnmacht, die ich spürte, wenn ich noch einmal Glück gehabt hatte, ohne zu wissen, warum. An mir lag es jedenfalls nie, leider. Vielleicht gab es wirklich eine Art von Schutzengel und wenn ja, so war es mir unheimlich. Denn keiner unter den Soldaten und Offizieren ahnte auch nur, wie dicht ich am Parteieintritt vorbeigeschlittert war. Eigentlich so dicht, daß ich ins Loch hätte fallen müssen. Aber ich fiel nicht. Warum? Drei lange Jahre biß ich erfolgreich um mich und ließ keinen an mich heran, der mir einen Stock zwischen die Beine werfen konnte. Und kurz vor dem Ziel brachten mich die eigenen Freunde ins Straucheln, so sehr, daß ich tatsächlich auf die Schnauze fiel. Welch ein Zufall, da das Ziel schon erreicht war und keiner meinen Niederfall mitbekommen hatte. Jetzt wurde mir auf die Schulter geklopft und mein Stehvermögen bewundert. Ich kann es nicht beschreiben, wie verlogen ich mich in jenen Momenten fühlte. Denn in Wirklichkeit stand ich für eine Weile gar nicht auf meinen Beinen, ich wurde aufrechtgehalten, aber niemand konnte mir sagen – von wem.

Es mag schon sein, daß in jedem von uns Menschen ein kleines Etwas innewohnt, was das Besondere des Einzelnen ausmacht. Damals, als ich noch zu den Spritzern gehörte, konnte Unteroffizier Schleifer vor mir nicht den ‚Brutalo' markieren, selbst dann nicht, wenn er es gewollt hätte. Denn der ‚Brutalo' war nicht in ihm. Und jetzt? Allein die harmlose Anordnung, daß ein junger Genosse den Tagesschnipsel von meinem Bandmaß abschneiden ‚dürfe', kostete Überwindung. Schließlich wußte ich, wie erniedrigt sich ein Soldat in diesem Augenblick fühlte. Doch ich wußte auch, was mit mir passiert wäre, hätte ich mich ganz den Regularien der EK-Bewegung verweigert. Da war es schwierig zu entscheiden, wo die Grenzen des für einen Machbaren liegen. Also blieb mir gar keine andere Wahl, als mich voll und ganz auf mein ‚kleines Etwas' zu verlassen. Und körperliche Gewalt und Demütigung eines Untergebenen hatten nichts mit mir zu tun, ich ordnete sie dem Bereich des Nichtmachbaren zu. Egal, was meine Kameraden von mir dachten, egal, wie oft ich als entsetzliche Flasche beschimpft wurde. Manche Dinge konnte ich eben, manche konnte ich nicht und ich wollte sie auch nicht lernen. Selbst beim Buhler mochte das nicht anders sein. Nur halt umgekehrt. Er genoß seine Macht, badete in ihr, labte sich fett und rund. Und körperliche Gewalt bereitete ihm ja sowieso die größte Wonne. Da half ihm nicht mal die vergötterte Partei. Dabei hatte er ihr geschworen, daß er für eine gute Abschlußbeurteilung immer lieb und artig sein würde. Aber was nützen alle Schwüre und alle Ideologie, wenn sie so gar nicht zum inneren Wesen des Schwörenden passen wollen. Die Einsicht, freiwillig auf etwas zu verzichten, das man sonst nur mit Gewalt bekommen kann, läßt sich nicht herbeischwören. Buhler konnte von Glück reden, daß der Gedemütigte Angst vor seinem Demütiger hat und außerdem die Offiziere von jeher einen großen Bogen vor den wildgewordenen EKs machten. Denn nur so mochte er trotzdem zu seiner guten Beurteilung durch die Offiziere der Parteigruppe gekommen sein.

Meinen letzten Dienst auf ‚KK' trat ich mit weißen Handschuhen an. Auch das gehörte zu den typischen EK-Ritualen. Ich ordnete diese Kleinigkeit dem Bereich des Machbaren zu und konnte doch nicht ahnen, daß Oberst Knikke darüber derart die Nerven verlieren sollte. Aber genau das tat er. Knikke flippte völlig aus. Er schrie mich an, wie er es in all der Zeit noch nie getan hatte. Mit hochrotem Kopf fluchte er, daß er immer geglaubt habe, ich gehöre zu den vernünftigen Menschen und nun so etwas. Ein Abgleiten in den Primitivismus, wie er das nannte. Natürlich zog ich die blöden Handschuhe sofort aus. Ich wollte mich deswegen nicht ärgern. Der Oberst willigte in das Friedensangebot sofort ein und forderte mich auf, mit in sein Büro zu kommen. Für einen Moment dachte ich, daß er mich mißverstanden hätte, denn ich wollte doch nur in Ruhe gelassen werden. Aber sein ganzes Gehabe – jede Handbewegung und jedes Wort – verrieten mir, daß dieses Abschlußgespräch bis ins kleinste Detail geplant war, ob mit oder ohne Handschuhe. Knikke fuhr dabei allen Charme auf, den er in seinem Wesen nur ausfindig machen konnte, bat mich, Platz zu nehmen und wies die Sekretärin an, Tee zu kochen. Aber bitte einen grusinischen, einen, den ich mit Larissa immer so einvernehmlich getrunken hätte. „Warum haben Sie die Larissa eigentlich von einer Sekunde zur anderen fallen gelassen wie eine heiße Kartoffel?“ fragte der Oberst plötzlich ganz direkt. Ich sah ihn verdutzt an und hob die Schultern: „Ich weiß selbst nicht recht. – – Ich denke – –, ich wollte kein Feuer anfachen, was ich nicht in Gang halten kann.“ Knikke schüttelte den Kopf, als glaube er mir kein Wort. „Aber Sie haben das Feuer entfacht, mein Lieber, Sie haben es angezündet und sind dann einfach fortgelaufen. Und das war Brandstiftung, der Larissa zum Opfer fiel.“ Ich senkte den Kopf und spürte, daß ich rot wurde. „Das hatte ich nicht beabsichtigt, Genosse Oberst“, entschuldigte ich mich kleinlaut. „Außerdem lief zwischen uns noch gar nichts. Nicht mal ein Kuß.“ Der Oberst lachte: „Aber, aber Steinert. Sie wissen sehr wohl, was zwischen Menschen sein kann – auch ohne Kuß. Und trotzdem. Sie können die Tür wieder öffnen, die Sie zugeschlagen haben. Larissa jedenfalls bleibt bei uns und wir haben auch kein Interesse daran, daß Sie uns verlassen. – – Wissen Sie Max, es gibt immer solche und solche Wachsoldaten. Der Großteil von ihnen bekommt bezüglich unserer Firma überhaupt nichts mit. Und dann scheinen da einige wenige zu sein, die gleich alles mit einem Mal aufschnappen. Also – ich will ganz ehrlich sein – Sie haben einfach zu viel aufgeschnappt, als daß ich es unversucht ließe, Sie daran zu hindern, einfach wegzulaufen.“ „So'n Quatsch,

Genosse Oberst!“ zischte es erregt aus mir heraus. „Wohin kann ich schon laufen, wo ihr nicht seid? Und außerdem, alles, was ich aufgeschnappt habe, kommt nie wieder über meine Lippen, das verspreche ich.“ Oberst Knikke grinste. Es war ein echtes, ein aus der Tiefe kommendes Grinsen, das vor Erhabenheit strotzte. „Ja, ja – Genosse Steinert – da passen wir schon auf, da brauchen Sie sich keinen Kopf machen. Nur – es ist so unlogisch. Denn bei uns könnten Sie ihre Beobachtungsgabe zu Geld machen. Draußen aber, draußen glaubt Ihnen sowieso kein Mensch, was hier drinnen los ist.“ Ich schaute Knikke erschrocken an. Mit einer solchen Offenheit hatte ich nicht gerechnet. „Nein, nein – das geht nicht!“ antwortete ich ruhig, aber bestimmt. Sie wissen doch selbst, daß ich während der drei Jahre nicht ein Vorkommnis gemeldet habe. Niemals werde ich die Schwächen anderer Menschen erkunden, um damit Geld zu verdienen.“ Der Oberst warf mir wieder sein erhabenes Grinsen zu und meinte: „Große Worte – Steinert – wirklich große Worte! Aber in jeder Nacht, wo Sie sich hinsetzen, um an Ihrem Buch zu schreiben, beschäftigen Sie sich mit den Eigenarten der Menschen. Und warum? Ich sage es Ihnen! Weil Sie nichts auf der Welt mehr ersehnen, als daß Ihr Buch eines schönen Tages im Laden steht. Die Leute sollen es kaufen, sie sollen es lesen und sie sollen dafür bezahlen.“ – – „Das ist doch überhaupt nicht wahr“, verteidigte ich mich unter heftigem Kopfschütteln. „Außerdem habe ich meinen Studienplatz an der Humboldt-Uni sicher. Schon in ein paar Wochen werde ich mich an der landwirtschaftlichen Fakultät einschreiben und ...“ Oberst Knikke unterbrach mich mit einem lauten Aufschrei: „Max Steinert, der diplomierte Landwirt! Den Unsinn glauben Sie doch hoffentlich nicht selber.“ In seine Stimme mischte sich Ärger, den er nur durch sein Schreien unter Kontrolle halten konnte. „Hören Sie, Steinert! Sie sind ein feiner Kerl. Sie scheißen keine Leute an und Sie können die Stasi nicht leiden, weil es dort Menschen gibt, die das tun. Das alles ehrt Sie. Aber bitte hören Sie! Bitte! – – Fangen Sie nicht an, mich zu belügen. Nicht lügen! Verstanden! Denn das kann ich auf den Tod nicht leiden.“ Knikke sprang von seinem Stuhl auf und ging einige Schritte im Büro hin und her: „Überdenken Sie doch einmal die Chance, die ich Ihnen biete und bleiben Sie dabei nicht an Ihren Anti-Stasi-Dogmen kleben. Kein Mensch verlangt, daß Sie nicht studieren sollen, kein Mensch verlangt, daß Sie die Firma lieben sollen. Aber Sie können jetzt und hier entscheiden, was Sie wirklich studieren möchten, und ich werde dafür sorgen, daß alles in Ordnung kommt. Meinetwegen besorge ich Ihnen eine eigene Wohnung, und Sie setzen sich hin und schreiben bis an Ihr Lebensende. Meinetwegen veranlasse ich ...“ Jetzt unterbrach ich ihn: „Genosse Oberst, Sie wollten, daß ich ehrlich bin.“ Knikke hielt inne, wandte sich mir zu und wartete. „Es geht nicht. Es wird nie gehen, egal, was Sie mir bieten. Ich weiß nicht, warum. Es ist wie mit Larissa. Es geht einfach nicht und ich kann nicht sagen, weshalb.“ Eine nachdenkliche Ruhe breitete sich zwischen uns aus. Knikke setzte sich wieder zurück an den Schreibtisch und meinte mit enttäuschtem Unterton in der Stimme: „Schade, Max. Wirklich schade. Offen gesagt, ich hatte etwas Hoffnung, als ich mich gestern schlafen legte. Schließlich brauchen auch wir junge Leute. Und ich finde, daß wir schon mehr als genug Idioten unter uns haben. Da kam mir die Idee vom gegenseitigen Vorteil gerade recht. Sie hätten Ihre beruflichen Träume verwirklichen können, und ich wüßte jemanden in unserer Mitte, dem ich vertrauen kann. – Wollen Sie sich das nicht noch einmal überlegen, Max?" Ich schwieg, sah zu Boden und schüttelte den Kopf. – – „Na gut. Da kann man nichts machen. Und gezwungen habe ich bisher noch niemanden. Allerdings – verstehen kann ich Ihre Entscheidung nicht. Nur Ihr Gefühl kenne ich. Dieses Gefühl der inneren Stimme, die einem sagt, wo es langgeht. Doch dachte ich in Ihrem Falle, daß Sie schon klug genug sind, um Verstand und Gefühl auseinanderhalten zu können." – – Wieder füllte die Stille den Raum. Oberst Knikke lehnte sich zurück, massierte mit Daumen und Zeigefinger sein Kinn und sah nachdenklich zu mir herüber. Nach einem langen Ausatmen fuhr er fort: „Naja, Genosse Steinert, wollen wir das Ganze nicht zur Quälerei ausarten lassen. Alles, was ich Ihnen nun sage, sollten Sie sich gut merken und sich daran halten. Denn bei Mißachtung werde ich Ihnen nicht weiterhelfen können. So wird es das Beste für Sie sein, wenn Sie die vergangenen drei Jahre einfach vergessen. Streichen Sie die Zeit aus Ihrem Gehirn! Ich brauche wohl nicht lange drumherum zu reden, daß ich ein bestimmtes Ziel verfolgte, als ich Sie auf ‚KK' behalten habe. Und Ihr Spiel war kein schlechtes. Die Regeln beherrschen Sie jedenfalls perfekt. Also achten Sie künftig darauf, daß das so bleibt. Das sage ich nicht der Firma wegen. Die kommt auch ohne Ihre Hilfe klar. Nein, ich denke dabei eher an Sie selbst. Immerhin bin ich dafür bekannt, daß ich mich stets für meine Mitarbeiter einsetze. Das gilt auch für Sie, Steinert. Was sich hinter diesen Mauern abspielt, geht draußen niemand etwas an. Ist das klar? Niemand! Sollten Sie gegen die Spielregeln verstoßen, gefährden Sie meine Mitarbeiter und das geht nicht. Also wäre ich gezwungen, Sie aus dem Spiel zu schmeißen. – – Habe ich mich da deutlich genug ausgedrückt?" Mir wurde plötzlich unwohl. Ich fühlte mich bedroht. „Aber, Genosse Oberst, ich weiß doch überhaupt nichts. Bitte lassen Sie das Drohen!" flehte ich ihn an. „Ich drohe nicht, mein Lieber. Ich stelle fest. Schließlich hatte ich lange genug Gelegenheit, Sie kennenzulernen. Sie sehen nie dorthin, wo die Bewegung ist. Sie hören nie dorthin, wo der Lärm ist. Folglich haben Ihre Augen und Ohren viele Dinge bemerkt, die nicht für Sie bestimmt waren. Nun denn, lassen wir's dabei – Sie vergessen das alles! Anderenfalls kann so ein Studium an der Uni auch ganz schnell zu Ende sein und Sie finden sich womöglich in einem gestreiften Anzug beim Gleisbau wieder. Und das wollen wir doch alle nicht, oder!?" – „Nein, nein, wer will das schon. Außerdem bin ich nicht blöde, Genosse Oberst. Ich kann mich schon jetzt an nichts mehr erinnern. Ich mache Ihnen keinen Ärger und Sie mir ebenfalls nicht. Ich denke, das ist eine Formel, die in Neutralität aufgeht. Und um ‚KK' mache ich im zivilen Leben einen riesigen Bogen – versprochen, Genosse Oberst." „Halt, halt, junger Mann!" Knikke hob eine Hand und führte sie mit besänftigender Geste über die Schreibtischplatte: „Halt, halt, junger Mann! Kein Mensch sagt, daß Sie künftig um ‚KK' einen Riesenbogen machen sollen. Wenn Sie sich an die Spielregeln halten – und davon gehe ich einfach mal aus – steht Ihnen unsere Tür jederzeit offen. Mein Angebot kennen Sie ja." Oberst Knikke öffnete eine Schublade und holte eine Schweigeerklärung heraus. „Hier, unterschreiben Sie das!" forderte er mich auf. „Aber ich habe die Erklärung bereits unterschrieben." Knikke warf mir wieder seinen strengen Blick zu und meinte mit erhobener Stimme: „Max, ich habe Ihnen oft genug gesagt, daß es mir egal ist, was in Ihrer Kaserne passiert. Hier herrschen andere Gesetze. Und nun unterschreiben Sie, – bitte!" Ich zögerte noch einen Moment, griff dann aber doch entschlossen zum Stift und kritzelte meinen Namen unters Papier.

Mit welch einer Ungeduld der Professor meine Rückkehr erwartet hatte, konnte ich ihm buchstäblich vom Gesicht ablesen. Er drückte mich auf einen Stuhl nieder, gab mir ein Glas Saft in die Hand und stotterte völlig aufgelöst: „Wa-, wa-, was hat denn da solange gedauert, Maxi? Unser Plan konnte doch gar nicht schiefgehen? Oder hat dich der Alte etwa rumgekriegt." „Nein, hat er nicht. Aber es war alles viel komplizierter, als wir es uns zurechtgelegt hatten. Und ich weiß auch, woran das lag. Wir haben die Offenheit vergessen, Schmidt. Die Offenheit – verstehst du?" Der Professor sah mich mit großen Augen an und verstand überhaupt nichts. „Knikke redete nicht wie üblich. Er legte einfach alle Förmlichkeiten beiseite und kritisierte seine eigene Firma mit einer Offenheit, die es mir unmöglich machte, noch mehr gegen die Stasi zu sagen. Dann versicherte er, daß man trotzdem gut in der Firma zurechtkäme und tischte zudem eine Reihe von Karrieremöglichkeiten auf. Das Ganze garnierte er noch mit etwas Psychodruck bis hinein ins Eingemachte und ich mußte zusehen, wie ich damit fertig werde. Aber ich hab' mich ganz gut gehalten. Auch wenn es etwas länger gedauert hat. Und so war es zwar eklig, doch ich bin jetzt frei." Gefreiter Schmidt begann zu lächeln. Erleichterung machte sich in ihm breit: „Oh, Mensch Max, ich bin hier unten schon ins Schwitzen gekommen. Ich darf gar nicht daran denken, daß mir diese Scheiße selbst irgendwann bevorsteht." Sein Lächeln erfror, die Augen wurden ihm trübe, die Lippen wirkten starr: „Aber bis dahin ist es noch eine Ewigkeit."

Am Abend brach ich mit meinem Grundsatz, niemals Alkohol während eines Wachdienstes trinken zu wollen. Bei Kerzenlicht, Beethovens ‚Schicksalssinfonie' aus dem Rekorder und dem markanten Duft qualmender ‚Karo' saßen wir vor einer Flasche Sekt und ließen noch einmal all die Bilder der gemeinsamen Zeit an uns vorüberziehen. Der Professor wurde von Schwermut getrieben. Seine Augen blickten traurig durch den wackelnden Schein ins Leere. Ich mußte an die Beethoven-Büste in meinem Zimmer denken, mußte daran denken, wie sie mich immer vom Schrank hinunter auf mein Bett ansah und es schon bald wieder tun würde, gleich so, als sei nie etwas geschehen. Ich bekam Heimweh und hätte mein Leben dafür gegeben, wenn doch alles nur ein Traum gewesen wäre, aus dem ich plötzlich erwachte. Gefreiter Schmidt atmete tief aus. Die Flamme der Kerze streckte sich in die Höhe und erhellte den Raum. Ich vergaß die Beethoven-Büste und lächelte in mich hinein. Was für eine verrückte Geschichte! Ich sah mich mit dem Stahlhelm Wasser von einer Pfütze abschöpfen, hatte brodelnde Brennesselsuppe vor Augen, sah, wie mir mit einer Gipsschere die Stiefel von meinen wunden Füßen geschnitten wurden. Und dann war da der Buhler, dessen Würgegriffe ich immer noch auf meinem Hals zu spüren glaubte. Ich blickte in das sorgenvolle Gesicht von Leutnant Scharf, der blitzschnell den Soldaten Sinnhaber aus dem zusammengebrochenen Gaszelt befreite. Und ich sah Leutnant Scharf, der mit der Gewalt des roten Stiefels auf seinen Untertanen herumtrampelte. Auf der Flucht vor den Stiefeltritten schmetterte ich meinen Singsang durch die Kulturabteilung und zitterte dabei vor Angst, weil ich vom Singen keine Ahnung hatte. Doch kam mir das warmherzige Lächeln von Unteroffizier Schleifer in den Sinn und sogleich die entstellte Fratze des Dicken, der mich kopfüber aus dem Fenster gehängt hatte. – – Ein schmerzhaftes Lachen verzerrte mein Gesicht. Ich kippte den Sekt nur so in mich hinein und ergötzte mich an den Falten auf der Stirn des Professors, der von alledem nichts begreifen konnte. – – Ich stöckelte in Damenpumps über den Asphalt, hörte die unglaublichen Geschichten Bergmanns und erfreute mich an der Stimmgewalt von Hans Sänger – – „Weißt du, wie das ist, wenn du mit der Pistole in der Hand vor einem stehst und sagst: ‚Hände hoch oder ich schieße!', weißt du das?" brüllte ich den Professor mit einem Mal an und erschrak dabei über meine eigene Lautstärke. „Absolut beschissen ist das! Einfach beschissen!" Ich stellte die Tasse mit dem Sekt auf den Tisch und stand auf, lief ein paar Schritte im Wachlokal umher und sagte etwas ruhiger: „Das ist, – das ist, weil du nicht weißt, was er machen wird und weil du nicht weißt, ob du schießen wirst oder nicht." Gefreiter Schmidt sah zu Boden. Er wirkte hilflos. „Ist ja schon gut, ist ja vorbei", tröstete ich mich selbst, klopfte dem Professor auf die Schulter und setzte mich wieder. „Draußen am Jachthafen gibt's einen Badestrand – gleich neben dem Zaun. Röhrt und ich haben da so unsere Beobachtungen gemacht. Da waren vielleicht Weiber mit ein paar Dingern zu sehen. Mein lieber Mann, das glaubst du nicht." Schmidt lächelte: „Am Jachthafen?" „Ja, ja, gleich neben dem Hafen. Aber du brauchst es nicht weitererzählen. Der Scharf läßt sich sonst bestimmt was einfallen." Schmidt schüttelte den Kopf und schwieg. Ich blickte in die flackernde Kerze. Mein Rausch ließ sie verschwommen erscheinen. Die Gedanken aber blieben am Jachthafen kleben. Es war, als wäre die Realität entschwunden, als würde ich aus einem Traum aufwachen. Ich sah mich am Schreibtisch sitzen und ein Buch schreiben. Draußen ging der Wind durch die Bäume und ich hörte das Rauschen der Wellen vom See herüberkommen. Ich überlegte, ob ich noch genügend Brot in der Tasche hätte, um am Morgen die Schwäne zu füttern und fand mich im selben Augenblick in dem Wipfel eines Baumes wieder. Mir klang das Klirren von schwimmenden Biergläsern in Abwaschwannen in den Ohren, die Luft war angefüllt vom Geruch des Zigarettenqualms. Ich brüllte mir die Lunge aus dem Leib, damit Unteroffizier Röhrt mir zur Hilfe komme. Aber er kam nicht und die Haut meiner Hände wurde von rauher Rinde zerrissen. – – „Stimmt was nicht?" fragte Schmidt und holte mich zurück in die wirkliche Welt. „Du machst so'n komisches Gesicht." „Ich? Nein, nein, es ist alles gut." Der Professor füllte meine Tasse auf. Er selbst hatte außer einem Schluck zum Anstoßen nichts getrunken. „Warum trinkst du nichts?" wollte ich wissen. „Weil ich nicht will. Weil ich erst dahin kommen muß, wo Du schon bist. Für mich macht das heute keinen Sinn." Ich sah Schmidt in die Augen. Sie waren immer noch trübe und blickten traurig. Ich nahm einen Schluck Sekt aus der

Tasse, wandte mich der Kerze zu und wollte gerade wieder in mein Reich der Erinnerungen entschweben, als draußen auf der Allee ein Krankenwagen vorbeiraste. Das Zucken des Blaulichtes huschte über die Wände des Wachlokals. – – Und ich fand mich Innern des Wagens wieder. Eine Schwester mit langen, schwarzen Haaren stach mir eine Spritze in den Hintern, und ich durfte nicht aufs Klo. Statt dessen schob sie mir eine Schüssel unter und ich weigerte mich, bis mir die Gedärme platzten. Ich lief vor der Schwester davon. Ich traute ihr nicht. Ich fürchtete mich, weil ich nicht wußte, was sie noch alles mit mir anstellen würde. Es war Nacht. Ich lief durch die dunklen Straßen vom Prenzlauer Berg. Alle Straßen schienen gleich zu sein, ein Hinterhof glich dem anderen. Belinda aber konnte ich nicht finden. Also klopfte ich an die Tür von ‚KK', die vom Gefreiten Jünger geöffnet wurde. Ich mußte mich auf einen Stuhl setzen und Jünger malte ein Bild von mir. Dieses Bild sei die Eintrittskarte in die Kunst, sagte er mir. Wohin ich auch käme, an welcher Tür ich auch immer klopfen würde, mit diesem Bild würde ich überall den Zugang zur Schönheit finden. Ich klopfte zunächst an die Tür von Oberst Knikkes Büro. Der Oberst versicherte mir, daß mich hier die Schwester mit den langen, schwarzen Haaren nicht fände und daß ich von nun an beschützt sei. Niemals mehr müsse ich befürchten, für verrückt erklärt zu werden. – – „Die sind doch selber alle verrückt", lallte ich dem Professor zu. „Was ist?" „Ich sagte, daß die alle verrückt sind, – nicht ganz richtig im Kopf, verstehst du?" Schmidt grinste. In seine Wangen bohrten sich Grübchen. „Eh, Maxi – du bist ja besoffen." „Nee, nee, nee – mein lieber Professor – ich bin nicht besoffen. Weißt du, was der Alte heute zu mir gesagt hat? Er sagte, ich solle draußen niemandem erzählen, was hier drinnen vor sich geht, da es mir eh keiner glauben wird. Ist das nicht vollkommen irre, vollkommen verrückt. Und ich habe immer gedacht, die Bonzen wissen gar nicht, was draußen unter den kleinen Leuten wirklich abläuft. Aber Scheiße, die wissen es ganz genau. – Ehhh, Schmidt – ist das nicht verrückt?" „Ja, ja Maxi, das ist verrückt und wie. Aber keiner wird das ändern." Ich schüttelte unentwegt den Kopf. Mir wurden die Augen feucht. Hans Schmidt half mir vom Stuhl auf und führte mich zur Liege. Die Welt schaukelte – drehte sich wie ein Karussell. Neben mir saß Larissa. Und ich spürte das Wehen ihrer blonden Locken auf meiner Haut. Sie las die Verse von „Eugen Onegin" und ich schlief ein.

In der Kaserne fragte mich niemand, ob ich mein künftiges Berufsleben nicht bei der Stasi ableisten wolle. Ich dachte mir, daß Leutnant Scharf & Co ohnehin mit meiner negativen Antwort rechneten oder daß sie meine Mitgliedschaft von vornherein ablehnten. So konzentrierten sich Scharfs Abwerbungsgespräche fast ausschließlich auf die Genossen seiner Parteigruppe. Für einen Moment lang tat er mir sogar leid, denn es fand sich nicht ein einziger, der sich bereit zeigte, der Firma sein Leben zu schenken. Dabei brauchte gerade die Kaserne frisches Leben am nötigsten. Doch für meinen Jahrgang mußte Leutnant Scharf alle Hoffnungen in den Wind schreiben, sein unermüdliches Ackern auf dem Feld der Überzeugung hatte unter uns keine Frucht reifen lassen. Der Leutnant schien davon deutlich getroffen zu sein. Er zeigte sich nur noch selten auf unseren Stuben und wenn doch, dann mit versteinerter Miene. Aber das interessierte niemanden. Nicht einmal die Parteigenossen. Das EK-Leben verfiel mehr und mehr dem Suff, und zum Schluß mag es wohl kaum noch eine Stunde des Tages gegeben haben, in der ein Entlassungs-Kandidat nüchtern anzutreffen war. Sicher, nicht eben eine appetitliche Vorstellung – aber das Dahinsiechen im Rausch brachte Dinge an die Oberfläche, die über drei Jahre zum Schlummern in der Tiefe verurteilt waren. Nun also – ich hatte doch recht – das Leben war ein Schauspiel! Von wegen Parteigenossen. Von wegen Sozialismus hurra. Jetzt entpuppten sich die treuesten aller Genossen als wahre Chamäleons, die jede Farbe annehmen konnten. Sonderlich erstaunen tat mich das nicht, denn ich fühlte mich bestätigt. Was mich jedoch wütend machte, war meine eigene Angst, die diese ‚Genossen' über so lange Zeit in mir ausgelöst hatten. Sie lehrten mich das Fürchten, machten mich zu ihrem Untertan. Aber dazu hatten sie kein Recht, das durften sie nicht tun. Ein Spiel mit Ängsten darf kein Spiel sein. Und deshalb fühlte ich mich jetzt beleidigt und betrogen. Schließlich dachten wir im Grunde genommen das Gleiche. Nur die einen bekamen die Orden und die anderen die Tritte in den Arsch. Was aber nicht heißen soll, daß ich dafür noch Mitleid erntete. Nein, ich wurde auch noch schuldig gesprochen. Denn Träumer, die die Zeichen der Zeit nicht erkennen, wird es immer geben. Die Dinge sind so, wie sie sind. Die können gar nichts dafür. Es ist nur die Frage, wie man darauf reagiert. So einfach ist das also? Da zog ich doch lieber den Hans Rotrein vor. Der gehörte nicht zu den Chamäleons. Der würde für alle Zeiten rot bleiben. Auch wenn einem die Farbe nicht paßte, so wußte man bei ihm wenigstens, woran man war.

Am Morgen meines letzten Armeetages erwachte ich früh. Die Fensterverdunklung machte eine Orientierung im Raum unmöglich. Der Atem meiner Stubenkameraden schwebte gleichmäßig durch die Stille und führte mich in Gedanken zum ‚Großen Moritz'. Ich sah mich auf dem Stein sitzen und meinen Fortgang ins Ungewisse beweinen. Damals war ich mir sicher gewesen, daß ich am Militär zerbrechen würde. Und jetzt stand fest, daß ich nicht zerbrochen war. Aber trotzdem! Ich hatte jeden Tag gezählt. Jeden. Es waren 1096! Außerdem hatte ich mir geschworen, daß am letzten Tag etwas ganz Besonderes passieren müsse. Doch nun, wo der letzte Tag vor mir lag, machte er wahrlich nicht den Eindruck, als würde überhaupt etwas passieren. Nichts, was ich nicht schon kannte und was mich nicht unendlich langweilte. Die einzige Besonderheit galt meinem Verzicht, am Abschiedsgelage der Kameraden teilzunehmen, denn Vater haßte es, wenn ich mich betrank. Und das mußte nun wirklich nicht sein. Schließlich lag mir die Freude darüber, daß mein Vater mich endlich aus diesem Kindergarten der Erwachsenen abholen würde, weit mehr am Herzen als die erneute Auflage einer Sektparty. Ganz zu schweigen von dem Unbehagen, das mit der ganzen Sache einherging, denn so berauschend fand ich die vergangene Zeit nicht. In Wirklichkeit wollte ich nur weg, weit weg. Am liebsten zurück in die Kinderzeit, zurück auf meine Wiesen mit dem ‚Großen Moritz', auf dem ich den ganzen Tag sitzen, mit den Füßen im Wasser des Baches planschen und mir den Wind durchs Haar wehen lassen konnte. Meinetwegen auch für immer und allein. Aber niemals mehr sollte mich eine Pfeife früh um sechs aus dem

Schlaf reißen, niemals mehr sollte es Menschen geben, die mich anbrüllen und mich zwingen, Dinge gegen meinen Willen zu tun, ohne daß ich mich dagegen wehren kann. Und genau da passierte es. Der Gedanke vom ekelhaften Pfiff war mir noch gar nicht ganz aus dem Kopf, als alles Wirklichkeit wurde und die Worte: „Kompanie – Nachtruhe beenden! Raustreten zum Frühsport in drei Minuten!" mich zwangen, Dinge gegen meinen Willen zu tun. Doch welch ein erhabenes Gefühl war die Gewißheit, daß alles ein Ende hatte!

Ansonsten lief in einer Armee der letzte Tag nicht anders ab als der erste. Nur eben umgekehrt. Ich glaube, es war ziemlich unabhängig davon, wieviel Jahre dazwischen liegen mögen. Die Damen von der Kleiderkammer nahmen Uniformen und Ausrüstung zurück, die Stuben mußten gereinigt werden, obwohl sie überhaupt nicht schmutzig waren, und die Offiziere standen nebenher und erzählten die Ballade vom heldenhaften Soldaten. Alle Bilder ähneln sich zum Verwechseln. Und wer den Unterschied erkennen will, muß sich schon ins Innere, ins Wesen wagen – egal, ob Anfang oder Ende. Die Neulinge zitterten vor Angst, die EKs vor Alkoholentzug. Aber beide hatten ihre Gründe.

Selbstverständlich schließt sich kein Kreis ohne Neubeginn, was auf militärisch Appell hieß. Ob Lob oder Tadel, Sommer oder Winter, Einberufung oder Entlassung. Innerhalb der Armee gab es nichts, aber auch gar nichts, was sich durch einen Appell nicht regeln ließe. Dabei mag der gesunde Menschenverstand vielleicht am Inhalt zweifeln, doch solange sich der Inhalt in die Regeln pressen läßt, ist alles in Ordnung und das Gewissen rein. Zu dumm nur, daß es trotzdem Kandidaten gab, die sich den Regeln mit gleichbleibender Hartnäckigkeit widersetzten. In allererster Linie sei dabei an das Wetter erinnert, dem es wieder einmal völlig egal war, ob der Kommandant Winter- oder Sommerbefehl erteilt hatte. So standen wir EKs am Vormittag eines Septembertages auf dem Appellplatz und mußten uns einen plötzlich aufkommenden Herbststurm um die Ohren blasen lassen. Das war uns ‚Zivilisten' sicherlich gleich, denn die meisten bekamen es in ihrem berauschten Zustand ohnehin nicht mehr mit. Nur den Offizieren, die sich auf Grund des Entlassungsappells besonders zurechtgemacht hatten und in ihren besten Uniformen glänzten, flogen ständig die Mützen von den Köpfen. Auf der Tribüne entstand genau das, vor dem sich die Armee am meisten fürchtete – ein Tumult. Und das ausgerechnet unter den Ordnungshütern des Militärs, den Offizieren. Wie peinlich. Außerdem gab es keine Soldaten, denen die Sache in die Schuhe geschoben werden konnte. An allem war nur das blöde Wetter schuld. Natürlich gab es auch auf den Wind eine militärische Antwort, die sich Sturmriemen nannte. Waren die Paradeuniformen der Offiziere schon selten genug im Einsatz, so läßt sich denken, wie oft das für die Sturmriemen der Fall war. Nachdem jeder Offizier unter Einsatz sämtlicher Verrenkungen und gleichzeitiger Wahrung der Etikette seine Mütze sicher in den Händen hielt, galt es, die Sturmriemen vom Mützenschirm zu fummeln, was zwangsläufig das Ausziehen der Handschuhe erforderte. Abgesehen davon, daß sich dabei einige Handschuhe selbständig machten, krachte noch ein Mikrophonständer zu Boden und verursachte einen Knall, daß ich glauben mochte, ich stünde am Eingang zur Hölle. Hätte es sich bei dem Ganzen um ein Theaterstück gehandelt, so wäre spätestens an dieser Stelle ein mächtiger Lacher durchs Publikum gezogen. Doch von den EKs lachte niemand. Es tat sich nicht mehr, als daß der eine oder andere Kopf mitleidig wackelte und man sich gegenseitig in die rotumränderten Augen schaute. Ich mußte darüber nachdenken, wie einfach es gewesen wäre, den Appell in nur kürzester Zeit in den Speisesaal zu verlegen und alles ganz friedlich ablaufen zu lassen. Aber das war ein unmöglicher Gedanke, der gar nicht gedacht werden durfte. Sicherlich war es in dieser Kaserne noch nie vorgekommen, daß ein Appell im Speisesaal abgehalten wurde. Denn, was nicht sein soll, kann auch nicht möglich gemacht werden und das Wetter ist schon überhaupt kein Grund. Wieso auch? Letztlich schnürten sich doch alle Sturmriemen irgendwo zwischen Kinn und Kehlkopf ein und hielten die Mützen fest. Die Mäntel flatterten im Wind und aus dem eisernen Griff von zwei blankgeriebenen Stiefelspitzen konnte kein Mikrophonständer mehr entkommen. Na endlich. Dem Chaos wurde Einhalt geboten und die Ordnung war wiederhergestellt. Nur eben verstehen konnte niemand ein Wort. Der Sturm ließ das Gerede der Offiziere verstummen und nahm es in die Ferne mit. Aus den Lautsprechern erklang das Lied des Windes, ein Heulen als Schlußakkord.

Vor dem Kasernentor türmte sich ein Berg aus Vorhängeschlössern, die drei Jahre an unseren Schränken gehangen hatten. Als ich meines auf den Haufen warf, fiel es in der Masse nicht einmal auf. Selbst sein Klang war leise und ging unter in einem Rauschen aus metallenen Schlägen. Ich erinnerte mich an meine ersten Kasernentage, sah mich, wie ich mit einem Eimer in der Hand die Vorhängeschlösser der gerade entlassenen EKs von der Straße räumen mußte. Jahr für Jahr die gleichen Bilder, die gleichen Rituale. Und das seit Generationen. Ob unter dem alten Fritz, dem Kaiser, Hitler oder Honecker. Wann endlich werden wir uns ändern und sich nicht nur die Zeit?

Ich krabbelte auf den MTW, der uns zurück zum Bahnhof nach Berlin bringen sollte. Zum letzten Mal wurde ich auf der Holzbank durchgeruckelt, so daß die Bilder meiner Umgebung zu zittern anfingen. Die Stimmung unter den Kameraden war gut. Viele sangen laut und falsch. Die meisten von ihnen waren total besoffen und einer erinnerte daran, daß man uns zum Anfang noch mit Reisebussen vom Heimatort aus hierher gekarrt hatte. Jetzt seien wir nur noch einen klapprigen LKW wert, der uns gerade mal bis zum Bahnhof nach Berlin führe. Die Zeiten ändern sich eben, waren sie sich alle einig und ich fand das gut so. Denn zehnmal lieber war ich bereit, meinen Weg allein zu finden, statt mich von der ‚Firma' bis vor die Haustür fahren zu lassen. Auf dem Bahnhofsvorplatz herrschte schon vor unserer Ankunft ein munteres Treiben. Die Eltern liefen zwischen ihren geparkten Autos hin und her, ganz außer sich vor Freude und voller Stolz auf ihre Söhne. Die Geschichten vom heldenhaften Soldaten wurzelten tief, kaum ein Vater, der da nicht ein Wörtchen mitzureden hatte. Doch dann, als die MTW auf den Platz rollten, verharrte die Masse in Schweigen. Leutnant Scharf öffnete selbst die Ladeklappe unseres Fahrzeuges und erteilte letztmals den Befehl zum Absitzen und Antreten. Eigentlich wollte ja niemand mehr seinem Befehl gehorchen, doch alles klappte reibungslos, ohne jeden Widerstand. Vielleicht war es die Routine, vielleicht die Scham vor den Eltern – oder auch beides. Der Leutnant verabschiedete sich von uns genauso, wie wir ihn kennengelernt hatten. Als ein Mann absoluter Strenge und Disziplin, dem jegliche Regung der persönlichen Anteilnahme fremd war. Und bezogen auf den Alkoholgenuß erinnerte er uns daran, daß wir noch bis null Uhr unter Militärgesetz stünden. Sollte der Kater über die wiedergewonnene Freiheit dann vorbei sein, gelte darüber hinaus die Schweigepflicht ein Leben lang. Scharf schlug die Hacken zusammen und warf die gestreckte Hand an seinen Mützenrand. Noch einmal konnten wir erleben, wie der Leutnant für ein, zwei Sekunden zur Steinsäule erstarrte. Sein Blick führte uns dabei ins Leere. Eine Leere, deren Sinn ich in den drei Jahren nicht ergründen konnte und von der ich nun zu meinen glaubte, daß sie keinen hätte. Und als der Leutnant wieder zurück in die wirkliche Welt kam, fand sein Blick nicht mehr zu uns. Von einem Moment zum nächsten waren wir für ihn eine abgeschlossene Sache. Wie auf ein unsichtbares Kommando hin bestiegen die Offiziere die Kabinen der MTW und fuhren davon. Das Schweigen auf dem Platz wurde von Jubel und Schreien durchbrochen. Ich fühlte, als sei eine Kette aus Befehlen, die uns zu einer festen Formation zusammengeschnürt hatte, mit einem Male weggesprengt worden und ihre Fetzten regneten nun in unfaßbarer Erleichterung auf mich nieder. Wir standen noch für einige Augenblicke regungslos nebeneinander, so, wie wir es seit Jahr und Tag getan hatten. Und erst dann rannten wir davon, rannten durcheinander auf der Suche nach einem Schlupfloch in die zivile Welt. Was für ein Erlebnis! Mir zog es die Gänsehaut über den Rücken. Weihnachten und Neujahr zusammen konnten nicht schöner sein. So viele Männer, junge und alte. So viele Helden. Und so viele Tränen.

Auch ich suchte fieberhaft. Irgendwo mußte sich doch mein Vater mit seinem blauen ‚Lada' finden lassen. Die ersten Autos verließen schon den Platz in Richtung Heimat und ich war mit meiner Suche immer noch erfolglos. Von einigen Kameraden und deren Eltern wurde ich gefragt, ob etwas nicht in Ordnung sei und ob sie mir helfen könnten. Das war mir peinlich. Ich empfand es als unangenehm und wollte die Hilfe nicht. Außerdem log ich, was das Zeug hielt. Alles, aber auch alles sei in bester Ordnung und müsse so sein, wie es sei. Ich konnte es nicht ertragen, daß die anderen mich wie einen behandelten, der vergessen worden war. Und ihr Scheißmitleid brauchte ich schon lange nicht. Ich wußte doch selber, daß ich vergebens wartete. Aber das ging niemanden etwas an. Es war meine Sache. Eine Sache, die überhaupt nichts mit Vergessen zu tun hatte. Mein Vater konnte mich gar nicht vergessen haben. Vielleicht mochte etwas Wichtiges dazwischengekommen sein, ein Unfall, eine komplizierte Entbindung oder eine Notoperation. Das alles war möglich – aber Vergessen mit Sicherheit nicht. So sehr ich mir die Situation auch verständlich machen wollte, es mischte sich mehr und mehr Resignation unter meine Gedanken. Schließlich hatte ich diesen dämlichen Platz schon in jede Himmelsrichtung abgelaufen. Alle meine Kameraden waren verschwunden, und ich spürte sogar eine Art

Befreiung, von der Qual des Rechtfertigens erlöst zu sein und stehen zu können – allein – auf einer Fläche schwarzen Asphalts mit weißen Streifen darauf.

Ich schulterte die Reisetasche und ging zur Bahnhofshalle. Mein Weg kreuzte eine Kneipe, aus der mir ein Schwall von Fuselgerüchen entgegenschlug. Ich spürte das unwiderstehliche Verlangen zu saufen. Ich wollte mich solange vollaufen lassen, bis ich alles um mich herum vergessen konnte. Dann wollte ich besoffen aus dem Zug torkeln, durch die Straßen meines Heimatstädtchens wanken und dem Vater so vor die Füße fallen. Doch als ich die Kneipe verließ, war ich nüchtern. Meine Wut hatte gerade mal für eine Cola gereicht. Statt zu torkeln, lief ich schnellen Schrittes, um mir eine Zeitung und die Fahrkarte zu besorgen. Ich fühlte mich unwohl, hatte plötzlich keine Lust mehr zum Saufen und dachte eigentlich nur noch an die Heimkehr, daß es Zeit wäre, nach Hause zurückzukehren. Die Geschichte vom Besonderen schien endgültig verloren zu sein. Der Zugfahrplan stand mir in den Kopf geschrieben. Ich konnte nicht mehr erkennen, ob es sich überhaupt um ein Ereignis handelte. Eigentlich kam ich mir nicht anders vor als auf einer der Urlaubsfahrten sonst auch. Alles wirkte unverändert, die Menschen, die Häuser und die Bäume. Keinen interessierte das Besondere in mir, niemand bemerkte etwas und der Zug fuhr pünktlich auf die Minute.

In meinem Abteil saß mir ein älteres Ehepaar gegenüber. Der Mann klagte über das Älterwerden. Seine Frau hörte ihm geduldig zu, schien ihn aber nicht verstehen zu können. Ich selbst vermochte das auch nicht. Schließlich konnte ich kein Jammertal darin entdecken, weil der Herr nicht mehr um sechs Uhr früh erwache, sondern sein Körper eine Stunde mehr oder weniger schliefe. Außerdem erwische er sich doch tatsächlich dabei, wie ihm nach dem Spätfilm immer noch die Augen offenstünden. Wenn ich ihm glauben konnte, so war das in seinem Leben noch nie vorgekommen. Einfach entsetzlich. Der alte Mann philosophierte solange über diese Wichtigkeit, bis er davon überzeugt war, daß er krank sei. Als Folge davon geriet er in Panik, regte sich auf und begann zu atmen, als wäre er in eiskaltes Wasser gesprungen. Jetzt wurde auch seine Alte unruhig und tröstete ihn mit Worten, die keinen Sinn ergaben. Ihre Stimme steigerte sich zu einem Piepsen und gab nach einer Weile nur noch einzelne Laute frei. Dabei dachte ich, sie stünde vor einem Baby, das schrie und sie wußte nicht, warum. Doch mit Mal brach sie ab. Das Hilflose ihrer Augen verwandelte sich urplötzlich in ein Funkeln, als wäre sie vom Blitz getroffen worden. Ihre Hände kramten eine Flasche Kräuterschnaps aus dem Gepäck und preßten sie dem Opa auf die Lippen. Dieser schluckte mit kräftigen Zügen, hustete anschließend und schüttelte sich. Aus seinen Augen quollen Tränen, die purpurne Gesichtshaut färbte sich ins Rosa zurück und sein Atem ging wieder normal. Nachdem er sich die Augen trockengewischt hatte, sah er seine Frau verdutzt an und schüttelte den Kopf. Er bedankte sich und wunderte sich noch ein Weilchen darüber, was das denn alles sei. Sein Kopf sank unterdessen auf die Lehne. Aber er zwang sich, die Augen offenzuhalten und schlief trotzdem ein. Und das nachmittags um drei.

Während der ganzen Vorstellung kam ich nicht ein einziges Mal auf die

Idee, dem Mann irgendwie helfen zu müssen. Bestimmt mag das daran gelegen haben, daß ich ihn für gesund hielt. Denn sein Körper machte nun im Rentenalter das, was ihm gut tat, und nicht das, was man ihm über Jahre antrainiert hatte. Was also sollte daran schlecht oder krank sein? Wenn ich eine militärische Langzeitschädigung bei mir befürchtete, so konnte sie nur darin liegen, daß ich für den Rest meines Lebens um sechs Uhr früh erwache und auf den Pfiff der Trillerpfeife warten würde. Sämtliche Uhren wären überflüssig. Pünktlich um die Mittagszeit begänne mein Magen zu knurren und es mußte gegen zwölf Uhr sein. Das Gleiche wiederholte sich abends um sechs und wenn die Zeiger auf zehn gingen, finge ich zu gähnen an. Wäre das nicht ein grausamer Zustand? Da hat die Mutter Natur unseren freien Willen mit der Fähigkeit zur Phantasie ausgestattet und wir wissen damit nichts Besseres anzufangen, als sie in Regularien einzuschnüren und dann in einen Käfig aus Disziplin zu sperren. Und während meine Blicke auf den schlafenden Opa fielen, erhoffte ich nichts so sehr, als daß es mir gelingen möge, aus diesem Käfig zu entfliehen.

Ich sah aus dem Fenster in die weite Ferne der Altmark. Der Zug ratterte über Wiesen, deren Grün die Schatten mächtiger Bäume atmete und zu Nebelschleiern aufsteigen ließ. Aus einem Bach tranken Rehe, die den Zug keines Blickes würdigten, und auf den Telefonmasten hielten Habichte Wacht. Ab und an wuchs ein roter Punkt zum Bauernhof heran. Hunde kläfften hinter Zäunen. Pferde galoppierten aufgescheucht in ihren Koppeln davon. Ich ahnte die Schwere der Luft dort draußen und wußte, wie müde sie machte. Jedes Mal, wenn ich von Berlin hier herkam, war das so. Kaum, daß ich die Zugtür hinter mir zugeschlagen hatte, schickte mich diese Luft in die Schläfrigkeit. Mit ihrem Duft nach Heimat legte sie sich auf meine Glieder, beraubte mich der Großstadthektik und ließ alles langsamer werden. Ich schulterte die Reisetasche und lief schlaftrunken durch die Straßen meines Heimatstädtchens. Zu den Seiten ließ ich die alten, kleinen Fachwerkhäuser hinter mir, um schließlich von den riesig wirkenden Kirchen empfangen zu werden. Kein Weg, den ich hier nicht zu Fuß zurücklegen konnte. Manchmal, wenn ich über das Kopfsteinpflaster der Gäßchen stolperte und es zudem noch Sonntag war und mich weit und breit kein Auto störte, da dachte ich, die Zeit wäre stehengeblieben. So – oder so ähnlich – muß es hier schon im Mittelalter gewesen sein. In diesen Momenten wurde ich von Ehrfurcht ergriffen. Von Ehrfurcht vor der Zeit und vor den Menschen, die wir alle nur etwas Kleines sind und doch etwas Großes zurücklassen.

Als ich schließlich an meiner Schule vorüberging, verspürte ich Lust, den Weg entlang des Bahndammes zu wählen. Ich hatte Sehnsucht nach den Wiesen, wollte wissen, ob im Bach immer noch mein Glückspfennig glänzte und dachte, es sei wichtiger, den ‚Großen Moritz' als ersten zu begrüßen. Mit einem Male fühlte ich die Zeit, meine Zeit. Ich stand an dem Punkt, wo ich vor drei Jahren aufgehört hatte, meine Zeit zu leben. Und jetzt wollte ich hier weitermachen. Am besten sofort und alles, was dazwischen lag, wäre nicht mehr wahr. Ich stand unentschlossen vor der Kreuzung und mußte mich entscheiden. Sollte ich direkt nach Hause gehen oder den Weg zum ‚Großen Moritz' wählen. Früher hatte ich mich meist für den ‚Großen Moritz' entschieden, wohl wissend, daß ich meine Verspätung mit dem Verrichten von Hausarbeit bezahlen mußte. Diesmal aber zog es mich nach Hause. Ich wußte nicht warum. Doch der ,Große Moritz' konnte warten.

Die Linde vor unserem Haus stand in goldgelber Blätterpracht und der Wind spielte mit ihrem Laub auf der Straße. Für eine Sekunde scheute ich mich, zur Garage zu sehen. Ich fürchtete, der Wagen meines Vaters könnte nicht da sein. Aber dann wagte ich doch einen Blick. Und der Wagen war nicht da. Bestimmt hatte ihn der Vater eingeschlossen, das tat er immer, wenn er für längere Zeit nicht fahren mußte. Allerdings kam das nur selten vor. Mir wurde mulmig im Magen, mein Gang wankte und ich dachte, daß es vielleicht doch besser gewesen wäre, erst zum ,Großen Moritz' zu gehen. Der Gedanke, in solch einem Moment wie diesem vor verschlossener Tür zu stehen, stimmte mich traurig. Ich ahnte schon, was auf mich zukommen würde. Wieder einmal war das Krankenhaus wichtiger als ich. Selbst wenn ich geheiratet hätte, so wäre die Hochzeit noch lange kein Grund, daß mein Vater seine Patienten im Stich ließe. Aber diese Gedanken waren mir peinlich. Ich schämte mich dafür, daß ich sie überhaupt zuließ. Und mit jemandem darüber zu sprechen, stand für mich außer Frage.

Ich schob mit beiden Händen die Eingangstür unseres Hauses auf und wurde von wohltuender Ruhe empfangen. Ich liebte diese Ruhe. Sie gab mir ein heimatliches Gefühl, unabhängig davon, was draußen für ein Trubel herrschte. Ich blieb eine Weile im Treppenhaus stehen, um die Heimkehr zu atmen. Die Luft roch nach Krankenhaus und ich wußte, daß ich richtig war. Wieder schulterte ich meine Reisetasche. Ich stieg die Treppe hinauf und nahm Stufe für Stufe ganz bewußt. Ich wollte jede von ihnen in mich aufnehmen. Doch plötzlich hielt ich inne. Irgend etwas stimmte nicht. Ich horchte, überlegte und ging eine Stufe höher. Ich zögerte – Sand! Ja, Sand. Mit den Schuhsohlen kreiste ich über die Stufen. Es lag tatsächlich Sand auf der Treppe. Aber das konnte nicht sein. Das hatte es noch nie gegeben. Ich betrachtete die Stufen bis zum Treppenabsatz. Überall befand sich Sand und als ich meine Reisetasche hin und her schwingen ließ, wirbelte sie Staub auf. Die altmärkische Truhe auf dem Absatz wurde durch einen Stickläufer verziert, der voller Staubflusen war. Aus der Bodenvase daneben hingen verwelkte Feldblumen, die nach Jauche stanken. Ich schnappte meine Tasche und rannte die Treppe hoch. Ich nahm zwei, drei Stufen mit einem Satz. Mit donnerndem Gepolter stürmte ich die Wohnzimmertür. Meine Mutter hockte im Sessel. Ihr Blick traf mich vorwurfsvoll und mahnte zur Stille. Ihre Augen waren verquollen, die Lider rot umrändert. Selbst die Freude des Hundes wirkte gezwungen. Nur zögernd kam er angelaufen, winselte, wedelte verhalten mit dem Schwanz und kehrte sogleich an das Sofa zurück. Darauf lag mein Vater, mit einer Wolldecke bis zum Hals zugedeckt. Er schlief. Seine Haut sah befremdend gelblich aus. Die geschlossenen Augen erschienen mir wie zwei riesige Bälle, die überhaupt nicht in das eingefallene, schmale Gesicht passen wollten. Ohne Zögern ging ich zum Sofa und setze mich neben Vater. Ich tastete über die Wolldecke, ich spürte die Leblosigkeit. Überall waren nur Knochen. Meine Finger stockten an knochiger Härte, nirgends mehr Formen, nirgends mehr Weichheit. Als ich mit meiner Hand über die seine streichelte, öffnete Vater die Augen. Ich erschrak, zuckte und wollte zugleich, daß er es nicht merkte. Aus seinen Augen sah mich der Tod an – klar und deutlich. Ich hatte den Blick frei in eine andere Welt. In eine Welt, die ich nicht erkennen konnte, die ich nicht erkennen wollte und die mir Angst machte. Doch der Vater war schon in ihr. Es gab kein Zurück mehr. Mit einem strengen Augenaufschlag befehligte er Mutter nach draußen. Sie gehorchte. Mir begannen die Lippen zu zittern, die Kehle brannte und ich wollte heulen. Aber ich tat es nicht. Vater lächelte und umklammerte meine Hand. Es war ein häßliches Lächeln, das ihn noch mehr entstellte und die übergroßen Zähne freilegte. Seine Handknochen preßten sich in meine Finger, als würde der Tod auch nach mir greifen. Blaß vor Entsetzen wich ich ein Stück zurück und wäre am liebsten davongerannt. Doch dann passierte etwas Merkwürdiges. Aus dem Schrecken heraus hörte ich die vertraute Stimme meines Vaters. Zwar sehr leise, aber vertraut. Ich hörte noch einmal die Geborgenheit, mit der ich großgeworden war: „Na, mein Junge. Da bist du ja endlich. Du bist ihnen also entkommen, nicht wahr?" Ich nickte heftig mit dem Kopf, wollte viel fragen und sagen, brachte es jedoch nur auf ein piepsiges: „Hallo – – Vati!" Die Knochen seiner Hand drückten mich noch fester. „Es ist Krebs, mein Junge – den Magen haben sie schon entfernt und der Rest wird schnell gehen ..." Vater holte tief Luft. Das Sprechen strengte ihn an: „Ab jetzt mußt du allein weitermachen. Und du mußt stark sein ... und du mußt auf deine Schwester und Mutter aufpassen ... versprichst du, daß du immer auf sie aufpassen wirst ..., versprichst du das ...!?" Wieder nickte ich heftig und Vater fiel zurück in den Schlaf. Die Umklammerung meiner Finger löste sich. Ich blickte noch eine Weile auf sein Gesicht. Nun, wo er stumm war, konnte ich nichts Vertrautes mehr erkennen. Sein Körper schien auf Reisen in die andere Welt zu sein. Und ich saß daneben. Ich konnte nichts für ihn tun, gar nichts. Ein Gefühl von Ohnmacht und Hilflosigkeit machte sich in mir breit. Schließlich ließ ich meinen Vater allein, um in die Küche hinauszugehen. Mutter und Carla kauerten am Tisch und weinten. Ich setzte mich dazu und weinte auch.

Meine Mutter fragte ich, warum ich von der Sache nichts erfahren hatte, immerhin ging es um meinen Vater. Doch sie meinte nur, daß es so sein letzter Wunsch gewesen sei.

Nach und nach erschienen die Kollegen meines Vaters, um auf ihre Art von ihm Abschied zu nehmen. Denn es war auch sein Wunsch, nicht im Krankenhaus zu sterben. Und schon gar nicht auf der chirurgischen Station mit den Schwestern, die ihm bei der Arbeit zur Seite gestanden hatten, wenn er selbst Patienten bis in den Tod begleitete. Außerdem lehnte er alle lebensverlängernden Maßnahmen ab. Warum, sagte er nicht. Doch wer hätte die Frage besser beantworten können als er? So blieb die Möglichkeit zur Hilfe durch die Freunde klein und beschränkte sich auf ein Händehalten, ein tröstendes Wort und eine Morphiumspritze gegen die Schmerzen auf der beschwerlichen Reise. Dieses Morphin zumindest ließ ihn viel schlafen. Wenn er nicht schlief, sah er mit todsprechenden Augen durch den Raum. Dabei sagte er kein Wort, jammerte keinen Laut, weinte keine Träne. Selbst das Essen verweigerte er. Vater sprach tagelang nicht und wir alle ahnten, daß wir ihn wohl niemals mehr sprechen hören würden. Seine Muskeln verschwanden, als hätte es sie nie gegeben und die Haut gab mehr und mehr die Zeichnung des Skeletts frei. In jenen Tagen begleitete mich Carla auf meinen Gängen zum ‚Großen Moritz'. Eigentlich hielt sie meine Sitzungen immer nur für die Sache eines intellektuellen Spinners. Jetzt saßen wir beide auf dem Stein – Rücken an Rücken – und heulten. Als wir eines Nachmittags heimkehrten, telefonierte Mutter mit Freunden. Sie meinte, daß sie mit allem zurechtkäme und daß es dem Vater den Umständen entsprechend gut ginge. Genau an dieser Stelle ertönte der laute, deutliche Ruf des Vaters aus dem Schlafzimmer: „Das ist alles Lüge!" Mutter ließ den Hörer auf die Gabel fallen und rannte zu ihm. Wir folgten ihr. Vater lag in seinem Bett und schlief. Von sämtlichen Seiten redeten wir auf ihn ein, flehten ihn an, er möge doch endlich ein Wort sagen. Aber nichts. Kein Laut. Nur die gleichmäßigen Züge eines Schlafenden erfüllten den Raum. Dabei hatte ich den Ruf meines Vaters ganz deutlich gehört. Wir drei sahen uns verwundert in die Augen. Ich zweifelte und war mir dennoch sicher. Irgendwie kam es mir vor, als wäre da etwas Unsichtbares, das ich fühlen – aber weder sehen noch hören konnte. Es strafte uns Lügen und das mit Recht. Mir lief ein Schauer über den Rücken. „Das ist alles Lüge!" wiederholte ich und rannte aus dem Schlafzimmer.

Die Aufopferungsgabe meiner Mutter stieg ins Unermeßliche. Sie gönnte sich keinen Schlaf, konnte nichts essen und glich schließlich selbst nur noch einem Strich, der jeden Moment zu zerbrechen drohte. Es war grausam mit anzusehen, wie ein Mensch seine ganze Liebe und Kraft bis zur Selbstzerstörung in ein Leben pumpte, das es gar nicht gab. Kein Herz zerbricht an seiner Wahrheit – doch jedes erlischt, wenn es nicht weiß, wo sie liegt. Aber wo liegt sie? Mein Vater jedenfalls konnte mir bei der Suche nach der Antwort nicht mehr helfen. Diese Gewißheit war noch viel schmerzlicher als der Tod und das Sterben. Die Angst vor dem Alleinsein. Die Angst, seinen Weg nicht zu finden, wenn da keiner mehr ist, der einem sagt, wo es langgeht. Einem, dem man blind vertraut – freiwillig – und ohne zu wissen, warum. Bei wem sollte ich jetzt unterkriechen, wenn etwas gegen den Baum liefe. Und die Bäume standen überall. Ich sah überhaupt nur noch Bäume um mich herum. Ich verspürte wieder den Drang, mich zu betrinken. Ich wollte mich im Rausch baden und davonschweben – hinweg über alle Bäume, hinweg über Tod und Tränen. Aber ich trank keinen einzigen Schluck. Ich brachte es nicht fertig, weil ich wußte, wie enttäuscht mein Vater von mir wäre, wenn ich vor Problemen in den Rausch flüchtete. Ich wußte auch, daß er mich nicht mehr daran hindern konnte, daß er mich nie mehr loben oder tadeln konnte – nie mehr. Das Unumstößliche stand wie eine Mauer vor mir, in der ich mich selbst sah. Der Weg zurück hatte sich in Erinnerungen aufgelöst und Flügel wuchsen mir nur im Traum. Von keinem wurde ich gefragt, ob ich das so wollte. Und keinem oblag das Recht, darüber zu urteilen.

Die Zeit existierte nicht mehr. Mal war es dunkel, dann wieder hell. Verwelkte Blumen, Staub im Treppenhaus. Ich hüllte mich in Decken und schlief im Sessel. Ins Bett traute ich mich nicht, dort war der Tod. Die Linde vor meinem Fester hatte ihre Blätter verloren. Der Wind bog die kahlen Zweige. Über die Beethoven-Büste zog das Lichtspiel der Straßenlaterne. Es mußte nachts sein – irgendwann – als ich erwachte. Ich stand aus dem Sessel auf und zog mir ein Hemd über. Weshalb, wußte ich nicht, aber ich lief ohne Zögern ins Schlafzimmer. Mutter saß am Fußende des Bettes und fröstelte unter einem Umhang. Sie starrte vor sich hin, bemerkte mich kaum. Das Licht der Nachttischlampe warf einen blassen Schein auf meinen Vater. Sein Atem ging schwer. Die Pausen zwischen zwei Zügen währten lang. Nach jedem Zug kam das bange Warten auf den nächsten. Aus der Ferne hörte ich den Schrei eines Käuzchens. Das Schreien kam näher. Mutter und ich sahen uns in die Augen. Die Pause war zu lang – viel zu lang. Wir blickten auf Vater. Sein Mund öffnete sich, die Lider gaben erloschene Augen frei. Stille. Völlige Stille. Kein Atemzug, kein Schrei des Käuzchens.

Weinen konnte ich nicht. Ich saß nur da und starrte – starrte auf das Gesicht des Vaters, auf das Gesicht eines Toten. Alles wirkte so kalt und fremd, so, als hätte es nichts mehr mit meinem Vater zu tun. „Das ist alles Lüge!“ flüsterte ich vor mich hin und Mutter nickte.

Schweigen zog ein ins Haus. An jeder Ecke klebten die Erinnerungen und nahmen uns die Worte. Ich schlief weiter im Sessel. Mein Bett sah ich mit anderen Augen. Es hatte so etwas Unheimliches an sich. Nach dem Dunkelwerden starrte ich stundenlang auf die Beethoven-Büste. Ich beobachtete das Lichtspiel der Laterne und wartete auf den Schrei. Das Käuzchen kam jede Nacht, setzte sich in die Linde und schrie. Das war meine Zeit des Weinens. Tagsüber galt es, den starken Sohn zu spielen. Und nur in der Nacht, wenn das Käuzchen schrie, tat ich es auch. Ich wehrte mich nicht mehr dagegen. Ich wartete schon darauf. Meinetwegen konnte es kommen, um mich zu holen. Ich döste vor mich hin, stellte mir vor, wie der Totenvogel nach meiner Seele griff und sie forttrug, dorthin, wo der Vater auf mich wartete. Die Schreie wurden dann leiser, die Tränen versiegten und ich schlief ein. Aber ich erwachte Morgen für Morgen. Und meine Seele war noch da. Ich hatte wieder Kraft für ein neues Schauspiel der Stärke. Berge von Beileidskarten kamen ins Haus. Das Telefon klingelte sich heiß. Die Kapelle füllte eine Masse in Schwarz. Vorn stand ein Eichensarg in einem Meer aus Blumen. Die Vorstellung, daß darin mein Vater läge, war mir nicht möglich. Ich wollte es nicht glauben. Aber Blumen mochte er. Der Pfarrer sagte, daß Freude und Leid oft dicht beieinander seien und manche Wege des Herrn uns Menschen für immer verborgen blieben. So begleitete ich Vater auf seinem letzten Weg. Er führte über staubige Friedhofserde direkt ins Grab. Die schwarze Masse folgte mir dicht auf den Fersen, umringte mich schweigend, als ich die Anhöhe bestieg, um mit zittriger Hand die Erde auf den Sarg hinunterzuwerfen und nun doch weinend zu sagen: „Mach’s gut, Vater.“

* * *

Manchmal sehe ich mich auf dem ‚Großen Moritz' sitzen. Die Vögel in den Weiden beobachten mich und schweigen. Ich träume von der Zukunft. Was vom Leben bleibt, ist die Vergangenheit. Das Lied des Windes in den Bäumen. Es klingt in den Ohren und spielt mit dem Haar. Und nur die Erinnerung weiß, was wirklich war ...

Den ‚Großen Moritz' haben sie fortgeschafft.
Die Wiesen liegen geteilt von einer neuen Straße,
auf der heute die Autos durch die Altmark rasen.
Kein Fahrer weiß von dem Ort meiner Erinnerung,
niemand ahnt den zugeschütteten Bach unter dem Asphalt,
wo das Leuchten eines Glückspfennigs erloschen ist.
Nur das Käuzchen kehrt immer noch zurück in die Weiden,
wenn es Nacht ist.